KILIAN EISFELD

WAHNSPIEL

KRIMINALROMAN

Ein Verzeichnis der im Roman auftretenden Personen finden Sie auf Seite 411, eine Aufstellung der Triggerwarnungen auf Seite 413 dieses Buchs.

Besuchen Sie uns im Internet:
www.knaur.de

Aus Verantwortung für die Umwelt hat sich die Verlagsgruppe
Droemer Knaur zu einer nachhaltigen Buchproduktion verpflichtet.
Der bewusste Umgang mit unseren Ressourcen, der Schutz unseres
Klimas und der Natur gehören zu unseren obersten Unternehmenszielen.
Gemeinsam mit unseren Partnern und Lieferanten setzen wir uns
für eine klimaneutrale Buchproduktion ein, die den Erwerb von
Klimazertifikaten zur Kompensation des CO_2-Ausstoßes einschließt.
Weitere Informationen finden Sie unter: www.klimaneutralerverlag.de

Originalausgabe März 2023
Knaur Taschenbuch
Ein Imprint der Verlagsgruppe
Droemer Knaur GmbH & Co. KG, München
Alle Rechte vorbehalten. Das Werk darf – auch teilweise –
nur mit Genehmigung des Verlags wiedergegeben werden.
Covergestaltung: Sabine Kwauka
Coverabbildung: Collage von Sabine Kwauka unter Verwendung
von Motiven von Plainpicture und Shutterstock.com
Satz: Sandra Hacke, Dachau
Druck und Bindung: CPI books GmbH, Leck
ISBN 978-3-426-52497-8

2 4 5 3 1

Für Susanne

PROLOG

Der grobkörnige Clip ist, obwohl gerade einmal achtundsiebzig Sekunden lang, ein einziger seelenzerfressender Albtraum.

Die wackelnde Kamera streift ein modernes Verwaltungsgebäude mit Glasfassade, ehe sie nach rechts zu einem kleinen Park schwenkt. Es ist dunkel, gegen 23.30 Uhr. Doch in der Nähe leuchtet trüb eine Straßenlaterne, sodass man Einzelheiten erkennen kann. Bäume. Einen Rasen voller Herbstlaub. Einen Mülleimer bedeckt mit Aufklebern. Neben einer mannshohen Hecke steht eine Gestalt. Nur ihr Oberkörper ist zu sehen, sie trägt einen schwarzen Hoodie.

Sie hat kein Gesicht.

Jedenfalls kein menschliches. Ein Frosch glotzt glupschäugig aus der Kapuze. Seine Züge sind starr, wie eingefroren. Er grinst in die Kamera. Ein dümmliches, bekifftes Dauergrinsen.

Die Person, die die Szene filmt, atmet laut und stoßweise. Das Bild zittert stark, als die Kamera an dem Froschmann herunterfährt. Er ist groß und mager. Die offene Jeans schlackert um die bleichen, dünnen Beine. Der Penis, zu einem Stummel geschrumpelt, lugt unter dem Pullisaum hervor.

Im Gras vor dem Froschmann liegt eine junge Frau.

Michelle Neureuther wimmert leise. Dabei bewegt sie den Kopf, sodass die Kamera für einen Moment ihr Gesicht einfängt. Neureuther hat langes, lockiges Haar. Sie ist zweiundzwanzig Jahre alt. Entsetzen verzerrt die attraktiven Züge zu einer Grimasse. Das figurbetonte schwarze Kleid ist an der Schulter eingerissen. Ein einzelner High Heel und eine kleine Handtasche liegen neben ihr.

Und ein Baseballschläger.

Der Froschmann gibt grunzende, schnaufende Laute von sich. Ohne die Hose hochzuziehen, bückt er sich nach dem Baseballschläger. Neureuther keucht panisch und will aufstehen. Der Froschmann schlägt nach ihr. Die silbergraue Keule trifft sie an der Schulter, sie sackt mit einem Stöhnen zu Boden. Die Kamera zuckt zurück, und das Bild wackelt derart, dass es zwei Sekunden lang nur schwarze und grau-grüne Schlieren zeigt.

Dann filmt sie wieder frontal den Froschmann. Der schwingt erneut den Baseballschläger. Der zweite Hieb trifft Neureuthers abwehrend ausgestreckte Arme. Sie schreit. Der Froschmann holt weit mit seiner Keule aus. Wenn man genau hinsieht und das Video im richtigen Moment – Minute 0:32 – pausiert, kann man erkennen, dass etwas ins Aluminium eingeritzt ist: das Kürzel »E.R.«.

Der dritte Schlag erwischt Neureuther an der Hüfte. Ausgestreckt liegt sie da, zitternd, weinend. Sie unternimmt keinen weiteren Fluchtversuch. Trotzdem hat der Froschmann nicht genug. Er reißt den Baseballschläger in die Höhe und lässt ihn heruntersausen wie ein Henkersschwert. Falls er auf Neureuthers Kopf zielte, verfehlt er diesen teilweise. Die Keule streift lediglich die Schläfe. Gleichwohl löscht der Schlag ihr Bewusstsein aus. Die junge Frau zuckt einmal, zweimal. Liegt still.

Bei Minute 0:58 zieht sich der Froschmann Jeans und Unterhose hoch, schließt den Gürtel und wendet die Grinsefratze der Kamera zu. Er posiert linkisch neben der Reglosen, indem er den Baseballschläger dreimal durch die Luft pfeifen lässt. Dann reckt er die Hiebwaffe in die Höhe und blökt:

»*Feels good, man!*«

Mann, fühlt sich das gut an!

Er wirbelt herum und rennt stolpernd los. Die Kamera zoomt auf Neureuther und verharrt kurz auf ihr. Zoomt noch näher heran und filmt den Kopf. Undeutlich ist zu erkennen, dass die junge Frau stark blutet. Mit einer Großaufnahme ihres Gesichts endet das Video.

Noch in der Tatnacht wird es im Darknet hochgeladen. Es verbreitet sich wie ein Flächenbrand in den sozialen Medien. Bereits am nächsten Tag wird es tausendfach geteilt. Unzählige Menschen kommentieren.

»wie schrecklich! die arme frau!«, **schreibt jemand.** »weiß man schon wies ihr geht? ich bete dass sie überlebt!!!«

Twitter-Nutzerin »Heidelbitch« postet: »Hoffentlich finden sie die Drecksau! Für so einen sollte man glatt die Todesstrafe wieder einführen. Kopf ab, hängen, vergasen – ganz egal. Hauptsache, der ist für immer weg.«

»LonelyBoy88« hingegen twittert: »Also ich find's geil, wie der's der Schlampe gegeben hat. Findet hoffentlich reichlich Nachahmer. Die Weiber müssen kapieren, wo ihr Platz ist LOL«

Die Bemühungen von Michelles Eltern, das Video löschen zu lassen, sind so mühselig wie fruchtlos. Für jeden Clip, den die Plattformen entfernen, tauchen anderswo drei neue Kopien auf.

Dreieinhalb Monate nach der Gewalttat haben fünf Millionen Menschen das Video gesehen.

1

Kommissar Alexander Schwerdt von der Kripo Heidelberg hatte in seinen fünf Jahren beim Dezernat für Kapitaldelikte viel Verstörendes gesehen. Doch der kurze Clip übertraf alles.

Die unfassbare Gefühlskälte des Täters, die darin zum Ausdruck kam. Die schiere Bestialität, die menschenverachtende Häme. Und die wahnhaften Bilder: wie einem psychotischen Hirn entsprungen.

Alex saß vor dem Rechner, durch die angelehnte Tür fächerte blassgelbes Neonlicht in das dunkle Büro. Als das Video zu Ende war, spielte er es noch einmal ab. In den vergangenen dreieinhalb Monaten hatte er es sich unzählige Male angeschaut. Es verfolgte ihn im Schlaf. Und doch klickte er immer wieder auf Play. Nicht, weil er neue Hinweise zu finden hoffte. Die Experten der Kriminalpolizei hatten das Video längst mit modernster Technik analysiert und selbst kleinste digitale Spuren herausgefiltert. Alex wollte *verstehen*.

Was treibt einen zu so einer Tat?

Es war und blieb ihm unbegreiflich. Jedem normal denkenden und fühlenden Menschen war das unbegreiflich.

Der Angriff auf Michelle Neureuther hatte sich am 13. Oktober des vergangenen Jahres ereignet. Nachdem der Froschmann vom Tatort geflohen war, hatten vom Lärm alarmierte Passanten die Schwerverletzte gefunden und sofort den Notarzt gerufen. Neureuther wurde ins Krankenhaus gebracht und intensivmedizinisch behandelt. Als sie am frühen Morgen erwachte, war sie imstande, mit dem Kriminaldauerdienst zu sprechen. Anhand dessen, was sie zu Protokoll gab, konnte Alex, der den Fall übernahm, später den Tathergang rekonstruieren.

Zu Beginn des Wintersemesters war Neureuther auf einer Studentenparty gewesen. Auf dem Nachhauseweg hatte sie den Stadtteil Neuenheimer Feld durchquert, allein. Der Froschmann lauerte ihr in einer menschenleeren Straße auf, zerrte sie ins Gebüsch und drückte sie zu Boden, um sie zu vergewaltigen. Als er seine Hose öffnete, erschlaffte die Erektion, was ihn derart in Rage versetzte, dass er zum Baseballschläger griff und auf die Studentin einschlug.

Zur Identität des Täters konnte Neureuther keine Angaben machen, da die groteske Pappmachee-Maske sein Gesicht vollständig verdeckte.

Am 14. Oktober sah es noch so aus, als wäre sie außer Lebensgefahr. Doch schon in der Nacht zum 15. verschlechterte sich ihr Zustand, man behielt sie auf der Intensivstation. Weitere polizeiliche Befragungen waren nicht möglich.

Derweil ermittelte die Kripo mit Hochdruck. Der Leiter des Dezernats für Kapitaldelikte, Christian Stähle, richtete eine Sonderkommission ein, der Alex und fünfzig weitere Kriminalbeamte angehörten.

Gleichzeitig kam der Täter zu seinem Spitznamen. Die entsetzte Öffentlichkeit hielt die Maske fälschlicherweise für eine Referenz auf die *Muppet Show*. Sie taufte den Froschmann »Kermit«. Leider hielt Christian es für eine gute Idee, das ermittelnde Team daraufhin »Soko Kermit« zu nennen. Der Chef hatte fraglos viele Qualitäten – Fingerspitzengefühl zählte nicht dazu. Die Boulevardpresse spottete genüsslich.

Alex, der mit der Internetkultur vertraut war, hatte hingegen von Anfang an verstanden, was die Maske wirklich bedeutete. Der grinsende Frosch stellte die Comicfigur Pepe dar. *»Feels good, man!«,* Kermits triumphierender Ausruf am Ende des Videos, war ein Zitat aus den Pepe-der-Frosch-Comics und seit Jahren ein berüchtigtes Meme.

Pepe war das Emblem einer Szene, deren Mitglieder sich »Incels« nannten. Extremer Frauenhass trieb sie an. Das Kürzel auf dem Baseballschläger stützte Alex' These, dass der Täter der Szene angehörte. »E.R.« stand mit hoher Wahrscheinlichkeit für »Elliot Rodger«. Rodger, der sich in einem Krieg gegen Frauen wähnte, hatte 2014 im kalifornischen Isla Vista mehrere Menschen ermordet, ehe er sich eine Kugel in den Kopf jagte. Radikale Incels verehrten ihn wie einen Popstar, einen Märtyrer des Hasses. *»Going E.R.«* war Incel-Code für: Rodgers Amoklauf nachahmen.

Alex starrte mit zusammengebissenen Zähnen auf den Monitor. Eben holte Kermit zum vierten und letzten Schlag aus.

Die Folgen der Kopfverletzung, die Neureuther dadurch erlitten hatte, verschlimmerten sich mit der Zeit. Einige Wochen nach dem Angriff waren die Ärzte gezwungen, sie ins künstliche Koma zu versetzen. Neureuther bekam eine Gehirnblutung, bei der Behandlung gab es schwere Komplikationen. Am 26. November war sie gestorben.

Der vierte Schlag mit dem Baseballschläger hatte Kermit zum Mörder gemacht.

Die Incel-Szene feierte ihn dafür. Sie unterlegte den Clip mit aufpeitschender Musik, teilte ihn hämisch im Netz und nannte Kermit »den deutschen Elliot Rodger«.

Der in Wahrheit Lukas Schneider hieß.

Nach dreieinhalb Monaten zäher Polizeiarbeit war die Soko dem Tatverdächtigen endlich auf die Spur gekommen. Seit einigen Tagen wussten Alex und seine Kollegen, wo Schneider wohnte, wo er arbeitete, in welchen Internetforen er sich herumtrieb. Sie hatten seinen PC, seine DNA, sein Gesicht.

Seit wenigen Stunden kannten sie auch sein Versteck.

Das Video endete, der Bildschirm wurde schwarz. Alex war im Begriff, es noch einmal anzuschauen. Es wäre das fünfte Mal heute Nacht. Es war wie eine Obsession.

Er atmete tief ein und klickte es weg.

Wer zum Teufel hat es gedreht?

Das fragte er sich zum tausendsten Mal. Schneider konnte es unmöglich selbst gewesen sein. Ein Komplize filmte rund drei Meter vom Tatort entfernt aus dem Gebüsch heraus. Das Aufnahmegerät, vermutlich eine Digitalkamera, stand nicht auf einem Stativ; er hielt es in den Händen und zappelte dabei. Spuren hatte er kaum hinterlassen. Keine DNA, keine digitalen Indizien beim Upload des Clips ins Darknet. Nur ein paar undeutliche Fußabdrücke auf dem Rasenstück, die nicht ausreichen, um ihn aufzuspüren.

Vielleicht finden wir ihn heute Nacht, dachte Alex.

Sein Chef kam herein.

»Das SEK ist da«, sagte Christian.

Alex schaltete den Bildschirm aus, griff nach der Jacke.

Es war 0.30 Uhr am 6. Februar 2017.

2

Das Spezialeinsatzkommando, bestehend aus vier Männern und zwei Frauen, erwartete sie auf dem Parkplatz der Kriminalpolizeidirektion. Die Gruppenführerin hieß Sofija Marković. Sie war eine kleine, drahtige Person mit straff zurückgebundenem Haar.

»Wer von euch hat sich eigentlich den selten dämlichen Namen ›Soko Kermit‹ ausgedacht?«, fragte sie.

»Was ist daran dämlich?«, grunzte Christian indigniert.

»Alles.«

»Er ist griffig und eingängig, ergo ein guter Soko-Name.« Der Dezernatsleiter trat seine Zigarette aus und versuchte wie üblich, mit einem markigen Spruch die Kontrolle über die Situation zurückzuerlangen. »Männers! Jetzt machen wir mal schön Einsatzbesprechung.«

Christian war Hauptmann bei den Feldjägern gewesen, ehe er Ende der Neunziger bei der Polizei angefangen hatte. Alex kam gut mit ihm aus – solange sie es vermieden, über Politik zu diskutieren. Sofija zog eine Augenbraue hoch. »Nur die ›Männers‹?« Sie zeichnete Anführungszeichen in die Luft. »Sollen die Frauen weghören, oder was?«

Klugerweise verzichtete Christian auf einen weiteren Kommentar und machte eine beschwichtigende Handbewegung. Die beiden Kripobeamten prüften ein letztes Mal ihre Dienstwaffen und stiegen in den Personentransporter zu den schwarz gekleideten SEK-Leuten.

»Wohin?«

Alex nannte die Adresse. Der Fahrer fütterte das Navi und startete den gepanzerten Sprinter. Eisregen setzte ein und prasselte gegen die Scheiben, als sie Richtung Römerkreis fuhren. Ein Streifenwagen hielt sich direkt hinter ihnen.

»Die Zielperson heißt Lukas Schneider.« Christian reichte Fotos herum. »Neunzehn Jahre alt, bisher nicht polizeibekannt. Ein ›Incel‹ …«

»Was ist das?«, fragte Sofija.

»Ein *involuntary celibate*«, erklärte Alex. »Eine neue Szene, bestehend aus jungen Männern, die unfreiwillig zölibatär leben, weil sie bei Frauen nicht ankommen. Incels sind vor allem im Internet aktiv. In einschlägigen Foren stacheln sie sich gegenseitig auf, im Extremfall bis zum Mord.«

»Ihr habt ja sicher alle das Video gesehen«, fuhr Christian fort. »Schneider trug bei der Tat eine Maske, sodass es lange dauerte, ihn zu ermitteln. Schließlich fand Alex einen Zeugen, der ihn beschreiben konnte, aber leider den Namen nicht wusste.«

»Wie ist das abgelaufen?«

»Komplizierte Geschichte, erkläre ich euch nachher«, sagte Alex. »Jedenfalls mussten wir Schneider mittels Phantombild suchen. Das hat er natürlich mitgekriegt. Er ist abgetaucht, sodass wir ihn in seiner Wohnung nicht mehr antrafen, als wir endlich den Namen hatten. Aktuell versteckt er sich in der Villa der ›Burschenschaft Gothia zu Heidelberg‹. Die Mitglieder nennen sich ›Gothen‹. Ein Anwohner hat Schneider gegen 18 Uhr am Fenster gesehen. Seitdem observieren wir das Gebäude. Vor gut anderthalb Stunden kam die Bestätigung, dass es wirklich Schneider ist, den der Zeuge gesehen hat.«

»Das MEK ist vor Ort?«, fragte Sofija, während sie auf den Gaisberg-Tunnel zufuhren.

»Das Mobile Einsatzkommando haben wir auf die Schnelle nicht gekriegt«, antwortete Christian. »Ich hab einen Mann oben. Die Zielperson hält sich aktuell im Zimmer eines Burschenschaftlers auf. Möglicherweise ist das der Mittäter, der das Video gedreht hat. Blond, etwa in Schneiders Alter. Die Identität ließ sich bislang nicht feststellen.«

»Wieso sind die so gut zu erkennen? Haben die nicht den Vorhang zugezogen?«

»Sie verhalten sich ziemlich unvorsichtig«, erklärte Alex. »In den vergangenen neunzig Minuten haben sie zweimal das Fenster aufgemacht, ohne im Zimmer das Licht auszuschalten. Vermutlich nehmen sie Drogen. In Schneiders Wohnung haben wir Speed gefunden.«

»Waffen?«

»Wissen wir nicht. Aber ihr habt ja gesehen, wie aggressiv Schneider ist. Rechnet mit Widerstand.«

Damit war alles gesagt, die Beamten schwiegen. Der Sprinter verließ den Tunnel und kämpfte sich wenig später den Schlossberg hinauf. Sie fuhren langsam, aber der Allradantrieb bewältigte die einsetzende Glätte mühelos.

Alex saß neben Christian, sein Chef roch nach Zigarettenrauch. Alex war jahrelang Gelegenheitsraucher gewesen, vor einigen Monaten hatte er endgültig aufgehört. Jetzt hätte er sich liebend gern einen Glimmstängel angesteckt.

Sie fuhren an dem Zivilwagen vorbei, aus dem Lutz die Gothia-Villa observierte. Hundert Meter vom Burschenschaftshaus entfernt, hinter einer scharfen Wegbiegung, parkten sie den Sprinter. Die Beamten stiegen aus. Inzwischen fiel Schneeregen, dicke, matschige Flocken. Die Schutzpolizisten im Streifenwagen stellten den Motor ab und ließen den Scheibenwischer laufen. Christian zündete sich eine Zigarette an. Alex konnte sich gerade so beherrschen, ihn nicht anzuschnorren. Er zog sich die gefütterte Kapuze über und beobachtete die Villa, während die SEK-Leute Sturmhauben und Kevlarwesten anlegten.

»Habt ihr Gebäudepläne?«, fragte Sofija.

»Leider nicht«, antwortete Christian. »Aber der Kollege erklärt euch gleich, wo ihr hinmüsst.«

Lutz musste sie gesehen haben. Eben eilte der hagere Kriminalhauptkommissar an der einzigen Straßenlaterne vor der Villa vorbei und kam die Straße herauf, eine modische Wollmütze auf dem Kopf.

»Was Neues?«, fragte Christian.

»Wenn es so wäre, hätten wir euch angefunkt.« Lutz begrüßte die SEK-Leute knapp. »Weiterhin statische Lage, keiner hat das Gebäude verlassen. Schneider und sein Buddy sind noch im Zimmer und hören Musik. Sieht aus, als würde der Fernseher laufen.«

Sie gingen ein Stück die Straße hinunter. Die Villa aus dem späten neunzehnten Jahrhundert war ein verwinkeltes Gebäude, doch die Straßenlaterne war zu weit weg, als dass man Einzelheiten hätte erkennen können. Es war umgeben von winterkahlen Bäumen und einer Hofmauer. Nur in einem einzigen Fenster brannte Licht.

»Da müsst ihr hin«, instruierte Lutz das SEK. »Der kürzeste Weg für euch: durch den Vordereingang rein, über die Treppe in dem Ecktürmchen hoch in den ersten Stock.«

»Was ist mit den anderen Hausbewohnern – schlafen die?«, fragte die Gruppenführerin.

»Die sind ausgeflogen.«

»Wahrscheinlich sind sie auf dem Stiftungsfest einer befreundeten Burschenschaft in Leipzig«, erklärte Alex. »Vermuten wir zumindest – auf die Schnelle konnten wir das nicht nachprüfen.«

»Dann greifen wir uns mal euren Kermit.« Sofija lächelte Christian zuckersüß an. »Ihr wartet derweil hier … *Männers.*«

3

Der SEK-Beamte stellte die Teleskopleiter an die Mauer. Sofija war die Erste, die hinaufkletterte und in den Hof sprang. Den Aufprall federte sie mit den Knien ab. Während sie sich aufrichtete, zog sie ihre Pistole, alles in einer einzigen fließenden Bewegung. Mit der Heckler & Koch im Anschlag sicherte sie den kleinen Vorhof, während die Kollegen zügig zu ihr aufschlossen.

Nach wie vor war die Villa dunkel und still. Nur aus dem Zimmer, wo sich die Zielperson aufhielt, drangen dumpfe Bässe und fahles Bildschirmflimmern. Sofija biss die Zähne zusammen. Sie konnte nicht leugnen, dass sie angespannter als sonst war. Dies war ihr letzter Einsatz für das SEK Baden-Württemberg. Schon nächste Woche wechselte sie in den Innendienst, um sich auf die neue Verwendung vorzubereiten. Sie hatte keine Lust, sich auf der Zielgeraden eine Kugel einzufangen.

Doch Angst war seit jeher ein schlechter Ratgeber. Sie atmete tief ein und aus, besann sich auf das harte Training, auf ihre langjährige Erfahrung mit derartigen Einsätzen. Ihre Leute waren die Besten. *Sie* war die Beste. Binnen weniger Sekunden wich die Anspannung intensiver Konzentration.

Sie gab einem Beamten ein Zeichen. Der zog die Leiter auf die volle Länge aus, stellte sie an dem kleinen Balkon vor dem fraglichen Zimmer an und kletterte mit katzengleicher Agilität hinauf, gefolgt von einem Kollegen. Die beiden verbargen sich rechts und links der gläsernen Balkontür für den Fall, dass die Zielperson diesen Weg wählte, um zu fliehen. Das hielt Sofija zwar für unwahrscheinlich, bei einem Sprung aus dieser Höhe brach man sich ziemlich sicher die Knochen. Doch in ihren zwölf Jahren beim SEK hatte sie Tatverdächtige die verrücktesten Dinge tun sehen. Besonders, wenn Drogen im Spiel waren.

Während die beiden den Balkon sicherten, huschte Sofija mit den anderen zur Vordertür. Drei kräftige Stöße mit der Ramme genügten, um sie aufzubrechen. Die vier Beamten schlüpften hinein. Die Lichtstrahlen ihrer Taschenlampen strichen über die holzgetäfelten Wände einer Eingangshalle, behängt mit Wimpeln und gerahmten Fotos. Sofija lauschte. Keine aufgeregten Schreie, keine trampelnden Schritte. Alles war still, abgesehen von der leisen Musik, die von oben kam. Offenbar hatte niemand ihr Eindringen bemerkt.

Das Gebäude war verwinkelt und unübersichtlich. Mehrere Türen gingen von der Halle ab. Hier konnte man sich leicht verlaufen. Sofija musste sich auf ihren Orientierungssinn verlassen und folgte den wummernden Bässen. Sie führte ihre Leute in einen Flur mit mehreren Zimmern.

Licht flutete in den Korridor, als sich plötzlich eine der Türen vor ihr öffnete. Eine Gestalt verließ das Zimmer, machte kleine, wankende Schritte, gefror jäh in der Bewegung.

»Was zum Fick …?«, krächzte sie mit verklebter Stimme.

»Polizei! Hände hoch und auf den Boden!«, bellte Sofija.

Der junge Mann im Schlafanzug reagierte nicht. Mit aufgerissenen Augen starrte er das SEK an. Sofija und ein Kollege hasteten zu ihm, packten ihn an den Armen, traten ihm die Beine weg. Eine halbe Sekunde später lag er stöhnend auf dem Boden. Sofija hielt ihn fest. Er stank nach Schweiß und strahlte Hitze ab wie ein Radiator. Sie leuchtete ihm mit der Taschenlampe ins Gesicht. Er war nicht die Zielperson. Auch nicht deren Komplize. Der junge Mann war dunkelhaarig, nicht blond.

»Was wollen Sie?«, röchelte er. »Lassen Sie mich los!«

»Wieso sind Sie nicht mit den anderen Hausbewohnern in Leipzig?«

»Hab 'ne fette Angina.« Er hustete. »Krieg keine Luft …«

Sofija ließ von ihm ab. Der Junggothe war derart schwach, dass er kaum aufstehen konnte. Sie half ihm. Kaum befand er sich wieder in der Aufrechten, schüttelte er ihre Hand ab und wich zurück.

»Was ist das hier überhaupt für eine Scheiße?«

»Ein Polizeieinsatz. Bitte gehen Sie in Ihr Zimmer und halten Sie die Tür geschlossen, bis wir Entwarnung geben.«

»Polizeieinsatz? Hat Jannik was angestellt?«

»Wer hält sich aktuell im Gebäude auf? Nur Jannik und Sie?«

»Klar. Die anderen sind alle auf dem Stiftungsfest.«

Mehr musste Sofija nicht wissen. Jetzt war ein schnelles Vorgehen angeraten, damit sie das Überraschungsmoment behielten. Als der Burschenschaftler zu einer weiteren Frage ansetzte, schob sie ihn ins Zimmer und zog die Tür zu. Er kam nicht wieder heraus, doch während das SEK zu den Stufen am Ende des Flures eilte, hörte sie ihn aufgeregt telefonieren.

»Ich bin's, Herr Dr. Arbogast. Sorry, dass ich so spät störe. Aber Sie glauben nicht, was hier grade abgeht …«

Über die Wendeltreppe im Ecktürmchen gelangten sie in den ersten Stock. Vor ihnen erstreckte sich ein weiterer dunkler Flur. Sie schlichen zur einzigen Tür, an der ein schmaler Lichtstreif zu sehen war.

Sofija hielt sich nicht damit auf, zu prüfen, ob sie abgesperrt war. Der Kollege schwang die Ramme und brach sie mit einem einzigen kräftigen Stoß auf. Mit einem Blick erfasste Sofija die Situation. Die Studentenbude bildete einen krassen Gegensatz zu den blitzsauberen Räumlichkeiten, die das SEK auf dem Weg hierher gesehen hatte. Das kleine Zimmer war, mit einem Wort, versifft. In dem Müll und dem Chaos stand eine Couch. Darauf saß breitbeinig die Zielperson, Kopfhörer auf den Ohren, und spielte ein Videospiel. Aus zwei Boxen dröhnte deutscher Hip-Hop, eine aggressive Stimme rappte:

Ihr nennt mich Nazi, ihr nennt mich Faschist
Mir scheißegal, ich sag euch, wie's ist
Kanaken und Linke sind Deutschlands Tod
Die Pest ist die Antifa, Gesindel in Rot

Ein blonder junger Mann stand bei der Balkontür und stellte mit konzentrierter Miene einen Fechtkampf nach, indem er eine Art Säbel durch die Luft zischen ließ. Nachdem die Tür aufgeflogen war, machte er damit noch eine Sekunde weiter, ehe er erschrocken zurücktaumelte.

18

»Fuck! Lukas!«

Sofija richtete die Pistole auf den Blonden. »Lassen Sie die Waffe fallen – sofort!«

Die Zielperson bekam von alldem nichts mit, sie starrte auf den Fernseher. Erst als die SEK-Leute das Zimmer stürmten, riss sie sich den Kopfhörer von den Ohren und sprang auf.

»Scheiße!«, kreischte Lukas Schneider.

Der Tatverdächtige schrie wie am Spieß, als Sofijas Kollegen ihn zu Boden brachten. Der Blonde hielt immer noch die Fechtwaffe in der Hand, sein Blick zuckte wild umher. Das Ding war definitiv kein Spielzeug, es sah messerscharf aus.

»Runter damit!«, rief Sofija noch einmal.

Statt der Aufforderung nachzukommen, wich er in die Zimmerecke zurück. Die krass geweiteten Pupillen sprachen Bände. *Der hat Speed intus. Nicht gut.*

Die Kollegin kam ihr zu Hilfe und hielt den Blonden mit der Pistole in Schach, während Sofija ihre Heckler & Koch wegsteckte und langsam auf ihn zuging.

»Ich nehme Ihnen jetzt den Säbel weg. Wenn Sie mich angreifen, schießen wir.«

Sein ganzer Körper war erstarrt. Nur die Klinge pendelte langsam hin und her. Sie griff nach dem Knauf, doch er hielt die Fechtwaffe fest umklammert.

»Loslassen!«

Statt zu gehorchen, blies er die Backen auf. Sein Kopf ruckte vor. Er griff sie nicht an. Er kotzte ihr nur auf die Schutzweste.

4

Alex versuchte zu erkennen, was in dem Zimmer vor sich ging. Doch der Vorhang an der Balkontür war größtenteils zugezogen, er konnte nur zuckende Schatten sehen und hörte dumpfes Gebrüll.

Christian rauchte wie ein Schlot.

Schließlich verstummte der Lärm aus der Stube. Sofija schob den Vorhang zur Seite, öffnete die Balkontür und hob den Daumen.

Die Kripobeamten atmeten unisono aus.

Drei SEK-Leute verblieben im Gebäude. Sofija und die anderen kamen heraus und führten zwei junge Männer in Handschließen ins Freie.

Der eine war Lukas Schneider alias Kermit.

Für ein Monster, das eine ganze Region in Furcht und Schrecken versetzte, bot der schlaksige junge Mann einen jämmerlichen Anblick. Er zitterte. Neben der Angst setzte ihm die Kälte zu, er trug nur eine Jogginghose, ein ausgewaschenes T-Shirt und Flipflops an den nackten Füßen. Fettiges Haar klebte am Schädel.

Der andere war mindestens fünfzehn Zentimeter kleiner und schmächtig. Sein kurzes blondes Haar war nach Art der Gothen seitlich gescheitelt, er trug eine Cordhose und einen ausgewaschenen Pullover. Obwohl Mitglied einer schlagenden Verbindung, konnte Alex in dem blassen Gesicht keinen Schmiss entdecken, nur reichlich Leberflecken. Vermutlich war er der Burschenschaft erst kürzlich beigetreten und hatte die Mensur noch vor sich.

Beide stanken nach Zigarettenrauch und Bier, doch die weit aufgerissenen Augen waren klar. Der Zugriff hatte sie schlagartig nüchtern gemacht.

»Haben sie Widerstand geleistet?« Christian trat die Kippe aus.

»Die Zielperson hat ein Videospiel gespielt. Bevor sie kapiert hat, was los ist, war sie schon auf dem Boden. Der da« – Sofija nickte zu dem Blonden – »hat mit einem Schwert rumgefuchtelt und mich vollgekotzt. Passt trotzdem auf. Wenn mich nicht alles täuscht, hat der Amphetamine intus. Eine unschöne Überraschung gab's außerdem. Nicht alle Gothen sind ausgeflogen. Im EG haben wir einen angetroffen. Hat eine Halsentzündung und konnte nicht mit zum Stiftungsfest.«

»Hat er Probleme gemacht?«

»Der ist viel zu krank, um Unsinn anzustellen. Wir haben ihn in sein Zimmer geschickt. Die Kollegin schaut, dass er da bleibt.«

»Danke euch – gute Arbeit. So, dann wollen wir mal.« Christian forderte Schneider auf, seine Personalien anzugeben.

»Du sagst kein Wort!«, zischte der Blonde, dem Erbrochenes am Kinn klebte.

Schneider zitterte immer heftiger. Er starrte zu Boden, die Lippen zusammengekniffen.

»Gut, wie Sie wollen«, sagte Christian. »Wir werden Sie ohnehin erkennungsdienstlich behandeln. Habt ihr ihn schon gefilzt?«

Sofija bejahte. »Hatte nichts bei sich, nur die Kleidung am Leib. Ich geh mich mal sauber machen.«

Christian belehrte den Tatverdächtigen über seine Rechte. »Gegen Sie liegt ein Haftbefehl vor. Wegen Mordverdachts nehmen wir Sie vorläufig fest.«

Die Uniformierten führten Schneider nicht übermäßig sanft zum Streifenwagen. Alex zückte derweil sein Notizbuch und nahm sich den Blonden vor.

»Name? Ich weise Sie darauf hin, dass Sie verpflichtet sind, Ihre Personalien anzugeben«, erklärte er, als sein Gegenüber schwieg.

»Der heißt Jannik«, sagte Sofija, die eben vom Sprinter zurückkam.

Alex schaute den Blonden auffordernd an. »Und weiter?«

»Trabold«, antwortete der junge Mann widerwillig und starrte ihn provozierend an. Anders als Schneider wirkte er nicht sonderlich verängstigt.

»Wohnort?«

»Na hier.«

»Haus der Burschenschaft Gothia zu Heidelberg?«, hakte Alex der Form halber nach.

»Hab ich doch gesagt.« Trabold mochte Anfang zwanzig sein, er benahm sich jedoch wie ein pubertierender Teenager. Auch die übrigen Fragen zu seiner Identität beantwortete er maximal patzig.

Alex schrieb in Ruhe alles auf und belehrte ihn. »Wegen Verdachts auf Strafvereitelung und Beihilfe zum Mord nehmen wir Sie vorläufig fest. Zur Vernehmung bringen wir Sie auf die Wache. Dort machen wir auch ein Drogenscreening.«

»Mord? Lachhaft. Mein Anwalt wird dich auseinandernehmen.«

Alex kommentierte das nicht. Die Streifenbeamten kamen zurück und führten Trabold ab.

Alex atmete tief durch. Es war geschafft – endlich. Allen war die Erleichterung anzusehen. Christian schüttelte Hände und dankte ihnen für den schweren, monatelangen Einsatz.

»Dir besonders, Alex. Das war erstklassige Arbeit. Gehen wir rauf …«

Dem Dezernatsleiter fiel etwas ein, er zog sein Handy aus der Manteltasche. »Aber zuerst ruf ich die Neureuthers an und sag ihnen, dass wir ihn haben.«

Während er durch sein Adressbuch scrollte, zogen Alex und Lutz Handschuhe, Füßlinge und weiße Overalls an. Christian brauchte ewig, um die Nummer zu finden. Smartphones und überhaupt alles Digitale waren nicht seine Welt.

»Ich hab's gleich, kann sich nur um Stunden handeln …«

Plötzlich klingelte das Handy. Christian ging ran und kam kaum dazu, seinen Namen zu nennen. Der Anrufer redete schnell und schneidend auf ihn ein. Sogar aus mehreren Metern Entfernung konnte Alex die Worte »Überfall«, »Ungeheuerlichkeit« und »Konsequenzen« verstehen. Mit dem Handy am Ohr blickte Christian in die Runde und formte mit den Lippen den Namen »Arbogast«.

Alex war nicht überrascht. Dr. Gregor Arbogast war nicht nur der Vorsitzende des Gothia-Altherrenverbandes, sondern auch ein berüchtigter Anwalt, der der Heidelberger Justiz – wie Christian es formulierte – gehörig auf den Sack ging.

»Immer langsam mit den jungen Pferden«, fiel Christian dem aufgebrachten Juristen jovial ins Wort. »Es hat alles seine Richtigkeit, Herr Dr. Arbogast. Wir haben die nötigen Beschlüsse, die Sie selbstverständlich … Natürlich … Das ist Ihr gutes …«

»Das kann dauern«, sagte Lutz. »Wir gehen schon mal rein.«

5

Drinnen brannte inzwischen überall das Licht. In dem holzgetäfelten Flur, der von der Eingangshalle abging, stand eine SEK-Beamtin und redete auf einen jungen Mann im Schlafanzug ein.

»Gehen Sie bitte zurück ins Zimmer und bleiben Sie da, bis der Polizeieinsatz beendet ist.«

»Erstens heißt das ›auf Stube‹, nicht ›ins Zimmer‹. Zweitens seh ich das überhaupt nicht ein«, empörte sich der leichenblasse Gothe. »Ich wohne hier, ich kann machen, was ich –« Er bemerkte die beiden Kripobeamten und fuhr zu ihnen herum. Anders als Trabold trug er einen Schmiss zur Schau. »Was fällt Ihnen ein? Sie können doch nicht einfach bei uns einbrechen. Das ist Polizeiwillkür! Sind wir hier in der DDR …« Ihm versagte die Stimme, und er krümmte sich unter einem Hustenanfall.

Lutz präsentierte ihm den Durchsuchungsbeschluss. »Lassen Sie uns bitte durch.«

Der junge Mann hörte auf zu husten, wischte sich die schleimverklebte Hand an der Hose ab und setzte zu einer neuen Tirade an. Lutz schob ihn sanft, aber bestimmt zur Seite, und sie stiegen die Treppe hinauf.

Das Obergeschoss wurde gerade von zwei SEK-Leuten nach etwaigen Gefahrenquellen durchsucht.

»Wie sieht's aus?«, sprach Lutz einen an.

»Alles okay. Hier ist niemand mehr. Aber eine Sache müsst ihr euch anschauen.«

Der SEK-Mann führte die Kripobeamten zu einer Stube am Ende des Flurs. Das kleine, blitzblanke Zimmer enthielt außer einem überkorrekt gemachten Bett nur wenige Möbel. Über dem Schreibtisch, auf dem wirtschaftswissenschaftliche Fachliteratur stand, hing ein gerahmtes Bild von Joseph Goebbels.

»Das dürfte die Kollegen vom Staatsschutz interessieren.« Umständlich zog Alex sein Handy unter dem Overall hervor und machte ein Foto.

Sie gingen den Flur zurück zu Trabolds Stube. Alex schob die zertrümmerte Tür auf. Das Zimmer war ähnlich möbliert wie das des Goebbels-Fans, aber in einem chaotischen Zustand. Obwohl das Fenster offen stand, stank es nach Zigarettenrauch. Auf dem Boden lagen verstreute Kleidungsstücke, in einer Ecke eine blaue Isomatte, darauf ein zerknautschter Schlafsack. Vor der Couch türmten sich leere Junkfood-Verpackungen, Schnapsflaschen und Bierdosen; dazwischen bildeten Kabel, Kopfhörer und diverse Controller für die Spielekonsole ein Wirrwarr.

»Wow«, meinte Lutz. »Kann fast mit deinem Büro mithalten.«

»Ich hab mich gebessert«, protestierte Alex halbherzig.

»Wenn du meinst. Legen wir los, damit wir heute Nacht wenigstens ein bisschen Schlaf bekommen.«

Sie durchsuchten die Studentenbude, machten Fotos und asservierten mögliche Beweismittel. Etwa eine Art Säbel, der inmitten des Durcheinanders auf dem Boden lag: vermutlich das Schwert, das Sofija erwähnt hatte. Es handelte sich um einen Korbschläger, die traditionelle Fechtwaffe schlagender Verbindungen.

In einem Regal standen geschätzt über hundert DVDs. Alles Horrorfilme. Alex betrachtete den Flachbild-TV, an den die Konsole angeschlossen war. Schneider hatte *Assassin's Creed* gespielt. Sein Charakter stand eingefroren im achtzehnten Jahrhundert herum, seit er vor Schreck den Controller fallen gelassen hatte. *Könnte ich auch mal wieder spielen.* Alex schaltete die Konsole aus und packte das Gerät ein.

Er öffnete den Wandschrank. Die gebügelten Hemden und Hosen, alles Kaufhausware, hingen in Reih und Glied auf den Kleiderbügeln: ein Hinweis, dass Trabold nicht immer chaotisch gewesen war, sondern erst vor Kurzem die Kontrolle über sein Leben verloren hatte.

Wo ist die Digitalkamera?

In einem separaten Fach hing Trabolds burschenschaftliche Uniform. Eine Kamera fand Alex nicht, wohl aber einen grünen Müllsack auf dem Schrankboden, versteckt hinter mehreren Schuhkartons. Er öffnete den Plastikbeutel und zog einen Baseballschläger heraus. »E. R.« war in das Aluminium eingeritzt.

»Ich hab die Tatwaffe.«

Vorsichtig legte er den Baseballschläger zur Seite und griff ein zweites Mal in den Beutel.

Ein grünes Froschgesicht aus Pappmachee grinste ihn an.

Feels good, man!

6

Nachdem sie die Stube versiegelt hatten, vernahmen Alex und Lutz den kranken Burschenschaftler. Der beteuerte, die letzten Tage im Bett verbracht und nichts von Schneiders Anwesenheit im Haus gewusst zu haben.

Sie verließen die Villa. Mittlerweile war es fast vier. Es schneite heftig.

»Könnt ihr mal kurz kommen?« Christian stand rauchend bei den SEK-Leuten, die inzwischen bequeme Winterjacken trugen und sich mit heißem Tee und belegten Brötchen stärkten. »Ihr dürft gleich heia machen. Wir müssen nur noch schnell ein, zwei Sachen besprechen.«

Alex hatte eine Ahnung, was jetzt kam. Seit Wochen gab es Gerüchte über bevorstehende personelle Umbrüche bei der Kriminalpolizei, doch keine Führungskraft hatte sich bisher zu konkreten Aussagen hinreißen lassen. Offenbar wollte Christian die Bombe platzen lassen, nun, da die Arbeit der Soko nahezu abgeschlossen war. Von langwierigen »Personalentwicklungsgesprächen« hielt er nichts. Er zog es vor, solche Infos seinen Leuten zwischen Tür und Angel vor den Latz zu knallen – auch nachts um vier, wenn ihm danach war.

»Euer geliebter Chef verlässt euch«, verkündete er. »Sowie der Kermit-Fall in trockenen Tüchern ist, hüpf ich das Karrieretreppchen eine Stufe rauf. Höherer Dienst. Ihr dürft mich demnächst mit ›Kriminalrat‹ anreden.«

»Dann sag ich mal: herzlichen Glückwunsch!« Lutz lächelte. »Wo geht's denn hin?«

»Leitung der K1. Ich hab mich auf den vakanten Posten beworben und den Zuschlag gekriegt.«

Die Kriminalinspektion 1 war die nächsthöhere Abteilung, zu der unter anderem die Dezernate 11 – Kapitaldelikte – und 12 – Sexualdelikte, genannt die »Sitte« – gehörten.

»Dann bleibst du uns ja erhalten«, sagte Alex.

»So sieht's aus, mein Freund und Kupferstecher. Euren Oberguru werdet ihr so bald nicht los.«

»Wer wird dein Nachfolger im Elften?«

»Kann ich euch leider nicht sagen. Die Führungsgruppe hält sich bedeckt. Es sind wohl verschiedene Namen in der engeren Auswahl. Fest steht nach meiner Kenntnis bisher nur, dass jemand von außerhalb kommen wird. Frischer Wind, neue Besen et cetera.«

Alex streifte Lutz mit einem Blick, während er sich einen Tee nahm. Der Kriminalhauptkommissar war nach Christian der dienstälteste Beamte im Elften, er hätte durchaus Ansprüche auf die Stelle des Dezernatsleiters anmelden können. War Lutz verärgert, dass man ihn nicht in Betracht zog? So sah er nicht aus. Wie Alex ihn einschätzte, hegte er keine besonderen Ambitionen, Führungskraft zu werden. Der Kollege liebte die Ermittlungsarbeit auf der Straße.

»›Jemand von außerhalb‹?«, wiederholte Lutz. »Come on! Damit kannst du uns nicht abspeisen. Ein bisschen mehr musst du doch gehört haben.«

»Nur Gerüchte«, meinte Christian zögernd und steckte sich noch eine Zigarette an. »Eventuell kommt ein Mann von den Spezialkräften.«

»Wenn ich gerade mal einhaken darf«, bemerkte Sofija. »Es wird kein Mann von den Spezialkräften.«

Der Noch-Dezernatschef schaute sie stirnrunzelnd an. »Woher willst du das wissen?«

»Weil ich die Stelle bekommen habe.«

Christian stand da wie ein zu groß geratenes Räuchermännchen, Kippe in der Hand, dicke Schwaden quollen ihm aus den Nasenlöchern. »Was gibt's da zu lachen?«, blaffte er Alex an.

»Hat nichts mit dir und deinem *sehr* intelligenten Gesichtsausdruck zu tun. Muss die Übermüdung sein.« Alex wandte sich an Sofija. »Wann stößt du zu uns?«

»Ich muss noch ein paar Monate Innendienst hinter mich bringen. Mai, Juni, schätze ich.«

»Na dann: auf die baldige Zusammenarbeit. Heidelberg wird dir gefallen. Nettes Städtchen.«

»Oh, ich kenne Heidelberg. Hab da lange gelebt, nachdem meine Familie nach Deutschland gekommen war.«

Alex und die SEK-Frau stießen mit den Teebechern an.

»Ich stör dich ja ungern beim Einschleimen, aber freunde dich besser mal nicht zu sehr mit der neuen Chefin an«, grätschte Christian dazwischen. »Der Kermit-Fall ist dein letzter im Elften. Wenn die Ermittlungen eingetütet sind, wechselst du zur Sitte.«

»Ist das ein Witz?«, fragte Alex.

Der Dezernatsleiter verneinte. »Hat die Führungsgruppe die Tage entschieden. Zwölf hat brutalen Personalmangel, die brauchen dringend Leute.«

»Wir sind auch chronisch unterbesetzt.«

»Beim Zwölften ist es schlimmer. Ein Kollege da hatte letzte Woche einen schweren Unfall. Fraglich, ob der je in den aktiven Dienst zurückkehren kann. Du wirst ihn ersetzen. Jetzt schau mich nicht an wie ein Lamm auf der Schlachtbank. Ich weiß, sieht aus wie eine Strafversetzung, ist aber keine.« Christian schlug versöhnlichere Töne an. »Ich soll dir ausrichten, dass die oberen Zehntausend alle sehr zufrieden mit dir sind. Was du in der Soko geleistet hast, macht dir so schnell keiner nach. Genau deshalb will dich die Sitte. Du hast ein Händchen für das Pack. Also Triebtäter und so weiter. Und damit dir der Abschied vom Elften nicht so schwerfällt, wirst du befördert. Demnächst darfst du dich ›Kriminaloberkommissar‹ schimpfen.«

»Okay«, meinte Alex nur.

»Ich seh schon, deine Begeisterung hält sich in Grenzen. Aber es können halt nicht alle Mörder jagen. Irgendwer muss auch Vergewaltiger, Pädophile und das ganze Gesocks einbuchten.« Christian machte eine Pause, fischte eine neue Zigarette aus der Packung und ergänzte nachdenklich: »Und die Kasper, die in der StraBa wichsen. Einfach abartig, diese Leute. Die muss man ganz entschieden aus dem Verkehr ziehen.«

7

Die Beweislast war erdrückend. Am 22. Mai 2017 verurteilte die Jugendkammer des Landgerichtes Heidelberg Lukas Schneider wegen Mordes an Michelle Neureuther zu einer Freiheitsstrafe von neun Jahren und acht Monaten.

Schneider beteuerte unter Eid, Trabold habe ihn zu dem Angriff angestiftet; der sei bei der Tat zugegen gewesen und habe sie gefilmt. Trabold bestritt das vehement und sagte aus, er habe erst durch Presseberichte von dem Verbrechen erfahren. Die Kriminalpolizei fand weder die Digitalkamera noch andere Beweise gegen Trabold, sodass ihm weder Anstiftung noch Beihilfe zur Haupttat nachgewiesen werden konnten. Er gestand lediglich, Schneider vor der Polizei in seiner Stube versteckt zu haben. Für Strafvereitelung bekam er eine Freiheitsstrafe von neun Monaten auf Bewährung.

Die Gothia zu Heidelberg verurteilte Trabolds Verhalten aufs Schärfste. Der Vorsitzende der Alten Herren, Dr. Gregor Arbogast, sagte aus, Trabold habe allein gehandelt, kein anderes Mitglied der Burschenschaft habe von Schneiders Anwesenheit gewusst. Die Soko »Kermit« kam nach umfangreichen Ermittlungen ebenfalls zu dem Ergebnis, dass keine weiteren Gothen in den Fall verstrickt waren.

Trabold wurde aus der Burschenschaft ausgeschlossen.

Die Kriminalpolizei konnte schlussendlich nicht klären, wer den Angriff auf Michelle Neureuther gefilmt hatte.

Gleichwohl dachten die Mitglieder der Soko »Kermit« bei Schneiders Verurteilung: *Es ist vorbei.*

Dabei war das erst der Anfang.

KAPITEL EINS

PANOPTIKUM

Fünf Jahre und drei Monate später

Er ist allein unter sechzigtausend Toten.

Der Rücken tut ihm weh, aber das kommt vom langen Kauern im Gebüsch. Heute ist einer seiner besseren Tage. Gräber im Zwielicht umgeben ihn. Urnengräber, Säulengräber, Kriegsgräber, schlichte und prunkvolle, ordentliche und ungepflegte, Pyramiden neben Kuppelbauten, Kreuze aus Gusseisen neben Mausoleen mit Bleitüren. Gräber so vielfältig wie das Sterben selbst. Gibt es einen Nachtwächter? Er weiß es nicht, es kümmert ihn nicht sonderlich. Der Frankfurter Hauptfriedhof ist eine unübersichtliche Totenstadt mit zahllosen Verstecken, er kann sich leicht vor Blicken verbergen.

Im August schließt der Friedhof um 21 Uhr. Seitdem wartet er. Als es endlich dunkel ist, steht er mit zusammengebissenen Zähnen auf und schultert den Trekkingrucksack, was den Schmerz zwischen den Schulterblättern kurz aufflammen lässt. Er hat an alles gedacht, hat es zigmal nachgeprüft. Klappspaten, Eimer, Hacke, Stemmeisen, Beil, Kühlbox. Auch die Taschenlampe liegt im Rucksack, doch er braucht sie nicht. Er hat sich alles präzise eingeprägt, er findet sich auch bei Nacht zurecht.

Die Nacht ist seine Zeit. Eigentlich der frühe Morgen. Aber so lange kann er nicht warten.

Er folgt dem Verlängerten Gruftenweg; vereinzelte Grablichter, in Messing eingefasst, flackern links und rechts. Er denkt an das alte Ägypten, an die Grabräuber im Tal der Könige. Waren sie genauso nervös, ängstlich, erwartungsvoll wie er?

Vor ihm zuckt ein Schatten. Der Schreck durchfährt ihn wie ein Elektroschock, er will ins Gebüsch springen. Doch es ist nicht der

Nachtwächter, der ihn zur Rede stellen will. Nur ein kleines Tier, das huschend den Weg quert, ein Eichhörnchen vermutlich.

Er atmet tief ein und aus, geht zügig weiter.

Zu seiner Linken liegt der Neue Jüdische Friedhof, zu seiner Rechten der Betriebshof mit den Fahrzeugen des Grünflächenamtes. Dahinter kommt der Grünschnittabladeplatz, was für ein Wort, dann Wasserstelle 100, ein Metallgestell mit einer Plastikgießkanne, es ist nicht mehr weit. Am Wegesrand kann er einen Markstein erkennen. Es ist zu dunkel, um die Inschrift zu lesen, aber er weiß auch so, was draufsteht: Gräberfeld XXVI.

Er verlässt den breiten Weg und folgt einem mit vermoosten Steinplatten belegten Pfad durch die Büsche und Hecken. Nach exakt vierzehn Schritten gelangt er zu zwei Gräbern vor einer verwitterten Sandsteinmauer. Das vordere ist alt und unter den wuchernden Pflanzen kaum zu sehen. Ein schriller gelber Aufkleber warnt die Hinterbliebenen, dass ein verwahrlostes Grab nach der Friedhofsordnung abgeräumt werden könne.

Das hintere ist frisch. Gerade einmal zwei Tage alt. Ein einfaches Holzkreuz mit dem Namen des Toten steckt in der Erde, es gibt keinen Grabschmuck. Keinen »Letzten Gruß«, kein »Stilles Gedenken«, keine »Immerwährende Liebe« für den, der hier liegt. Es ist ein Glücksfall, dass er nicht kremiert wurde. Wer wird für die Erdbestattung aufkommen? Ein entfernter Verwandter, der noch nicht ahnt, was ihm blüht?

Egal. Er muss schnell arbeiten, schnell und systematisch, er hat nur diese eine Chance. Er öffnet den Rucksack, holt den Klappspaten heraus, stößt ihn in den Boden. Gräbt konzentriert, schippt das Erdreich auf den Pfad, macht nach jeweils zehn Schaufeln eine kurze Pause, lauscht. Leiser Autoverkehr von der Landstraße, sonst nichts. Grabesstille, buchstäblich.

Als das Loch einen Meter tief ist und der Erdhaufen daneben genauso hoch, muss er ausruhen. Die Kräfte verlassen ihn schneller als gedacht. Wie spät ist es inzwischen? Er kann es nicht sagen, er hat keine Uhr bei sich, sicher eher eins als zwölf. Er muss sich beeilen.

Verbissen gräbt er weiter. Nimmt keine Rücksicht auf die schmerzenden Glieder, den Druck auf der Brust, das Brennen in der Kehle.

Stunden später das ersehnte Geräusch: ein hohles Pochen, als der Klappspaten auf den Sargdeckel prallt. Er wischt sich den Schweiß aus den Augen und legt den Sarg vollständig frei. Streckt die Hand nach dem Rucksack aus, greift nach dem übrigen Werkzeug und holt sich, weswegen er gekommen ist.

Es verlangt ihm alles ab, aus dem Loch zu klettern. Oben liegt er einige Minuten auf dem Boden, schnaufend wie ein Schwindsüchtiger, verdreckt wie ein Grubenarbeiter. Mit letzter Kraft rappelt er sich auf, nimmt den Klappspaten in die zitternden Hände und fängt an, das Grab zuzuschaufeln. Er hat sich verkalkuliert, es wird bald hell, die Zeit läuft ihm davon. Er nimmt den Eimer, damit es schneller geht, doch auch das geht nicht schnell genug. Als er den Erdhaufen zur Hälfte abgetragen hat, muss er aufhören.

Macht nichts. Niemand wird ihm auf die Schliche kommen. Niemand wird der Sache nachgehen, nicht in diesem Fall.

Er packt alles in den Rucksack, reißt von einer nahen Birke einen Zweig ab und verwischt seine Fußspuren um das Grab, ehe er davonhuscht, den Hoodie tief ins Gesicht gezogen. Er kennt eine gute Stelle, wo er den Friedhof unauffällig verlassen kann. Niedrige Mauer, dichter Baumbestand auf beiden Seiten, kaum Anwohner, wenig Autoverkehr so früh am Morgen.

Er schätzt, dass es auf fünf Uhr zugeht. Exakt seine Zeit. Und doch will sich keine Zufriedenheit einstellen.

Ihm ist, als würden sechzigtausend Tote ihn voller Zorn beobachten.

1

Jannik Trabold hatte es wieder getan.

Alex erfuhr in der Frühbesprechung davon. Da er den Beschuldigten gut kannte, übernahm er den Fall und rief sich den Bericht des Kriminaldauerdienstes von der vergangenen Nacht auf, als er nach dem Meeting im Büro saß. Es war warm für Ende September. Während das System hochfuhr, zog er den Hoodie aus; darunter trug er ein grünes Wrangler-T-Shirt. Zwischen April und Oktober trug er kaum etwas anderes als T-Shirts.

Leider enthielt der Bericht nur einige magere Eckdaten. Die ersten Ermittlungen vor Ort waren nicht sonderlich ergiebig gewesen. Beleidigung, sexuelle Nötigung, Randale in alkoholisiertem Zustand. Der Wirt der Kneipe, wo Trabold auffällig geworden war, hatte um 22.47 Uhr die Staatsmacht gerufen, die Trabold aus der Lokalität entfernte und den aggressiven Ex-Burschenschaftler in Gewahrsam nahm.

»Das Übliche«, seufzte Alex.

Ein älterer Kollege schlurfte an der offenen Bürotür vorbei und brummte: »Morgen.«

»Morgen, Helmut. Und, wieder fit?«

»Muss.« Helmut Pfaff, das Urgestein der Sitte, blieb in der Tür stehen. »Die Schwindelanfälle sind weg, aber ich hab immer noch höllisch Kreuzweh. Sitzt hier zwischen den Schultern und zieht runter zum Steißbein, unangenehm wie Sau. Aber der Orthopäde findet nichts. Sagt, es wäre psychosomatisch, und will mich zum Seelenklempner schicken. Kannst du dir das vorstellen?«

Alex bereute, dass er gefragt hatte. Er starrte auf den Bildschirm. »Ist ja ein Ding. Du, ich muss mal telefonieren. Halt die Ohren steif.«

Helmut wirkte enttäuscht, dass Alex nicht tiefer in seine dramatische Leidensgeschichte einsteigen wollte. Er blieb noch ein paar Sekunden in der Tür stehen, ehe er sich trollte. Alex rief beim Revier Heidelberg-Mitte an und erkundigte sich nach Trabold.

»Wir haben eben einen Atemalkoholtest gemacht. Er hat noch Standgas, wirkt aber soweit klar im Kopf«, berichtete der wachhabende Beamte. »Gerade frühstückt er. Danach müssen wir ihn eh springen lassen. Du kannst ihn dir zur Brust nehmen.«

»Hat er schon nach einem Anwalt verlangt?«

»Ja, hat einen angerufen. Der müsste gleich da sein.«

»Okay, ich komm runter.«

Alex legte auf und fragte in den benachbarten Büros nach Unterstützung. Seine Kollegen waren jedoch größtenteils mit anderen Aufgaben ausgelastet. Blieb nur Helmut.

»Ich brauch einen zweiten Mann für eine Vernehmung«, sprach Alex ihn an.

»Komm ja schon«, schnaufte der Einundsechzigjährige und verzog demonstrativ das Gesicht, als er sich aus dem Schreibtischstuhl in die Aufrechte quälte. »Ich sag dir eins, diese Schmerzen wünschst du deinem schlimmsten Feind nicht ...«

»Es geht um Trabold«, erklärte Alex auf dem Weg nach unten. »Er sitzt mal wieder in der Gewahrsamszelle. Hat gestern Nacht eine Frau be...«

»Ich war auch in der Besprechung«, fiel Helmut ihm ins Wort. »Nur mein Kreuz ist kaputt, meine Ohren funktionieren noch einwandfrei.«

Helmut fühlte sich schnell angegriffen und rechtfertigte sich dann latent aggressiv. Das hatte nichts mit seinen Beschwerden zu tun, er war einfach so. Wenn er nicht gerade krankgeschrieben war, saß er die restliche Zeit bis zur Pension ab und überschlug sich nicht eben vor Diensteifer. Anstrengend für sein Umfeld, aber im Grunde ein armer Teufel.

Das Revier Mitte befand sich im gleichen Gebäude wie die Kriminalpolizeidirektion. Der Uniformierte, mit dem Alex telefoniert hatte, holte den Beschuldigten aus der videoüberwachten Zelle.

»Hey, Alex«, nuschelte Trabold. Er hatte Mundgeruch und stank nach Zigarettenrauch. Keine Spur des provokanten Trotzes, den er bei ihrer ersten Begegnung im Februar '17 an den Tag gelegt hatte. Stattdessen grinste er zerknirscht. Wenn er verkatert war – und das war er immer, wenn Alex ihn vernahm –, gebärdete er sich kumpelhaft und devot, als wäre der Kommissar ein großer Bruder, der ihn mit harter Hand zurück auf den rechten Weg geleiten wollte.

»Da wären wir also wieder einmal, Herr Trabold«, sagte Alex. »Na dann – auf ein Neues.« Sie führten den Beschuldigten zum Vernehmungsraum.

Die polizeilichen Ermittlungen in der Gothia-Villa im Jahr 2017, ausgelöst durch den SEK-Einsatz in jener denkwürdigen Februarnacht, hatten innerhalb der Burschenschaft zu erheblichen Verwerfungen geführt. Das Goebbels-Porträt in einer Studentenbude war nur die Spitze des Eisbergs gewesen. Auch in anderen Zimmern hatten die Mitglieder der Soko »Kermit« sowie Beamte des Staatsschutzes Hinweise auf die rechtsextreme Gesinnung der Bewohner gefunden: antisemitische Pamphlete, Musik verbotener Bands, Hakenkreuz-Abbildungen und weitere Kennzeichen verfassungswidriger Organisationen. Gegen fünf Gothen wurden Strafverfahren eingeleitet. Allesamt versandeten schlussendlich wegen juristischer Spitzfindigkeiten, doch der Imageschaden für die Gothia war enorm. Die Alten Herren sahen sich gezwungen, nicht nur Trabold aus der Burschenschaft auszuschließen, sondern alle elf Bewohner der Villa, um sich klar von der rechtsradikalen Haltung ihrer studentischen Mitglieder zu distanzieren.

Die anderen Junggothen gaben Trabold die Schuld an ihrem Rauswurf und schnitten ihn seitdem. Verlassen von all seinen Freunden, verlor er den Halt. Er schmiss sein Jurastudium und schlug sich mit Gelegenheitsjobs durch. Selbst nach Burschenschaftsmaßstäben trank er zu viel und konsumierte außerdem regelmäßig harte Drogen. Während seine alten Kameraden die Skandale ihrer Gothia-Zeit hinter sich ließen, Abschlüsse machten und sich bürgerliche Existenzen aufbauten, startete er eine Karriere als Dauergast bei der Sitte. Wenn Trabold auf Speed oder mit mehreren Herrengedecken intus durch die Altstadtkneipen zog, verwandelte sich der linkische junge Mann bisweilen in einen schmierigen Grapscher, der in schöner Regelmäßigkeit die Polizei auf den Plan rief.

Trabold war ein Incel wie Schneider. Seine große Klappe täuschte darüber hinweg, dass er in nüchternem Zustand gegenüber dem weiblichen Geschlecht krankhaft schüchtern war. Hinzu kamen kolossale Minderwertigkeitskomplexe und steinzeitliche Vorstellungen von Sexualität. So konnte er sich Frauen nicht anders nähern, als sie verbal und physisch zu belästigen. Dabei stellte er sich selbst betrunken clever genug an, dass man ihm nie etwas nachweisen konnte. Stets stand Aussage gegen Aussage, die Strafanzeige der Geschädigten gegen seine Unschuldsbeteuerung, wie so oft bei Sexualdelikten. Zuverlässige Zeugen, die die Attacken hätten bestätigen können, gab es nie – auch diesmal nicht.

Im Vernehmungsraum setzten sie sich an den Tisch, ein uniformierter Kollege blieb bei der Tür stehen. Alex sagte kein Wort, in der Hoffnung, dass Trabold das Schweigen nicht ertrug und von sich aus zu reden anfing. Doch der fiel auf den alten Polizeitrick nicht herein. Oder er war zu verkatert, um die Zähne auseinanderzubekommen. Schief saß er auf dem Stuhl und glotzte die Tür an. Die öffnete sich kurz darauf, und sein Anwalt kam herein. Es war ein alter Bekannter.

»Guten Morgen, Herr Dr. Arbogast«, sagte Alex überrascht.

In den Nachbeben des Kermit-Falles, als Trabold sich wegen Strafvereitelung verantworten musste, hatte er einen Pflichtverteidiger gehabt. Auch in den diversen Verfahren gegen ihn seitdem hatte Arbogast ihn nicht vertreten, wohl um jeglichen Eindruck zu vermeiden, die Gothia würde den Verstoßenen nach wie vor unterstützen.

Wieso macht er es jetzt? Eine interessante Frage, auf die Alex spontan keine Antwort fand.

Der Anwalt begrüßte die Kripobeamten mit ernster Miene und setzte sich. »Lassen Sie uns anfangen.« Er sprach leise und sanft, doch mit einer unterschwelligen Schärfe.

Was für ein Duo, dachte Alex. Links der zerknitterte Trabold, der mit seinem Seitenscheitel und dem marginalen Bartwuchs noch immer wie ein zwanzigjähriger Bubi aussah. Rechts Arbogast: schmal und blass wie sein Mandant, mit altmodischer Hornbrille, militärisch kurz geschorenem Haar und einem erlesenen Anzug, der seine farblose Erscheinung kaum aufwertete, obwohl das Stück sicher so viel gekostet hatte wie Alex' halber Kleiderschrank. Auffällig an Arbogast war allein die vernarbte Mensur über der Augenbraue.

Alex belehrte Trabold über dessen Rechte. Der wirkte gelangweilt, er hatte den Sermon schon zigmal gehört. Helmut leistete wie üblich keinen Beitrag.

»Ihnen werden die Straftaten Beleidigung sowie sexuelle Belästigung zur Last gelegt. Die Studentin Laila El-Masri, zweiundzwanzig, wirft Ihnen vor, Sie seien ihr gestern Abend gegen 22.20 Uhr auf die Damentoilette gefolgt, wo Sie Frau El-Masri zunächst als ›Araberhure‹ und ›fette Asylantenschlampe‹ bezeichneten, bevor Sie der Geschädigten gegen ihren Willen von hinten ans Gesäß griffen. Trifft es zu, dass Sie Frau El-Masri auf die geschilderte Weise beschimpft und berührt haben?«

»Woher soll ich das wissen?«, nuschelte Trabold. »Ich war hackedicht, Mann.«

»Herr Trabold!«, fuhr Arbogast scharf dazwischen.

»Sie geben also zu, dass Sie am gestrigen Abend stark alkoholisiert waren?«

Trabold nahm sich die anwaltliche Ermahnung zu Herzen und sagte nichts mehr.

Alex überflog seine Notizen und fuhr fort: »Frau El-Masri gab ferner zu Protokoll, sie habe daraufhin die Toilette verlassen. Sie seien ihr nachgegangen und im Kneipenraum auf drei Bekannte der Geschädigten getroffen, die Sie mit dem Vorfall konfrontierten. Sie seien lautstark miteinander in Streit geraten, der damit endete, dass der Wirt Sie der Lokalität verwies. Ist das korrekt?«

Trabold hatte den Blick gesenkt. Schweigend zuckte er mit den Achseln.

»Ich weise Sie darauf hin, dass Sie vorbestraft sind. Bei der nächsten Verurteilung können Sie nicht mit einer Bewährungsstrafe rechnen«, machte Alex Druck. »Ich rate Ihnen daher, mit uns zu kooperieren.«

»Mein Mandant macht von seinem Recht Gebrauch, nicht auszusagen«, erklärte Arbogast.

Alex versuchte es trotzdem weiter. »Wieso haben Sie gestern Abend so viel getrunken?«

»Hab Frust geschoben«, murmelte Trabold zum Missfallen seines Anwalts.

»Weswegen?«

»Nicht antworten!«, zischte Arbogast, doch sein Mandant ignorierte ihn. Trabold wollte offenbar etwas loswerden. Er hob den Kopf und grinste Alex an.

»Liebeskummer.«

»Halten Sie diese polizeiliche Vernehmung für einen Witz?«, schnappte Helmut. »Wir können nämlich auch anders!«

»Unterlassen Sie solche Einschüchterungsversuche!« Arbogast ließ den Satz wie einen Peitschenhieb schnalzen.

»Galt der Liebeskummer Frau El-Masri?«, fragte Alex.

»Ich verarsch dich doch nur, Alex.« Das Grinsen verschwand aus Trabolds Gesicht, er starrte wieder auf die Tischplatte und sprach so leise, dass Alex sich anstrengen musste, um ihn zu verstehen. »Ich Idiot hab mir noch mal das Video angeschaut. Das hat mich runtergezogen.«

»Welches Video?«

»Das von Michelle Neureuther. Bin zufällig bei YouTube drübergestolpert«, fügte Trabold hastig hinzu. »Jedenfalls ist dabei der ganze alte Mist wieder hochgekommen.«

»Welcher ›alte Mist‹?«

»Die ganze Scheiße mit Lukas. Hätte ich ihm damals bloß nicht geholfen. Seinetwegen ging alles den Bach runter.«

»Sie geben Lukas Schneider die Schuld, dass es Ihnen schlecht geht?«

»Klar, wem denn sonst?«

»Dieses Video«, sagte Alex gedehnt, »haben Sie es damals gedreht?«

Trabold hob den Kopf und verzog den Mund, und da war er wieder, der provokante Trotz. »Immer dieselbe Leier. Leg mal eine neue Platte auf, Herr Kommissar.«

»Irgendwann finde ich heraus, ob Sie es waren.«

»Wir sind hier fertig«, sagte Arbogast.

2

Als Trabold und sein Anwalt weg waren, gingen die beiden Kripobeamten in Alex' Büro. An den weißen Zimmerwänden hingen diverse Poster, etwa das Plakat des Led-Zeppelin-Filmes *Celebration Day* mit dem schwebenden Luftschiff über Big Ben. Das Poster seiner Lieblingsserie *Game of Thrones* hatte er abhängen müssen, sein Vorgesetzter fand den aus Schwertern bestehenden Eisernen Thron zu düster. Er hatte es durch eine fröhliche Abbildung der *Simpsons* ersetzt, die die gelben Bewohner der Comicstadt Springfield zeigte. Nachdem Helmut seinen Spruch aufgesagt hatte, den er immer sagte, wenn er Alex' Büro betrat (»Hier sieht's aus wie bei Hempels unterm Sofa!«), nahm er unter dem *Simpsons*-Poster Platz. Alex fand, dass der Kollege eine gewisse Ähnlichkeit mit Chief Wiggum aufwies.

Er riss eine Tüte Lakritzschnecken auf und nahm sich eine. Er vertilgte die Dinger täglich, seit er nicht mehr rauchte. Seiner Ansicht nach gab es nur eine korrekte Art, sie zu verzehren: Man rollte sie ab und aß die Schlange langsam vom Ende her. Wer in die Lakritzschnecke hineinbiss wie in einen Keks, war in seinen Augen ein Barbar.

»Dir ist schon klar, dass das Zeug den Testosteronspiegel senkt?«, kommentierte Helmut. »Vor allem, wenn man Lakritz in solchen Mengen futtert wie du. Wahrscheinlich hast du deswegen keine Freundin.« Er betrachtete versonnen die Packung. »Na ja, eine kann nicht schaden. Darf ich?« Ohne Alex' Antwort abzuwarten, nahm er sich eine Lakritzschnecke.

Er biss hinein wie in einen Keks.

Schlimm, dachte Alex. »Ich rede nachher mit dem Wirt. Vielleicht hat er Videomaterial, auf dem man was sehen kann.«

»Von der Damentoilette?«, meinte Helmut kauend. »Also wenn er davon Videos hat, sollten wir dem Kerl dringend auf den Zahn fühlen.«

»Vom Kneipenraum natürlich. Vielleicht kann er uns auch helfen, Zeugen zu finden. Anschließend stelle ich die Akte für den Staatsanwalt zusammen. Viel wird wohl nicht dabei herauskommen …«

»Es wird gar nichts dabei rauskommen. Der wird das Verfahren aus Mangel an Beweisen einstellen, und Trabold lacht sich wieder mal ins Fäustchen.«

»Mich macht das fertig«, sagte Alex. »Es ist genauso abgelaufen, wie El-Masri zu Protokoll gegeben hat. Das *weiß* ich. Und Trabold wird's wieder machen. So einer hört nie auf, wenn er nicht kräftig eins auf die Finger kriegt. Beim nächsten Mal begnügt er sich womöglich nicht damit, zu grapschen und unflätige Sprüche rauszuhauen. Der ist eine tickende Zeitbombe. Der will das volle Programm. Vergewaltigung, Schmerzen, Demütigung. Und am besten alles auf Video festhalten als Wichsvorlage für seine Incel-Freunde.«

»Wenn er was Schlimmeres macht, kriegen wir ihn. Einstweilen halten wir schön die Füße still und bleiben gelassen.«

»Das ist keine Gelassenheit, Helmut«, sagte Alex. »Dich lässt das kalt, weil du innerlich längst tot bist.«

»Kann auch sein«, meinte Helmut achselzuckend.

3

Er war der gefährlichste Killer des Viertels. Jeder kannte ihn. Jeder fürchtete ihn. Lauernd beobachtete er die Straße. Hielt Ausschau nach einem neuen Opfer. Es war bereits Stunden her, dass er das letzte Mal getötet hatte. Er wollte frisches Blut sehen.

Da! Sein Mitbewohner tauchte auf. Endlich. Der Hunger quälte ihn.

»Du hockst da schon eine Weile, was?«, sagte Alex und kraulte Frodo im Nacken. »Sorry, ich war noch schwimmen.«

Frodo sprang von dem Stromkasten vor dem Stadthaus aus der Gründerzeit, seinem Stammplatz, und lief neben Alex her zur Haustür.

»Was haben wir denn da?« Alex betrachtete die beiden Mäuseleichen auf der dreistufigen Treppe. »Sieht mir nach einem Tötungsdelikt aus. Und du hast sie nicht mal gefressen, sondern sie einfach zum Spaß umgebracht. Neben Heimtücke haben wir also auch niedere Motive. Das ist Mord, Freundchen. Doppelmord.«

Der Tatverdächtige wirkte nicht schuldbewusst. Schnurrend rieb er sich an Alex' Bein.

»Ja, ja, ich mach ja schon.« Alex fischte ein zerfleddertes Taschentuch aus der Hosentasche und entsorgte die Mäuse in einem Mülleimer, ehe er die Tür aufschloss. Frodo schoss hinein. Alex stellte das Mountainbike im Flur der Erdgeschosswohnung ab, fütterte den Kater und hängte die Schwimmsachen zum Trocknen auf. Er ging mehrmals pro Woche nach Dienstschluss ins Hallenbad, um jeweils zwei Kilometer zu schwimmen. Noch immer roch seine Haut leicht nach Chlor, obwohl er gründlich geduscht hatte.

Er räumte die Spülmaschine aus und sorgte dafür, dass der Couchtisch wieder benutzbar war, indem er Leergut und Müll in die Küche brachte. Man konnte den Zustand der Dreizimmerwohnung nur als chaotisch bezeichnen. Es war Alex nicht gegeben, Ordnung zu halten. Den Wohn- und Schlafzimmerboden bedeckte eine Kruste aus getragener Kleidung, gestapelten Büchern, aufgerissenem Verpackungsmaterial und verstreuten CDs. Alex kaufte noch CDs, ihm war nicht zu helfen. Melle hatte das Chaos in den Wahnsinn getrieben. Einer der Gründe – aber nicht der wichtigste –, warum sie gegangen war.

Sie hatten sich vor einem Jahr getrennt. Ihre Interessen und Weltanschauungen waren immer weniger kompatibel gewesen, bis zur völligen gegenseitigen Entfremdung. Es war eine einvernehmliche Trennung gewesen, ohne großes emotionales Drama, und er hatte sich längst davon erholt. Das Alleinsein machte ihm nichts aus. Er genoss die Freiheit und konzentrierte sich auf seine Arbeit, seine Hobbys, seinen Sport.

Allerdings hatte ihm die Arbeit schon einmal mehr Spaß gemacht. Die Jagd nach Sexualstraftätern war oftmals zäh, die Aufklärungsquote lag weit unter der von Tötungsdelikten, wenn man die hohe Dunkelziffer von nicht zur Anzeige gebrachter sexueller Gewalt berücksichtigte. Die Sitte fing an, ihn zu zermürben. *Noch mal fünf Jahre beim Zwölften, und ich verwandele mich in Helmut.*

Egal. Es war Freitagabend. Am Wochenende wollte er keinen Gedanken an die Trabolds dieser Welt verschwenden. Auch keinen an die *andere* Sache, die ihm seit dem Nachmittag zusetzte.

Pünktlich um acht klingelte es, und Rikki kam herein. Wie üblich trug er ein T-Shirt einer obskuren Punkband. Er hielt ein Sixpack hoch.

»Hab was zu trinken mitgebracht.«

»Guter Mann. Setz dich erst mal in die Küche, ich hab's gleich. Willst du einen Kaffee?«

»Gern. War eine heftige Schicht.«

Alex schaufelte Kaffeepulver in die French Press und schaltete den Wasserkocher ein. Er musste sich endlich eine neue Espressomaschine anschaffen, das war kein Zustand. Die alte hatte Melle mitgenommen, als sie ausgezogen war. *Zuerst geht der Respekt. Dann der Sex. Zum Schluss die Espressomaschine,* dachte er. »Wollen wir Essen bestellen?«

»Ist der Papst katholisch?«

Sie einigten sich auf Indisch. Alex griff zum Handy und bestellte Vorspeisen, zweimal Tarka Dal und reichlich Cheese Nan. Rikki hatte unterdessen seine hundertzwanzig Kilo am offenen Küchenfenster platziert, kraulte Frodo und rauchte eine Selbstgedrehte. Er war so alt wie Alex, vierunddreißig, sie kannten sich seit der Schule. Frederik Mand, wie er eigentlich hieß, war ein gemütlicher Gigant, der auf eine bewegte Karriere zurückblickte. Unter anderem war er erfolgloser Medizinstudent, Bassist einer Punkband und Taxifahrer gewesen. Schlussendlich hatte ihn das bürgerliche Leben doch eingefangen. Seit einigen Jahren arbeitete er in einem Pflegeheim und war vor Kurzem zum Stationsleiter aufgestiegen.

Alex goss den Kaffee auf. Rikki hob die Hand mit der glimmenden Zigarette.

»Auch eine?«

»Führ mich nicht in Versuchung. Ich bleib bei meinen Lakritzschnecken.«

»Du bist und bleibst ein Perverser. Außer dir mag kein Mensch das Zeug.«

Alex nahm die French Press und zwei Kaffeetassen, Rikki drückte die Kippe aus, und sie gingen ins Wohnzimmer. Rikki betrachtete das *Game-of-Thrones*-Poster, das seit seiner Verbannung aus der Kriminalpolizeidirektion über der Couch hing.

»Wir könnten mal wieder einen Serienabend machen«, sinnierte er.

»Gern. Aber vielleicht mit einer Serie, die wir nicht in- und auswendig kennen? Nenn mich einen Ketzer, aber zur Abwechslung mal mit was Neuem?«

»›In- und auswendig kennen‹ ist ja wohl stark übertrieben. Wir haben *Game of Thrones* ganze zweimal geschaut.«

»Dreimal.«

»Okay, dreimal. Aber beim letzten Mal die schlechten Folgen weggelassen.«

»Dafür die besten willenlos inhaliert. Allein *Red Wedding* sechsmal oder so. Wir können die Dialoge *mitsprechen*«, sagte Alex.

»Als ob das ein Hinderungsgrund wäre.« Rikki grinste sein mondgesichtiges Rikkigrinsen. »Gib's zu, du willst es doch auch.«

»Durchschaut. Aber nicht heute, okay? Ich brauch was Quietschbuntes und Niedliches für mein angegriffenes Nervenkostüm.«

Alex warf die Konsole an, und sie spielten *Mario Kart*. Er war nicht richtig bei der Sache, sodass Rikki ihn mit Leichtigkeit abzockte.

»Was ist denn mit dir los? So schlecht spielst du sonst nur, wenn du drei Bier intus hast.«

»Nix ist los. Komm, ich will Revanche.«

Alex gab alles und hatte doch keine Chance. Rikkis Donkey Kong deckte seinen Yoshi mit Bananen und Piranha-Pflanzen in rauen Mengen ein, sodass er ständig von der Piste abkam. Auch diese Runde ging an den feixenden Rikki. Fluchend warf Alex den Controller von sich. Zum Glück kam einen Moment später das Essen, was ihm einen gesichtswahrenden Vorwand gab, das Spiel zu unterbrechen.

»Stress bei der Arbeit?«, erkundigte sich Rikki, während sie sich über die Vorspeisen hermachten.

»Nicht direkt Stress. Neuer Incel-Ärger.«

»Wieder dieser Ex-Burschi?«

Alex nickte und erzählte von seinem Fall, der ihn nicht losließ, aller Vorsätze für das Wochenende zum Trotz. Er hatte am späten Vormittag lange mit dem Kneipenwirt gesprochen und war mit leeren Händen zurückgekommen. Keine Zeugen, kein Videomaterial, nichts. Die Sache würde im Sand verlaufen wie alle anderen Anzeigen gegen Trabold. Leider war das nicht alles …

»Was macht eigentlich der andere Incel, den du damals verknackt hast?«, fragte Rikki, als hätte er Gedanken gelesen. »Hast du was gehört, wie's ihm so geht hinter Gittern?«

»Dem geht's blendend. Der kommt nämlich nächste Woche raus.« Nach dem Ärger mit Trabold hatte Alex sich durch die Haftdatei des BKA geklickt, in der sämtliche Strafgefangenen erfasst waren. Er wollte sich an frühere Erfolgserlebnisse erinnern, doch das war nach hinten losgegangen. In Lukas Schneiders Akte fand sich die niederschmetternde Information: vorzeitige Entlassung aus der JVA Mannheim am 27. September 2022.

Rikki schaute ihn stirnrunzelnd an. »Hat der nicht lebenslänglich kassiert?«

»Na ja, nicht ganz. Neun Jahre und acht Monate. Also fast die Höchststrafe im Jugendstrafrecht. Aber er hat's irgendwie geschafft, eine günstige Sozial- und Kriminalprognose zu ergattern. Und das wohlwollende Gutachten seines Psychiaters. Das Gericht hat entschieden, ihn zum Sieben-Zwölftel-Termin rauszulassen und den Rest der Haftstrafe auf Bewährung auszusetzen. Aber das bleibt unter uns, okay?«

»Nicht mal sechs Jahre für Mord? Wie kann denn das sein?«

»Das«, meinte Alex, »frag ich mich auch.«

4

Sein letzter Tag im Knast versprach, so beschissen zu werden wie die zweitausendsiebenundfünfzig Tage davor.

Der Neue – ein aufgepumpter, tätowierter Typ, der wegen gefährlicher Körperverletzung saß – hatte es auf ihn abgesehen. Seit dem Aufstehen böse Blicke, dumme Sprüche, Rempeleien. Als die Gefangenen nachmittags von der Arbeit kamen, wusste Lukas Schneider: *Jetzt wird's ernst.*

Schneider arbeitete bei der Haustechnik, der Neue zum Glück nicht, sodass er für mehrere Stunden seine Ruhe gehabt hatte. Aber jetzt sahen sie sich wieder. Während die Gefangenen über den Hof zum Zellenblock marschierten, näherte sich der Tätowierte stetig, im Schlepptau mehrere Kumpane, die sich sichtlich auf eine unterhaltsame Vorstellung freuten.

Sexualstraftäter kamen in der Nahrungskette weit unten, nur Pädos standen noch tiefer in der Knasthierarchie – das hatten ihm seine Mithäftlinge von Anfang an klargemacht. In den vergangenen fünf Jahren, sieben Monaten und achtzehn Tagen war er mehrfach zusammengeschlagen worden. Zweimal im Jugendknast Adelsheim, viermal in der JVA Mannheim, wo er seit Januar 2018 einsaß. Davon einmal so brutal, dass er mit angebrochenen Rippen, ausgerenktem Kiefer und gequetschten Eiern auf die Krankenstation gekommen war.

Sechsmal kräftig eins auf die Fresse. Und heute stand wohl Abreibung Nummer sieben auf dem Programm. Ein letzter Gruß zum Abschied.

Der Neue hieß Vitali. Er legte es drauf an, in der JVA zum Alphamännchen aufzusteigen. Was war da hilfreicher als eine eindrucksvolle Demonstration von roher Gewalt? Einmal den Schneider in die Gosse treten und Respekt einstreichen, nichts einfacher als das.

Vitali und seine Gang waren nur noch fünf Meter entfernt; der Eingang zum Zellenblock, wo Schneider einigermaßen sicher gewesen wäre, leider sehr viel weiter. Panisch spähte er zu dem uniformierten Schließer am Tor. Widmann, na toll. Von dem war keine Hilfe zu erwarten. Ende fünfzig, redete kaum, ein unauffälliger, harmlos wirkender Typ. Aber das täuschte. In Wahrheit war Widmann ein Arschgesicht wie die meisten anderen Wachleute. Schneider konnte ein Lied davon singen.

Er ging so schnell, wie das Gedränge es zuließ. Rief sich ins Gedächtnis, was er in der Therapie gelernt hatte. Selbstsicherheit ausstrahlen. Nicht provozieren lassen. Leichter gesagt als getan.

»Hey!«, schnarrte Vitali. »Hast du's eilig, oder was?«

Nicht umdrehen. Einfach weitergehen. Noch zehn Meter bis zum Tor.

Eine Hand packte ihn von hinten, hielt ihn am Arbeitskittel fest. »Was läufst du denn vor mir weg? Ich will mit dir reden, Mann!«

»Lass mich in Ruhe.« Schneider wollte sich losreißen, doch Vitali zerrte so heftig an seinem Arm, dass er gezwungen war, sich zu ihm umzudrehen. Er war in den letzten Jahren halbwegs regelmäßig in den Kraftraum gegangen und längst nicht mehr so ein Lauch wie früher. Trotzdem war er einem muskelbepackten Schläger wie Vitali nicht gewachsen.

»Stimmt es, dass du eine Frau abgemurkst hast?«

»Geht dich nichts an.«

»Und ob's mich was angeht. Typen, die Frauen was antun, kann ich nicht leiden.«

Schneider spürte, dass es Vitali nicht allein darum ging, sich auf seine Kosten zu profilieren. Der bohrende Ausdruck in den eisblauen Augen: Das war ehrlicher Hass. Bevor er einen neuen Fluchtversuch unternehmen konnte, kam auch schon der Kopfstoß. Die breite Stirn traf ihn nicht richtig, der Schmerz war zu verkraften. Schneider verlor jedoch das Gleichgewicht und fiel auf den Rücken. Vitali packte ihn am Kragen, zerrte ihn hoch, als wäre er so leicht wie ein Beutel Schmutzwäsche, und holte mit gebleckten Zähnen zum Faustschlag aus.

Der schrille Ton einer Trillerpfeife gellte über den Hof.

»Auseinander!«, bellte Widmann mit seiner knarzenden Stimme, die er so selten gebrauchte. Aus dem Augenwinkel sah Schneider, dass der Justizvollzugsbeamte im Stechschritt herkam. Trotz seiner misslichen Lage verspürte er Überraschung. Dass ausgerechnet Widmann ihm helfen würde, hätte er nicht gedacht.

»Lassen Sie den Gefangenen los – sofort!«

Vitali ließ die geballte Faust sinken, hielt Schneider jedoch weiterhin am Kittel fest. Die umstehenden Häftlinge glotzten stumm. Erst als Widmann mit der rechten Hand den Schlagstock zückte und mit der linken das Pfefferspray, gehorchte Vitali. Dass vom Zellenblock weitere Wachleute angerannt kamen, tat ein Übriges. Die tätowierte Pranke gab Schneider frei, er fiel wieder hin.

»Lassen Sie den Mann in Ruhe und gehen Sie zur Zählung!«, schnarrte Widmann.

Vitali spuckte vor Schneider aus, ehe er sich mit seiner Gang trollte. Schlagartig war der Spuk vorbei. Die Menge löste sich auf, als die Wachleute die Gefangenen in den Zellenblock scheuchten.

Widmann hielt Schneider die ausgestreckte Hand hin.

Was soll denn das jetzt?

»Aufstehen, na los.«

Zögernd ergriff er die Hand und kam auf die Füße.

»Sind Sie verletzt?«

»Glaub nicht.«

»Geh nachher zum Arzt.« Plötzlich duzte Widmann ihn. Das war eigentlich verboten, aber die Wärter machten es andauernd. »Und schön den Kopf unten halten. Die letzten sechzehn Stunden wirst du noch rumkriegen.«

Der Schließer geleitete ihn persönlich in den Zellentrakt. Gleich nach der Vollständigkeitszählung zog Schneider sich in seine Zelle zurück. Wo er bis zum nächsten Morgen blieb.

5

Schneider betrachtete ein letztes Mal die Zentrale, den runden Saal, von dem strahlenförmig die Zellentrakte abgingen. *Ein Panoptikum.* Er wusste nicht genau, was das Wort bedeutete, er hatte es von seinem Seelenklempner aufgeschnappt. So nannte man offenbar diese Bauweise.

Er fühlte sich seltsam. Jahrelang hatte er den Tag der Entlassung herbeigesehnt, jetzt hatte er auf einmal Angst. Was würde ihn draußen erwarten? Würde er mit der Welt klarkommen? Sein Therapeut war optimistisch, was das betraf. »Sie haben viel gelernt in den vergangenen Jahren«, hatte Sebastian Berg bei ihrer letzten Sitzung gesagt. Schneider war sich da nicht so sicher.

Er griff nach der Sporttasche mit seinen Klamotten und folgte Widmann zur Kammer, wo die persönlichen Sachen der Gefangenen gelagert wurden. In seinem Fall waren es nicht viele: sein Handy, inzwischen hoffnungslos veraltet, einige Kosmetikartikel, ein paar DVDs, die er während der Haft gekauft hatte. Während Widmann ihn daraufhin zur Schleuse begleitete, steigerte sich sein Unwohlsein derart, dass er am liebsten zurück zu seiner Zelle geflohen wäre.

Reiß dich zusammen!

Gefangene, die jegliche Mitwirkung verweigerten, wurden bei der Haftentlassung mehr oder weniger vor die Tür gesetzt und mussten sehen, wie sie zurechtkamen. Damit ihm das erspart blieb, hatte er sich im Vorfeld mit einem Sozialarbeiter der JVA zusammengesetzt. Der hatte mit seiner Mutter Kontakt aufgenommen und dafür gesorgt, dass Annika Schneider ihren Sohn abholen würde. Das zumindest war der Plan. Er glaubte nicht recht daran, dass sie tatsächlich auftauchte. Seine Mutter war die Unzuverlässigkeit in Person. Wenn er sie wirklich brauchte, ließ sie ihn meist hängen.

Es war ein gutes halbes Jahr her, dass er sie das letzte Mal gesehen hatte. Sieben verfickte Monate. Andere Häftlinge bekamen jede Woche Besuch von irgendwem. Aber seine Mutter hatte ihn nur selten im Knast besucht. Sie schämte sich für ihren Sohn und wollte so wenig wie möglich mit ihm zu tun haben. Wenn er daran dachte, stieg Wut in ihm auf. Wenigstens hatte er inzwischen gelernt, die schwelende Wut zu verstehen. Der Hass auf Frauen, der ihn schlussendlich ins Gefängnis gebracht hatte, galt nicht dem weiblichen Geschlecht an sich, sondern seiner Mutter. Jener Person also, die ihn sein ganzes Leben lang vernachlässigt hatte, obwohl es ihre Scheißpflicht gewesen wäre, sich um ihn zu kümmern. Seit Jahren kaute er diese Geschichte mit seinem Psychiater durch, jede Woche eine Stunde lang, und irgendwann war bei ihm der Groschen gefallen.

Sebastian Berg nannte das »Projektion«: die Verlagerung eines inneren Konflikts auf unbeteiligte Personen – in seinem Fall auf unschuldige Frauen, die nicht das Geringste für Annika Schneiders erzieherischen Totalausfall konnten. War er davon geheilt? Ja. Er verspürte kein Bedürfnis mehr, Frauen etwas anzutun. Die Wut setzte ihm zwar immer noch zu, doch er hatte gelernt, sich nicht mehr davon leiten zu lassen.

Während des kurzen Marsches über den Hof hatte Widmann kein Wort gesagt. In der Schleuse brachte Schneider die letzten Formalitäten hinter sich, der grauhaarige Schließer stand derweil schweigend da und beobachtete ihn permanent, als würde er fest damit rechnen, dass Schneider zwei Minuten vor seiner Entlassung ein Ding drehte. *Was für ein Kotzbrocken.* Gleichwohl wäre es Schneider falsch vorgekommen, einfach zu gehen, ohne sich von Widmann zu verabschieden.

»Tschüss«, murmelte er. »Und danke noch mal für gestern.«

Widmann nickte kaum merklich. Plötzlich verzog er die Lippen, die Augen weiteten sich, und komische Geräusche drangen aus seinem Mund. Schneider dachte zuerst, der Schließer würde husten. Dann erkannte er, dass es sich bei dem kehligen Laut um Gelächter handelte. Widmann stand tatsächlich da und lachte ihn aus.

Scheiß Psycho! Das hat man davon, wenn man nett sein will.

Er wandte sich abrupt ab, und die äußere Schleusentür öffnete sich zischend.

6

Und dann war er draußen.

Es war nicht das erste Mal, dass er die JVA verließ. In den vergangenen Monaten hatte man ihm regelmäßig Freigang gewährt, um ihn auf die Entlassung vorzubereiten. Trotzdem überwältigte ihn das Gefühl der Freiheit schier. Nahezu reglos stand er vor dem Tor und ließ den Blick über den Parkplatz schweifen.

Die Morgensonne schien auf die Autodächer. Für Ende September war es ziemlich warm, er schwitzte in der Übergangsjacke. Seine Mutter konnte er nirgends entdecken.

»War ja klar«, murmelte er.

Die Wut in seinem Bauch flammte auf wie ein Bunsenbrenner, den man jäh bis zum Anschlag aufdrehte. Es war wie immer, sie interessierte sich einen Dreck für ihn. Er hatte nicht wenig Lust, zum erstbesten Auto zu gehen und den Außenspiegel wegzutreten. Natürlich tat er das nicht. Er wusste, dass die Justizvollzugsbeamten in der verglasten Schleuse ihn beobachteten. Sie hatten ihn ständig spüren lassen, einer wie er dürfe niemals vorzeitig aus dem Knast kommen, selbst zehn Jahre Haft wären noch zu milde für ihn. Nun warteten sie darauf, dass er etwas Dummes anstellte, das sie in ihrer Meinung bestätigte. Den Gefallen würde er ihnen nicht tun. Er blieb einfach stehen, Sporttasche in der Hand, und dachte nach.

Was jetzt? Sollte er zur nächsten Haltestelle stiefeln und den Bus nach Heidelberg nehmen? *Geht wohl nicht anders.* Er würde seiner Mutter jedenfalls nicht hinterhertelefonieren. Betont gelassen setzte er sich in Bewegung und zeigte Widmann und Co. dabei innerlich den Mittelfinger.

Da sah er seine Mutter.

Das Auto, aus dem sie stieg, war neu – jedenfalls neuer als der klapprige Fiat, den sie früher gefahren hatte. Ein gebrauchter roter Polo, den er nicht kannte, auf den er daher nicht geachtet hatte. Sie hatte ihn also doch nicht vergessen. Seltsamerweise wurde die Wut bei diesem Gedanken noch einmal eine Nummer stärker, und es kostete ihn viel Kraft, sie niederzukämpfen. Berg und er hatten lange über die bevorstehende Begegnung mit seiner Mutter gesprochen und herausgearbeitet, dass es ratsam wäre, wenn er sich aller Wut zum Trotz um Gelassenheit bemühte. Schließlich musste er in den kommenden Monaten wohl oder übel mit ihr auskommen. Langsam ging er auf sie zu und begrüßte sie unbeholfen.

»Hallo, Mama.«

»Hallo, Lukas.«

Annika Schneider war eine kleine, dickliche Frau mit grauem Migränegesicht und stumpfem Haar. Vierundvierzig Jahre alt, wirkte aber wie Mitte fünfzig. Schneider fand, dass er ihr kein bisschen ähnelte. Er kam nach seinem Vater, der die Familie kurz nach seiner Geburt verlassen hatte, sodass er sich nicht an ihn erinnern konnte. Aber es gab Fotos von ihm. Darauf war ein schlaksiger Mittzwanziger mit schwachem Kinn und müden Augen zu sehen. Ein typischer Omega-Mann, so wenig dominant, wie man nur sein konnte, ohne auf der Stelle vor Selbsthass zu sterben. Wahrscheinlich damals schon ein Alkoholiker mit einem Scheißjob, so genau wusste Schneider das nicht; seine Mutter sprach nicht gern über seinen Vater. Es ließ sich nicht leugnen, dass Schneider alle unvorteilhaften Merkmale von ihm geerbt hatte: den krummen Rücken, die dünnen Gliedmaßen, das Scheißkinn. Vermutlich verdankte er seinem Vater auch den kleinen Schwanz. Alles in allem war es kein Wunder, dass er früher gedacht hatte – und das teilweise noch immer tat, trotz Therapie –, dass er schlicht zu hässlich war, um je eine Beziehung zu einem weiblichen Wesen oder wenigstens Sex mit einem solchen zu haben.

Just im Moment, wie um die bedrückenden Gedanken höhnisch zu unterstreichen, schlenderte ein Typ über den Parkplatz. Wahrscheinlich wollte er jemanden im Knast besuchen. Er war in Schneiders Alter, aber muskulös, mit vollem blondem Haar und kantigen Zügen gesegnet. Ein echter Alpha. Wahrscheinlich hatte der braun gebrannte Strahlemann an jedem Finger drei Schlampen, mit denen er machen konnte, wozu er gerade Lust hatte. *Würde ich so aussehen wie der, wäre mein Leben ungefähr tausendmal besser*, dachte Schneider. Aber er machte sich nichts vor. Aus ihm würde nie ein Alphamann werden, selbst wenn er irgendwie das Geld für einen chirurgischen Eingriff zusammenkratzen könnte, um sein lachhaftes Kinn aufzubessern. *Hör auf damit.* Alphas, Omegas und Schlampen – er hatte mit Berg vereinbart, diesen Incel-Sprech zu lassen, selbst in Gedanken. Man hatte ja gesehen, wohin diese Denkweise letzten Endes führte.

»Lukas?«, holte ihn seine Mutter ins Hier und Jetzt zurück. Während er mit fruchtlosem Grübeln beschäftigt gewesen war, hatte sie seine Sporttasche in den Kofferraum getan und ihm die Beifahrertür geöffnet.

Er stieg ein. Seine Mutter brauchte ewig, um loszufahren, zigmal prüfte sie den Rückspiegel, es machte einen wahnsinnig. Im Schneckentempo steuerte sie den Polo über den Parkplatz.

»Soll ich fahren?«

»Ich schaff das schon«, gab sie gereizt zurück.

Sie fuhren durch den Stadtteil Herzogenried Richtung Autobahn und sprachen dabei kein Wort. Als sie mit Tempo achtzig auf der rechten Spur der A 656 entlangkrochen, sagte seine Mutter schließlich:

»So.«

»›So‹ was?«

»Wie geht's denn jetzt weiter?«

»Na ja, ich wohn eine Weile bei dir, bis ich genug Geld habe, mir was Eigenes zu leisten. Das hast du doch mit dem Sozialarbeiter besprochen.«

Konzentriert starrte sie auf die Straße und hielt sich beharrlich im Windschatten eines Lkw. »Hab dein Kinderzimmer für dich hergerichtet.«

Ein fünfundzwanzigjähriger Mann, der in seinem Kinderzimmer wohnt – darauf stehen die Mädels, dachte er bedrückt, doch er sagte lediglich: »Gut.«

»Hast du denn eine Arbeit?«

»Das Jobcenter hat mich in einer Zeitarbeitsfirma untergebracht. Die setzt mich in einem Möbelhaus ein, ich kann da im Restaurant arbeiten. Das ist in Rohrbach-Süd, nicht weit von unserer Wohnung. Ich kann hinlaufen.«

»Zeitarbeit«, meinte seine Mutter. »Was Richtiges ist das ja nicht.« *Musst du gerade sagen mit deinem Sklavenjob an der Supermarktkasse.* »Ich komm aus dem Knast, Mama. Die Firmen reißen sich nicht gerade um mich. Es ist ja nur übergangsweise.«

»Es war nicht gut, dass du damals die Ausbildung zum Computertechniker oder wie das heißt abgebrochen hast …«

»IT-Systemelektroniker.«

»Willst du die nicht endlich fertig machen?«

Schneider spürte die Wut zurückkehren. Er war noch keine Stunde aus dem Knast raus, und schon saß sie ihm wieder nörgelnd im Nacken. »Das ist nicht so einfach«, erwiderte er mühsam beherrscht. »Irgendwann mach ich das, aber jetzt muss ich erst mal auf die Füße kommen.«

»Ich mein ja nur. Wie willst du denn je eine Freundin finden, wenn du kein richtiges Geld verdienst?«

Zack! Treffer, versenkt. Mitten rein in seinen wunden Punkt. Das war Annika Schneiders Superheldenfähigkeit: ihn mit wenigen wohlgesetzten Worten auf die Palme zu bringen.

»Frauen in deinem Alter haben es gern, wenn ihr Partner sie auch mal schön ausführt«, streute sie erbarmungslos Salz in die Wunde. »Mit Hilfsarbeiten in der Spülküche wird das aber nichts.«

»Ich hab's begriffen, Mama. Der Job ist scheiße, und ich bin ein Idiot. Danke, dass du mich darauf hingewiesen hast.«

»Was bist du denn auf einmal so pampig?«, gab sie zurück. »Ich sag das doch nicht, um dich zu ärgern. Ich will immer nur dein Bestes.«

Das war der Punkt, an dem er ausflippte.

Kurpfalz 24/7 News >Region >Kriminalität
MANNHEIM: SEXMÖRDER VORZEITIG AUS HAFT ENTLASSEN –
JUSTIZSKANDAL?
Erstellt: 30. September 2022, 8.00 Uhr
Am 27. September wurde der Sexualstraftäter Lukas Schneider (25)
vorzeitig aus der Justizvollzugsanstalt Mannheim entlassen.
Schneider, auch bekannt als »Kermit«, hatte in der Nacht vom 13.
auf den 14. Oktober 2016 aus sexuellen Motiven die Heidelberger
Studentin Michelle Neureuther überfallen und schwer verletzt;
Neureuther starb später an ihren Verletzungen. Seinen Spitznamen
verdankt Schneider einer grotesken Froschmaske, die er während
der Tat trug.
Das abscheuliche Verbrechen hat damals über die Region hinaus
für Entsetzen gesorgt – Kurpfalz 24/7 News berichtete. Erst nach
langwierigen Ermittlungen gelang es der Soko »Kermit«, die Tat
aufzuklären und Schneider zu verhaften. Ein gerichtlicher Gutachter
stellte bei dem damals 19-Jährigen eine sogenannte Reifeverzö-
gerung fest, sodass Schneider als Heranwachsender nach Jugendstrafrecht verurteilt wurde. Er bekam eine Freiheitsstrafe von neun
Jahren und acht Monaten.
Schneider ist ein »Incel«; sein krankhafter Hass auf Frauen trieb ihn
zu dem brutalen Mord, den ein bislang unbekannter Komplize auf
Video festhielt (um es anzuschauen, klicken Sie hier). Das Straf-
maß wurde damals von weiten Teilen der Öffentlichkeit als zu mild
bewertet. Dass es überdies nicht voll ausgeschöpft wird und der
Mörder bereits nach fünf Jahren und sieben Monaten wieder auf
freiem Fuß ist, muss für die Hinterbliebenen des Opfers ein Schlag
ins Gesicht sein. Außerdem stellt sich die Frage, ob er nach wie
vor eine Gefahr darstellt. Wird Schneider wieder töten?
Handelt es sich bei dem unfassbaren Vorgang also um einen
handfesten Justizskandal? Nach den Buchstaben des Gesetzes
nicht. Ein Mitarbeiter der JVA Mannheim, der anonym bleiben

möchte, berichtete Kurpfalz 24/7 News, Schneider habe erfolg-
reich an einer Therapie für Gewalt- und Sexualstraftäter sowie an
einem Programm zur Rückfallprävention teilgenommen, sodass ihm
ein Gutachter eine günstige Sozial- und Kriminalprognose beschei-
nigte. Die Strafvollstreckungskammer des Gerichtes hatte daraufhin
seinen Antrag auf vorzeitige Entlassung bewilligt. Dass Schneider
rückfällig wird, gilt als unwahrscheinlich.

Der gesunde Menschenverstand mag zu einer anderen Einschätzung als die Juristen und Psychologen gelangen, doch dies überlassen wir unseren Leserinnen und Lesern.

Schneiders derzeitiger Aufenthaltsort ist unbekannt; Kurpfalz 24/7
News wird diesbezüglich weiter recherchieren. Kriminalrat Christian Stähle, der damalige Leiter der Soko »Kermit«, stand für eine
Stellungnahme nicht zur Verfügung. Kriminalhauptkommissar Kai
Isenberg von der Stabsstelle Öffentlichkeitsarbeit des Polizeipräsidiums Mannheim sagte Kurpfalz 24/7 News: »Wir sind sicher, dass
die Entscheidung auf der Grundlage einer sorgfältigen Risiko-
abwägung getroffen wurde. Gäbe es Gefährdungspotenzial, hätte
man Schneider nicht vorzeitig aus der Haft entlassen. Wir bitten
die Öffentlichkeit daher, der Entscheidung des Gerichts zu vertrau-
en, Ruhe zu bewahren und von unsachlichen Spekulationen
Abstand zu nehmen.«

Weitere Berichte folgen in Kürze auf Kurpfalz 24/7 News.

8

Die Öffentlichkeit dachte gar nicht daran, »von unsachlichen Spekulationen Abstand zu nehmen«. Die Meldung war gerade einmal eine
halbe Stunde online, da tobte in den sozialen Medien bereits der
digitale Mob.

Alex saß in seinem Büro und scrollte durch die Kommentarspalte
unter dem Artikel. Eingeloggt hatte er sich mit einem Uralt-Profil, das
er so gut wie gar nicht mehr benutzte. Nun wusste er wieder, warum er

Facebook und Twitter seit Jahren mied: Was sich da an diesem Freitagmorgen abspielte, war für einigermaßen denkende und differenzierte Menschen kaum zu ertragen.

Kurpfalz 24/7 News war ein Magazin, das ausschließlich im Internet erschien. Die Redaktion ballerte stündlich reißerische und schlecht recherchierte Texte in die Welt. Eine saubere Trennung zwischen Nachricht und Meinung gab es nicht, das meiste war billiger Clickbait, Boulevardpresse auf Speed. Gleichwohl erfreute sich das Portal in Heidelberg einiger Beliebtheit. Die Leute waren süchtig nach der Empörung, die die schrillen Schlagzeilen schürten. Denn mehr als die Überschriften lasen die meisten nicht.

Schneiders vorzeitige Entlassung war für Kurpfalz News ein gefundenes Fressen. Das verhieß Aufregung und Wut, einen Shitstorm, der die Klickzahlen jäh nach oben peitschte. Auch Alex konnte die Entscheidung der Strafvollstreckungskammer nicht nachvollziehen; seiner Einschätzung nach war einem Gewalttäter wie Schneider mit Therapie kaum beizukommen, eine lange Freiheitsstrafe daher unumgänglich. Aber mit einer sachlichen Kritik an der Justiz hatte der Artikel nichts zu tun. Die manipulativen Formulierungen und provokanten Fragen zielten allein darauf ab, Öl ins Feuer zu gießen. Und natürlich konnte die Redaktion es nicht lassen, das widerwärtige Video zu verlinken.

Der gewünschte Effekt ließ nicht lange auf sich warten. Schon jetzt gab es unter dem Artikel an die dreihundert Kommentare, und im Minutentakt kamen neue dazu. Alex las eine unappetitliche Mischung aus Rassismus, Realitätsverweigerung, Gewaltfantasien und inflationären Ausrufezeichen. Wüste Beschimpfungen der Gerichte und geiferndes Anprangern der »Kuscheljustiz«, die Mörder auf die Menschheit loslasse, gehörten noch zu den harmlosen Stammtischparolen. Andere forderten die Todesstrafe für »ein Dreckstück wie Schneider« oder wenigstens: »Pimmel ab!!1!!«. Dass Schneiders Geschlechtsteil bei Neureuthers Ermordung bestenfalls eine nachrangige Rolle gespielt hatte, interessierte in dem Zusammenhang niemanden.

Einige User behaupteten zu wissen, Schneider sei in Wirklichkeit kein Deutscher, seine wahre Identität werde von den Behörden und den Medien geheim gehalten. Einer schrieb:

»Klar dass die den rauslassen, ich sag nur: Asylantenbonus!!!!«

Wäre dies ein Wettbewerb um den dümmsten Kommentar des Tages, ginge der erste Platz konkurrenzlos an einen gewissen Ewald Schätzlein, der das Internet wissen ließ:

»Das sind vorzeichen von neuen System, Sexmord bald nicht merh strafbar es komt die ÖkoPädo Diktatur!!!«

»Ganz bestimmt, Ewald«, sagte Alex.

Er rief Schätzleins Profil auf. Dort fand er Fotos von Handgranaten werfenden Wehrmachtssoldaten neben niedlichen Katzenbildern neben schmierigem Altherrenhumor. Er klickte es weg und verspürte das Bedürfnis, sich gründlich zu waschen.

Alex seufzte. Ein frei laufender Sexualstraftäter und eine verängstigte, wutschnaubende Bevölkerung: Das war eine explosive Mixtur. Mit dieser Geschichte würde seine Behörde noch viel Freude haben.

Als er sich gerade ausloggen wollte, poppte ein neuer Kommentar auf. Er war recht vernünftig formuliert, verglichen mit den anderen. Eine ClaudiaF schrieb:

»Kurpfalz 24/7 News hat ausnahmsweise recht, es IST ein brutaler Schlag ins Gesicht. Und wie fühlen sich jetzt all die Frauen und Mädchen, die nicht mehr unbeschwert vor die Tür gehen können, weil sie permanent Angst vor Lukas Schneider haben müssen? Diese Entscheidung des Gerichts ist blanker Hohn. Ich habe endgültig das Vertrauen in den Rechtsstaat verloren.«

Der Kommentar bekam in wenigen Minuten zig Likes.

Alex wusste, wer ClaudiaF war. Er verfolgte ihren Werdegang seit Jahren aus der Ferne. Früher hatte sie anders geheißen, nach ihrer Scheidung hatte sie wieder ihren Mädchennamen angenommen.

Claudia Fritsch war Michelle Neureuthers Mutter.

9

Am frühen Samstagnachmittag saß Schneider in seinem alten Kinderzimmer am Computer und aß ein Käsebrot. Aus den Boxen dröhnte deutscher Hip-Hop. Er war gestern Nacht nach drei ins Bett gegangen und eben erst aufgestanden, das Käsebrot und der Instantkaffee waren sozusagen Frühstück und Mittagessen in einem. Er fühlte sich dumpf im Schädel. Ihm fehlte der strukturierte Tagesablauf der JVA, er wusste nicht, was er mit dem Wochenende anfangen sollte. Die bevorstehenden freien Tage erschienen ihm endlos lang. Die ganze Zeit mit seiner Mutter in der engen Bude vor der Glotze abhängen? Eine Horrorvorstellung.

Er klickte den Browser an. Er hatte Lust, einen Porno anzuschauen, Pornos hatten ihm im Knast schmerzlich gefehlt. Aber seine Mutter hatte die nervige Angewohnheit, ins Zimmer zu kommen, ohne vorher anzuklopfen. Also surfte er lustlos im Internet.

Er konnte es nicht lassen und rief das größte Forum der deutschsprachigen Incel-Szene auf. Dabei verspürte er eine eigentümliche Nostalgie. Jannik Trabold und er waren damals in dem Forum sehr aktiv gewesen; sie hatten sich dort Anfang 2016 online kennengelernt und ein paar Wochen später dann auch im *real life,* bei einem Vortrag über die Gefahren des Feminismus in der Gothia-Villa, zu dem sein Internet-Bekannter ihn eingeladen hatte.

Jannik: der erste und einzige echte Freund, den er je gehabt hatte. Schneider kniff die Lippen zusammen. Er schob die Erinnerung an Janniks Verrat von sich, indem er sich durch die verschiedenen aktiven Diskussionen klickte.

Im Forum galten klare Regeln: keine Frauen, kein schwuler Content, keine strafbaren Postings wie Beleidigung, Volksverhetzung, Morddrohungen. Die ersten beiden Regeln wurden von den Admins strikt durchgesetzt, die dritte nicht so sehr. Nahezu jeder Thread war voller Hetze und Gewaltfantasien gegen Frauen und sexuell aktive Männer. Ein Incel schrieb:

»Leute, vergesst es, wir kriegen nie Weiber ab. Außerdem, was wollt ihr mit ner Freundin, kostet doch nur Geld. Greift euch besser ne Stacy und vergewaltigt sie hinter der Bushaltestelle, ist billiger.«

»Stacy« war der Incel-Begriff für eine außergewöhnlich schöne Frau, die neun von zehn Punkte auf der allgemein akzeptierten Attraktivitätsskala erreichte. Sie wurde nur von der überirdischen »Gigastacy« übertroffen. Die männliche Entsprechung war Chad beziehungsweise Gigachad. Überhaupt teilten Incels alle Menschen, Frauen wie Männer, in sexuelle Klassen ein. Alphas, Betas, Omegas. Normies, Beckies, Brads. Die Zugehörigkeit zu einer Kategorie war rein genetisch bedingt. Daher waren Incels überzeugt, dass es aus diesen Schubladen kein Entkommen gab. Einmal ein Omega, immer ein Omega. Ohne Aussicht auf romantische und sexuelle Teilhabe. Incels, die sich mit diesem traurigen Schicksal nicht abfinden wollten, entwickelten Lösungsvorschläge und teilten ihre kruden Theorien im Forum:

»Hab noch nie gefickt, nicht mal mit ner 3er Bitch rumgeknutscht. Und so geht's ja den meisten von uns. Regierung sollte einen sexuellen Kommunismus einführen und die Weiber den Männern nach einer Quote zuteilen. Damit auch so hässliche Wichser wie wir eine abkriegen. Wie ein bedingungsloses Grundeinkommen, nur halt für Sex, was denkt ihr?«

Zentral in der Incel-Ideologie war das Motiv der Blauen und Roten Pille, *bluepill* und *redpill* auf Englisch. Ursprünglich ein Storyelement des Films *Matrix,* hatten Incels das Motiv aus seinem Science-Fiction-Kontext gerissen und es in ihre Weltsicht eingepasst. Ein Bluepiller war eine träge, denkfaule Person, die die herrschenden gesellschaftlichen Normen nicht hinterfragte, die etwa den Lügen des Feminismus auf den Leim ging und infolgedessen an das Märchen von der Gleichwertigkeit der Geschlechter glaubte. Bluepiller hielten die Realität für eine Art Disney-Film, sie waren überzeugt, für jeden gebe es die wahre Liebe. Jeder Topf findet seinen Deckel und so weiter. Egal, wie du aussiehst.

Incels hingegen waren allesamt Redpiller. Sie hatten die Rote Pille geschluckt. Sie hatten all diese behaglichen Illusionen abgelegt, der Wirklichkeit in die grausame Fratze geblickt und die wahren Ursachen ihres Elends erkannt: Frauen waren ausnahmslos falsch und oberflächlich. Sie interessierten sich niemals für die inneren Werte eines Mannes, sondern fühlten sich allein zu gutem Aussehen, Status und Geld hingezogen. Als hässlicher und schwacher Mann bist du für sie Abschaum. Ein Untermensch.

Der Feminismus machte alles noch schlimmer. Er gab den Frauen eine Macht, die ihnen nicht zustand. Die verheerenden Folgen dieser Entwicklung glaubten die Incels überall zu beobachten. Die sexuelle Gleichberechtigung entmannte den Mann, degenerierte die Gesellschaft und zerstörte den freien Westen, indem sie zuließ, dass Europa von starken, dominanten Männern aus Afrika und dem Orient überrannt wurde.

Das Forum war durchdrungen von Antifeminismus, Opferpose und Fremdenhass. Wenig überraschend waren nicht wenige Incels bekennende Nazis mit eindeutigen Symbolen im Profilbild. Ein User namens »LonelyBoy88« etwa postete ein rassistisches Pepe-Bildchen und schrieb:

»Frauen sind Untermenschen und genetischer Abfall, Rassismus ist eine evolutionäre Tatsache, aber das werden die linksgrünen Traumtänzer/ Systemmedien nie kapieren. Wir werden unsere Ziele deshalb nicht mit freundlichen Worten durchsetzen können, wenn ihr versteht, was ich meine. Oder wir schlitzen uns alle kollektiv die Pulsadern auf, wie ihr wollt.«

Die Rote Pille war keineswegs der düstere Zielpunkt dieser Weltanschauung. Es ging noch schlimmer. Wer die *Schwarze* Pille nahm, ergab sich vollends dem Nihilismus. Während der Redpiller noch die Hoffnung hegte, eines Tages sexuell auf seine Kosten zu kommen, indem er Bodybuilding betrieb und manipulative Flirttricks lernte, gestand sich der Blackpiller ein, dass all das sinnlos war. Wozu an dir arbeiten? Du kannst deinem Schicksal nicht entrinnen. Du wirst niemals eine Frau finden, niemals eine Familie gründen, niemals Kinder haben. Das ganz normale Glück ist unerreichbar für einen abstoßenden Wicht wie dich.

Lukas Schneider war ein Jünger der Schwarzen Pille gewesen.

Aber das war lange her.

»Alter, was für ein irrer Scheiß«, murmelte er, während er die Postings überflog. Hatte er diesen Mist früher wirklich für bare Münze genommen? Ja, hatte er. Da gab es nichts zu beschönigen. Und er hatte selbst reichlich Quatsch ins Internet getippt. Weshalb er den Cops schlussendlich in die Falle gegangen war.

Er schloss den Browser und nahm sich selbst das Versprechen ab, das Incel-Forum nie wieder zu öffnen. Es war eine Welt des Wahnsinns, und sie lag ein für alle Mal hinter ihm. Mit Sebastian Bergs Hilfe hatte er in langer, harter, schmerzhafter Arbeit gelernt, dieses menschenverachtende Gedankengut kritisch zu hinterfragen und es nach und nach abzuschütteln.

Er beschloss, ein paar Stunden Computer zu spielen. Videospiele hatte er im Gefängnis noch mehr vermisst als Pornofilme. Er drehte die Musik lauter und scrollte durch die Liste der Games auf seinem Rechner. Sie waren inzwischen genauso veraltet wie sein Steinzeit-Handy, aber größtenteils immer noch gut. Die Liste war nach Genres sortiert, nicht alphabetisch, und so dauerte es ein paar Minuten, bis er über die PC-Version von *Assassin's Creed* stolperte. Als sein Blick das Titelbild mit der Kampfszene aus dem amerikanischen Unabhängigkeitskrieg streifte, zuckte er innerlich zusammen. Erinnerungen stürzten jäh auf ihn ein.

Janniks Stube in der Gothia-Villa. Die Tür fliegt krachend auf. Schwarze Gestalten stürmen brüllend herein, Pistolen im Anschlag. Er reißt sich panisch den Kopfhörer herunter. Ein SEK-Mann zerrt ihn von der Couch, drückt ihn zu Boden …

Er atmete scharf ein und hielt die Luft an, bis er sich wieder im Griff hatte. Es kostete ihn seine gesamte Willenskraft, die Bilder zu verscheuchen. Er deinstallierte *Assassin's Creed*. Er wollte es nie wieder spielen.

Er stieß den angehaltenen Atem aus. Blitze zuckten vor seinen Augen, sein Puls war auf hundertachtzig. Diffuser Zorn kochte in ihm – auf die Cops, auf die Ratte Jannik, auf sich selbst. Er musste sich irgendwie abreagieren. Er startete ein Ballerspiel. Massenhaft Pixelmännchen abzuknallen, war jetzt genau das Richtige.

Er hatte kaum angefangen, als seine Mutter hereinkam. Die alte Nervensäge drehte die Musik ab.

»Was?«, blaffte er gereizt.

»Hörst du das nicht?« Sie deutete aufs Fenster.

Er hämmerte auf die Pausentaste und stand auf. Wegen der lauten Musik hatte er nicht mitgekriegt, dass vor ihrem Wohnblock eine größere Menschenmenge stand.

Nein, keine Menschenmenge – ein Mob.

Gut dreißig Leute brüllten seinen Namen, schwenkten selbst gemalte Schilder und schrien Parolen wie: »Hau ab, Mörder!«

Er stand wie versteinert am Fenster, schlagartig war ihm eiskalt. Als ihn die Meute zwischen den halb offenen Gardinen entdeckte, steigerte sich das Geschrei zu einem wütenden Toben.

»Sexmonster raus!«, kreischten die Leute.

»Verpiss dich, Kermit! Oder wir kriegen dich!«

Er zog die Vorhänge zu und taumelte vom Fenster weg. »Woher wissen die, wo ich wohne?«, keuchte er.

»Die Nachbarn haben dich gesehen, bestimmt haben sie es im ganzen Emmertsgrund rumerzählt«, antwortete seine Mutter. »Außerdem steht es im Internet, hab ich gehört.«

Er entsperrte sein Handy und googelte seinen Namen. Eine Minute später war er auf der Seite von *Kurpfalz 24/7 News,* dort gab es mehrere Artikel über ihn. Er überflog den neuesten. Tatsächlich, darin stand, die Redaktion habe herausgefunden, dass der gefürchtete Sexmörder Lukas Schneider bei seiner Mutter A. Schneider im Emmertsgrund wohnte. War es überhaupt legal, so eine Information zu veröffentlichen? Wie auch immer, jetzt wäre es ohnehin zu spät, dagegen vorzugehen.

»Fuck«, sagte Schneider. Er konnte nie wieder das Haus verlassen, die Meute würde ihn in der Luft zerreißen.

»Hast du gesehen?« Seine Mutter machte ein verkniffenes Gesicht, als wäre der Mob vor der Haustür nur eine persönliche Beleidigung und keine handfeste Bedrohung. »Ewald Schätzlein ist auch dabei!«

Schneider hatte Schätzlein nicht gesehen, aber dass der bei der blökenden Horde mitmachte, überraschte ihn nicht. Der alte Drecksack wohnte in der Nachbarschaft. Er machte immer mit, wenn sich eine Gelegenheit bot, herumzuschreien und seinen Frust an anderen auszulassen.

»Das dürfen die nicht«, verkündete seine Mutter. »Ich ruf die Polizei!«

»Keine Cops!«

»Willst du warten, bis der Schätzlein und seine feinen Freunde die Haustür aufbrechen und zu uns in die Wohnung kommen?«

Diese Möglichkeit bestand durchaus, so wie er die Lage einschätzte. Aber die Vorstellung, sich mit den Cops herumzuschlagen, erschreckte ihn beinahe genauso sehr. Seit jener Nacht im Gothia-Haus hatte er panische Angst vor der Polizei. Er schluckte und wischte sich mit dem Ärmel den Schweiß aus den Augen. Er hatte nicht die geringste Ahnung, was er tun sollte. Sebastian Berg anrufen? Der konnte ihm jetzt auch nicht helfen.

Seine Mutter schob die Vorhänge einen Spalt auseinander und spähte hinaus. »Oh. Wir müssen die Polizei nicht mehr rufen. Sieh mal.«

Er riskierte ebenfalls einen Blick aus dem Fenster. Zwei Streifenwagen näherten sich der Menschenmenge, wahrscheinlich kamen sie von der Emmertsgrund-Wache ein paar Straßen weiter. Sie hielten auf dem kleinen Platz vor dem Wohnblock. Blaulicht blitzte. Über Lautsprecher erklärten die Polizisten die nicht angemeldete Versammlung für beendet und forderten die Leute auf, nach Hause zu gehen. Als kaum jemand gehorchte, stiegen mehrere Uniformierte aus und wiederholten mit Nachdruck ihre Aufforderung, indem sie Platzverweise erteilten und mit Bußgeldverfahren drohten. Endlich zerstreute sich die Menge. Schätzlein war unter den Ersten, die den Rückzug antraten.

»Ich geh runter und rede mit ihnen«, sagte seine Mutter. »Den Schätzlein werd ich anzeigen!«

»Mach das nicht, Mama«, flehte er, doch da war sie bereits zur Wohnungstür hinaus. Er sank auf den Schreibtischstuhl und starrte auf den Bildschirm, wo Pixelsoldaten mitten in der Bewegung eingefroren waren. Er konnte keinen klaren Gedanken fassen, sein Kopf war so leer wie eine gelöschte Festplatte.

Schwere Schritte und befehlsgewohnte Männerstimmen hallten durch das Treppenhaus. Kurz darauf führte seine Mutter zwei Polizisten ins Kinderzimmer. Sie wetterte gegen Schätzlein, den sie für den Rädelsführer des Mobs hielt, doch die Cops ignorierten sie und grinsten ihn wölfisch an.

»Der Herr Schneider, sieh mal einer an. Mit Ihnen haben wir so bald nicht gerechnet. Und kaum hat Heidelberg ihn wieder, gibt's Ärger. Jetzt erzählen Sie mal: Wie war's denn in der JVA?«

Seine Hände waren schweißnass, er umklammerte die Armlehnen und brachte kein Wort heraus.

10

Schneider machte seit fünf Jahren Therapie, aber heute betrat er zum ersten Mal Bergs Praxis.

Die bisherigen Sitzungen, über zweihundert an der Zahl, hatten alle in der JVA stattgefunden, wo er sich regelmäßig mit Berg in einem engen, mit Ordnern vollgestopften Büro getroffen hatte. Das Gericht hatte ihm zur Auflage gemacht, nach der Entlassung die Therapie ambulant fortzusetzen. Fünfzig Minuten alle zwei Wochen.

Ihm machte das nichts aus. Da er samstags arbeiten musste, hatte er unter der Woche einen Tag frei, sodass er die Termine bei Therapeut und Bewährungshelfer problemlos wahrnehmen konnte. Außerdem war er froh, dass er weiterhin jemanden hatte, mit dem er über seine Probleme reden konnte. Denn Probleme hatte er mehr denn je.

Er nahm in dem bequemen Sessel Platz, das schwarze Kunstleder knarzte heimelig. Die Praxis lag im Stadtteil Wieblingen und befand sich im Erdgeschoss eines Wohnhauses aus den Achtzigerjahren. Der Raum selbst war hell und freundlich, an den Wänden hingen ungewöhnliche Bilder. Moderne Kunst, vermutete Schneider, der von diesem Zeug nicht die geringste Ahnung hatte. Aber hübsch waren die Bilder, das konnte selbst ein Banause wie er erkennen.

Er wusste nur wenig über Bergs private Interessen, der Doc war ihm gegenüber zurückhaltend mit solchen Informationen. Er spielte Schach und Handball, so viel hatte Schneider mitgekriegt. Folgerichtig stand in einer Ecke eine Glasvitrine, die ein teuer aussehendes Schachbrett, mehrere Pokale sowie einen Handball enthielt, auf den die Mannschaftskameraden mit Edding ihre Namen geschrieben hatten. Außerdem eine eigenartige Mütze. Über der Vitrine hing Bergs Diplom, oder wie das bei Seelenklempnern hieß.

Der Doc saß ihm gegenüber, Klemmbrett und Stift in den Händen. Früher hatte Schneider gedacht, Psychiater wären allesamt weißhaarige Weihnachtsmänner mit Rauschebärten und Nickelbrillen. Eine Brille mit randlosen, runden Gläsern trug Sebastian Berg tatsächlich, auch hatte er einen Bart, allerdings mehr die Hipster-Variante als ein Santa-Claus-Exemplar. Er war nicht so viel älter als Schneider, höchstens fünfunddreißig. Als der Doc angefangen hatte, ihn zu behandeln, war er noch in der Ausbildung gewesen. Bergs vollständige Berufsbezeichnung lautete »Facharzt für Psychiatrie und Psychotherapie mit dem Schwerpunkt Forensische Psychiatrie«. Einen Doktortitel trug er seltsamerweise nicht. Schneider nannte ihn trotzdem Doc.

»Wie geht es Ihnen?«, erkundigte sich Berg mit seiner warmen, freundlichen Stimme.

Es sprudelte nur so aus ihm heraus. Er erzählte von seiner Entlassung, von den stressigen zwei Wochen seitdem, von den Problemen mit seiner Mutter, von den Anfeindungen durch Nachbarn, Arbeitskollegen und Internet-Trolle, die ihm in den sozialen Medien den Tod wünschten. Berg tat das, was er am besten konnte: Er hörte zu. Gelegentlich machte er sich Notizen und stellte Nachfragen. Es tat gut, sich den ganzen Frust von der Seele zu reden. Am Anfang seiner Behandlung hatte er Psychotherapie für Hokuspokus gehalten, für eine Erfindung studierter Spinner, die glaubten, mit Reden über Gefühle könnte man alle Probleme lösen. Wenn er ehrlich war, hatte er nur bei der Behandlung mitgemacht, weil er gehofft hatte, so schneller aus dem Knast rauszukommen. Inzwischen dachte er anders über Therapie. Sie konnte vielleicht nicht alle Probleme beseitigen, aber doch eine Menge. Ihm jedenfalls halfen die regelmäßigen Sitzungen, besser mit sich und seiner Umwelt klarzukommen. Er war nicht mehr der frustrierte, hasserfüllte, gewalttätige Irre, der 2017 ins Gefängnis gekommen war.

»Bei der Arbeit gibt es also auch Anfeindungen?«, fragte Berg.

»Klar. Bei den Kollegen hat sich rumgesprochen, wer ich bin. Ein paar wollen nicht mehr mit mir zusammenarbeiten. Vor allem die Frauen. Die anderen hacken auf mir rum. Vorgestern haben sie mir eine geköpfte Barbiepuppe an den Spind gehängt.«

»Unternimmt Ihr Vorgesetzter nichts gegen diese Attacken?«

Der Restaurantchef war ganz okay. Er wollte Schneider eine Chance geben und schien sich nicht übermäßig an seiner kriminellen Vergangenheit zu stören. Das wäre auch schwierig gewesen; bei der Leihbude, wo das Restaurant seine Leute herbekam, arbeiteten viele Ex-Häftlinge und andere soziale Außenseiter. Die Zeitarbeitsfirma und die Betriebe, an die sie Personal vermittelte, taten gut daran, nicht allzu viele Fragen zu stellen.

»Der Chef hat ihnen gesagt, sie sollen mich in Ruhe lassen. ›Wenn er was anstellt, fliegt er raus. Aber wenn er sich benimmt, müsst ihr mit ihm auskommen‹, hat er gesagt. Die Kollegen halten sich leider nicht dran. Wenn der Chef nicht hinschaut, geht's von vorne los.«

Alles in allem war die Arbeit im Restaurant ein Scheißjob, und das wäre sie auch ohne die täglichen Pöbeleien gewesen. Eine eintönige Schinderei für wenig Geld, dazu ein nie nachlassender Strom penetranter Kunden, die ihn mit unverschämten Sonderwünschen nervten. Doch er biss die Zähne zusammen, etwas Besseres würde er so bald nicht finden. Wenigstens musste er für die Arbeit nicht durch die halbe Stadt fahren, sondern konnte morgens und abends zu Fuß gehen, durch den Weinberg zwischen Rohrbach-Süd und Emmertsgrund. So sparte er sich das Geld für das Busticket. Er sparte jeden Cent, damit er so bald wie möglich eine eigene Wohnung suchen konnte; die Probleme mit seiner Mutter wurden von Tag zu Tag schlimmer.

»Wie gehen Sie mit den Anfeindungen bei der Arbeit um?«, wollte Berg wissen.

»Ich versuch, mich nicht provozieren zu lassen. So, wie wir's im sozialen Kompetenztraining geübt haben. Das klappt ganz gut. Ich geh dann einfach weg, wenn mich einer blöd anmacht.«

»Gut«, lobte der Therapeut. »Was ist mit den Frauen?«

»Welche Frauen?«

»Die Kolleginnen. Sie sagten doch, dass die sich besonders feindselig Ihnen gegenüber verhalten. Können Sie nachvollziehen, warum Frauen nicht mit Ihnen zusammenarbeiten wollen?«

»Irgendwie schon.«

»Führen Sie das bitte genauer aus.«

Darüber musste er einen Moment nachdenken. »Ich nehm an, dass sie Angst vor mir haben. Dass sie befürchten, ich könnte ihnen dasselbe antun wie Michelle Neureuther.«

»Haben Sie Fantasien, das zu tun?«

»Nein«, antwortete er, obwohl er durchaus Mordgedanken hatte, wenn ihn die Weiber an der Kasse mal wieder »Kermit« nannten und ihn schnitten, als wäre er ein Pestkranker. Aber bisher hatte er lediglich die Faust in der Hosentasche geballt, und dabei würde es bleiben.

Er hatte keine Lust mehr, über seine fiesen Kolleginnen zu reden.

»Ich würde gern Jannik besuchen«, wechselte er das Thema.

»Das Gericht hat Ihnen zur Auflage gemacht, sich von Herrn Trabold fernzuhalten«, erinnerte Berg ihn.

»Ich weiß. Aber ich bin so sauer auf ihn. Wo soll ich denn hin mit meiner Wut?«

»Was versprechen Sie sich von einem Treffen mit Jannik?«

»Er ist ein Kameradenschwein. Ich hätte gern eine Entschuldigung von ihm. Oder wenigstens eine Erklärung, warum er damals den Kontakt zu mir abgebrochen hat. Und wieso er vor Gericht die ganzen Lügen erzählt hat. Klar, er wollte sich schützen, das versteh ich irgendwie. Trotzdem hätte er mich nicht so hängen lassen dürfen. Kein einziges Mal hat er mich im Knast besucht. Nicht mal angerufen hat er.«

»Ich kann Ihre Enttäuschung verstehen. Dennoch empfehle ich Ihnen dringend, die gerichtliche Weisung zu beachten. Abgesehen von den unguten rechtlichen Konsequenzen, die eine Kontaktaufnahme hätte, wäre es schlecht für Ihre Entwicklung, Jannik wiederzusehen. Wenn Sie in Ihr altes Milieu – Incels, Rechtsradikale – zurückkehren, riskieren Sie, in schädliche Muster zurückzufallen und Ihre Fortschritte zu gefährden.«

»Ich war ja nie richtig bei den Rechten. Jannik hat mich nur zu ein, zwei Vorträgen in der Gothia-Villa mitgenommen. Die meiste Zeit haben wir Horrorfilme geschaut. Unser eigenes Ding gemacht.«

»Dieses ›eigene Ding‹ bestand darin, misogyne Hassfantasien auszutauschen sowie Frauen zu beobachten, um ein Opfer für Ihre geplante Vergewaltigung auszuwählen.«

Dieser verdammte Seelenklempner! Ließ ihm nie etwas durchgehen. Selbst gedankenlos dahingesagte Floskeln musste er zerpflücken, es machte einen rasend. Seine Hände krallten sich in die Sessellehnen. Doch die Wut kühlte so schnell ab, wie sie aufgeflammt war. Er kannte den Doc und seine Methoden inzwischen. Berg wollte ihn nur vor Dummheiten bewahren.

»Schon gut, Sie haben ja recht. Ich werd mich von Jannik fernhalten, versprochen.«

Der Therapeut nickte bestätigend und notierte etwas auf seinem Klemmbrett. Dann schaute er auf seine Armbanduhr. »Wir haben noch fünfzehn Minuten. Die müssen wir nutzen, um etwas Wichtiges zu besprechen. Sie wissen, was für ein Tag heute ist?«

»Na, Donnerstag, der 13. Oktober.«

Berg warf ihm seinen *Und-weiter?*-Blick zu. Schneider hatte nicht den Hauch einer Ahnung, worauf er hinauswollte.

»Heute vor genau sechs Jahren haben Sie Michelle Neureuther angegriffen«, half ihm der Therapeut auf die Sprünge.

Es durchfuhr ihn heiß und kalt. Das hatte er überhaupt nicht auf dem Schirm gehabt. O Gott, er ahnte, was jetzt kam.

»Bitte beschreiben Sie möglichst präzise, wie der Angriff vonstattenging und was Sie dabei empfanden«, forderte Berg ihn auf.

»Muss das sein? Das haben wir doch schon zigmal durchgekaut.«

»Es muss sein«, sagte Berg freundlich, aber bestimmt. »Das ›Deliktszenario‹ ist ein zentrales Element der forensischen Therapie. Sie müssen sich intensiv mit Ihrer Tat auseinandersetzen, damit Sie Empathie mit dem Opfer entwickeln.« Er fügte hinzu: »Was das betrifft, ist nämlich noch Luft nach oben.«

Schneider schluckte. Das Deliktszenario war harte Arbeit. Er schwitzte schon jetzt, dabei hatte er noch nicht einmal angefangen. Er holte tief Luft und tat, was von ihm verlangt wurde. Bergs Wort war Gesetz. »Wir – also Jannik und ich – gingen zu einer Ersti-Party im Neuenheimer Feld. Es war schon dunkel, wir versteckten uns in der Nähe und beobachteten die Frauen, die draußen rauchten. Michelle muss gegen elf rausgekommen sein. Sie ging allein nach Hause – keine männlichen Begleiter wie die anderen Wei… Studentinnen. Wir schlichen ihr nach. Als sie kurz stehen blieb, um auf dem Handy Nachrichten zu schreiben, sind wir unauffällig an ihr vorbei. Hinter einer Parkhecke haben wir ihr aufgelauert. Also, ich hab ihr aufgelauert und die Maske aufgezogen. Jannik hat sich weiter hinten versteckt, um zu filmen.«

Er hörte auf zu reden, er konnte nicht mehr. Doch Berg gönnte ihm keine Pause.

»Und dann?«

»Als Neureuther an der Hecke vorbei ist, packte ich sie, hielt ihr den Mund zu und zog sie ins Gebüsch. Ich warf sie auf den Boden und drohte, ihr mit dem Baseballschläger den Schädel einzuschlagen, wenn sie schreit. Ich ließ die Hose runter …«

Berg nickte ihm auffordernd zu. Schneider schloss die Augen, als Wellen der Scham durch ihn brausten.

»Bei mir ging nichts. Ich … bekam keinen hoch. Das hat mich unglaublich wütend gemacht. Also hab ich den Baseballschläger aufgehoben …«

11

Alex saß am Rechner und erledigte Schreibkram, den er seit Tagen vor sich herschob. Ohne den Blick vom Bildschirm zu nehmen, zog er die Schublade auf und tastete darin herum. Wo war denn seine Nervennahrung? Ah, da. Aber etwas stimmte nicht ... Er holte die Tüte heraus, die gestern noch halb voll gewesen war. Sie enthielt lediglich eine einzige lumpige Lakritzschnecke.

»Helmut, du Drecksack!«

Der Kollege hatte die Angewohnheit, die Büros seiner Mitstreiter heimlich nach Süßigkeiten zu durchsuchen. Sogar der Dezernatsleiter war deswegen bereits eingeschritten. Genutzt hatte die Ermahnung nichts, der notorische Mundräuber war unbelehrbar.

»Das reicht jetzt. Helmuuut!« Als Alex gerade aufstehen wollte, um sich den Dieb vorzuknöpfen, klingelte das Telefon. Es war der Staatsanwalt.

»Guten Morgen, Herr Schwerdt. Es geht um die Sache Trabold/El-Masri. Ich dachte, ich informiere Sie schnell auf dem kurzen Dienstweg. Ich muss das Verfahren einstellen. Frau El-Masri hat ihre Anzeige zurückgezogen.«

»Danke für die Info. Hat sie erklärt, warum?«

»Sie hat nur Andeutungen gemacht. Ich schätze, sie verspricht sich nichts davon. Da kann ich leider nichts machen. Ärgern Sie sich nicht – irgendwann kriegen wir den Schmutzfink dran.«

Alex legte auf. Obwohl er sich von dem Verfahren wenig versprochen hatte, frustrierte ihn dieser Ausgang. Einer wie Trabold verstand nur eine Sprache. Ein donnernder Schuss vor den Bug, eine empfindliche Strafe wäre dem Kerl vielleicht eine Lehre gewesen. Stattdessen kam er wieder einmal ungeschoren davon.

Bleibt zu hoffen, dass er das nicht als Ermutigung versteht, was Schlimmeres anzustellen.

Helmut trat in die offene Bürotür. »Hast du mich grade gerufen?«

Alex hielt die nahezu leere Lakritztüte hoch. »Möchtest du dazu was sagen?«

Der Kollege machte sich nicht einmal die Mühe, den Mundraub abzustreiten. »Sorry, musste sein. Es lag ein medizinischer Notfall vor.«

»Bitte was?«

»Gefährlich niedriger Blutzucker. Ich brauchte dringend was Süßes. Oder weiß Gott was wär passiert.«

»Das ist die dümmste Ausrede, die ich je gehört habe. Lakritzschnecken sind nicht mal süß! Zieh dir beim nächsten Mal am Automaten einen Schokoriegel.« Alex wedelte mit der Tüte. »Die ersetzt du mir.«

»Das geht nicht«, erklärte Helmut.

»Wie, das geht nicht?«, empörte sich Alex.

»Die Pflicht ruft. Auf dem Bergfriedhof hat einer vor Publikum onaniert, ist das nicht pietätlos? Ich komm eben vom Chef, wir übernehmen den Fall. Lass uns die Hühner satteln und Zeugen vernehmen.«

»Die Lakritzschnecken sind nicht vergessen!« Alex griff nach der Jacke, und sie eilten zur Treppe. »Übrigens, der Staatsanwalt hat gerade angerufen. Das Verfahren gegen Trabold wird eingestellt.«

»Hab ich's nicht gesagt?«, meinte Helmut nur.

12

Ich schau nur mal, wo er wohnt, dachte Schneider. *Das wird ja wohl nicht verboten sein.*

Wie jeden Abend saß er an seinem Computer. Ein beschissener Montag lag hinter ihm, er war völlig erledigt von der Arbeit, und ihm grauste vor der restlichen Woche. Sein Vorsatz, Jannik zu meiden, hatte gerade einmal bis Sonntagnacht gehalten. Heute Morgen dann, als die Kollegen ihn wieder einmal wie einen menschlichen Fußabtreter behandelt hatten, war etwas in ihm zerbrochen. Wem verdankte er die ganze Scheiße? Keinem anderen als Jannik. Jannik, der sein Leben in vollen Zügen genossen hatte, während er im Knast versauerte.

Du Ratte! Wollen wir mal sehen, ob ich dich nicht aufspüren kann.

Es war leichter als gedacht. Er pflegte diverse offenherzige Social-Media-Profile, auf denen man unter anderem Selfies seiner Besäufnisse bewundern konnte. Kommentare unter den Postings gab es keine, Likes hatten sie nur wenige, wenn überhaupt. Jannik war offenbar einsam und hatte nicht einmal bei Facebook viele Freunde.

Geschieht dir recht.

Er war im Internet recht freigiebig mit privaten Informationen, so dass Schneider nur eine halbe Stunde googeln und anschließend eins und eins zusammenzählen musste. Offenbar wohnte Jannik seit seinem Rauswurf bei der Gothia in einem trostlosen Wohnblock in der Blücherstraße.

Schneider studierte den Stadtplan. Die Gegend war recht einfach mit dem Bus zu erreichen, sogar abends.

Seine Mutter kam ins Zimmer.

»Gewöhn dir an, anzuklopfen!«, fauchte er.

Wie sie ihn schon wieder anschaute. Der Abscheu in ihren Augen. *Sie hasst mich. Sie hasst ihren eigenen Sohn und macht sich nicht mal die Mühe, es zu verbergen.*

»Herr Biagini war eben da«, sagte sie. »Der Hausverwalter.«

»Ich weiß, wer Herr Biagini ist. Was will er?«

»Dass du ausziehst. Er hat mit den anderen Hausbewohnern gesprochen. Die wollen das auch.«

Das kam nicht überraschend. Die Nachbarn hatten verständlicherweise Angst vor dem brüllenden Mob, der sich alle paar Tage vor dem Wohnblock versammelte und die Polizei verarschte. Sie ärgerten sich über die Schmierereien an den Hauswänden und die nächtlichen Farbbeutelattacken, die allzu oft Schneiders Fenster verfehlten und stattdessen die Wohnungen Unbeteiligter trafen. Seit er hier wohnte, war ihr Leben die Hölle, und natürlich gaben sie ihm die Schuld daran.

»Und was willst du?«, fragte er seine Mutter.

Ihr Schweigen war Antwort genug.

»Ich ziehe aus, sobald ich mir die Kaution für was Eigenes leisten kann. Solange musst du mich noch ertragen.«

Sie fing an zu weinen. »Das ist alles so furchtbar. Ich kann nicht mehr schlafen. Bei jedem Geräusch zucke ich zusammen. Ich schaff das nicht mehr!«

Er starrte sie an, seine Hände lagen auf den Oberschenkeln. Er hasste es, wenn sie flennte. Er federte hoch, schlüpfte an ihr vorbei und griff nach seiner Jacke.

»Wo willst du denn bei dem Wetter hin?«

»Was erledigen.«

Sie stand in der Wohnungstür und blickte ihm nach, als er durch das Treppenhaus nach unten eilte. Kein Wort der Warnung, er solle draußen vorsichtig sein. Wahrscheinlich hoffte sie insgeheim, dass jemand ihm eine verpasste.

Er öffnete die Haustür einen Spalt und spähte hinaus. Niemand zu sehen, aber das musste nichts heißen. Es war dunkel, es nieselte. Ideale Bedingungen für einen, der ihm auflauern wollte. Doch die Wut war stärker als die Angst – und mächtiger als Bergs Warnung. Jannik hatte ihn damals zu dem Angriff auf Neureuther angestiftet und ihn zum Mörder gemacht, selbst aber fein den Kopf aus der Schlinge gezogen. Mit dem Video hatte er plötzlich auch nichts mehr zu tun haben wollen. Schneider musste ihn zur Rede stellen, oder er würde an seinem Zorn ersticken. Mit einem Anruf oder einer E-Mail wäre es nicht getan – er wollte Jannik in die Augen sehen. Scheiß auf die Konsequenzen. Sollte das Gericht doch seine Bewährung kassieren und ihn wieder in den Knast stecken, es war ihm allmählich egal.

Er zog die Kapuze auf und trat hinaus in den Regen. Auf der Edelstahlplatte mit den Klingelschildern und den Briefkastenschlitzen gab es eine neue Schmiererei, die letzte hatte seine Mutter erst heute Morgen weggeputzt. In roter Farbe stand da »FICK DICH MÖRDER«. Den betonierten Weg zum Platz vor dem Wohnblock zierten sternförmige Kleckse, die im Regen zerliefen. Farbbeutelattacken, maximal eine Stunde alt. Als er von der Arbeit gekommen war, waren sie noch nicht da gewesen.

Es wird immer schlimmer. Ihm zog sich der Magen zusammen.

Bei der Arbeit hatte heute sogar eine Kollegin vor ihm ausgespuckt, mitten im Restaurant, und der Chef war nicht eingeschritten. In der

Mittagspause hatte er den Fehler gemacht, im Internet zu surfen. Bei *Kurpfalz 24/7 News* gab es gefühlt nur noch Artikel über ihn. In groß aufgemachten Interviews verkündeten besorgte Mütter und ängstliche Studentinnen, wie sehr sie sich vor ihm fürchteten. In den sozialen Netzwerken verabredete sich der Mob zur Hetzjagd auf ihn. Inzwischen gab es sogar eine Website, die seine Hinrichtung forderte: Neben seinem Foto auf schwarzem Grund baumelte eine Henkersschlinge. Die Schmierereien am Haus, die anonymen Drohanrufe und den Hundekot im Briefkasten brachte seine Mutter allesamt zur Anzeige. Er versprach sich davon nicht das Geringste. Die Cops würden ihm bestimmt nicht helfen, im Gegenteil, die lachten sich doch ins Fäustchen. Knechte des Systems, die sich freuten, dass man ihn fertigmachte.

Berg hatte völlig recht, wenn er sagte, dass sein Therapieerfolg in Gefahr war. Aber nicht, weil er Jannik besuchte. Sondern weil man ihn in eine Schublade gesteckt hatte, aus der man ihn nie wieder rauslassen würde. Einmal ein Mörder, immer ein Mörder, egal wie sehr er sich anstrengte. Warum also sollte er sich weiter Mühe geben, wenn die Gesellschaft ihm doch immer nur ins Gesicht spuckte?

Er huschte über den Platz, eilte die Straße entlang. Hielt sich nach Möglichkeit im Licht der Laternen, machte einen Bogen um Gebüsch und dunkle Ecken. Wieder einmal hatte er das Gefühl, dass ihm jemand folgte. Dieses Gefühl hatte er ständig, zuletzt auf dem Nachhauseweg von der Arbeit. Er schaute sich nach hinten um, doch da war niemand. Nur ein Typ, der den Müll rausbrachte und rasch wieder im Haus verschwand. Wurde er langsam paranoid?

Das letzte Wegstück zur Bushaltestelle war recht dunkel, die einzige Straßenlaterne an der Stelle funktionierte nicht mehr. Er ging schneller, rannte beinahe, sodass er fast auf dem nassen Herbstlaub ausrutschte. Dabei fiel ihm so ziemlich jeder Horrorfilm ein, den er je mit Jannik angeschaut hatte. Aufgedunsene Zombies und skalpellschwingende Serienkiller marschierten vor seinem inneren Auge auf.

Wenigstens war der Bus pünktlich. Er stieg ein, setzte sich ganz hinten hin und atmete erst auf, als sich die Türen zischend schlossen. Falls es einen Verfolger gab, hatte er ihn fürs Erste abgeschüttelt.

Er fuhr bis zum Hauptbahnhof und ging den Rest des Weges zu Fuß. Vom Czernyring bog er in die Blücherstraße ein. Zu seiner Rechten lagen mehrere schmutzig weiße und blassrosafarbene Wohnblocks. In einem davon wohnte Jannik. Zumindest nahm er das an. In den sozialen Medien hatte sein alter Weggefährte mehrmals Fotos der Straße gepostet und sich über die vielen Ausländer in seiner Nachbarschaft beschwert. Die Hausnummer kannte Schneider nicht. Er musste wohl oder übel sämtliche Gebäude abklappern und hoffen, das Klingelschild mit Janniks Namen zu finden.

Die Blücherstraße war recht kurz, allzu viele Möglichkeiten gab es glücklicherweise nicht. Bereits beim zweiten Wohnblock wurde er fündig. Seine Hand verharrte über der Klingel. Plötzlich wich die Wut Nervosität. Er schwitzte unter der Regenjacke. Was war das für eine bescheuerte Idee? Er sollte nach Hause gehen und die ganze Sache vergessen.

Nein.

Er dachte an die Gerichtsverhandlung im Mai 2017, als Jannik der Richterin ins Gesicht gelogen hatte, ohne rot zu werden: *Ich hatte keine Ahnung, was er vorhatte. Ich habe erst davon erfahren, als Michelle bereits auf der Intensivstation lag. Ein guter Freund? Nein, Frau Vorsitzende, nicht direkt. So gut kenne ich Lukas eigentlich gar nicht. Ich hab ihn bei mir versteckt, weil er mir leidgetan hat. Das war ein großer Fehler, das sehe ich jetzt ein. Das Video? Dazu kann ich Ihnen leider nichts sagen, tut mir leid …*

Was für eine Riesenscheiße! Der Hurensohn hatte ihn, ohne zu zögern, vor den Bus gestoßen, um die eigene Haut zu retten. Jannik war ein Judas der schlimmsten Sorte. Schneider hämmerte auf die Klingel, drückte wie ein Ochse drauf. Er hörte ein dumpfes Schrillen von oben, zweiter oder dritter Stock.

Es passierte: nichts.

War Jannik nicht zu Hause? Er stand mehrmals die Woche in einer Altstadtkneipe hinter der Theke, auch das war bei Facebook zu lesen.

Arbeitete er gerade? Aber hatten die meisten Kneipen nicht montag-
abends geschlossen?

Er klingelte ein letztes Mal.

Die antiquierte Gegensprechanlage knisterte. Eine verschlafene
Stimme meldete sich: »Ja?«

»Ich bin's. Lukas.«

Stille.

Dann ging im Treppenhaus das Licht an.

13

Um 23.02 Uhr stieg Schneider im Emmertsgrund aus dem Bus. Das
Handgelenk tat ihm weh, und er konnte kaum einen sinnvollen Ge-
danken fassen. Ein Wunder, dass er es hingekriegt hatte, die richtige
Linie zu nehmen.

Der Regen war stärker geworden. Er taumelte zum Wartehäuschen,
blieb dort eine Weile stehen und stierte in die Dunkelheit. Dank der
kühlen Luft konnte er wieder einigermaßen klar denken.

Seit seiner Entlassung hatte er einen Scheißtag nach dem anderen
erlebt, und heute war ein neuer Tiefpunkt erreicht. Er war grund-
legend gearscht. Das Leben trat ihm ständig in die Eier, er konnte
nichts dagegen machen. Am besten ging er nach Hause, legte sich ins
Bett und stand nie wieder auf.

Wie ein Betrunkener setzte er vorsichtig einen Fuß vor den anderen. Fehlte noch, dass er auf dem matschigen Laub ausrutschte und
voll auf die Fresse fiel. Wilde Gedanken hüpften durch sein Hirn: *Eines
Tages werd ich's ihnen zeigen. Den ganzen Arschgeigen, die mir das Leben zur Hölle machen. Jannik, Schätzlein, den Bullen. Den Wichsern bei
Facebook. Ich werd mich an ihnen rächen. Sie vorführen, sie demütigen
bis aufs Blut.* Wie wollte er das anstellen? Er hatte keine Ahnung. Aber
ihm würde schon was einfallen.

Sein Wohnblock kam in Sicht. Im Licht der Straßenlaterne konnte
er erkennen, dass es neue Schmierereien gab, großflächig in Rot auf

der Haustür. Unter dem Blechvordach stand eine Gestalt. Herr Biagini, der die letzte Kippe des Tages rauchte?

Die Gestalt machte zwei Schritte nach vorne, sodass er sie besser sehen konnte. Es war nicht der Hausverwalter.

»Ach du Scheiße!«, zischte Schneider. Er machte auf dem Absatz kehrt und rannte los.

»Warte«, rief die Frau, »ich will nur mit dir reden!«

Einen Scheiß willst du, dachte er und legte noch einen Zahn zu. Er schlitterte über das Laub auf dem Gehsteig und fing sich im letzten Moment. Dabei sah er, dass die Frau ihm folgte. Sie war ziemlich gut zu Fuß.

Zur Emmertsgrundpassage! Das war der einzige erreichbare Ort, wo sich mit etwas Glück um diese Uhrzeit noch Menschen aufhielten. Dort wäre er vor dieser Irren einigermaßen sicher. Hoffte er wenigstens.

Er hastete die Straße hinunter, stolperte eine Waschbetontreppe hinauf und bog in die beleuchtete Passage ein. Vor einem kleinen Supermarkt musste er stehen bleiben und Atem schöpfen. Er hatte höllisch Seitenstechen, wie immer, wenn er schnell rannte. Hatte er die Frau abgeschüttelt? Sah ganz so aus.

Da trat sie ins Licht am Eingang der schmalen Ladenstraße.

Und kam langsam näher.

KAPITEL ZWEI

VERMISST

Er betrachtet die Leiche, die zu seinen Füßen auf dem schmutzigen Betonboden liegt. Eine Blutlache breitet sich aus wie ein Tintenfleck auf feuchtem Papier.

Er blinzelt mehrmals und atmet schwer. Es lief nicht so wie geplant – nicht ganz. Die erste Kugel erwischte den Delinquenten nur an der Schulter. Erst die zweite traf ihn tödlich. Er hätte mehr üben sollen. Mit mehr Übung hätte er seine Arbeit bestimmt sauberer verrichtet.

Er hasst unsaubere Arbeit.

Er zittert am ganzen Körper. Er dachte, dass ihn der Vorgang weniger aufwühlen würde. Das Verlangen nach einer Zigarette wird übermächtig. Er hebt den Kopf, betrachtet die Umzugskartons neben der rostigen Metalltür. Sie enthalten seine Bücher und diverse private Aufzeichnungen. Allein die Ahnenforschung füllt mehrere Aktenordner. Nach wenigen Sekunden wendet er den Blick ab, macht eine halbe Drehung und geht durch den schmalen Durchgang in der von schrillen Graffiti bedeckten Betonwand.

Im hinteren der beiden Räume, wo die Schaufensterpuppen stehen, schaltet er das Kassettengerät aus. Erst als Stille herrscht, wird ihm bewusst, wie sehr die leiernde Endlosbotschaft an seinen Nerven zerrte. Anschließend geht er an der Leiche vorbei nach draußen, wo er sich endlich die ersehnte Zigarette ansteckt. Er atmet den Rauch tief ein, es ist ein herrliches Gefühl. Die Anspannung weicht einem Gefühl des Triumphes.

Es ist getan! Er hat vollbracht, was seinem Vater zeitlebens verwehrt blieb.

Er holt eine zweite Zigarette aus der Packung, steckt sie an der Glut der ersten an, raucht auch diese schnell und gierig. Gerne würde er noch eine Weile hier draußen stehen, die kühle Luft des frühen Morgens einatmen, eventuell eine dritte Zigarette rauchen. Doch die Zeit drängt. Seine Herrin treibt ihn gnadenlos zur Eile an.

Er tritt die Kippe aus und geht wieder hinein.

Öffnet den Trekkingrucksack und holt sein Werkzeug heraus.

1

Was macht die denn hier?

Alex kam gerade von der Frühbesprechung, als er Annika Schneider entdeckte. Sie stand im Foyer der Direktion und wirkte verloren inmitten all der Beamten, die zu ihren Büros eilten. Eben marschierte ein Trupp durchtrainierter Schutzpolizisten in voller Montur an ihr vorbei, woraufhin sie zwei Schritte zurückwich, als wollte sie sich hinter den Grünpflanzen verstecken.

»Guten Morgen, Frau Schneider«, sprach er sie an. »Kann ich Ihnen helfen?«

»Oh. Herr Schwerdt«, meinte sie überrascht. Natürlich erinnerte sie sich an den Kripobeamten, der damals ihren Sohn überführt hatte. »Mit Ihnen hab ich jetzt gar nicht … Ich, also …« Sie wirkte verunsichert. Sie räusperte sich. »Wo kann ich hier eine Anzeige aufgeben?«

»Kommt drauf an. Für Sie ist eigentlich die Emmertsgrundwache zuständig.«

»Zur Emmertsgrundwache geh ich nicht mehr.« Ihre leise Stimme nahm einen gereizten Klang an. »Die helfen mir nicht. Die können den Lukas nicht leiden.«

»Also geht es um Ihren Sohn?«

»Er ist verschwunden.«

Oha, dachte Alex. »Sie wollen ihn vermisst melden, nehme ich an? Das kann ich auch machen, wenn Sie wollen.«

Sie starrte ihn mehrere Sekunden lang an. »Okay«, sagte sie schließlich.

»Gehen wir in mein Büro.«

Sie folgte ihm die Treppe hinauf. Vor den Räumlichkeiten der Sitte blieb sie abrupt stehen und betrachtete das Türschild.

»Wieso gehen wir zum Dezernat für Sexualdelikte?«

»Ich arbeite nicht mehr im Dezernat für Kapitaldelikte. Aber das ist nicht von Belang. Ich kann Ihre Anzeige trotzdem aufnehmen.«

Alex machte eine einladende Handbewegung. Zögernd setzte sie sich in Bewegung. In seinem Büro musste er erst einige prallvolle Aktenordner wegräumen, ehe er ihr einen Stuhl anbieten konnte. In Ermangelung eines freien Regalfachs legte er die Ordner auf den Boden und setzte sich an den Schreibtisch. Das richtige Formular für eine Vermisstenanzeige hatte er nicht zur Hand, also behalf er sich mit einem Blatt Papier, das er aus dem Durcheinander fischte. Abgesehen von einigen Kaffeeflecken war es leer. Das Glück war ihm hold, er fand sogar auf Anhieb einen funktionierenden Kugelschreiber.

Annika Schneider fingerte derweil an der Kunstlederhandtasche auf ihrem Schoß herum. Ihr Gesichtsausdruck wirkte unterwürfig und gleichzeitig anklagend. Vermutlich galt der unausgesprochene Vorwurf der Polizei allgemein, nicht ihm speziell. Würde sie ihm nachtragen, dass er ihren Sohn ins Gefängnis gebracht hatte, wäre sie kaum mit ihm gekommen. Alex konnte sich lebhaft vorstellen, was die Frau auf der Emmertsgrundwache erlebt hatte. Die Kollegen dort waren raubeinige Charaktere und nicht gerade für ihr Fingerspitzengefühl bekannt. Ihr Mitgefühl für die Mutter eines vorzeitig aus der Haft entlassenen Mörders hielt sich vermutlich in Grenzen.

»Seit wann ist Lukas denn weg?«, fragte er freundlich.

»Er ist gestern nicht von der Arbeit heimgekommen. Ich bin ganz verrückt vor Angst.«

So sieht sie aber nicht aus, dachte Alex. Nun, da sie sich beruhigt hatte, machte sie einen teilnahmslosen Eindruck.

»Wann hätte er denn zu Hause sein sollen?«

»Das ist unterschiedlich. Wenn er Frühschicht hat, kommt er meistens gegen halb sechs. Bei der Spätschicht wird es halb zehn, zehn.«

»Welche Schicht hatte er gestern?«

»Spät.«

Er notierte diese Information. »Wann haben Sie ihn das letzte Mal gesehen?«

»Gegen eins, kurz nach dem Mittagessen. Bevor er aus dem Haus ging.«

»Es ist so, Frau Schneider. Ihr Sohn ist erwachsen. Es steht ihm zu, seinen Aufenthaltsort frei zu wählen, ohne irgendwen zu informieren. Wir können nur dann nach ihm suchen, wenn er seine Bewährungsauflagen verletzt hat. Oder wenn der Verdacht besteht, dass er in Gefahr ist.«

Endlich zeigte Schneider eine nennenswerte emotionale Reaktion. »Natürlich ist er in Gefahr! Haben Sie nicht mitgekriegt, was in den letzten Wochen los war? Jeden Tag wurden wir angefeindet, beschimpft und bedroht!«

»Das habe ich natürlich mitgekriegt.« Alex fuhr mit der Befragung fort: »Könnte er anderswo übernachtet haben, bei einem Freund? Bei Verwandten?«

»Mein Sohn hat keine Freunde. Auch keine Familie außer mir. Zu seinem Vater hat er keinen Kontakt. Das wissen Sie doch alles, Sie kennen doch den Lukas.«

»Kam Ihnen an seinem Verhalten etwas merkwürdig vor? War er anders als sonst? Hat er Andeutungen gemacht, dass er fortgehen will?«

»Was soll denn das?«, empörte sie sich auf ihre typische gehemmte Art. »Es ist doch völlig klar, was passiert ist! Die haben sich den Lukas auf dem Heimweg geschnappt und ihm was angetan. So wie sie's im Internet geschrieben haben. Womöglich liegt er seit Stunden schwer verletzt im Straßengraben …«

»Ich kann verstehen, dass Sie aufgebracht sind. Trotzdem muss ich Sie bitten, die Fragen zu beantworten, damit wir unsere Arbeit machen können.«

Sie schluckte, blickte zur Seite, kämpfte mit den Tränen. Doch als sie weitersprach, klang sie wieder so teilnahmslos wie am Anfang der Befragung.

»Eine Sache war komisch. Neulich ist er abends noch mal raus, obwohl das Wetter schlecht war. Er hat mir nicht gesagt, wohin er wollte. Er blieb ein paar Stunden weg. Als er zurückkam, war's bestimmt schon zwölf. Er wirkte verängstigt. Völlig verstört.«

»Hat er gesagt, weshalb?«

»Nein, er ist gleich in sein Zimmer und hat die Tür abgesperrt.«

»Wann war das?«

»Montagabend.«

»Also am 17. Oktober.«

Sie nickte, und Alex schrieb es auf.

»Wenn Sie mich fragen, hat der Schätzlein was damit zu tun«, fing Schneider an zu wettern. »Knöpfen Sie sich den mal vor, der weiß bestimmt, wo der Lukas ist.«

Alex hatte die Geschehnisse auf dem Emmertsgrund verfolgt und wusste daher, dass Ewald Schätzlein Lukas Schneider nicht nur im Internet attackierte, sondern sich gern auch dem Mob anschloss, der sich beinahe täglich vor dessen Haus zusammenrottete. »Können Sie Ihren Verdacht konkretisieren? Hat Herr Schätzlein Lukas physisch bedroht?«

»Davon weiß ich nichts. Aber es ist doch klar, dass der Schätzlein uns fertigmachen will. Was ist überhaupt aus meinen Anzeigen geworden?«, fragte Schneider vorwurfsvoll. »Hat der Schätzlein schon zugegeben, dass er das war mit den Schmierereien und dem Hundekot im Briefkasten?«

»Das bearbeitet alles die Emmertsgrundwache. Warten Sie einen Moment, ich schau mir das mal an …«

Alex fuhr den Rechner hoch und rief den Sachverhalt im Informationssystem der Polizei auf. Annika Schneider hatte diverse Anzeigen gegen Unbekannt eingereicht. Wegen Sachbeschädigung, Schmierereien am Haus, Bedrohungen und Beleidigungen gegen Lukas und sie. Das meiste würde wohl im Sand verlaufen. Die ermittelnden Beamten hatten protokolliert, dass keiner der Nachbarn etwas gesehen haben wollte. Nicht überraschend, vermutlich hatten die Schneiders nicht viele Freunde im Stadtteil. Und der Verwalter des Wohnblocks weigerte sich, Überwachungskameras zu installieren – weil er zu

Recht befürchtete, dass man die teuren Geräte binnen kurzer Zeit kaputt schlagen würde.

Schätzlein war jeweils zu den Vorfällen befragt worden, hatte sich jedoch stets geweigert, zur Sache auszusagen. Abgesehen von der Teilnahme an diversen illegalen Spontanversammlungen vor dem Wohnblock war ihm also bisher nichts nachzuweisen.

»Ihre Anzeigen liegen beim Staatsanwalt«, erklärte Alex. »Der entscheidet, wie es weitergeht.«

Schneider fing wieder an zu schimpfen, und es dauerte eine Weile, bis sie sich einigermaßen beruhigt hatte. Alex klärte die restlichen Routinefragen ab und bat sie abschließend um ein aktuelles Foto von Lukas.

»Ich hab keins.«

»Gut, dann nehmen wir die alten, die wir in der Datenbank haben. Ich gebe Ihre Anzeige gleich an das Dezernat für Kapitaldelikte weiter – die Kollegen bearbeiten Vermisstenfälle. Die suchen nach Ihrem Sohn«, versprach er ihr. »Wenn Sie einstweilen etwas von ihm hören oder wenn Ihnen noch etwas einfällt, melden Sie sich bitte. Gerne bei mir.«

Annika Schneider verabschiedete sich mit einem leisen »Auf Wiedersehen« und schaffte es, maximale Unzufriedenheit mit der Polizei in diese zwei Worte zu legen.

Alex atmete tief ein und aus. Er ahnte seit Wochen, dass sich bezüglich Lukas Schneider etwas Übles zusammenbraute. Er gab seine Notizen ins System ein, schrieb den Vermissten zur Fahndung aus und rief beim Dezernat 11 an.

2

Eine Stunde später bekam Alex Besuch von zwei Beamten vom Elften. Einer war sein alter Lieblingskollege Lutz. Dessen Begleiterin, eine attraktive Frau um die dreißig mit modisch kurzen, weißblonden Haaren, kannte er nur vom Sehen.

»Hast du ein paar Minuten?«, fragte Lutz.

»Für dich immer. Setzt euch.« Hektisch räumte Alex einen weiteren Stuhl frei.

Luzian Harris, wie er eigentlich hieß, war der Dressman der Kriminalinspektion 1. Der gertenschlanke Mittvierziger trug wie immer ein blütenweißes Hemd und ein schickes Sportsakko. Durch das markante Gesicht, den bläulichen Bartschatten und die ausgeprägten Krähenfüße ähnelte er entfernt dem Moderator Kai Pflaume. Vor zwei Jahren hatte er sich breitschlagen lassen, Erster Sachbearbeiter und stellvertretender Leiter des Elften zu werden. Die Aufgabe als Nummer zwei des Dezernats für Kapitaldelikte erfüllte er gut, aber viel Freude hatte er an dem Posten nicht. Die ehemalige SEK-Frau Sofija Marković führte das Dezernat mit harter Hand. Lutz bevorzugte einen anderen Stil, konnte sich gegen Sofija jedoch nicht durchsetzen.

»Das ist Lisa«, stellte der Hauptkommissar seine Begleitung vor. »Sie ist vor drei Jahren von der K4 zu uns gestoßen.«

Lisa nickte Alex sparsam lächelnd zu. Ihre blauen Augen wirkten hart. *Seit drei Jahren beim Elften.* Alex, der noch immer gute Kontakte zu seiner alten Abteilung hatte, wunderte sich, dass er sie erst jetzt kennenlernte. Bei Kneipenabenden und Geburtstagspartys war sie nie dabei gewesen. Aber das musste nichts heißen. Manche Polizeibeamte trennten Dienstliches und Privates strikt. Das beste Beispiel hierfür war Sofija, über deren Privatleben selbst ihr Vize Lutz nur wenig wusste.

»Ich nehm an, ihr kommt wegen Schneider?«

Lutz bejahte. »Wir bearbeiten den Fall. Bevor wir uns gleich ans Telefon klemmen und die örtlichen Krankenhäuser abtelefonieren, wollten wir mit dir reden. Du kennst Schneider am besten. Vielleicht kannst du uns ein paar Tipps zu dem Fall geben.«

»Was wollt ihr denn wissen?«

»Kannst du uns den Kermit-Fall von 2016/17 zusammenfassen? Du warst da stärker involviert als ich. Ich hab den nicht mehr so präsent, *to be honest.*« Lutz hatte die Marotte, in seine Sätze einzelne englische Phrasen einzubauen, vielleicht wegen seiner US-amerikanischen Wurzeln.

»Mach ich gern. Steht aber auch alles im System.«

»Ich fürchte, wir haben keine Zeit, erst mal zwei Tage lang alte Protokolle zu wälzen. Die Kaltfront macht Druck.«

»Die Kaltfront« war Sofijas Spitzname, einer von vielen. In der K1 kursierten noch andere, etwa »das Fallbeil«. Da sie ihre Leute antrieb, sich körperlich fit zu halten, nannten die Fußballfans im Elften sie »Quälić« – in Anlehnung an den berüchtigten Trainer Felix Magath alias Quälix. Natürlich nur hinter ihrem Rücken.

»Okay.« Alex erläuterte, wie sie damals gegen Schneider ermittelt hatten. Obwohl er sich auf das Wichtigste beschränkte, brauchte er fünfzehn Minuten dafür. Der Fall war komplex. »Dass in den letzten Wochen das halbe Internet über Schneider hergefallen ist, habt ihr mitbekommen?«, leitete er zur Gegenwart über.

»Nur am Rande.«

»Ich zeig euch die Highlights.« Alex drehte den Bildschirm so, dass Lutz und Lisa alles sehen konnten. »Zum Beispiel diese Webseite. Wie die Henkersschlinge neben Schneiders Foto gemeint ist, dürfte klar sein. Oder die Kommentare bei *Kurpfalz 24/7 News*. Wartet, ich hab ein paar Screenshots gemacht …«

Schweigend überflogen Lutz und Lisa die Hasskommentare.

»Das ist nur eine Auswahl. Es gibt noch viel mehr, und täglich kommen neue«, sagte Alex. »Vielleicht hat Schneider das nicht mehr ausgehalten und ist von der Brücke gesprungen. Oder die Drohungen gegen ihn sind nicht nur Maulheldentum, und jemand hat ihm tatsächlich was angetan.«

»Wir haben beide Möglichkeiten auf dem Schirm. Du hast protokolliert, dass Annika Schneider vor allem einen Ewald Schätzlein verdächtigt. Kannst du uns was zu dem sagen?«

»Das ist der hier.« Alex zeigte auf mehrere Kommentare, die Schätzlein gepostet hatte. »Der macht offenbar seit knapp drei Wochen kaum noch was anderes, als gegen Schneider zu pöbeln. Hat sich richtig in die Sache verbissen. Könnte sich lohnen, den unter die Lupe zu nehmen.«

»Was ist mit Schneiders altem Freund Jannik Trabold? Du hattest doch neulich mit dem zu tun, oder?«

Alex fasste auch diesen Fall kurz zusammen. »Die Sache ist schon wieder vom Tisch. Die Geschädigte Laila El-Masri hat die Anzeige gegen Trabold zurückgenommen.« Er verzog unwillkürlich den Mund. »Frustrierend, oder?« Es war das erste Mal, dass Lisa etwas sagte. »Allerdings. Aber wahrscheinlich hätte der Staatsanwalt das Verfahren ohnehin eingestellt. Interessant für euch: Trabold gibt Schneider die Schuld an seinem sozialen Abstieg. So hat er es zumindest in der Vernehmung gesagt.«

»Was ich nicht verstehe«, begann Lisa. »Trabold hat sich doch im Prozess klar von Schneider distanziert, und ihr konntet ihm ja auch keinerlei Mittäterschaft nachweisen. Wie hat er dem Gericht denn erklärt, dass er Schneider in seiner Bude vor der Polizei versteckt hat?«

»Sein alter Freund Lukas habe ihm leidgetan. Alles ziemlich dünn, aber aus Mangel an Beweisen konnten wir der Richterin nicht glaubhaft darlegen, dass mehr dahintersteckt muss. Für Schneider war es hart, dass Trabold ihn derart fallen gelassen hat. Da muss es enorme Hassgefühle geben. Ich könnte mir vorstellen, dass Schneider kurz nach seiner Entlassung zu Trabold gegangen ist, um ihn sich vorzuknöpfen.«

»Wenn wir Schneiders Nahbereich durchleuchten, reden wir auch mit Trabold«, sagte Lutz. »Jetzt prüfen wir erst mal, ob er irgendwo in der Notaufnahme liegt, weil ihn ein Auto angefahren hat.«

»Habt ihr schon versucht, Schneiders Handy zu orten?«

»Geben wir gleich in Auftrag. Okay, das war's fürs Erste. Danke für die Infos.«

»Hat mich gefreut«, sagte Lisa beim Aufstehen. Jetzt war ihr Lächeln freundlicher.

»Mich auch. Euch viel Erfolg.« Alex blieb in der Tür stehen und blickte den beiden Kollegen nach. Er wäre am liebsten mitgegangen. Schneider zu suchen, erschien ihm erheblich interessanter als die Fälle, die sich auf seinem Schreibtisch stapelten. Seufzend kehrte er an den Rechner zurück, öffnete den Ordner mit den Zeugenaussagen und widmete sich wieder der Jagd nach dem Exhibitionisten vom Bergfriedhof.

3

Lutz steuerte den Dienstwagen vom Polizeigebäude die Römerstraße entlang und fädelte sich in den zäh fließenden Verkehr auf der Kurfürsten-Anlage ein. Auf dem Römerkreis hielten sich Arbeiter des regionalen Verkehrsunternehmens auf, sie legten neben den Gleisen Rollrasen aus und luden Bauzäune auf einen Lkw. *Wird auch Zeit,* dachte Lutz. Die Baustelle hatte den Straßenverkehr in den letzten Wochen erheblich behindert.

Obwohl ihn das Stop-and-go schier verrückt machte, war er froh, rauszukommen. Gestern waren Lisa und er ausschließlich im Büro gewesen, sie hatten ab dem späten Vormittag am Telefon gehangen, sechs Stunden lang ohne nennenswerte Pausen. Dem Führungs- und Lagezentrum des Polizeipräsidiums Mannheim war es nicht gelungen, Schneiders Handy zu orten – immer ein schlechtes Zeichen. Auch ihr Telefonmarathon war zunächst unergiebig gewesen. In keinem Krankenhaus der Region, in keiner Rettungsleitstelle wusste man etwas von Lukas Schneider.

Erst ein längeres Gespräch mit dessen Arbeitgeber hatte Anhaltspunkte geliefert. Sein Chef im Restaurant des Möbelhauses bestätigte, dass der Vermisste vorgestern Abend zur Spätschicht erschienen war und regulär gegen 21 Uhr Feierabend gemacht hatte. Von diversen Kollegen war Schneider dabei gesehen worden, wie er das Möbelhaus verlassen hatte und zu Fuß von der Straßenbahnhaltestelle Rohrbach-Süd durch den Weinberg Richtung Recyclinghof gegangen war. Diesen Heimweg nahm er jeden Abend – nur dass er am Mittwoch, den 19. Oktober, nicht zu Hause angekommen war. Unterwegs musste er verschwunden sein. Sofija, ihre Chefin, stellte gerade ein Team zusammen, um die fragliche Gegend abzusuchen. Lutz und

Lisa würden nachher zu ihnen stoßen. Zuvor aber hatten sie etwas anderes zu tun.

»Dann wollen wir mal«, sagte Lisa, als Lutz den Wagen in der Blücherstraße parkte. »Damit wir diesen sinnfreien Fall hoffentlich zügig zu den Akten legen können.«

Lutz schloss die Autotür und blickte sie stirnrunzelnd an. »Wieso sinnfrei?«

»Na ja, wenn erst bekannt wird, dass der Typ weg ist, wird halb Heidelberg Party machen. Und wir rackern uns ab, ihn zu finden.«

»Das ist nun mal unser Job. Und den machen wir auch für einen wie Schneider.«

»Ich bin damals zur K1 gewechselt, um Mörder hinter Gitter zu bringen – nicht, um sie zu beschützen.«

»Das reicht jetzt, Lisa«, rügte Lutz sie, und glücklicherweise hielt sie daraufhin den Mund.

Er konnte Lisa nicht sonderlich gut leiden. Vor ein, zwei Jahren hatte sie sich allerhand geleistet, es fiel ihm schwer, darüber hinwegzusehen. Sofija hatte sie seitdem auf dem Kieker. Dass Lisa überhaupt noch im Elften arbeitete, grenzte an ein Wunder. Nun hatte Lutz sie an der Backe. Das verdankte er seinem diplomatischen Naturell, das sich wieder einmal mehr als Fluch denn Segen erwies; Sofija wusste, dass er noch am ehesten mit ihr auskam. Außerdem war kein anderer Kollege verfügbar gewesen, die enorme Fallauslastung brachte das Dezernat seit geraumer Zeit an seine Grenzen.

Insgeheim ärgerte er sich über die Angelegenheit. Sofija hatte ihm Lisa zugeteilt, ohne ihn vorher zu fragen, weil sie sich darauf verließ, dass er ein Teamplayer war und sich schon nicht beschweren würde. Und dass er sich wirklich nicht beschwert hatte, war, wenn er ehrlich war, der eigentliche Grund für seinen Ärger. Er war der Erste Sachbearbeiter, er sollte darauf bestehen, dass sie so etwas mit ihm absprach.

Well, zu spät. Zumal es ohnehin nichts gebracht hätte. Sofija duldete keine Götter neben sich, das sollte er allmählich gelernt haben. Und es hatte ja durchaus Vorteile. Sollte die Kaltfront doch alles an sich reißen: weniger Stress, weniger Verantwortung für ihn. So kam er wenigstens regelmäßig zum Musikmachen.

Sie gingen zu einem der lang gezogenen Wohnblocks, die im Neunzig-Grad-Winkel zur Straße standen, und klingelten bei Trabold.

»Du schon wieder?«, kam es verschlafen und gereizt aus der Gegensprechanlage.

Lutz warf Lisa einen fragenden Blick zu. »Kriminalpolizei. Wir haben ein paar Fragen an Sie.«

Eine Minute verging. Dann brummte der Summer, Lutz öffnete die schäbige Tür, und sie gingen das nicht minder trostlose Treppenhaus hinauf. Irgendwo hörte jemand Klaviermusik. Ganz annehmbar, wenngleich es für Lutz' Geschmack entschieden an E-Gitarren mangelte.

Trabold stand in der Wohnungstür. Er sah aus, als wäre er gerade aus dem Bett gefallen. Jogginghose, dreckiges T-Shirt, nackte Füße. Der Seitenscheitel war alles andere als akkurat.

»Was wollen Sie von mir?«, fragte er misstrauisch. Es war noch nicht zehn Uhr morgens, doch er stank bereits – oder immer noch – nach Alkohol.

Lutz und Lisa griffen zu ihren K-Etuis, die sie zusammen mit Pistolenholster und Handschellen am Gürtel trugen. Das mit dem Polizeistern versehene Ledermäppchen ersetzte bei Kripobeamten gewissermaßen die Uniform. Sie holten ihre Dienstausweise heraus und präsentierten sie Trabold. Falls der sich an Lutz erinnerte, ließ er es sich nicht anmerken.

»Was meinten Sie eben mit ›Du schon wieder‹? Erwarten Sie jemanden?«

»War nur so dahergesagt. Bin noch nicht ganz wach.«

Gelogen, dachte Lutz. Er spähte an Trabold vorbei und sah eine kleine, unordentliche Wohnung, die ihn an die chaotische Studentenbude in der Gothia-Villa erinnerte. »Dürfen wir reinkommen?«

»Wir reden hier. Also, was gibt's?«

»Ihr alter Freund Lukas Schneider ist verschwunden, höchstwahrscheinlich am vergangenen Mittwoch zwischen 21 Uhr und 21 Uhr 30. Wissen Sie etwas darüber?«

Angst flackerte in Trabolds Augen auf, doch er fing sich schnell. »Lukas ist nicht mein Freund … nicht mehr. Keine Ahnung, wo er ist. Hab seit Ewigkeiten nichts von ihm gehört.«

»Wann haben Sie ihn das letzte Mal gesehen?«, fragte Lisa.

»Na vor rund fünfeinhalb Jahren. Beim Prozess.«

»Hat er Sie nach seiner Entlassung aus der Haft aufgesucht?«, fragte Lutz.

»Ich sag doch, dass ich ihn ewig nicht gesehen hab.«

Schon wieder gelogen. »Haben Sie eine Vermutung, wo Herr Schneider sich gegenwärtig aufhalten könnte?«

»Keine Ahnung.«

»Könnte ihm etwas zugestoßen sein?«

»Woher soll ich das wissen?«

Lisa zeigte auf Trabolds rechte Hand. »Was ist das?« Auch Lutz war die verschorfte Abschürfung auf dem Handrücken aufgefallen.

»Ach, nichts.« Trabold betrachtete die Hand, als hätte er die Verletzung eben erst bemerkt. »Bin die Tage beim Fahrradfahren hingefallen.«

Und da hätten wir die dritte Lüge. Aber verwertbar war das alles nicht. Zumal Trabold nicht wirkte, als hätte er übermäßig Lust, mit der Polizei zu kooperieren.

»War das alles?«, fragte er. »Falls ja, würde ich gern weiterschlafen.«

»Das war's fürs Erste. Sie müssen demnächst in die Direktion kommen und Ihre Aussage schriftlich bestätigen. Wenn Ihnen noch was zur Sache einfällt, rufen Sie uns bitte an.«

Trabold blieb in der Tür stehen und blickte ihnen nach, bis sie im Treppenhaus außer Sicht waren.

»Das war ja nicht sehr ergiebig«, sagte Lisa draußen.

»Das ist mir bewusst, aber Meckern hilft auch nicht«, gab Lutz zurück. Er drückte die Fernbedienung des Autoschlüssels, und die Zentralverriegelung des Mercedes öffnete sich mit einem satten Klicken. Er liebte dieses Geräusch. »Fahren wir weiter nach Wieblingen zu

Schneiders Psychodoc. Vielleicht kann der uns sagen, ob sein Schützling Suizidgedanken geäußert hat oder in kriminelle Aktivitäten verwickelt war.«

4

Lutz fand die Zufahrt zu dem asphaltierten Feldweg, der Rohrbach-Süd mit dem Stadtteil Emmertsgrund verband und den Weinberg in Ostwestrichtung durchschnitt, und stellte das Auto bei den drei Streifenwagen ab. Inzwischen war es kurz nach eins. Der lückenlos bewölkte Himmel hing wie eine niedrige Gewölbedecke über der Stadt. Regen lag in der Luft.

Die beiden Kripobeamten stiegen aus und verschafften sich einen Überblick über die Lage. Gut ein Dutzend Uniformierte suchten die Umgebung ab, die Schneider zweimal am Tag durchquert hatte. Über dem Gelände kreiste ein Polizeihubschrauber. Auch ein Mantrailer war im Einsatz. Eine Beamtin von der Hundestaffel hielt das Tier an der Leine und schritt mit dem Schweißhund den Weg in Richtung Straßenbahnhaltestelle ab.

Lutz entdeckte die Chefin fünfzig Meter hangaufwärts. Erste Kriminalhauptkommissarin Sofija Marković redete gerade mit zwei Streifenbeamten, die ihr einen Asservatenbeutel überreichten, ehe sie zu den Kollegen im Weinberg zurückgingen. Sie war ein paar Jahre jünger als Lutz und zwanzig Zentimeter kleiner, doch wer ihre Körpergröße zum Anlass nahm, sie zu unterschätzen, beging einen schweren Fehler. Sofija war überaus durchsetzungsfähig, auch physisch. Dass sie früher beim SEK gewesen war, sah man ihr noch immer an. Kein überflüssiges Gramm Fett belastete den durchtrainierten Körper. Obwohl sie die Arbeit im Freien nicht scheute, war sie blass. Das schwarze Haar hatte sie straff zum Pferdeschwanz zurückgebunden, was den Eindruck von Strenge unterstrich. Schwarz waren auch ihre Jacke, die militärisch anmutenden Schuhe und der Rest der praktischen Kleidung.

Sofijas knappe Begrüßung galt allein ihm. Lisa ignorierte sie wie üblich.

»Schon was gefunden?«, erkundigte sich Lutz.

Sie hielt ihm den Asservatenbeutel hin. »Sagt dir das was? Lag da vorne neben dem Weg.«

Er begutachtete den Inhalt der handlichen, mit Kürzeln beschrifteten Plastiktüte. Es war ein einzelner Manschettenknopf aus dunklem Metall. Die Machart wirkte ungewöhnlich, das Muster mutete altmodisch an. Waren das gekreuzte Schwerter? »Kann ich nicht behaupten.«

»Vielleicht kann die SpuSi was damit anfangen.« Sofija verstaute das Asservat in einem Aluminiumkoffer. »Habt ihr Trabold angetroffen?«

Sofija war in Vukovar geboren, aber in Heidelberg aufgewachsen und deutsche Staatsbürgerin seit der Jugend. Dass sie das R leicht rollte, war der einzige hörbare Hinweis auf ihre serbischen Wurzeln. Davon abgesehen sprach sie glasklares Hochdeutsch.

»Ja, aber viel erfahren haben wir nicht«, antwortete Lutz. »Er behauptet, seit Jahren keinen Kontakt zu Schneider zu haben. Auch das Gespräch mit Schneiders Psychiater war fruchtlos. Berg beruft sich auf die ärztliche Schweigepflicht und will uns nichts sagen.«

»Vielleicht überdenkt er seinen Standpunkt, wenn wir ihm klarmachen, dass sein Schützling womöglich einem Verbrechen zum Opfer gefallen ist.«

»Habt ihr diesbezüglich schon Anhaltspunkte?«

»Nur ein Bauchgefühl. Könnte natürlich auch sein, dass Schneider abgetaucht ist, um sich seinen Bewährungsauflagen zu entziehen.«

»Unwahrscheinlich«, sagte Lisa. »Wir haben auf dem Herweg mit seinem Bewährungshelfer telefoniert. Der sagt, Schneider habe bei ihren ersten beiden Treffen kooperativ gewirkt – nicht wie einer, der sich an keinerlei Absprachen hält.«

Sofija sagte dazu nichts, sie streifte Lisa lediglich mit einem flüchtigen Blick. Lutz spürte, dass Lisa ärgerlich wurde.

Hoffentlich knallt es nicht schon wieder zwischen den beiden. Das können wir gerade überhaupt nicht gebrauchen.

Glücklicherweise konnten sich zwischen Sofija und Lisa vorerst keine weiteren Spannungen aufbauen. »Hier!«, rief jemand. Bei den Uniformierten machte sich Unruhe breit. Lutz und seine Kolleginnen eilten zu einer jungen Polizistin, die wenige Meter abseits des Weges im Gebüsch stand und den Arm schwenkte.

»Ein kaputtes Handy«, meldete die rothaarige Polizeikommissarin. »Liegt anscheinend noch nicht lange hier.«

Lutz, Sofija und Lisa passten auf, wo sie hintraten, ehe sie in die Hocke gingen und die Plastikstücke unter den Brombeerranken begutachteten. Das Mobiltelefon war derart gründlich zertrümmert worden, dass man nicht einmal mehr den Typ erkennen konnte. Geschehen war das vermutlich mit dem fast handballgroßen Stein, der daneben lag.

»Wenn das Schneiders Handy ist, wissen wir jetzt wenigstens, warum die Ortung nicht geklappt hat.« Sofija ließ sich von einem Uniformierten Handschuhe und zwei Plastikbeutel geben und asservierte die Funde vorsichtig. »Hast du irgendwelche Fußspuren entdeckt?«

»Nur meine eigenen.« Die Polizeikommissarin lächelte. »Sonst hätte ich euch schon davon abgehalten, alles zu zertrampeln.«

Sofija richtete sich auf. »Wir haben generell bislang keine Fußspuren gefunden«, erklärte sie Lutz. »Entweder liegt das am Regen, der gestern Nacht gefallen ist, oder jemand hat sich Mühe gegeben, seine Spuren zu beseitigen.«

»Reifenspuren?«

»Nur wenige, der Weg ist ja vollständig asphaltiert. Von landwirtschaftlichen Fahrzeugen sowie eine Lkw-Spur, die zum Recyclinghof führt. Ich glaube nicht, dass uns das weiterbringt.«

»Das Gelände ist ziemlich groß«, gab Lutz zu bedenken. »Sollten wir nicht mehr Manpower anfordern?«

»Fürs Erste sollten der Hubschrauber und der Spürhund genügen. Wenn Schneider irgendwo im Weinberg liegt, finden die ihn bald.«

»Das Wetter macht mir Sorgen. Wenn es zu schütten anfängt, gehen viele Spuren hops.«

Sofija dachte mit gerunzelter Stirn über den Einwand nach. »Du hast recht. Ich seh zu, dass wir Verstärkung bekommen.« Sie zog ihr Handy aus der Jackentasche und forderte bei der Kripo-Führungsgruppe eine Einheit der Bereitschaftspolizei an.

Im Weinberg fand der Hubschrauber nichts, sodass er auch die angrenzenden Gebiete mit der Wärmebildkamera absuchte. Nach zwei Stunden landete er auf einer nahen Wiese.

»Negativ«, meldete der Operator.

Sofija kam wie üblich nicht auf die Idee, der Besatzung für die Unterstützung zu danken. Wertschätzende Kommunikation unter Kollegen war nicht ihre Stärke. Der Spitzname »die Kaltfront« kam nicht von ungefähr. Sie nickte lediglich knapp. Der Helikopter hob ab und entfernte sich Richtung Norden. Als er fort war, kam die Beamtin von der Hundestaffel zu ihnen.

»Ich muss Schluss machen, Don kann nicht mehr.«

In der Tat hechelte der Schweißhund stark. Die Hundeführerin holte einen Edelstahlnapf aus ihrem Rucksack und füllte ihn mit Wasser aus einer Plastikflasche. Während Don trank, berichtete die Beamtin, der Mantrailer habe zielsicher Schneiders Fährte aufgenommen und diese bis zu seinem Wohnhaus verfolgt, in der anderen Richtung bis zu seinem Arbeitsplatz. »Nahe der Haltestelle gibt es sozusagen eine Abzweigung. Ein Abschnitt der Fährte führt auf die Rohrbacher Straße, aber dort verliert sie sich nach circa zweihundert Metern Richtung Süden. Zu viel Autoverkehr, zu viel Ablenkung für Don. Vermutlich ist die Zielperson in ein Auto gestiegen und in diese Richtung gefahren.«

»Angenommen, Schneider wurde angegriffen – irgendetwas, das die Tatwaffe sein könnte?«, fragte Sofija. »Blutspuren?«

»Nichts.«

Sie entließ die Beamtin, die ihren erschöpften Hund zum Wagen brachte.

»Hypothese: Schneider wurde am Mittwochabend auf dem Nachhauseweg überfallen«, sagte Lutz. »Der oder die Täter haben ihn immobilisiert, sein Handy zerstört und ihn anschließend im Auto weggebracht.«

»Klingt erst mal plausibel«, erwiderte Sofija. »Wir fragen auf jeden Fall bei den Anwohnern nach verdächtigen Fahrzeugen, die im Weinberg oder am Rand geparkt haben … Ah, da kommen die Kollegen.«

Drei schwarze Personentransporter hielten auf dem Feldweg, und zwei Dutzend Beamte der Bereitschaftspolizei stiegen aus. Sofija und Lutz begrüßten den Einsatzleiter und instruierten ihn zur Lage. Wenig später schwärmten die Neuankömmlinge aus und unterstützten die hiesigen Schutzleute.

Um den Feldweg fanden sie zahlreiche weitere mögliche Spuren – einen schmutzigen und aufgeweichten Schuh, eine recht neue Fantadose, Textilfasern an den Dornenranken –, doch keine, die derart heraustach wie das kaputte Handy und der seltsame Manschettenknopf. Am späten Nachmittag fing es an zu regnen – zuerst nur leicht, dann immer stärker, bis schließlich eine wahre Sintflut auf Heidelberg niederging. Da es ohnehin bereits dunkel wurde, brach Sofija die Suchaktion ab.

»Wir machen morgen weiter«, entschied sie, während die Kripobeamten zu den Wagen flüchteten.

Was das betraf, hatte Lutz wenig Hoffnung: Ein solches Unwetter überlebten nach seiner Erfahrung nur wenige Spuren.

5

Der Regen hämmerte wie mit tausend Fäusten gegen das Fenster.

Dr. Gregor Arbogast klickte sich durch ältere Fotos. Er war nicht in der Kanzlei, sondern in seinem Zweitbüro oben in der Wohnung – er trennte Berufliches und Privates strikt. Vor einer Stunde hatte seine Frau den Junior ins Bett gebracht; seitdem saß sie nebenan im Wohnzimmer und schaute Nachrichten. Gerade ging es um das Unwetter, das in ganz Südwestdeutschland wütete. Ein Experte erklärte wichtigtuerisch, der Starkregen sei ein Symptom der sich zuspitzenden Klimakrise, solche Extremwetter würden in Zukunft viel häufiger auftreten und immense Infrastrukturschäden verursachen.

Arbogast verzog den Mund. Klimakrise! Ständig mussten die Mainstream-Medien das Volk mit ihren grünen Wahnvorstellungen bombardieren. Panikmache. Gehirnwäsche. Warum tat seine Frau sich das an? Er schloss die Tür, damit er das Katastrophengeschwätz nicht mehr ertragen musste. Und widmete sich wieder den Fotos.

Es waren Aufnahmen von 2016, sie dokumentierten die bisher wirkmächtigste Aktion der patriotischen Bewegung in Heidelberg. In einer milden Frühlingsnacht waren junge Kameraden losgezogen und hatten überall in der Stadt Kreuze aufgestellt, geschmückt mit Blumenkränzen und Grablichtern. An stark frequentierten Stellen, sodass sie nicht zu übersehen waren: Marktplatz, Universitätsbibliothek, Bismarckplatz, Römerkreis. Jedes Kreuz trug den Namen eines Deutschen, der von Flüchtlingen ermordet worden war. Darunter stand »OFFENE GRENZEN TÖTEN«. Ein Satz wie ein Donnerschlag.

Arbogast lächelte, als er sich an den darauffolgenden Tag erinnerte. Die Aktion war für Heidelberg ein Schock gewesen – ein heilsamer Schock. Der linke Mainstream hatte geschäumt vor Wut, weil nicht wenige Heidelberger in den sozialen Netzwerken Sympathien für die mutige Initiative bekundeten. Sämtliche Zeitungen hatten darüber berichtet, bald war die Aktion auch überregional in aller Munde gewesen.

Arbogast rief ein Video auf, das die Kameraden gedreht hatten. Darin traten auch einige Gothen auf. Einer führte den Zuschauer zu den verschiedenen Grabstätten und erzählte mit ernster Miene, unter welch grausigen Umständen die auf dem Kreuz genannte Person jeweils umgebracht worden war. Ein bewegender und aufrüttelnder Auftritt.

Hinter der Kamera und daher im Video nicht zu sehen: ein neunzehnjähriger Jannik Trabold, der bei der Konzeption der Aktion mitgewirkt hatte. Damals hatte Arbogast Trabold für einen klugen Kopf gehalten, einen kreativen Planer. Aus dem ein nützliches Mitglied der patriotischen Bewegung werden könnte, wenn er nur endlich seine Mensur schlagen würde, um als Mann zu reifen und diese alberne Schüchternheit abzuschütteln.

Ehre, Leistung, völkische Reinheit – diese Werte haben ihm mal etwas bedeutet. Und jetzt? Ein Trinker und Drogensüchtiger ist er geworden. Ein Tagedieb, der sich kaum von Hippies und Sozialschmarotzern unterscheidet.

Arbogast beendete das Video, doch er konnte den unangenehmen Erinnerungen nicht entkommen.

Trabold hätte sich niemals mit Schneider einlassen dürfen. Seinetwegen ließ er sich gehen, interessierte sich nur noch für diese entarteten Filme, verkroch sich tagelang in seiner Stube. Die Junggothen hatten Trabold aufgefordert, sich zusammenzureißen, ohne Erfolg. Trabold machte dicht. Die anderen Alten Herren wollten nicht lange fackeln und ihn hinauswerfen, schon Monate vor der Sache mit Michelle Neureuther. Arbogast setzte sich für ihn ein, erreichte, dass er bleiben durfte. Und wie dankte Trabold es ihm? Ließ sich in einen Mord verwickeln. Holte den Mörder sogar zu ihnen ins Haus!

Damals hatte Arbogast sich geschworen: *Mit dem willst du nie wieder was zu tun haben. Soll er so tief fallen, dass man den Aufschlag nicht hört.* Aber gutmütig, wie er war, hatte er sich dazu hinreißen lassen, seine Meinung zu ändern. *Inzwischen ist Gras über die Sache gewachsen,* hatte er vor einigen Monaten gedacht. *Gib ihm doch noch mal eine Chance, er hat sicher was gelernt. Und die Bewegung braucht jeden Mann.* Aber siehe da: Nichts hatte Trabold gelernt. Im Gegenteil, inzwischen war er sogar noch verlotterter und uneinsichtiger als früher. Und wer durfte ihn ständig aus Schwierigkeiten heraushauen? Gregor Arbogast.

Das führte zu nichts. Er wollte den Abend nicht mit destruktiven Grübeleien vergeuden. Er schloss den Dateiordner und öffnete das E-Mail-Programm. Er wollte endlich die Nachrichten einiger Kameraden beantworten, damit die Planung der nächsten Aktionen voranging. Das war konstruktiv, das brachte ihn sicher auf andere Gedanken …

Durch die geschlossene Zimmertür hörte er es leise klingeln. Stirnrunzelnd stand er auf und trat in den Flur. Es klingelte erneut, dreimal kurz hintereinander.

»Wer ist denn das so spät noch?«, rief seine Frau aus dem Wohnzimmer.

»Ich geh nachschauen.«

Aus dem Kinderzimmer kam leises Wimmern. Seine Frau schaltete den Fernseher stumm und sah nach ihrem Sohn. Arbogast ging derweil hinunter ins Erdgeschoss und öffnete die Haustür.

In der heulenden Dunkelheit und den peitschenden Regenschleiern stand ein völlig durchnässter Trabold.

»Du? Weißt du, wie viel Uhr es ist? Du hast Ansgar aufgeweckt.«

»Tut mir leid«, sagte Trabold unterwürfig. »Darf ich reinkommen?«

Widerwillig erlaubte Arbogast ihm, den Hausflur zu betreten. In die Kanzlei oder gar in die Wohnung ließ er ihn jedoch nicht. Er blieb wie ein Wächter vor der Treppe stehen.

»Was willst du?«

»Ich brauch deine Hilfe.«

»Was hast du jetzt wieder angestellt? Frauen angefasst? In einem Lokal randaliert? Zur Abwechslung mal was Neues?«

»Ich hab nichts gemacht. Lukas ist verschwunden. Die Cops –« Trabold unterbrach sich, er wusste, dass Arbogast Anglizismen hasste. »Die Polizei war heute Morgen da. Die glauben, dass ihm was zugestoßen ist. Ich glaub das auch. Irgendwer hat ihn umgebracht. Ein selbst ernannter Rächer. Und ich bin der Nächste!«

»Das halte ich für unwahrscheinlich. Du leidest an Verfolgungswahn. Hast du wieder Amphetamine genommen?«

»Nein! Hast du gesehen, was im Internet los ist?« Trabold zog das Handy aus der Tasche, es flutschte ihm fast durch die feuchten Finger. »Soll ich's dir zeigen? Drohungen ohne Ende!«

»Gegen Schneider. Nicht gegen dich.«

»*Noch* nicht. Aber das ist nur eine Frage der Zeit. Die Leute drehen völlig durch. Du musst mich verstecken, Gregor. Du hast doch ein Gästezimmer. Kann ich da unterkommen?«

»Auf gar keinen Fall.«

»Dann eben im Keller. Ich brauch nur einen Platz zum Schlafen, du weißt, ich hab keine großen Ansprüche.«

»Geh nach Hause.« Arbogast wollte Trabold zur Tür schieben.
Der schüttelte ihn ab. »Pass mal auf«, zischte er. »Ich weiß Sachen
über die Gothia. Kannst dir denken, welche. Soll ich der Presse davon
erzählen? Mit Fotos und allem drum und dran? Bei Kurpfalz News
würden sie sich die Finger danach lecken.«

Arbogast starrte ihn an. »Willst du mich erpressen?«

Schweigend hielt Trabold dem Blick stand.

»Was sind das für Fotos?«

»Wirst du dann schon sehen. Und versuch gar nicht erst, sie mir
wegzunehmen. Die findest du nie.«

»Ich glaub dir kein Wort. Du erzählst doch Märchen.«

»Willst du's drauf ankommen lassen?«

Arbogast biss die Zähne zusammen. Schwieg eine volle Minute.
Als er schließlich weitersprach, zitterte seine Stimme vor unterdrück-
tem Zorn. »Ich hab da was in Mannheim, wo du hinkannst. Aktuell
ist die Wohnung allerdings noch belegt.«

»Von wem?«

»Zwei Kameraden aus Thüringen, die bei einer Aktion in Karlsruhe geholfen haben.«

»Was war das für eine Aktion?«

Arbogast sagte es ihm nicht. Gewisse Informationen waren für den
inneren Zirkel bestimmt, dem Trabold nie wieder angehören würde.
»Die Kameraden wollten eigentlich bis Mittwoch bleiben. Vielleicht
kann ich sie bitten, schon am Sonntag abzureisen. Aber das ist das
letzte Mal. Haben wir uns verstanden?«

»Erst am Sonntag?«, beschwerte sich Trabold. »Was soll ich denn
bis dahin machen?«

»Die Füße stillhalten. Dir wird schon nichts passieren. Und denk
nicht mal dran, zur Presse zu gehen. Wehe dem, der seine Kameraden verrät.«

Mit dieser Drohung warf er den Kerl hinaus.

Sofija Marković war seit zwanzig Jahren bei der Polizei, doch so eine Situation war ihr noch nie untergekommen.

Der Römerkreis – ein ausgedehnter Platz zwischen den Stadtteilen Bergheim und Weststadt, keine hundertfünfzig Meter Luftlinie von der Kriminalpolizeidirektion entfernt – war ein wichtiger Verkehrsknotenpunkt, für Autos und Straßenbahnen gleichermaßen. Gerade bemühte sich die Verkehrspolizei redlich, Ordnung in das Chaos zu bringen. Ein Chaos, das Sofija und ihre Kollegen verursacht hatten.

Auf der angrenzenden Kurfürsten-Anlage standen mehrere Streifenwagen, Blaulicht blitzte in den trüben Herbstmorgen. Die Wiese im Zentrum des Kreisverkehrs, wo sich die Gleise kreuzten, war mit rot-weißem Flatterband abgesperrt. Die Straßenbahnen kamen nicht durch, eine stand seit zehn Minuten mitten auf der Straße und konnte weder vor noch zurück, sodass der Berufsverkehr über die Bahnhofstraße und die Römerstraße umgeleitet werden musste. Die Verkehrspolizei machte ihre Aufgabe gut, sodass sich die Streifenbeamten vom Revier Mitte darauf konzentrieren konnten, Gaffer fernzuhalten. Davon gab es reichlich. Auch an den Fenstern der umliegenden Wohngebäude, Büros und Cafés standen die Leute.

Wenigstens regnete es nicht mehr. Der Starkregen hatte das ganze Wochenende gewütet und die Suche nach Schneider derart erschwert, dass Sofija die fruchtlose Maßnahme am Samstagmittag schließlich abgeblasen und die durchnässten Beamten nach Hause geschickt hatte. Viele von ihnen waren jetzt wieder im Einsatz.

Sie zog einen weißen Overall, Füßlinge und Handschuhe an, wartete einen passierenden Opel mit einem ungehalten dreinblickenden Fahrer ab und überquerte die Straße. Die Wiese bei den Gleisen war matschig, an mehreren Stellen bildete das ölige Wasser tiefe Pfützen. Vermutlich hatte der Regen auch hier wichtige Hinweise vernichtet. Sie rechnete nicht damit, dass sie noch etwaige Fußspuren finden würden.

Sie grüßte Jörg Selzer, den Leiter der Kriminaltechnik und zuständig für die Spurensicherung, der gerade den 3-D-Scanner aufbaute. Ein junger Kommissar huschte vorbei und warf das Gerät beinahe um, weshalb Jörg ihn lautstark zusammenfaltete.

»Ist dir klar, was so ein Scanner kostet? 65 000 Euro! Wenn du den kaputt machst, hast du lang dran abzuzahlen mit deinem A9-Gehalt!«

Sofija lächelte dünn. Jörg war ein spezieller Fall, aber ein guter Mann. Bei der offenen Baugrube blieb sie stehen. Wobei »Grube« zu viel der Ehre war. Das frische Erdloch war maximal vierzig, fünfzig Zentimeter tief.

Darin lag eine Hand.

Obwohl Sofija in ihrer bewegten Karriere schon oft Leichen und Leichenteile gesehen hatte, konnte sie ein Schaudern nicht unterdrücken. Der neue Fall versprach, grausig und unheimlich zu werden.

Neben dem ein auf zwei Meter großen Loch standen vier Bauarbeiter des Verkehrsunternehmens, das das Straßenbahnnetz betrieb. Alles Männer zwischen zwanzig und fünfzig, mit Gesichtern, die zwischen bedröppelt, verängstigt und angeekelt changierten. Sie waren es, die die Hand heute früh ausgegraben und die Polizei gerufen hatten. Die beiden Streifenbeamten, die den Ersten Angriff gemacht hatten, waren gerade fertig damit, sie zu befragen.

»Sie wissen nicht, wie die Hand da hingekommen ist«, fasste einer die wichtigsten Fakten für Sofija zusammen. »Am Donnerstagnachmittag, als sie die Grube zuschütteten, und am Freitagmorgen, als sie sie mit Rollrasen abdeckten, ist ihnen jedenfalls nichts aufgefallen. Sie können es sich nur so erklären, dass die Hand in der Nacht von Donnerstag auf Freitag in der frischen Erde vergraben wurde.«

»Wenn ihnen nichts aufgefallen ist, wieso haben sie das Loch noch einmal aufgegraben?«

»Das ist ein bisschen komplizierter.« Der Beamte studierte die Mitschrift der Befragung. »Die beiden Boxen hier« – er wies auf zwei brusthohe graue Kästen, die im Abstand von einigen Metern auf der Wiese standen – »enthalten Steuerungstechnik für die Ampeln und die Straßenbahnen. Dazwischen verlaufen unterirdische Kabel. Davon mussten einige repariert beziehungsweise neu verlegt werden. Damit waren die Arbeiter am Donnerstag fertig, sodass die Baugrube zugemacht werden konnte. Allerdings ist bei den Arbeiten ein Fehler passiert. Ein Kabel funktionierte nicht richtig, das ist aber erst am Wochenende aufgefallen. Wegen des Starkregens konnte man sich nicht gleich darum kümmern und musste bis Montagmorgen warten, um die Grube noch mal aufzumachen. Dabei sind die Arbeiter auf die Hand gestoßen«, schloss der Beamte. »Sie beteuern, nichts damit zu tun zu haben.«

Ob das stimmt, wird sich zeigen. Sofija wandte sich an die Bauarbeiter. »Halten Sie sich bitte bereit, falls wir weitere Fragen an Sie haben. Ihre Adressen und Telefonnummern haben wir ja.«

Sie vermutete, dass mindestens drei der vier Männer einen Migrationshintergrund hatten, wahrscheinlich ein Araber und zwei Osteuropäer. Aber wenigstens einer musste Deutsch können, sonst hätte der Kollege kaum so detaillierte Informationen von ihnen bekommen. Ihre kurze Ansprache verstanden jedenfalls alle vier. Sie nickten und wirkten sichtlich erleichtert, dass sie endlich gehen durften.

In dem Moment traf Dr. Tanja Wilhelmi ein. Sofija hatte sie vor zwanzig Minuten angerufen, sie kam mit dem Fahrrad. Nachdem auch sie einen Faseranzug übergezogen hatte, trat sie zu Sofija.

»Danke, dass du so schnell gekommen bist.«

»Klar, kein Ding.« Tanja lächelte. Sie war Oberärztin beim Institut für Rechts- und Verkehrsmedizin am Universitätsklinikum Heidelberg. Und die Beste ihres Fachs, da gab es für Sofija keine Diskussionen.

»Da ist ja das hübsche Stück.« Tanja stieg in die Grube, ging in die Hocke und untersuchte die Hand vorsichtig.

»Kannst du schon was sagen?«

»Die Hand ist grünlich verfärbt. Die Oberhaut hat sich abgelöst, die Fingernägel sind aber noch fest. Ich würde sagen, sie liegt seit drei, vier Tagen hier.«

»Das deckt sich mit unseren Informationen.«

»Am Handgelenk ist das Gewebe gequetscht und der Knochen fragmentiert«, fuhr Tanja fort. »Sie wurde mit halbscharfer Gewalt abgetrennt. Einer Axt oder einem ähnlichen Werkzeug. Hinweise auf andere Verletzungen sehe ich auf den ersten Blick keine. Die Person ist männlich. Lebensalter: vermutlich zwanzig bis dreißig. Aber das kann ich euch genauer sagen, wenn ich sie im Labor untersucht habe.«

Sie stieg aus der Grube, holte umständlich ihr Handy aus der Jacke unter dem Overall und rief ein Bestattungsunternehmen an, das sie beauftragte, die Hand zum Institut zu bringen.

»Kannst du feststellen, ob der Besitzer der Hand noch lebte oder schon tot war, als sie abgetrennt wurde?«, fragte Sofija. *Besitzer der Hand.* Die Formulierung fühlte sich falsch an, doch auf die Schnelle war ihr keine bessere eingefallen.

»Das ist leider nicht möglich. Aber ich mache umfassende forensische, genetische und toxikologische Analysen. In ein paar Tagen kann ich dir sicher diverse Antworten präsentieren. Ihr müsst einstweilen die Stelle weiter ausgraben. Vielleicht ist da noch mehr.«

Sofija gab die Aufforderung an Jörg weiter.

»Das sieht nach reichlich Arbeit aus – für uns beide«, sagte Tanja. »Unsere Kochsession heute Abend können wir wohl vergessen, oder?«

»Verschieben wir«, meinte Sofija knapp. Im Dienst redete sie nicht gern über Privates. Zumal in der K1 nur Luzian Harris und Christian Stähle wussten, dass Tanja und sie zusammenlebten – und das sollte so bleiben. Tanja verstand das zum Glück und nahm ihr die kurz angebundene Antwort nicht krumm.

»Herrschaften«, rief Jörg, »ich würde jetzt gerne scannen. Wenn ich also bitten darf …«

Zügig räumten die Polizisten die Wiese. Jörg startete den Scanner, woraufhin Laserstrahlen das Gelände abtasteten. Daraus erstellte das Gerät detailgenaue 3-D-Scans, die es ihnen ermöglichten, den Fundort der Hand und die Umgebung in Ruhe am Rechner zu untersuchen. Der Vorgang nahm einige Zeit in Anspruch. Währenddessen trafen der Leichenwagen sowie Sofijas Leute vom Elften ein. Nachdem Tanja sich verabschiedet hatte, scharte Sofija die Beamten um sich und verteilte die Aufgaben.

»Jörg, ihr durchsucht sämtliche Mülleimer auf dem Römerkreis. Haltet vor allem nach dem Werkzeug Ausschau, mit dem die Hand abgetrennt worden sein könnte. Und natürlich nach weiteren Körperteilen. Die Kollegen vom Revier Mitte helfen euch. Ich kümmere mich außerdem darum, dass ihr den Hund zur Unterstützung bekommt. Ihr habt ja schon damit angefangen, die Schaltkästen und die Kabelmasten nach Fingerabdrücken abzusuchen. Wenn ihr damit fertig seid, macht ihr weiter mit den Bauzäunen, die bis Freitag hier standen.«

»Ich hab eben beim Verkehrsunternehmen angerufen. Wir kriegen die Zäune nachher gebracht.«

Sofija nickte zufrieden. Jörg dachte wie üblich mit. »Wir anderen gehen derweil Klinken putzen. Fragt bei den Anwohnern herum, ob jemand was Verdächtiges gesehen hat, vor allem in der Nacht vom 20. auf den 21. Oktober.«

Sie raffte sich dazu auf, Lisa anzuschauen. Dies war nicht der richtige Zeitpunkt, persönliche Gefühle auszuleben, so schwer ihr das auch fallen mochte. »Du überprüfst die Bauarbeiter«, sagte sie möglichst sachlich. »Vorstrafen, Auffälligkeiten et cetera. Außerdem klärst du, welcher Sendemast die Gegend abdeckt, und besorgst bei den Netzbetreibern die Verkehrsdaten für das relevante Zeitfenster.«

Lisa nickte nur. War das schon wieder Trotz in ihren Augen? Doch bevor Sofija eine Gelegenheit bekam, sich zu ärgern, verkündete Jörg, dass der Scanner fertig war.

»Also dann – an die Arbeit«, sagte Sofija, und die Kollegen schwärmten aus.

Sie beobachtete den Bestatter, der soeben die Hand aus dem Loch holte und sie in einer Box verstaute. Sie hatte einen heißen Verdacht, zu wem der Körperteil gehörte. Doch sie wollte sich nicht mit Spekulationen aufhalten. Nun galt es, Fakten zu sammeln.

Als sie gerade einen Fuß auf die abgesperrte Straße setzte, um mit anzupacken, schwebte ein Reporter vom Schundmagazin *Kurpfalz 24/7 News* an sie heran.

»Frau Marković! Ist es korrekt, dass auf dem Römerkreis Leichenteile gefunden wurden?« Er hielt ihr das Handy hin, begierig, einen O-Ton von ihr abzugreifen.

»Kein Kommentar«, sagte sie schroff und ließ den Schreiberling stehen.

7

»Donnerstagnacht? Da hab ich nichts mitgekriegt«, sagte die alte Dame in der geblümten Küchenschürze. »Donnerstag war ich früh im Bett, gegen neun. Geschlafen hab ich bis morgens um sieben. Zehn Stunden ohne Unterbrechung, ist das nicht toll? Ich bin achtundachtzig, da hat das Seltenheitswert«, erklärte sie. »Ich kann Ihnen also leider nicht helfen. Aber wenn Sie schon mal da sind, kann ich Ihnen doch sicher eine Tasse Kaffee und ein Stück Kuchen anbieten, oder?«

»Das ist nett von Ihnen, aber wir müssen weiter«, lehnte Sofija die Einladung ab. »Vor dem Feierabend wollen wir noch einige Adressen abhaken.«

Seit gut vier Stunden klapperten Lutz und sie die Gebäude um den Römerkreis ab, bislang ohne Ergebnis. Keiner der befragten Anwohner hatte im betreffenden Zeitraum etwas Verdächtiges gesehen. Das war nicht sonderlich überraschend; in der Nacht zwischen zwei Werktagen schliefen die meisten Menschen, und jene, die in Schicht arbeiteten, waren nicht zu Hause. Wenn sie mit diesem Wohngebäude fertig waren, würden sie sich die Cafés und Bistros in der Umgebung vornehmen. Einige hatten auch werktags spät offen, dort hatten sie vielleicht mehr Glück.

»Ach, das ist aber schade. Meine Tochter hat Donauwelle gebacken, sehr lecker. Na, vielleicht ein andermal.« Die alte Dame brachte sie zur

Tür. »Fragen Sie doch mal den Wolfgang Stricker vom vierten Stock. Der ist oft spät noch wach. Wenn einer was gesehen hat, dann er.«

»Wissen Sie, ob Herr Stricker gerade zu Hause ist?«

»Ist er bestimmt. Er ist ja schon länger in Rente. Von Beruf war Herr Stricker Diplom-Ingenieur, aber er ist *sehr* kultiviert«, betonte die alte Dame, als würden sich Ingenieurswesen und Kultiviertheit im Normalfall gegenseitig ausschließen.

Sie verabschiedeten sich. Die Frontseite des Gründerzeitgebäudes an der Ecke Ringstraße/Kurfürsten-Anlage wies auf den Römerkreis. Selbst vom ersten Stock aus hatte man einen guten Blick auf den Bereich, wo die Baustelle gewesen war. *Optimale Bedingungen für eine hilfreiche Beobachtung,* dachte Sofija, während sie die Treppe mit dem verschnörkelten, gusseisernen Geländer hinaufgingen.

Sie klingelten im vierten Stock, und ein Mann um die siebzig machte ihnen auf. Er hatte volles weißes Haar und trug ein kariertes Hemd und beigefarbene Cargohosen. Seine Füße steckten in grünen Filzpantoffeln, die bereits 1980 altmodisch gewesen waren.

Die Kripobeamten präsentierten ihre Dienstausweise und sagten ihren Spruch auf.

»Herr Wolfgang Stricker?«, fragte Sofija.

Er nickte grinsend. »Bin ich verhaftet? Hab nichts angestellt.«

»Keine Angst, wir haben nur ein paar Fragen an Sie.«

»Kommen Sie rein.«

Sie betraten eine mit Büchern und Schallplatten vollgestopfte Wohnung. Es roch nach staubigem Papier. Zwischen den deckenhohen Regalen, die sogar in der Diele standen, säuselte Smooth Jazz. George Benson, wenn Sofija nicht alles täuschte.

»Wenn es Ihnen nichts ausmacht, lasse ich die Musik laufen«, sagte Stricker auf dem Weg ins Wohnzimmer. »Mit Musik kann ich mich besser konzentrieren.«

»Es macht uns nichts aus«, sagte Sofija.

Das Wohnzimmer ähnelte mehr einem Studierzimmer. Auch hier gab es Bücher in Massen, doch sie standen nicht nur in den Schränken, sondern lagen überall herum, einzeln oder zu abenteuerlichen

Stapeln aufgetürmt. Hauptsächlich wissenschaftliche Literatur. Botanik, soweit sie das beurteilen konnte.

»Bitte entschuldigen Sie das Chaos. Früher hat mich meine Frau angehalten, regelmäßig aufzuräumen. Doch seit sie nicht mehr ist ... Warten Sie, ich mach Ihnen Platz.« Hektisch entfernte Stricker Bücher vom Sofa.

»Machen Sie sich unseretwegen keine Umstände«, bremste sie ihn. »Wir können uns im Stehen unterhalten, es dauert sicher nicht lange.«

»Okay. Wie Sie meinen.« Stricker wirkte einen Augenblick peinlich berührt. »Also, was kann ich für Sie tun? Sie gehören doch sicher zu dem Polizeiaufgebot auf dem Römerkreis. Was ist denn da los?«

»Das können wir Ihnen leider nicht sagen.« Sofija hatte angeordnet, den grausigen Fund nicht an die große Glocke zu hängen. Wenn Heidelberg morgen aus der Presse davon erfuhr, war das früh genug. »Nur so viel: Es gibt Hinweise auf eine Straftat, denen wir gerade nachgehen.«

Stricker schaute sie neugierig an, doch er war offenbar ein Mensch, der die Grenzen anderer respektierte. Er bestürmte sie nicht mit Fragen, wie es viele andere Anwohner getan hatten.

»Ihre Nachbarin sagte uns, Sie seien oft spätabends noch wach. War das auch in der Nacht vom letzten Donnerstag auf Freitag der Fall?«

»Ja«, sagte Stricker, ohne zu zögern. »Da saß ich bis morgens um drei, halb vier am Schreibtisch und habe gearbeitet.«

»Sind Sie nicht Rentner?«, fragte Lutz.

»Seit fast zehn Jahren.« Er lächelte. »Aber man kann sich doch auch im Unruhestand sinnvoll betätigen, oder?«

»Was für eine Arbeit ist das?«

»Pilze«, antwortete Stricker.

»Sie sind Pilzsammler?«, tastete Sofija sich behutsam vor. Sie hatte ein Exemplar dieser Spezies im Bekanntenkreis, bei solchen Leuten war Vorsicht geboten.

»Nicht direkt. Speisepilze interessieren mich nicht besonders. Ich bin Hobby-Mykologe und klassifiziere besondere Funde. Kommen Sie, ich zeig's Ihnen.«

Stricker führte sie zu seinem Schreibtisch. Das Fenster, an dem das massive Möbel aus altem Holz stand, wies auf den Römerkreis. Sofija spähte hinaus und sah in dreißig Metern Entfernung Kollege Selzer in einem Mülleimer wühlen.

»Im Odenwald hab ich einen ungewöhnlichen Becherling gefunden. Einen persönlichen Erstfund«, erklärte Stricker mit wachsender Begeisterung und verschob dabei Notizen, Fotos und aufgeschlagene Bücher, die den Schreibtisch bedeckten. »Von Donnerstag auf Freitag hab ich den Pilz unter dem Mikroskop untersucht und die Merkmale – Sporengröße und so weiter – mit dem Bestimmungsschlüssel abgeglichen. Das ergab kein eindeutiges Ergebnis. Wissen Sie, was das heißt? Das ist entweder was ganz Seltenes – oder eine neue Subspezies!«

Sofija und Lutz wechselten einen Blick. Stumm kamen sie überein, einzuschreiten. Andernfalls würde das womöglich noch Stunden so weitergehen.

»Das ist alles sehr interessant, Herr Stricker«, meinte Sofija, »aber lassen Sie uns bitte auf den Römerkreis zurückkommen.«

Stricker wirkte enttäuscht, dass die Kriminalpolizei seine Begeisterung für Mykologie nicht teilte. Gleichwohl sagte er: »Klar. Gern.«

»Es geht wie gesagt um die Nacht von Donnerstag auf Freitag.« Sofija deutete auf das Wohnzimmerfenster. »Wenn Sie am Schreibtisch sitzen, haben Sie ja einen guten Blick auf den Römerkreis, der auch nachts beleuchtet ist. Ist Ihnen irgendetwas Ungewöhnliches oder Eigenartiges aufgefallen?«

»Na ja, ich saß die ganze Zeit am Mikroskop und über den Büchern. Von draußen hab ich nicht viel mitbekommen.«

»Sie haben doch sicher auch mal Pausen gemacht und aus dem Fenster geschaut, oder?«

»Mehrere Pausen. Muss ich. Sonst tut mir am nächsten Morgen höllisch der Nacken weh …« Stricker setzte die Brille ab, putzte sie gründlich an einem Hemdzipfel, setzte sie wieder auf und schaute die Kripobeamten an. »Ich hab tatsächlich was Komisches gesehen. Ich dachte mir nichts dabei – nachts laufen da draußen ja alle möglichen schrägen Gestalten rum. Aber jetzt, wo Sie fragen …«

Zehn Minuten später hatten sie eine solide Zeugenaussage im Kasten. Nachdem sie alles notiert hatten, dankten sie dem Hobby-Mykologen und gingen, bevor Stricker wieder mit seinem spektakulären Erstfund anfangen konnte.

»Schrulliger Typ«, bemerkte Sofija, als sie das Haus verließen.

»Aber *sehr* kultiviert.« Lutz grinste sie von der Seite an, stolz auf seinen Witz.

Sie lachte nicht mit.

KAPITEL DREI

SOKO

Es ist kaum mehr als eine Ahnung, die ihn dazu gebracht hat, noch mal herzukommen. Ein schlechtes Bauchgefühl.

In der Abenddämmerung fährt er auf der Kurfürsten-Anlage, sein Auto reiht sich ein in den anonymen Strom aus Pkws und Bussen, der sich im Feierabendverkehr träge durch die Stadt wälzt. Mit jedem Meter, den er zurücklegt, verdichtet sich die ungute Intuition. Etwas ist nicht so, wie es sein sollte.

Als er den Römerkreis erreicht, sieht er es: rot-weißes Flatterband. Eine Polizeiabsperrung. Seine Hände krallen sich ins Lenkrad. Er kann nicht anhalten, zu auffällig. Aber er erkennt auch so genug. Die Baugrube ist wieder offen. Den Rest kann er sich denken.

Alles war umsonst!

Er lässt nicht zu, dass die aufsteigende Verzweiflung seinen Verstand vernebelt.

Was hätte Vater getan?

Sein Vater ist tot. Dennoch denkt er dieser Tage oft an ihn. Ach was, ununterbrochen.

Er fährt einfach weiter, dem Verkehrsfluss angepasst. Bloß nicht auffallen. Am Adenauerplatz biegt er auf die B 3 ein, wenig später ist er zu Hause. Er parkt das Auto an einer dunklen Stelle, wo keine Straßenlaterne steht. Geht hinein, stopft das Werkzeug in den Trekkingrucksack, wartet.

Er fühlt sich, als hätten sich seine Nervenbahnen in glühende Drähte verwandelt.

Um Punkt null Uhr verlässt er die Wohnung. Er schaut sich um, niemand beobachtet ihn, alles dunkel. Er geht zu seinem Auto, verstaut den Rucksack im Kofferraum und fährt los.

Eine knappe Dreiviertelstunde später steht er vor seinem Versteck, das letzte Stück des Weges ist er zu Fuß gegangen. Auf dem Gelände ist es so finster, dass er kaum etwas sehen kann. Aber er findet sich trotzdem zurecht.

Er geht zu der Stelle neben dem alten Gebäude, wo hohe Brombeersträucher wuchern. Er stellt den Rucksack auf die feuchte Erde, holt den Klappspaten heraus und fängt an zu graben.

1

Die E-Mail war typisch für den Chef: jovial und zugleich befehlend im Ton, kreativ in der Rechtschreibung, knapp bis zur Unverständlichkeit. Alex hatte keine Ahnung, was ihn erwartete, als er zu Christian Stähles Büro ging. Die Tür stand offen. Der Leiter der Kriminalinspektion 1 saß hinter seinem Schreibtisch und studierte gerade ein Schreiben des Innenministeriums. Er tat es mit gerunzelter Stirn und einer grimmigen Mimik, die er für Texte mit Gendersternchen reserviert hatte. Auf dem Schreibtisch lag eine Ausgabe der *Welt*. Die belästigte ihn nicht mit Gendersternchen.

Alex klopfte an den Türrahmen. Christian hob den Kopf und rief fröhlich: »Kommse rein, könnse rausschaun!«

Von allen Sprüchen des Chefs hasste Alex diesen am meisten.

»Grüß Gott, Herr Kriminalrat. Was gibt's? Ärgert dich der Minister wieder?«

Christian legte das Schreiben auf einen zehn Zentimeter hohen Papierstapel und deutete mit einer beiläufigen Handbewegung an, dass es unwichtig war. »Du alter Warmduscher, schön, dich zu sehen!«, dröhnte er. »Brauchst dich nicht zu setzen. Wir gehen raus, ich muss eine rauchen.«

Warmduscher?, dachte Alex. Das Wort musste vor Ewigkeiten aus der Mode gekommen sein. Aber innerlich steckte Christian noch in den Neunzigern. Äußerlich wirkte er dagegen überhaupt nicht wie der kernige Ex-Militär, der er war. Mit seiner wallenden grauen Mähne, dem akkurat getrimmten Schnurrbart und der randlosen Brille sah er eher wie das Klischeebild eines Konzertdirigenten aus.

Während sie zur Treppe gingen, drosch der Chef Alex auf die Schulter. »Tolle Neuigkeiten, mein Gutster. Du kehrst zum Elften zurück.«

Das hatte Alex nicht kommen sehen. Er blickte Christian erstaunt an.

»Freu dich nicht zu früh, es ist nicht dauerhaft. Aber die Sitte leiht dich für eine Weile aus. Die Sache mit der abgetrennten Hand auf dem Römerkreis hast du ja sicher mitgekriegt. Eben hat die Rechtsmedizin den genetischen Befund geschickt. Es ist Schneiders Hand.«

Das wiederum war nicht sonderlich überraschend. »Ist Schneider tot?«, fragte Alex.

»Wissen wir noch nicht. Wir haben nur die Hand gefunden, keine weiteren Körperteile. Jedenfalls ist die Sache komplex. Wir richten eben eine Soko ein. Weil du den Fall Schneider kennst wie kein Zweiter, hat Sofija dich angefordert.«

Sie traten auf den Hof, wo Christian sich eine Filterzigarette ansteckte. Zu seinem fünfzigsten Geburtstag vor zwei Jahren hatten mehrere Kollegen zusammengelegt und ihm eine edle E-Zigarette geschenkt. Er hatte sich höflich dafür bedankt, das teure Ding einmal benutzt – und danach nie wieder.

»Mit deinem direkten Vorgesetzten ist schon alles geklärt«, sagte der Inspektionsleiter.

»Wann soll's losgehen?«

»Sofort. Für 16 Uhr hat Sofija eine Besprechung angesetzt, zu der du kommen sollst.«

Alex schaute auf sein Handy: Viertel vor. Er verabschiedete sich von Christian und ging hinein. Schneiders Hand auf dem Römerkreis – eine üble Sache. Trotzdem musste er lächeln. Nach knapp sechs Jahren wieder für das Dezernat 11 zu arbeiten, und sei es nur für ein paar Wochen, fühlte sich an, wie nach Hause zu kommen.

2

Nach und nach kamen die Beamten in den Soko-Raum. Die meisten waren überpünktlich, wie Sofija zufrieden feststellte. Als Alexander Schwerdt von der Sitte eintraf, zeigte sich, wie beliebt er nach wie vor im Elften war. Die wenigen Kollegen, die ihn von früher kannten, begrüßten ihn herzlich. »Der verlorene Sohn ist zurück«, sagte einer lächelnd.

Als sich abgezeichnet hatte, dass der neue Fall nur mit einer Sonderkommission zu bewältigen war, hatte sie Christian angerufen. Die Verhandlungen mit ihrem Vorgesetzten über die Personenstärke der Soko hatte sich angefühlt wie das Verkaufsgespräch auf einem arabischen Suq.

»Du kriegst fünfunddreißig Leute.«

»Fünfunddreißig? Ich brauche mindestens fünfzig!«

»Fünfunddreißig, mehr ist nicht drin.«

Sie konnte sich ausrechnen, was in Christian vorging: Er befürchtete Schaden für das Ansehen der K1, wenn sie sich personalintensiv der Suche nach einem verhassten Sexualmörder widmete. Sofija waren solche Erwägungen fremd. Es war ihr Job, ein mutmaßliches Kapitalverbrechen aufzuklären, und das würde sie tun, ganz egal, ob das Opfer Mutter Teresa oder Radovan Karadžić hieß.

»Gib mir wenigstens vierzig. Sonst ist die Arbeit nicht zu schaffen.«

Das hatte Christian zähneknirschend akzeptiert. »Okay – vierzig«, sagte er. »Unter einer Bedingung: Du nimmst Lisa Westphal mit ins Team.«

»Lisa ist für Soko-Arbeit absolut nicht –«

»Lisa ist drin. Oder ich drück dir stattdessen Helmut Pfaff auf.«

Die Aussicht, den Süßigkeiten stehlenden Hypochonder der Sitte am Hals zu haben, erschreckte sie derart, dass sie einlenkte: »Also gut, Lisa ist dabei – wenn ich Alexander Schwerdt vom Zwölften bekomme.«

»Kriegst du, wollte ich dir eh vorschlagen.«

Den Soko-Kern bildeten erfahrene Beamte des Dezernats für Kapitaldelikte; Ermittler des Landeskriminalamtes, Spezialisten aus anderen Abteilungen sowie Kripoleute aus Mannheim verstärkten das Team. An der Besprechung würde freilich nicht die gesamte Soko teilnehmen, dafür war der Raum zu klein. Sofija hatte nur jene Leute einbestellt, die zentrale Aufgaben übernehmen würden. Oder die sie im Auge behalten wollte – wie Lisa.

Sie betrachtete Alexander Schwerdt, der am anderen Ende des Tisches saß. Der Vierunddreißigjährige war fraglos ein guter Ermittler, doch was sie menschlich von ihm halten sollte, wusste sie nicht. Diese seltsamen Poster in seinem Büro, die auf schräge Hobbys hindeuteten. Er kam ihr vor wie ein großes Kind. Wie nannte man diesen Typ Mensch seit ein paar Jahren? *Nerd.* Wobei, wie ein Nerd sah er eigentlich nicht aus. Er war groß, breitschultrig, auf athletische Weise schlank. Sie hatte seine Personalakte überflogen; er hielt sich fit, indem er diszipliniert schwimmen ging. Einer, der den Dienstsport ernst nahm, bekam auf jeden Fall einen Pluspunkt.

Sie hoffte, dass Schwerdts spezielle Weltsicht bei diesem bizarren Fall von Nutzen sein würde. Christian hatte ihr jedenfalls geraten, ihn an der langen Leine zu führen; dann habe Alex seine besten Ideen.

Wir werden sehen.

So oder so, auf einen Sonderling mehr in der Soko kam es wahrlich nicht an. Was da vor ihr saß, war ein veritables Panoptikum der Individualisten. Sie kannte ihre Pappenheimer, wie Christian sagen würde. Beinahe jede Person im Raum zeichnete sich durch ungewöhnliche Interessen und Marotten aus. Jörg Selzer etwa, der Leiter der KT, der den ganzen Tag über Katzen redete, wenn man ihn nicht bremste: über seine Hauskatzen sowie über solche, die er nebenberuflich züchtete, Sofija blickte da nicht ganz durch. Oder ihr Erster Sachbearbeiter Lutz mit seiner denglischen Sprechweise und seiner Obsession für Rockmusik und Vintage-Sportwagen. Oder Lisa mit ihrem … Sofija seufzte in sich hinein. Lisa war ein *ganz* spezieller Fall.

Letztlich war all das nicht von Belang. Sie war ergebnisorientiert.

Hauptsache, ihre Leute machten ihre Arbeit, und sie machten sie gut. Was sie privat trieben, interessierte Sofija nicht.

Kriminalhauptkommissar Kai Isenberg von der Stabsstelle Öffentlichkeitsarbeit war der Letzte, der eintraf. Der Pressesprecher – der »Ö«, wie er polizeiintern genannt wurde – würde bei allen Meetings dabei sein und die Ergebnisse der Ermittlungen nach außen kommunizieren. Kai steuerte den Rollstuhl an den Tisch. Sein Assistent, der ihn ständig begleitete, setzte sich neben ihn und daddelte auf dem Handy.

Sofija eröffnete die Sitzung. »Lasst uns die bisherigen Ermittlungsergebnisse zusammentragen, damit Kai und Alexander auf dem aktuellen Stand sind.«

Jörg schaltete den Beamer an und zeigte 3-D-Scans der Baustelle auf dem Römerkreis, die er langsam rotieren ließ, sodass man sie von allen Seiten betrachten konnte. »Wir haben die Fundstelle inzwischen weiter ausgegraben, doch nichts gefunden. Proben der Erde, wo die Hand lag, sind bei der Rechtsmedizin. Wegen des Starkregens am Wochenende gibt es keine Fußspuren außer denen der Bauarbeiter. Die Auswertung der Fingerabdrücke an den Bauzäunen, Masten und Verteilerkästen läuft noch. In den Mülleimern fanden wir bis jetzt nichts von Belang, zumindest kein Werkzeug, mit dem die Hand abgetrennt worden sein könnte. Aber wir gehen eh davon aus, dass das woanders passiert ist.«

»Was ist eigentlich mit der Gegend, wo Schneider wahrscheinlich verschwunden ist?«, fragte Dr. Ulla Roth-Schweigmann. »Hat da ein Anwohner was gesehen, zum Beispiel verdächtige Fahrzeuge im Weinberg?«

Die Oberstaatsanwältin leitete die Ermittlungen. Sofija arbeitete gern mit Roth-Schweigmann zusammen. Dem Gesetz nach war sie zwar die »Herrin des Verfahrens«, doch sie ließ ihnen weitgehend freie Hand.

»Wir haben leider keine Zeugen gefunden«, antwortete Sofija. »Es war zu dunkel, und auf der Rohrbacher Straße ist auch abends viel Verkehr, sodass ein einzelnes Auto nicht auffällt. Dafür konnten wir inzwischen klären, dass das kaputte Handy Schneider gehört. An den Bruchstücken sind seine Fingerabdrücke, sonst keine. Und dann ist da noch dieser Manschettenknopf, mit dem wir nichts anfangen können. Er ist sauber, Jörgs Leute haben daran weder Fingerabdrücke noch DNA gefunden.«

Roth-Schweigmann nickte und notierte sich etwas.

Sofija überflog ihre eigenen Notizen. »Dank des Spürhunds wissen wir, dass die Hand von der Blumenstraße/Ecke Ringstraße zum Römerkreis gebracht wurde. Die Stelle ist circa hundertsechzig Meter Luftlinie in südlicher Richtung von der Baustelle entfernt. Von dort aus gibt es eine weitere Spur die Ringstraße entlang. Die Hundeführerin sagt, sie sei sehr schwach. Der Mantrailer hat sie nach rund hundert Metern verloren. Das spricht dafür, dass die Hand zunächst mit dem Auto hergebracht wurde. Das Auto wurde in der Blumenstraße abgestellt. Von da aus ging es zu Fuß weiter zur Baustelle. Am Römerkreis haben wir Anwohner und Gewerbetreibende befragt. Lutz und ich sind dabei auf etwas Wichtiges gestoßen«, übergab sie das Wort an ihren Vize.

»Ein Zeuge namens Wolfgang Stricker hat in der fraglichen Nacht bei der Baustelle eine verdächtige Person gesehen. Sie hatte eine Kühlbox in der Hand und verschwand Sekunden später hinter den Bauzäunen. Der Zeuge hat sich nichts dabei gedacht, O-Ton: ›Nachts laufen da draußen ja alle möglichen schrägen Gestalten rum.‹ Stricker ist um die siebzig, doch seine Augen sind noch recht gut, sodass er die Gestalt deutlich gesehen hat. Leider gibt seine Beschreibung nicht viel her. Die Person ist mittelgroß und trug eine dicke Winterjacke mit Kapuze und Schal, sodass das Gesicht nicht zu erkennen war.«

»Das dürfte unser Mann sein«, mutmaßte Jörg. »Wenn es denn ein Mann ist.«

Sofija nickte Lisa knapp zu. »Hast du auch was?«

»Ich hab die Bauarbeiter, die die Hand fanden, gründlich durchleuchtet«, berichtete Lisa. »Keiner hat etwas Nennenswertes auf dem Zettel, nur einer hat vor Jahren gegen das Aufenthaltsgesetz verstoßen, es gab eine Geldstrafe. Ich glaube nicht, dass die was mit der

Sache zu tun haben. Wir sollten das daher nicht vertiefen. Aber jetzt kommt's.«

Sie machte eine Kunstpause und blickte triumphierend in die Runde. Sofija musste sich zwingen, nicht die Augen zu verdrehen.

»Direkt am Römerkreis steht eine Mobilfunkantenne. Ich hab die Verkehrsdaten ausgewertet. Trabolds Handy war da Donnerstagnacht beziehungsweise Freitagmorgen zwischen 0.48 und 1.53 Uhr eingeloggt«, verkündete Lisa.

»Deckt sich der Zeitraum mit Strickers Beobachtung?«, fragte Jörg.

»Nicht ganz«, antwortete Lutz. »Stricker will die Gestalt eher gegen 2.30 Uhr gesehen haben. Er weiß es leider nicht mehr genau, er war gedanklich bei seinem Pilz.«

Gleichwohl sorgte Lisas Entdeckung für einiges Aufsehen. Sofija bat die durcheinander redenden Beamten um Ruhe.

»Lasst uns keine voreiligen Schlüsse ziehen. Vor uns liegt noch viel Arbeit. Können wir uns einstweilen auf die Hypothese einigen, dass jemand Schneider auf dem Heimweg von der Arbeit entführt, sein Handy zertrümmert, ihn ins Auto gesteckt und weggebracht hat, um ihm – warum auch immer – die rechte Hand abzuhacken?«, fragte sie in die Runde.

Die Anwesenden bejahten. Sofija blickte Alexander an, der bisher kaum ein Wort gesagt hatte. Hoffentlich war er nicht schüchtern. Sie schätzte zupackende Kriminaler, die nicht herumdrucksten, sondern klar ihre Meinung sagten. Als sie ihn gerade ansprechen wollte, fragte er:

»Kann ich diesen Knopf mal sehen?«

Jörg schob ihm den Asservatenbeutel über den Tisch.

»Weißt du, was das ist?«, fragte Sofija.

»Vollwichs«, murmelte Alex.

Stille schloss sich an. Lisa grinste dreckig.

Nein, schüchtern ist der definitiv nicht, dachte Sofija mit einem Anflug von Ärger. »Im Dezernat 11 pflegen wir einen professionellen Umgangston und verzichten auf Kraftausdrücke«, sagte sie konsterniert.

Alex schaute sie an. »Vollwichs: So heißt die Galauniform von Burschenschaftlern – also Farben tragenden Verbindungsstudenten«, erklärte er. »Setzt sich unter anderem zusammen aus Barett, Stulpenhandschuhen und einer Jacke, die Pekesche genannt wird. Wenn mich nicht alles täuscht, stammt der Knopf vom Vollwichs der Burschenschaft Gothia zu Heidelberg.«

Sofija kam sich dumm vor. Damit keiner die Gelegenheit bekam, sich über ihren Lapsus lustig zu machen, fragte sie schnell: »Die damals nach dem Kermit-Fall aufgelöst wurde – richtig?«

»Jein. Die Alten Herren um unseren speziellen Freund Gregor Arbogast haben nur die Studenten rausgeworfen. Die Burschenschaft aber besteht weiter und ist nach wie vor eine Größe in der rechten Szene.«

»Der Knopf: Könnte das ein Hinweis sein, dass die Gothen an Schneider Rache genommen haben, weil der ihre Burschenschaft in Misskredit gebracht hat?«, fragte Lutz.

»Möglich«, antwortete Alex. »Wobei sich die Frage stellt, warum sie sich nicht längst an Trabold gerächt haben, der ja der eigentliche Schuldige ist, dass damals die ganzen Hakenkreuze und so weiter gefunden wurden. Und wieso sie bei Schneiders Entführung ihre Galauniformen trugen. Auf mich wirkt das reichlich eigenartig.«

»Trotzdem gehen wir der Sache nach«, sagte Sofija. »Ich denke, wir sind uns einig, dass wir den aktuellen Fall nicht isoliert betrachten können. Er ist wahrscheinlich mit den Ereignissen von 2016/17 verknüpft. Fass uns doch bitte kurz zusammen, wie ihr damals gegen Schneider ermittelt habt«, forderte sie Alex auf.

»Wie ihr sicher noch wisst, trug Schneider bei dem nächtlichen Angriff auf Neureuther eine Maske«, begann er. »Sie stellte die Comicfigur Pepe den Frosch dar. Wegen der Maske konnte Neureuther den Täter kaum beschreiben – zumal sie nach einer oberflächlichen Befragung kurz nach dem Angriff nicht mehr vernehmungsfähig war. Zwar hatten wir Schneiders DNA vom Tatort, aber in der Datenbank gab es keine Übereinstimmung. Und das Video von der Tat – das wahrscheinlich Trabold gedreht hat, wenngleich wir das nicht beweisen konnten – ließ sich nicht zum Urheber zurückverfolgen. Auch die Funkzellenabfrage lieferte keine Hinweise. Sowohl Schneider als auch Trabold hatten ihre Handys wohlweislich zu Hause gelassen. Der Mangel an Spuren erschwerte die Ermittlungen enorm. Wir traten monatelang auf der Stelle.

Den Durchbruch brachte ein Hinweis aus der Bevölkerung. Er kam vom Mitglied eines Gaming-Forums, das uns meldete, ein zu dem Zeitpunkt seit knapp anderthalb Jahren inaktiver User habe ein Profilbild, das der Pepe-Maske des Täters auffallend ähnele. Dazu muss man wissen, dass Schneider keine Maske aus dem Handel trug, sondern eine selbst gebastelte aus Pappmachee, die leicht wiederzuerkennen war. Der fragliche User nannte sich ›Fighting_PepeHD‹. 2015 hatte er mehrmals verstörendes Zeug gepostet. Ich wühlte mich nächtelang durch das Forum und hab die fraglichen Einträge schließlich im *Call-of-Duty*-Unterforum gefunden. Den genauen Wortlaut weiß ich nicht mehr, es war etwas in der Art von: ›Wenn in Heidelberg das Neckarufer richtig voll ist, knall ich möglichst viele sexbesessene Schlampen ab.‹«

»Eine eindeutige Amokdrohung«, stellte Roth-Schweigmann fest. »Wieso haben die das nicht schon 2015 zur Anzeige gebracht?«

»Die Forenmitglieder sind hauptsächlich junge Männer mit einem rabiat-libertären Weltbild und einem verqueren Verständnis von Meinungsfreiheit. Die glauben, dass man prinzipiell alles sagen darf, auch so was. Nur der Admin war damit nicht ganz einverstanden und ermahnte Fighting_PepeHD halbherzig. Daraufhin zog der sich aus dem Forum zurück, hat aber vergessen, seinen Account zu löschen. Seine IP-Adresse konnten wir nicht ermitteln – wahrscheinlich war ein VPN im Einsatz –, doch ich machte den Admin ausfindig. Er hatte Fighting_PepeHD einmal bei einem Treffen des Forums getroffen, Anfang 2015 in Frankfurt. Den Klarnamen des Users kannte er nicht, er konnte uns die Person aber detailliert beschreiben. Wir gaben ein Phantombild raus. Das Telefon hörte nicht mehr auf zu klingeln. Ehemalige Schulkameraden, Arbeitskollegen und Nachbarn hatten Schneider wiedererkannt.«

Sofija, die sich damals wie heute nur in Grundzügen mit dem Kermit-Fall vertraut gemacht hatte, war beeindruckt. Das war kreative, unkonventionelle Polizeiarbeit. Wobei sie stellenweise nur die Hälfte verstanden hatte. *Gaming-Forum. Call of Duty.* Sie würde später googeln, was das bedeutete.

»Von da an ging's Schlag auf Schlag«, erklärte Alex. »Schneider hatte die Sache mit dem Phantombild natürlich mitgekriegt. Als wir ihn festnehmen wollten, hatte er die Wohnung auf dem Boxberg bereits verlassen und war untergetaucht: bei Trabold in der Gothia-Villa. Die war zu dem Zeitpunkt fast menschenleer. Die meisten Gothen waren vier Tage vorher zum Stiftungsfest einer anderen Burschenschaft gefahren. Außer Trabold war nur ein anderer Bursche da, aber der lag krank im Bett und hat von alldem nichts mitgekriegt.

Schneider und Trabold verkrochen sich in der Stube. Langeweile und Angst setzten ihnen zu, sie schliefen kaum und tranken Unmengen Alkohol. Nach zwei Tagen wurden sie unvorsichtig. Als Schneider die Balkontür zum Lüften aufmachte, wurde er von einem Nachbarn, der gegenüber der Villa wohnt, gesehen. Den Rest kennt ihr: Der Anwohner gab uns Bescheid. Wir observierten die Villa, und als die Beobachtung des Zeugen verifiziert war, erfolgte der Zugriff. Trabold kam leider mit einem blauen Auge davon, aber Schneider wanderte ins Gefängnis. Das war's im Großen und Ganzen«, schloss er. »Ach ja, das Video vom Angriff auf Michelle Neureuther ist im System gespeichert. Das sollten wir uns nachher noch mal anschauen.«

Sofija blickte in die Runde. »Wir haben schon jede Menge Material. Schaut mal, ob ihr daraus eine Tathypothese entwickeln könnt. Ich rufe derweil bei der Staatsanwaltschaft an, damit wir die Asservate aus dem alten Schneider-Fall bekommen. Vielleicht geben die uns weitere Impulse ...«

3

Die Diskussion über die Tathypothese verlief schleppend. Als Alex nichts Sinnvolles mehr beitragen konnte, lehnte er sich einen Moment zurück und betrachtete die Anwesenden, um ein Gespür für die Dynamik im Raum zu bekommen. Im Dezernat 11 hatte sich einiges verändert seit seinem Wechsel zur Sitte. Für jene Kollegen, die er nicht von früher kannte – die große Mehrheit also –, war er der Neue, und man verhielt sich ihm gegenüber mal distanziert, mal abwartend freundlich.

»Warum sollte man eine abgetrennte Hand ausgerechnet auf dem Römerkreis verstecken, wo selbst nachts viel los ist?«, fragte Lutz gerade. »Gäbe es keine einfacheren Verstecke?«

Sofija hielt das für irrelevant und würgte ihn recht harsch ab. Alex hatte Mitleid mit Lutz. Der Erste Sachbearbeiter stand permanent im Schatten der übermächtigen Chefin. Auch den anderen Menschen im Raum fiel es nicht leicht, sich gegen die ehemalige SEK-Frau zu behaupten. Für Unkonzentriertheit und langsames Denken hatte sie kein Verständnis. Wer schwach argumentierte, bekam rasch das Wort entzogen. Es war kein Geheimnis, dass die hohe Personalfluktuation im Elften auch mit Sofija zu tun hatte. Sie stellte enorme Ansprüche an ihre Leute. Geregelte Arbeitszeiten konnte man vergessen, sämtliche Beamte in ihrem Dezernat schoben eine turmhohe Bugwelle aus Überstunden vor sich her. Nicht jeder war den Anforderungen gewachsen. Diesem Umstand verdankte sie den Spitznamen »das Fallbeil«: Wer nicht mithalten konnte, wurde gnadenlos einen Kopf kürzer gemacht. Die alten Hasen, die bis jetzt nicht gegangen waren, musste man daher als leidensfähige Elitetruppe bezeichnen.

Sofija Marković, dachte Alex, schien die Kripo Heidelberg in zwei Lager zu spalten. Das eine verehrte sie, das andere kam absolut nicht mit ihr aus. So gesehen ähnelte sie einer Lakritzschnecke: Entweder man liebte oder man hasste sie. Dazwischen gab's nichts.

Sein Blick wanderte zu Kai Isenberg. Der Ö tippte gerade etwas auf dem Laptop, während ihm sein Assistent frischen Kaffee brachte. Kai hatte bis zu seinem Dienstunfall bei der Sitte gearbeitet, seinetwegen war Alex damals versetzt worden. Er verfolgte Kais erstaunlichen Werdegang seitdem aus der Ferne. Der Unfall hatte eine schwere Behinderung zur Folge gehabt, sodass er auf den Rollstuhl angewiesen war. Die Polizeibehörde wollte ihn daraufhin ausmustern. Dagegen hatte er sich mit Erfolg gewehrt und durchgesetzt, dass er als Pressesprecher eine neue Chance bekam. Seit nunmehr vier Jahren diente er in der Stabsstelle Öffentlichkeitsarbeit. Assistenten, die ihn rund um die Uhr begleiteten, halfen ihm bei diversen alltäglichen Verrichtungen.

Der, den er heute dabeihatte, wirkte auf Alex wie eine schlanke Version von Rikki. Dank seiner punkigen Klamotten und Haare wirkte der junge Mann inmitten all der Polizisten deplatziert. Diesen Umstand nahm er stoisch hin. Jetzt saß er wieder da und spielte ein Handyspiel, was ihm einen Anpfiff von Kai eintrug.

»Mach wenigstens den Ton aus, das Gepiepse nervt!«

»Das ist doch total leise«, protestierte der Assistent mit einer Stimme, an der Alex den routinierten Kiffer erkannte.

»Ich kann's hören.«

Derweil kämpfte Lutz um jeden Meter Boden. »Natürlich ist es wichtig, wo die Hand abgelegt wurde!«, sagte er lauter als nötig. »Überlegt doch mal: mitten auf dem Römerkreis. Quasi vor unserer Haustür. Will der Täter uns provozieren?«

»Uns – oder Schneiders Bewährungshelfer«, spann Jörg die Überlegung weiter. »Das Büro der Bewährungs- und Gerichtshilfe ist keine fünfzig Meter vom Ablageort entfernt. Ist das vielleicht ein Statement gegen die ›Kuscheljustiz‹, die zugelassen hat, dass Schneider vorzeitig aus dem Knast kam?«

»Die Hypothese ergibt keinen Sinn«, machte Sofija der Diskussion ein Ende. »Wer immer die Hand versteckt hat, wollte nicht, dass sie gefunden wird. Sonst hätte er sie nicht ganz bewusst da vergraben, kurz bevor die Baugrube zugeschüttet wurde. Dass man das Loch ein paar Tage später wieder öffnen würde, konnte er schließlich nicht wissen.«

Auch Alex glaubte weder an eine Provokation noch an ein Statement. *Hier ist altes Denken am Werk*, sinnierte er, *magisches Denken*. Aber das sprach er nicht aus. Noch war das nur eine diffuse Ahnung.

»Schauen wir uns besser mal das Video an«, entschied Sofija. Jörg rief es auf, und sie betrachteten den kurzen Clip auf der Bildwand. Keiner sagte ein Wort. Alex verspürte ein unangenehmes Ziehen in der Kehle. Seit Schneiders Verhaftung hatte er sich das Video nicht mehr angesehen. Aber manchmal träumte er noch davon. Es wirkte wie eine Szene aus der Science-Fiction-Serie *Black Mirror* auf ihn, wie ein Ausblick auf eine düstere Zukunft. Dabei war das Video beinahe sechs Jahre alt. *Diese Maske.* Dass ein fröhlich grinsender Frosch, eine unschuldige Comicfigur, zu einem Symbol des Hasses hatte werden können, erschien Alex sinnbildlich für den aktuellen Zustand der Welt.

Nach einer Minute und achtzehn Sekunden war der Horror vorbei. Hastig klickte Jörg das Video weg.

»Ich weiß nicht, wie es euch geht«, brach Lisa das Schweigen, »aber ich für meinen Teil könnte es verstehen, wenn einer dieses Schwein umgebracht und zerstückelt hätte.«

»Solche Kommentare sind unangebracht«, fuhr Sofija ihr über den Mund. »Wir sind eine Behörde, kein Lynchmob!«

»Okay, okay«, meinte Lisa gereizt. »War ja nur so dahergesagt.«

Nicht zum ersten Mal spürte Alex, dass zwischen den beiden etwas Ungutes lief.

Sofija wandte sich ihm zu. »Siehst du Verbindungen zwischen dem aktuellen Fall und dem Video?«

»Abgesehen davon, dass ich es für wahrscheinlich halte, dass Schneider einem Racheakt zum Opfer gefallen ist: nein«, antwortete er.

»Die Hand bedeutet etwas. Irgendwelche Theorien dazu?« Offenbar sah sie in ihm den Experten für Bizarres und Morbides. Was er in gewisser Weise auch war.

»Da fallen mir mehrere ein. Die menschliche Hand ist in unserer Kultur – eigentlich in allen Kulturen – ein mächtiges Symbol. Beim

Schwören hebt man die rechte Hand. Früher hat man Eidbrechern und anderen Kriminellen die rechte Hand abgehackt, damit sie ihr Verbrechen nicht wiederholen können. ›Spiegelstrafe‹ nennt man das Prinzip, es basiert auf dem Bibelspruch ›Auge um Auge, Zahn um Zahn, Hand um Hand‹. Von Heiligen und Märtyrern gibt es Handreliquien, denen magische Kräfte zugesprochen wurden. Die linke Hand war ein Symbol für den Teufel, man nannte Luzifer ›die linke Hand Gottes‹. Mit ihr wurde folglich schwarze Magie ausgeübt.«

»Alex, der alte Klugscheißer.« Lutz schüttelte grinsend den Kopf.

Sofija starrte ihn an. »Woher weißt du das alles?«

Aus Geschichtsbüchern, Videospielen und Fantasyliteratur, wäre die korrekte Antwort gewesen. Doch er wollte seinen Ruf als Nerd der K1 nicht ohne Not festigen. Stattdessen sagte er: »Mal irgendwo gelesen.«

»Luzifer, schwarze Magie, Handreliquien«, bemerkte Lisa spöttisch. »Glaubst du etwa an diesen Quatsch?«

»Natürlich nicht. Aber ich halte es für möglich, dass der Täter es tut.«

»Okay. Wir lassen das mal sacken und kommen eventuell später darauf zurück«, sagte Sofija, und Alex hörte ihrer Stimme an, dass sie seine Ausführungen für Zeitverschwendung hielt.

Es klopfte. Der Asservatenverwalter der Staatsanwaltschaft kam herein und stellte eine Plastikbox auf den Tisch.

»Viel ist nicht mehr da«, sagte der magere Uniformierte. »Viel Spaß damit.«

Sie öffneten die Box und begutachteten das knappe Dutzend sorgfältig verpackter Beweismittel aus dem Schneider-Fall von 2016/17. Lisa betrachtete die Pepe-Maske. Ihr Gesicht gab keinerlei Regung preis.

»Habt ihr die Tatwaffe vernichtet?«, fragte Alex.

Der Asservatenverwalter antwortete mit einer Gegenfrage: »Ist sie nicht in der Box?«

»Nein. Der Baseballschläger würde da auch gar nicht reinpassen.«

Der Uniformierte blätterte im Verwahrbuch, in dem protokolliert wurde, was mit jedem Asservat geschah. »Die meisten Beweismittel wurden nach Abschluss des Verfahrens ordnungsgemäß zurückgegeben oder vernichtet. Der Baseballschläger wohl nicht, er müsste eigentlich noch da sein. Aber ich hab alles abgesucht, in der Asservatenkammer ist nichts mehr. Kann mir das nur so erklären, dass mein Vorgänger vergessen hat, die Vernichtung oder Rückgabe im Buch zu vermerken. Kommt vor«, fügte er entschuldigend hinzu.

»So etwas darf nicht passieren, das sind wichtige Beweismittel«, sagte Sofija scharf.

»Mich brauchen Sie deswegen nicht anzumeckern«, verteidigte sich der Asservatenverwalter. »Das war vor meiner Zeit. Ich mach den Job erst seit einem Jahr.«

»Ihr Vorgänger ist im Ruhestand, richtig?«, fragte Roth-Schweigmann. »Können Sie ihn anrufen und klären, was mit der Tatwaffe passiert ist?«

»Das dürfte sich schwierig gestalten. Er ist kurz nach seiner Pensionierung gestorben.«

»Na großartig«, sagte Alex.

»Lisa, du gehst der Sache nach«, ordnete Sofija an. »Finde den Baseballschläger oder kläre wenigstens, warum er verschwunden ist.«

»Als hätten wir nicht schon genug zu tun«, nörgelte Lisa so leise, dass nur Alex es hörte, nicht aber die Chefin. Und das war gut so, denn Sofija sah aus, als würde ihr gleich der Geduldsfaden reißen.

»Das wird ein schwieriger Fall«, wandte sie sich an das Team. »Viele Spuren sind bereits kalt. Wir müssen uns ranhalten, wenn wir noch was erreichen wollen.« Im Befehlston verteilte sie Aufträge: »Jörg, du wertest die restlichen Spuren vom Römerkreis aus und schaust dir die alten Asservate noch mal an. Alex und Lisa, ihr nehmt euch Trabold vor. Lutz und ich reden mit Schneiders Bewährungshelfer und noch mal mit seinem Psychiater.«

»Ich dachte, ich soll den Baseballschläger suchen«, sagte Lisa.

»Trabold hat Vorrang. Wenn ihr damit fertig seid, gehst du, Alex, dieser Gothia-Sache nach.«

Er nickte. »Ich würde außerdem gern zur Bedeutung der abgetrennten Hand recherchieren. Vielleicht finde ich was Konkreteres.«

»Mach das«, sagte Sofija zögernd. »Aber nur, wenn die Zeit reicht. Die anderen Spuren gehen vor.«

»Ich gebe gleich eine Datenbankrecherche in Auftrag«, erklärte Lutz. »Die Kollegen sollen im System nach verwandten Straftaten und ähnlichen Vorfällen suchen.«

»Jemand muss außerdem mit Schneiders Mutter reden«, gab Roth-Schweigmann zu bedenken.

»Mach ich«, sagte Sofija und blickte Kai Isenberg an. »Bevor ich es vergesse: Dass das Schneiders Hand ist, behalten wir vorerst für uns, es darf auf keinen Fall an die Presse gelangen. Das Letzte, was wir jetzt brauchen, ist ein neuer Aufstand im Internet.«

»Das versteht sich von selbst«, erwiderte Kai. Der Ö schien noch etwas sagen zu wollen, doch Sofija ließ ihn nicht zu Wort kommen.

»Das werden zähe Ermittlungen. Stellt euch auf Sechzehnstundentage ein. Keine Wochenenden«, schwor sie das Team auf den schwierigen Einsatz ein. »Also sagt alle privaten Termine in nächster Zeit ab. Ihr werdet hier gebraucht.«

Zum ersten Mal erlebte Alex die Kaltfront in Aktion. Unter Christian, der die regelmäßige Zigarettenpause schätzte, war es im Elften gemütlicher zugegangen, selbst in der Hochphase der Kermit-Ermittlungen. Jetzt wehte hier ein erheblich rauerer Wind.

Endlich gelang es Kai, sich Gehör zu verschaffen. »Eins noch: Wir brauchen einen Namen für die Sonderkommission.«

»Wie wäre es mit Soko ›Hand‹«, schlug die Oberstaatsanwältin das Offensichtliche vor.

»Davon rate ich ab«, sagte Kai gedehnt. »Dieser Name wäre eine Steilvorlage für unangemessenen Spott in den sozialen Medien. Ich erinnere an die Probleme, die wir damals mit Soko ›Kermit‹ hatten.«

Alex und Lutz wechselten einen Blick. Sie erinnerten sich mit Grauen an Soko »Kermit«.

»Wir nennen sie einfach Soko ›Römerkreis‹«, entschied Sofija in einem Ton, der keinen Widerspruch duldete. »Kai, gib das raus an die Presse.«

»Bisschen langweilig, der Name«, meinte Lisa.

»Natürlich ist er langweilig – wir sind Beamte. Wenn du Spannung willst, greif in die Steckdose.«

4

Beim Hinausgehen tippte Lutz auf dem Handy herum. Dabei runzelte er die Stirn und fluchte leise.

»Alles okay?«, fragte Alex.

»Ich hätte eigentlich am Freitag einen Gig gehabt. Den muss die Band jetzt meinetwegen absagen. Die anderen sind not amused.«

»Ist das die Band, die letztes Jahr auf dem Kripogrillfest gespielt hat? Sorry, hab den Namen nicht mehr parat …«

»*Three Against One*. Ja, das ist die.«

»Spielt ihr immer noch Neunzigerjahre-Rock?«

»Wir covern hauptsächlich Nirvana, Pearl Jam und so weiter. Machen aber auch ein paar eigene Sachen. Wieso?«

»Ich hab einen Kumpel, der kann vielleicht für dich einspringen. Rikki heißt der – eigentlich Frederik Mand. Spielt auch Bass und ist fit, was Alternative Rock angeht. Soll ich ihn mal fragen?«

»Das wäre spitze«, sagte Lutz.

Alex zog das Handy aus der Hosentasche und schrieb Rikki eine Nachricht. Während sie auf den Fahrstuhl warteten, schloss Kai zu ihnen auf. Dessen Assistent strahlte Alex an.

»Hab ich das grad richtig gehört, du bist mit Frederik Mand befreundet?«

Kai verzog den Mund. Dass sein Helfer seine Kollegen anquatschte, missfiel ihm sichtlich.

»Hättest dich ruhig mal vorstellen können, wie sich das gehört«, rügte er den jungen Mann wie ein Lehrer einen Schuljungen und übernahm die Vorstellung kurzerhand für ihn: »Das ist Stephan Kunz, mein Assistent.«

»Wie der Fußballer?«, fragte Lutz.

Kunz nickte. »Aber Stephan mit pe-ha und Kunz mit einfachem Zett.«

»Wir sind seit der Schulzeit befreundet«, beantwortete Alex die Frage des Assistenten. »Kennst du Rikki auch?«

»Ha, schön wär's. Aber ich bin ein Riesenfan der *Intimschotten*. Ich pack's grad nicht, dass der dein Kumpel ist!«

»Intimschotten?« Kai runzelte die Stirn. »Von was redet ihr?«

Der Fahrstuhl kam. Jörg, Lisa und Roth-Schweigmann stiegen ein.

»Ich komm gleich nach!«, rief Alex Lisa zu und wandte sich an Kai: »Die *Intimschotten* waren eine Punkband vor rund zehn Jahren. Rikki war der Sänger und Bassist.«

»Hat der komische Name einen tieferen Sinn?«

»Da gibt's nichts zu beschönigen: Auf der Bühne trugen die Bandmitglieder selbst gemachte Schottenröcke und darunter nichts, sodass man bei dem einen oder anderen das rot gefärbte Schamhaar sehen konnte.«

Kai wirkte zu gleichen Teilen fasziniert wie entsetzt.

»Die hatten sogar mal einen kleinen Hit«, begeisterte sich Kunz. »Das Lied heißt *Leniriefenstalin*, ich zeig's dir nachher.«

»Ich bin mir nicht sicher, ob ich das hören will«, meinte Kai.

Auch Lutz war plötzlich skeptisch. »Bist du sicher, dass so einer zu *Three Against One* passt?«

»Rikki ist in Ordnung, und den Schottenrock hat er sozusagen längst an den Nagel gehängt«, beruhigte Alex ihn. »Oh, er hat geantwortet.«

Rikkis Textnachricht klang ein wenig besorgt: »Die Bandmitglieder, sind das alles Cops?«

Alex schrieb zurück: »Soweit ich weiß nur Lutz :) Die tun dir schon nix. Also, hast du Bock?«

»Du hast Glück, hab den Rest der Woche frei. Ich kann für deinen Kollegen einspringen.«

Lutz war erfreut, als er das hörte. »Perfekt! Schick mir mal den Kontakt. Am besten maile ich ihm gleich die ganzen Sheets und MP3, damit er üben kann.«

Alex leitete das in die Wege und schrieb Rikki: »Hey, wenn du eh freihast, könntest du die nächsten Abende Frodo füttern? Ich komm hier wahrscheinlich nicht vor 9 raus.«

»Klar, bisschen quality time mit dem Herrn Kater ist immer willkommen :)«, antwortete Rikki sofort.

»Bist du echt der Kumpel von Frederik Mand. Alter Falter!«, staunte Stephan Kunz. »Sag mal, könntest du mich dem vielleicht vorstellen?«

»Klar, können wir gern bei Gelegenheit arrangieren«, sagte Alex.

»Kaltfront im Anmarsch!«, zischte Kai warnend.

Sofija trat zu ihnen und blickte sie streng an. »Was wird das hier? Gemütliche Plauderrunde am vorzeitigen Feierabend, oder was?«

»Reg dich nicht schon wieder auf, wir warten nur auf den Fahrstuhl«, sagte Lutz.

Der kam just im Moment. Mit den Worten »Schwätzen könnt ihr nachher, jetzt wird gearbeitet!« scheuchte Sofija ihren Vize zu seinem Büro und die anderen drei in den Aufzug. Sie stieg ebenfalls ein und hämmerte auf den Knopf, damit sich die Tür schneller schloss.

»Alter! Die ist ja voll faschomäßig drauf«, murmelte Kunz, doch die Kaltfront musste ihn nur anstarren, dass er verstummte.

5

Annika Schneider führte die beiden Polizistinnen ins Wohnzimmer. Der Fernseher lief. RTL2, eine Dokusoap, oder wie man das nannte. Sofija kannte sich da nicht aus, sie schaute nur selten fern.

»Kann ich Ihnen was zu trinken anbieten?«

»Nein, danke.«

»Bitte, setzen Sie sich.«

Sie nahmen auf dem Sofa Platz. Schneider schaltete den Fernseher stumm und sank schwerfällig wie eine alte Frau in den Sessel.

Sofija war nicht allein in den Emmertsgrund gefahren. Bei ihr war Celina Hennig, eine junge Kommissaranwärterin, die die Polizeihochschule in Villingen-Schwenningen besuchte und gerade in der Kriminalinspektion 1 ihr Praxissemester absolvierte. Sofija hatte sie in die Soko geholt, damit sie etwas lernte. Celina übernahm die Aufgabe, das Gespräch zu protokollieren.

»Warum sind nicht die anderen gekommen?«, fragte Schneider.

»Der Herr Harris und seine Kollegin. Die haben das doch die ganze Zeit gemacht.«

»Ich leite die Ermittlungen«, erklärte Sofija. »Ich dachte, es schadet nicht, wenn wir uns kennenlernen.«

Schneider schaute sie schweigend an. Die Hände lagen ineinander verkrampft in ihrem Schoß, sie wirkte blasser und grauer denn je. »Also haben Sie herausgefunden, was mit meinem Sohn ist?«, sagte sie leise.

»Ich fürchte, es gibt schlechte Neuigkeiten. Wir haben eine abgetrennte menschliche Hand gefunden. Die rechtsmedizinische Untersuchung hat ergeben, dass es Lukas' Hand ist.«

Während Sofija das sagte, beobachtete sie Schneiders Mutter genau. Sie hatte sich vorab bei den Kollegen von der Emmertsgrundwache über die Verhältnisse in dem Wohnblock informiert. Die Nachbarn fühlten sich durch die Anfeindungen gegen Lukas bedroht und hatten Annika daher aufgefordert, ihn hinauszuwerfen. Man musste keine Psychologin sein, um zu schlussfolgern, dass dies vermutlich zu erheblichen Spannungen zwischen Mutter und Sohn geführt hatte. War die häusliche Situation schlussendlich eskaliert? Sofija hielt es nicht für wahrscheinlich, aber doch für möglich, dass Annika etwas mit Lukas' Verschwinden zu tun hatte. Die Vermisstenmeldung vom 20. Oktober könnte ein Ablenkungsmanöver gewesen sein.

Schneider drehte den Kopf zur Seite und starrte auf den Fernseher. Abrupt stand sie auf und wandte den Polizistinnen den Rücken zu. Ihre Schultern zitterten. Sofija gab ihr die Zeit, die sie brauchte. Nach etwa einer Minute fuhr Schneider herum, schaltete das Fernsehgerät aus und zerdrückte dabei schier die Fernbedienung.

»Warum? Warum sollte jemand Lukas ... Wer macht denn so was?« Sie wurde mit jedem Wort lauter und wirkte mehr wütend als erschüttert. Das hatte nichts zu sagen. Nach Sofijas Erfahrung reagierten viele Menschen auf solch einen Schock mit Zorn statt mit Tränen.

»Das wissen wir zum jetzigen Zeitpunkt noch nicht. Können Sie uns irgendeinen Hinweis geben, warum das passiert sein könnte?«

»Ich weiß nichts! Gar nichts weiß ich!«

Celina stenografierte alles mit. Sie wirkte hoch konzentriert, schien jedes Wort in sich aufzusaugen. Das gefiel Sofija.

»Fällt Ihnen jemand ein, der das getan haben könnte?«, hakte sie nach.

Schneider gab ein zynisches Schnauben von sich. »Wer soll mir da einfallen? Ganz Heidelberg hat den Lukas gehasst.«

»Irgendjemand Konkretes?«

»Ewald Schätzlein«, kam es wie aus der Pistole geschossen. »Dem wäre so was zuzutrauen!«

Sofija hatte mit den Kollegen auch über Schätzlein gesprochen, sie kannte die Geschichte. »Hat der etwas gesagt oder getan, dass Sie glauben, er könnte Lukas entführt und verstümmelt haben?«

Es folgte eine Tirade, was für ein schrecklicher Mensch Schätzlein sei und was er der Familie alles angetan habe. Etwas Greifbares war jedoch nicht dabei, Schneider verlor sich in vagen Anschuldigungen gegen den verhassten Nachbarn.

»Aber in der Emmertsgrundwache nehmen sie das überhaupt nicht ernst. Reden Sie mal mit denen. Sagen Sie ihnen, dass der Schätzlein ein übler Drecksack ist!«

»Ich versichere Ihnen, dass die Kollegen Ihre Anzeigen sorgfältig bearbeiten. Auch gegen Herrn Schätzlein wird ermittelt. Fällt Ihnen noch etwas ein? Jedes Detail kann hilfreich sein.«

Schneider setzte sich wieder und knallte die Fernbedienung auf den Couchtisch. Nun fing sie an zu weinen, und sie schirmte die Augen mit der Hand ab. Als sie die Hand wegnahm und den Kopf hob, waren die Tränen versiegt. Plötzlich wirkte sie wie gelähmt und starrte an den Polizistinnen vorbei ins Nichts. Als sich Sofija bereits darauf einstellte, die Befragung abbrechen zu müssen, murmelte Schneider plötzlich:

»Da war dieser Wärter, der Lukas bedroht hat …«

»Sie meinen einen Vollzugsbeamten der JVA Mannheim?«

Schneider nickte kaum merklich. »Warten Sie, der Name fällt mir gleich wieder ein … Widmann. Ja, so heißt er. Er hat Lukas im Gefängnis bedroht.«

»Wann war das?«

»Vor ungefähr zwei Jahren. Aber der Lukas hat immer wieder davon angefangen, wenn wir telefoniert haben. Das letzte Mal kurz vor seiner Entlassung.«

»Wissen Sie noch, was Widmann zu Ihrem Sohn gesagt hat?«

»Etwas in der Art von: ›So einer wie du gehört an die Wand gestellt, damit du nie wieder Frauen angreifen kannst!‹ Lukas hatte deswegen große Angst vor Widmann.«

»Ist Widmann auch handgreiflich geworden?«

»Davon hat Lukas nichts erzählt.«

Das Gespräch schleppte sich noch ein paar Minuten ergebnislos dahin, sodass Sofija die Befragung schließlich beendete.

»Wir informieren Sie, wenn es etwas Neues gibt«, sagte sie an der Wohnungstür.

Als sie den Wohnblock verließen, wehte ihnen kalter, feuchter Wind ins Gesicht. Sofija wurde plötzlich bewusst, dass Celina seit der Herfahrt kein Wort gesagt hatte. Auch im Auto war sie nicht gerade gesprächig gewesen. Die Kommissaranwärterin schien enormen Respekt vor ihr zu haben. Sofija wusste, dass sie mitunter diese Wirkung auf andere Menschen hatte.

»Wie schätzt du Annika Schneider ein?«, fragte sie auf dem Weg zum Wagen.

Celina nahm sich Zeit für ihre Antwort. »Ich glaube nicht, dass Frau Schneider als Tatverdächtige in Betracht kommt. Dass sie ihrem Sohn die Hand abgehackt hat, kann ich mir beim besten Willen nicht vorstellen. Sie wirkte ehrlich geschockt.«

Sie hat eine schöne Stimme, dachte Sofija. »Und was hältst du von der Geschichte mit diesem Widmann?«

»Das ist lange her – unwahrscheinlich, dass es was mit dem Fall zu tun hat. Zumal es in der JVA sicher häufiger zu Spannungen zwischen Vollzugsbeamten und Gefangenen kommt.«

Sofija nickte. Das waren exakt ihre Gedanken. Eine kalte Windbö fuhr ihr in den Nacken, und sie stellte den Mantelkragen auf. Im Emmertsgrund wirkte der Herbstabend dunkler als unten in der Stadt, und das lag nicht allein an den vielen kaputten Straßenlaternen. Trostlose Betonbauten ragten um sie herum empor, schwarze Blöcke wie riesige Monolithen, die den Mond verdeckten. Unwillkürlich spähte Sofija noch einmal zu dem Kasten, wo die Schneiders wohnten. Sie war in einem ganz ähnlichen Mietshaus aufgewachsen, nicht weit von hier. Sie kannte die Gegend gut. Nachdem sie in den frühen Neunzigern mit ihren Eltern nach Deutschland gekommen war, hatte die Familie jahrelang in diesem Stadtteil gewohnt.

Erinnerungen an ihre Jugend im Emmertsgrund strömten auf sie ein. Nicht alle waren gut.

Sofija schüttelte den Kopf und öffnete die Wagentür.

6

»Vielleicht treffen wir Trabold bei sich zu Hause an«, sagte Alex, während sie durch die Altstadt gingen. Sie hatten den Dienstwagen unweit der Universitätsbibliothek geparkt.

»Okay«, meinte Lisa. »Aber irgendwie hab ich ein dummes Gefühl bei der Sache.«

»Nicht nur du.«

Sie kamen gerade von der Kneipe, wo Trabold an mehreren Abenden in der Woche hinter der Theke jobbte. Sein Chef hatte sie wissen lassen, Trabold habe sich seit Tagen nicht blicken lassen; dabei hätte er am Wochenende arbeiten müssen. »Ist allerdings nicht ungewöhnlich, dass der nicht auftaucht«, hatte der Wirt frustriert ergänzt. »Der Kerl ist unzuverlässig wie nur was. Am liebsten würd ich ihn rausschmeißen, aber finde heutzutage mal jemanden für den Service. Die jungen Leute wollen ja alle direkt nach der Schule ein fettes Gehalt

einstreichen und am besten als Beamte eine ruhige Kugel schieben –
nix für ungut …«

Trabold hatte am Donnerstag das letzte Mal in der Kneipe gearbeitet – also am Abend, bevor Schneiders Hand vergraben worden war.
Eine Erklärung, warum sein Handy in der fraglichen Nacht in der
Funkzelle am Römerkreis eingeloggt gewesen war, war das freilich
nicht: Die Kneipe lag 1,8 Kilometer Luftlinie vom Ablageort der Hand
entfernt und im Bereich eines anderen Sendemasts. Ein Alibi war es
allerdings auch nicht. Trabold hatte gegen 0.30 Uhr Schluss gemacht.
Was er danach getrieben hatte, wussten weder sein Chef noch die
anderen Servicemitarbeiter, mit denen Trabold privat wenig zu tun
hatte, da sie ihn nicht sonderlich leiden konnten.

»Kannst du fahren?«, fragte Alex am Wagen.

»Klar.« Lisa blickte ihn stirnrunzelnd an. »Alles okay?«

»Alles gut. Bin nur mit dem Kopf woanders. Da sollte ich nicht
fahren.«

Er warf ihr den Schlüssel zu, und sie stiegen ein. Alex wusste noch
immer nicht, wieso Sofija solche Probleme mit Lisa hatte. Er kam
bislang gut mit ihr aus.

Während sie auf die Friedrich-Ebert-Anlage fuhren, dachte er über
die Umstände seiner letzten Begegnung mit Trabold nach. Dessen Se-
xualdelikt, Laila El-Masri, das eingestellte Verfahren. Die Sache machte ihm erhebliche Bauchschmerzen. Hätte El-Masri ihre Anzeige nicht
zurückgenommen, hätten sie Trabold für eine Weile aus dem Verkehr
ziehen können. Stattdessen war er nun womöglich in eine weitaus
schlimmere Sache verwickelt. Es war zum Verrücktwerden mit diesem Kerl.

Wenig später standen sie vor dem Wohnblock in der Blücherstraße. Sie klingelten mehrmals bei Trabold, aber der Summer und die
Gegensprechanlage blieben stumm.

»Ich versuch's bei den Nachbarn«, sagte Lisa.

Beim dritten Versuch antwortete ein Herr Mahmoudi und ließ sie
ins Haus. Trabolds direkter Nachbar auf dem Stockwerk erwartete sie
in seiner Tür stehend. Der etwa vierzigjährige Mahmoudi hatte einen

gepflegten schwarzen Vollbart und trug einen malvenfarbenen Pullunder über dem Hemd. Aus der Wohnung kamen Essensgeruch und arabische Musik.

»Guten Abend. Schwerdt und Westphal von der Kriminalpolizei Heidelberg«, sagte Alex. »Wir haben einige Fragen zu Ihrem Nachbarn Jannik Trabold.«

»Trabold!« Mahmoudi nickte lächelnd und deutete auf die nächste Tür den Flur hinunter.

Wie sich herausstellte, konnte er nicht gut Deutsch. Seine Sprachkenntnisse reichten gerade so aus, dass sie ohne Dolmetscher auskamen, doch die Befragung verlangte den beiden Beamten einige Geduld ab. Mahmoudi berichtete, er habe vom 18. bis zum 23. Oktober Verwandte in Hamburg besucht und sei am Sonntagnachmittag zurückgekommen. Seitdem habe er Trabold nicht gesehen.

»Aber davor Streit!«

»Was für ein Streit?«, fragte Alex. »Wann und zwischen wem?«

Am Abend des 17. Oktober, berichtete Mahmoudi, habe er vom Küchenfenster aus gesehen, dass Trabold das Haus verlassen und auf dem Gehsteig mit einem anderen jungen Mann geredet hatte. Trabold habe den anderen mehrmals mit »Lukas« angesprochen, und Mahmoudis Beschreibung des Besuchers passte auf Schneider. Die beiden hätten sich gestritten, den Wortlaut der Auseinandersetzung konnte Mahmoudi jedoch nicht wiedergeben.

»Dann Kampf!« Mahmoudi deutete Boxbewegungen an.

»Die beiden haben sich geprügelt?«

Es sei mehr eine Rangelei gewesen. Der andere habe Trabold zu Boden gestoßen, der habe vor Schmerz aufgeschrien, sei aber nicht ernsthaft verletzt worden. Die Beleidigungen, die sich die beiden daraufhin an den Kopf geworfen hatten, konnte Mahmoudi erstaunlich präzise zitieren:

»Spast! Wichser!«

Kurz darauf sei der andere gegangen und Trabold schimpfend ins Haus zurückgekehrt.

Mahmoudi war sichtlich zerknirscht, dass er den Vorfall nicht schon früher der Polizei gemeldet hatte. Wortreich und umständlich entschuldigte er sich.

»In Blücherstraße oft nachts Geschrei, ich nichts gedacht. Und dann ich war Hamburg.«

»Sie konnten ja nicht wissen, dass das von Belang sein würde«, beruhigte Alex ihn. »Haben Sie vielen Dank für die Auskunft, Herr Mahmoudi.«

Als sie wieder im Auto saßen, sagte Lisa: »Als Lutz und ich am Freitag bei Trabold waren, ist uns aufgefallen, dass seine Hand aufgeschürft war. Von einer Prügelei war da aber keine Rede. Ein Sturz mit dem Fahrrad, hat er gesagt.«

»Da hat er wohl mal wieder gelogen. Was hältst du von der Geschichte?«

»Reichlich dubios, das Ganze. Trabold hat definitiv Dreck am Stecken. Der hängt da irgendwie mit drin und ist abgetaucht.«

Alex nickte und entsperrte sein Handy. »Ich geb eine Fahndung raus. Roth-Schweigmann soll außerdem veranlassen, dass wir sein Handy orten und seine Bude durchsuchen dürfen.«

Er rief die Oberstaatsanwältin an.

7

Inzwischen war es nach neun. Sowohl Alex als auch Lisa hatten seit der Mittagspause kaum etwas gegessen und waren entsprechend hungrig. In der Bergheimer Straße steuerten sie einen türkischen Imbiss an, der zwischen einem Friseursalon und einem Asia-Laden eingezwängt war. Der Verkäufer stand reglos und mit halb geschlossenen Augen hinter der Theke. Als die beiden Beamten bestellten, erwachte er abrupt zum Leben und bereitete routiniert die Speisen zu.

Alex aß Falafel mit Reis und Salat, Lisa einen Döner. Zwischen zwei Bissen checkte Alex die Chatgruppe, die Lutz für die Mitglieder der Soko eingerichtet hatte.

»Neuigkeiten von der IT. Sie hat Schneiders Rechner ausgewertet.«

»Und?«, fragte Lisa nicht übermäßig interessiert.

»Sie haben haufenweise Spiele gefunden. Ansonsten nichts von Interesse. Keine aufschlussreichen E-Mails oder so. Seine *browser history* und seine Eingaben in Suchmaschinen hat er gelöscht. Jedenfalls passiert heute nichts mehr. Nach dem Essen können wir Schluss machen.«

»Gott sei Dank«, sagte Lisa kauend. »Ich will nur noch essen und schlafen.«

»Moment, da kommt noch was – Sofija schreibt gerade … Ah, sehr gut! Roth-Schweigmann hat uns Beschlüsse für Trabolds Handy und die Wohnung beschafft. Sofija will den Durchsuchungsbeschluss gleich morgen früh um sieben vollstrecken.« Offenbar wollte sie Trabold überrumpeln für den Fall, dass er über Nacht in die Wohnung zurückkehrte.

»Müssen hoffentlich nicht wir machen«, bemerkte Lisa unwillig.

»Nee, das übernehmen die Kollegen vom LKA mit Verstärkung vom Revier Mitte.«

Obwohl auch Alex hundemüde war, blieben sie nach dem Essen noch eine Weile sitzen und tauschten sich über die neu gewonnenen Erkenntnisse aus. Daraus entwickelte sich ein Gespräch über Privates. Lisa erkundigte sich nach seiner Vergangenheit im Elften, und sie tratschten über die personelle Zusammensetzung der Soko.

»Sorry, dass ich vorhin dein Brainstorming ›Quatsch‹ genannt habe – ist mir so rausgerutscht.« Lisa grinste. »Ich bin manchmal etwas impulsiv.«

»Schon okay. Es waren ja nur Assoziationen. Und stellenweise wirklich weit hergeholt.«

»Es ist aber enorm wichtig, auch mal unkonventionell und frei von jeglichen Beschränkungen zu denken – vor allem bei einem schrägen Fall wie diesem. Leider sehen das nicht alle so. Mach dich besser drauf gefasst, dass die Schleifmaschine damit nichts anfangen kann.«

»Schleifmaschine?«

»Die Kaltfront. Das Fallbeil. Die Chefin halt.«

»Ich bin es gewohnt, dass die Kollegen mich schief anschauen«, sagte Alex. »Das macht mir nichts aus.«

»Wenn ich dir einen Tipp geben darf: Sei trotzdem ein bisschen vorsichtig.«

»Wieso?«

Lisa musterte ihn forschend, ehe sie sagte: »Wer sich im Elften zu weit aus dem Fenster lehnt, ist bei Sofija schnell unten durch.«

Da spricht jemand aus Erfahrung. Alex vermutete, dass Lisa sich im Dezernat als Außenseiterin fühlte und in ihm, dem Neuling, einen potenziellen Verbündeten sah. *Aufpassen.* Er wollte nicht in persönliche Fehden verwickelt werden, die ihn nichts angingen. »Da mach ich mir keine großen Sorgen«, sagte er diplomatisch. »Ich werde schon irgendwie mit Sofija auskommen. Ist ja nur für maximal ein paar Wochen. Klar, sie hat ihre Macken, aber wer hat die nicht?«

»›Macken‹?« Lisa lachte derart laut, dass die anderen Gäste zu ihnen herschauten. »Die Frau hat das Naturell einer Panzerabwehrgranate!«

Alex kommentierte das nicht. Lisas Gehabe war ihm peinlich. Er widmete sich seinem Handy und las die neuesten Nachrichten von Rikki. Der hatte ihm ein Foto geschickt. Es zeigte Frodo, dessen Kopf schier im Futternapf verschwand.

»Okay, das war vielleicht etwas hart ausgedrückt«, lenkte Lisa ein. »Ich will damit nur sagen, dass man im Elften nicht unbedingt frei sprechen kann. Das mag nur zum Teil Sofijas Schuld sein, es ist ja generell der Zeitgeist.«

»Zeitgeist?« Alex runzelte die Stirn.

»Ich meine, dass man nirgendwo mehr seine Meinung sagen darf, ohne sofort eins aufs Dach zu kriegen.«

Sie fing an, ihm auf die Nerven zu gehen. Mit solchen Sprüchen konnte er nichts anfangen. »Also, ich hab keine Probleme damit, meine Meinung zu sagen, wie du sicher gemerkt hast.«

»Ich meine *unbequeme* Meinungen. Corona. Klimawandel. Ausländerkriminalität. Wenn du da was sagst, hast du ganz schnell die Sprachpolizei am Hals.«

»Ach ja, die *Sprachpolizei*. Welches Dezernat ist das noch mal? Sorry, was du da erzählst, ist Unsinn.«

Lisa starrte ihn an, jegliche Freundlichkeit war aus ihrer Miene verschwunden. »Für dich ist es also Unsinn, wenn man den Meinungs-Mainstream kritisiert und dafür den Mund verboten kriegt?«

Als Nächstes kommt womöglich ›Lügenpresse‹, dachte Alex, der seinen Ärger nicht mehr zurückhalten konnte. »Man darf alles und jeden kritisieren«, hielt er dagegen. »Und das wird auch gemacht – jeden Tag. Schlag doch nur mal die *BILD* auf. Da geht's ständig gegen Flüchtlinge, gegen Coronamaßnahmen, gegen Klimapolitik. Irgendwelche Sprechverbote kann ich da nicht erkennen. Aber Meinungsfreiheit gilt halt für alle. Wenn man schrille Parolen raushaut, muss man auch den Gegenwind aushalten.«

»›Parolen‹«, wiederholte Lisa und betonte das Wort sarkastisch. »›Parolen‹.« Sie stand ruckartig auf und knallte den Autoschlüssel auf den Tisch. »Bring du den Wagen zurück. Ich hab die Schnauze voll für heute.«

Sie zog ihre Jacke an, zahlte vorne an der Theke und ging.

8

Als Alex am nächsten Morgen zur Frühbesprechung ging, traf er Lutz im Foyer. Da der Fahrstuhl überfüllt war, nahmen sie die Treppe.

»Ich hab Rikki mit den anderen zusammengebracht. Sie proben heute Abend«, berichtete Lutz. »Wir müssen den Gig nicht absagen. Danke noch mal. *I owe you.*«

»Gern geschehen.« Alex vergewisserte sich, dass außer Lutz niemand in Hörweite war. »Was anderes: Was geht denn mit Lisa? Als wir gestern nach Dienstschluss eine Kleinigkeit essen waren, ist unser Tischgespräch im Rekordtempo eskaliert.«

Lutz verzog den Mund. »Lass mich raten: Sie hat sich beschwert, wie schrecklich Sofija ist. Oder dass man nichts mehr sagen darf. Oder über die Coronapolitik.«

Alex blickte den Kollegen erstaunt an. »Ein bisschen von allem.«

»Willkommen im Klub. Ich hatte sie letzte Woche am Hals. Jetzt hat's dich getroffen. Ich nehme an, Sofija hat dich mit ihr zusammengespannt, um abzuchecken, wie du mit ihr klarkommst.«

»Nicht besonders gut, wie's aussieht.« Sie blieben vor dem Flur des Dezernats stehen. »Was ist denn zwischen ihr und Sofija vorgefallen?«, fragte Alex leise.

Auch Lutz senkte die Stimme. »Lisa ist keine Teamplayerin. Es war immer schon schwierig mit ihr, in der Hochphase der Pandemie aber ganz besonders. Eine Coronaleugnerin ist sie wohl nicht. Eher eine Querulantin. Ständig hat sie sich über die Maskenpflicht im Dienstgebäude beschwert und ist drauf rumgeritten, dass sie die Maßnahmen für übertrieben hält. Dauernd hat man sie ohne Mund-Nasen-Schutz angetroffen. Impfen ließ sie sich erst, als Christian sie sich zur Brust genommen hat. Seitdem hat Sofija sie auf dem Kieker und will sie loswerden. Bloß ist das nicht so einfach, Lisa weiß genau, wie weit sie gehen kann. Für disziplinarische Maßnahmen reicht es nie. Aber sie provoziert ständig.«

Sie mussten das Gespräch abbrechen, als Jörg Selzer die Treppe heraufkam. Der Leiter der KT wohnte irgendwo im tiefsten Odenwald; er fuhr jeden Morgen mit dem Motorrad zur Direktion und trug noch seine Lederkombi. Alex und Lutz grüßten ihn und gingen in den Soko-Raum, wo bereits Lisa saß und mit beiden Zeigefingern auf einen Laptop einhämmerte. Sie würdigte Alex keines Blickes.

Sofija war die Letzte, die eintraf. Sie kam gleich zur Sache.

»Zur Stunde durchsuchen die Kollegen vom LKA und vom Revier Mitte Trabolds Wohnung. Sie haben ihn dort nicht angetroffen. Außerdem kam eben vom Führungs- und Lagezentrum die Info rein, dass die Handyortung fehlgeschlagen ist. Das deutet darauf hin, dass er's ausgeschaltet hat, weil er nicht gefunden werden will.«

»Oder«, mutmaßte Lutz, »der Täter hat auch ihn entführt und das Handy zerstört, wie er es mit Schneiders Handy gemacht hat.«

»Dafür gibt es aktuell keine Anhaltspunkte. Die Kollegen haben in der Wohnung keine Spuren eines gewaltsamen Eindringens gefunden. Aber wir bleiben an der Sache dran. Das FLZ versucht es weiter, und vielleicht gibt es ja in der Wohnung Hinweise auf seinen Verbleib. Ihr alle kennt eure Aufgaben für heute«, wandte sie sich an das Team. »Lisa, du kümmerst dich um den verschwundenen Baseballschläger.«

Alex atmete innerlich auf. Nach dem gestrigen Vorfall war sein Bedürfnis, noch einmal mit Lisa loszuziehen, gleich null.

»Du verfolgst die Gothia-Spur«, sagte Sofija zu ihm. »Nimm Celina mit und zeig ihr, wie du arbeitest.«

Alex schaute zu der Kommissaranwärterin, die heute Morgen mit ihnen am Tisch saß. Es war das erste Mal, dass er auserkoren wurde, den Bärenführer für eine Neue zu spielen – normalerweise übernahmen das dienstältere Beamte. Aber die zusätzliche Aufgabe machte ihm nichts aus. Celina wirkte introvertiert. Als er sie anlächelte, lächelte sie zögernd zurück.

»Noch Fragen?« Sofija blickte in die Runde; niemand meldete sich. »Gut. Dann mal los.«

9

Thomas Podgurski entsprach in keiner Weise irgendwelchen Klischeevorstellungen von Sozialarbeitern. Der Bewährungshelfer erinnerte Lutz an den jungen Jeff Goldblum: markantes, glatt rasiertes Kinn und wellige dunkle Haare statt Hippiefrisur, Bikerboots statt Birkenstocksandalen. Podgurski bat die beiden Beamten herein und hängte seine schwarze Lederjacke an den Kleiderständer. Poster diverser Rockbands und Bluesmusiker zierten die Bürowände. *Schon mal sympathisch*, dachte Lutz.

»Vielen Dank, dass Sie sich Zeit für uns nehmen«, sagte Sofija und rang sich sogar ein Lächeln ab.

Lutz fand es immer wieder erstaunlich, wie schnell sie umschalten konnte. Eben noch war sie kühl gewesen und hatte im Befehlston mit ihren Leuten geredet. Doch kaum sprach sie mit einem Zeugen, gab sie sich freundlich und wertschätzend. Sie konnte also durchaus empathisch sein und sogar Bitte und Danke sagen, wenn sie wollte. Sie wollte nur meistens nicht.

»Sie haben Glück, dass Sie mich angetroffen haben«, erklärte Podgurski. »Ich bin heute nur auf einen Sprung ins Büro, um die Post durchzusehen. Ich muss demnächst wieder los.«

»Außentermine?«

»Nein, ich hab mir den halben Tag freigenommen. Heute ist der Todestag meines Vaters. Meine Schwester und ich wollen ans Grab und danach zusammen essen gehen. So machen wir das jedes Jahr – Familientradition.« Sie setzten sich an den Tisch. »Also, wie kann ich Ihnen helfen? Hat das was mit dem Polizeieinsatz vor unserer Haustür zu tun?«

»Es geht um einen Probanden von Ihnen, Lukas Schneider«, antwortete Lutz. »Er wurde am vorigen Donnerstag vermisst gemeldet. Wahrscheinlich wurde er entführt. Auf dem Römerkreis haben Bauarbeiter seine Hand gefunden.«

Podgurski brauchte einen Moment, um diese Neuigkeit zu verdauen. Lutz beobachtete ihn genau. Er wirkte geschockt.

»Ist er tot?«, fragte der Bewährungshelfer.

»Können wir noch nicht sagen. Wir haben bisher nur die Hand. Fällt Ihnen dazu etwas ein?«

Podgurski erlangte erstaunlich schnell seine Fassung zurück. Das konnte verschiedene Gründe haben. Dass er ähnlich wie ein Polizist täglich mit Gewalt, Elend und Kriminalität konfrontiert wurde, erschien Lutz die wahrscheinlichste Erklärung.

Der Bewährungshelfer schüttelte den Kopf. »Ich kann Ihnen generell wenig zu dem Probanden sagen. Ich hab ihn ja erst zweimal getroffen. Beim Kennenlerngespräch in der JVA Anfang September und dann vor rund zwei Wochen bei seinem ersten Termin hier. Über die Anamnese seiner Lebenssituation sind wir bisher nicht hinausgekommen.«

»Wie ist die Arbeit mit ihm?«, fragte Sofija.

»Der Einstieg war nicht einfach. Er ist sehr misstrauisch gegenüber

Amtspersonen. Aber nachdem er begriffen hatte, dass ich ihm nichts Böses will, ging es gut. Beim ersten Anamnesegespräch hat er bereitwillig alle Fragen beantwortet.«

»Halten Sie es für denkbar, dass er in kriminelle Aktivitäten verwickelt ist?«, fragte Lutz.

»Denkbar ist das immer. In seinem Fall kann ich das noch nicht einschätzen.«

»Hat er mit Ihnen über die Anfeindungen gesprochen, denen er ausgesetzt war?«

Podgurski nickte. »Ich habe ihm geraten, so bald wie möglich umzuziehen und die Vorfälle sämtlich zur Anzeige zu bringen. Davon wollte er nichts wissen. ›Keine Cops!‹, hat er gesagt.«

»Hat er erwähnt, dass jemand gedroht hat, ihm die Hand abzuhacken?«, fragte Sofija.

»Nein.«

Lutz blickte aus dem Bürofenster. Von hier aus waren der Römerkreis und die Fundstelle der Hand gut zu erkennen. »Gab es Drohungen gegen Ihre Einrichtung, gegen Sie persönlich?«

Der Sozialarbeiter verneinte auch das. Für Lutz war damit die Theorie von einem Statement gegen die Bewährungshilfe gestorben. Er wurde nicht schlau aus diesem Fall. *Wir wissen einfach noch zu wenig*, mahnte er sich zur Geduld.

»Sollte Ihnen doch noch etwas einfallen, melden Sie sich bitte umgehend bei uns.«

»Das mache ich. Ich muss auch gleich los«, sagte Podgurski lächelnd. »Meine Schwester kann sehr ungemütlich werden, wenn man sie warten lässt.«

Sie verabschiedeten sich. Draußen checkte Lutz kurz das Handy. In der Chatgruppe der Band gab es neue Nachrichten, Rikki schien sich gut mit den anderen zu verstehen. Es wurmte Lutz, dass er bei der Probe nachher nicht dabei sein konnte. Hoffentlich war Rikki nicht nur ein netter Kerl, sondern auch ein brauchbarer Bassist. Wenn die Band seinetwegen den Gig vermasselte, würden die anderen ihm das nicht verzeihen.

»Holen wir einen Wagen und fahren zu Berg«, holte Sofija ihn ins Hier und Jetzt zurück.

Lutz steckte das Handy weg. »Hoffentlich ist der Seelenklempner ein bisschen hilfsbereiter als letzte Woche …«

10

»… Arbogast ist nicht nur Anwalt, sondern auch eine Art Aktivist«, erklärte Alex, als sie den Stadtteil Neuenheim verließen und auf die Ziegelhäuser Landstraße fuhren. Zu ihrer Rechten floss träge der Neckar, tief hängende Wolken spiegelten sich auf dem bleifarbenen Wasser. »Er ist die zentrale Figur in einem Netzwerk, das aus diversen deutschnationalen Gruppierungen besteht. Ziel ist die völkische Reinheit, ›Deutschland den Deutschen‹ und so weiter. Mit ihren Aktionen wollen Arbogast und seine Kameraden Migranten verunglimpfen und den Rechtsstaat untergraben. Arbogast hält sich dabei meistens im Hintergrund und überlässt die eigentliche Arbeit den jüngeren Leuten.«

»›Den Rechtsstaat untergraben‹ – ein eigenartiges Motiv für einen Juristen«, sagte Celina.

»Rechtsradikalen geht es darum, Chaos zu schüren, um die Demokratie für den Tag X sturmreif zu schießen.«

»Hatten Sie schon oft mit Arbogast zu tun?«

»Sag ruhig ›du‹. Siezen ist bei der Polizei unüblich. Brauchst du eigentlich nur vom Kriminalrat an aufwärts zu machen.«

Das schien die Kommissaranwärterin stark zu beschäftigen. »Soll ich auch Frau Marković duzen?«

»Duzt sie dich?«

»Ja.«

»Dann einfach zurückduzen«, sagte Alex, während er den Daimler am Straßenrand parkte. »Zu deiner Frage: In der Sitte hatte ich neulich mit ihm zu tun. Arbogast ist Trabolds Strafverteidiger.«

Sie stiegen aus. Der Anwalt wohnte und arbeitete am Neckarufer, oberhalb der Alten Brücke, unterhalb des Philosophenwegs, mit Blick auf das Heidelberger Schloss, das auf der anderen Flussseite an den bewaldeten Hängen des Königstuhls thronte. Das Sandsteingebäude, das neben einer geräumigen Wohnung auch die Kanzlei enthielt, ähnelte der Gothia-Villa. Etwas kleiner als diese, aber vergleichbar viele Erker, Simse und Türmchen.

Alex betätigte die Klingel. Eine grauhaarige Frau in einem konservativen Kostüm machte ihnen auf.

»Sie wünschen?«, fragte Arbogasts Sekretärin.

Sie präsentierten ihre Ausweise und nannten ihr Anliegen.

»Herr Arbogast ist noch nicht im Büro, gehen Sie bitte nach oben.«

Sie gingen die Treppe hinauf. Die Wohnungstür war angelehnt. Als auf sein Klopfen niemand reagierte, schob Alex sie auf.

In dem langen Flur, der sich vor ihnen erstreckte, brannte das Licht. Auf dem hellen Parkettboden saß ein etwa vierjähriger Junge in Cordlatzhosen und spielte mit einem uralten und reichlich ramponierten Auto in ADAC-Gelb. Aus einem angrenzenden Zimmer trat Arbogast, der sich gerade die Krawatte band.

»Ansgar, geh doch in dein Zimmer. Du verkratzt noch den Boden mit deinem Auto.«

Ansgar nahm das Spielzeug in beide Hände, stand auf und starrte die beiden Kripobeamten mit einer Intensität an, wie sie nur ein kleines Kind aufbringen konnte. Das grell gelbe Auto zog Alex' Blick an. Der Schriftzug auf der Motorhaube ADAC STRASSENWACHT war teilweise abgeblättert, sodass da nur noch stand: RASSEN-WACHT.

Mit dem Auto hat wohl schon der Papa gespielt, dachte Alex. Ansgar wirbelte herum und lief davon, als hätte er ein Monster gesehen.

Inzwischen war auch Arbogast auf sie aufmerksam geworden.

»Was machen Sie denn hier?«, fragte er wenig freundlich.

»Wir haben einige Fragen an Sie. Wo können wir uns ungestört unterhalten?«

»Wir gehen nach unten. Sie haben eine halbe Stunde«, sagte Arbogast auf der Treppe. »Dann kommt ein Mandant.«

Sie durchquerten das düstere Vorzimmer, wo die Sekretärin an einem Computer arbeitete, und betraten Arbogasts Büro. Das Zimmer, dessen Fenster auf einen gepflegten Garten hinter dem Haus wiesen, enthielt viel dunkles Holz und kaum Technik. Das Ungetüm von einem Schreibtisch war blitzblank aufgeräumt, es standen lediglich ein Telefon und ein Miniaturfahnenmast mit einer Deutschlandflagge darauf.

Arbogast nahm hinter dem Möbel Platz und schaute die Kripobeamten abwartend an.

Alex setzte sich unaufgefordert auf einen Bürostuhl mit schwarzem Echtlederbezug und schob einen Asservatenbeutel über den Tisch. »Können Sie uns sagen, was das ist?«

Der Anwalt nahm den durchsichtigen Plastikbeutel in die Hand. Ein kurzer Blick genügte ihm, um den Gegenstand darin zu identifizieren. »Ein Gothia-Manschettenknopf. Wo haben Sie den her?«

»Er wurde an einem Tatort gefunden. An der Stelle, wo – so nehmen wir an – Lukas Schneider entführt wurde.«

Arbogasts Gesicht gab keine Regung preis. »Der Mörder von Michelle Neureuther?«

Alex nickte. »Der Freund Ihres Mandanten Jannik Trabold.«

»Herr Trabold hat schon vor Jahren mit Herrn Schneider gebrochen. Er hat keinen Kontakt mehr zu ihm.«

»Das ist nicht korrekt. Ein Zeuge hat beobachtet, dass Schneider Trabold am 17. Oktober zu Hause besucht hat. Es kam zum Streit zwischen den beiden, der zu einer Rangelei führte.«

Arbogast sagte nichts.

»Können Sie uns erklären, wie der Manschettenknopf an den Tatort gekommen ist?«

»Ich habe nicht die geringste Ahnung.«

»Vermisst die Gothia einen solchen Knopf?«

»Diese Frage ist lachhaft, und das wissen Sie auch«, erwiderte der Anwalt schneidend. »Die Mitglieder der Gothia zu Heidelberg besitzen insgesamt schätzungsweise Hunderte dieser Knöpfe, und wir führen nicht darüber Buch, wo sich jeder einzelne befindet. Davon abgesehen dürfte es kein Problem darstellen, den Knopf oder eine Fälschung davon im Internet zu kaufen.«

Alex ließ den Asservatenbeutel auf dem Schreibtisch liegen. »Wo ist Jannik Trabold?«

»Ich nehme an: zu Hause.«

»Dort haben weder wir noch sein Nachbar ihn in den letzten Tagen angetroffen. Auch sein Chef vermisst ihn. Sein Handy können wir nicht orten. Können Sie uns dazu etwas sagen?«

»Selbst wenn ich es könnte, würde ich es nicht tun. Als sein Anwalt bin ich an die Schweigepflicht gebunden, wie Sie sehr wohl wissen.«

»Der Presse haben Sie sicherlich entnommen, dass am Montag auf dem Römerkreis eine menschliche Hand gefunden wurde.«

Arbogast nickte knapp. »Wissen Sie inzwischen, wem die Hand abgetrennt wurde?«

Alex beantwortete die Frage nicht. »Wir gehen davon aus, dass sie in der Nacht vom 20. auf den 21. Oktober dort vergraben wurde. Etwa zu dieser Zeit war Trabolds Handy in der Funkzelle am Römerkreis eingeloggt. Können Sie uns das erklären?«

Arbogast mauerte weiter. Alex hatte nicht die Absicht, sich an diesem Mann die Zähne auszubeißen. Er schlug eine neue Taktik ein.

»Wir wollen uns das Gothia-Haus anschauen.« Er stellte sich darauf ein, dass sein Gegenüber ihm das empört verwehren und auf einen richterlichen Beschluss bestehen würde. Daher war er einigermaßen überrascht, als der Anwalt sagte:

»Ich führe Sie gerne herum. Sie werden sehen, wir haben nichts zu verbergen. Ich schlage vor, dass wir uns um 16.30 Uhr an der Villa treffen, wenn ich mit der Arbeit –«

»Nein, jetzt gleich«, sagte Alex.

»Ich habe um zehn einen Termin.«

»Verschieben Sie ihn.«

Arbogast starrte ihn bohrend an. Dann griff er zum Hörer und rief seine Sekretärin an. »Verlegen Sie bitte meinen Zehn-Uhr-Termin auf den Nachmittag.«

»Wir können Sie mitnehmen«, bot Alex an, als der Anwalt auflegte und sich erhob.

»Danke, aber ich fahre mit meinem eigenen Auto«, entgegnete dieser kühl.

»Okay. Aber wir fahren voraus.«

»Wie Sie wollen.«

Sie verließen die Kanzlei.

11

Direkt vor dem Burschenschaftshaus konnte man schlecht parken. Alex stellte den Dienstwagen daher hundert Meter die Neue Schlossstraße hinauf ab. Während sie auf dem regenfeuchten Asphalt zurückgingen, ließ er die Umgebung auf sich wirken. Zu ihrer Rechten begrenzte eine hohe Mauer die Straße. Der moosgrüne Sandstein wirkte älter, als er vermutlich war. Darüber erhob sich der Königstuhl mit seinen verwinkelten Villen, seinen verwunschenen Gärten, seinen verschnörkelten Zäunen aus Gusseisen und Patina. Heidelberg war eine alte Stadt. Niemand konnte ermessen, welche halb vergessenen Geheimnisse hinter den verwitterten Fassaden, im rankenden Efeu, unter dem buckligen Kopfsteinpflaster gärten.

Die Gothia-Villa, ein imposanter Bau im Neorenaissance-Stil, war umgeben von abweisenden Mauern. Bunte Kleckse verunzierten die Klinkerfassade, Spuren von linken Farbbeutelattacken. Das Gebäude erschien Alex an diesem trüben Herbstmorgen wie ein Spukhaus. Seit Schneiders und Trabolds Verhaftung durch das SEK vor fast sechs Jahren war er nicht mehr hier gewesen. Beim Gedanken, dass er es gleich betreten würde, durchzuckte ihn ein diffuses Unwohlsein.

Arbogast erwartete sie an der Haustür. Wortlos schloss er auf und ließ sie hinein. »Was wollen Sie sehen?«

»Alles.«

Sie betraten die Eingangshalle, in der Fotos von bekannten Gothen hingen, darunter mehrere Topmanager, hochrangige Juristen und ultrarechte Landespolitiker. Während sie einem Flur folgten, fragte Alex:

»Wohnt hier eigentlich noch jemand?«

»Nein«, lautete die einsilbige Antwort.

Alex warf einen Blick in jede einzelne Stube. In der Tat wirkten die Zimmer, in denen die Burschen einst gehaust hatten, seit Jahren verlassen. Auch die im ersten Stock, den sie über eine knarrende Treppe erreichten. Alex ließ sich Trabolds ehemalige Stube zeigen. Der Raum sah aus wie die anderen: leer und kahl. Die Stille war gespenstisch. Aber nirgendwo lag Staub. Offenbar wurde regelmäßig geputzt.

»Aber die Gothia nutzt das Haus noch?«

»Natürlich. Die Alten Herren halten regelmäßig Treffen ab – meistens hier.« Arbogast öffnete die Tür zu einem vergleichsweise hellen Tagungsraum, in dem die unvermeidliche Deutschlandflagge sowie ein Wimpel in den Farben der Burschenschaft hingen.

»Beabsichtigt die Gothia, irgendwann wieder Studenten aufzunehmen?«, fragte Alex.

»In nächster Zeit nicht. Vielleicht in einigen Jahren.«

»Wenn endlich Gras über den Skandal von 2017 gewachsen ist?«

Anstelle einer Antwort schnappte Arbogast: »Wollen Sie auch den Keller sehen?«

»Ich bitte darum.«

Im Ecktürmchen gingen sie zurück ins Erd- und weiter ins Untergeschoss. *Trabold ist nicht hier,* dachte Alex. Was er darüber hinaus suchte, konnte er nicht konkretisieren. Irgendein Indiz für ihre Hypothese, dass Schneiders Entführer aus dem Umfeld der Gothia kam. Er hoffte, dass er es erkennen würde, wenn er es sah.

Sie gelangten in einen holzgetäfelten Kellerraum mit kleinen Fenstern hoch oben in den Wänden. Alex wusste, dass die Burschenschaft hier die sogenannte Kneipe abhielt, eine ritualisierte Veranstaltung, die mit dem Singen von Studentenliedern begann und in der Regel mit einem Trinkgelage endete. Er glaubte, Zigarettenrauch und Bierdunst zu riechen, die tief ins alte Holz eingesunken waren.

Auf einem Lesepult lag ein in Leder gebundenes Gästebuch aus.

»Darf ich?«

»Tun Sie sich keinen Zwang an.«

Alex blätterte in den Seiten. Nicht wenige der Gäste, die sich bierselig darin verewigt hatten, hatten es sich nicht verkneifen können, ihren Eintrag mit einem deutschnationalen Spruch aufzupeppen. Die Namen sagten ihm nichts. Die Einträge der letzten Wochen fotografierte er mit dem Handy ab.

»Muss das sein?«, fragte Arbogast unwillig.

»Es muss sein.«

Sie gingen weiter durch einen kurzen Korridor zu einem fensterlosen Gewölbe.

»Der Paukraum«, erklärte Arbogast. »Hier üben wir für die Mensur.«

Celina warf Alex einen fragenden Blick zu. Er hatte sich damals für den Schneider-Fall intensiv mit burschenschaftlichem Brauchtum befasst und erklärte:

»Der traditionelle Fechtkampf der schlagenden Verbindungen.«

»Es ist weit mehr als das«, widersprach Arbogast leicht beleidigt. In epischer Breite führte er das Thema aus. Es fielen Phrasen wie ›aufrechte Teilnahme‹, Disziplin, Affektkontrolle und natürlich: Tapferkeit. Indem sich die Paukanten mit blanken Waffen gegenübertraten und im Kampf nicht zurückwichen, würden sie ihre Ängste bezwingen und ihren Charakter veredeln.

Alex und Celina schauten sich währenddessen um. Zwei Gestelle trugen mittelalterlich anmutende Kettenhemden. An den Wandhaken hingen Paukhelme, Schutzbrillen und diverse Fechtwaffen. Die sogenannten Korbschläger waren messerscharf.

Kann man damit jemandem die Hand abhacken? Wahrscheinlich nicht. Die dünne Klinge erlaubt zu wenig Wucht, um einen Knochen zu durchtrennen.

Alex ging langsam an dem Waffenarsenal vorbei. An einem Holzpaneel über den Kettenhemden entdeckte er ein dreißig mal dreißig Zentimeter großes Ornament.

»Was ist das?«

Arbogast unterbrach seinen Vortrag und betrachtete die Schnitzerei, als sähe er sie zum ersten Mal. »Das alte Wappen der Gothia zu Heidelberg. Es ist seit über hundertfünfzig Jahren nicht mehr in Gebrauch.«

»Wieso hängt es dann hier?«

»Nun, das Kooperationshaus ist ein altes Gebäude ...«

»Aber nicht *so* alt, oder? Baujahr um 1890, wenn ich mich richtig erinnere.«

»Beim Bau wurden Elemente eines älteren Verbindungshauses wiederverwendet. Etwa dieses Wandpaneel.«

»Wieso hat die Gothia dieses Wappen abgelegt?«

»Es wurde wohl nicht mehr als zeitgemäß empfunden.«

Alex berührte das geschnitzte Ornament mit den Fingerkuppen. Das Wappen in der Form eines mittelalterlichen Schildes war durch ein Tatzenkreuz viergeteilt. Drei Felder enthielten alte studentische Symbole, deren Bedeutung er in den Grundzügen kannte: zwei gekreuzte Schwerter, die für die Ehre standen. Die aufgehende Sonne für die Freiheit. Eine Eiche für das Vaterland.

Das vierte Feld zeigte zwei rechte Hände, die einander zum Handschlag erfassten.

12

»Guten Morgen, Herr Dr. Berg«, begrüßte Sofija den Psychiater. »Haben Sie etwas Zeit für uns?«

»Kommen Sie noch mal wegen Herrn Schneider?«, fragte Berg.

Die beiden Kripobeamten bejahten.

»Ich hab Ihnen doch schon gesagt, dass ich Ihnen nicht behilflich sein kann. Die ärztliche Schweigepflicht verbietet mir, Ihnen Auskünfte zu meinen Patienten zu geben. Hätte Herr Schneider mir gegenüber angedeutet, dass er eine neue Straftat plant, hätte ich das längst dem Gericht gemeldet.«

»Der Sachverhalt hat sich geändert. Es deutet alles darauf hin, dass Herr Schneider selbst einem Verbrechen zum Opfer gefallen ist.«

»Also gut, kommen Sie herein. Mein nächster Patient kommt erst um eins. Übrigens bin ich nur ein ›Herr‹. Ich habe keinen Doktortitel.«

Der Psychiater führte sie ins Praxiszimmer, wo es nach Fensterreiniger roch. Offenbar war hier kürzlich geputzt worden. Lutz trat zu der großen Glasvitrine in der Ecke.

»Komm mal her«, forderte er Sofija auf.

Die Vitrine enthielt ein Schachbrett, mehrere Sportpokale sowie einen Handball, auf dem sich die Mannschaftsmitglieder mit schwarzem Edding verewigt hatten.

»Schau mal da«, machte er sie auf einen weiteren Gegenstand aufmerksam. »Ist mir letzte Woche gar nicht aufgefallen.«

Es war eine altmodisch wirkende Mütze. Sofija, die sich wegen des Manschettenknopfes ein wenig mit Burschenschaften und deren Gepflogenheiten befasst hatte, erkannte, dass es sich um ein ›Tönnchen‹ handelte, wie es traditionell von Verbindungsstudenten getragen wurde. Das aufgestickte Symbol, bestehend aus ineinander verschlungenen Buchstaben, war der sogenannte Zirkel, das monogrammartige Erkennungszeichen der Institution.

»Sie waren in einer Verbindung?«, wandte sie sich an Berg.

Der lächelte. »Bin ich immer noch. Die Mitgliedschaft in einer Verbindung ist ein Bund fürs Leben. Das ist das Tönnchen des Jagdcorps Suevia zu Heidelberg. Die Farben Grün und Gold stehen für Jagd und Freiheit.«

»Ist das so etwas wie die Gothia zu Heidelberg?«

»Absolut nicht. Die Gothia ist eine Burschenschaft, eine schlagende Verbindung. Die Suevia ist nichtschlagend und wesentlich liberaler ausgerichtet.«

»Wieso *Jagd*corps?«

»Die Suevia pflegt das jagdliche Brauchtum. Wir veranstalten regelmäßige Jagdkurse, bei denen wir unseren Mitgliedern und Interessierten Themen wie Waldkunde und Waidgerechtigkeit vermitteln.«

»Sie sind also Jäger und an der Schusswaffe ausgebildet?«

»Die Jagd ist neben dem Schachspiel und dem Handball meine Leidenschaft«, antwortete Berg, den sich Sofija beim besten Willen nicht mit einer Flinte im Wald vorstellen konnte. »Aber Sie sind sicher nicht hier, um über meine Hobbys zu plaudern«, stellte der Psychiater fest. »Reden wir über Herrn Schneider. Was ist passiert? Sie haben ihn noch immer nicht gefunden, nehme ich an?«

Sofija gab ihm eine Zusammenfassung der jüngsten Ereignisse und schloss mit der Aufforderung, die Sache mit der Hand vertraulich zu behandeln.

In Bergs Gesicht zuckte ein Muskel. Er sank in seinen Sessel. »Das ist ja furchtbar.«

»Sind Sie unter diesen Umständen bereit, uns einige Auskünfte zu geben?«

Berg setzte die Brille ab, putzte die randlosen Gläser geistesabwesend mit einem Hemdzipfel und setzte sie sich wieder auf. »Ich denke, das kann ich verantworten. Es geht ja um das Wohlergehen meines Patienten. Was möchten Sie wissen?«

Sie stellten ihm dieselben Fragen wie Podgurski, und Berg antwortete mehr oder weniger dasselbe wie der Bewährungshelfer: Nein, Schneider habe ihm gegenüber keine verdächtigen Bemerkungen gemacht. Er habe sich zwar allgemein bedroht gefühlt, nicht aber von konkreten Personen.

So kommen wir nicht weiter, dachte Sofija. »War Schneider aus Ihrer Sicht rückfallgefährdet?«

Das verneinte Berg. »Obwohl sich der Patient lange in einem schädlichen Umfeld aufgehalten hat – Incels, Rechtsradikale –, war er ideologisch nicht gefestigt. Man könnte ihn einen Mitläufer nennen. Durch die Therapie ist es ihm nach und nach gelungen, sich von diesem Gedankengut zu befreien und als Mensch nachzureifen.«

»Das heißt, er war dabei …« – Sofija suchte nach dem passenden Begriff – »… gesund zu werden?«

»›Gesund‹ ist in diesem Kontext eine problematische Kategorie. Herr Schneider leidet an einer Persönlichkeitsstörung, die auch nach einer langen Psychotherapie nicht ganz verschwindet. Aber er kann seine destruktiven Impulse inzwischen besser kontrollieren. Aktuell geht keine Gefahr von ihm aus. Dass er vorzeitig aus der Haft kam, ist gerechtfertigt, auch wenn viele das anders sehen.«

Das kann man wohl sagen. Sofija dachte an das Video von dem bestialischen Angriff auf Neureuther. Therapie hin oder her, aus ihrer Sicht gehörte einer wie Schneider lebenslang weggesperrt.

»Wenn Herr Schneider die forensische Therapie wie geplant fortsetzt, wird er in einigen Jahren ein recht normales Leben führen können«, fuhr Berg fort. »Das heißt, sofern er überhaupt … Sein nächster Termin wäre übrigens morgen …« Seine Stimme versiegte. Der Psychiater räusperte sich und blickte die Kripobeamten an. »Glauben Sie, dass er noch am Leben ist?«

»Dazu können wir aktuell keine Aussagen machen.« Sofija berichtete von Schneiders Zusammentreffen mit Trabold, dem Streit, der Prügelei. »Können Sie uns darüber etwas sagen?«

»In der letzten Sitzung hat Herr Schneider angedeutet, Herrn Trabold aufsuchen zu wollen. Ich habe ihm natürlich davon abgeraten.«

»Kennen Sie einen Herrn Widmann?«

»Rainer Widmann, der Justizvollzugsbeamte in der JVA Mannheim? Nur vom Sehen. Mit dem Allgemeinen Vollzugsdienst habe ich nicht viel zu tun.«

»Annika Schneider hat zu Protokoll gegeben, Widmann habe ihren Sohn bedroht. Hat er mit Ihnen darüber gesprochen?«

Darüber musste Berg einen Moment nachdenken. »Ja, aber das ist eine Weile her. Vor knapp zwei Jahren war das eine Zeit lang Thema in der Therapie. Herr Schneider hat sich in der Tat von Widmann bedroht gefühlt. Aber etwas Konkretes ist meines Wissens nie passiert. Ich interpretiere den Vorfall so, dass Herr Widmann den Frust über die, nennen wir es: suboptimalen Arbeitsbedingungen in der JVA an Herrn Schneider ausgelassen hat. Das passiert gelegentlich.«

»Was meinen Sie mit ›suboptimalen Arbeitsbedingungen‹?«, fragte Lutz.

»Dauerstress, aggressives Verhalten der Gefangenen gegenüber den Wärtern, hohe Krankenstände in der Belegschaft, wodurch viele Überstunden nötig werden. Corona hat auch nicht gerade geholfen, die Zustände zu verbessern.«

»Halten Sie es für denkbar, dass mehr dahintersteckt?«, fragte Sofija. »Dass Widmann Schneider etwas angetan hat?«

»Unwahrscheinlich, aber nicht unmöglich. Wie gesagt, ich kenne Herrn Widmann kaum und weiß nicht, was in ihm vorgeht. Entgegen einer verbreiteten Annahme können wir Psychiater keine Gedanken lesen. Entschuldigen Sie mich bitte einen Moment …«

Berg stand auf und trat in die Kaffeeküche, kaum mehr als eine Nische, die vom Praxiszimmer abging. Sofija sah den Psychiater einen Blister aus der Schublade holen, eine Tablette herausdrücken und diese mit einem Glas Wasser hinunterspülen.

»Ist alles in Ordnung?«, fragte sie, als Berg wieder zu ihnen trat.

»Ja, alles gut.« Der Therapeut lächelte verlegen. »Ich laboriere seit Jahren an einer chronischen Magenkrankheit. Nichts Dramatisches, aber bei Stress treten manchmal Schmerzen auf. Ich würde mich gern hinlegen, bevor der nächste Patient kommt. Wenn Sie also keine weiteren Fragen haben …«

Die Beamten verstanden den Wink mit dem Zaunpfahl und verabschiedeten sich.

»Nichts Neues unter der Sonne. *Dammit!*«, fluchte Lutz im Auto.

»Na ja, nicht ganz«, widersprach Sofija. »Dass Berg auch in einer Verbindung ist, wussten wir vorher nicht.«

»Und was sagt uns das?«

»Gute Frage … Dann ist da noch die Sache mit diesem Widmann.« Sie holte ihr Handy aus der Jackentasche. »Ich schreib das alles mal in den Chat, damit wir das nachher mit den anderen besprechen.«

13

Nach dem Treffen mit Arbogast und einem schnellen Mittagessen in der Altstadt fuhren Alex und Celina zur Universitätsbibliothek. Das vierflügelige Gebäude, obwohl erst knapp hundertzwanzig Jahre alt, erinnerte an eine barocke Fürstenresidenz. Spitze Türme bohrten sich in den grauen Himmel. Die Fassade war überladen mit vergoldeten Ornamenten und mythologischen Figuren, die ehrwürdig auf die Besucher herabblickten. Als die beiden Polizisten zum Haupteingang traten, passierten sie einen steinernen Prometheus und die Statue einer verschleierten Jungfrau. Die verschnörkelte, kupfergrüne Tür war so schwer, dass Alex beide Hände einsetzen musste, um sie zu öffnen.

Drinnen erwarteten sie Säulen, Mosaiken und reichlich Marmor. Sie deponierten ihre Taschen in einem Schließfach in den Sandsteinkatakomben und gelangten über gewundene Wendeltreppen und labyrinthische Flure zum mehrstöckigen Lesesaal. Alex beschloss, im zweiten Obergeschoss mit der Recherche anzufangen. Hier standen die Zeitschriften, die rechts- und wirtschaftswissenschaftliche Literatur sowie die Nachschlagewerke zur mittleren, neueren und neuesten Geschichte. Schilder wiesen streng auf das Ruhegebot hin. Die Studierenden, die sich hier aufhielten, hatten größtenteils eigene Laptops mitgebracht; es wurde konzentriert gearbeitet. Alex und Celina sicherten sich eines der wenigen freien Stehpulte mit einem stationären PC.

»Was suchen wir?«, fragte die Kommissaranwärterin leise.

Wenn ich das so genau wüsste, dachte Alex. »Hände und ihre symbolische Bedeutung. Gründe, warum ein Mensch einem anderen die Hand abhackt. Ach ja, und natürlich Infos zum alten Wappen der Gothia und zur Vergangenheit der Burschenschaft.«

Seine Hände flogen über den Touchscreen. Er kramte ein zerfleddertes Notizbuch und einen Kuli aus seiner Jackentasche und machte sich Notizen. Celina wirkte beeindruckt.

»Wo haben Sie … Wo hast du gelernt, so schnell zu recherchieren?«

»Ich war früher oft in der UB. Ich hab ein paar Semester Geschichte und Politikwissenschaft studiert, bevor ich zur Polizei ging.«

»Schsch!«, machte jemand, und Celina senkte die Stimme.

»Wieso hast du damit aufgehört?«

»Unterm Strich war mir das Studium zu theoretisch. Es hat mich zwar inhaltlich interessiert – tut es immer noch –, aber ich hatte keinen richtigen Plan, was ich beruflich damit machen könnte. Deshalb bin ich auf die Polizeischule gewechselt.« Er riss die Seite aus dem Notizbuch und hielt Celina den Zettel hin. »Schau mal, ob du diese Bücher findest.«

Alex blickte ihr nach. *Sie ist ziemlich attraktiv.* Er schüttelte den Kopf. Nein. Niemals mit einer Kollegin. Das war einer seiner ehernen Grundsätze. Er widmete sich wieder der Recherche.

Celina kam fünfzehn Minuten später zurück und stellte einen ansehnlichen Bücherstapel auf dem Pult ab.

»Danke dir.« Er reichte ihr eine weitere Liste. »Die noch, aber das reicht dann fürs Erste.« Während die Kollegin abermals loszog, blätterte er die Bücher der Reihe nach durch.

Er fand einiges zu vormodernen Leibstrafen, die häufig so ausgeführt worden waren, dass sie das jeweilige Verbrechen widerspiegelten. Im nahezu fünftausend Jahre alten Kodex Hammurabi etwa stand: ›Wenn ein Mann einem Manne einen Zahn ausgeschlagen hat, wird sein Zahn ausgeschlagen.‹ Im Mittelalter hackte man Taschendieben, die sich an der Geldkatze eines anderen vergriffen hatten, die Tathand ab.

Das wusste er alles schon. Lediglich ein makabres Detail war neu für ihn: Im achtzehnten Jahrhundert gab es insbesondere in Großbritannien den magischen Brauch, einem Gehenkten die Hand abzuschneiden und das Leichenteil speziell zu präparieren, indem man es in Nitrat, Pfeffer und andere Substanzen einlegte. In einem Schriftstück namens *Petit Albert* wurde dieses Verfahren präzise beschrieben. Die so geschaffene *Hand of Glory* galt als mächtiges Zauberwerk. Ballte man ihre Finger zur Faust und steckte man eine Kerze hinein, würde das Licht Einbrecher und andere üble Gesellen unschädlich machen.

All das war zweifellos interessant. Aber war es auch für ihren Fall relevant? Alex hatte das Gefühl, eine ähnliche Geschichte schon einmal irgendwo gehört zu haben – nur wo? Als er noch darüber nachdachte, brachte Celina ihm die restlichen Bücher.

»Schon was gefunden?«

»Glaub nicht.«

»Schschsch!«, erklang es erneut, schärfer diesmal. Mehrere junge Menschen warfen ihnen böse Blicke zu.

Sie verließen die stille Zone und suchten sich einen freien Gruppenraum, wo Gespräche erlaubt waren. Gemeinsam sahen sie die Bücher zu Studentenverbindungen und Heraldik durch.

Alex fand einen interessanten Artikel zur Geschichte der Gothia zu Heidelberg. Demnach war die Burschenschaft 1840 gegründet worden, basierend auf einer nicht näher erläuterten Vorläuferorganisation. In der späten Kaiserzeit verschmolz sie mit einer anderen Burschenschaft und wurde Mitglied im Allgemeinen Deutschen Burschenschaftsbund. Den lösten die Nazis 1933 auf und gliederten die Gothia im Zuge der Gleichschaltung in die Deutsche Burschenschaft ein. 1951 wurde die Gothia zu Heidelberg neu gegründet und gab sich zunächst eine konservative Ausrichtung, ab den Sechzigern wurde sie zunehmend nationalistisch.

Zu ihrem alten Wappen fand Alex nicht viel. Zwei Hände, die einander schüttelten, nannte man heraldisch ›Treue Hände‹. Dabei handelte es sich um ein verbreitetes heraldisches Zeichen; man fand es beispielsweise im Wappen Argentiniens und interessanterweise im Parteizeichen der SED. 1865 hatte die Burschenschaft beschlossen, dieses Wappen zugunsten eines neuen aufzugeben. Die Gründe hierfür blieben im Dunkeln.

»Ich glaube, ich hab was«, sagte Celina.

Sie reichte Alex ein aufgeschlagenes Buch und zeigte ihm einen Text, der sich mit der frühen Geschichte der Gothia befasste. Darin war von der Vorläuferorganisation der Burschenschaft die Rede. Im letzten Drittel des achtzehnten Jahrhunderts hatten sich dreißig Heidelberger Studenten zu einem sogenannten Studentenorden zusammengeschlossen. Angelehnt an den lateinischen Namen der Ruprecht-Karls-Universität nannte man sich die ›Rupertisten‹. Strukturell orientierten sich die Rupertisten an der Geheimgesellschaft der Illuminaten; inhaltlich war der Studentenorden allerdings rückwärtsgewandt und antiaufklärerisch ausgerichtet. Mit wütenden Publikationen und archaischen Bräuchen attackierte man die Moderne und ihre als dekadent empfundenen Auswüchse.

Von Anfang an beäugte die Universität die Gruppierung misstrauisch und bekämpfte sie. Bereits 1793 wurde sie wie alle anderen Studentenorden vom Immerwährenden Reichstag verboten. Die Rupertisten setzten sich jedoch über den Bann hinweg und machten im Geheimen weiter, bis die Universität 1811 das Verbot drakonisch durchsetzte und den Orden mit polizeilicher Unterstützung zerschlug. Mehrere Mitglieder kamen sogar für kurze Zeit ins Zuchthaus.

Doch auch das war nicht das Ende der studentischen Geheimloge. Knapp dreißig Jahre später kamen einige einflussreiche Rupertisten unter der Führung des einstigen Logenmeisters erneut zusammen und gründeten die Burschenschaft Gothia zu Heidelberg. Die antiaufklärerische Politik gab man zumindest nach außen hin auf.

Den Rest des Textes überflog Alex nur, um zu jenem Abschnitt zurückzukehren, der ihn am meisten packte. Er las ihn ein zweites Mal, inhalierte ihn schier. In dem Absatz ging es um die letzten Jahre der Rupertisten vor ihrer Zerschlagung 1811. Dass die Universität mit derartiger Härte gegen den Studentenorden vorgegangen war, hatte handfeste Gründe: Etwa ab 1800 hatten sich die im Geheimen operierenden Rupertisten dramatisch radikalisiert.

»Das ist es!«, flüsterte er.

Mit dem Buch in der Hand eilte er zum Kopierer.

Für den späten Nachmittag hatte Sofija eine Besprechung angesetzt. Alex und Celina waren die Letzten, die im Soko-Raum eintrafen. Sofija forderte die Anwesenden auf, die Zwischenergebnisse der Ermittlungen zusammenzutragen. Den Anfang machte ein Ermittler vom LKA.

»Wir haben in Trabolds Wohnung keine Hinweise auf seinen Verbleib gefunden. Auch keine Digitalgeräte, Drogen, Waffen, größere Bargeldmengen oder irgendetwas, das auf kriminelle Aktivitäten hindeutet. Nur haufenweise DVDs mit Horrorfilmen. Auffällig ist, dass die Wohnung kaum Hygieneartikel und Kleidung enthält.«

»Der ist untergetaucht und hat alles mitgenommen, was er braucht«, sagte Alex. »Eine Kamera habt ihr nicht zufällig sichergestellt?«

»Nein.«

»Ich informiere nachher die Zentrale, dass wir die Fahndung nach ihm intensivieren«, sagte Sofija.

Danach berichtete ein Mannheimer Kommissar, eine Recherche in den polizeilichen Datenbanken habe keine neuen Erkenntnisse ergeben. Bundesweit habe man keine Straftaten mit verwandten Merkmalen – abgetrennte Körperteile in Zusammenhang mit Entführungen oder Vermisstenfällen – in den vergangenen Jahren finden können.

Die Spurensicherung konnte ebenso wenig mit einem Durchbruch aufwarten. Einige der auf dem Römerkreis gefundenen Fingerabdrücke ließen sich den Bauarbeitern des Verkehrsunternehmens zuordnen, sagte Jörg, die meisten aber niemandem. Bei den Ermittlern verdichtete sich der Eindruck, dass sie es mit einem kompetenten Täter zu tun hatten, der wusste, wie man Spuren vermied.

»Auch die Befragung von Podgurski und Berg war wenig ergiebig«, berichtete Lutz. »Die wichtigsten Punkte haben wir euch ja schon geschrieben. Berg beteuert zwar, dass die Suevia zu Heidelberg nichts mit der Gothia zu tun hat, aber dass plötzlich überall Studentenverbindungen aufpoppen, ist schon eigenartig. Wir prüfen daher, ob er für die tatrelevanten Zeitfenster ein Alibi hat. Bleibt die Frage: Was unternehmen wir wegen Widmann?«

»Ich hab darüber nachgedacht«, sagte Sofija. »Der Vorfall ist zwar eine Ewigkeit her, aber wenn Schneider solche Angst vor ihm hatte, sollten wir Widmann auf den Zahn fühlen.«

»Soll ich ihn laden?«

Die Dezernatsleiterin verneinte. »Wir fahren zur JVA, sobald wir Zeit haben. Es schadet sicher nicht, auch mit dem Anstaltsleiter zu reden.« Sie wandte sich an Lisa. »Ist Schneiders Baseballschläger wieder aufgetaucht?«

»Er bleibt unauffindbar«, antwortete die blonde Kommissarin. »In der Asservatenkammer der Staatsanwaltschaft ist er nicht, und es gibt keinerlei Aufzeichnungen, was mit ihm passiert ist.«

»Warst du auch gründlich?«

»Natürlich war ich gründlich.« Lisa machte keinen Hehl daraus, dass sie die Frage für einen Affront hielt. »Wir haben stundenlang alles abgesucht. Der Asservatenverwalter vermutet, dass der Baseballschläger schon vor Jahren vernichtet wurde und man vergessen hat, das zu dokumentieren.«

»Sehr ärgerlich«, sagte Oberstaatsanwältin Roth-Schweigmann, der der Vorfall sichtlich peinlich war. »So eine Schlamperei darf nicht passieren.«

»Nicht mehr zu ändern«, meinte Sofija nur. »Alex und Celina, ihr habt auch was für uns?«

Alex berichtete von dem Treffen mit Arbogast, der Begehung der Gothia-Villa und dem eigenartigen Fund im Paukraum. »Wir sind der Sache nachgegangen. In der UB hat Celina etwas Interessantes gefunden.«

Sie hatten vereinbart, dass er Celinas Entdeckung zur Gothia dem Team präsentierte. Alex wollte sich nicht mit fremden Federn schmücken, es ging ihm darum, der Kommissaranwärterin eine Blamage zu ersparen, sollte sich diese abenteuerliche Geschichte als an den Haaren herbeigezogen erweisen. Um sein eigenes Ansehen machte er sich keine Sorgen. Sein Ruf als Nerd mit wilden Ideen war längst gefestigt.

Er verteilte Kopien des Textes über die Anfänge der Burschenschaft und ihren Vorläufer, den Studentenorden der Rupertisten. »Lest euch das mal in Ruhe durch. Die wichtigste Stelle hab ich angestrichen. Ab dem Jahr 1800 wurden die Regeln und internen Gepflogenheiten der Rupertisten – zu dem Zeitpunkt längst ein illegaler Geheimbund – immer archaischer und brutaler. Neulinge mussten sich demütigenden und schmerzhaften Prozeduren unterziehen, um sich würdig zu erweisen. Wer die Regeln der Loge verletzte, wurde hart bestraft. Irgendwann führte man sogar mittelalterliche Leibstrafen ein. Züchtigung und tagelanges An-den-Pranger-Stellen für Ehrlose und Abweichler waren da noch die harmloseren. Eidbrüchigen und Verrätern, die der Obrigkeit Interna zutrugen, hackte man mit einer Axt die Schwurhand ab.«

Im Soko-Raum war es plötzlich so still, dass man von draußen das Surren des Kopierers hörte.

»Drei Fälle von derart verstümmelten Ex-Rupertisten sind dokumentiert«, fuhr Alex fort. »Dann schritt die Uni ein und machte dem Treiben ein Ende. Die selbst ernannten Richter und Folterknechte des Studentenordens kamen ins Gefängnis.«

»Hat die Gothia die Praxis der Leibstrafen später wieder aufgenommen?«, fragte Sofija.

»Das hörte 1811 auf. Bei der Neugründung hat sich die Gothia von der Rupertisten-Ideologie distanziert. Aber vielleicht war das nur ein Lippenbekenntnis, um einem neuen Verbot durch die Obrigkeit vorzubeugen. Die Führungsriege der Burschenschaft bestand anfangs jedenfalls größtenteils aus alten Rupertisten.«

»Und das soll erklären, was mit Schneider passiert ist?«, bemerkte Lisa. »Ich finde das ziemlich weit hergeholt.«

»Das mag sein. Aber ich finde es enorm wichtig, ›auch mal unkonventionell und frei von jeglichen Beschränkungen zu denken‹«, zitierte Alex sie lächelnd und konnte es nicht lassen, mit den Fingern Gänsefüßchen in die Luft zu zeichnen.

Sie schaute ihn böse an. Andere jedoch sahen es ähnlich wie Lisa. »Wir reden hier von einer Sache, die zweihundert Jahre her ist«, sagte Jörg. »Warum sollte plötzlich jemand auf die Idee verfallen, Schneider nach der Art eines halb vergessenen Geheimordens zu bestrafen?«

»In der Gedankenwelt der Rupertisten könnte er schon eine Art ehrloser Verräter sein, der Schande über die Gruppe gebracht hat«, erwiderte Alex.

»Wäre der Verräter nicht eher Trabold? Schneider war doch gar nicht Mitglied der Gothia.«

»Wir wissen nicht, was mit Trabold ist. Dass der untergetaucht ist, ist ja nur eine Vermutung. Vielleicht hat man ihn in eine Falle gelockt und ihm dasselbe angetan. Oder *er* hat Schneider auf Rupertisten-Art verstümmelt, um sich für seinen Absturz zu rächen, seine Schande zu sühnen. Ich weiß, die Theorie hat Lücken«, räumte Alex ein. »Aber sie erklärt zumindest, warum wir den Knopf gefunden haben.«

Unterstützung bekam er von Lutz. »Nach Schneiders Verhaftung gab es in der Burschenschaft erhebliche Verwerfungen. Wer weiß, was hinter den Kulissen passiert ist. Vielleicht wurde dieser Studentenorden innerhalb der Gothia neu gegründet, warum auch immer, oder jemand hat dessen radikale Ideologie für sich entdeckt. Jedenfalls ist es die einzige Tathypothese, die wir bislang haben. Ich finde, wir sollten Arbogast damit konfrontieren.«

Alle Blicke ruhten auf Sofija. Sie nahm sich einen Moment Zeit, um darüber nachzudenken. »Wir laden Arbogast für morgen und vernehmen ihn zur Sache«, entschied sie.

15

Alex kam spät nach Hause. Im Flur empfing ihn ein vorwurfsvoll miauender Frodo. Er schob eine Fertigpizza in den Ofen, haute sich auf die Couch und kraulte den schnurrenden Kater.

Nach der Besprechung hatte Sofija ihn gebeten, seine Erkenntnisse ins System einzugeben, damit alle Soko-Mitglieder vor Arbogasts

Vernehmung im Bilde sein würden. Nun war es eine Sache, eine komplexe Hypothese zu entwickeln, aber eine völlig andere, seine Ideen zu strukturieren und in allgemein verständlicher Form niederzuschreiben. Diesen Aspekt seiner Arbeit hasste er aus tiefstem Herzen. Es fiel ihm genauso schwer, wie sein Büro aufzuräumen.

Oder die Wohnung, wenn wir schon dabei sind. Resigniert betrachtete er das Chaos aus Klamotten, Zeitschriften und leeren Verpackungen um ihn herum. Doch heute Abend konnte er sich nicht mehr zu einer Putzaktion aufraffen. Er hatte stundenlang am Rechner gesessen und war trotzdem nicht fertig geworden. Ihm blieb nichts anderes übrig, als morgen zeitig ins Büro zu gehen, um das Protokoll vor der Frühbesprechung abzuschließen. Jetzt wollte er nur noch ausspannen und nicht mehr an diesen verrückten Fall denken.

Während er die Pizza aß, schaute er seine Lieblingsfolge aus der ersten Staffel von *Game of Thrones*. Nach der Hälfte machte er den Fernseher aus. Ohne Rikki und ihr eingespieltes Kommentar-Pingpong zur Serienhandlung machte der zigste Rewatch von *Game of Thrones* keinen Spaß. Er schrieb Rikki eine Nachricht, doch der antwortete nicht. Wahrscheinlich saß er gerade mit Kopfhörern am Computer und zockte mit seinen Online-Buddys *World of Warcraft*.

Alex fuhr die Konsole hoch und versuchte sich am neuesten Teil von *Legend of Zelda*, den er seit einer Weile spielte. Entweder war das Game zu schwer oder – leider wahrscheinlicher – er wurde allmählich zu alt für schnelle Actionspiele. Jedenfalls scheiterte er ständig an einer zentralen Stelle. Nachdem Link zum dritten Mal den Heldentod gestorben war, schaltete er die Konsole aus. Sich mit Monstern zu prügeln, machte ihn noch aufgekratzter, als er ohnehin war.

Also kein Videospiel, sondern lieber das gute alte Buch. Lesen half ihm erfahrungsgemäß am besten, abzuschalten. Normalerweise las er fast nur noch auf dem E-Reader, denn die Wohnung enthielt bereits mehr als genug Totholzbücher, weitere hätten die Unordnung unweigerlich verschlimmert. Heute hatte er jedoch genug von Bildschirmen aller Art, er brauchte Papier. Er streckte den Arm zu einem der Bücherstapel in der näheren Umgebung der Couch aus und griff nach einem Scheibenweltroman von Terry Pratchett. Das zerfledderte Taschenbuch hatte er schon mindestens dreimal gelesen, aber egal: Für sein aktuelles Energieniveau war es genau richtig.

Er kam nicht über die ersten zehn Seiten hinaus. Er nickte auf der Couch ein und träumte von backenbärtigen Studenten in klassizistischen Gehröcken, die einen schreienden Kommilitonen durch schummrige Kellergewölbe zerrten und seine Hand auf einen Richtblock zwangen. Mitten in der Nacht erwachte er keuchend, Atemnot setzte ihm zu. Etwas lag auf seiner Brust. Panik durchzuckte ihn. Doch es war nur Frodo, der es sich auf seinem Oberkörper bequem gemacht hatte. Blinzelnd scheuchte er den Kater weg, knipste das Licht aus und watete durch das Chaos zum Bett, wo er unruhig schlief, bis der Handywecker um 5.30 Uhr brummte.

16

Alex kniff zwei-, dreimal die brennenden Augen zusammen und spähte auf die Uhr. Noch zwanzig Minuten bis zur Frühbesprechung. Wenn er den Text über seine Tathypothese rechtzeitig fertig bekommen wollte, musste er sich ranhalten. Hektisch tippend feilte er an den letzten Absätzen.

Es klopfte. Er war derart vertieft, dass er erschrocken zusammenzuckte.

»Bei der Arbeit!«, presste er hervor.

Die Tür knarrte. »Darf ich trotzdem kurz reinkommen?«

Alex drehte sich ruckartig mit dem Schreibtischstuhl um hundertachtzig Grad und stieß dabei beinahe einen Papierstapel vom Tisch. »Dieses Chaos macht mich noch irre!«, fluchte er, als wäre nicht er selbst für die Unordnung verantwortlich, sondern eine geheimnisvolle höhere Macht, die sich vollständig seiner Kontrolle entzog. Mit einer ungeschickten Bewegung hinderte er den Stapel am Abrutschen. Dann erst sah er, wer in der halb offenen Bürotür stand. »Was machst du denn hier?«

»Komme ich ungelegen?«, fragte Dr. Tanja Wilhelmi, die Rechtsmedizinerin.

»Nein, nein. Alles okay. Bin nur etwas im Stress.« Er winkte sie herein.

Tanja hielt eine grüne Mappe hoch. »Der toxikologische Befund ist gestern Nacht fertig geworden. Ich dachte, es ist einfacher, wenn ich ihn euch persönlich bringe. Hab gehört, dass du wieder im Elften arbeitest. Ich wollte nur kurz Hallo sagen.«

»Das freut mich«, sagte Alex und meinte es ernst. Seit er bei der Sitte war, hatte er zu seinem Bedauern nur noch wenig mit Tanja zu tun.

Die Rechtsmedizinerin war nicht nur eine kompetente Forensikerin, mit der er gern zusammenarbeitete, sondern auch eine der attraktivsten Frauen, die er kannte. Unbändige Locken umspielten ein perfekt proportioniertes Gesicht; das schimmernde orangerote Haar bildete einen interessanten Kontrast zu den malachitgrünen Augen. Unter der engen Jeans und der weißen Bluse mit Dreiviertelärmeln verbarg sich eine Figur zum Niederknien. Alex machte sich selbstredend keine Hoffnungen, dass aus ihrem kollegialen Verhältnis je mehr werden könnte. Es war allgemein bekannt, dass sich Tanja allein für Frauen interessierte.

Hat sie eigentlich gerade eine Partnerin? Alex hatte sie schon so lange nicht gesehen, dass er nichts über ihren aktuellen Beziehungsstatus wusste. »Hey, ich würde gern mit dir plaudern. Aber ich muss dringend was fertig machen.« Er deutete mit dem Daumen auf den Bildschirm. »Die Kaltfront sitzt mir im Nacken.«

»Kaltfront?«

»Na, Sofija.«

Tanja hob eine Augenbraue. »Ihr nennt sie ›Kaltfront‹?«

»Wusstest du das nicht? Manchmal auch ›das Fallbeil‹. Oder ›Quälić‹, je nachdem. Aber sag ihr das bloß nicht. Du weißt ja, wie sie ist.«

»Das weiß ich in der Tat«, meinte Tanja mit einem seltsamen Lächeln. »Also, dann lass ich dich mal weiterarbeiten. Wir sehen uns gleich in der Besprechung.«

Sie zog die Tür zu. Alex drehte sich schwungvoll dem Schreibtisch zu, tippte die letzten Sätze herunter, klickte auf Speichern und hastete zum Soko-Raum, wo er pünktlich auf die Minute eintraf.

Tanja verteilte Kopien des toxikologischen Befunds und fasste für die Anwesenden das Wichtigste zusammen. »Im Muskelgewebe der abgetrennten Hand haben wir Spuren des Betäubungsmittels Gammabutyrolacton gefunden – besser bekannt als GBL oder K.-o.-Tropfen. Die Hand wurde mit einem handelsüblichen Desinfektionsmittel gereinigt. Folglich konnten wir auf der Haut keine weiteren Fremdstoffe feststellen, außer der Erde von der Baustelle natürlich. Auch keine Fremd-DNA.«

»Danke dir«, sagte Sofija und wandte sich an die Kripobeamten. »Das erhärtet unsere Hypothese, dass Schneider im Zuge der Entführung immobilisiert wurde. Und dass der Täter weiß, wie man Spuren verwischt.«

Sie diskutierten diesen Sachverhalt, konnten jedoch keine neuen Erkenntnisse herausarbeiten. GBL war verhältnismäßig leicht zu beschaffen, sodass es so gut wie unmöglich war, das Betäubungsmittel zu einem Händler zurückzuverfolgen.

»Alles deutet darauf hin, dass der Täter mit den Methoden der Ermittlungsbehörden vertraut ist«, mutmaßte Jörg.

Was das betraf, war Alex skeptisch. »Würde ich so nicht sagen. Dass man jemanden mit K.-o.-Tropfen immobilisieren und DNA einigermaßen zuverlässig mit Desinfektionsmittel entfernen kann, ist quasi Allgemeinwissen. Das weißt du, wenn du dreimal den *Tatort* gesehen hast.«

Sofija schaute auf die Uhr. »Wir müssen das Meeting kurz halten. Alex und ich müssen gleich los. Lutz, hast du noch mal mit Sebastian Berg gesprochen?«

»Ich hab gestern Abend mit ihm telefoniert. Er hat sich furchtbar aufgeregt, dass wir es für denkbar halten, dass er was mit der Sache Schneider zu tun haben könnte. Aber ein solides Alibi hat er nicht. Weder für die Nacht vom 20. auf den 21. Oktober noch für das Zeitfenster, in dem Schneider verschwunden ist. Er sei jeweils zu Hause gewesen, seine Frau bestätigt das. Wir prüfen nachher die Bewegungsdaten seines Handys, ob die sich mit seiner Aussage decken.«

»Einverstanden.« Sofija verteilte einige Routineaufgaben an die Anwesenden und beendete schließlich die Besprechung. Alex und sie waren die Ersten, die den Soko-Raum verließen. Sie gingen zum Vernehmungszimmer, dem sich just im Moment vom anderen Ende des Flurs der Geladene näherte.

»Da kommt auch schon der Herr Arbogast von der Rassenwacht«, murmelte Alex.

Sofija starrte ihn verwirrt von der Seite an.

17

Seelenruhig, als hätte er alle Zeit der Welt, hängte Dr. Gregor Arbogast seinen Mantel an den Kleiderständer, stellte die Aktentasche auf den Boden und setzte sich an den Tisch in der Mitte des schmucklosen Zimmers.

»Ich verstehe diese Ladung nicht«, sagte er kühl. »Bin ich Beschuldigter in der Sache Schneider?«

»Vorerst haben wir nur einige Fragen an Sie«, entgegnete Sofija.

»Ich habe mich bereits gestern ausführlich mit Ihrem Kollegen unterhalten. Ich kann Ihnen nicht helfen«, erklärte der Anwalt nach der Zeugenbelehrung.

»Es gibt neue Aspekte.« Die Soko-Chefin nickte Alex zu.

Der blickte Arbogast in die Augen. »Die Hand, die man am Montag auf dem Römerkreis gefunden hat, wurde Lukas Schneider abgetrennt.«

Keine erkennbare Reaktion.

»Wie gut kennen Sie die Geschichte der Gothia zu Heidelberg?«, fragte Alex.

»Ich bin mit der Historie meiner Burschenschaft im Detail vertraut.«

»Dann wissen Sie sicher, dass die Gothia auf einen Studentenorden zurückgeht, der 1811 von der Universität aufgelöst wurde.«

»Was soll das?«, wandte sich Arbogast an Sofija. »Wollen Sie meine Zeit mit einer Geschichtsstunde verschwenden?«

Anstelle einer Antwort schob Sofija ihm eine Kopie des Textes aus der UB über den Tisch und tippte auf die mit Textmarker hervorgehobene Passage. »Können Sie uns dazu etwas sagen?«

Der Anwalt überflog die Passage und blickte die Kripobeamten mit dünnem Lächeln an. »Das ist alles? Bloß weil ein paar fehlgeleitete Studenten vor zweihundert Jahren Leuten die Hände abgehackt haben, bestellen Sie mich ein? Lachhaft!«

»Sie mögen das zum Lachen finden«, erwiderte Alex schneidend, »aber wir haben eine verschwundene Person, deren abgetrennte Hand sowie einen Manschettenknopf Ihrer Burschenschaft, der dort lag, wo die Person entführt wurde. Haben Mitglieder der Gothia an die alten Gebräuche der Rupertisten angeknüpft und auf traditionelle Weise Rache an Lukas Schneider genommen?«

»Natürlich nicht!«, zischte Arbogast. »Dieser Fall hat nichts, aber auch gar nichts mit der Gothia zu tun. Vermutlich wurde der Knopf am Tatort platziert, um den Verdacht auf uns zu lenken. Dass die Burschenschaft in der Vergangenheit gewisse Probleme mit Herrn Schneider hatte, ist schließlich allgemein bekannt.«

»›Gewisse Probleme‹«, wiederholte Alex. »Schneiders Anwesenheit in Ihrem Kooperationshaus hat die Gothia mit einem Sexualmord in Verbindung gebracht und der Burschenschaft in der Folge schwer geschadet.«

»Das ist korrekt. Aber wir haben längst alle erforderlichen Schritte unternommen, um unser Ansehen wiederherzustellen. Jemanden zu entführen und zu verstümmeln, war weder nötig, noch entspricht es auch nur entfernt unseren Vorstellungen von Moral und Gesetz.«

»Eine andere Frage«, mischte sich Sofija ein. »Wieso –«

»Nein«, schnitt Arbogast ihr das Wort ab. »Ich werde mir keine weiteren wahnwitzigen Fantasien anhören. Ich gebe Ihnen einen Rat:

In unseren Reihen werden Sie diesen ominösen Handabhacker nicht finden, deutsche Patrioten haben solch archaische Praktiken nicht nötig. Suchen Sie lieber nach einem Moslem. Soweit ich weiß, brennen die Islamisten darauf, uns mit der Scharia zu beglücken, die das Abhacken von Händen ausdrücklich empfiehlt.«

»Ersparen Sie uns Ihre rassistischen Parolen«, sagte Alex.

»Die Wahrheit ist nicht rassistisch. Der Polizei stünde es gut zu Gesicht, den unbequemen Tatsachen ins Auge zu blicken, statt Phantomen nachzujagen. Nicht wir Patrioten gefährden dieses Land, sondern Sozialisten, Schmarotzer und Asylbetrüger, die mit ihrer primitiven Lebensweise die Gesellschaft zersetzen. Suchen Sie da nach Ihrem Täter.«

Arbogast schnellte hoch und griff nach seinem Mantel.

»Und hören Sie in Ihrem eigenen Interesse auf, dieses groteske Märchen von der Wiederkehr der Rupertisten zu verbreiten. Ich warne Sie. Ich habe Freunde im Landtag, im Innenministerium! Wenn Sie mit Ihren dilettantischen Ermittlungen weiterhin die Gothia zu Heidelberg in den Dreck ziehen, wird die Polizeipräsidentin davon hören.«

Mit dieser Drohung ging er.

18

Der Tag, der so schlecht begonnen hatte, wurde am späten Vormittag noch unerfreulicher.

Der Ö bat Sofija und Alex um ein Gespräch. Die drei Beamten trafen sich in Sofijas Büro, das in vielerlei Hinsicht das exakte Gegenteil von Alex' Arbeitszimmer darstellte. Es war nicht nur akkurat aufgeräumt, sondern geradezu steril ordentlich. Alex war etwas unheimlich zumute, als er sich umschaute. Nirgendwo verkrustete Kaffeetassen, zerknitterte Schmierzettel oder leere Lakritztüten. Alle Flächen waren blitzblank. Auf dem Schreibtisch lag nur das Nötigste. Sämtliche Papiere befanden sich sauber archiviert im Hängemappenwagen oder im Aktenschrank. Die Ordner standen in Reih und Glied wie Gardesoldaten.

Wie macht sie das nur?

Persönliche Gegenstände fehlten nahezu vollkommen. Nur zwei Bilder hingen an der langen Wand. Das eine war das großformatige Foto einer Stadt an einem breiten Fluss – möglicherweise das ostkroatische Vukovar, der Herkunftsort der Familie Marković in Ex-Jugoslawien. Das andere zeigte die Schwinge, das Abzeichen der polizeilichen Spezialeinheiten, das auf Sofijas Vergangenheit im SEK verwies.

Die beiden Bilder änderten nichts daran, dass der Raum so unpersönlich wirkte wie ein Formular vom Finanzamt.

»Gib mir die Trinkflasche«, befahl der Ö Stephan Kunz. Nicht zum ersten Mal fiel Alex auf, dass Kai die Tendenz hatte, seinen Assistenten herumzukommandieren. Der nahm den schroffen Ton gelassen. Stoisch öffnete er die mit bunten Stickern bedeckte Umhängetasche und reichte Kai eine Edelstahlflasche, aus der dieser einen Schluck trank.

Der Ö steuerte den Rollstuhl zum Tisch in der Ecke. Die anderen setzten sich zu ihm.

»Schlechte Neuigkeiten. Dass die Hand von Schneider stammt, ist an die Presse durchgesickert.«

»Nicht gut«, sagte Sofija. »*Kurpfalz 24/7 News?*«

»Wo sonst? Ich stell einen Link in die Chatgruppe.«

Alex und die Chefin lasen den Artikel auf ihren Handys. Es war ein grauenhafter Text: die für Kurpfalz News übliche Mischung aus schrillen Formulierungen und reißerischen Spekulationen, bei denen sich die Redaktion auf eine nicht näher bezeichnete Quelle berief.

»Hast du einen Verdacht, wer das durchgestochen hat?«, fragte Kai.

»Vermutlich Arbogast«, antwortete Sofija. »Seine Rache für die Ladung. Kann aber auch anders gewesen sein. Dass bei Ermittlungen mit vielen Beteiligten Interna an die Presse sickern, ist jetzt wahrlich nicht außergewöhnlich. Irgendwer verplappert sich immer.«

Gleichwohl sah Alex ihr an, dass sie sich ärgerte. Sofija kam nicht gut damit klar, wenn die Leute nicht nach den Regeln spielten. Zumal ihre Laune seit dem Debakel mit Arbogast nicht die beste war.

»Leider ist das nicht das einzige Problem«, sagte Kai. »Schaut euch mal die Facebook-Seite von Kurpfalz News an.«

Erwartungsgemäß hatte der Artikel eine Unmenge von neuen Hasskommentaren getriggert. Die trieften nur so vor Häme. Der Online-Mob feierte regelrecht, dass Schneider Gewalt angetan worden war.

»Gut so!!! hoffentlich ohne Betäubung!!!«, kommentierte einer, und ein anderer schrieb:»Warum haben sie ihm nur die hand abgehackt und nicht den pimmel oder gleich den kopf?«

Wie üblich war Ewald Schätzlein ganz vorne mit dabei.

»Ich bete das er tot ist . Wenn nicht kannich nachholen«, fantasierte der notorische Troll vom Emmertsgrund in seinem typischen Stil. »Oder wir schnapen ihn uns alle Wer SChneider gerechte Strafe gibt , bekommt Orden!!!!!«

»Bedrohung. Öffentliche Aufforderung zu Straftaten«, stellte Sofija fest. »Ich mach mal einen Screenshot. Diesmal ist der feine Herr Schätzlein fällig.«

»Scrollt weiter runter«, sagte Kai.

Etwa ab der Hälfte der Kommentarspalte änderte sich die Stoßrichtung der User-Beiträge. Der Hass richtete sich nicht mehr allein gegen Schneider, sondern zunehmend auch gegen Alex. Mehrere User nannten ihn mit Namen und Dienstgrad; sie wussten sogar, dass die Sitte ihn aktuell an die Soko ›Römerkreis‹ ausgeliehen hatte.

»KOK Schwerdt soll mal lieber dafür sorgen, dass ein Perverser wie Schneider für immer hinter Gitter bleibt, statt unbescholtene Patrioten zu belästigen«, schrieb einer.

Oder:»Mit seinen Holzhammermethoden hat Alexander Schwerdt der angesehenen Burschenschaft Gothia zu Heidelberg schon genug Schaden zugefügt.«

Oder:»Schwerdt ist ein Möchtegernbulle und ein Nichtskönner! Disziplinarverfahren JETZT!!!«

»Wenigstens wissen wir jetzt, dass wir die Sache definitiv Arbogast verdanken«, bemerkte Alex, den Blick starr aufs Handy gerichtet.

Auffällig viele User, die gegen ihn pöbelten, hatten Deutschland- oder Reichskriegsflaggen im Profilbild sowie die Zahlen 18 und 88 im Namen. Das war rechtsextremer Code, der den ersten und achten Buchstaben im Alphabet bezeichnete. 18 stand für AH: Adolf Hitler. 88 für: Heil Hitler.

Alex konnte sich ausrechnen, was sich gerade abspielte. Es würde sich vermutlich nie beweisen lassen, doch wie es aussah, hatte Arbogast, kaum dass er wutschnaubend aus dem Vernehmungsraum gestürmt war, sein Netzwerk auf Alex angesetzt. Die rechten Hassbrigaden hatten offenbar den Auftrag, ihn öffentlich zu verunglimpfen und einzuschüchtern. Eine Mission, der sie mit großem Eifer nachkamen. Schon poppte ein weiterer Kommentar auf. Ein »Elmi33« schrieb:

»Polizistendarsteller Schwerdt!!! Hör auf mit dem Scheiß und kümmer dich mal um Linke, Kanaken und andere Parasiten, die unser Land kaputt machen! Oder es passiert was!!!«

Natürlich unternahmen die Social-Media-Verantwortlichen von *Kurpfalz 24/7 News* nichts gegen die Hasskommentare. Vermutlich freuten sie sich gerade über die rege Aktivität auf ihrer Seite.

»Ich dachte, du solltest das wissen«, sagte Kai zu Alex. »Ich geb nachher eine offizielle Stellungnahme raus. Vielleicht kann ich damit den schlimmsten Unfug einfangen.«

Was das betraf, hatte Alex wenig Hoffnung. Wenn der Hass im Netz erst einmal Fahrt aufgenommen hatte, war er nicht mehr zu stoppen. Er schaltete das Handy auf Stand-by und steckte es in die Tasche, und dort beließ er es für die nächsten Stunden.

KAPITEL VIER

TROLLE

Jemand steht neben dem Bett.

Er spürt es und öffnet die Augen. In manchen Nächten kann er nur schlafen, wenn er das Licht brennen lässt. Diese Nacht ist so eine. Deshalb kann er die Gestalt problemlos erkennen.

Es ist Lukas Schneider. Schneider steht so nah am Bett, dass er nur die Hand heben müsste, um ihn zu berühren. Doch er kann sich nicht bewegen. Das Herz flattert ihm in der Brust, als wäre es ein kleines Tier, das zwischen zwei Rippen feststeckt. Schneider starrt ihn an. Reglos, stumm. Die Augen liegen tief in den Höhlen und schimmern fahl. Wie zwei milchige Murmeln in einem Wachsbett.

Wo Blut sein sollte, viel Blut, ist keins. Schneiders Kleidung ist sauber. Die erste Schusswunde ist kaum zu erkennen: nur ein ausgefranstes Loch im Pullover unterhalb der rechten Schulter. Die zweite ist dafür nicht zu übersehen. In Schneiders Hals klafft ein faustgroßes Loch. Adamsapfel, Kehle, Teile des Kiefers – alles weg. Stattdessen rotes Gewebe, bleiche Knochen.

Langsam, wie in Zeitlupe, hebt Schneider die Arme. Die Stümpfe sind ausgeblutet, sie wirken wie tiefgefrorenes Fleisch, das schon ewig im Eisfach liegt.

Keuchend wacht er auf. Das Licht brennt. Lukas Schneider ist weg. Neben dem Bett steht niemand.

Nur ein Traum. Er braucht einige Minuten, um das zu begreifen.

Er setzt sich zitternd auf. Er weiß, dass er keinen Schlaf mehr finden wird. Also zieht er sich an. Es fällt ihm schwer. Heute wird ihm die Herrin wieder heftig zusetzen, er kann es spüren.

Er trinkt eine Tasse Kaffee, raucht eine Zigarette. Der Traum lässt ihn nicht los. Hat er das Richtige getan? Die Frage quält ihn. Zum Glück weiß er, wo er die Antwort finden kann.

Kurz darauf sitzt er im Auto, fährt durch die Nacht. Verlässt die Stadt, erreicht zwanzig Minuten später eine andere. Nach weiteren zwanzig Minuten stellt er das Auto ab und geht zu Fuß weiter. Das Gelände ist selbst bei Tageslicht tückisch und unübersichtlich. Hier hat er vor gut einer Woche den Betäubten entlanggeschleift, was ihn schwer erschöpfte. Heute fühlt er sich beinahe genauso erschöpft, obwohl er keinen menschlichen Körper tragen muss. Gottlob ist es nicht weit.

Dornenranken zerkratzen ihm die Arme. Nasse Blätter streifen kalte Tropfen an ihm ab.

Schließlich steht er vor einer rostigen Stahltür. Mit klammen Fingern schließt er das Vorhängeschloss auf und entfernt die dicke Kette, beides hat er selbst angebracht. Er schlüpft hinein, zieht die Tür zu und knipst die Taschenlampe an. Der Lichtstrahl fällt auf den dunklen Fleck auf dem Betonboden. Rasch wendet er sich ab und öffnet einen der Umzugskartons, die neben der Tür stehen. Er holt den Inhalt heraus und setzt sich auf den Boden, obwohl die Kälte vermutlich Gift für ihn ist. Egal. Er muss das tun, und er kann es nur hier tun.

Er schlägt die Bücher auf, die Ordner, die prall gefüllt sind mit Ahnenforschung. Listen, Notizen, alte Dokumente. Sorgsam archiviert über Jahrzehnte. Er blättert weit zurück. Zweihundert Jahre. Der Abend des achtzehnten und die Morgendämmerung des neunzehnten Jahrhunderts. Klangvolle Namen marschieren vor ihm auf. Es war eine glorreiche Epoche, ein goldenes Zeitalter. Damals galten Männer seines Schlages noch etwas. Die Größten beanspruchten gar die Anrede »Herr«.

Der Traum verliert seine Macht über ihn. Die nagenden Zweifel verschwinden. Ja, er hat das Richtige getan.

Das Richtige und das Notwendige.

1

Am Freitagmorgen wurde es in Heidelberg nicht richtig hell.

Nebel stieg vom Neckar auf, zäh und klamm, er hüllte das Universitätsklinikum ein und kroch über die Bergheimer Straße zu den Hotels am Bismarckplatz, zur Stadtbücherei am Schwanenteich, zur Kriminalpolizeidirektion in der Römerstraße. Der von Norden nach Süden fast hundert Meter lange Polizeiblock, in dem fünfhundert Menschen arbeiteten, ähnelte auf Satellitenbildern einer schiefen Vier. Stand man direkt davor, sah man einen nüchternen Palast aus Beton und Stahl. Die gestuften Glasfassaden, die sich grünlich über dem Foyer auftürmten, zogen unweigerlich den Blick an. Sie erinnerten Alex an eine mesopotamische Zikkurat.

Der Nebel bedrängte das Kripogebäude von allen Seiten, wie Belagerer eine wehrhafte Bastion.

Während Alex auf dem Parkplatz sein Mountainbike festschloss, sinnierte er über Hände.

Wozu ist eine Hand imstande? Sie kann streicheln, kitzeln, Schmerz zufügen. Sie kann greifen, schlagen, grüßen, morden. Die rechte Hand steht symbolisch für die Wahrheit, die linke für den Betrug.

Er wusste noch nicht, wohin diese Überlegungen führten – ob sie *überhaupt* irgendwohin führten. Doch er musste seine Gedanken treiben lassen, damit sie kreative Wege einschlagen konnten. So stieß er mitunter auf Erkenntnisse, die der rein rationalen Analyse nicht zugänglich waren.

Dieser seltsame Fall erschien ihm wie ein Videospiel. Seine Kollegen und er waren die Heldengruppe, die Rätsel lösen und Hindernisse überwinden musste, ehe sie den Endboss stellen konnte – den Täter. Hieß der Endboss Dr. Gregor Arbogast? Diese Schlussfolgerung war sicher verfrüht. Wohl aber wusste Arbogast mehr, als er sagte. Gestern hatte Alex lange mit Sofija und Roth-Schweigmann geredet und sie zu überzeugen versucht, weitere Schritte zu unternehmen. Ginge es allein nach ihm, würde die Soko längst Arbogasts Telefon abhören sowie seine Wohnung, die Kanzlei und die Gothia-Villa durchsuchen.

Irgendetwas würden sie dort sicher finden, aufschlussreiche DNA an den Klingenwaffen etwa. Die Oberstaatsanwältin aber war zurückhaltend, was derart einschneidende Maßnahmen betraf. Sie bezweifelte, vom Ermittlungsrichter die notwendigen Beschlüsse zu bekommen. So hatte sie sich lediglich einverstanden erklärt, den Anwalt observieren zu lassen. Gestern Abend hatten erfahrene Kollegen vom LKA vor Arbogasts Haus Position bezogen, um ihn auf Schritt und Tritt zu beobachten.

Als Alex den Parkplatz überquerte, entdeckte er Jörg Selzer. Der KT-Chef stellte gerade sein Motorrad ab, klemmte sich den Helm unter den Arm und grüßte lächelnd. Gemeinsam gingen sie hinein.

»Wie geht's Frodo?«

Hatte Alex ihm je von seinem Kater erzählt? Er konnte sich nicht erinnern. Nicht so Jörg, der hatte ihn offenbar als Katzenbesitzer abgespeichert. Dessen Faszination für dieses Tier hatte etwas Obsessives. Dabei erfüllte er keins der gängigen Klischees. Er war kein einsamer Single, Katzen stellten für ihn auch keinen Kinderersatz dar: Jörg war glücklich verheiratet und hatte zwei Söhne. Er mochte einfach Katzen. Wenn Alex richtig informiert war, züchtete er sogar nebenberuflich seltene Rassen, die er teuer verkaufte.

»Frodo geht's gut«, antwortete Alex kurz angebunden. Man durfte Jörg nicht ermutigen. Es half nichts.

»Freut mich«, sagte der KT-Chef. »Meinen Katzen leider nicht so. Sie haben sich Herbstmilben eingefangen, die Mistviecher sitzen in den Ohren, wir kriegen sie einfach nicht weg. Vor allem Einstein macht mir Sorgen, er hat sich schon ganz wund gekratzt …«

Es folgten die Krankengeschichten der einzelnen Katzen, fünf an der Zahl, die alle die Namen berühmter Wissenschaftler trugen. Als sie den Soko-Raum erreichten, setzte Alex sich weit von Jörg weg. Der nahm Lisa in Beschlag. Er erzählte einfach weiter und schien gar nicht zu merken, dass sein Gesprächspartner gewechselt hatte. Lisa ließ den Vortrag mit starrer Miene über sich ergehen.

Sofija rauschte herein und legte ohne Begrüßung mit der Fallbesprechung los. Ihre Stimme war scharf wie ein Skalpell, sie ließ die anderen Beamten kaum zu Wort kommen. Gleich zu Beginn stauchte sie Lisa wegen einer Nichtigkeit zusammen. Anschließend verteilte sie im Kasernenhofton Befehle. Dabei fiel dreimal ihr Lieblingswort »ergebnisorientiert«, das an diesem Morgen allerdings mehr wie eine Drohung denn ein Ansporn klang.

»Welche Laus ist der denn über die Leber gelaufen?«, raunte Alex Lutz zu, als sie zwanzig Minuten später den Raum verließen.

»Sie hat spitzgekriegt, dass wir sie ›die Kaltfront‹ nennen. Sie weiß auch von den anderen Spitznamen. Sie ist fuchsteufelswild deswegen und hat mich schon rundgemacht, kaum dass ich im Büro war.«

»Ach du Scheiße! Das hat sie von Tanja.«

»Quatsch. Tanja weiß das doch gar nicht, die ist viel zu selten hier.«

»Sie hat's von mir«, gestand Alex.

Lutz schob ihn in sein Büro und schloss die Tür. »Du hast das Tanja gesteckt? Bist du irre?«

»Ist mir so rausgerutscht. Wie hätte ich denn wissen sollen, dass Tanja nichts Besseres zu tun hat, als damit zu Sofija zu laufen. Ehrlich gesagt finde ich das ziemlich unkollegial. Hätte nicht gedacht, dass sie eine Petze ist.«

Lutz starrte ihn an und schwieg einen Moment. »Okay, ich verrate dir jetzt was. Aber behalt's für dich. Sofija und Tanja sind ein Paar.«

»Was?«, murmelte Alex tonlos.

»Seit ein paar Jahren. Wissen in der K1 nur ein paar Leute. Also Diskretion, wenn dir dein Leben lieb ist.«

Alex hätte am liebsten winselnd das Gesicht in den Händen vergraben. »Hat Tanja ihr auch gesagt, von wem sie das hat?«

»Keine Ahnung. Falls ja, bist du im Arsch.«

Benommen schwebte er zu seinem Büro im anderen Stockwerk. *Dumm,* dachte er. *Dumm, dumm, dumm!* Wieso hatte er nicht die Klappe gehalten? Jetzt konnte er nur noch hoffen, dass der Blitz nicht bei ihm einschlug. Am besten lenkte er sich derweil mit Arbeit ab.

Er hatte kaum den Rechner hochgefahren, als die Tür auflog und Sofija hereinkam. *Das war's dann wohl.* Alex stellte sich mental darauf ein, den Weg der Schmerzen zu gehen.

»Hast du zu tun?«, schnappte sie.

»Geht so. Ich wollte noch mal den Mittschnitt von Arbogasts Vernehmung durchgehen.«

»Kannst du später machen. Wir fahren zur JVA Mannheim und reden mit Widmann.«

»Wieso fährst du nicht mit Lutz?«

»Der knöpft sich heute Schätzlein vor. Falls du's noch nicht gemerkt hast, ich wechsele die Zweierteams regelmäßig durch. Im Elften muss jeder mit jedem arbeiten können. Da kann sich schon keine bräsige Bequemlichkeit einschleifen.«

»Okay«, sagte er gedehnt. Kam da noch was? Doch wie es schien, hatte sie nicht vor, ihn zu grillen.

Mit einer tiefen Falte zwischen den schwarzen Augenbrauen schaute sie sich im Büro um. »Hier gehört gründlich aufgeräumt, in dem Chaos kann man doch nicht vernünftig arbeiten.«

»War viel los in letzter Zeit. Bin nicht zum Aufräumen gekommen. Mach ich, wenn etwas Luft ist.«

Sie ignorierte ihn und trat zum Schreibtisch, wo sie missbilligend die Papierstapel betrachtete. Sie nahm ein eingerissenes Konzertticket in die Hand und begutachtete es wie ein wichtiges Asservat. »Du hast hier ziemlich viel Privatkram rumliegen«, rügte sie ihn.

Alex konnte sich selbst nicht recht erklären, wie das ganze Zeug hierherkam. Manchmal nahm er von zu Hause ein Buch mit, um es in der Mittagspause zu lesen. Oder eine Blu-Ray, um sie nach der Arbeit Rikki zurückzugeben. Dann vergaß er die Sachen, und sie sammelten sich in seinem Büro an wie Treibgut, das von der Brandung angeschwemmt worden war.

Sofija nahm eine DVD-Box von einem Zeitschriftenstapel und runzelte die Stirn. Es handelte sich um eine Staffel von *Game of Thrones*. »Das ist doch dieser Film, von dem vor Jahren alle geredet haben.«

»Serie, kein Film.«

»Ist das so ein Elfenkitsch?«

»Was ist denn ›Elfenkitsch‹?«, fragte Alex leicht gereizt.

»Na, Einhörner und so Zeug. Fantasy-Kram.«

Alex fühlte sich bemüßigt, ihre Fehlwahrnehmung zu korrigieren. »Es ist Fantasy, aber nichts mit Einhörnern. Sondern von der erwachsenen Sorte. Mehr ein historisches Politdrama. Die Serie basiert auf einer der erfolgreichsten Romanreihen der letzten Jahre. Ich kann dir die Bücher ausleihen, wenn du willst.«

»Ich kann mit Fantasy nichts anfangen«, wehrte Sofija borniert ab. Sie legte die DVDs hin. »Lass uns fahren.«

Sie traten hinaus in den Nebel und saßen kurz darauf im letzten freien Dienstwagen. Lutz hatte den Daimler gestern Abend benutzt, was man unschwer daran erkennen konnte, dass das Radio auf einen Rocksender eingestellt war. Alex hatte nichts dagegen, er teilte Lutz' Vorliebe für Gitarrenmusik.

Als Sofija den Wagen anließ, lief gerade *Child In Time* von Deep Purple.

»Das kommt mir bekannt vor. Was ist das für ein Lied?«

»Du kennst *Child In Time* nicht?«, fragte Alex fassungslos.

»Ich höre nur Klassik und Jazz.«

»Lutz hat's wahrlich nicht leicht mit dir«, murmelte er.

2

Heute war die Reihe an Lutz, für Celina den Bärenführer zu spielen. Er nahm die Kommissaranwärterin mit zu einem Außeneinsatz. Sie fuhren auf der B 3 Richtung Süden, und er musste sich zwingen, nicht ständig schneller als die erlaubte Geschwindigkeit zu fahren. Nachdem er sich gestern mit der lahmsten Kiste im Fuhrpark hatte herumschlagen müssen, war es ihm heute gelungen, sich den neuen Benz GLC 220 zu sichern, seinen Lieblingsdienstwagen. Seine Laune war blendend.

Unweit der Stelle, wo Schneider entführt worden war, bogen sie ab und fuhren bergauf zum Stadtteil Emmertsgrund, der sich an die bewaldeten Hänge klammerte und wie ein Fremdkörper aus der malerischen Landschaft hervorstach. Unterwegs bekam Lutz einen Anruf, er schaltete ihn auf die Freisprechanlage. Ein Kollege berichtete, man habe Sebastian Bergs Handy überprüft. Die Bewegungsdaten untermauerten seine Aussage, zu den fraglichen Zeitfenstern zu Hause gewesen zu sein.

Fluchend legte Lutz auf. Er hatte gehofft, endlich eine vielversprechende Spur gefunden zu haben. »Na ja«, meinte er, »ein teuflischer Psychiater, der einen Patienten verstümmelt, womöglich aus kannibalistischen Gründen, wäre wohl auch ein bisschen zu viel Klischee gewesen.«

Celina blickte ihn verständnislos an. Kannte sie *Das Schweigen der Lämmer* etwa nicht? *Die jungen Leute heutzutage,* dachte er. *Schauen nur noch YouTube und TikTok. Keinen Sinn mehr für klassische Filmkunst.*

Sie parkten vor einem Wohnblock, wie er typisch für den Emmertsgrund war: grau, wuchtig, trostlos, gespickt mit Satellitenschüsseln und längs gestreiften Markisen, eingerahmt von Balkonbrüstungen aus trübem Plexiglas. Das sechsstöckige Gebäude ähnelte jenem, in dem die Schneiders wohnten, und war von diesem höchstens hundertfünfzig Meter Luftlinie entfernt.

Lutz rief bei der Emmertsgrundwache an. Fünf Minuten später traf ein Streifenwagen ein, aus dem zwei Uniformierte stiegen.

Sie klingelten bei »Schätzlein«. Aus der altersschwachen Gegensprechanlage drang nur ein geisterhaftes Knistern, doch der Summer funktionierte noch. Die Polizisten gingen hinauf in den ersten Stock. In einer offenen Wohnungstür stand ein magerer, etwa fünfundfünfzigjähriger Mann in Jeans, Pantoffeln und Karohemd. Ein schlohweißer Schnurrbart umschloss den Mund wie ein auf dem Kopf stehendes U.

Schätzlein wollte die Tür zuschlagen, doch Lutz war schneller und blockierte sie mit dem Fuß.

»Lassen Sie uns herein, oder wir belangen Sie wegen Widerstands gegen Vollstreckungsbeamte.«

Schätzlein fügte sich und wich zwei Schritte in den Flur zurück. Mit stumpfem Blick betrachtete er den Dienstausweis, den Lutz ihm hinhielt. Obwohl es noch nicht zehn Uhr war, roch er bereits intensiv nach Zigarettenrauch.

»Wer ist denn das, Ewald?« Die zittrige Frauenstimme kam aus einem Zimmer, das von dem schummrigen Flur abging. »Hast du Besuch, Ewald?«

»Nur die Polizei, Mama!«

»Was hast du denn schon wieder angestellt, Ewald?«

»Sei still, Mama!«, blökte Schätzlein über die Schulter.

Aus der Akte wusste Lutz, dass Schätzlein, wenn er nicht gerade im Internet trollte oder Annika Schneider belästigte, seine achtzigjährige Mutter pflegte, mit der er zusammenlebte. Er arbeitete seit Ewigkeiten bei einer Firma für Industrieanlagenbau in der Fertigung und verdiente recht ordentlich. Nebenher machte er einfache Computerarbeiten für Freunde und kleine Vereine. Dieser Mann war tatsächlich eine Art Webdesigner, wenngleich man das angesichts seines Online-Verhaltens schwerlich glauben konnte.

Auch die anderen Beamten drängten in den Flur. Schätzlein marschierte kommentarlos ins Wohnzimmer, wo der Fernseher lief. Auf dem altmodischen Couchtisch lag ein iPhone, daneben stand ein voller Aschenbecher. Der Zigarettenrauch in dem Fünfzehn-Quadratmeter-Raum war beinahe so dicht wie der Herbstnebel unten im Tal.

»Wieso sind Sie heute Vormittag zu Hause?«, fragte Lutz. »Haben Sie Urlaub?«

»Spätschicht.« Schätzlein baute sich vor einer Vitrine auf, die alte Münzen enthielt, als wollte er seine Reichtümer vor Räubern schützen. »Ist das wieder wegen der Schneider? Hört die denn nie auf, mich zu terrorisieren?«

»Wer terrorisiert denn hier wen?«, schnappte ein Streifenbeamter.

»Deswegen sind wir nicht hier«, sagte Lutz. »Machen Sie mal bitte den Fernseher aus. Danke. Sie sind Beschuldigter zweier Straftaten«, belehrte er Schätzlein. »Ihnen werden Bedrohung und die öffentliche Aufforderung zu Straftaten vorgeworfen.« Dazu hielt er ihm einen ausgedruckten Screenshot mit dem fraglichen Facebook-Kommentar hin.

»Das war ich nicht«, sagte Schätzlein.

»Der Profilname ist doch eindeutig Ihrer.«

»Gibt mehrere Ewald Schätzleins in Heidelberg.«

»Laut Melderegister nur einen einzigen: Sie.«

Schätzlein sagte nichts mehr. Trotzig blickte er die Beamten an. So war das oft. Im Internet hatten die Schätzleins dieser Welt eine große Klappe, im wirklichen Leben … nicht so sehr.

»Überlassen Sie uns bitte Ihr Handy und Ihren Rechner zur Untersuchung«, erklärte Lutz.

»Das dürfen Sie nicht! Die brauch ich für meine Arbeit.«

»Wir sind befugt, mögliche Tat- und Beweismittel zu beschlagnahmen.« Lutz erläuterte ihm die Rechtslage. Derweil schwärmten die Uniformierten aus, sammelten das iPhone ein und stellten einen Laptop sicher.

»Sind das alle Geräte?«

Schätzlein brummte ein Ja. Trotzdem bat Lutz Celina, in den anderen Zimmern nachzusehen. Sie kam nach wenigen Minuten zurück und berichtete, keine weiteren Digitalgeräte gefunden zu haben.

»Wo waren Sie in der Nacht vom 20. auf den 21. Oktober?«, fragte Lutz.

»Wieso wollen Sie das wissen?«

»Beantworten Sie bitte die Frage.«

»Na hier. Hab geschlafen. Kann meine Mutter bestätigen.«

»Und am Abend des 19. Oktober?«

Diesmal musste Schätzlein kurz überlegen. »Da war ich den ganzen Abend bei einem Treffen der Numismatischen Gesellschaft.«

»Was ist das?«

»Ein Verein für Numismatiker, Münzsammler und Medaillenliebhaber«, erklärte Schätzlein, ohne auch nur einen Zentimeter von seinem Posten vor dem gläsernen Schaukasten zu weichen. »Bin da seit zwanzig Jahren Mitglied. Am Neunzehnten gab's einen Vortrag über karolingische Münzen. Den hab ich bis zum Ende angehört. Als ich zu Hause war, war's nach zwölf.«

Daher die Vitrine, begriff Lutz. Ihm kam eine Idee. »Interessieren sich Münz- und Medaillenfreunde auch für Knöpfe?«

»Was denn für Knöpfe?«

»Spezielle Manschettenknöpfe zum Beispiel.«

Schätzlein runzelte verständnislos die Stirn. »Nein, nur für Münzen, Medaillen und altes Papiergeld.«

Wäre auch zu schön gewesen. »Gibt es jemand, der Ihr Alibi bestätigen kann?«

Schätzlein nannte ihm zwei Telefonnummern, die Lutz notierte.

»Wir überprüfen das. Hier die Quittung für die beschlagnahmten Gegenstände.«

Damit verabschiedeten sie sich. Hinter ihnen fiel die Tür ins Schloss. Schätzleins Mutter krächzte etwas, er antwortete schroff. Zwischen Mutter und Sohn brach ein Streit los, der gedämpft durch das furnierte Pressspanholz drang.

»Muss ich mir Sorgen machen, dass der seiner alten Mom was antut?«, erkundigte sich Lutz bei den Uniformierten von der Emmertsgrundwache.

»Ach, die keifen sich den ganzen Tag gegenseitig an. Wir kennen das. Mehr passiert da nicht.«

Draußen öffnete Lutz den Kofferraum und verstaute das Handy und den Laptop in einer Asservatenbox.

»Glaubst du, Schätzlein hat was mit Schneiders Verschwinden zu tun?«, fragte Celina auf ihre zurückhaltende Art.

»Unwahrscheinlich, aber ich würde es auch nicht völlig ausschließen.«

»Sollten wir ihn dann nicht in Haft nehmen?«

»Dafür bräuchten wir handfeste Gründe wie Flucht- oder Verdunklungsgefahr, und die liegen hier nicht vor. Jetzt checken wir erst mal sein Alibi für den Neunzehnten. Wenn das in sich zusammenfällt oder wenn die IT in den Geräten was findet, können wir ihn immer noch einkassieren.«

Das letzte Wort unterstrich Lutz, indem er den Kofferraum zuschlug.

3

Sofija und Alex fuhren schweigend nach Mannheim. Nebelschwaden bedeckten die Felder beiderseits der A 656, die Sicht war schlecht. Sofija musste sich zwingen, langsam zu fahren, was ihr nicht leichtfiel. Sie war immer noch sauer.

Kaltfront. Was für eine Unverschämtheit! Tanja wollte ihr nicht verraten, von wem sie die Spitznamen erfahren hatte.»Spielt doch keine Rolle, wer das war. Ach, hätte ich bloß meine Klappe gehalten. Jetzt reg dich wieder ab, da stehst du doch drüber«, hatte sie Sofija zu beruhigen versucht, wodurch es beim Frühstück zu einem kleinen Streit gekommen war.

Da stehst du doch drüber. Ja, sollte sie. Aber das war leichter gesagt als getan. Offenbar nannte die gesamte K1 sie »die Kaltfront«. Oder, noch schlimmer,»das Fallbeil« und»Quälić«. Sofija konnte sich denken, wieso. Ihr war durchaus bewusst, wie sie mitunter auf ihre Umgebung wirkte. Sie galt als dominant und steif. Doch was ihre Kollegen für überkorrekt, herrisch und humorlos hielten, waren in Wahrheit Disziplin, Führungsstärke und Pflichtgefühl. Sofija bemühte sich, eine gute Beamtin zu sein, und verlangte das auch von ihren Leuten. Kompromisslos. Der Eid auf das Grundgesetz, den sie geleistet hatten, war nicht nur eine nette Phrase. Er *bedeutete* etwas.

Sie kam aus einem Land, das es nicht mehr gab. In Ex-Jugoslawien hatte ihre Familie rassistischen Hass, ausufernde Korruption und den Zusammenbruch jeglicher staatlichen Ordnung erlebt. Zuerst in Vukovar, wo die Familie Marković als Angehörige der serbischen Minderheit angefeindet wurde; nach der Vertreibung aus Kroatien auch in Belgrad, das von Miloševićs Schlägern regiert wurde und in Gewalt und Vetternwirtschaft versank. Beim Ausbruch des Kroatienkrieges 1991 floh ihre Familie nach Deutschland. Dort wurde es leichter für sie, aber nicht viel. Armut, Unsicherheit und gesellschaftliche Ausgrenzung bestimmten ihren Alltag. Jahrelang mussten ihre Eltern um ihr Aufenthaltsrecht und gegen die drohende Abschiebung kämpfen. Letztlich mit Erfolg, doch der schier endlose Kampf gegen die Bürokratie hatte sie zermürbt, krank gemacht. Heute waren ihre Eltern Mitte sechzig, sahen aber aus wie achtzig.

All das hatte Sofija zwei Dinge gelehrt. Erstens, die Zivilisation war extrem fragil. Jederzeit konnten Hass, Chaos und Willkür hervorbrechen. Nur ein starker Rechtsstaat konnte die Menschen davor schützen, und ein starker Rechtsstaat brauchte starke Beamte. Zweitens, wenn du in Deutschland etwas werden willst, musst du dich anstrengen. Wenn du eine lesbische Migrantin bist, musst du dich dreifach anstrengen – mindestens. Das hatte sie getan. Das tat sie jeden Tag. Nicht, weil es ihr besonders viel Spaß machte, immerzu die Fäuste zu ballen und die Zähne zu blecken. Sondern, weil es nicht anders ging. Sie hatte diesen Kampf nicht gewählt. Er war ihr aufgezwungen worden.

Diese beiden Lektionen hatten sie dahin gebracht, wo sie heute stand. Sie genoss das Vertrauen ihrer Vorgesetzten. Sie konnte enorme Erfolge vorweisen. Sie hatte die höchste Karrierestufe im gehobenen Dienst erreicht. Es gab nicht viele lesbische Frauen aus Ex-Jugoslawien, die das von sich behaupten konnten.

Jeden Tag kämpfte sie für den Rechtsstaat, diese letzte Bastion gegen die Gewalt, die ihr mehr bedeutete als alles andere. Dass dabei die Leichtigkeit auf der Strecke blieb, war ein Preis, den sie gern zahlte. Ihre wohlstandsverwöhnten Kollegen, die in ihrer Kindheit nie etwas anderes als das behütete Mittelschicht-Deutschland kennengelernt hatten, würden das nie verstehen.

Sollen sie mich ›Kaltfront‹ nennen, wenn es ihnen Spaß macht. Dahinter steckte nichts als Angst. Angst vor ihr und ihrer Stärke.

Vielleicht waren das pathetische Gedanken, doch sie bewirkten immerhin, dass ihr Ärger verflog. Innerlich musste sie über sich lachen. Wieder einmal war ihr Temperament mit ihr durchgegangen. Sie hatte ihren Zorn an allen ausgelassen, die ihr heute Morgen über den Weg gelaufen waren. Nun, die meisten hatten es zweifellos verdient. Nicht aber Tanja. Tanja war nur die Überbringerin der schlechten Nachricht gewesen. Sofija nahm sich vor, sie später um Entschuldigung zu bitten.

In Mannheim war es nicht ganz so neblig wie draußen auf der Auto-bahn. Sie fuhren durch den Stadtteil Herzogenried und stellten den Wagen auf dem Parkplatz vor dem Haupteingang der JVA ab. Als So-fija den Schlüssel abzog, erstarb das Gitarrensolo von *Stairway To Heaven* abrupt. Durchaus ein annehmbares Lied, sie war stolz auf sich, dass sie den Titel kannte.

»Wie heißt noch mal diese Band? Queen?«

»Argh«, grunzte Alex.

Der Wachmann in der Schleuse ließ sie herein. Sie gaben ihre Dienstwaffen und Handys ab; eine Justizvollzugsbeamtin mit der Statur einer Ringerin führte sie vom Eingangsbereich über den Hof, wo mehrere Häftlinge blaue Müllsäcke in einen Container stopften.

»Sieh mal einer an – Kommissar Schwerdt!«, rief einer. »Das ist aber schön, dass du mich besuchen kommst. Oder haben sie dich auch eingebuchtet?«

»Das hätten Sie wohl gern, Herr Denzler«, erwiderte Alex gelassen.

Sofija rief sich ins Gedächtnis, dass ihr Kollege ein fähiger Polizist war, der in den letzten Jahren zahlreiche Sexualstraftäter hinter Git-ter gebracht hatte, darunter den einen oder anderen Mehrfachverge-waltiger. Das vergaß man manchmal, wenn man ihn von Fantasy und Fernsehserien reden hörte.

Sie betraten das Hauptgebäude, das die Anlage dominierte. Das Pa-noptikum aus der späten Kaiserzeit bestand gänzlich aus rotem Stein. Von der Zentrale in der Mitte gingen strahlenförmig die fünf Flügel ab, die neben den Zellenblöcken die Gefängnisverwaltung enthielten.

Irgendwo heulte ein Alarm.

»Was ist da los?«, fragte Sofija.

»Nichts, was Ihnen Sorgen machen muss«, antwortete die Unifor-mierte stoisch. »Schlägerei zwischen den Russen und den Türken, mal wieder.«

Man hatte sie telefonisch angekündigt, der Anstaltsleiter erwartete sie bereits in seinem Büro. Hans-Peter Nowak war ein schlaksiger Riese, gegen den sogar Alex klein wirkte. Doch seine Körperhaltung war nicht die beste, der Anzug hing stets schief an ihm. Es musste

Jahrzehnte her sein, dass er das letzte Mal Sport gemacht hatte. Obwohl Sofija fünfunddreißig Zentimeter kleiner und sicher fünfzig Kilo leichter war als der Regierungsdirektor, wäre sie in einer körperlichen Auseinandersetzung ohne Probleme mit ihm fertiggeworden. Nicht, dass sie das Bedürfnis gehabt hätte, ihm wehzutun: Nowak war ein umgänglicher Typ und unterstützte die Kripo nach Kräften.

Sie setzten sich, die Sekretärin brachte Kaffee. Sofija hatte Nowak per E-Mail über ihr Anliegen informiert, sodass er im Bilde war.

»Üble Sache, das mit Lukas Schneider. Dass ein Gewalttäter mit seiner Vorgeschichte so gut auf das Therapieprogramm anspricht, haben wir nicht alle Tage. Ich hätte mir gewünscht, dass sein Neustart gelingt.« Nowak nahm einen tiefen Atemzug. »Also, Rainer Widmann. Leider weiß ich nichts von seinem Zusammenstoß mit Schneider, in der Datenbank ist nichts dokumentiert. Er hat ihn bedroht, sagen Sie?«

»Schneiders Mutter und sein Therapeut berichten das. Er hat wohl zu ihm gesagt: ›So einer wie du gehört an die Wand gestellt, damit du nie wieder Frauen angreifen kannst!‹ Die Umstände dieser Bemerkung kennen wir nicht.«

»Natürlich dulden wir nicht, dass der Allgemeine Vollzugsdienst so mit den Gefangenen umspringt. Aber ich denke, wir wissen beide, dass es immer wieder vorkommt. Allen Schulungen zum Trotz.«

Deshalb mochte Sofija Nowak: Der Mann erzählte keinen Bullshit.

»Wir haben zu wenig Personal«, fuhr der Anstaltsleiter fort. »Seit Jahren hohen Krankenstand. Einige meiner Leute sind ausgebrannt. Ich tue für sie, was ich kann, aber meine Möglichkeiten sind begrenzt. Manchmal lässt eben einer seinen Frust an den Gefangenen aus.«

»Wir würden gern mit Herrn Widmann sprechen. Hat er heute Dienst?«

Nowak bejahte. »Ich lasse ihn holen.«

»Nachher«, bremste Sofija ihn. »Können Sie uns zuerst etwas über ihn erzählen?«

»Glauben Sie, dass er was mit Schneiders Verschwinden zu tun hat?«

»Um das zu klären, sind wir hier.«

Der Anstaltsleiter setzte sich an seinen Computer und rief Widmanns Personalakte auf. »Jahrgang '65, geboren in Leipzig. War in der Endphase der DDR im Werkschutz eines VEB tätig. Kam nach der Wende nach BaWü. Ab '90 bei einer privaten Sicherheitsfirma angestellt. Hat '92 in der JVA Karlsruhe angefangen, danach fünfzehn Jahre in verschiedenen Gefängnissen gearbeitet, bis er 2007 zur JVA Heidelberg kam. Als der ›Faule Pelz‹ '15 zumachte, wechselte er zu uns.

Verschrobener Typ, aber soweit ich weiß, keine besonderen Auffälligkeiten. Wenig private Kontakte zu den Kollegen vom Allgemeinen Vollzugsdienst, er geht wohl regelmäßig zu einem Schachklub in Mannheim. Im Juli war er mal zwei Wochen krankgeschrieben. Wegen was, weiß ich nicht. Ich meine, mich zu erinnern, dass er eine Mangelerscheinung angedeutet hat. Das war's im Wesentlichen … Moment. Hier ist ein Aktenvermerk.«

Nowak klickte mit der Maus.

»Interessant. An Schneiders letztem Hafttag hat Widmann ihn vor einem Übergriff gerettet. Ein Mithäftling ist auf ihn losgegangen, Widmann ging dazwischen und hat Schlimmeres verhindert. Gegen den Angreifer, einen Herrn Vitali Boos, wurde ein Disziplinarverfahren eingeleitet.«

»Können Sie ihn jetzt bitte holen?«, fragte Sofija.

Fünf Minuten später kam Widmann herein. Er war ein mittelgroßer Mann mit fassförmigem Körperbau und kräftigen Händen, die Daumen hatte er hinter den Gürtel mit dem Schlagstock und den Handschließen gehakt. Die Dienstkleidung wirkte mehr grau als blau. Das kurze Haar hatte beinahe dieselbe Farbe; auch das zerknautschte, von Bartstoppeln gesprenkelte Gesicht wirkte nicht eben rosig gesund. Kettenraucher, vermutete Sofija. Kleine Äuglein blickten sie und Alex misstrauisch an.

Sie konfrontierten ihn mit seiner Drohung gegen Schneider. Widmann kommentierte das nicht. Sofija seufzte innerlich. Das war offenbar einer, dem man alles aus der Nase ziehen musste.

»Hat das so stattgefunden?«, fragte sie.

»Kann mich nicht erinnern.« Widmanns Sprechweise war langsam und schleppend, die Stimme tief und rau. »Falls ja, tut's mir leid«, meinte er und spähte flüchtig zu seinem Chef.

»Wie war Ihr Verhältnis zu Lukas Schneider?«, wollte Alex wissen.

»Verhältnis«, wiederholte Widmann brummend und überlegte lange. Er konnte mit der Frage offenbar nichts anfangen. »Ein Gefangener wie hundert andere. Aber pflegeleicht.«

»Hatten Sie viel mit ihm zu tun?«

»Kann ich nicht behaupten. Hab ihm am Entlassungstag sein Zeug geholt und ihn zur Schleuse gebracht.«

Die beiden Kripobeamten wechselten einen Blick. Das führte zu nichts.

»Wo waren Sie am Abend des 19. Oktober?«, fragte Sofija.

Wieder musste Widmann eine gefühlte Ewigkeit lang nachdenken. »Zu Hause.«

»Sie leben allein?«

»Ja.«

»Wir brauchen Ihre Handynummer, damit wir das anhand der Bewegungsdaten überprüfen können«, sagte Alex.

»Hab kein Handy.«

Alex schien Mühe zu haben, sich vorzustellen, dass es heutzutage noch Leute gab, die kein Mobiltelefon besaßen. »Wieso nicht?«

»Die Strahlung.« Widmann machte eine kreisende Handbewegung an der Kopfseite. »Ungesund für die grauen Zellen.«

Strahlung. So einer ist das, dachte Sofija. »Und vom Zwanzigsten auf den Einundzwanzigsten, wo waren Sie da?«

Neuerliches quälendes Schweigen. Man konnte förmlich sehen, wie die Gedanken hinter Widmanns breiter Stirn im Schneckentempo herumkrochen. »Da hatte ich Nachtdienst«, antwortete er endlich.

»Korrekt«, bestätigte Nowak, der wieder am Rechner saß. »Steht so im Dienstplan.«

»Danke, Herr Widmann. Das war's fürs Erste«, beendete Sofija das Gespräch.

Statt sich zu verabschieden, fing der Justizvollzugsbeamte plötzlich an zu lachen. Es war ein seltsames krächzendes, bellendes Geräusch, das zwischen den gelben Zähnen hervorpolterte, während Widmann das Büro verließ und die Tür hinter sich schloss.

Sofija fuhr zu Nowak herum. »Was war denn *das*?«

»Ich sag doch«, meinte der Anstaltsleiter, »ein verschrobener Typ.«

4

Auf dem Weg zum Auto schwiegen sie. Der Trip nach Mannheim fühlte sich an wie eine einzige Zeitverschwendung. Alex summte das Intro von *Child In Time*. Er konnte nichts dagegen tun. Seit das Lied im Radio gelaufen war, hatte er einen Ohrwurm.

»Annika Schneider hat versucht, mich anzurufen«, sagte die Chefin mit Blick auf ihr Handy. »Sie will wahrscheinlich wissen, wie der Stand der Dinge ist. Ich ruf sie mal schnell zurück.«

Währenddessen las Alex den Soko-Gruppenchat. Nichts Neues von Arbogast. Laut den Beamten, die ihn beschatteten, hatte er seit gestern Abend nicht das Haus verlassen. Dafür gab es andere Neuigkeiten. *Große* Neuigkeiten. Als Sofija ihr Telefonat beendet hatte, machte er sie darauf aufmerksam.

»Endlich tut sich was!«, sagte sie, und es klang wie ein Stoßseufzer. »Fahren wir zurück.«

5

»Das Video kam gegen halb zwölf rein, die Kollegen von der Emmertsgrundwache haben es uns geschickt«, berichtete Lutz, als sich Alex und Sofija im Soko-Raum einfanden. »Es stammt von einer Überwachungskamera in einem kleinen Supermarkt in der Emmertsgrundpassage. Der Ladenbesitzer, ein Herr …« – Lutz musste seine Notizen konsultieren – »… Oğulcan Yıldırım hat es bei der Emmertsgrundwache abgegeben, nachdem er aus der Presse von der Schneider-Story erfahren hat. Ich spiel's euch ab.«

Das Video, das der Beamer auf die Leinwand projizierte, war schwarz-weiß und grobkörnig, doch man konnte alles Relevante erkennen. Ein junger Mann in Regenjacke – eindeutig Lukas Schneider – kam in den Laden. Er wirkte in Eile und irrte hektisch zwischen den eng stehenden Regalen umher. Er erstarrte, als eine zweite Gestalt durch die automatische Schiebetür trat. Eine Frau in Funktionsjacke, kurze Haare, Mitte fünfzig.

Alex beugte sich unwillkürlich nach vorne.

Claudia Fritsch. Michelle Neureuthers Mutter.

Fritsch ging zu Schneider. Der wich zurück, machte abwehrende Handbewegungen. Fritsch rückte ihm auf die Pelle und gestikulierte ihrerseits heftig. Ton gab es natürlich keinen, aber man konnte sehen, dass sie stritten. Allerdings nicht lange. Nach einer knappen Minute gelang es Schneider, sich an Fritsch vorbeizuschieben und den Supermarkt zu verlassen. Neureuthers Mutter blieb eine weitere Minute nahezu reglos stehen, ehe auch sie aus dem Laden ging. Damit endete der kurze Stummfilm.

»Von wann ist das Video?«, fragte Alex.

»Montag, der 17. Oktober, 23.25 Uhr«, antwortete Lutz.

Zwei Tage vor Schneiders Verschwinden.

»Dass Claudia Fritsch im Internet Schneiders vorzeitige Entlassung kommentiert hat, wisst ihr?«, brach Alex das allgemeine Schweigen.

Lutz nickte. »Hab ihren Kommentar eben ausgedruckt. ›*Kurpfalz 24/7 News* hat ausnahmsweise recht, es IST ein brutaler Schlag ins Gesicht‹«, las er den Screenshot vor. »›Und wie fühlen sich jetzt all die Frauen und Mädchen, die nicht mehr unbeschwert vor die Tür gehen können, weil sie permanent Angst vor Lukas Schneider haben müssen? Diese Entscheidung des Gerichts ist blanker Hohn. Ich habe endgültig das Vertrauen in den Rechtsstaat verloren.‹«

»Wir reden mit ihr«, entschied Sofija. »Aber wir dürfen uns jetzt keinen Schnellschuss leisten. Zuerst befragen wir den Supermarktbetreiber. Vielleicht hat der mitgekriegt, was Fritsch und Schneider gesagt haben. Oder haben die Kollegen das schon gemacht?«

»Yıldırım weiß leider nichts. Er war an dem Abend nicht im Laden«, antwortete Lutz. »Hinter der Kasse stand eine Honorarkraft, eine Somalierin namens Nzinga Dirie. Wir sollen mit der reden. Ich fahr mit Celina hoch.«

Sofija war einverstanden. »Ruf mich sofort an, wenn du ihre Aussage hast.«

6

Der Anruf kam gegen 17 Uhr. Sofija suchte Alex in seinem Büro auf und erzählte ihm, was die Kollegen in Erfahrung gebracht hatten.

»Leider nicht viel. Nzinga Dirie kann kaum Deutsch. Lutz musste Englisch mit ihr reden. Dirie erinnert sich an den Streit zwischen Fritsch und Schneider, hat aber nicht verstanden, worum es ging. Sie sagt, Handgreiflichkeiten zwischen den beiden habe es keine gegeben, auch nicht vor dem Laden. Ich hab Fritschs Adresse rausgesucht, lass uns hinfahren.«

Einmal mehr marschierten sie zum Parkplatz. Diesmal fuhr Alex. Während er in die Bergheimer Straße einbog, fragte Sofija:

»Du hattest damals viel mit Fritsch zu tun, richtig? Kannst du mir was über sie erzählen?«

»Ich hab seit Schneiders Verurteilung immer mal geschaut, was sie so macht. Persönliches Interesse, der Fall ist mir ziemlich nahegegangen. Aber mit ihr geredet hab ich das letzte Mal bei der Hauptverhandlung. Daher weiß ich das nur in den Grundzügen. Michelles Tod war äußerst traumatisch für die Eltern, die Ehe ist daran zerbrochen. Claudia Neureuther hat wieder ihren Mädchennamen angenommen; was ihr Ex-Mann macht, weiß ich nicht. Trabold hat mir mal erzählt, dass Fritsch einen Privatdetektiv auf ihn angesetzt hat, um ihm eine Mitschuld an Michelles Tod nachzuweisen. Das Gleiche hat sie wohl auch bei der Gothia versucht, sie hat die Burschenschaft später verklagt.

Das war alles erfolglos. Trabold hat sogar auf dem gerichtlichen Weg erreicht, dass Fritsch ihn in Ruhe lassen musste. Ein Triumph für Trabold, sehr bitter für Fritsch.«

Um den Bismarckplatz floss der Feierabendverkehr zäh, zumal der Nebel immer dichter wurde. Es dauerte, bis sie über die Theodor-Heuss-Brücke fahren konnten.

»2018 hat sie dann einen Hilfsverein für Opfer sexueller Gewalt gegründet. ›Wir gegen sexuellen Missbrauch e. V.‹«, fuhr Alex fort. »Soweit ich weiß, trifft der sich mehrmals pro Woche in den Räumen einer Kirchengemeinde. Das ist eine Art Selbsthilfegruppe, die Fritsch leitet.«

»Sie kümmert sich also persönlich um Menschen, die sexuelle Gewalt erlebt haben? Ist sie denn dafür ausgebildet?«

»Von Haus aus ist sie Friseurin. Aber sie hat sich intensiv mit der Thematik befasst und zig Fortbildungen besucht. Gab kurz nach der Vereinsgründung einen großen Artikel über sie in der Zeitung, kann ich dir nachher raussuchen. Jedenfalls«, schloss Alex, »müssen wir die Sache mit Fingerspitzengefühl behandeln. Fritsch hat viel mitgemacht, und sie ist nicht gut auf die Justiz zu sprechen.«

Er tastete sich durch den Nebel, der wie geronnene Milch über dem Neckar lag, sodass der Fluss nicht mehr zu sehen war. Die beleuchtete Schlossruine über der Altstadt schwebte wie eine Fata Morgana auf einem Kissen aus wabernden Schwaden.

7

Claudia Fritsch wohnte in Ziegelhausen im äußersten Osten Heidelbergs, im ersten Stock eines adretten, blassblau gestrichenen Miethauses.

»Guten Abend, Herr Schwerdt«, sagte sie, als Alex und Sofija die Treppe heraufkamen. »Das ist ja eine Überraschung.«

Ihre Stimme klang freundlich, doch sie lächelte nicht.

»Wir untersuchen das Verschwinden von Lukas Schneider. Sie haben sicher davon gehört. Wir hätten einige Fragen an Sie. Dürfen wir reinkommen?«

»Bitte.« Sie machte eine einladende Handbewegung und schloss die Tür hinter den Kripobeamten. Alex entging nicht, dass die stabile, mit einem Spion ausgestattete Tür von innen zusätzlich mit einem Riegel verschlossen werden konnte.

Die Zweizimmerwohnung wirkte aufgeräumt, freundlich und hell. Es gab reichlich Pflanzen mit fleischigen Blättern sowie Bilder an den Wänden, hauptsächlich Landschaftsaufnahmen von Dünen und dem Wattenmeer. Fritsch führte sie ins Wohnzimmer, wo leise Musik lief, ein Lied von Dido. Auf der weißen Ledercouch lag ein dicker Historienroman, in dem ein Lesezeichen steckte; auf dem schwarzen IKEA-Tischchen stand ein halb volles Glas Rotwein.

Alex entdeckte nur ein Foto von Michelle Neureuther: Es stand gerahmt auf einem Sideboard neben einer Kerze und zeigte die lachende junge Frau mit einem italienischen Palazzo im Hintergrund. Darüber hing ein Kunstdruck. Er stellte zwei Hände dar, die aus dem Nichts herausgriffen. Von den Armen waren nur Stümpfe zu sehen. Es handelte sich um *Studium der Hände* von Leonardo da Vinci. Alex betrachtete die Zeichnung eine volle Minute, ehe er sich weiter in der Wohnung umschaute.

»Was ist denn aus dem Haus geworden, in dem Sie früher gewohnt haben?«

»Mein Ex-Mann und ich haben es nach der Scheidung verkauft. Weder er noch ich wollten weiter darin wohnen – zu viele Erinnerungen.«

»Verständlich. Ist Ihr Ex-Mann noch in Heidelberg?«

»Axel ist 2018 nach Leipzig zurückgekehrt. Dort hat er bis zur Wende gelebt, er hat in der Stadt familiäre Wurzeln.«

Das war das zweite Mal heute, dass sie von Leipzig hörten. Alex erschien es, als gäbe es in diesem Fall immer wieder Parallelen zwischen den verschiedenen Beobachtungen und Zeugenaussagen.

»Er war seitdem nicht wieder in Heidelberg«, sagte Fritsch, als hätte sie die nächste Frage vorausgeahnt. »Zumindest weiß ich von keinem Besuch. Er hat eine neue Lebensgefährtin, mit der er wohl recht glücklich ist.«

»Aber Sie sind Single?«

»Ich bin Single«, bestätigte Fritsch, und es lag Trotz darin. »Ich fühle mich wohler so. Ich hätte auch gar keine Zeit für eine Partnerschaft, der Verein beansprucht mich voll und ganz.«

»Machen Sie das eigentlich hauptberuflich?«, fragte Sofija. »Die Vereinsarbeit, meine ich.«

»Es ist ein Ehrenamt und gleichzeitig ein Vollzeitjob. Den kann ich nur machen, weil mein Ex-Mann mir ausreichend Unterhalt zahlt, wie Sie sehen.« Fritsch machte eine Geste, die der hochwertigen Wohnungsausstattung galt. »Ich bin in der glücklichen Lage, dass ich nicht arbeiten muss, um Geld zu verdienen. Jetzt lassen Sie uns bitte zur Sache kommen. Wie kann ich Ihnen helfen?«

Viele Menschen, die erlitten hatten, was Claudia Fritsch erlitten hatte, zerbrachen daran. Sie vernachlässigten ihre Gesundheit, sie verfielen dem Alkohol, sie bekamen eine schwere psychische Krankheit. Nicht so Michelles Mutter. Vor ihnen stand eine gepflegte, gut gekleidete, sportliche Frau, die Intelligenz und Zielstrebigkeit ausstrahlte. Allein der latente Zorn, der aller Freundlichkeit zum Trotz in ihren Gesten und Worten mitschwang, gab einen Hinweis auf den Schrecken, den sie durchgemacht hatte. Alex vermutete, dass es dieser Zorn war, der sie antrieb. Er verlieh ihr Energie, er war ihre Waffe gegen die Ungerechtigkeiten der Welt. Sie setzten sich auf die Couch.

»Die Fragen, die wir Ihnen stellen müssen, sind möglicherweise unangenehm für Sie«, begann Alex. »Lassen Sie es uns wissen, wenn Sie nicht mehr können oder einen Beistand wünschen.«

Fritsch nickte nur.

»Wissen Sie, wo Lukas Schneider ist?«, fragte er.

»Nein.«

»Haben Sie ihn entführt oder bei seiner Entführung mitgewirkt? Haben Sie Hinweise, wer ihn entführt haben könnte?«

»Weder noch.« Ihr Ton war gleichbleibend freundlich. Sie hielt seinem Blick stand.

Sofija fragte: »Hat es Ihnen Befriedigung verschafft, in der Presse zu lesen, dass man ihm die Hand abgetrennt hat?«

Da geht es hin, das Fingerspitzengefühl, dachte Alex.

Fritsch antwortete ihr mit einer Gegenfrage: »Was denken Sie?«

»In der Kommentarspalte von *Kurpfalz 24/7 News* schrieben Sie am 30. September, dass Schneiders vorzeitige Entlassung aus dem Gefängnis ein brutaler Schlag ins Gesicht für Sie sei. Dass Sie ihm unter diesen Umständen alles Schlechte der Welt wünschen, wäre menschlich verständlich.«

Fritsch kommentierte das nicht.

»Sie schrieben außerdem, Sie hätten das Vertrauen in den Rechtsstaat verloren«, fuhr Sofija fort. »Haben Sie das Gesetz in die eigene Hand genommen?«

»Ich sagte bereits, dass ich nichts mit seinem Verschwinden zu tun habe.«

»Am 17. Oktober um 23.25 Uhr haben Sie mit Schneider im türkischen Supermarkt in der Emmertsgrundpassage gestritten«, sagte Alex. »Die Überwachungskamera hat es aufgezeichnet. Wie kam es zu der Begegnung?«

Sie schwieg lange. Ihre Mimik gab nichts preis.

»Ich habe herausgefunden, wo er wohnt und arbeitet«, antwortete sie schließlich. »Das war nicht schwer, es steht inzwischen ja überall im Internet. Am Siebzehnten bin ich abends zu seinem Haus. Ich habe gehofft, dass er noch einmal herauskommt.«

»Um was zu tun?«

»Ich wollte ihn ansprechen. Ihn zur Rede stellen.«

»Das hätten Sie doch auch tagsüber machen können. Wenn er zu seiner Arbeitsstelle in Rohrbach ging.«

»So weit habe ich nicht gedacht. Es war ein spontaner Impuls.«

Eine dürftige Erklärung, dachte Alex. »Was ist dann passiert?«

»Er ist in den Bus gestiegen, bevor ich den Mut fand, ihn anzusprechen. Als ich noch überlegte, ob ich auch einsteigen soll, fuhr der Bus schon los. Ich wartete vor dem Wohnblock auf Schneider.«

Alex ging im Kopf den Zeitstrahl durch, den sie erarbeitet hatten.

Schneider war mit dem Bus zu Trabold gefahren, mit dem er sich an jenem Abend in der Blücherstraße geprügelt hatte.

»Als er zurückkam, war es nach elf«, fuhr Fritsch fort. »Er hat mich gesehen und ist weggelaufen. Ich fasste mir ein Herz und bin ihm nach. In der Emmertsgrundpassage hab ich ihn eingeholt.«

»Worum ging es bei Ihrer Auseinandersetzung im Supermarkt?«, fragte Sofija.

»Ich habe ihm Vorwürfe gemacht. Ihn einen Mörder genannt. Ich wollte, dass er mir in die Augen sehen und vor Scham im Boden versinken muss. Wie gesagt, es war eine spontane Aktion. Ich war wütend und sehr emotional. Aber angetan habe ich ihm nichts.«

»Sie sind ihm also nicht gefolgt, als er aus dem Supermarkt floh?«

»Nein. Ich habe mich ins Auto gesetzt und bin nach Hause gefahren.«

»Wo waren Sie am Abend des 19. Oktober?«, fragte Alex.

»Bei einem Treffen von ›WgsM‹ im evangelischen Gemeindehaus. Ich habe die Gesprächsgruppe geleitet. Wir saßen lange zusammen, bis etwa 0 Uhr 30.«

»Wir brauchen die Namen der Gruppenmitglieder, damit die uns das bestätigen.«

»Ich schicke Ihnen nachher eine Liste«, sagte Fritsch zögernd. »Aber Sie müssen mir vorab etwas versprechen. Diese Frauen sind traumatisiert. Das Letzte, was sie brauchen, sind ruppige Polizisten, die sie im Befehlston anschnauzen. Bitte denken Sie daran, wenn Sie mit ihnen sprechen.«

»Werden wir«, versprach Alex.

Fritsch blickte ihn beschwörend an. »Herr Schwerdt, Sie haben viel für meine Familie getan. Sie wissen, dass ich große Stücke auf Sie halte. Ich möchte Ihnen etwas mit auf den Weg geben. Wenn dieser Fall abgeschlossen ist, kümmern Sie sich bitte um das *wahre* Problem.«

»Das da wäre?«

»Meine Tochter musste sterben, weil sich zwei krankhaft unsichere Männer nur groß fühlen können, wenn sie Frauen demütigen und vernichten. Sie kennen doch bestimmt den Begriff ›Femizid‹: Frauen werden ermordet, nur weil sie Frauen sind. Viele, jeden Tag. Hören Sie sich an, was die Mitglieder von ›WgsM‹ zu erzählen haben. Es wird Sie erschüttern. Wir haben immer noch ein gesellschaftliches Klima, das Gewalt gegen Frauen begünstigt. Das Patriarchat ist die Wurzel des Übels. Es macht Frauen zu Menschen zweiter Klasse. Männerbünde wie die Gothia bilden den Nährboden für misogynen Hass und toxische Männlichkeit. Unternehmen Sie etwas dagegen. Legen Sie diesen Monstern das Handwerk.«

Alex schwieg lange. »Danke, dass Sie sich Zeit für uns genommen haben«, sagte er schließlich. »Schicken Sie uns bitte die Liste mit den Namen.«

8

Zurück in der Direktion telefonierten sie die Namen ab. Obwohl sie voraussichtlich das ganze Wochenende im Büro verbringen würden, bestand Sofija darauf, dass sie die Ergebnisse der Befragungen sofort im System dokumentierten. So war es bereits halb neun, als Alex endlich Schluss machte. Er radelte nach Hause, fütterte Frodo und aß eine Kleinigkeit, ehe er in die Straßenbahn stieg und nach Dossenheim fuhr.

Ihm gegenüber saß eine junge Frau, die völlig in einen Roman versunken war. Alex mochte Menschen, die lasen. Solange die Leute ein Buch lasen, begingen sie keine Straftaten und verschmutzten nicht die Umwelt.

Und posten keine Hasskommentare im Internet.

Er widerstand dem Impuls, das Handy herauszuholen und die Facebook-Seite von *Kurpfalz 24/7 News* zu prüfen. Seine Laune war gut, und das sollte so bleiben.

Im Ortskern von Dossenheim stieg er aus und ging den restlichen Weg zu Fuß. Der Nebel hatte sich etwas gelichtet, es war feucht und kalt. Lutz' Band spielte in einem Irish Pub mit efeuberankter Sandsteinfassade und grünen Fensterläden. Vor der Kneipe standen Leute in kleinen Gruppen zusammen und rauchten. Drinnen wummerte treibender Gitarrenrock, der jäh anschwoll, wenn jemand die Tür öffnete, um hinein- oder herauszugehen.

Alex bezahlte fünf Euro Eintritt, bekam einen listig grinsenden Leprechaun auf den Handrücken gestempelt und suchte seine Leute. Sie standen nah beim Eingang und recht weit von der kleinen Bühne entfernt. Stephan Kunz, dank seiner bunten Haare leicht im Gedränge auszumachen, verteilte gerade Bierflaschen an Kai, Lutz und Celina.

Lutz begrüßte Alex. »Na, hat die alte Sklaventreiberin dich endlich gehen lassen?«

Obwohl er wie Alex über zwölf Stunden gearbeitet hatte, sah er aus wie aus dem Ei gepellt. Die Jeans eng, das Hemd blütenweiß, das Lächeln strahlend. Alex entging nicht, dass Celina seinem Kollegen interessierte Blicke zuwarf.

»Seid ihr schon länger da?«

»Auch erst seit zehn Minuten.«

Sie mussten schreien, um die Musik zu übertönen.

Alex reckte den Hals und schaute zur Bühne. Gerade spielte *Three Against One* eine Coverversion von *Lithium*. Der langhaarige Sänger schrie sich die Seele aus dem Leib. Ein verschwitzter Rikki bearbeitete routiniert den Bass, er trug ein *Intimschotten*-T-Shirt.

»Und, wie schlägt sich Rikki?«

»Amtlich.« Lutz wirkte zufrieden. Tatsächlich klang die Musik nicht übel.

Alex drängte sich zur Theke durch und holte sich ein Guinness. Als er zurückkam, schwebte Stephan Kunz an ihn heran.

»Hey! Steht dein Angebot noch, dass du mich nachher Rikki vorstellst?«

»Klar.«

»Megacool!«

Kunz nahm ihn daraufhin in Beschlag, wohl um zu verhindern, dass Alex davonlief oder es sich anders überlegte. Kais Assistent eröffnete das Gespräch mit den Worten:

»Ich arbeite ja echt gern für Kai, guter Job und so, und er ist ja auch ein korrekter Typ, aber eigentlich studiere ich Astrophysik.«

Es folgte ein Vortrag über Neutronensterne und die Geburt von Galaxien. Alex war kein Fachmann für die Thematik, doch er hatte vor einigen Jahren aus persönlichem Interesse diverse Bücher von Stephen Hawking gelesen, und Kunz' Ausführungen wirkten auf ihn nicht ganz ausgegoren. Als Kunz loszog, um sich ein neues Bier zu holen (»Alkoholfrei! Ich muss meinen Herrn und Meister ja noch lebendig nach Hause bringen!«), setzte er sich zu Kai.

»Sag mal, dein Assi, studiert der wirklich Astrophysik?«

»Was? Quatsch! Stephan hat nicht mal einen richtigen Schulabschluss. Der schaut sich den ganzen Tag YouTube-Filmchen zu schwarzen Löchern und so weiter an. Aber immer noch besser als der Mist, den er sich reingezogen hat, als er bei mir anfing. Chemtrails, Neue Weltordnung, Nazis in der Antarktis und der ganze Unfug, jeden Tag Stunden! Davon konnte ich ihn zum Glück abbringen.«

Alex verkniff sich ein Grinsen. Er wusste inzwischen, dass Kais Assistenten oft Schulabbrecher oder junge Männer ohne richtige Berufsausbildung waren. Kai schien es als seine Aufgabe zu betrachten, sie zu erziehen. Dadurch wirkte er mitunter wie ein grantiger, aber im Kern wohlwollender Lehrer.

Three Against One beendete einen Gassenhauer von *Placebo* mit einem Schlagzeug- und Power-Chord-Inferno, und die Band machte eine Pause. Lutz schob sich durch die Menge, um seine Musikerkollegen zu begrüßen. Rikki kam zu Alex. Um seinen Nacken lag ein Handtuch, und er wischte sich mit einem Zipfel das verschwitzte Gesicht ab.

»Alter, ist das heiß auf der Bühne! Ich bin das nicht mehr gewohnt.«

»Hier, hab dir was zu trinken geholt.« Alex reichte ihm die Radlerflasche.

»Bist ein Schatz.«

»Hier ist jemand, der dich kennenlernen will. Stephan Kunz, Kais Assistent. Großer Fan der *Intimschotten*.«

Rikki wandte sich dem Assistenten zu. »Stephan Kunz – wie der Fußballer?«

Kunz starrte sein Idol stumm an.

»Was ist denn das für einer? Kann der nicht reden?«, fragte Rikki.

»Ich glaub, dem hat's vor Ehrfurcht die Sprache verschlagen«, meinte Alex.

Lutz kam zu ihnen zurück. Er stieß mit Rikki an.

»*Good job.*«

»Danke. Du, was ich dich fragen wollte: Hat der Bandname *Three Against One* einen tieferen Sinn?«

»Wie man's nimmt. Wir haben damals ewig über einen Namen für die Band diskutiert. Aber immer, wenn einer einen Vorschlag hatte, waren die anderen drei dagegen.«

Die Pause war gerade lange genug, dass Rikki seinen Radler trinken konnte. Als er zur Bühne zurückmarschierte, lockerte sich die Erstarrung, die Stephan Kunz befallen hatte.

»Hey, der Rikki ist ja voll nett! Danke, Mann!«, sagte er begeistert zu Alex. »Komm, trink noch ein Guinness, geht auf mich.«

Three Against One spielte eine weitere Stunde und riss das Publikum derart mit, dass die Band drei Zugaben liefern musste. Gegen elf war dann endgültig Schluss. Alex stand noch eine Viertelstunde mit den anderen zusammen, ehe er sich verabschiedete.

»Ich hau ab – das Wochenende wird hart. Wir sehen uns!«

Er erwischte die Linie 5 und war fünfundzwanzig Minuten später zu Hause. Er ging gleich ins Bett, war aber zu aufgekratzt, um zu schlafen. Während er mit einer Hand Frodo kraulte, entsperrte er mit der anderen das Handy und schaute, was sich auf der Facebook-Seite von *Kurpfalz 24/7 News* tat. Ein Fehler, wie sich zeigte.

Der Shitstorm gegen ihn war längst nicht zu Ende, im Gegenteil: Die Trolle attackierten ihn aggressiver denn je. Kais offizielle Stellungnahme zum aktuellen Stand der Ermittlungen hatte die Situation nicht entschärft. Tatsächlich hatte der Ö damit nur erreicht, dass der Online-Mob nun auch den Social-Media-Auftritt der Polizei mit Hass überschwemmte.

»Alexander Schwerdt ist ein typisches Beispiel für einen Systemling, der lieber brave Deutsche kriminalisiert, statt seinen Job zu machen«, stand da.

Oder: »Werft den inkompetenten Penner Schwerdt endlich raus!!!« Und natürlich das Wutbürger-Mantra in zig Variationen: »ARMES DEUTSCHLAND!!!!!«

Dass Kurpfalz News inzwischen zwei weitere reißerische Spekulationen zu Schneider veröffentlicht hatte, fachte den Zorn der Trolle wie ein Brandbeschleuniger an. Wenigstens hielt Ewald Schätzlein endlich die Klappe. Aber das lag vermutlich nicht daran, dass Schätzlein über Nacht vernünftig geworden war – sondern an dem Umstand, dass er gerade kein internetfähiges Gerät besaß.

Alex wollte wissen, mit wem er es zu tun hatte, und klickte sich durch einige der Profile, die gegen ihn pöbelten. Was er darin fand, ließ kaum Rückschlüsse auf die Personen dahinter zu. Es waren ausnahmslos Troll-Accounts ohne Klarnamen und ohne aussagekräftiges Profilbild.

Einer hatte ein Bild von Alex gepostet. Es war ein Foto von der Pressekonferenz, die das Polizeipräsidium damals nach Schneiders und Trabolds Verhaftung gegeben hatte. Darauf waren neben Alex der Leiter der Soko »Kermit« Christian Stähle, der Chef der Kriminalpolizeidirektion sowie der damalige Ö zu sehen. Alex hatte man rot umkringelt, über dem Foto stand:

»Das ist Alexander Schwerdt, merkt euch sein Gesicht!«

Auch andere Troll-Profile hatten das Bild mitsamt der Überschrift gepostet. Offenbar wanderte es gerade durch Twitter und Facebook. Als Alex herauszufinden versuchte, wie weit es sich bereits verbreitet hatte, stieß er auf ein weiteres Foto. Dieses war etwas unscharf, doch es zeigte unverkennbar das Haus, in dem er wohnte.

»Fuck!«, entfuhr es ihm.

Er stand ruckartig auf. Hektisch tippte und wischte er mit dem Daumen auf dem Handyscreen. Das Foto von seinem Haus poppte gerade an verschiedenen Stellen auf, und jedes Mal stand da auch seine genaue Adresse, wo immer die Trolle die herhatten.

Der Mob hatte ihn gedoxt.

Nur mit einem T-Shirt und Boxershorts bekleidet ging er hinüber ins Arbeitszimmer, fuhr den Rechner hoch und machte Screenshots der schlimmsten Hasskommentare gegen ihn sowie der Postings mit seinem Foto und seiner Adresse. Das gesamte Material schickte er per E-Mail an seine Kollegen vom Dezernat für Cyberkriminalität mit der Bitte, der Sache nachzugehen und zu prüfen, ob die Trolle strafrechtlich belangt werden konnten.

Anschließend ging er ins Bett zurück und versuchte zu schlafen. Doch sein Herz wummerte wie ein Technobeat und ließ seinen ganzen Körper vibrieren.

9

Tanja war noch einigermaßen verschlafen, als sie am Samstagmorgen ins Wohnzimmer kam und sich an den Tisch setzte. Sie trug nur einen Bademantel. Ihr Haar hatte noch keine Bürste gesehen und fiel ihr üppig ins Gesicht, sodass davon nicht allzu viel zu sehen war. Sofija fand den Anblick hinreißend. Sie küsste ihre Lebensgefährtin auf den Scheitel und füllte zwei Becher mit dampfendem Kaffee.

»Das sieht fantastisch aus.« Tanja betrachtete das Essen auf dem Tisch. »Du musst ja in aller Herrgottsfrühe aufgestanden sein, um das zu richten. Es gibt sogar frische Brötchen vom Bäcker! Du bist ein Schatz.«

»Lass es dir schmecken.« In der Tat war Sofija seit anderthalb Stunden auf den Beinen, um das Frühstück vorzubereiten. Sie hatte sich ins Zeug gelegt, es gab teuren Schinken vom Metzger, gekochtes Ei, geschnittenes Gemüse, verschiedene Sorten Marmelade und Räucherforelle mit Sahnemeerrettich. Sie hoffte, damit ihr unmögliches Verhalten von gestern wiedergutmachen zu können.

Der Plan ging auf. Tanja erwähnte ihren dummen Streit mit keinem Wort. Gemeinsam genossen sie das Frühstück und hörten dabei die Liveaufnahme eines Jazzkonzerts. Durch die Terrassentür konnten sie den Neckar sehen, der durch das Tal floss. Der Nebel war über Nacht fast verschwunden; nur noch vereinzelte Schwaden hingen wie zerfetzte Betttücher an den bewaldeten Hängen des Königstuhls. Der Fluss glitzerte in der Morgensonne.

Nach einer Dreiviertelstunde schaute Sofija aufs Handy: 8.30 Uhr. »Ich muss leider los.« Sie aß den Rest ihrer Forelle und wischte sich den Mund mit einer roten Papierserviette ab. Sie wollte mit gutem Beispiel vorangehen und zeitig im Büro sein, wenn sie schon von ihren Leuten verlangte, am Wochenende zu arbeiten.

»Kann ich dich überreden, noch ein Stündchen zu bleiben?«

»Ich würde liebend gern, aber wir stecken bis zum Hals in Arbeit. Sei mir nicht böse, ja?«

Tanja lächelte nachsichtig. »Dann geh mal Verbrecher fangen. Pass auf dich auf.«

»Mach ich. Und du gönnst dir heute einen schönen Tag, Liebste, okay?«

»Das glaubst du aber. Mir schwebt ein langes Date mit Netflix vor.«

Sie küssten sich zum Abschied. Sofija war heilfroh, dass Tanja so gelassen reagierte. Ein Streit in vierundzwanzig Stunden genügte ihr vollauf. Aber ihre Lebensgefährtin war selbst oft beruflich stark eingespannt, sodass sie abends lange im Institut bleiben musste. Daher hatte Tanja in der Regel Verständnis, wenn ihre Partnerin Überstunden machen musste. *Anders würde das mit uns beiden auch nicht funktionieren,* dachte Sofija, während sie das Haus verließ.

Gegen neun betrat sie den Soko-Raum. Die anderen waren bereits da – alle außer Lisa, die sich wieder einmal Zeit ließ. Ein übermüdet wirkender Alex berichtete gerade, dass der Hass in den sozialen Medien gegen ihn eine neue Stufe erreicht hatte. Sofija hörte ihm schweigend zu. Obwohl diese Entwicklung zweifellos besorgniserregend war, konnte sie sich den Gedanken nicht verkneifen, dass das, was Alex gerade durchmachte, für Menschen mit Migrationshintergrund und viele politisch aktive Frauen eine völlig alltägliche Erfahrung darstellte. Die wurden ständig online angefeindet, einfach, weil sie *existierten.* Etwa eine alte Freundin von ihr: lesbisch, in der Kommunalpolitik engagiert. Weil sie die Frechheit besaß, sich für Minderheitenrechte und sexuelle Selbstbestimmung einzusetzen, machten rechte Trolle seit Jahren im Netz Jagd auf sie.

Jetzt trifft's mal einen heterosexuellen Mann, der durch und durch deutsch ist, und alle fragen sich schockiert, wo dieser Hass herkommt. Tja, Freunde: Der Hass war schon immer da. Ihr habt ihn nur stur ignoriert.

Sie schob diesen wenig hilfreichen Gedanken beiseite und fragte Alex: »Woher haben die deine Adresse?«

»Kann ich nicht sagen. Vielleicht hat mich jemand die Tage abends auf dem Heimweg beobachtet.«

Kai tippte derweil mit gerunzelter Stirn am Laptop. Ohne den Blick vom Bildschirm zu nehmen, sagte er: »Ich versuche weiterhin, den Hass einzudämmen – wenigstens auf unseren Seiten. Ich werde klarstellen, dass wir Drohungen und Beleidigungen gegen unsere Leute nicht tolerieren.«

»Danke dir«, sagte Alex.

»Ab jetzt führst du 24/7 deine Dienstwaffe mit dir – bei diesen Leuten weiß man nie«, ordnete Sofija an. »Außerdem kümmere ich mich darum, dass regelmäßig eine Streife bei deiner Wohnung vorbeischaut. Können wir sonst noch was für dich tun?«

»Danke, aber ich komme klar.« Er wollte offenbar nicht mehr über die Sache reden. »Lasst uns am Fall weiterarbeiten, okay?«

Das taten sie. Sofija machte den Anfang und berichtete von ihrem Telefonmarathon am gestrigen Abend.

»Wir konnten die Hälfte der Frauen von Fritschs Liste kontaktieren. Alle haben ihr Alibi für den Neunzehnten verifiziert. Die übrigen erreichen wir hoffentlich im Lauf des Vormittags. Was macht die Sache Schätzlein?«

Celina antwortete. Lutz hatte ihr die weiteren Ermittlungen übertragen, es war sozusagen ihr erster eigener Fall.

»Ich habe mit der Numismatischen Gesellschaft telefoniert – die hat bestätigt, dass Schätzlein am Neunzehnten bei dem Vortrag über karolingische Münzen war. Außerdem kam eben der Bericht der IT herein. Die Kollegen haben sein Handy und den Laptop ausgewertet. Die fraglichen Kommentare sind zweifelsfrei von ihm. Außerdem konnten sie feststellen, dass er die Webseite mit der Henkersschlinge ins Netz gestellt hat.«

»Webseite mit Henkersschlinge? Hilf mir mal schnell auf die Sprünge«, bat Kai die Kommissaranwärterin. Bildete Sofija sich das nur ein, oder wirkte der Ö heute Morgen verkatert?

»Die Seite ist kurz nach Schneiders Entlassung online gegangen«, erklärte Celina. »Sie zeigt Schneiders Foto und daneben eine Henkersschlinge. In einem kurzen Text wird seine Hinrichtung gefordert.«

»Warte mal«, hakte Alex ein. »Schätzlein ist so dumm, dass er kaum seinen eigenen Namen schreiben kann. Wie kann der denn eine Webseite programmieren?«

»Na ja, so eine Webseite kann jeder mit ein paar WordPress-Grundkenntnissen zusammenklicken«, sagte Kai. »Man muss dafür nicht wirklich programmieren können.«

»Schätzlein hat fragwürdige politische Einstellungen«, sagte Lutz, »aber ich weiß nicht, ob er wirklich ›dumm‹ ist. Die Sache mit der Numismatik – da muss man sich für Geschichte und so weiter interessieren. Wenn du nichts im Hirn hast, suchst du dir doch ein anderes Hobby. Oder wie siehst du das, Celina?«

»Wie er Facebook-Kommentare schreibt, deutet darauf hin, dass er Legastheniker ist. Mit Dummheit hat das nichts zu tun«, stimmte die Kommissaranwärterin Lutz zu und erklärte: »Ich hab einen Cousin mit Lese- und Rechtschreibstörung. Daher kenne ich mich ein bisschen damit aus.«

»Das mag ja sein mit der Legasthenie«, meinte Alex. »Aber der glaubt auch, dass demnächst die Pädo-Öko-Diktatur kommt. Für mich ist das dumm. Sehr, sehr, sehr dumm.«

»Es ist nicht unser Job, Schätzleins IQ festzustellen«, beendete Sofija die fruchtlose Diskussion. »Zurück zu der Webseite. Was ist damit passiert?«

»Die IT hat sie eben offline genommen und die Daten gesichert«, fuhr Celina fort. »All das dürfte für ein Verfahren gegen Schätzlein reichen. Ich mache nachher die Akte für die Staatsanwaltschaft fertig. Hinweise, dass er etwas mit Schneiders Verschwinden zu tun hat, gibt es allerdings keine. Mit Arbogast scheint er auch nicht in Kontakt zu stehen.«

»Wieder eine Sackgasse.« Sofija machte keinen Hehl aus ihrer Enttäuschung, sie hatte sich mehr davon erhofft.

»Trotzdem danke für die gute und schnelle Arbeit«, sagte Lutz mit Nachdruck.

Celina freute sich sichtlich über das Lob. Lutz warf Sofija einen strafenden Blick zu, der besagte: *Das wäre dein Job gewesen.* Ihr Vize machte ihr oft Vorhaltungen, sie lobe die Mitarbeiter nicht genug und trete generell zu wenig wertschätzend auf. Sofija konnte mit solchen Befindlichkeiten nichts anfangen. Sie waren Beamte, die ihre Pflicht zu tun hatten. Wer erwartete, dafür das Verwöhnprogramm zu bekommen, war fehl am Platz. Celina lernte das besser von Anfang an.

Deshalb nennen sie dich »die Kaltfront«.

Verärgert schob sie den Gedanken weg.

»Hat Schätzlein erklärt, warum er seit Wochen gegen Schneider hetzt?«, fragte Jörg. »Was hat er davon?«

»Das weiß der vermutlich selbst nicht so genau«, antwortete Lutz. »Wahrscheinlich Langeweile, allgemeiner Lebensfrust und ein Hang zum Sadismus. Und wenn man einen wie Schneider öffentlich runtermacht, kann man sicher sein, vom Mob reichlich Likes und Zuspruch zu kriegen.«

In diesem Moment kam Lisa herein. Sie grüßte nicht, und ihrer Mimik war anzusehen, dass sie sich lieber beim Zahnarzt einer Wurzelbehandlung unterzogen hätte, als ihr Wochenende im Soko-Raum zu verbringen.

Sofija schaute demonstrativ auf die Uhr. »Zwanzig vor zehn. Schön, dass du uns auch mal beehrst. Setz dich, mach's dir bequem. Soll ich dir ein Käffchen anreichen, damit du gemütlich in den Tag starten kannst?«

Lisa knallte ihre Tasche auf den Stuhl und rauschte ohne ein Wort aus dem Zimmer.

10

Alex rieb sich die brennenden Augen, während er mit dem letzten Mitglied der Selbsthilfegruppe telefonierte. Er hatte in der vergangenen Nacht vielleicht drei Stunden geschlafen, und die Müdigkeit im Verbund mit dem Stress der letzten Tage bescherte ihm bohrende Kopfschmerzen.

»Okay ... Verstehe ... Vielen Dank für die Auskunft.« Er legte auf und hakte den Namen auf der Liste ab. Inzwischen hatten sämtliche Frauen, die Claudia Fritsch ihnen genannt hatte, ihr Alibi bestätigt. Michelle Neureuthers Mutter konnte Schneider somit nicht entführt haben. Dass sich die Mitglieder von ›Wir gegen sexuelle Gewalt‹ abgesprochen hatten, um Fritsch ein Alibi für den fraglichen Abend zu verschaffen, hielt er für unwahrscheinlich. Die Aussagen der Frauen klangen glaubhaft, nicht wie auswendig gelernt.

Alex starrte ins Nichts. *Wenn dieser Fall abgeschlossen ist, kümmern Sie sich bitte um das wahre Problem. Männerbünde wie die Gothia bilden den Nährboden für misogynen Hass und toxische Männlichkeit ...* Fritschs Worte gingen ihm nicht aus dem Kopf.

Das Schrillen des Telefons riss ihn aus seinen Gedanken. Es war Lutz.

»Komm schnell hoch, es gibt Neuigkeiten!«

Alex eilte zum Soko-Raum. Ein junger Polizeikommissar von der Emmertsgrundwache war anwesend. Auf dem Tisch stand eine schlammverklebte Sporttasche. Daneben lag ein Baseballschläger.

Der Baseballschläger.

Alex sah auf einen Blick, dass es sich um die Tatwaffe handelte, mit der Schneider Michelle Neureuther erschlagen hatte. Die ins Aluminium eingeritzten Buchstaben »E.R.« waren deutlich zu erkennen.

»Wo kommt der denn auf einmal her?«

»Wurde vor einer Stunde auf der Wache abgegeben«, berichtete der Polizeikommissar. »Ein Herr Azizi hat die Sporttasche gebracht, da war er drin. Seine Kinder haben die Tasche gefunden. Sie lag im Gebüsch bei Schneiders Wohnung.«

»Wann haben sie die Tasche gefunden?«

»Das wissen die Kinder leider nicht mehr genau. Am 18. oder 19. Oktober.«

»Vor zehn Tagen? Warum hat Herr Azizi den Baseballschläger erst jetzt abgeliefert?«

»Die Tasche mitsamt dem Inhalt lag wohl die ganze Zeit in einem unaufgeräumten Kinderzimmer, ohne dass er davon wusste. Die Kinder haben sie in eine Ecke gestellt und dann vergessen. Als Azizis Frau sie heute früh beim Aufräumen gefunden hat, hat sie die richtigen Schlüsse daraus gezogen und ihren Mann damit zu uns geschickt.«

»Jörg«, wandte sich Sofija an den Leiter der Spurensicherung.

Mehr musste sie nicht sagen. Jörg hatte bereits Handschuhe angezogen und machte sich daran, den Baseballschläger und die Tasche vorsichtig zu verpacken.

»Wir untersuchen die Sachen sofort.«

11

Gegen 15 Uhr präsentierte Jörg den Soko-Mitgliedern erste Ergebnisse.

»Ob an dem Baseballschläger frische DNA von Schneider haftet, können wir noch nicht sagen. Blutspuren haben wir bislang keine gefunden. Wohl aber gibt es eine Vielzahl neuer Fingerabdrücke auf dem Aluminium. Die meisten können wir nicht zuordnen, sie stammen wahrscheinlich von den Azizis. Das klären wir noch. Von Schneider sind keine neuen drauf – dafür die von Claudia Fritsch. Im Kermit-Fall war Fritsch bekanntlich eine ›berechtigte Spurenlegerin‹,

Michelles Sachen waren voll von den Fingerabdrücken ihrer Mutter. Wir haben sie seitdem in der Datenbank und konnten sie daher schnell identifizieren.«

»Sie hat also gelogen, was ihre Begegnung mit Schneider betrifft«, sprach Alex das Offensichtliche aus. »Sie wollte wohl nicht nur mit ihm reden. Wie zum Teufel ist sie an den Baseballschläger gekommen?«

»Das haben wir gleich.« Sofija griff zum Handy und wählte eine gespeicherte Nummer. »Guten Tag, Frau Fritsch. Hier Marković von der Kriminalpolizei. Können Sie in die Direktion kommen? ... Wir haben noch einige Fragen an Sie ... Am besten gleich heute ... Gut ... Vielen Dank. Bis nachher.«

Währenddessen betrachtete Alex den Baseballschläger, mit dem alles angefangen hatte, vor fast sechs Jahren. Ein unschuldiges Sportgerät und gleichzeitig eine mörderische Waffe, die Knochen brechen, Fleisch zermalmen und Schädel zerschmettern konnte. Ihn schauderte. Zum zweiten Mal war das grauenhafte Ding ein wichtiges Beweismittel.

War es auch dieses Mal ein Tatmittel?

12

Als Sofija und Alex kurz vor sechs das Vernehmungszimmer aufsuchten, saß die Oberstaatsanwältin bereits am Tisch. Sie lächelte die Kripobeamten zur Begrüßung an. Sofija setzte sich neben sie und registrierte beiläufig, dass sie gut roch. Ein exquisites Parfüm, das sie unter anderen Umständen anregend gefunden hätte. Roth-Schweigmann war noch ein paar Zentimeter kleiner als sie. Unter der cremefarbenen Bluse und dem knielangen Rock verbarg sich eine sportliche, feminine Figur; man sah ihr an, dass sie intensiv Yoga machte. Die Oberstaatsanwältin war nicht so überirdisch schön wie Tanja, doch Sofija fand sie durchaus attraktiv.

Vor allem aber arbeitete sie gern mit ihr zusammen. Dr. Ulla Roth-

Schweigmann war eine erfahrene Juristin, zupackend und entschluss-freudig, gleichzeitig reflektiert und besonnen. Mit ihr konnte man auf Augenhöhe sprechen und die beste Vorgehensweise im jeweiligen Fall ausarbeiten.

Um Punkt 18 Uhr führte eine Uniformierte Claudia Fritsch herein. Sie hatte von ihrem Recht Gebrauch gemacht und ihre Anwältin mitgebracht. Katja Rebholz war eine burschikose Frau Anfang fünfzig. Von Alex wusste Sofija, dass Rebholz viele Opfer von Sexualdelikten vertrat und den Verein »Wir gegen sexuellen Missbrauch« ehrenamtlich unterstützte.

Sofija eröffnete die Vernehmung, indem sie in die Asservatenbox griff und die in Folie eingepackte Sporttasche auf den Tisch legte.

»Ist das Ihre Tasche?«

Fritsch antwortete nicht.

Sofija legte auch den Baseballschläger auf den Tisch. Fritschs Gesicht zeigte keinerlei Regung.

»Dies ist die Tatwaffe, mit der Lukas Schneider Ihre Tochter ermordet hat«, erklärte Alex der Form halber. »Sie ist aus der staatsanwaltlichen Asservatenkammer verschwunden und war unauffindbar, bis sie vor etwa zehn Tagen wieder aufgetaucht ist. Sie lag in der Sporttasche im Gebüsch vor dem Haus, in dem Schneider mit seiner Mutter wohnt. Wie ist sie da hingekommen?«

Fritsch hüllte sich beharrlich in Schweigen.

»Wir haben auf dem Baseballschläger frische Fingerabdrücke gefunden, die sich zweifelsfrei Ihnen zuordnen lassen«, sagte Sofija. »Können Sie uns das erklären?«

Fritsch wechselte einen stummen Blick mit ihrer Anwältin.

»Ich möchte mich mit meiner Mandantin beraten«, sagte Rebholz.

Die beiden Frauen verließen das Vernehmungszimmer. Nach fünfzehn Minuten kamen sie zurück.

Fritsch räusperte sich. »Ich möchte ein Geständnis ablegen.«

Der Plastikstuhl neben Sofija knarrte, als Alex sich unwillkürlich einige Zentimeter nach vorne beugte.

Michelle Neureuthers Mutter schwieg lange, ehe sie weitersprach.

»Im Frühjahr 2020 habe ich mit dem damaligen Asservatenverwalter Kontakt aufgenommen. Ich überredete ihn, mir gegen den Geldbetrag von dreitausend Euro den Baseballschläger zu überlassen.«

»Wieso haben Sie ihn bestochen, Ihnen die Tatwaffe auszuhändigen?«, hakte Roth-Schweigmann nach.

»Ich hatte damals heftige Rachegedanken. Ich entwickelte die fixe Idee, Schneider mit seiner eigenen Waffe zu verprügeln, sowie er aus dem Gefängnis kommt. Damals dachte ich noch, das würde frühestens 2026 passieren«, fügte Fritsch bitter hinzu.

»Wo haben Sie den Baseballschläger seitdem aufbewahrt?«, fragte Sofija.

»Zu Hause in der alten Sporttasche. Unten im Kleiderschrank. Trotzdem blieb es bei diffusen Fantasien«, fuhr Fritsch fort. »Je länger Michelles Tod zurücklag, desto weniger wusste ich, ob ich imstande sein würde, ihren Mörder zu bestrafen – ob ich das überhaupt wollte. Inzwischen war ›Wir gegen sexuellen Missbrauch‹ recht groß geworden, und die Arbeit mit den Frauen hat mir geholfen, meine Wut loszulassen. Wenigstens zum Teil.«

»Aber als Sie erfuhren, dass Schneider vorzeitig aus dem Gefängnis gekommen war, ist die Wut zurückgekehrt«, sagte Alex.

Die Tatverdächtige nickte. »Die Wut wurde schlimmer denn je. Ich fühlte mich von der Justiz betrogen. Ich konnte nicht mehr schlafen vor Hass und Rachefantasien. Was all die Jahre nur eine verschwommene Idee gewesen war, nahm konkrete Formen an. Ich wollte Schneider nicht mehr nur verprügeln – ich wollte ihn totschlagen, damit er dieselben Qualen erleidet wie Michelle. Es war nicht schwer herauszufinden, wo er wohnt und arbeitet. Ich habe ihn tagelang beobachtet, bis ich seinen ungefähren Tagesablauf kannte. Am Montag vor zwei Wochen dann holte ich die Tasche mit dem Baseballschläger aus dem Schrank und fuhr zu seinem Haus.«

»Sie hatten den Vorsatz, ihn zu töten?«, fragte Roth-Schweigmann.

»Ja.«

»Es muss Ihnen doch klar gewesen sein, dass man Sie sofort verdächtigen würde.«

»Ich war mir sogar sicher, dass man mich schnell verhaften und mir die Tat problemlos nachweisen würde. Das war mir egal.«

»Wir sprechen also über die Nacht, in der Sie Schneider in dem türkischen Supermarkt in der Emmertsgrundpassage begegnet sind«, präzisierte Sofija. »Was genau ist da passiert?«

Fritsch kämpfte mit den Tränen. Ihre Hände, die auf dem Tisch lagen, zitterten. Ihre Anwältin sprach für sie weiter.

»Größtenteils wissen Sie das bereits«, beantwortete Rebholz die Frage. »Herr Schneider stieg in den Bus. Meine Mandantin wartete in der Nähe des Hauses auf ihn. Währenddessen kamen ihr Zweifel an ihrem Vorhaben. Sie hat erkannt, dass es falsch wäre, Gleiches mit Gleichem zu vergelten. Und dass sie die Frauen von ›Wir gegen sexuellen Missbrauch‹, für die sie sich verantwortlich fühlt, im Stich lassen würde, wenn sie ins Gefängnis käme. Sie versteckte die Tasche mit dem Baseballschläger im Gebüsch und beschloss, Herrn Schneider nur verbal zu konfrontieren. Daher postierte sie sich gut sichtbar vor dessen Haustür. Als Herr Schneider spätabends zurückkam und meine Mandantin sah, bekam er es wohl mit der Angst zu tun und lief weg.«

Fritsch hatte sich wieder im Griff. »Den Rest kennen Sie«, schloss sie die Schilderung ab. »Schneider rannte in den Supermarkt. Ich rannte ihm nach. Wir stritten kurz. Er ging nach Hause. Ich ging nach Hause.«

»Sie gestehen also ausdrücklich *nicht*, ihn angegriffen und entführt zu haben?«, fragte Roth-Schweigmann.

»Ich habe nichts mit seinem Verschwinden zu tun. Mein Alibi für den fraglichen Abend beweist das schließlich.«

»Wieso haben Sie die Tasche mit dem Baseballschläger im Gebüsch liegen gelassen?«, fragte Alex.

»Ich war nach der Konfrontation im Supermarkt sehr erregt. Ich habe sie schlichtweg vergessen. Als sie mir am nächsten Tag wieder eingefallen ist, wollte ich sie holen. Aber da war sie schon weg.«

Eine Minute lang sagte niemand etwas.

»Bitte entschuldigen Sie uns«, sagte Sofija, und die Beamten verließen den Raum. Draußen auf dem Flur wandte sie sich an Alex und Roth-Schweigmann:

»Ich glaube ihr nicht.«

»Auf mich wirkt die Geschichte auch recht dünn«, stimmte Alex ihr zu. Er fühlte sich sichtlich unwohl in seiner Haut.

Er hasst den Gedanken, Fritsch könnte schuldig sein. Das konnte Sofija ein Stück weit nachvollziehen. Doch es war nicht ihre Aufgabe, die Angelegenheit moralisch oder gar emotional zu bewerten. Hier zählten allein die Fakten und ihre Einschätzung als erfahrene Polizeibeamtin.

Nach kurzer Beratung kehrten sie ins Vernehmungszimmer zurück. Roth-Schweigmann ergriff das Wort.

»Es besteht der dringende Tatverdacht, dass Sie Lukas Schneider entführt und verstümmelt, ihn möglicherweise gar getötet haben«, belehrte die Oberstaatsanwältin Fritsch. »Zumindest sind Sie in seine Entführung verwickelt, haben vielleicht als Auftraggeberin gehandelt. Wir werden daher Ihre Wohnung sowie Ihr Fahrzeug und die Vereinsräume von ›Wir gegen sexuellen Missbrauch‹ nach Beweisen durchsuchen und beim Ermittlungsrichter die notwendigen Beschlüsse beantragen. Da erhebliche Verdunklungsgefahr besteht, müssen wir Sie vorläufig in Haft nehmen.«

»Sie hat doch ein Alibi für die Tatnacht«, protestierte Rebholz. »Unter diesen Umständen gibt es keine Voraussetzungen für Durchsuchungsbeschlüsse und einen Haftbefehl!«

»Wie gesagt, Frau Fritsch könnte Helfer gehabt haben«, erklärte Sofija. »Nach dem, was wir eben gehört haben, halten wir ihr Alibi jedenfalls nicht für ausreichend.«

Fritsch sprang auf. »Ich habe Ihnen das alles erzählt, um reinen Tisch zu machen – um Ihnen bei Ihrer Arbeit zu helfen. Aber Sie verdrehen alles! Was hier passiert, ist einfach ungeheuerlich. Ich bin nicht die Täterin. Ich bin ein Opfer. Schneiders Opfer. Herr Schwerdt!«, wandte sie sich an Alex und schrie beinahe. »Was hier läuft, können Sie doch nicht gutheißen. Lassen Sie zu, dass Ihre Kolleginnen so mit mir umspringen? Bitte unternehmen Sie was!«

Alex war anzusehen, dass ihm die Angelegenheit beinahe physische Schmerzen bereitete. Gleichwohl bemühte er sich um ein professionelles Auftreten.

»Ich kann vorerst nichts für Sie tun, Frau Fritsch – es tut mir leid«, sagte er. »Es liegt jetzt am Richter, die Sachlage zu bewerten.«

Fritsch starrte ihn bleich und stumm an. Tränen strömten ihr über das Gesicht.

Roth-Schweigmann ging vor die Tür und rief den Ermittlungsrichter an, der am Samstagabend Bereitschaftsdienst hatte. Schon eine Stunde später faxte er die Beschlüsse in die Direktion.

Claudia Fritsch wurde in U-Haft genommen und noch vor Mitternacht in die Frauenabteilung der JVA Mannheim überstellt.

13

Die Beschlüsse wurden am Sonntagmorgen vollstreckt. Während ein Team unter Sofijas Leitung die Vereinsräume im Gemeindehaus durchsuchte und Jörgs Leute mit der kriminaltechnischen Analyse von Fritschs Auto begannen, stiegen Alex, Lutz und drei weitere Kriminaler die Treppe zur Wohnung der Tatverdächtigen hinauf. Katja Rebholz, die von ihrer Mandantin zur Durchsuchungszeugin bestellt worden war, ging den Beamten voraus und sperrte die Tür auf.

»Bitte behandeln Sie Frau Fritschs Eigentum pfleglich. Und legen Sie mir jeden Gegenstand vor, ehe Sie ihn beschlagnahmen.«

Alex und seine Kollegen, bewehrt mit Handschuhen und Schutzkleidung, schwärmten aus und durchsuchten die kleine Wohnung nach möglichen Beweismitteln. Rebholz schaute ihnen dabei genau auf die Finger und machte sich Notizen. Draußen bellte der Spürhund, den Jörg zur Untersuchung des Pkw angefordert hatte.

Alex asservierte ein MacBook der neuesten Generation, das er im Wohnzimmer fand. Während er die Schubladen des Sideboards aufzog, fiel sein Blick zuerst auf das gerahmte Foto von Michelle – und dann auf die Reproduktion von Da Vincis *Studium der Hände,* die über dem Sideboard hing. Er packte den Kunstdruck ebenfalls ein. Zusammen mit dem Foto von Fritschs Tochter.

Als er mit seiner Ecke des Wohnzimmers fertig war, wollte er sich die Küche vornehmen. Doch hier war bereits Lutz zugange.

»Schau mal.« Der Erste Sachbearbeiter zeigte ihm eine blaue Kühlbox. »Hab ich im Schrank gefunden. Zeuge Stricker hat doch berichtet, dass die Gestalt, die er nachts auf dem Römerkreis gesehen hat, so eine hatte. Könnte die sein, oder?«

»Wir nehmen sie auf jeden Fall mit. Wenn Schneiders Hand drin war, findet Jörg das raus.«

Die Durchsuchung dauerte zwei Stunden. Anschließend erhielt Rebholz von Lutz ein Protokoll über sämtliche sichergestellten Gegenstände. Während sie die Asservatenboxen hinaustrugen, warf Alex einen letzten Blick in die Wohnung.

Die Durchsuchungsbeschlüsse, der Haftbefehl, all das war aus polizeilicher Sicht notwendig. Trotzdem war es ihm hochgradig zuwider, dass sie so mit Claudia Fritsch umspringen mussten.

Hoffentlich führt der ganze Aufwand wenigstens zu irgendwas …

14

Alex betrachtete das *Studium der Hände*. Er starrte auf den Kunstdruck, bis die Zeichnung zu einem sepiabraunen Fleck verschwamm, bis ihm die Schläfen pochten. Was hatte er sich davon versprochen, das Bild mitzunehmen? Hatte er gehofft, darin einen verschlüsselten Hinweis zu finden, warum man Schneider die Hand abgehackt hatte? Das sicher nicht, so etwas gab es nur in Dan-Brown-Romanen. Er hatte sich auf seine Intuition verlassen, auf eine diffuse Ahnung, die ihm sagte: *Irgendwas muss das verdammte Bild mit dem Fall zu tun haben. Die Abbildung zweier Hände – das kann doch kein Zufall sein, wie auch das alte Gothia-Wappen keiner ist.*

Doch das Bauchgefühl hatte ihn getäuscht. Da war nichts. Keine DNA von Schneider, keine verräterischen Fingerabdrücke auf dem

Glas, erst recht keine an die Rückseite geheftete Notiz, die Licht in diesen seltsamen Fall brachte. Er verzog den Mund und legte den Kunstdruck zurück in die Asservatenbox.

Sein Handywecker meldete sich brummend. Er steckte das Telefon ein, griff nach dem Klemmbrett mit seinen Notizen und ging zur Besprechung, die Sofija für 14 Uhr angesetzt hatte.

Erschöpfte Beamte versammelten sich im Soko-Raum und trugen die Resultate der Ermittlungsarbeit zusammen. Drei Tage lang hatten sie mit Unterstützung des Kriminaltechnischen Instituts in Stuttgart sämtliche Spuren und Asservate aus Fritschs Wohnung, aus ihrem Auto und aus den Vereinsräumen ausgewertet.

»Die Küchenmesser haben wir Tanja vorgelegt«, berichtete Lutz, »sie sagt, sie eignen sich nicht als Tatwerkzeug. Eine Axt oder Ähnliches haben wir nicht gefunden, nur eine alte Säge im Keller. Aber die Beschaffenheit der Wundränder zeigt, dass die Hand nicht abgesägt worden sein kann. Zumal das Kriminaltechnische Institut an keiner dieser Sachen Fremd-DNA feststellen konnte. Die Sichtung der Dokumente aus den Räumen von WgsM war auch unergiebig«, fuhr er fort. »Die Aktenordner enthalten lediglich Protokolle von Vereinssitzungen, zig Kopien der Satzung, Abrechnungen über Spenden und Fördermittel und so weiter. Nichts Auffälliges dabei.«

»Habt ihr in den Digitalgeräten was gefunden?«, wandte sich Sofija an den IT-Spezialisten, der an der Sitzung teilnahm.

»Nur einige alte E-Mails und Messenger-Nachrichten, die sich auf ihre Rechtsstreitigkeiten mit Trabold und der Gothia beziehen. Nichts Aktuelles.«

»Irgendein Hinweis, dass Fritsch mit Trabold in Kontakt steht oder sich in letzter Zeit auffällig für ihn interessiert hat?«

»Nichts.«

Sofija wandte sich an Jörg. »Bitte sag mir, dass wenigstens ihr was gefunden habt.«

»Da muss ich dich leider enttäuschen. Am Baseballschläger haftet keine frische DNA von Schneider. Die Kühlbox ist sauber, das Auto auch. Kein Blut, keine Haare, keine Hautpartikel der vermissten Person. Sämtliche DNA im Auto lässt sich entweder Fritsch oder einem Vereinsmitglied zuordnen.«

»Der Hund?«

»Hat nicht auf die Geruchsprobe reagiert. Um es kurz zu machen: Von unserer Seite gibt es keinerlei Indizien, dass Fritsch was mit Schneiders Verschwinden oder mit der abgetrennten Hand zu tun haben könnte.«

Lutz knallte seinen Kugelschreiber auf den Tisch. Lisa schüttelte stöhnend den Kopf. Alex stand der Angelegenheit ambivalent gegenüber. Einerseits frustrierte es auch ihn, dass sie einmal mehr in einer Sackgasse feststeckten. Andererseits war er erleichtert, dass Fritsch in der Sache Schneider allem Anschein nach unschuldig war.

»Unter diesen Umständen gibt es keine Haftgründe mehr – wir müssen Fritsch gehen lassen«, sagte die Oberstaatsanwältin. »Es reicht allenfalls für ein Verfahren, weil sie den Asservatenverwalter bestochen hat.«

Eine Minute lang sagte niemand etwas. Man hörte nur den leisen Autoverkehr vom Römerkreis.

»Es ist nicht zu ändern«, sagte Sofija schließlich. »Wir müssen jetzt schauen, dass wir unsere Ressourcen schonen – die letzten Tage waren hart. Geht nach Hause. Bekommt den Kopf frei. Wir sehen uns morgen bei der Frühbesprechung.«

Als die Beamten den Raum verließen, hörte Alex hinter sich jemanden murmeln: »Feierabend um halb drei – gab's das im Elften schon mal?«

»Das hab ich gehört«, rief Sofija alias Quälić. »Ich erwarte, dass ihr den frühen Feierabend sinnvoll nutzt. Mehrere Stunden Sport zum Stressabbau wären eine gute Idee.«

Diverse Beamte stöhnten, doch sie taten es leise.

15

Zu Hause machte sich Alex eine Portion Nudeln mit Pesto und aß sie vorm Rechner. Frodo ließ sich nicht blicken. Der Kater war morgens mit ihm aus der Wohnung geschlüpft und trieb sich immer noch draußen herum. Der kalte Nieselregen schreckte ihn nicht ab.

Lustlos klickte sich Alex durch diverse Gaming- und Wissenschaftsblogs, die er verfolgte. Normalerweise konnte er sich dort stundenlang festlesen; heute langweilten ihn die Meldungen über neue Videospiele und Fortschritte bei der Entwicklung künstlicher Intelligenz. Als er mit dem Essen fertig war, wurde er schwach und rief die Facebook-Seite von *Kurpfalz 24/7 News* auf.

In der Kommentarspalte tobte noch immer der Mob.

Ein neues Foto machte gerade die Runde. Jemand musste es am Freitagabend geschossen haben, es zeigte Alex und einen verschwitzten Rikki am Rand der Menschenmenge im Irish Pub.

»Der Fettsack, das ist doch Rikki von den Intimschotten, oder?«, kommentierte einer das Bild. »Mit so einem hängt Schwerdt also ab. Ein Cop, der mit Linksautonomen befreundet ist, das erklärt einiges. Deutschland ist sowas von AM ARSCH!«

Inzwischen konnte sich Alex sogar eines eigenen Hashtags rühmen. Unter *#SchwerdtMussWeg* fand er Dutzende weitere Postings, eines reizender als das andere.

»Wenn bei den bullen nur so deppen arbeiten muss man sich nicht wundern!!!«

Oder:

»Hat ihn sein Chef endlich rausgeschmissen, oder darf der immer noch die Gothia terrorisieren?«

Oder besonders intellektuell hochwertig:

»SCHWERDT DU FICKWICHTEL VOLKSVERRÄTER!!!!«

Alex klickte sich einmal mehr durch die Troll-Profile. *Alles kleine Wutmarionetten, die an den Strippen des Eskalations-Algorithmus zappeln, süchtig nach Hass und Empörung.*

Seine Finger ruhten auf der Tastatur. Er war kurz davor, mit seinem alten Profil auf die Hasskommentare zu antworten, den Trollen gehörig den Marsch zu blasen. Nein. Er würde nicht so tief sinken, diesen Stumpfsinn mit einer Reaktion zu würdigen. Er schaltete den Rechner aus, packte seine Sporttasche und schwang sich aufs Fahrrad.

Im City-Bad im Darmstädter Hof war die Hölle los. Als er aus der Umkleide kam und zum Schwimmerbecken ging, überkam ihn das Gefühl, dass ihn die Leute auf den Liegestühlen anstarrten. Hatten sie die Fotos im Netz gesehen und ihn erkannt? Er schüttelte den Gedanken ab. Sicher bildete er sich das nur ein. Er durfte nicht paranoid werden, diesen Triumph würde er den Trollen nicht zugestehen.

Er machte vom Startblock einen Kopfsprung ins Wasser und kraulte eine Bahn. Es tat gut. Es war das erste Mal seit zwei Wochen, dass er zum Schwimmen kam, es hatte ihm enorm gefehlt. Leider war das Vergnügen nur von kurzer Dauer. Eine größere Rentnergruppe stieg ins Wasser und verteilte sich auf das gesamte Becken, sodass es kaum noch möglich war, in einem passablen Tempo zu schwimmen. Da, wo Alex seine Bahnen ziehen wollte, dümpelten drei ältere Damen nebeneinander. Die grau gelockte Phalanx war so langsam, dass sie die komplette Bahn abriegelte. Kraulen ging nicht mehr. Alex schaltete auf Brustschwimmen um und zwängte sich irgendwie an den Rentnerinnen vorbei. Dabei stieß er auf der benachbarten Bahn beinahe mit einem anderen Badegast zusammen.

»Aufpassen!«, bellte der und spuckte ihm fast einen Schwall Chlorwasser ins Gesicht.

Als Alex am Beckenrand wendete und zurückschwamm, stellte er fest, dass die Phalanx kaum vom Fleck gekommen war. Wieder schob er sich mit einem waghalsigen Manöver daran vorbei, was wiederum die Leute auf der Nachbarbahn zu hektischen Ausweichbewegungen zwang. Die Damen hatten derweil die Ruhe weg. Sie plauderten munter über die Freuden der Fußpflege und merkten nicht einmal, dass sie für Chaos im Becken sorgten.

Bei seinem dritten Beinahezusammenstoß mit den drei Bojen im Badeanzug riss ihm der Geduldsfaden.

»Das ist ein Schwimmerbecken, kein Kaffeekränzchen!«

Zwei Damen schauten ihn konsterniert an. Die dritte meckerte unerschrocken zurück:

»Jetzt mal nicht unverschämt werden, junger Mann! Wir haben genauso Eintritt bezahlt wie Sie. Wir schwimmen, wie's uns passt.«

Kochend vor Wut stieß er sich am Beckenrand ab und tauchte an den Rentnerinnen vorbei. Nach zwei weiteren Bahnen, die er mehr schubsend als brustschwimmend zurückgelegt hatte, gab er es auf und stieg aus dem Wasser. Auf dem Weg zur Dusche verrauchte sein Ärger. Was war nur los mit ihm? Jetzt ließ er seinen Frust schon an alten Damen aus – keine gute Entwicklung. Die Anfeindungen im Netz triggerten das Schlechteste in ihm.

Er zog sich an und sah zu, dass er das Hallenbad verließ. Als er sich gerade aufs Rad schwingen wollte, erblickte er ein bekanntes Gesicht. Vor einer Buchhandlung gegenüber dem Darmstädter Hof stand Rainer Widmann. Der grauhaarige Schließer der JVA Mannheim betrachtete das Schaufenster, in dem die neuesten Bestseller auslagen. Alex schob sein Rad über die Hauptstraße und wich dabei mehreren Touristen aus, die selbst an einem Donnerstagnachmittag Anfang November in großer Zahl durch die Altstadt strömten. Als er sich Widmann näherte, sah er, dass der Justizvollzugsbeamte eine silberne Kette in der Hand hielt und gedankenverloren mit dem Daumen über das Schmuckstück strich.

»Hallo, Herr Widmann. Das ist ja ein Zufall.«

Der Gefängniswärter blickte ihn mit ausdrucksloser Miene an. Währenddessen steckte er die Kette in die Tasche seiner hellgrauen Übergangsjacke. Der Moment zog sich hin.

»Kommissar Schwerdt, richtig? 'tschuldigung. Konnte das Gesicht nicht auf Anhieb einordnen.«

Das fand Alex etwas absonderlich. Es war gerade mal eine knappe Woche her, dass sie Widmann befragt hatten.

»Na, brauchen Sie neuen Lesestoff?«

Wieder schwieg der Wärter gut zehn Sekunden, ehe er antwortete. »Hab nur mal geschaut, was die so haben. Aber der amerikanische Kram ist nichts für mich. Ich geh besser mal ins Antiquariat. Also, machen Sie's gut. Viel Erfolg bei Ihrem Fall.« Widmann nickte ihm zu und ging.

Alex blickte ihm nach. Er hätte den Schließer nicht für einen Bücherfreund gehalten. *So kann man sich täuschen.* Er stieg aufs Rad und fuhr los. Vor der Haustür erwartete ihn ein vorwurfsvoll miauender Frodo.

»Bisschen früh fürs Abendessen, Freundchen. Zwei Stunden musst du dich schon noch gedulden.«

Der Kater schlüpfte mit ihm in die Wohnung und gab erst Ruhe, als er etwas Trockenfutter bekam. Während Frodo den Snack geräuschvoll verzehrte, überlegte Alex, was er mit dem angebrochenen Tag anfangen könnte.

Ich sollte die Wohnung aufräumen.

Wenn er schon nicht schwimmen konnte, wollte er wenigstens an dieser Front etwas erreichen. Er fuhr sich mit der Hand durch das Haar am Hinterkopf und betrachtete die Hügellandschaft aus Kleiderhaufen, Bücherstapeln und Verpackungsmüll, die sich von ihrem Gipfel im Zentrum – der Wohnzimmercouch – in alle Richtungen ausbreitete. *Einfach irgendwo anfangen.* Er setzte sich aufs Sofa und nahm sich einen löchrigen Pappkarton vor. Die Box enthielt alte Videospiele, die er seit Ewigkeiten sortieren wollte, um sie entweder wegzuwerfen oder bei eBay zu verkaufen. Er begutachtete einen frühen Teil der *Assassin's-Creed*-Reihe, den er im Studium exzessiv gespielt hatte. Die anderen PC-Spiele waren noch älter, sie liefen teilweise gar nicht mehr auf modernen Betriebssystemen. In der Box lagen diverse Klassiker, aber auch reichlich kruder Quatsch, den er vor Urzeiten geschenkt bekommen oder gebraucht für wenig Geld aufgetrieben hatte.

»O Gott, dich hatte ich ja völlig vergessen!«

Er holte *Grimoire* heraus, möglicherweise das bizarrste Game, das er je besessen hatte. Das schrille Titelbild erinnerte an das Albumcover einer drittklassigen Heavy-Metal-Band. Er legte es zurück, betrachtete die nächste zerkratzte CD-Hülle und schwelgte in Erinnerungen.

Was dann geschah, konnte er im Nachhinein nicht mehr präzise rekonstruieren.

Er schaute auf die Uhr: 21.17 Uhr. Er saß seit Stunden am Rechner und zockte *Assassin's Creed*. In einer nostalgischen Anwandlung musste er das Game kurz nach dem Abendessen installiert haben. Er spähte zu dem Pappkarton. Die anderen Spiele befanden sich immer noch darin. Unsortiert. Frodo lag darauf und schlief.

»Egal. Räum ich halt morgen auf«, sagte er und spielte weiter.

16

Sofija begrüßte den Zeugen, den ein Uniformierter die Treppe heraufgeführt hatte. »Guten Morgen, Herr …?«

»Niklas Weicherding.« Der ernste junge Mann trug eine Nickelbrille, die er mit dem Zeigefinger nach oben schob. Der gelehrtenhafte Ersteindruck verflüchtigte sich, als Sofija sah, wie der Zeuge sich bewegte. Weicherding hatte die geschmeidige Statur eines disziplinierten Ausdauersportlers. Seine blaue Jacke war für den kalten, windigen Novembermorgen eigentlich viel zu dünn.

»Setzen wir uns ins Vernehmungszimmer«, sagte Lutz.

Dort begann Sofija ohne Umschweife mit der Befragung. »Der Kollege, den Sie angerufen haben, sagte, Sie seien Student der Psychologie an der Uni Heidelberg und als studentische Hilfskraft im Institut für medizinische Psychologie tätig. Ist das korrekt?«

»Korrekt.« Weicherding rieb sich die klammen Hände, seine Finger waren rot. Sofija vermutete, dass er mit dem Fahrrad gekommen war.

»Dann erzählen Sie mal, was Sie gesehen haben«, forderte Lutz ihn auf.

»Das Ganze ist in der Nacht vom Zwanzigsten auf den Einundzwanzigsten Oktober passiert. Schätzungsweise gegen ein Uhr dreißig oder zwei Uhr«, berichtete Weicherding. »Ich war noch im Institut, um ein wichtiges Paper fertig zu machen. Ich arbeite am liebsten nachts«, fügte er hinzu. »Tagsüber ist in meiner WG zu viel Unruhe.«

»Das Institut ist an der Ecke Bergheimer Straße/Hospitalstraße nahe Bismarckplatz, richtig?«, hakte Sofija nach.

Weicherding bejahte. »Dahinter ist ein kleiner Park. Da stell ich immer mein Fahrrad ab. Als ich am Gehen war – zwischen halb zwei und zwei, wie gesagt –, hab ich im Park jemanden gesehen. Eine Gestalt in einer dunklen Ecke, nur schwer zu erkennen. Das hat mich stutzig gemacht. Ich bin näher hin und hab gesehen, dass die Gestalt unter einem Baum kniete und mit einer kleinen Schaufel im Boden grub. Neben ihr stand eine Art Kiste.«

»Können Sie die Kiste genauer beschreiben?«, fragte Lutz.

»Leider nicht. Es gab kaum Licht an der Stelle. Ich hab die Gestalt angesprochen: ›Was machen Sie denn da?‹ Der Mann – ich bin mir ziemlich sicher, dass es ein Mann war – ist mit der Schaufel in der Hand erschrocken aufgesprungen. Er hat sich die Kiste gegriffen und ist weg.«

»Wohin?«, fragte Sofija.

»Vor zur Bergheimer Straße und da um die Ecke. Ich bin ihm nicht nach. Ich dachte, das ist nur irgendein harmloser Spinner oder ein Obdachloser. Stattdessen hab ich mir das Loch angeschaut. Ein kleines Erdloch. Maximal dreißig Zentimeter tief.«

»Was ist dann passiert?«

»Hätte ich in der Nacht schon gewusst, was ich heute weiß, hätte ich natürlich sofort die Polizei gerufen. Aber ich hatte keine Ahnung und hielt das nicht für eine große Sache. Außerdem war ich im Kopf schon bei dem Kongress. Da bin ich am nächsten Morgen mit meinem Prof hingeflogen.«

»Was war das für ein Kongress?«

»Ein Symposium zu Psychotherapie-Forschung in London. Ich war für die Orga mitverantwortlich. Also jeden Tag zwölf bis vierzehn Stunden Arbeit, Stress pur. Da bleibt keine Zeit für anderes. Deshalb hab ich von dem Handfund erst erfahren, als ich wieder in Heidelberg war.«

»Sie sind gestern zurückgekommen?«

»Am späten Abend. Als ich im Internet gesehen habe, dass dieser

Sexmörder verschwunden ist und man auf dem Römerkreis seine Hand gefunden hat, ist mir der Vorfall im Park wieder eingefallen.«

»Gut, dass Sie uns heute Morgen gleich angerufen haben«, sagte Lutz. »Können Sie die Gestalt beschreiben?«

»Von der Statur her wahrscheinlich ein Mann, wie gesagt. Mittelgroß. Ansonsten … schwierig. Er hatte einen Schal und eine Winterjacke an und die Kapuze auf. Das Gesicht war blass. Mehr konnte ich nicht erkennen.«

Sofija ließ sich die Beschreibung durch den Kopf gehen. Was Weicherding sagte, deckte sich mit Strickers Beobachtung. Davon abgesehen war die Schilderung sehr vage. Ein mittelgroßer Mann mit blassem Gesicht: Das traf – wenn man Claudia Fritsch ausklammerte – auf alle Personen zu, die sie bisher verdächtigt hatten.

»Glauben Sie, der Typ hat die Hand nur deshalb auf dem Römerkreis vergraben, weil ich ihn gestört habe?«, erkundigte sich der Student. »Hätte er sie andernfalls hinter dem Institut vergraben?«

»Das werden die weiteren Ermittlungen erweisen.« Sofija stand auf. »Vielen Dank, Herr Weicherding. Sie haben uns sehr geholfen.«

17

»Brauchen Sie mich noch?«, fragte Weicherding einige Stunden später. Der junge Mann wirkte, als würde er jeden Moment im Stehen einschlafen. Offenbar steckte ihm der Kongress noch in den Gliedern. »Ich würde mich gern hinlegen, wenn Sie nichts dagegen haben.«

Im Park hinter dem Institut für medizinische Psychologie wimmelte es von Kriminalbeamten. Eben sperrten Jörgs Leute den Bereich um die Linde, wo Weicherding ihnen das Loch gezeigt hatte, mit Flatterband ab. Währenddessen sprachen Sofija und Lutz mit der Direktorin, die nicht begeistert war, dass ihr Institut plötzlich im Fokus polizeilicher Ermittlungen stand.

Alex und der Student standen auf dem asphaltierten Weg, der den Rasen querte. Ihr Atem dampfte in der kalten Luft. Es nieselte nicht mehr, doch klamme, schmierige Feuchtigkeit lag wie ein Film auf Jacken, Baumstämmen und Sandsteinmauern.

»Sie können gehen«, entließ Alex den erschöpften Zeugen. »Wir haben ja Ihre Kontaktdaten, falls weitere Fragen aufkommen.«

Weicherding watete durch das Herbstlaub, das stellenweise knöchelhoch auf dem Pfad lag und im gesamten Park einen Teppich aus allen Schattierungen von Rot, Orange und Braun bildete. Sein Stadtbike hatte er am Zaun aus Spitzen und gusseisernen Pfosten festgeschlossen. Er machte es los und entschwand in den trüben Herbstmittag.

Alex schaute zur Linde, vor der Jörg gerade den 3-D-Scanner aufbaute. Das angefangene Erdloch war noch da; der Hausmeister hatte es übersehen und es daher nicht zugeschüttet. Es war lediglich von abgestorbenen Blättern bedeckt gewesen, als Weicherding sie hingeführt hatte. Es war nur eine kleine Kuhle, was ihre Theorie bestätigte, dass der Mann in der Winterjacke von Weicherding gestört worden war, als er gerade mit dem Graben angefangen hatte. Sowie Jörg die Stelle gescannt hatte, würden sie den Park und die Umgebung mit dem Spürhund absuchen. Alex ging davon aus, dass sich so eine weitere Hypothese erhärten würde: Niklas Weicherding und Wolfgang Stricker hatten dieselbe Person gesehen. Wie wahrscheinlich war es, dass zwei verschiedene Leute spätnachts jeweils mit einer Box in der Hand durch Heidelberg schlichen und Löcher gruben?

Der Täter wollte die Hand zuerst hier verscharren. Er wurde gestört, ergriff die Flucht und vergrub sie stattdessen auf dem Römerkreis.

Das hielt Alex für gesichert. Er betrachtete die Institutsgebäude, deren fleischfarbene Mauern mit den dunklen, weiß gerahmten Fenstern die kahlen Bäume überragten. Früher war es eine Augenklinik gewesen. Dichter Efeu wucherte auf der Innenseite des Zauns, wo der Weg in die Hospitalstraße mündete.

Warum hier? Von allen möglichen Orten in Heidelberg – wieso ausgerechnet hinter dem Institut für medizinische Psychologie?

Wie von fremden Kräften gelenkt, verließ er den Park und trat auf die Straße. Die führte in gerader Richtung von der Bergheimer Straße nach Norden zur Sammlung Prinzhorn und weiter zum Universitätsklinikum, zu dem das Institut gehörte. Sein Blick fiel auf das graue Schild mit der Aufschrift »Hospitalstrasse« an der Wand eines niedrigen Sandsteingebäudes. Plötzlich war ihm, als würde die Vergangenheit wie ein Wiedergänger aus dem Pflaster und den tieferen Erdschichten aufsteigen und mit schattenhaften Händen nach seinen Füßen greifen. Dieser Ort bedeutete etwas. *Hatte* etwas bedeutet. Da waren vage Erinnerungsschlieren, verschwommen wie ein lange vergangener Traum … Spontane Assoziationen huschten durch seinen Verstand – *Auge um Auge* –, doch der einzige Gedanke, den er festhalten konnte, war einer, den er schon einmal gehabt hatte.

Hier ist altes Denken am Werk, magisches Denken.

Das Klingeln des Handys riss ihn aus seiner Konzentration. Die Assoziationen versiegten, eine Sekunde später hatte er sie vergessen.

»Ja?«

»Wo treibst du dich wieder rum?«, schnappte Sofija. »Ich brauch dich hier!«

Er ging zum Park hinter dem Institut zurück. Jörg war fertig mit Scannen und baute das Gerät ab. Die Beamten machten sich daran, die Institutsmitarbeiter zu vernehmen sowie die gesamte Grünanlage abzusuchen. Alex zog Handschuhe an, um der Spurensicherung zu helfen. Doch Sofija hatte eine andere Aufgabe für ihn.

»Du befragst die Anwohner. Vielleicht haben wir Glück, und Weicherding war nicht der Einzige, der was gesehen hat. Celina soll dir helfen.«

Alex und die Kommissaranwärterin zogen los. Bis zum Abend klingelten sie bei sämtlichen Wohnungen in der Umgebung des Instituts und sprachen mit einundzwanzig Personen.

227

»… sechzehn haben geschlafen«, berichtete Alex gegen 19 Uhr, als das Team wieder in der Direktion war. »Drei waren vom Zwanzigsten auf den Einundzwanzigsten nicht zu Hause. Zwei waren zum fraglichen Zeitpunkt noch wach, saßen aber vorm Fernseher beziehungsweise vorm Computer und haben nicht mitbekommen, was draußen passiert ist.«

Das Neonlicht im Soko-Raum verstärkte die ungesunde Farbe der von Stress und Müdigkeit gezeichneten Gesichter. Sie hatten Pizza liefern lassen, zwischen den Laptops und Klemmbrettern lagen fettgetränkte Kartons und mintgrüne Papierservietten. Die trockene Heizungsluft roch schwer nach Käse, Salami, Peperoni sowie nach noch strengeren Aromen.

»Boah, wer hat denn Sardellenpizza bestellt?«, beschwerte sich Jörg, der mit ein paar Minuten Verspätung zur Besprechung kam. »Das stinkt ja bis zum Treppenhaus!«

»Ich«, antwortete Sofija. »Ein Problem damit?«

Jörg setzte sich wortlos und widmete sich hoch konzentriert seinem Pizzabrot, das er bedächtig auspackte, als wäre es ein wegweisendes Asservat.

»Von den Institutsmitarbeitern hat auch keiner was gesehen oder gehört«, fuhr Alex fort. »Weicherding war der Einzige, der so spät noch im Gebäude war. Der Hausmeister hatte es eigentlich längst abgesperrt, aber Weicherding hatte von seinem Prof einen Schlüssel bekommen, damit er nachts dort arbeiten kann.«

»Was ist mit den Kneipen in der Bergheimer Straße?«, fragte Sofija.

»Da war zu dem Zeitpunkt niemand mehr – die schließen werktags alle um eins«, antwortete Lutz. »Dafür hat der Hund auf die Geruchsprobe reagiert. Es spricht also einiges dafür, dass die Gestalt, die Weicherding angesprochen hat, Schneiders Hand bei sich hatte. Obwohl die Fährte zwei Wochen alt ist, konnte der Hund sie aufspüren. Sie führt vom Institutspark zur Bergheimer, was Weicherdings Beobachtung bestätigt. Von da ist unser Mister X zur Thibautstraße gegangen. Dort wird sie schwächer, führt aber auf der Bergheimer Richtung Westen, bis sie sich schließlich bei der Volkshochschule verliert. Wir vermuten, dass er ab der Thibautstraße mit dem Auto gefahren ist.«

Roth-Schweigmann kam herein und wünschte den Kripobeamten lächelnd einen guten Appetit.

»Es gibt also keine direkte Verbindung zwischen dieser Fährte und der, die der Hund am Römerkreis gefunden hat?«, wandte sich Alex an Lutz.

»Nein. Auffällig ist auch, dass die Fährte nicht von der Bergheimer in die Römerstraße einbiegt, obwohl das der kürzeste Weg zum Römerkreis wäre. Der Täter …« Lutz stockte. »Sind wir uns einig, dass der Typ, der die Hand transportiert und vergraben hat, wahrscheinlich auch Schneider gekidnappt und verstümmelt hat? Okay«, fuhr er fort, als alle nickten. »Der *Täter* wollte wohl vermeiden, an der Kriminalpolizeidirektion vorbeizufahren. Also hat er einen Umweg gemacht, möglicherweise auch um einen etwaigen Mantrailer zu verwirren. Ich würde schätzen, dass er von der Bergheimer in die Mittermaierstraße und weiter in die Ringstraße gefahren ist, um sich dem Römerkreis von Süden zu nähern. Wir gehen ja davon aus, dass er den Wagen in der Blumenstraße geparkt hat.«

»Klingt plausibel«, sagte Sofija. »Und es erhärtet unsere These, dass wir es mit einem kompetenten Täter zu tun haben, der imstande ist, Ermittlungsarbeit zu antizipieren und Spuren zu verwischen. Jörg, was habt ihr?«

Der KT-Leiter legte ein angeknabbertes Pizzabrot in die Pappschachtel und wischte sich die Finger mit einer Serviette ab. »Der 3-D-Scan vom Institutspark beziehungsweise vom Bereich um den Baum ist im System, könnt ihr euch nachher anschauen. Wir analysieren ihn morgen in Ruhe, zusammen mit den Asservaten aus dem Park. Viel haben wir ja nicht gefunden, und ich bezweifle ehrlich gesagt, dass uns das weiterbringt. Für einen Hund mag eine zwei Wochen alte Spur einigermaßen brauchbar sein. Für uns Kriminaltechniker ist sie längst kalt, zumal das Herbstwetter gegen uns arbeitet. Hätten wir die überlegenen Sinne von Katzen, sähe es vielleicht –«

»Danke, Jörg«, schnitt Sofija ihm das Wort ab. »Lasst uns noch mal alles zusammentragen, was wir bislang haben.«

Alex spülte seinen letzten Bissen Pizza Funghi mit einem Schluck Cola Zero hinunter. »Also – Schneider verschwindet am Abend des 19. Oktober. Von seinem Handy finden wir nur Trümmer, vermutlich wurde er entführt und an einen unbekannten Ort gebracht. Ob er noch lebt, wissen wir nicht. Ihm wird die rechte Hand abgehackt, die wird höchstwahrscheinlich in der Nacht vom 20. auf den 21. Oktober auf dem Römerkreis vergraben, wo sie am Montag, dem Vierundzwanzigsten, von Bauarbeitern gefunden wird. Wir gehen davon aus, dass der Täter zuvor versucht hat, die Hand im Park des Instituts für medizinische Psychologie zu vergraben, dort aber von dem Studenten Niklas Weicherding gestört wurde, sodass er floh und sich für eine andere Ablagestelle entschied. Trabolds Handy war in der fraglichen Nacht am Römerkreis eingeloggt – zwischen 0.48 und 1.53, also etwa dreißig bis vierzig Minuten bevor Zeuge Wolfgang Stricker die vermummte Gestalt mit der Kühlbox bei den Bauzäunen gesehen hat. Aber Trabold ist auch verschwunden, von ihm gibt es nach wie vor keine Spur. Leider ist sowohl Strickers als auch Weicherdings Beschreibung des mutmaßlichen Täters so vage, dass sie sich keinem Verdächtigen eindeutig zuordnen lässt.«

»Welche Tatverdächtigen haben wir denn?«, fragte Sofija. »Was auf Arbogast, Fritsch, Widmann und Schätzlein hindeutet, ist extrem dünn – zumal es teilweise Alibis gibt, die gegen eine Täterschaft sprechen.«

»Fritsch lassen wir außen vor«, mischte sich die Oberstaatsanwältin ein. »Die bisherigen Ermittlungen entlasten sie massiv. Weitere zu ihrer Person leiten wir nur dann ein, wenn neue substanzielle Hinweise auftauchen. Die arme Frau hat genug mitgemacht.«

»Bleibt also nur Trabold«, sagte Sofija. »Oder wir kennen den Täter, die Täterin noch nicht.«

»Nach Trabold fahnden wir ja schon intensiv – da können wir aktuell nicht mehr ausrichten«, sagte Alex. »Und was Arbogast betrifft, muss ich dir widersprechen. Dünn sind die Verdachtsmomente hier nicht. Das alte Gothia-Wappen, die Rupertisten und ihre archaischen Leibstrafen – das passt auffallend gut zu unserem Fall.«

Sofija wirkte skeptisch. »Ja, es passt irgendwie. Aber abgesehen von dieser alten Geschichte haben wir nichts.«

»Doch: den Gothia-Manschettenknopf.«

»Okay, einverstanden. Aber auch der Knopf ist nur ein dürftiges Indiz. Eine handfeste Verbindung zu Arbogast fehlt bisher. Die Kollegen, die ihn seit einer Woche observieren, haben nichts Auffälliges beobachtet. An den Werktagen arbeitet er viel, am Wochenende unternimmt er was mit Frau und Kind – darüber hinaus verhält er sich ruhig.«

»Weil er sich denken kann, dass wir ihn beobachten. Er will, dass wir das Interesse an ihm verlieren. Mit einer oberflächlichen Observation allein ist es nicht getan. Wir müssen endlich seine Telekommunikation überwachen«, wiederholte Alex seinen älteren Vorschlag und fragte die Oberstaatsanwältin: »Kriegen wir das genehmigt?«

»Ich prüfe den Sachverhalt nachher, aber aus dem Bauch heraus würde ich sagen: ja.«

»Gut. Vielleicht lässt er sich am Telefon zu einer verdächtigen Bemerkung hinreißen, sodass wir einen Anhaltspunkt für die Fahndung nach Trabold bekommen oder einen wasserdichten Grund haben, seine Kanzlei, die Wohnung und das Gothia-Haus zu durchsuchen. Was meinst du dazu?«

Alex blickte Sofija an. Sie kam nicht dazu, sich zu dem Vorschlag zu äußern, denn just im Moment polterte Christian Stähle herein.

»n'Abend allerseits!«, dröhnte der Inspektionsleiter jovial. »Na, Freunde der Volksmusik, alles frisch? Schau an, Pizza noch und nöcher. So wie ihr schafft, will ich mal Urlaub machen. Lüften nachher nicht vergessen, die Sardellen stinken bis ins Treppenhaus. Lasst mal hören – wie ist die Lage an der Soko-Front?«

Sofija gab ihm eine kurze Zusammenfassung der bisherigen Ermittlungsarbeit. Christian wirkte allenfalls mäßig interessiert.

»Fleißig, fleißig«, kommentierte er. »Ich sehe, ihr habt alles im Griff. Leider hab ich zwei Neuigkeiten für euch – eine schlechte und eine ganz schlechte. Welche wollt ihr zuerst hören?«

Weicherdings Zeugenaussage und die neue Spur hatten die angeschlagene Moral der erschöpften Truppe wieder etwas aufgerichtet. Christian jedoch war es mit einem einzigen Satz gelungen, die von frischem Tatendrang geprägte Stimmung zu verderben.

»Egal. Entscheide du«, meinte Sofija und schaffte es fast, sich die Frustration nicht anmerken zu lassen.

»Wir verkleinern die Soko«, kam Christian zur Sache. »Das LKA zieht zum Wochenende seine Leute ab. Du musst ab jetzt mit fünfunddreißig Personen auskommen.«

»Diese Diskussion hatten wir doch schon – das ist zu wenig«, protestierte Sofija. »Ich brauche mindestens –«

»Schluss, aus, Micky Maus – es bleibt dabei«, fiel Christian ihr ins Wort, er klang nun ganz und gar nicht mehr jovial. »Die LKA-Leute werden in Stuttgart gebraucht. Da ist die Kacke am Dampfen. Ein Drogenring operiert immer aggressiver, die Kollegen wollen ihn zerschlagen. Es gilt, zig Haftbefehle und Durchsuchungsbeschlüsse zu vollstrecken. Die Sache will sauber vorbereitet sein. Das wird sich über Wochen hinziehen. Dafür braucht die Einsatzleitung Manpower. Für das LKA hat das Vorrang. Es schickt nächste Woche alle verfügbaren Kräfte nach Stuttgart. Heißt für uns: Wir müssen mit dem auskommen, was wir vor Ort haben, ob's uns passt oder nicht.«

Seinen Ausführungen schloss sich Schweigen an, bis Alex fragte: »War das die schlechte Nachricht oder die ganz schlechte?«

»Die schlechte. Die ganz schlechte betrifft dich, mein Freund und Kupferstecher. Arbogast hat spitzgekriegt, dass ihr ihn observiert. Eben hat er wutschnaubend bei der Polizeipräsidentin angerufen und sich beschwert. Er fühlt sich von der Soko ›Römerkreis‹ im Allgemeinen und von dir im Speziellen terrorisiert. Er hat gedroht, seine Freunde im Landtag und im Innenministerium auf die Sache anzusetzen, wenn man ihn nicht in Ruhe lässt.«

Alex verzog den Mund. »Die Polizeipräsidentin nimmt das hoffentlich nicht ernst.«

»Und ob sie das tut. Ich hatte gerade ein unerfreuliches Gespräch mit ihr. Ihr sollt die Observation sofort abbrechen. Stattdessen sollt ihr – ich zitiere – ›nach einer weniger realitätsfernen Hypothese arbeiten‹.«

»Heißt konkret?«

»Ihr verzichtet auf weitere Ermittlungen gegen Arbogast und vergesst dieses wüste Rupertisten-Märchen.«

»Das ist kein Märchen, sondern die historisch belegte Vergangenheit der Gothia«, protestierte Alex. »Außerdem unser einziger wirklicher Anhaltspunkt, warum man Schneider die Hand abgehackt hat.«

»Die Polizeipräsidentin hält die ganze Sache für an den Haaren herbeigezogen.«

»Und was ist mit dem Knopf?«

»Vermutlich nur eine Nebelkerze, die der Täter gezündet hat, damit wir uns verrennen.«

»Das mag sein. Aber das können wir nur klären, wenn wir der Sache nachgehen!«

»Es reicht, Alex«, sagte Christian. »Du hast eine klare Dienstanweisung bekommen. Halte dich daran.«

Alex biss die Zähne zusammen. Ihm lagen verschiedene Erwiderungen auf der Zunge, doch jede einzelne wäre seiner Karriere nicht förderlich gewesen. Er atmete tief durch und sagte so sachlich wie möglich: »Die Trolle wird's freuen, dass wir nicht mehr gegen Arbogast ermitteln. Sie werden das als ihren Sieg feiern.«

»Welche Trolle?« Christian runzelte die Stirn, er konnte mit diesem neumodischen Begriff nichts anfangen.

»Die Leute, die Arbogast im Internet auf mich gehetzt hat.«

»Es ist nicht bewiesen, dass er das war.«

»Ach, hör doch auf!« Alex konnte nicht mehr an sich halten. »Wer soll es denn sonst gewesen sein? Und was sagt die Polizeipräsidentin eigentlich dazu? Kriegt sie überhaupt mit, was im Netz los ist?«

»Natürlich kriegt sie das mit«, erwiderte Christian mit einem gefährlichen Unterton. »Sie verfolgt das sogar intensiv und ist sehr besorgt deswegen.«

»Das freut mich zu hören«, meinte Alex sarkastisch. »Aber statt sich um mich zu sorgen, wäre es mir lieber, sie würde mich einfach meine Arbeit machen lassen, verdammt noch mal!«

Er war so wütend, dass er Sofijas warnenden Blick ignorierte. Die anderen Beamten im Raum einschließlich der Oberstaatsanwältin verfolgten die Auseinandersetzung schweigend. Lisa grinste sich eins. Sie freute sich offenbar, dass ausnahmsweise nicht sie es war, die vor der ganzen Mannschaft einen Anschiss kassierte.

»Du glaubst, die Polizeipräsidentin sorgt sich um dich? Da muss ich dich enttäuschen – so wichtig bist du nicht«, sagte Christian. »Sie sorgt sich um das Ansehen der Kriminalpolizei Heidelberg. Ihrer Meinung nach ist die Öffentlichkeit zu Recht verärgert, weil die Ermittlungen in die falsche Richtung gehen. Sie will, dass wir diese kritischen Stimmen berücksichtigen, wenn wir unsere Schritte planen.«

»Sie hält das hirnlose Geschrei da draußen für ›kritische Stimmen‹?« Der Zorn drückte Alex beinahe die Kehle zu, er konnte nur noch mit Mühe sprechen. »Das kann nicht ihr scheiß Ernst sein!«

Christian starrte ihn an. »Ich schlage vor, dass du in dich gehst und überlegst, ob diese Wortwahl angebracht ist«, sagte er. »Einstweilen hältst du besser den Mund – oder du hast die längste Zeit für die Soko gearbeitet. Haben wir uns verstanden?«

Alex antwortete nicht. Er konnte den Vorgesetzten nicht einmal anschauen.

»In einem muss ich Alex recht geben«, kam Kai ihm zu Hilfe. »Die ganzen Hasskommentare im Netz, ob auf unseren Seiten oder in der Kommentarspalte von Kurpfalz News – das hat nichts mit einer kritischen Öffentlichkeit zu tun. Das ist eine lautstarke, aber kleine Minderheit, die mit Sicherheit nicht für ganz Heidelberg spricht. Wir haben es mit einer gezielten Kampagne gegen Alex zu tun. Wenn wir uns davon beeinflussen lassen, machen wir genau das, was die Trolle wollen. Ein Fehler aus meiner Sicht. Vielleicht kannst du das der Polizeipräsidentin zurückmelden.«

»Sag's ihr doch selbst und stürz dich ins offene Messer, wenn du unbedingt willst«, kanzelte Christian den Ö ab. Er wandte sich an Sofija. »Ihr geht jetzt folgendermaßen vor. Trabold sucht ihr mittels einer Öffentlichkeitsfahndung. Auch bezüglich der Person, die die beiden Zeugen gesehen haben, bittet ihr die Bevölkerung um Mithilfe. Irgendeinem wird was aufgefallen sein, das Licht in diesen verdammten Fall bringt.« Zu Roth-Schweigmann sagte er: »Die Polizeipräsidentin hat dieses Vorgehen bereits mit Ihren Vorgesetzten abgestimmt, damit unsere Behörden an einem Strang ziehen.«

Die Oberstaatsanwältin nickte nur.

Sofija, die seit zehn Minuten kerzengerade dastand, Pokerface, die Arme vor der Brust verschränkt, gab zu bedenken: »Was wir von Stricker und Weicherding erfahren haben, gibt nicht viel her. Insbesondere ihre Personenbeschreibungen sind dürftig. Das reicht nicht für ein aussagekräftiges Phantombild des mutmaßlichen Täters. Wenn wir damit an die Öffentlichkeit gehen, riskieren wir, dass wir massenhaft nutzlose Hinweise bekommen, die unsere ohnehin knappen Ressourcen lähmen.«

»Es wird schon der richtige Hinweis dabei sein, und dann könnt ihr endlich den Sack zumachen«, beschied ihr Christian. »Dieser unselige Fall beschäftigt die Kripo Heidelberg schon viel zu lange. Wir haben auch noch was anderes zu tun, als einen Sexmörder zu suchen, den keiner vermisst.«

Der Inspektionsleiter sagte zu Kai: »Ich will, dass die PM noch heute Abend rausgeht. Je schneller Schwung in die Sache kommt, desto besser.«

Zu Alex: »Und du machst jetzt erst mal Operative Auswertung. Ein paar Wochen Aktenstudium werden dir guttun. So lange will ich dich nicht draußen sehen.«

19

Presseportal >Blaulicht
04.11.2022 – 20.56 Uhr
Polizeipräsidium Mannheim
POL-MA: Heidelberg: Zeugen dringend gesucht

Gemeinsame Presseerklärung der Staatsanwaltschaft Heidelberg
und des Polizeipräsidiums Mannheim

Der 25-jährige Lukas Schneider (siehe Foto), der am 27. September
nach einer mehrjährigen Haftstrafe aus der JVA Mannheim entlassen
wurde, wird seit dem 20. Oktober vermisst. Die Kriminalpolizei
geht davon aus, dass er am Abend des 19. Oktober im Weinberg
zwischen Rohrbach-Süd und Heidelberg-Emmertsgrund, den
Schneider zu Fuß durchquerte, von einer oder mehreren unbekannten Personen entführt wurde.
Die abgetrennte rechte Hand des Vermissten wurde am Morgen
des 24. Oktober in einer Baugrube auf dem Römerkreis gefunden.
Es ist derzeit unklar, ob Schneider noch lebt. Möglicherweise
befindet er sich in einer hilflosen oder lebensbedrohlichen Lage.
In der Nacht vom 20. auf den 21. Oktober wurde bei der Baustelle
auf dem Römerkreis gegen 2.30 Uhr eine verdächtige Person
beobachtet. Dieselbe unbekannte Person wurde etwa 30 bis 60
Minuten zuvor im Park hinter dem Institut für medizinische Psychologie
an der Ecke Bergheimer Straße/Hospitalstraße gesehen. Zeugen
beschreiben die Person wie folgt: wahrscheinlich männlich, mittelgroß; dicke Winterjacke mit Kapuze und Schal; führte eine Kühlbox
und eine kleine Schaufel mit sich.
Die Person bewegte sich zu Fuß von der Hospitalstraße zur Thibautstraße, wo sie wahrscheinlich ins Auto stieg und über die Bergheimer,
Mittermaier-, Ring- und Kaiserstraße Richtung Römerkreis fuhr. In der
Blumenstraße parkte sie das Fahrzeug und ging zu Fuß zum Römerkreis.

Vermutlich hat diese Person die abgetrennte Hand vergraben. Wohin sie sich danach entfernte, ist nicht bekannt.

Wichtige Hinweise erhofft sich die mit den Ermittlungen betraute Soko »Römerkreis« von Jannik Trabold, einem Bekannten von Lukas Schneider (siehe Foto). Trabold hat sich vor etwa zwei Wochen aus seinem normalen Bereich entfernt und ist seitdem nicht auffindbar. Nach ihm wird polizeilich gefahndet.

Die Kriminalpolizei Heidelberg bittet die Bevölkerung um Mithilfe bei der Klärung folgender Fragen:

1. Wer weiß etwas über den Verbleib von Lukas Schneider und Jannik Trabold?

2. Wer hat am Abend des 19. Oktober zwischen der Straßenbahnhaltestelle Rohrbach-Süd und dem Recyclinghof Emmertsgrund etwas Verdächtiges wahrgenommen?

3. Wer hat in der Nacht vom 20. auf den 21. Oktober auf dem Römerkreis oder in der Umgebung des Instituts für medizinische Psychologie etwas Verdächtiges wahrgenommen?

4. Wer hat in der fraglichen Nacht die oben beschriebene unbekannte Person gesehen?

Hinweise bitte an den Kriminaldauerdienst, Tel.: 06221 XXX-XXXX.

Rückfragen bitte an:
Polizeipräsidium Mannheim
Stabsstelle Öffentlichkeitsarbeit
KHK Kai Isenberg

20

Kai stellte die Presseerklärung am Freitagabend um kurz vor neun online. Danach passierte zunächst nicht viel. Bis ein Uhr nachts gingen beim Kriminaldauerdienst lediglich drei Anrufe ein.

Am Samstagmorgen veröffentlichten alle Zeitungen und Newsportale der Rhein-Neckar-Region die Meldung. Daraufhin glühten bei der Kriminalpolizei und bei der Stabsstelle Öffentlichkeitsarbeit schier die Telefone. Dutzende Menschen wollten Schneider, Trabold oder den Unbekannten in der Winterjacke gesehen haben.

Am Samstagabend verzeichnete die Soko »Römerkreis« 47 neue Hinweise. Am Montagmorgen waren es bereits 122.

Und die Telefone hörten nicht auf zu klingeln.

21

Die Aufgabe, zu der Christian ihn verdonnert hatte, hatte immerhin den Vorteil, dass sie Alex zwang, endlich sein Büro aufzuräumen.

Der Kollege, der den Bereich Operative Auswertung leitete, brachte ihm nach der Frühbesprechung mehrere Kartons mit Aktenordnern. Die mussten irgendwo hin. Im Schrank war längst kein Platz mehr, auf dem Schreibtisch ohnehin nicht. Auch der Boden stand voll mit allerlei Zeug, das streng genommen nicht hierhergehörte. Ein System musste her. Ein durchdachter Plan, der Alex in die Lage versetzte, das Chaos effizient zu bewältigen.

Er stellte sich der Herkulesaufgabe, indem er zunächst eine Lakritzschnecke aß.

Er betrachtete die Zeitschriftenstapel. Die Papiertürme. Das Heer der verkrusteten Kaffeetassen. Die Pfandflaschenarmada. Die leeren Asservatenboxen, den eingerissenen Müllsack mit den gebrauchten SpuSi-Overalls. Den ganzen privaten Krempel, den er schon vor Jahren hätte nach Hause schaffen sollen. Obwohl kein gläubiger Katholik, hatte er plötzlich das Bedürfnis, sich zu bekreuzigen. Er atmete tief durch.

»Dann wollen wir mal.«

Er nahm sich zuerst die Zeitschriften vor und fasste den festen Vorsatz, die meisten wegzuwerfen. Das war leichter gesagt als getan. Beinahe jede Ausgabe der Fachzeitschrift *Kriminalistik* und des *Deutschen Polizeiblatts* sowie viele Publikationen der Gewerkschaft enthielten Artikel, die er aufheben wollte. Er beschloss, sie irgendwo abzuheften. Leider hatte er keine leeren Ordner mehr. Sein Versuch, in den benachbarten Büros welche zu beschaffen, misslang. Man scheuchte den Schnorrer weg, sodass er zum Geschäftszimmer gehen musste. Er trat den Weg widerwillig an, ahnte er doch, was ihm dort blühte. Tatsächlich hielt ihm die zuständige Sachbearbeiterin zunächst einen Vortrag über all das Büromaterial, das er in den vergangenen Jahren verschwendet hatte, ehe sie ihm die Ordner aushändigte.

»Dein Büro ist wie das Bermudadreieck! Alles, was da reingerät, verschwindet auf Nimmerwiedersehen. Weißt du, was das kostet? Leg das Zeug doch mal ordentlich ab, damit du es wiederfindest und nicht ständig neues holen musst!«

Offenbar führte man im Geschäftszimmer akribisch Buch über seine Schandtaten.

Als er wieder in seinem Büro war, verstaute er die Ordner zunächst unter dem Schreibtisch. Sicherheitshalber blätterte er die aussortierten Zeitschriften noch einmal durch, damit er nichts übersah, was er aufheben wollte. Dabei entdeckte er einen interessanten Artikel über Extremismus und Stochastischen Terrorismus, den er schon lange lesen wollte. Er beschloss, dass er nach der ermüdenden Diskussion mit der Geschäftszimmerdame eine Pause verdient hatte, und vertiefte sich in den Text.

Zwei Stunden später hatte er nicht nur diesen gelesen, sondern auch welche über Verwertbarkeitsprobleme bei Beweismitteln, das Phänomen Suicide by Cop sowie den Einsatz von künstlicher Intelligenz in der Strafverfolgung. Besonders der letzte war aufschlussreich. Allerdings plädierte er persönlich dafür, künstliche Intelligenz vor allem in der Büroorganisation und Müllentsorgung einzusetzen. Denn rein mit natürlicher Intelligenz kam er in diesem Problembereich nicht weiter. Der Vormittag war so gut wie vorbei, doch das Chaos ringsum war nicht nur nicht geringer geworden – durch die Anschaffung der neuen Ordner hatte es sich sogar verschlimmert.

Kurz vor der Mittagspause stattete Christian ihm einen Kontrollbesuch ab. Was er sah, erfreute ihn nicht.

»Ja, was ist denn hier los? Ich glaub, mich tritt ein Pferd. Du hast die Kartons ja nicht mal aufgemacht! Kein Wunder bei dem Saustall, wie willst du denn hier arbeiten?«

»Deswegen räum ich ja auf.«

»Aufräumen nennst du das? Willst du mich vergackeiern? Das Dreckloch sieht genauso aus wie letzte Woche!«

»Stimmt nicht! Ich hab den Müllsack runtergebracht.«

»Einen Müllsack in drei Stunden, und du willst mir das ernsthaft als besondere Leistung verkaufen?«

»Das ist eben nicht so einfach. Büroorganisation ist ein komplexer Sachverhalt, den man mit System –«

»Heute Abend herrscht hier Ordnung«, schrie Christian, »oder ich reiß dir den Arsch auf!«

Er stürmte davon, und Alex fühlte sich missverstanden. Jeder in der K1 wusste, dass er für Büroarbeit nicht geschaffen war. Warum also halste man ausgerechnet ihm die Operative Auswertung auf? Wenn es nicht voranging, war das Christians eigene Schuld.

Nein, korrigierte er sich. *Schuld an dem ganzen Mist sind Arbogast und seine Nazis.* Die wollten ihn fertigmachen, und sie waren nah dran, es zu schaffen.

Aber so schnell würde er sich nicht geschlagen geben. Er war ein Polizeibeamter des Landes Baden-Württemberg, der jeden Tag Verbrechern die Stirn bot – er würde bestimmt nicht vor ein bisschen Unordnung zurückweichen. Er aß eine weitere Lakritzschnecke. Frisch gestärkt stemmte er sich ein weiteres Mal gegen das Chaos.

Eine Stunde später gab er endgültig auf. Das Büro aufzuräumen war genauso unmöglich wie interstellares Reisen mit Überlichtgeschwindigkeit. Er beschloss, die Unordnung als eine Naturgewalt zu betrachten, mit der er sich arrangieren musste wie mit der Schwerkraft. Er verbannte die neuen Ordner nach oben auf den Schrank, wo sie abenteuerliche Stapel bildeten, die wahrscheinlich umkippen würden, wenn er nur das Fenster zum Lüften öffnete. Egal. Fürs Erste waren sie weg. Die Kartons schob er unter den Schreibtisch. Einen öffnete er und entnahm ihm einen dicken Aktenordner, den er auf den Oberschenkeln platzierte und aufklappte.

Alex gab es nicht gerne zu, doch die Operative Auswertung war eine wichtige Tätigkeit. Die Soko produzierte jeden Tag ungeheure Papiermengen: Berichte, Formblätter, Aktennotizen, Einsatzplanung, Sitzungsprotokolle, verschriftlichte Zeugenaussagen und Beobachtungen. Alles, was die Soko tat, dachte und plante, sämtliche Aktionen und Überlegungen der Ermittler befanden sich in diesen Ordnern. Da Sofija und die einzelnen Sachbearbeiter diese gewaltige Informationsmenge unmöglich überblicken konnten, musste ein Team sie auswerten, damit nichts übersehen oder vergessen wurde. Alex' Aufgabe bestand darin, sämtliche Vernehmungsprotokolle zu lesen und mit den übrigen Ermittlungen abzugleichen. Frische Erkenntnisse konnten bisher als unwichtig eingestufte Aussagen etwa der Anwohner am Römerkreis in einem neuen Licht erscheinen lassen, sodass sich plötzlich weitere Spuren auftaten. Nun, da er aufgehört hatte, innerlich gegen das Bürochaos anzukämpfen, gelang es ihm endlich, sich auf die Arbeit zu konzentrieren. Er studierte die Protokolle gründlich und machte sich Notizen zu etwaigen neuen Ermittlungsansätzen, die er später den anderen darlegen würde.

Er machte sich nichts vor, diese Arbeit war nicht in ein paar Tagen zu leisten. Er würde Wochen hier sitzen. Zumal das Hinweisaufkommen gerade explodierte. All den Anrufen, die der Kriminaldauerdienst seit Freitagabend bekommen hatte, musste die Soko nachgehen. Das produzierte zahlreiche neue Spuren und Denkansätze, die die Operative Auswertung katalogisieren und systematisieren musste.

Abends meldete sich sein Privathandy mit einem punkigen Gitarrenriff, dem für Rikki reservierten Klingelton.

»Sorry, dass ich dich bei der Arbeit störe. Aber ich dachte, ich ruf schnell an, statt dir lang zu texten.« Rikki klang aufgekratzt und atemlos.

»Alles okay bei dir?«

»Bei mir schon. Aber mit Frodo stimmt was nicht. Als ich ihn eben füttern wollte, hat er sein Futter nicht angerührt. Plötzlich fing er an, deine Küche vollzukotzen. Er hat gar nicht mehr aufgehört, es war auch Blut dabei. Ich hab ihn sofort in die Box gesteckt und bin mit ihm zur Tierärztin.«

Alex fuhr es eiskalt in den Magen. Er nahm das Handy von der rechten in die linke Hand und fragte mit brüchiger Stimme: »Bist du da jetzt?«

»Ja, die hat uns zum Glück noch drangenommen, obwohl sie eigentlich schon Feierabend machen wollte. Ich sitz gerade im Wartezimmer. Sie weiß noch nicht sicher, was los ist. Aber sie glaubt, dass Frodo einen Giftköder gefressen hat.«

KAPITEL FÜNF

OMEGA-MANN

Er erwacht um 3.08 Uhr, Stunden vor dem Wecker. Zitternd vor Angst, wie so oft in letzter Zeit.

Er weiß, dass er keinen Schlaf mehr finden wird. Er zieht sich an, setzt sich ins Auto und fährt in die Weststadt. Den Wagen parkt er in der Dantestraße. Keinen halben Kilometer Luftlinie von der Stelle, wo er ihn in der Nacht vom 20. auf den 21. Oktober parkte, ehe er zum Römerkreis ging. Er macht sich keine Sorgen, dass jemand das Auto wiedererkennen könnte. Es ist ein Allerweltsmodell, ein silbergrauer, in die Jahre gekommener VW Golf. Vermutlich stehen zu jedem beliebigen Zeitpunkt zehn von der Sorte in der Weststadt.

Dantestraße: durchaus passend. Er denkt an den Verlängerten Gruftenweg, eine seiner Stationen bei der nächtlichen Expedition auf dem Frankfurter Hauptfriedhof im vergangenen Sommer. Ein anderer würde diese Namenskombination für einen bloßen Zufall halten. Er nicht. Er glaubt nicht an Zufälle. Ständig sucht er nach Mustern, nach geheimen Verbindungen zwischen den Dingen.

Ist er verdammt? Führt sein Weg unweigerlich in die Unterwelt, in die Hölle, ins Inferno, das der Dichter Dante Alighieri in der *Göttlichen Komödie* so anschaulich wie beängstigend beschrieb?

Zu Fuß geht er nach Süden, zum Bahnübergang an der Willy-Hellpach-Schule. Die Nacht ist kalt, feucht, windig. Außer ihm hält sich hier niemand auf. Die meisten Mehrfamilienhäuser an der breiten Kreuzung sind noch dunkel, aber hier und da brennt Licht in einem Fenster. Gelegentlich fährt ein Auto vorbei. Damit kein Frühaufsteher ihn sieht, schlüpft er in den kleinen Park an der Franz-Knauff-Straße, wo kahle Bäume und hohe Sträucher ihn verbergen.

Er späht durch das Gebüsch auf das Gleisbett unterhalb der steilen Böschung. Die Straßenlaternen auf dem Bahnübergang sind hell genug, dass er es gut sehen kann. Dies ist ein alter Ort, ein besonderer Ort. Er kann seine mystische Kraft spüren. Vermutlich er allein. Kaum ein Heidelberger kann sich erinnern, was einst an dieser Stelle stattfand.

Fast einen Monat ist es her, dass er das letzte Mal hier war. Währenddessen verschlimmerte sich seine Situation nicht, aber das wird nicht so bleiben. Die Herrin ist unerbittlich. Er wird zunehmend nervös. Wie lange muss er noch warten, bis endlich etwas passiert? Diese Frage quält ihn jeden Tag, jede wache Stunde. Manchmal sogar im Traum. Er hielt sich doch genau an die Anweisungen, hat alles richtig gemacht ... oder?

Falls nicht, wird es enorm schwierig für ihn.

Falls nicht, hat er nur noch eine winzige Chance.

1

Sofija bereute augenblicklich, dass sie Annika Schneiders Angebot nicht entschiedener abgewehrt hatte. Der Instantkaffee schmeckte leicht nach Essig. Celina war klüger als sie und rührte ihren gar nicht erst an. Sofija stellte den Becher auf den Couchtisch und räusperte sich.

»Ich möchte Ihnen keine falschen Hoffnungen machen, Frau Schneider. Daher sage ich, wie es ist. Die neue Spur – das Erdloch hinter dem Institut für medizinische Psychologie – war nicht so ergiebig, wie wir gedacht hatten. Die Spurensicherung hat inzwischen alles ausgewertet, was wir dort sichergestellt haben: Müll aus den Abfalleimern, säckeweise Herbstlaub, winzige Textilrückstände an den Hecken. Aufschlussreiche Fingerabdrücke, ein Haar des Täters oder andere Hinweise haben wir leider keine gefunden. Die Spur war bereits zu alt, als man uns darauf aufmerksam machte.«

Schneider nahm das schweigend zur Kenntnis. Ihre Hände lagen im Schoß, mit der Rechten knetete sie den Rücken der Linken, als würde sie Salbe auf einer schmerzenden Stelle verreiben. Auch sie ließ ihren Kaffee kalt werden.

»Daher gehen wir im Moment den Hinweisen aus der Bevölkerung nach«, fuhr Sofija fort. »Es gab fast zweihundert, und noch immer kommen jeden Tag neue herein. Die arbeiten wir der Reihe nach ab. Das dauert. In den vergangenen drei Wochen haben wir knapp hundertfünfzig geschafft. Leider war bisher keine hilfreiche Spur darunter.«

Es war genauso gekommen, wie sie befürchtet hatte. Die Anhaltspunkte, die sie der Öffentlichkeit gegeben hatten, waren derart vage, dass sie alles und nichts bedeuten konnten. Die Heidelberger interpretierten sie daher nach Belieben. Sie meldeten unschuldige Nachbarn, die am 20. Oktober in der Umgebung des Römerkreises nach Mitternacht vor die Tür gegangen waren, um eine zu rauchen oder um in Jacke und Schal zur Tankstelle zu marschieren. Sie meldeten verdächtige Kühlboxenbesitzer und Falschparker an der Straßenbahnhaltestelle Rohrbach-Süd. Sie riefen an, weil sie Jannik Trabold von früher kannten und einen todsicheren Tipp abgeben wollten, wo er sich versteckte: natürlich in der Gothia-Villa, wo sonst?

All diesen Hinweisen musste die Soko nachgehen, selbst den unsinnigsten. Nur jene, die die Gothia beinhalteten, mussten sie ignorieren, die Anweisung der Polizeipräsidentin war eindeutig.

Diese Sisyphusarbeit band sämtliche Ressourcen, und der Erkenntnisgewinn war gleich null. Sofija ärgerte sich maßlos über Christian, der das ebenfalls hätte voraussehen können, wenn er sich ernsthaft für diesen Fall interessiert hätte. Doch für den Inspektionsleiter war die Suche nach Lukas Schneider und dessen Peiniger nichts als ein lästiges Politikum, das man am besten im Sand verlaufen ließ, indem man Dienst nach Vorschrift machte.

Sofija hasste Dienst nach Vorschrift. Und es tat ihr beinahe physisch weh, mitanzusehen, dass Christian – den sie als kompetenten und unbestechlichen Ermittler schätzte – neuerdings eine derart traurige Rolle spielte. Dessen schien sich auch Christian bewusst zu sein: Er ließ sich seit Wochen kaum noch im Dezernat blicken.

Schneider saß reglos da und starrte an den beiden Polizistinnen vorbei. Selbst ihre ständig unruhigen Hände bewegten sich nicht mehr.

»Mein Sohn ist tot, oder?«, brach sie schließlich das Schweigen. Die Frage hing einige Sekunden in der Luft, ehe sie fortfuhr: »Sonst hätten wir inzwischen irgendetwas von ihm gehört. Oder der Entführer hätte sich gemeldet und Geld verlangt oder so etwas.«

»Ich will offen zu Ihnen sein«, sagte Sofija. »Dass Lukas tot ist, halten wir für das wahrscheinlichste Szenario. Trotzdem hören wir nicht auf, ihn zu suchen. Wir tun unser Möglichstes, herauszufinden, was ihm zugestoßen ist.«

Schneider nahm das fast teilnahmslos auf. Nur eine einzelne Träne im Augenwinkel verriet die Gefühle, die sich hinter dem grauen, müden Gesicht regten. Sie tupfte die Träne mit einem zerknüllten Taschentuch weg.

»Ich muss mich jetzt für die Arbeit fertig machen. Trinken Sie Ihren Kaffee noch?«

»Nein, danke. Wir haben heute schon genug getrunken, wir hätten gar keinen annehmen sollen«, sagte Sofija diplomatisch.

»Macht nichts. Dann schütte ich ihn weg. Danke, dass Sie da waren.« Schneider verabschiedete sie an der Wohnungstür.

Kurz darauf saßen Sofija und Celina im Auto und fuhren auf der B3 zur Kleinstadt Leimen im Rhein-Neckar-Kreis, der zum Dienstbezirk der Kriminalpolizeidirektion Heidelberg gehörte. Sie wollten zu einem Zeugen, der sich vor etwa zwei Wochen auf die Pressemitteilung gemeldet hatte. Sofija wusste nicht, welche Informationen er hatte. Der Mann hatte sich dem Kriminaldauerdienst gegenüber recht vage ausgedrückt und lediglich gesagt, er müsse die Kripo in der Sache Schneider unbedingt sprechen.

Matthias Breede, so sein Name, wohnte in einer vornehmen Gegend. Der Bungalow aus den Achtzigern hatte gut und gerne zweihundert Quadratmeter Grundfläche und wirkte gepflegt. Das weiß gestrichene Gebäude mit dem schiefergrauen Dach stand in einem ausgedehnten Garten, der hauptsächlich aus Rasen bestand, umgeben von akkurat getrimmten Ligusterhecken wie grüne Festungsmauern.

Das Garagentor war offen, darin stand ein schnittiger, vanillefarbener Sportwagen. Eine Corvette Cabrio aus den Sechzigern, wenn Sofija nicht alles täuschte. Ein braun gebrannter Mann Mitte vierzig wachste den Lack. Er hatte einen Dreitagebart und reichlich Tattoos an den Oberarmen, die man sehen konnte, weil er trotz der Kälte ein ärmelloses T-Shirt und darüber eine Jeansweste mit ausgefransten Armlöchern trug. Auf dem Kopf saß eine Baseballkappe der New York Yankees, unter der halblanges dunkles Haar hervorquoll.

Er warf den Polizistinnen einen misstrauischen Blick zu. Sie holten ihre Ausweise aus den K-Etuis.

»Herr Breede?«, sprach Sofija ihn an. »Kripo Heidelberg. Sie sagten den Kollegen am Telefon, Sie hätten Informationen für uns.«

Das Misstrauen wich einem strahlenden Lächeln, und Breede legte den Lappen weg.

»Das freut mich aber, dass Ihr Chef zwei so hübsche Damen herschickt.« Die leicht anzüglichen Blicke galten vor allem Celina, die sich davon jedoch nicht verunsichern ließ, wie Sofija zufrieden registrierte. Gesicht und Haltung der jungen Kollegin strahlten kühle, professionelle Distanz aus. Was wiederum Breede nicht abschreckte. Sein Grinsen wuchs in die Breite.

»Die Chefin bin ich. Marković, Leiterin der Soko ›Römerkreis‹«, stellte Sofija die Verhältnisse klar. »Können wir uns unterhalten?«

»Klar.« Er winkte sie in die Garage und schloss das Tor. Eine mit Plexiglas verkleidete Lampe sorgte für Licht, und ein strombetriebener Radiator an der Rückwand der Garage strahlte Hitze ab.

Celina glich Breedes Personalien mit den Angaben ab, die er am Telefon gemacht hatte. Es stellte sich heraus, dass er der einzige Bewohner des großen Hauses und alleinstehend war.

»›Alleinstehend‹ ist so ein deprimierendes Wort. Ich bevorzuge ›noch zu haben‹.« Breede zwinkerte Celina zu.

Die fragte sachlich: »Was machen Sie beruflich?«

»Ich bin Privatier. Mein Vater war ein hohes Tier bei Heidelberg-Cement und hat mir das Haus und eine Stange Geld hinterlassen, sodass ich mich ganz meiner Musik widmen kann. Kommen Sie, ich zeig's Ihnen.«

Er öffnete eine Metalltür in der Garagenseitenwand und führte sie durch einen kurzen Korridor aus Glasbausteinen ins Souterrain. Sie traten in einen großen Raum mit kleinen Kippfenstern dicht unter der Decke, die wie die Wände mit Schalldämmung aus Schaumstoff verkleidet war. Stolz präsentierte Breede die musikalischen Gerätschaften, die darin standen: ein Schlagzeug, ein Keyboard, mehrere Gitarren sowie diverse andere Instrumente. Hätte Sofija gewusst, was sie hier erwartete, hätte sie Lutz hergeschickt. Gitarren und Vintage-Sportwagen – ihr Erster Sachbearbeiter hätte sich bestimmt auf Anhieb mit Breede verstanden.

»Spielen Sie die alle?«, fragte Celina.

»Aber sicher. Wollt ihr eine Kostprobe?« Breede machte Anstalten, nach einem Saxofon zu greifen.

»Nein«, sagte Sofija. »Lassen Sie uns bitte zur Sache kommen. Und wir bleiben beim Sie, wenn es Ihnen nichts ausmacht.«

»Ich hab einen YouTube-Kanal, ›Matze rockt‹, da können Sie nachher schauen, was ich mache«, meinte Breede leicht beleidigt, während er eine weitere Tür öffnete. »Aber ich bin auch mit einem Major Label im Gespräch, die werden meine Sachen demnächst top produzieren und groß rausbringen. So, da wären wir …«

Er hämmerte auf einen Lichtschalter. Neonröhren flammten auf und erhellten einen weiteren Kellerraum. Deutlich kleiner als das Musikzimmer, mit weiß gestrichenen Betonwänden und einem alten Teppich, der sich allmählich ablöste.

»Ich muss sagen, Sie haben sich ganz schön Zeit gelassen«, bemerkte Breede. »Ich hatte doch am Telefon klipp und klar gesagt, dass es dringend ist.«

»Wir haben viele Anrufe bekommen, und mehr als zwei Drittel wurden als dringend eingestuft. Wir haben leider nicht die Kapazitäten, auf jeden Hinweis binnen vierundzwanzig Stunden zu reagieren. Also, worum geht es?«

Sofija schwante Übles. Der Raum sah aus, zumindest auf den ersten Blick, als hätte Breede das Soko-Zimmer nachgebaut. An den Wänden hingen verschiedene Fotos von Schneider, Trabold und Michelle Neureuther; dazu ausgeschnittene und ausgedruckte Zeitungsartikel, ein Zeitstrahl der Ereignisse zwischen Schneiders Entlassung und dem Fund der Hand sowie Flipcharts mit handschriftlichen Diagrammen, die die Beziehungen aller Beteiligten verdeutlichten, soweit Breede sie kannte. Auf einem Tapeziertisch lag ein großformatiger Stadtplan von Heidelberg, der mit Stecknadeln gespickt war.

»Also, dieser Fall, an dem Sie arbeiten«, begann Breede, »ich verfolge den seit Tag eins und hab dazu eigene Überlegungen angestellt. Fundierte Überlegungen. Ich kenne mich aus mit Kriminalistik, Forensik, Daktyloskopie und so weiter, ich schaue jede Doku zu dem Thema. Aber entscheidend ist das: Es dürfte nur wenige Leute geben, die Heidelberg so gut kennen wie ich. Ich habe überall Freunde, sowohl bei Rockergangs als auch in den Chefetagen. Die Leute erzählen mir Sachen, die sie Ihnen verschweigen. Dadurch bin ich auf einige Zusammenhänge gestoßen, die sicher neu für euch … für Sie sind.«

»Lassen Sie mal sehen.« Sofija betrachtete das Material an den Wänden. Es handelte sich sämtlich um Informationen, die man der Presse entnehmen konnte. All das zusammenzutragen und hier aufzuhängen, musste eine enorme Fleißarbeit gewesen sein. Breede hatte offensichtlich viel Zeit – oder gewaltige Langeweile. Etwas Neues konnte sie jedoch nicht entdecken. Außerdem hatte er einiges falsch verstanden. Allein der Zeitstrahl, den er fein säuberlich mit schwarzem Edding aufgezeichnet hatte, enthielt mehrere grobe Fehler.

»Herr Breede –«, begann sie, doch der war nicht zu bremsen. Er präsentierte ihnen eine wilde Theorie, die darauf hinauslief, dass ein frustrierter Bewährungshelfer das Gesetz in die eigene Hand genommen und Schneider umgebracht habe, um die lasche Justiz anzuprangern.

»Verstehen Sie? Es hat den Bewährungshelfer völlig fertiggemacht, dass er so einem helfen muss. Also hat er Kermit brutal abgemurkst. Man kann ihn ja sogar verstehen. In seinem Hass hat er Kermit zerstückelt und die Körperteile über ganz Heidelberg verstreut – es ist nur eine Frage der Zeit, bis die nach und nach auftauchen. Das ist doch offensichtlich. Suchen Sie alle Baustellen ab. Es tut mir leid, dass ich das so deutlich sagen muss, aber dass Sie darauf nicht von selbst gekommen sind, wirft kein gutes Licht auf die Kripo. Na ja, dafür können Sie nichts, nun rächt sich, dass man die Polizei kaputtgespart hat.«

»Hören Sie«, versuchte Sofija es noch einmal – ohne Erfolg.

»Jedenfalls hab ich bei der Bewährungshilfe angerufen, aber die wollen mir nicht sagen, wer Kermits Bewährungshelfer ist – Datenschutz. Durchsichtige Ausrede, oder? Da dachte ich mir, die Kripo weiß das doch bestimmt – also wer Kermit betreut. Wenn Sie den Namen haben, müssen Sie bei dem eine Hausdurchsuchung machen. Da werden Sie einiges finden. Tatwaffe, DNA, Fingerabdrücke. Vielleicht weitere Leichenteile in der Kühltruhe. Und dann den Täter in die Enge treiben, bis er gesteht.«

Endlich gelang es Sofija, den Redeschwall zu unterbrechen. »Wir können nicht einfach nach Belieben eine Hausdurchsuchung vornehmen. Dies ist ein Rechtsstaat. Für einen Eingriff in Grundrechte braucht man einen richterlichen Beschluss – den wir in dem Fall sicher nicht bekommen.«

»Paragrafenreiterei!«, blaffte Breede sie an. »Wenn Sie sich ständig hinter juristischen Spitzfindigkeiten verstecken, ist es kein Wunder, dass die Kriminellen in diesem Scheißland machen können, was sie wollen. Wofür zahl ich eigentlich Steuern?«

Oh weh. Nicht nur ein Mansplainer, sondern auch ein Frustrierter. Sofija verkniff sich den Hinweis, dass er als hauptberuflicher Sohn wahrscheinlich nur in überschaubarem Maß Steuern zahlte. Diese Befragung war reine Zeitverschwendung. Es war höchste Zeit, zum Ende zu kommen.

»Wir sind an Ihren Theorien nicht interessiert, Herr Breede. Bitte rufen Sie uns nur wieder an, wenn Sie uns konkrete Hinweise zu den in unserer Pressemitteilung genannten Fragen geben können. Lassen Sie uns unsere Arbeit machen und halten Sie sich aus den Ermittlungen heraus.«

»Konkrete Hinweise?« Der Hobby-Detektiv riss mehrere Papiere von der Wand und wedelte damit vor ihrem Gesicht herum. »Sind das vielleicht keine konkreten Hinweise?«

»Das sind Informationen, die wir längst haben, sowie substanzlose Spekulationen, mit denen wir nichts anfangen können. Auf Wiedersehen.«

Als sie gehen wollten, verstellte Breede ihnen den Weg zur Tür. Sein gebräuntes Gesicht färbte sich dunkel, und er zerknüllte das Papier in der geballten Faust. Es geschah etwas, das nach Sofijas Erfahrung bei Menschen seines Schlages leider oft passierte, wenn sie sich herabgesetzt und zurückgewiesen fühlten: Das Gehirn schaltete ab und das Mundwerk auf Autopilot.

»Ich reiß mir den Arsch auf und mach Ihre Arbeit«, schrie er, »und Sie behandeln mich wie den letzten Vollidioten! Sind Sie völlig verblödet?«

»Lassen Sie uns bitte durch«, forderte Sofija ihn auf.

»Sie haben mir überhaupt nichts zu sagen! Das ist mein Haus, ich kann hier machen, was ich will. Jetzt hören Sie mir mal zu, Sie dumme Schnepfe. Sie rufen jetzt Ihren Chef an und sagen ihm, dass er richtige Polizisten herschicken soll. Zwei Männer, die zu schätzen wissen, was ich für ihre Scheißbehörde getan habe. Nicht so zwei hirnverbrannte –«

»Herr Breede!«, fiel Sofija ihm scharf ins Wort. »Die Formulierungen ›völlig verblödet‹, ›dumme Schnepfe‹ und ›hirnverbrannt‹ stellen strafbare Beleidigungen dar. Ich weise Sie darauf hin, dass wir deshalb ein Verfahren gegen Sie einleiten können.«

Die Belehrung verfehlte ihre Wirkung nicht. Breedes Mitteilungsbedürfnis war augenblicklich befriedigt – er sagte kein Wort mehr. Es war interessant zu beobachten, wie erneut seine Gesichtsfarbe wechselte. Diesmal von Dunkelrot zu Hellgrau.

Männer, dachte Sofija. *Kaum geht's mal nicht nach ihrem Kopf, werden sie fürchterlich emotional.*

2

Dr. Gregor Arbogast hielt gern alle Fäden in der Hand. Er überließ die Dinge ungern dem Zufall. Sein patriotisches Netzwerk konnte nur effizient arbeiten, wenn er die verschiedenen Elemente straff kontrollierte.

Gewisse Elemente straffer als andere.

Um Punkt neun Uhr verließ er das Haus. Sein nächster Termin war erst um 14 Uhr, die bis dahin anfallende Arbeit schaffte seine Sekretärin allein. Den freien Vormittag wollte er anderweitig nutzen. Er stieg in den schwarzen Mercedes und schaute mehrmals in den Rückspiegel, während er am Neckar entlangfuhr. Seine geharnischte Beschwerde bei der Polizeipräsidentin hatte den gewünschten Effekt gehabt: Die Kripo observierte ihn nicht mehr. Trotzdem war Vorsicht geboten. Er stellte den Wagen vor dem Hauptbahnhof ab und eilte durch das Gedränge in der Schalterhalle. Als er in die soeben eintreffende S-Bahn einstieg, war er sich sicher, etwaige Verfolger abgeschüttelt zu haben.

Dass er sich verhalten musste wie ein Schauspieler in einem schlechten Agentenfilm, fand er würdelos und albern. Aber er durfte kein Risiko eingehen.

Knapp zwanzig Minuten später stieg er am Hauptbahnhof Mannheim aus. Unwohlsein überkam ihn, während er den unansehnlichen Willy-Brandt-Platz überquerte. Es war laut und hektisch, kalter Wind zerrte an seinem Mantel, es stank nach Urin und Abgasen. Überall Obdachlose, Dunkelhäutige und andere fragwürdige Gestalten. Von allen Seiten, so erschien es ihm, bedrängten ihn Dekadenz und Niedergang – die es freilich auch in Heidelberg gab, aber nicht in diesem Ausmaß. Wer wissen wollte, wie schlimm es um Deutschland stand, musste sich nur eine Viertelstunde am Mannheimer Hauptbahnhof aufhalten.

Die unangenehmen Gefühle verstärkten sich erheblich, als er in die Straßenbahn einstieg. Sämtliche Sitzplätze waren belegt, er musste stehen. Im Mittelgang drängten sich schwankende Menschen. Jedes Mal, wenn sich die Bahn in die Kurve legte, wurde er von einem Araber mit kantigem Haarschnitt und Dreitagebart angerempelt. War er denn der einzige Deutsche hier? Wenn er sich umschaute, sah er gefühlt nur Orientalen, Afrikaner und Jugendliche in diesen lächerlichen Hip-Hop-Kleidern. Arbogast wusste wieder, warum er den ÖPNV normalerweise mied.

Am Paradeplatz leerte sich die Straßenbahn glücklicherweise etwas, sodass er sich setzen konnte. Ob das eine Verbesserung darstellte, war allerdings fraglich. Schon am Marktplatz pflanzte sich ein nach saurem Schweiß stinkender Mann neben ihn, der aufgrund seiner Körperfülle reichlich Platz beanspruchte, zumal er breitbeinig dasaß. Arbogast atmete durch den Mund und war erleichtert, als er drei Haltestellen später endlich aussteigen konnte. Den restlichen Weg durch die Neckarstadt-West ging er zu Fuß.

Auch hier hörte er kaum ein deutsches Wort, während er die Gründerzeithäuser mit ihren schmiedeeisernen Balkonen, Fenstergiebeln aus Sandstein und Läden im Erdgeschoss passierte. Es war ein lärmendes, unübersichtliches Viertel. Abermals packte ihn die Paranoia. Folgte ihm wirklich niemand? Oder hatte sich, von ihm unbemerkt, ein übereifriger Zivilfahnder an seine Fersen geheftet? Zur Sicherheit machte er einen Umweg durch weniger belebte Seitenstraßen und schlüpfte in einen winzigen, mit Billigware vollgestopften Supermarkt. Der Inhaber, ein Schwarzer, begrüßte ihn überschwänglich, als wären sie seit dreißig Jahren befreundet, und blubberte in einem schwer verständlichen Mix aus Deutsch, Englisch und einer exotischen Sprache drauflos. Arbogast kaufte eine Stange Zigaretten und sah zu, dass er weiterkam.

Als er sich unbeobachtet fühlte, zückte er einen Schlüssel und öffnete die Tür eines schmutzig grauen Wohnblocks. Das Treppenhaus stank nach Müll und ausländischem Essen. Einen Aufzug gab es nicht. Er stieg zum zweiten Stock hinauf und schloss eine der vom halbdunklen Flur abgehenden Türen auf.

Ihm bot sich ein schändlicher Anblick. Augenblicklich bereute er, nicht angeklopft zu haben.

Die Luft in der Einzimmerwohnung war zum Schneiden und schien sich wie ein fettiger Film auf seine Kleidung zu legen. Der Geruch nach Fast-Food, Zigarettenrauch und abgestandenem Bier war ekelerregend. Im Fernseher lief eine Dauerwerbesendung; eben pries der schrill kreischende Moderator ein an ein Folterinstrument erinnerndes Küchengerät an. Auf dem halb im Verpackungsmüll versunkenen Sofa lümmelte Jannik Trabold. In der linken Hand hielt er ein Pornoheftchen. Mit der rechten knetete er sich zwischen den Beinen.

Er bemerkte seinen Besucher erst, als der mit spitzen Fingern die Fernbedienung aus dem Müll fischte und den Fernseher ausschaltete. Trabold sprang auf und ließ das zerknitterte Magazin fallen.

»Oh! Was machst du denn hier?« Er wirkte eher erschrocken als verlegen. Dass Arbogast ihn beinahe beim Onanieren erwischt hätte, schien ihm nicht sonderlich peinlich zu sein.

»Kontrollieren, was du treibst. Was offenbar dringend nötig ist.« Arbogast musste sich zwingen, nicht die Beule in Trabolds Jogginghose zu betrachten.

»Hättest ja mal anrufen und Bescheid sagen können, dass du kommst.«

»Solange ich nicht sicher weiß, ob meine Leitung sauber ist, telefonieren wir nicht. Das hab ich dir doch zigmal erklärt. Hörst du mir überhaupt zu?«

»Okay, okay! Du brauchst nicht gleich aggressiv zu werden.«

»Ich bin keineswegs aggressiv. Ich bin enttäuscht von dir – wieder einmal. Hier sieht's aus wie auf einer Müllkippe. Und dieser Gestank! Wann hast du das letzte Mal gelüftet?« Arbogast riss das Fenster auf, das auf den Hinterhof des Wohnblocks wies. »Wie damals, als du dich mit Schneider eingelassen hast. Hast du denn nichts dazugelernt?«

»Schon gut, reg dich ab. Ich räum nachher auf.« Trabold gelang das Kunststück, vorwurfsvoll und zugleich kleinlaut zu klingen.

Arbogast blieb am offenen Fenster stehen. Die kalte Herbstluft vertrieb den üblen Geruch viel zu langsam. »Das will ich hoffen. Hältst du dich an unsere Absprachen?«

»Klar.«

»Wiederhol sie noch mal.«

»Dein Ernst? Sind wir jetzt im Kindergarten, oder was?«

»Mach, was ich sage!«, bellte Arbogast.

Trabold verzog das Gesicht, gehorchte aber. »Ich soll mich unauffällig verhalten. Ich darf das Safe House nur verlassen, um einzukaufen«, leierte er betont gelangweilt herunter.

»Es heißt ›konspirative Wohnung‹, nicht Safe House«, korrigierte Arbogast ihn. »Gewöhn dir diese Anglizismen ab.«

»Konspirative Wohnung. Okay – kapiert«, meinte Trabold bockig und fuhr fort: »Ich darf das Festnetztelefon nur im Notfall benutzen. Das Handy soll ich unter allen Umständen aus lassen. Zufrieden?«

»Zeig es her.«

Trabold fand das Mobiltelefon unter dem Abfall auf dem Couchtisch und hielt es ihm hin. Es war ausgeschaltet. Arbogast öffnete seine Aktentasche und nahm die Stange Zigaretten heraus.

»Für dich. Teil sie dir ein.«

»Danke«, murmelte Trabold widerwillig.

»Du weißt, was ich vom Rauchen halte: Es ist eine Schwäche. Aber mir ist es lieber, du rauchst Zigaretten, als dass du dich mit Drogen zudröhnst. Amphetamine machen dich leichtsinnig und paranoid. Wenn du diese Geschichte überstehen willst, brauchst du einen klaren Kopf.«

»Ich nehm keine –«

»Ach, hör doch auf!«, fiel Arbogast ihm ins Wort. »Wenn du kein Speed genommen hättest, hättest du nicht so eine große Klappe. Also, wo sind die Drogen?«

»Weg. Aufgebraucht.«

Das war wahrscheinlich gelogen, doch Arbogast hatte keine Lust, mit Trabold zu diskutieren oder dieses Loch eigenhändig zu durchsuchen. Die Angelegenheit ermüdete ihn zusehends. Warum nur war er mit so einem Kameraden gestraft?

Trabold ließ sich auf die Couch fallen, riss die Zigarettenpackung auf und steckte sich eine an. »Es ist ganz schön unfair von dir, mich als Schwächling hinzustellen«, beklagte er sich. »Du hast leicht reden – du musst nicht seit Wochen in dieser winzigen Bude sitzen und den ganzen Tag Däumchen drehen. Du hast keine Ahnung, wie das ist. Ich langweile mich zu Tode!«

»Sei froh, dass du ein sicheres Versteck hast, für das du nichts bezahlen musst. Das bisschen Langeweile wirst du ja wohl ertragen. Hast du nicht gesagt, du hättest keine großen Ansprüche?«

»Ich verlang ja nicht viel. Können wir nicht WLAN installieren? Ich kenn das Fernsehprogramm inzwischen in- und auswendig. Oder bring mir wenigstens meinen DVD-Player.«

»Kein WLAN. Keine DVDs. Wenn du genug vom Fernseher hast, lies ein Buch.« Arbogast deutete auf das Regal, das reichlich patriotische Literatur enthielt. »Sarrazin, Elsässer, da ist für jeden Geschmack was dabei. Hast du die Bücher überhaupt schon mal angeschaut?«

»Ob du's glaubst oder nicht, aber ich –« Trabold verstummte, als aus der Nachbarwohnung plötzlich Geräusche kamen. Es waren unverkennbar Sexgeräusche, die durch die dünne Zwischenwand drangen. Arbogast war schockiert.

»So geht das den ganzen Tag!«, beschwerte sich Trabold. »Da wohnen irgendwelche Kanaken, die treiben's wie die Karnickel, und ich darf ihnen dabei zuhören. Wie soll man denn da lesen?«

»Es reicht jetzt. Ich will dieses Gejammer nicht mehr hören. Die ganze Situation hast du dir selbst zuzuschreiben. Also benimm dich wenigstens einmal wie ein anständiger Patriot und reiß dich zusammen.«

»Was hab ich mir selbst zuzuschreiben – dass ich mich verstecken muss? Kapierst du denn immer noch nicht, was hier läuft?«, brauste Trabold auf. »Ich hab nicht nur einen kranken Mörder am Hals, die Cops wollen mir außerdem was anhängen. Die sind sauer, weil sie mir damals nichts nachweisen konnten. Die wollen mich fertigmachen!«

Arbogast hatte genug. Von Trabold. Von dem Dreck. Von dem widerlichen Gestöhne der Nachbarn. Es gab hier ohnehin nichts mehr für ihn zu tun. »Räum die Wohnung auf und halte dich an die Absprachen«, sagte er auf dem Weg zur Tür. »Wir sehen uns nächste oder übernächste Woche.«

»Lass dir ruhig Zeit«, grunzte Trabold von der Couch aus. »Du nervst mich nämlich gewaltig. Lieber starre ich Löcher in die Luft, als mir dein Gemecker –«

Arbogast zog die Wohnungstür zu, sodass der Rest des Satzes abgeschnitten wurde.

3

Alex musste sich nicht vorstellen, als er nach Dienstschluss die Tierarztpraxis betrat. Die Blondine an der Anmeldung erkannte ihn auf Anhieb.

»Guten Abend, Herr Schwerdt. Die Chefin hat gleich Zeit für Sie, bitte nehmen Sie so lange Platz.«

Im Wartezimmer saßen außer ihm zwei Frauen, eine ältere Dame mit einem betagten Dackel und eine jüngere mit einem Schäferhund. Der kleine Hund wirkte stoisch und schläfrig, der große hingegen zitterte nervös. Seine Besitzerin war aschfahl, als hätte sie seit Tagen nicht geschlafen.

»Es ist gerade mal ein halbes Jahr her, dass sie Twix die Hüfte operiert haben«, erzählte sie der älteren Frau. »Das hat er schon kaum überstanden. Und jetzt haben sie auch noch Krebs bei ihm gefunden. Der arme Kerl hat einfach die Arschkarte gezogen.«

Sie fing an zu weinen.

Alex konnte das kaum mit ansehen. Er hasste Tierarztpraxen und hätte am liebsten die Flucht ergriffen. Er holte das Handy heraus und scrollte mechanisch durch die sozialen Netzwerke.

Es gab einen neuen Artikel von *Kurpfalz 24/7 News* zu den stockenden Ermittlungen der Soko »Römerkreis«, garniert mit den üblichen Hasskommentaren gegen die Polizei im Allgemeinen und ihn im Speziellen. Obwohl manch ein Troll in den vergangenen Wochen Besuch vom Dezernat für Cyberkriminalität bekommen hatte und wegen Bedrohung, Beleidigung oder Verleumdung belehrt worden war, riss der Shitstorm gegen ihn nicht ab. Für jeden Hetzer, den Facebook und Twitter sperrten, krochen zwei neue aus ihren Löchern. Alex war inzwischen derart abgestumpft, was die Attacken gegen seine Person betraf, dass er sie nur mehr zur Kenntnis nahm. Von den schlimmsten machte er nach wie vor Screenshots, die er an die zuständigen Ermittler weiterleitete. Die meisten jedoch ließ er von sich abperlen.

Außerdem, so sein Eindruck, drehte sich allmählich die Stimmung. Selbst die empörungssüchtigen Fans von Kurpfalz News waren inzwischen genervt – besser gesagt: gelangweilt – von den immergleichen Pöbeleien der Alex-Hater. Es mehrten sich Kommentare wie:

»Habt ihr keine anderen Hobbys als auf dem Typ rumzuhacken???«

Oder:

»Lasst endlich die Polizei in Ruhe! Das sind auch nur Menschen, die mal Fehler machen. Ihr seid doch auch nicht perfekt!«

Das richtete allerdings wenig aus, es stachelte die Trolle nur zu neuer Häme an. Das bekam vor allem eine Frau namens Stefanie Berghaus zu spüren, die die Administratoren von Kurpfalz News im Kommentarbereich unter dem aktuellen Artikel mehrmals aufforderte, die schlimmsten Entgleisungen zu löschen und die Verantwortlichen für die Seite zu sperren. Diese Forderungen wurden nicht nur ignoriert, Berghaus zog damit den Hass der Trolle auf sich. Als Alex die Attacken auf seine Verteidigerin las, musste er unweigerlich an Claudia Fritschs Worte denken:

Wir haben immer noch ein gesellschaftliches Klima, das Gewalt gegen Frauen verharmlost.

Berghaus war so klug, sich nicht provozieren zu lassen. Souverän schrieb sie:

»Es ist bezeichnend, dass sich die Männer, die bei Facebook die Muskeln spielen lassen, allesamt hinter Fake-Profilen verstecken. In meinen Augen seid ihr Maulhelden und arme Würstchen. Die Behörden finden schon heraus, wie ihr wirklich heißt. Also besser mal ein paar hundert

Euro beiseitelegen. Wenn euch die Staatsanwältin meine Anzeigen zustellt, werdet ihr Rücklagen brauchen. #SolidaritätMitAlex«

Andere – wenige, aber immerhin – griffen diesen neuen Hashtag auf. Alex' Neugier war geweckt. Er öffnete das Profil von Stefanie Berghaus, kam jedoch nicht dazu, es anzuschauen, denn in diesem Augenblick rief die Praxisassistentin seinen Namen auf.

Die Tierärztin, eine stämmige, herzliche Frau mit kurzen Haaren, holte ihn am Empfang ab und führte ihn in den streng riechenden Beobachtungsraum, wo diverse Hunde, Katzen, Meerschweinchen und Kaninchen in Gitterboxen kauerten. Die meisten waren sediert und nahmen kaum Notiz von den beiden Zweibeinern. Alex ging in die Hocke und betrachtete Frodo, der als Dauerpatient in einem verhältnismäßig geräumigen Käfig untergebracht war. Gerade schlief er. Der einstmals stattliche Kater war nur noch Haut und Knochen.

Dass er überhaupt noch lebte, war vor allem Rikki und Jörg Selzer zu verdanken. Rikki hatte Reste des Giftköders gefunden, den der Täter am Stromkasten vor Alex' Wohnung platziert hatte. Dass Frodo dort jeden Tag saß, war in der Umgebung allgemein bekannt. Das legte den Verdacht nahe, dass es ein gezielter Anschlag auf Alex' Haustier gewesen war. Alex hatte die Köderreste zu Jörg gebracht, der alles stehen und liegen ließ, um den Fleischbrocken im Labor zu analysieren. Rasch fand der KT-Leiter heraus, mit welcher Substanz Frodo vergiftet worden war, sodass der Kater effizient behandelt werden konnte.

»Gute Neuigkeiten: Ihrem Liebling geht es besser«, verkündete die Tierärztin lächelnd. »Wenn keine Komplikationen auftreten, ist er überm Berg.«

»Er sieht aber gar nicht gut aus.«

»Er hat ziemlich abgenommen, er frisst nicht gut seit dem Eingriff. Aber das wird schon wieder. Wir konnten nur leichte Organschäden feststellen, davon wird er sich bald erholen. Unser Frodo ist ein zäher Kämpfer.«

»Ja, das ist er.« Alex richtete sich auf, er war maßlos erleichtert. »Vielen Dank für alles, was Sie für ihn getan haben.«

»Gern geschehen.« Die Tierärztin wurde ernst. »Konnten Sie herausfinden, wer für diese Schweinerei verantwortlich ist?«

»Bisher nicht. Aber wir bleiben dran.« Allerdings rechnete sich Alex keine großen Chancen aus, den Täter zu finden. Seine Nachbarn hatten nichts gesehen; auch nicht die Streife, die regelmäßig in seiner Straße patrouillierte.

»Da draußen gibt es asoziale Dumpfbacken, es ist nicht zu fassen«, machte die Tierärztin ihrem Ärger Luft. »Wenn ich mal einen beim Auslegen eines Giftköders erwische, dann gnade ihm Gott!«

Sie sprach Alex aus der Seele. »Wie geht's jetzt weiter? Kann ich Frodo mitnehmen?«

»Wir würden ihn zur Sicherheit noch ein paar Tage hierbehalten. Zur Beobachtung und um ihn aufzupäppeln. Wir rufen Sie an, wenn Sie ihn holen können.«

»Einverstanden.« Alex schüttelte ihr die Hand und verließ die Praxis.

Draußen genoss er für einen Moment die kalte Abendluft: eine Wohltat nach dem stickigen Beobachtungszimmer. In den vergangenen zweieinhalb Wochen hatte er die Sorge um Frodo nach Kräften weggeschoben, damit er sich auf die Arbeit konzentrieren konnte. Wie sehr sie ihm dennoch zugesetzt hatte, wurde ihm erst jetzt bewusst. Er fühlte sich, als hätte man eine Stahlklammer um seinen Brustkorb entfernt. Die Kollegen trafen sich gerade in ihrem Stammlokal. Noch vor einer halben Stunde war ihm nicht danach gewesen, hinzugehen. Jetzt schon.

Abrupt änderte er die Marschrichtung. Plötzlich war er so hungrig, als hätte er seit einer Woche nichts gegessen.

4

Die Nachbarn vögelten schon wieder.

»Alter, leck mich doch!« Trabold ballte die Hand zur Faust und hämmerte gegen die Wand, an der die Couch stand. Die Sexgeräusche hörten auf, aber die Pause war nur von kurzer Dauer. Eine Minute später ging es weiter. Leiser, doch zu seinem Leidwesen immer noch deutlich hörbar.

Er federte hoch und wanderte unruhig durch die Wohnung. Er fühlte sich wie ein Gefangener, den man mit einer speziellen Form der akustischen Folter quälte.

Er hatte noch nie Sex gehabt, ohne dafür zu bezahlen. Sein türkischer Nachbar hingegen hatte keine Probleme, reihenweise willige Schlampen abzuschleppen. Als wäre das nicht demütigend genug, stellte der Türke jeden Tag seine enorme Potenz unter Beweis. Und Trabold durfte ihm dabei zuhören, zum Kotzen. Zu allem Überfluss erregten ihn die Lustschreie der Frau dermaßen, dass er nur noch an Sex denken konnte. Sein Schwanz war schon ganz wund vom Onanieren.

Er ging zum Kühlschrank, holte sich noch eine Dose Bier und ließ sich wieder auf die Couch fallen. Dass die Bräute lieber mit großmäuligen Kanaken statt mit ihm ins Bett stiegen, machte ihn fertig. *Das haben wir den scheiß Emanzen zu verdanken. Die haben den deutschen Mann kleingemacht und kastriert, sodass der Orientale den Laden übernehmen konnte. Der ist von Natur aus ein Alpha. Da hat ein Omega wie ich erst recht keine Chance mehr.*

Der Gedanke machte ihn derart wütend, dass er am liebsten hinübergegangen wäre und den überpotenten Nachbarn vor den Augen seiner Schlampe zusammengeschlagen hätte. Die Vorstellung ließ ihn grinsen. Der Türke blutend auf dem Boden, er siegreich mit geballten Fäusten über ihm, der Gesichtsausdruck des nackten Luders eine Mischung aus Entsetzen und Geilheit. Geilheit, die ihm galt. Doch wie so oft in seinem Leben blieb es bei einer Fantasie. Er konnte sich nicht aufraffen, die bequeme Couch zu verlassen.

Also trank er das Bier aus. Obwohl es gerade einmal halb acht war, war er bereits betrunken. Wie eigentlich jeden Abend, seit er in diesem Loch festsaß. Bald jedoch wäre auch dieser Spaß vorbei, seine Barschaft ging nämlich zur Neige. Seine restlichen Ersparnisse, immerhin ein paar Hundert Euro, lagen auf der Bank, aber da traute er sich nicht ran. Vermutlich überwachten die Cops seine Kontobewegungen. In ein paar Tagen würde er sich folglich kein Bier mehr leisten können. Er beschloss, sich den Rest gut einzuteilen. Statt sich eine frische Dose zu holen, zündete er sich eine von den Kippen an, die Arbogast ihm gnädigerweise dagelassen hatte.

»Danke für nix, Gregor«, murmelte er und atmete den Rauch aus.

In seiner Anfangszeit bei der Burschenschaft hatte er den obersten Gothen als einen Mentor angesehen. Einen väterlichen Freund, von dem er viel lernen konnte. Doch das war lange vorbei. Der Anwalt mit seinem überheblichen, oberlehrerhaften Gehabe nervte ihn nur noch. Statt wenigstens ein bisschen Verständnis für seine beschissene Situation aufzubringen, kam Arbogast ihm mit immer neuen kleinlichen Vorschriften. Tu dies nicht, tu das nicht, dummer Junge! Unfassbar, dass er zu diesem Mann einmal aufgesehen hatte. Arbogast war nichts als ein wichtigtuerischer Möchtegern-Führer, der einen Kameraden ohne zu zögern hängen ließ, wenn es ihm in den Kram passte.

Trabold klemmte sich die glimmende Zigarette zwischen die Lippen, schob einen Teil des Verpackungsmülls vom Couchtisch und legte sein Handy frei. »Ich weiß, Gregor, es heißt *Mobiltelefon*«, knurrte er und starrte auf den schwarzen Screen. Er fühlte sich so einsam wie der letzte Mensch auf Erden. Zu gern hätte er das Facebook-Profil einer gewissen Person aufgerufen und nachgesehen, was sie so machte. Aber das Handy anzuschalten, wäre sträflich leichtsinnig gewesen. Er legte es zurück auf den Tisch, drückte die Kippe im Aschenbecher aus und zündete sich eine neue an.

Nebenan strebten die Sexgeräusche dem Höhepunkt entgegen. Trabold stöhnte auch, doch nicht vor Lust.

5

Das Justizzentrum Heidelberg, das neben der Staatsanwaltschaft auch die Gerichte beherbergte, nahm den gesamten Block ein und dominierte mit seinen nüchternen Formen den Straßenzug. Der Kontrast zu dem Gebäude schräg gegenüber hätte kaum größer sein können. Während das Justizzentrum den Betrachter mit wuchtigem Beton, blitzsauberem Glas und wie mit dem Skalpell gezogenen Kanten beeindruckte, wirkte das Ristorante da Lorenzo auf charmante Weise heruntergekommen. Da, wo nicht der wuchernde Wilde Wein die Fassade verhüllte, bröckelte der Putz. Von den kupfergrünen Fensterläden blätterte die Farbe ab, sodass allerorten staubtrockenes Holz zum Vorschein kam. Rost rieselte von den französischen Lilien, die das gusseiserne Ziergitter auf der Hofmauer krönten.

Da Lorenzo war nicht nur ein Geheimtipp abseits der Touristenfallen in der Altstadt, es war außerdem das Stammlokal des Dezernates für Kapitaldelikte.

Alex, der die kurze Strecke von der Tierarztpraxis zur Pizzeria zu Fuß gegangen war, durchquerte den beleuchteten Hof unter den ausladenden Ästen des Ahorns. Vor dem Eingang blieb er unvermittelt stehen und betrachtete das Wappen im sandsteinernen Türsturz. Obwohl er hier bestimmt schon fünfzigmal gegessen hatte, war es ihm nie zuvor aufgefallen. Der von Blattwerk umkränzte Schild enthielt eine stilisierte Eiche mit der Devise PERPETUA ET FIRMA FIDELI-TAS, zu Deutsch »Ewige und feste Treue«, wenn ihn seine eingerosteten Lateinkenntnisse nicht täuschten. Unter der Banderole mit dem Wahlspruch prangte gleich zweimal das heraldische Zeichen der Treuen Hände, das auch im alten Wappen der Gothia enthalten war.

Stirnrunzelnd betrat Alex die Pizzeria. Drinnen kam ihm Enzo Monteleone entgegen, der kleine, immerzu fröhliche Wirt, dessen dünner werdendes Haar einer Tonsur ähnelte.

»Ah, der Herr Commissario! Geh rüber ins Löwenzimmer, die anderen sind schon alle da.«

Enzo war in Heidelberg aufgewachsen und sprach breites Kurpfälzisch: *Geh niwwer ins Löwezimmer, die onnere sinn schunn all do.* Gelegentlich streute er einzelne italienische Vokabeln ein, um die Gäste daran zu erinnern, dass sie es trotz allem mit einem echten Italiener zu tun hatten.

»Sag mal, Enzo, was bedeutet eigentlich das Wappen über deiner Tür?«

»Wappen?« Der Wirt runzelte die Stirn. Er brauchte einen Moment, um die Frage zu verstehen. »Ah! Du meinst draußen im Hof. Ist das Wappen von Pesaro in Italia, wo ich geboren bin. Für dich Pizza Funghi mit extra Zwiebeln und Frascati, wie immer?«

»Du liest meine Gedanken.« *Zufälle gibt's,* dachte Alex, während er den vorderen Gastraum durchquerte. Aber konnte man überhaupt noch von Zufall sprechen, wenn plötzlich an jeder Ecke Hände auftauchten, reale und symbolische?

Das Löwenzimmer war ein Nebenraum, der seinen Namen einer liebenswert-kitschigen Berglöwen-Figur auf dem Fenstersims verdankte. Heute gehörte es vollständig den Mitgliedern der Soko. Enzo hatte die Tische so zusammengeschoben, dass fünfzehn Personen an der L-förmigen Tafel Platz hatten. Alex kam spät, es war bereits nach acht. Die Beamten hatten längst bestellt und verzehrten mit Heißhunger Pizza und Pasta in allen denkbaren Ausführungen. Der Essensduft ließ seinen Magen knurren. Er hätte sich gerne zu Lutz, Jörg und Celina gesetzt, doch bei ihnen war kein Platz mehr. Der einzige freie Stuhl stand auf der anderen Seite der Tafel.

Die Kollegen, die da saßen, kannte Alex allenfalls oberflächlich; sie kamen entweder aus Mannheim oder arbeiteten erst relativ kurz im Dezernat 11. Seinen Gruß beantworteten sie nur flüchtig und widmeten sich dann wieder ihrem Tischgespräch, in das sie ihn nicht einbezogen. Man behandelte ihn wie Luft. Sein direkter Sitznachbar rückte gar ein paar Zentimeter von ihm weg. So ging das seit Wochen, wenn er mit diesen Leuten zu tun hatte, genauer gesagt: seit dem Anschiss, den er vor versammelter Mannschaft kassiert hatte. Alex maß Christians Wutanfall und dessen Alphamann-Gehabe nicht allzu viel Bedeutung bei. Er wusste aus Erfahrung, dass sich der Inspektionsleiter irgendwann beruhigen und sich ihr Verhältnis wieder normalisieren würde. Nicht wenige Kollegen aber glaubten, er sei für alle Zeiten in Ungnade gefallen, und sie schnitten ihn, als wäre er ein Aussätziger. Dass manch einer ihm zudem den schleppenden Fortgang der Ermittlungen anlastete, tat sein Übriges.

Nun, er hatte ohnehin keine Lust auf seichte Konversation, er wollte in Ruhe essen. Also ließ er sich die Pizza schmecken, die Enzo ihm wenig später brachte, und trank ein Glas Weißwein auf Frodos Genesung.

Die Kollegen auf seiner Seite des Tisches blieben nicht lange. Nachdem sie gegessen hatten, gingen sie, sodass er sich endlich zu jenen setzen konnte, die nach wie vor zu ihm hielten.

»Wie geht's Frodo?«, fragte Jörg, kaum dass Alex ihm gegenüber Platz genommen hatte.

»Er hat die Vergiftung gut weggesteckt. Die Tierärztin sagt, dass ich ihn bald mit nach Hause nehmen kann.«

Das freute den Kriminaltechniker sichtlich. »Auf Frodo!«

Sie stießen miteinander an.

»Ich sag dir eins«, raunte Jörg mit finsterer Miene. »Wenn einer *meinen* Katzen so was antun würde, ich würde den fertigmachen, dass der seines Lebens nicht mehr froh wird. Ich hab mal einen erwischt, wie er vor der Garageneinfahrt nach Turing getreten hat. Das hätte böse ausgehen können, zum Glück hat die Urwampe das Schlimmste verhindert …«

»Was ist denn die Urwampe?«, fragte Alex und bereute es sogleich.

»Das ist dieser Hängebauch, den die meisten Katzen haben. Die Urwampe hat nichts mit Übergewicht zu tun, das ist vielmehr ein nützliches Körperteil, das die inneren Organe vor Verletzungen schützt. Jedenfalls hab ich den Drecksack gründlich zur Sau gemacht und mir seine Personalien geben lassen. Am nächsten Tag im Büro hab ich ihn dann überprüft, und siehe da: Das ist ein polizeibekannter Tierquäler! Also hab ich mir den mal so richtig vorgeknöpft …«

Jörg hatte viel für ihn getan. Deshalb fühlte Alex sich verpflichtet, der ausschweifenden Katzengeschichte bis zum Ende zuzuhören.

Glücklicherweise bekam der KT-Chef fünf Minuten später seine Nachspeise und verstummte beim Verzehr, überwältigt vom Pannacotta-Genuss. Alex wandte sich den anderen zu, die gerade die skurrilsten Erlebnisse der letzten Wochen Revue passieren ließen.

»Wisst ihr noch – der Magier?«, fragte Lutz eben in die Runde.

»O Gott, der Magier!« Sofija schüttelte den Kopf. »Das war definitiv der Tiefpunkt bisher.«

»Was denn für ein Magier?«, wollte Celina wissen.

»Das hast du gar nicht mitgekriegt? Also, das ist so ein selbst ernannter Hexenmeister, wobei er drauf besteht, ›Druide‹ genannt zu werden«, erklärte Lutz. »Wir hatten schon öfter mit dem zu tun. Der ruft jedes Mal an, wenn er in der Zeitung gelesen hat, dass wir in Leichensachen ermitteln. Er will dann immer helfen und gibt uns ›Hinweise‹« – Lutz zeichnete mit den Fingern Gänsefüßchen in die Luft –, »die er mit Zauberei gefunden hat. Einmal wollte er einen Vermissten mit der Wünschelrute aufgespürt haben. Beim nächsten Fall hat er behauptet, er hätte das Mordmotiv mittels ESP entschlüsselt. Natürlich ist da nie was dran. Leider müssen wir seinen Spinnereien trotzdem nachgehen, du kennst ja die Vorschriften.

In den letzten ein, zwei Jahren war es ruhig um ihn. Er hat die Zeit wohl genutzt, um noch ein bisschen verrückter zu werden. Als er vor zwei Wochen anrief, hat er erzählt, *er* hätte Schneider getötet: mit einem alten germanischen Fluch, um Heidelberg vom Bösen zu befreien. Als wir hinfuhren, um der Form halber seine Aussage aufzunehmen, stand er halb nackt in der Tür, nur mit einem Lendenschurz bekleidet. Wie genau er Schneider getötet haben will, wo die Leiche ist und wieso die Hand abgetrennt wurde, konnte er uns nicht sagen. Dafür zeigte er uns stolz seine Sammlung germanischer Runensteine. Der arme Kerl war völlig durcheinander, wir haben ihn direkt in die psychiatrische Klinik gebracht.«

»Ein Druide mit Runensteinen und Flüchen.« Sofija wandte sich spöttisch an Alex. »Der Typ könnte eine Figur aus deinem *Game of Swords* sein.«

Alex wollte sie korrigieren, doch Celina war schneller.

»Meinst du *Game of Thrones*?«

»Ich kann mir nicht merken, wie der Quatsch heißt. Schaust du das etwa auch?«

Celina nickte. »Hat das damals nicht jeder geschaut?«

»Ich nicht«, wehrte Sofija ab, als hätte man ihr unterstellt, besonders anrüchige Pornografie zu konsumieren.

»Die Serie ist wirklich gut. Perfekt zum Abschalten nach der Arbeit«, sagte Celina, was ihr einen weiteren Sympathiepunkt bei Alex einbrachte.

»Na, wenn ihr die alle so toll findet, sollte ich der Sache vielleicht eine Chance geben«, meinte Sofija halbherzig.

In diesem Moment klingelte ihr Handy.

»Das Führungs- und Lagezentrum.« Als sie den Anruf entgegennahm, war es still am Tisch. »Hallo … Das sind gute Neuigkeiten! … Ja, lass hören.« Sofija zückte ihren Kugelschreiber und notierte sich etwas auf einer Serviette. Sie legte auf und blickte in die Runde.

»Ich hatte die Kollegen doch gebeten, regelmäßig zu versuchen, Trabolds Handy zu orten. Bisher ergebnislos. Aber jetzt haben sie es aufgespürt. Es war eben in einer Funkzelle in Mannheim, Neckarstadt-West, eingeloggt. Der Standort des Geräts lässt sich auf diese beiden Wohnblocks eingrenzen.« Sie tippte mit dem Kuli auf die Adresse.

Unter den Beamten machte sich Aufregung breit.

»Finally tut sich was – ich könnte dich küssen!«, sagte Lutz.

»Wir müssen sofort da hin und die Wohnblocks observieren«, entschied Sofija.

»Das ist ein Job fürs Mobile Einsatzkommando«, bemerkte Lisa, die sich bisher kaum am Tischgespräch beteiligt hatte.

»Das MEK kannst du vergessen. Sämtliche Spezialkräfte sind gerade in Stuttgart und warten auf ihren Einsatz gegen den Drogenring. Es würde ohnehin zu lange dauern, bis sie in Mannheim sind. Das muss jetzt schnell gehen, damit uns Trabold nicht wieder entwischt. Du machst das«, befahl Sofija Lisa.

»Wieso ich?«

»Weil du dich in der Soko bisher nicht gerade durch Arbeitseifer hervorgetan hast. Gegenüber den anderen hast du einiges aufzuholen.«

Lisa erbleichte vor Wut, doch sie verzichtete klugerweise darauf, den Wortwechsel zu eskalieren.

»Aber Lisa kann das nicht allein machen«, wandte sich Sofija an die anderen. »Jemand muss sie unterstützen. Freiwillige vor.«

Die Beamten verstummten. Einige mussten plötzlich ganz dringend auf die Toilette. Andere tippten konzentriert auf ihren Handys herum. Die letzten Wochen waren derart anstrengend gewesen, dass niemand versessen darauf war, sich die Nacht um die Ohren zu schlagen.

»Ich fahre mit«, sagte Alex. Die spontane Observation war sein Ticket, um von der Operativen Auswertung wegzukommen. Dafür würde er sogar einen nächtlichen Einsatz mit Lisa in Kauf nehmen.

»Kannst du überhaupt noch fahren?«, fragte Sofija. »Du hast doch Wein getrunken.«

»Nur ein Glas. Passt schon.«

Sie dachte einen Moment nach. Alex konnte sich ausrechnen, was in ihr vorging: Christian hatte klargemacht, dass KOK Schwerdt in der Soko keine zentralen Aufgaben mehr übernehmen würde. Konnte Sofija vor ihrem Chef rechtfertigen, dass sie Alex dennoch zu einer wichtigen Observation geschickt hatte? Diese Frage beantwortete sie für sich offenbar mit einem Ja.

»Also gut«, sagte sie. »Holt euch einen Wagen und greift euch das Bürschchen.«

6

»Wieso hast du dich freiwillig gemeldet?«, fragte Lisa. »Hast du nichts Besseres zu tun?«

Die Observation hatte kaum angefangen, doch Alex hatte bereits die Schnauze voll von ihr.

»Glaub mir, ich würde lieber auf der Couch liegen und *Zelda* zocken. Aber hier geht's nicht um meinen persönlichen Lustgewinn. Ich will endlich den Karren aus dem Dreck ziehen.«

»Du willst der Schleifmaschine in den Arsch kriechen, um von der OA wegzukommen. So ehrlich solltest du sein.«

»Wenn ich ihr in den Arsch kriechen wollte, wäre ich noch mal ins Büro, um dort eine Nachtschicht zu schieben. Oder ich hätte mir Akten mit nach Hause genommen. Mir fallen auf Anhieb zehn Arschkriech-Methoden ein, die angenehmer wären, als mit dir im Auto zu sitzen. Also komm mir nicht so.«

»Du kannst mich nicht leiden«, stellte Lisa fest.

»Was auf Gegenseitigkeit beruht, oder? Aber statt dass wir uns die ganze Nacht gegenseitig angiften, schlage ich vor, dass wir uns zusammenreißen und diesen Einsatz wie Profis hinter uns bringen. Ist das ein Deal?«

Sie antwortete nicht, doch als sie nach ein paar Minuten weitersprach, klang sie zumindest ein bisschen versöhnlich. »Mal ehrlich – nervt dich dieser Fall nicht auch total? Seit Wochen legen wir uns krumm, um einen Frauenmörder zu finden, den außer seiner Mutter kein Mensch vermisst – und was ist der Dank? Die Öffentlichkeit kippt kübelweise Hass und Hohn über uns aus.«

»Das ist nicht die Öffentlichkeit, sondern ein gesteuerter Mob.«

Lisa ging darauf nicht ein. »Und jetzt dürfen wir uns auch noch die Nacht um die Ohren schlagen, um einen schmierigen, kleinen … Sexnazi zu finden. Der uns wahrscheinlich wieder nur Lügen erzählt, wenn wir ihn haben. Also mich kotzt das alles an.«

»Das ist nun mal unser Job«, erwiderte Alex, der keine Lust auf diese Diskussion hatte. »Aber ich gebe zu, dass mir das Wort ›Sexnazi‹ gefällt.«

Sie hatten das unauffällige Zivilfahrzeug in der Einfahrt einer Seitenstraße geparkt, von wo aus sie die Wohnblocks vollständig überblicken konnten. Erfahrene Kollegen vom Revier Mannheim-Neckarstadt, die die Gegend gut kannten, hatten sie informiert, dass die beiden mehrstöckigen Gebäude jeweils nur eine Haustür hatten. Zwar gab es außerdem Ausgänge in die zugehörigen Hinterhöfe, doch die waren von Mauern beziehungsweise Garagenrückwänden umgeben und wiesen keine Verbindung zu den benachbarten Häusern oder zur Straße auf. Wenn die Zielperson ihr Versteck verlassen wollte, musste sie die Haustür benutzen.

Es ging bereits auf Mitternacht zu, in der Straße passierte nicht viel. Nach einer halben Stunde trat ein älterer Mann aus der rechten Haustür, um eine Zigarette zu rauchen – unverkennbar nicht Trabold. Sonst verließ niemand einen der beiden Wohnblocks.

Die Zeit kroch quälend langsam dahin. Die beiden Beamten redeten nur das Nötigste miteinander. Alex beobachtete mit dem Fernglas die Fenster, bis gegen 1.30 Uhr im letzten das Licht aus ging. Er hielt sich mit Kaffee wach, den sie unterwegs an der Tanke geholt hatten. Lisa tippte ständig auf ihrem Handy herum.

»Leg mal das Ding weg und konzentrier dich auf die Observation.«

»Mach mir keine Vorschriften!«, blaffte sie.

Er unterdrückte ein Seufzen. Mit dieser Frau zusammenzuarbeiten, war wahrlich eine Strafe. »Du hast keine Lust auf den Einsatz – ich hab's begriffen. Aber lass deinen Frust bitte an Sofija aus, nicht an mir. Oder findest du es kollegial, dass die ganze Arbeit an mir hängen bleibt?«

»Du wolltest sie doch unbedingt machen.«

»Es reicht jetzt!«, fuhr er sie an. »Tu deinen Teil. Je eher wir Trabold haben, desto früher kommen wir nach Hause.«

Lisa funkelte ihn an und legte sich offenbar die nächste Attacke zurecht. Um ihr den Wind aus den Segeln zu nehmen, bemühte sich Alex um einen sachlichen Ton, was ihm ausgesprochen schwerfiel.

»Vorschlag: Wir wechseln uns ab mit Observieren. Dann kann jeder von uns mal Pause machen. Ich mach jetzt noch eine halbe Stunde, dann übernimmst du. Okay?«

Dreißig Sekunden vergingen, bis Lisa ebenfalls »Okay« murmelte und sich wieder ihrem Handy widmete. In der folgenden halben Stunde geschah nichts, außer dass der ältere Mann noch einmal auftauchte und eine weitere Zigarette rauchte. Als Alex daraufhin Lisa das Fernglas hinhielt, nahm sie es, ohne zu meckern, und richtete es auf die Wohnblocks.

Er stöpselte Kopfhörer ins Handy und startete die aktuelle Folge seines bevorzugten Wissenschafts-Podcasts, doch er konnte sich kaum auf den Vortrag über neuartige medizinische Gentechnik konzentrieren. Er schaltete ab, loggte sich stattdessen bei Facebook ein und rief das Profil seiner Unterstützerin Stefanie Berghaus auf.

Berghaus teilte nur weniges und Unverfängliches mit der Öffentlichkeit; die privateren Postings waren vermutlich ihren Facebook-Freunden vorbehalten. Trotzdem erfuhr Alex das eine oder andere über sie, während er ihre Pinnwand überflog. Sie wohnte in Heidelberg, arbeitete als Lehrerin und engagierte sich ehrenamtlich in sozialen Projekten für Geflüchtete und gegen Rechtsextremismus. Unregelmäßig teilte sie Musikclips, etwa von Led Zeppelin und Dream Theater.

»Die Frau hört die richtigen Kapellen«, murmelte Alex bei sich.

»Welche Frau?«, fragte Lisa stirnrunzelnd.

»Geht dich nichts an.« Er scrollte weiter und fand ein altes Posting, in dem Berghaus mit bissigem Humor das Serienfinale von *Game of Thrones* kommentierte. Auch er war damals von den letzten zwei Folgen enttäuscht gewesen und hatte zu Rikki etwas gesagt, das sich fast wortgleich mit Berghaus' Facebook-Posting deckte:

»Hoffentlich ist das in den Büchern besser gelöst. Aber bei Martins Schreibtempo muss ich wohl bis zur Pension warten, bis ich's erfahre.«

Aus einem Impuls heraus schickte er ihr eine Freundschaftsanfrage sowie eine Nachricht, in der er ihr erklärte, wer er war, und ihr für die Unterstützung dankte. Kaum hatte er beides versendet, ärgerte er sich über sein unprofessionelles Verhalten. Was für eine peinliche Aktion, sie würde ihn für einen Stalker halten. Er erwog, die Freundschaftsanfrage abzubrechen und die Nachricht zurückzurufen. Aber das würde noch peinlicher aussehen. Ihm blieb nichts anderes übrig, als die Sache laufen zu lassen und mit den Konsequenzen zu leben.

Toll gemacht, Alex.

Gegen sechs Uhr erwachte die Straße zum Leben. Nach und nach ging in den Fenstern das Licht an. In den folgenden zwei Stunden verließen über zwanzig Menschen die beiden Wohnblocks. Trabold war nicht unter ihnen.

Alex brannten die Augen vor Müdigkeit. Er teilte sich den letzten Rest Kaffee mit Lisa und frühstückte ein Croissant. Seine Kollegin checkte derweil den Soko-Chat.

»Sofija sucht gerade Leute für unsere Ablösung. Aber ein, zwei Stunden müssen wir noch durchhalten.«

Keine fünf Minuten später sah Alex eine Gestalt aus dem linken Wohnblock schlüpfen. Er beobachtete sie mit dem Fernglas. Sie trug Turnschuhe und eine Jogginghose und hatte die Hoodie-Kapuze tief heruntergezogen, sodass er das Gesicht nicht erkennen konnte. Aber die schmächtige Statur, die Körperhaltung und die Art zu gehen wirkten vertraut.

»Ich glaub, das ist er!«

Sie stiegen aus und folgten ihm. Trabold kramte einige Münzen aus der Hosentasche, er wollte offenbar zu einer Bäckerei am Ende der Straße. Alex und Lisa schlossen rasch zu ihm auf. Als sie nur noch zehn Meter von ihm entfernt waren, blickte Trabold plötzlich über die Schulter. Seine Augen weiteten sich, sofort erfasste er die Situation. »Fuck!«, zischte er und sprintete los.

Die Beamten setzten ihm nach. Obwohl er nicht geschlafen hatte, obwohl die Zielperson fast zehn Jahre jünger war, rannte Alex schneller und holte zügig zu Trabold auf. Menschen auf dem Bürgersteig sprangen erschrocken zur Seite. Lisa blieb dicht hinter Alex. Aus dem Augenwinkel sah er, dass sie die Waffe zog.

»Stehen bleiben, oder ich schieße!«

Vor der Bäckerei stoppte Trabold abrupt und wirbelte herum, sodass Alex mit wenigen Schritten bei ihm war. Trabold stank nach Zigarettenrauch und sah schlecht aus: ungepflegte Kleidung, bleiche Haut, gerötete Augen. Bereits dieser kurze Sprint hatte genügt, ihm den Schweiß aus allen Poren zu treiben. Keuchend starrte er seine Verfolger an. Alex machte sich darauf gefasst, dass er in seiner Panik etwas Dummes anstellen würde – und da kam auch schon der Schlag. Trabold holte aus und wollte ihm die Faust ins Gesicht rammen. Alex blockte den ungelenken Hieb ab und packte ihn im Polizeigriff. Mit Lisas Hilfe brachte er den schreienden Trabold zu Boden.

»Lass mich los!«, brüllte der.

Auf dem Bürgersteig, in der Bäckerei standen die Leute und gafften.

»Zu meiner Eigensicherung, und um Sie von weiteren Widerstandshandlungen abzuhalten, muss ich Ihnen Handschließen anlegen.« Als Trabolds Gegenwehr spürbar erlahmte, sagte Alex zu Lisa: »Ich schaff das allein. Hol du den Wagen.«

Kurz darauf verfrachteten sie den Gefesselten ins Auto und fuhren zurück zu dem Wohnblock, aus dem Trabold gekommen war. Der saß wie ein Häufchen Elend auf der Rückbank, während Alex ihn über seine Rechte belehrte.

»Ihnen wird zur Last gelegt, in die Entführung von Lukas Schneider involviert zu sein und wichtige Informationen zu dessen Verbleib zurückzuhalten.«

»Was? Ich hab mit der Sache nichts zu tun! Und ich weiß auch nichts.«

»Wollen Sie Herrn Arbogast anrufen?«, fragte Lisa.

»Bloß nicht.«

»Einen anderen Anwalt?«, bot Alex an.

»Ich brauch keinen Anwalt. Ich kann mir selbst helfen.«

»Wieso haben Sie sich vor uns versteckt, wenn Sie nichts mit Schneiders Verschwinden zu tun haben?«

»Warum wohl? Weil ich eine Scheißangst habe. Die sind hinter mir her!«

»Wer sind ›die‹?«

»Na die, die Lukas abgeschlachtet haben. Wer denn sonst?«

»Schneider ist also tot?«

»Nehm ich mal stark an.«

»Wieso vermuten Sie, dass Schneiders Mörder auch hinter Ihnen her ist?«

»Mensch, Alex! Frag nicht so blöd. Das liegt doch auf der Hand.«

»Kommt Schneiders Mörder aus dem Umfeld der Gothia?«

Trabold antwortete nicht. Er kniff die Lippen zusammen und schien entschlossen, gar nichts mehr zu sagen.

Alex seufzte. »Was soll ich nur mit Ihnen machen? Fahren wir«, sagte er zu Lisa.

Während die den Wagen startete, fragte Trabold plötzlich: »Wohin bringt ihr mich?«

»Nach Heidelberg zur Direktion«, antwortete Alex.

»Was passiert da?«

»Es gibt noch mal eine förmliche Belehrung und eine Vernehmung, die wir auf Video aufzeichnen. Sie kennen das doch.«

»Machst du das?«

»Unwahrscheinlich. Das werden die Chefin und die Oberstaatsanwältin übernehmen.«

Das behagte Trabold nicht. Trotzig und weinerlich sagte er: »Ich will aber nur mit dir reden.«

Was war das nur mit diesem Kerl, dass er glaubte, Alex sei in Wahrheit eine Art großer Bruder, der aller Härte zum Trotz nur sein Bestes wollte? Alex fand dieses distanzlose, vermutlich in gigantischer Autoritätshörigkeit wurzelnde Verhalten unpassender denn je. Doch vielleicht konnte er sich Trabolds verzerrte Wahrnehmung in der gegenwärtigen Situation zunutze machen. Er gab Lisa ein Zeichen. Sie drehte den Zündschlüssel, und der Motor verstummte.

»Wenn Sie nur mit mir reden wollen, müssen Sie es jetzt tun«, sagte er zu Trabold.

»Ich will Polizeischutz.«

»Das geht nicht so einfach.«

»Ich sage euch, was ich weiß. Ihr beschützt mich dafür vor dem Mörder.«

»Ich werde sehen, was ich tun kann. Aber Sie müssen den ersten Schritt machen. Um beurteilen zu können, ob Sie Polizeischutz benötigen, muss ich wissen, was überhaupt los ist.« Alex blickte den Gefesselten auffordernd an.

Der rang ein paar Minuten mit sich. Schließlich sagte er: »Gehen wir hoch in die Wohnung.«

8

»Was ist das für eine Wohnung – gehört die Ihnen?«, fragte Alex.

Lisa und er saßen auf wenig vertrauenerweckenden Klappstühlen aus Plastik, Trabold auf der Couch. Die Handschellen hatten sie ihm abgenommen. Seine Haltung war steif. Er wusste nicht, wohin mit seinen Händen, und rauchte bereits die zweite Zigarette. Auf dem verkratzten Holztischchen stand der Laptop, mit dem die Beamten die Vernehmung aufzeichneten.

Trabold verneinte. »Das ist ein Safe House. Gregor hat es angemietet, um Patrioten in Not unterzubringen.«

»Sie haben dieses Versteck also von Herrn Arbogast bekommen?«

»So sieht's aus.«

»Und trotzdem wollen Sie nichts mehr mit ihm zu tun haben?«

»Er hilft mir ja nur, damit er mich nach Lust und Laune fertigmachen kann. Der Typ ist ein Kotzbrocken.«

Alex nahm sich einen Moment Zeit, Trabold zu betrachten. Schwer vorstellbar, dass das primitive, stinkende, nuschelnde Geschöpf auf der Couch einmal ein Jurastudent gewesen war, imstande, Schneider zu manipulieren und das Gericht zu täuschen. Aber zwischen damals und heute lagen sechs Jahre harten Alkohol- und Drogenkonsums. Von der Intelligenz, die ihn einstmals zu einem Studium befähigt hatte, war nicht mehr viel übrig.

»Übrigens weise ich Sie darauf hin, dass wir vor etwa einem Monat Ihre Wohnung in der Blücherstraße durchsucht haben. Den richterlichen Beschluss kann ich Ihnen vorlegen, wenn Sie das wünschen.«

»Ihr habt hoffentlich nichts kaputt gemacht.«

»Die Tür wurde fachgerecht von einem Schlüsseldienst geöffnet und ist intakt. Die Wohnungseinrichtung auch. Beschlagnahmt haben wir nichts.«

»Okay.« Trabold schien die Sache nicht sonderlich zu interessieren.

»Wo sind eigentlich Ihr Computer und Ihre anderen Digitalgeräte, die wir bei der Durchsuchung nicht gefunden haben?«, fragte Alex, nachdem er sich noch einmal in dem Zimmer umgeschaut hatte. »Haben Sie nur Ihr Handy mit hierher genommen?«

»Gregor hat mir verboten, das Zeug mitzunehmen. Es ist an einem sicheren Ort.«

»Wo genau?«

Trabold gab keine Antwort.

»Zurück zu Arbogast«, sagte Alex. »Hat der was mit Schneiders Verschwinden zu tun?«

»Glaub ich nicht. Aber ich hab was anderes für euch.«

Sie ließen Trabold nicht aus den Augen, während der zur Kochzeile ging, den Spülschrank öffnete und darin herumkramte. Schließlich reichte er Alex einen roten, leicht klebrigen USB-Stick.

»Was ist da drauf?«

»Aufschlussreiche Fotos.«

Alex steckte den Datenträger in den Laptop, und die Beamten schauten sich die Fotos an. Darauf war der holzgetäfelte Kellerraum zu sehen, den Alex und Celina in der Gothia-Villa besichtigt hatten. Die Bilder zeigten diverse Gothen – Studenten und Alte Herren in Vollwichs –, die Bierkrüge in die Höhe reckten, Lieder sangen und mit Fechtwaffen posierten. Mehrere junge Frauen in Abendkleidern waren zu Gast, sie tanzten mit den uniformierten Männern. Offenbar Aufnahmen von einer sogenannten Kneipe, einer burschenschaftlichen Party.

»Was ist daran aufschlussreich?«, fragte Alex.

»Klick weiter«, forderte Trabold ihn auf.

Die letzten zwei Bilder der Serie hatten es in der Tat in sich. Das erste zeigte einen grinsenden Arbogast, auf dessen Schoß eine der jungen Frauen saß. Wobei »Frau« zu viel gesagt war: Es handelte sich um ein Mädchen, das definitiv minderjährig war. Das Abendkleid trug sie nicht mehr, nur noch Unterwäsche. Ihr glasiger Blick ließ Alex vermuten, dass sie betrunken war.

Auf dem zweiten Bild sah man Arbogast und drei weitere Alte Herren. Alle standen sie stramm und hoben den rechten Arm zum Hitlergruß.

»Weiß Arbogast von diesen Fotos?«, fragte Alex.

Trabold nickte. »Er wollte, dass ich sie rausrücke. Aber ich hab sie versteckt. Ich wusste, sie würden mir noch mal nützlich sein.«

»Wieso zeigen Sie uns die?«

»Als ich die Gothia am dringendsten brauchte, ließen Gregor und die anderen mich hängen. Das will ich ihnen heimzahlen«, gestand der Ex-Burschenschaftler rundheraus.

»Wie lange haben Sie die Fotos schon?«

»Hab sie gemacht, kurz nachdem ich Lukas kennengelernt hatte. So 2016.«

»Wo hatten Sie den USB-Stick versteckt? Da, wo auch Ihr Computer liegt?« Alex machte eine Pause und schaute Trabold in die Augen. »Und die Digicam, mit der Sie den Angriff auf Michelle Neureuther gefilmt haben?«

»Ich weiß von keiner Digicam«, log Trabold ihm ins Gesicht. »Die Fotos hab ich mit dem Handy gemacht und sie gelöscht, nachdem ich sie auf den Stick gezogen hatte.«

Alex ließ die Sache fürs Erste auf sich beruhen. Eines Tages würde er die verdammte Kamera finden. Aktuell jedoch hatte er drängendere Fragen.

»Wenn Sie das Bedürfnis haben, sich an der Gothia zu rächen, wieso sind Sie mit den Bildern nicht bereits vor fünf Jahren an die Öffentlichkeit gegangen?«

»Damals hatte ich Angst vor Gregors Rache.«

»Und das ist heute nicht mehr so?«

»Schau dich um, Alex«, sagte Trabold resigniert und machte eine Handbewegung, die die trostlose Wohnung umfasste. »Das ist mein Leben. Es ist im Arsch. Schlimmer kann's kaum werden.«

Alex zog den Stick aus dem USB-Port und asservierte ihn. Er konnte nicht leugnen, dass er sich diebisch über die Fotos freute. Er würde sie nachher den Kollegen von der Sitte und vom Staatsschutz schicken, damit die Ermittlungen gegen Arbogast einleiten. Die Straftaten Verwendung von Kennzeichen verfassungswidriger Organisationen sowie sexueller Missbrauch von Jugendlichen standen im Raum. Die nächsten Wochen und Monate würden unangenehm für den rechtsradikalen Strippenzieher werden, insbesondere wenn die Öffentlichkeit, die Anwaltskammer und Arbogasts Frau von den Fotos erfuhren.

»Ich hab meinen Teil getan«, sagte Trabold. »Jetzt seid ihr dran. Ich will Polizeischutz«, wiederholte er seine Forderung.

»Die Bilder sind schön und gut«, entgegnete Alex, »aber für den aktuellen Fall nutzlos. Wer hat Schneider entführt und ihm die Hand abgehackt?«

»Zum letzten Mal: Ich weiß es nicht!«, brauste Trabold auf.

»Wir wissen, dass Sie sich am Abend des 17. Oktober – zwei Tage vor Schneiders Verschwinden – mit ihm getroffen haben«, sagte Lisa. »Schneider kam zu Ihrer Wohnung, Sie prügelten sich mit ihm auf der Straße und schürften sich dabei die Hand auf. Um was ging es bei dem Streit?«

»Ach, das war nichts. Er ist plötzlich aufgetaucht. Ich bin raus und hab ihm klargemacht, dass ich nichts mehr mit ihm zu tun haben will. Daraufhin hat er mir Vorwürfe gemacht, von wegen ich hätte ihn im Stich gelassen und so weiter. Er wurde sauer und stieß mich zu Boden. Danach ist er abgezogen.«

»Als wir Sie ein paar Tage später zu Schneider befragten, haben Sie behauptet, Sie hätten ihn das letzte Mal beim Mordprozess 2017 gesehen. Warum haben Sie gelogen?«

»Keine Ahnung.« Trabold zuckte mit den Schultern. »Ich wollte einfach keinen Stress wegen der Sache.«

»Wir wissen außerdem, dass Ihr Handy am Freitag, den einundzwanzigsten Oktober, zwischen 0.48 und 1.53 Uhr in der Funkzelle am Römerkreis eingeloggt war«, sagte Alex. »Etwa eine halbe bis

Dreiviertelstunde später wurde Schneiders Hand auf dem Römerkreis vergraben.«

Der junge Mann wurde noch blasser als vorher, falls das überhaupt
möglich war.

»Was haben Sie zu dem Zeitpunkt auf dem Römerkreis gemacht?«

»Jemanden besucht«, antwortete Trabold einsilbig.

»Wen?«

»Eine Frau, die in der Cantina arbeitet.«

La Cantina war eine Café-Bar am Römerkreis.

»Das hatte um die Uhrzeit noch offen?«, wunderte sich Alex.

»Schließen die nicht alle spätestens um eins?«

»Es hatte schon zu. Ich hab gewartet, dass sie rauskommt.«

»In welcher Beziehung stehen Sie zu der Frau?«

Trabold wich ihren Blicken aus und starrte auf die Tischplatte. Mit
fahrigen Bewegungen zündete er sich noch eine Zigarette an.

»Es gibt ernste Verdachtsmomente, dass Sie in Schneiders Verschwinden verwickelt sind«, machte Alex Druck. »Wenn Sie die ent-
kräften wollen, müssen Sie reden.«

»Ich … interessiere mich für sie«, rückte Trabold endlich heraus.

»Warum denn nicht gleich so? Dass Sie sich für eine Frau interessieren, muss Ihnen doch nicht peinlich sein. Wie heißt sie?«

Trabold konnte Alex nicht anschauen. »Zuleika Awad«, murmelte
er.

Es gelang Alex, nicht loszulachen. Aber eine Spitze konnte er sich
nicht verkneifen: »Der deutschnationale Herr Trabold liebt eine Araberin – wissen das Ihre braunen Freunde?«

»Muss das sein?«, maulte Trabold mit hochrotem Kopf. »So blöde
Sprüche machen, das darfst du doch bestimmt gar nicht. Gibt's da
nicht irgendwelche Vorschriften?«

»Sie haben recht«, sagte Alex grinsend. »Fürs Protokoll: Ich nehme
die unangebrachte Bemerkung zurück und entschuldige mich.«

»Außerdem ist Zuleika keine Araberin … jedenfalls keine richtige«, beteuerte Trabold. »Sie ist in Deutschland geboren.«

»Interessiert sie sich auch für Sie?«

»Weiß ich nicht. Deswegen wollte ich ja mit ihr reden.«

»Sie haben also gewartet, dass Frau Awad spätnachts das Café verlässt«, sagte Lisa. »Was ist dann passiert?«

»Obwohl das Café schon zu war, als ich hinkam, konnte sie nicht gleich rauskommen. Sie musste noch putzen. Als sie fertig war, haben wir miteinander geredet. Aber nur kurz. Sie hatte nicht viel Zeit. Danach bin ich nach Hause.«

»Wir werden das überprüfen«, sagte Alex. »Haben Sie Frau Awads Adresse?«

»Sie wohnt irgendwo in Bergheim, die genaue Adresse kenn ich nicht. Im Moment ist sie wahrscheinlich im Café. Normalerweise arbeitet sie da vor- und nachmittags. Nachts wie am Einundzwanzigsten ist die Ausnahme.«

Alex kam ein Gedanke. »Haben Sie deshalb gestern Abend Ihr Handy angeschaltet? Um Frau Awad anzurufen?«

»Ich war betrunken und hab mich gelangweilt. Also hab ich bei Facebook geschaut, ob sie was Neues gepostet hat. Ich Idiot hab gedacht, ihr hättet es längst aufgegeben, nach mir zu fahnden. Egal. Ich will hier sowieso weg, ich halt's keinen Tag länger in dieser Bruchbude aus.« Trabold schaute Alex an. »Ich hab euch alles gesagt, was ich weiß. Wie sieht's jetzt aus mit Polizeischutz?«

»Wieso glauben Sie, dass Schneiders Entführer auch hinter Ihnen her ist? Hat man Sie bedroht?«

»Nicht direkt. Aber unser selbst ernannter Rächer wird kaum so dumm sein, mir Bescheid zu sagen, wenn er's auf mich abgesehen hat.«

»Wieso sollte ein Rächer hinter Ihnen her sein? Sie hatten doch nichts mit Schneiders Verbrechen zu tun – oder?«

»Netter Versuch, Alex«, spottete Trabold, der sich wieder im Griff hatte. »Ich habe *nichts* mit Lukas' Verbrechen zu tun. Das hat auch das Gericht festgestellt, wie du weißt …«

»Aus Mangel an Beweisen«, sagte Alex.

Trabold kommentierte das nicht. »Aber Gerichtsurteile interessieren den Rächer nicht. Der will Blut sehen. *Mein* Blut.«

Alex war nicht überzeugt. Ein Rächer, der Trabold für Neureuthers Tod strafen wollte, hätte das schon vor Jahren tun können. Warum sollte er erst jetzt zuschlagen? Und das war nur eine von vielen offenen Fragen, die Trabolds Geschichte aufwarf. Gleichwohl sagte er: »Wir werden sehen, was wir tun können. Wollen Sie einstweilen hierbleiben?«

»Auf keinen Fall. Ich will nach Hause.«

»Hier wären Sie sicherer.«

»Vielleicht vor dem Mörder, aber nicht vor Gregor. Wenn der mitkriegt, dass ihr die Fotos habt, bin ich fällig. Nein, ich versteck mich in meiner Wohnung, für die hat er wenigstens keinen Schlüssel.«

»Wie Sie wollen. Haben Sie uns sonst noch was zu sagen?«

Trabold grinste schief. »Könnt ihr mich nach Heidelberg mitnehmen?«

9

»Ob Sie Polizeischutz bekommen, entscheiden unsere Vorgesetzten – ich kann Ihnen also nichts versprechen«, sagte Alex, als Lisa den Wagen eine halbe Stunde später in der Blücherstraße parkte. »Aber selbst wenn es klappen sollte, kann es etwas dauern, bis die Kollegen hier sind. Verlassen Sie die Wohnung daher nur im Notfall und nur bei Tageslicht. Lassen Sie niemanden herein.«

»Klar lass ich keinen rein. Ich bin kein Idiot«, meinte Trabold.

Da kann man geteilter Meinung sein, dachte Alex. »Melden Sie verdächtige Personen oder seltsame Vorkommnisse sofort der Schutzpolizei. Hier, das ist meine Dienstnummer. Rufen Sie mich jeden Tag einmal an und geben Sie kurz Bescheid, ob es Ihnen gut geht.«

Trabold nahm den Zettel an sich. »Danke, das weiß ich zu schätzen. Bitte hängt euch rein, dass das klappt mit dem Polizeischutz. Ich verlass mich drauf. Eine Hand wäscht die andere!«

Alex stieg aus und öffnete ihm die Tür. Trabold marschierte zu seiner Wohnung, in der Hand die Sporttasche mit seinen Sachen, und verschwand in dem schmutzig weißen Mietshaus.

»Was für ein unangenehmer Typ«, bemerkte Lisa, als Alex wieder im Auto saß. »Kennt ihr euch von früher oder so?«

»Um Gottes willen, nein. Der glaubt aus irgendwelchen Gründen, ich wäre sein Freund. Frag mich nicht …« Alex unterdrückte ein Gähnen.

Lisa startete den Wagen und fuhr auf die Gneisenaustraße Richtung Innenstadt.

»Das war ja alles ganz interessant, aber weitergebracht hat es uns nicht«, sagte sie. »Hältst du es wirklich für sinnvoll, dem Kerl Polizeischutz angedeihen zu lassen?«

»Die Bedrohung durch einen ominösen Rächer ist wahrscheinlich nicht besonders groß. Trotzdem sollten wir auf ihn aufpassen. Wenn Arbogast erfährt, dass Trabold ihm in den Rücken gefallen ist, kann das üble Folgen für ihn haben. Kannst du das bitte bei Sofija und Christian veranlassen?«

Zur Antwort bekam er den typischen Lisa-Spruch:

»Wieso ich?«

»Weil mein Verhältnis zur Chefetage gerade nicht besonders gut ist.«

»Meins vielleicht? Ich hab seit Jahren Stress mit der Schleifmaschine.«

»Trotzdem dürfte dein Standing in der Soko um einiges besser sein als meins. Wenn ich Christian mit irgendwelchen Sonderwünschen komme, fängt er sofort an, rumzubrüllen.«

Lisa holte zur nächsten Replik aus, doch Alex ließ sie nicht zu Wort kommen.

»Ich bin zu müde für lange Diskussionen. Kannst du ausnahmsweise einfach machen, worum ich dich bitte?«

»Okay, okay. Reg dich nicht schon wieder auf. Ich rede nachher mit ihm.«

»Ich verlass mich drauf.«

Sie parkten in der Bahnhofstraße und gingen zur Café-Bar La Cantina direkt neben dem Büro der Bewährungs- und Gerichtshilfe. »Ja, Zuleika arbeitet heute«, sagte der Inhaber, ein gutaussehender, durchtrainierter Mann Anfang dreißig, der gerade hinter der Theke Lattemacchiato-Gläser polierte. »Ich ruf sie schnell.« Er öffnete die Küchentür und brüllte ihren Namen.

Sie setzten sich mit Awad an einen Tisch in einer ruhigen Ecke. Die junge Frau bestätigte Trabolds Aussage in groben Zügen. Allerdings bewertete sie das nächtliche Zusammentreffen mit ihm erheblich anders als er.

»Ich hab ihn so schnell wie möglich abgewimmelt. Der Typ war total lästig. Ständig ist er hier aufgetaucht, hat sich ewig an einem Kaffee festgehalten und mich angeglotzt. Wollte unbedingt mit mir reden, hat dann aber keinen Ton rausgebracht. Das ging wochenlang, meganervig. Also hab ich ihm klargemacht, dass ich nicht an ihm interessiert bin und dass ich ihn anzeige, wenn er mich nicht in Ruhe lässt. Das hat er wohl kapiert. Seitdem war er nicht mehr da.«

Alex erinnerte sich, wie Trabold bei der Vernehmung in der Sache El-Masri gesagt hatte, er habe Liebeskummer. Was er damals für einen dummen Spruch gehalten hatte, entsprach offenbar den Tatsachen. Bereits Ende September musste Trabold geahnt haben, dass er bei Awad keine Chance hatte. Er hatte sich betrunken, in der Altstadt eine Zielscheibe für seinen Frust gesucht und mit Laila El-Masri ein Opfer gefunden, das derselben Ethnie wie seine Angebetete angehörte und Awad sogar einigermaßen ähnlich sah. Alex schüttelte innerlich den Kopf. Er hätte es nicht für möglich gehalten, doch Trabold hatte es tatsächlich geschafft, noch weiter in seiner Achtung zu sinken.

Sie dankten Awad für die Auskunft und verließen das Bistro.

»Und jetzt?«, fragte Lisa im Auto.

Alex war genauso ratlos wie sie. Auch ihre bisher vielversprechendste Spur hatte sich als Sackgasse erwiesen. Frustrierend. Er holte sein Handy hervor. »Ich schaue, dass wir einen Durchsuchungsbeschluss für das Safe House bekommen. Ich glaube zwar nicht, dass das viel bringt, aber sicher ist sicher. Zuerst bring ich Sofija auf den neuesten Stand.«

Es dauerte eine Weile, bis sie endlich abnahm.

»Ja?«

»Wir haben Trabolds Aussagen überprüft. Leider – «

»Kannst du mir nachher erzählen«, fiel Sofija ihm ins Wort.

»Kommt zum Max-Planck-Institut für Völkerrecht. Neuenheimer Feld. Sofort!«

»Was ist da?«

»Wir haben eine zweite Hand gefunden.«

KAPITEL SECHS

GALGENBUCKEL

Er erwacht aus einem schönen Traum. Er hat von seiner Kindheit in Leipzig geträumt, von seinem Vater, jenem Giganten, den er gleichermaßen liebte wie fürchtete. Sie machten einen Spaziergang am Völkerschlachtdenkmal, und der Vater erzählte ihm von der glanzvollen Geschichte ihres Standes in besseren, gerechteren Zeiten. Er will die friedvollen Bilder und heimeligen Gefühle festhalten, doch sie entgleiten ihm rasch. Bereits wenige Minuten nach dem Aufwachen kann er sich nur noch verschwommen daran erinnern. Die Realität greift mit groben Händen nach ihm und reißt ihn brutal aus seinem verblassenden Traum.

Eine scheußliche Nacht liegt hinter ihm. Die Herrin schwang grausam die Geißel. Muskelkrämpfe peinigten ihn. Jetzt sind die Schmerzen abgeklungen; dafür fühlt er sich kurzatmig und derart apathisch, dass ihn bereits der Gedanke, das Bett zu verlassen, tief erschöpft.

Er drückt eine Tablette aus dem Blister. Mit schwacher Hand greift er nach dem Wasserglas auf dem Nachttisch, um das Medikament hinunterzuspülen. Es gelingt ihm nur mit Mühe. Er hat wieder Schluckbeschwerden, sie sind erheblich stärker als beim letzten Mal.

Er liegt da, starrt an die Zimmerdecke, wartet. Als die Tablette endlich wirkt, fühlt er sich imstande, aufzustehen. Es geht bereits auf Mittag zu. Normalerweise müsste er längst bei der Arbeit sein, doch er hat sich in weiser Voraussicht ein paar Tage freigenommen. So kann er sich Zeit lassen mit dem Anziehen, mit dem Frühstück, das eigentlich ein frühes Mittagessen ist.

Den angebrannten, mit Erdbeermarmelade beschmierten Toast bringt er kaum hinunter. Er umklammert die Tasse mit beiden Händen und trinkt den Kaffee in kleinen Schlucken, während er über seine Situation nachdenkt. Er stellt sich der niederschmetternden Erkenntnis, dass auch die letzte Maßnahme nichts fruchtete. Anders lässt sich nicht erklären, dass es ihm in der vergangenen Nacht derart schlecht ging.

Warum? Hat er schon wieder einen Fehler gemacht? So muss es sein. Seine Einschätzung war falsch, von Wunschdenken geprägt. Der Mörder war für seine Zwecke ungeeignet, denn er hatte seine Strafe bereits verbüßt. Eine viel zu milde Strafe, gewiss – aber doch eine, die ihn für das Ritual unbrauchbar machte.

Schuldgefühle steigen wie Gallensäure in ihm auf. Er hat einen Menschen getötet, für nichts und wieder nichts. *Nein, sagt er sich, einer wie der hat den Tod verdient. Immer, ohne Ausnahme.*

Die Schuldgefühle verschwinden nicht völlig. Es bleibt der nagende Gedanke, dass er sich etwas anmaßte, das ihm nicht zusteht. Aber damit kann er sich jetzt nicht befassen. Er muss seine nackte Haut retten. Hierfür muss er Kompromisse machen und seine hehren Ansprüche reduzieren.

Er hat nur noch eine einzige Chance. Er muss den zweiten Mörder finden. Den, der straflos davonkam.

Plötzlich wird ihm etwas klar. Morgen ist der 26. November 2022.

Michelle Neureuthers sechster Todestag.

Das kann kein Zufall sein!

Diese Erkenntnis verleiht ihm die Energie, sich ins Auto zu setzen und nach Bergheim zu fahren. Er parkt den Golf bei der Ochsenkopfwiese und geht zu Fuß zur Blücherstraße. Es ist ein grauer, kalter Tag. Kaum Menschen draußen. Er hat bereits vor Monaten herausgefunden, dass der zweite Mörder hier wohnt. Doch die gründliche Recherche nutzte ihm bisher wenig. Seine Nachforschungen in den vergangenen Wochen ergaben, dass Jannik Trabold verschwunden ist. Untergetaucht.

Er hat keine Wahl. Er muss weiter nach ihm suchen.

Unauffällig postiert er sich in der Grünanlage zwischen den Wohnblocks in der Hoffnung, auf einen Hinweis zu stoßen. Widersteht dem quälenden Verlangen, eine Zigarette zu rauchen. Er blickt zum Fenster des Mörders auf. Da! Licht geht darin an, ein Schemen bewegt sich hinter der schmutzigen Scheibe. Der Mörder ist zurück. Glück? Nein, er glaubt nicht an Glück. Das Schicksal ist mit ihm. Es will, dass er morgen zuschlägt. An Michelles Todestag.

Er zieht sich zurück und beschließt, bei Dunkelheit wiederzukommen. Es gilt einmal mehr, Geduld zu haben und auf den richtigen Moment zu warten.

1

Der Zeuge war Schweizer. Hartmut Tanner, ein sportlicher Mittfünfziger mit üppigem schwarzem Haar, sprach Hochdeutsch, aber sein Akzent war unverkennbar.

»Sind Sie Tourist?«, fragte Sofija.

»Ich lebe seit zwei Jahren in Heidelberg«, erklärte Tanner. »Ich arbeite als Laborassistent in der Uniklinik.«

Wie viele Schweizer ließ er sich Zeit beim Reden. Darüber hinaus sprach er in einer tiefen Frequenz, die Sofija nur mit Mühe verstehen konnte – zumal die Einsatzkräfte rund um das Max-Planck-Institut für ausländisches öffentliches Recht und Völkerrecht ihre Arbeit nicht gerade leise verrichteten. Ständig brüllte irgendwer, klapperte mit Equipment oder schlug eine Autotür zu.

»Waren Sie nicht mit dem Hund unterwegs? Wo ist der?«

»Das Blaulicht und der Lärm haben ihm Angst gemacht. Ich hab ihn eben nach Hause gebracht.«

»Verstehe. Danke, dass Sie noch mal hergekommen sind. Ich habe die Sache nämlich noch nicht ganz verstanden. Was genau ist heute Morgen passiert?«

»Ich ging mit Bruno Gassi«, berichtete Tanner. »Als wir zum Max-Planck-Institut kamen, bellte er plötzlich wie verrückt und wurde so aggressiv, dass ich ihn nicht mehr halten konnte. Er riss sich los und rannte weg.«

»Gehen Sie jeden Morgen mit Ihrem Hund diese Straße entlang?«

Der Zeuge verneinte. »Zu viel Autoverkehr, kaum Natur, das ist keine gute Gegend für Hunde. Zumal Bruno sehr sensibel ist. Normalerweise fahr ich mit ihm zum Königstuhl. Aber im Moment ist mein Auto in der Werkstatt. Also sind wir notgedrungen hier entlang.«

Obwohl Tanner, was sein Benehmen und den Informationsgehalt seiner Auskünfte betraf, definitiv zu den angenehmeren Zeugen gehörte, wurde Sofija zunehmend gereizt. Diese nervtötende Redeweise! Sie hatte ihm die rechte Kopfseite zugewandt, damit er ihr direkt ins Ohr sprechen konnte, und verstand trotzdem nicht alles.

»Was ist passiert, nachdem Bello –«

»Bruno.«

»… nachdem Bruno sich losgerissen hatte?«

»Er ist zu dem Hügel da hinten. Ich bin ihm nach und konnte ihn in dem Gestrüpp nicht finden. Ich hab ihn gerufen. Das musste ich ein paarmal machen, bis er endlich gekommen ist. Sehr ungewöhnlich, müssen Sie wissen, Bruno ist gut erzogen.«

»Hat er Ihnen da schon die Hand gebracht?«

Tanner nickte. »Er hatte sie im Maul. Unverkennbar eine menschliche Hand. Ich bin sehr erschrocken. Ich nahm sie ihm weg und rief die Polizei. Darf ich fragen, wo sie jetzt ist?«

»Die Kollegen haben sie sichergestellt und sie der Rechtsmedizinerin für eine erste Begutachtung vorgelegt. Das Bestattungsunternehmen wird sie später zum Rechtsmedizinischen Institut bringen, wo genauere Analysen gemacht werden … Ah, da kommt der Bestatter auch schon. Danke für die Auskunft, Herr Tanner. Wenn wir noch Fragen haben, rufen wir Sie an.«

Tanner gesellte sich zu den zahlreichen Schaulustigen, die sich hinter dem Flatterband versammelt hatten. Erleichtert wandte Sofija sich ab und schaute sich um.

Immer wieder das Neuenheimer Feld, dachte sie.

Am 13. Oktober 2016 war keine fünfhundert Meter Luftlinie von hier Michelle Neureuther bestialisch angegriffen worden. Am 24. Januar 2022 dann, vor gerade einmal zehn Monaten, war der Stadtteil Schauplatz einer weiteren unfassbaren Gewalttat geworden, als ein

288

schwer bewaffneter junger Mann in einen Hörsaal eindrang, mit der Schrotflinte um sich schoss, eine Studentin tötete und drei weitere Menschen verletzte, ehe er sich das Leben nahm.

Und nun war hinter dem Max-Planck-Institut eine zweite abgetrennte Hand aufgetaucht. Was hatte das Neuenheimer Feld – das international gefeierte Zentrum von Vernunft und Wissenschaft! – nur an sich, dass es das Grauen derart anzog? Sofija hielt sich für eine zutiefst rationale Person; sie glaubte nicht an esoterische Zusammenhänge oder spirituelle Muster. Und doch hatte sie für einen Augenblick das Gefühl, als wäre der Boden unter ihren Füßen vom Bösen durchdrungen, von einem schwarzen Gift, das das Schlechteste in den Menschen hervorbrachte. Aus Gründen, die sich jeder logischen Erklärung entzogen.

Schaudernd verbannte sie diesen Gedanken und konzentrierte sich auf die Realität – auf die Dinge um sie herum, die sie hören, sehen und *verstehen* konnte.

Mehrere Streifenwagen parkten am Straßenrand; bei einem blinkte das Blaulicht. Die Schutzleute hatten das Gelände weiträumig abgesperrt und scheuchten Gaffer weg. Mit mäßigem Erfolg, aus der Nachbarschaft strömten ständig neue herbei. Das Institut selbst bestand aus zwei hochmodernen quaderförmigen Gebäuden, verbunden durch einen Trakt mit Glasfassade, in der sich geisterhaft das blaue Blitzen spiegelte. Auf dem angrenzenden Parkplatz, wo Sofija stand, sowie in der Grünanlage hinter dem dunkleren der beiden Quader tummelten sich SpuSi-Leute in weißen Overalls.

Sie ging an zwei Kripobeamten vorbei, die eine verstört wirkende Institutsmitarbeiterin befragten, und trat zu Jörg. Der KT-Chef überreichte dem Bestatter gerade die Kühlbox, die den grausigen Fund enthielt. Sofija hatte die Hand nur kurz begutachtet. Das verweste Körperteil, von dem sich bereits Haut und Fingernägel ablösten, bot keinen angenehmen Anblick und verströmte obendrein einen widerwärtigen Gestank.

Sie begrüßte den Bestatter mit einem Nicken und wandte sich an Jörg. »Wo ist Tanja?«

Der Kriminaltechniker deutete auf den kleinen Hügel hinter der Grünanlage. »Wir haben die Stelle gefunden, wo die Hand vergraben war. Tanja untersucht sie gerade.«

Sofija zog einen Overall an. Sie folgte einem gepflasterten Weg, ging ein paar Schritte über den Rasen und bahnte sich einen Weg durch das Gestrüpp, das auf dem Hügel wucherte. Sie wusste nicht zu sagen, ob die etwa hundert Meter lange, von Straßen und dem Institutsgelände begrenzte Anhöhe natürlichen Ursprungs war oder ob es sich um eine alte Halde aus Bauschutt handelte. Während sie hinaufstieg, musste sie aufpassen, nicht auf dem unebenen und matschigen Boden auszurutschen. Regentropfen glänzten wie Perlmutt auf Zweigen und Dornenranken, die Löcher in ihren Overall rissen. Büsche und Bäume wuchsen derart dicht, dass sie schon nach wenigen Schritten kaum noch das Institut erkennen konnte. Gelegentlich sah sie die weiße Gestalt eines Kriminaltechnikers, der sich durch das Dickicht kämpfte wie ein Guerillakämpfer durch den südamerikanischen Dschungel.

Es dauerte eine Weile, bis sie Tanja fand. Ihre Lebensgefährtin, die ebenfalls einen Faseranzug trug, kauerte auf der Hügelkuppe neben einem Loch, dem sie Erdproben entnahm. Um sie herum lagen abgestorbene Äste, verwitterte Betonbrocken und rostige Bierdosen. Sofija und Tanja waren die einzigen Menschen auf der kleinen Lichtung.

»Zieh mal kurz die Maske ab«, sagte Sofija.

Ihre Lebensgefährtin richtete sich auf. »Das wäre aber nicht vorschriftsmäßig«, erwiderte sie mit blitzenden Augen. Trotzdem zog sie die Gesichtsmaske herunter, und Sofija küsste sie auf den Mund. Tanjas Lippen zu berühren, tat gut. Eine starke Arznei gegen die beklemmenden Gefühle, die ihr tief im Innern zusetzten.

Sodann legten die beiden Frauen ihren Atemschutz wieder an und gingen neben dem Loch in die Hocke. Es war etwa dreißig Zentimeter tief. Das feuchte Erdreich, in dem Abdrücke von Hundepfoten zu sehen waren, stank süßlich und schwer nach verfaulendem Gewebe.

»Wieso ist sie so viel stärker verwest als Schneiders andere Hand?«, fragte Sofija.

»Weil es nicht Schneiders Hand ist.« Tanja blickte sie an. »Es ist auch eine rechte Hand. Ist dir das nicht aufgefallen?«

Dieses offensichtliche Detail war ihr bei der kurzen Begutachtung des Fundes tatsächlich entgangen. Sofija schüttelte innerlich den Kopf über diesen Schnitzer. Dabei rühmte sie sich einer scharfen Beobachtungsgabe. Sie brauchte dringend Urlaub.

»Außerdem liegt sie schon lange hier«, fuhr Tanja fort. »Jedenfalls länger, als Schneider verschwunden ist. Anhand des Zustandes – abgelöste Fingernägel, fäulnisveränderter Muskel – würde ich schätzen: seit zehn bis zwölf Wochen.«

Also seit Ende August, Anfang September, rechnete Sofija. *Da saß Schneider noch im Knast.* »Eigenartig, dass sie erst jetzt gefunden wurde. Wenn die so lange hier lag, hätte die doch längst ein Hund wittern müssen.« Tanners Erklärung, dass diese Straßen keine gute Gegend für Hunde waren und daher von Gassigehern nicht oft aufgesucht wurden, erschien ihr nicht ausreichend.

»Die Hand war zwar nur dreißig Zentimeter tief vergraben, aber das war vermutlich trotzdem tief genug, dass Hunde unten auf dem Bürgersteig sie nicht wittern konnten – zumal es hier zahlreiche ablenkende Geruchsquellen gibt.« Tanja wies auf die alten Bierdosen und auf den hohen Schornstein, der keine hundert Meter nördlich von dem Hügel dichten Qualm ausspie. »Durch den häufigen Starkregen in den letzten Wochen wurde die Erde abgetragen und die Hand schließlich freigelegt, sodass Tanners Hund sie heute früh riechen konnte.«

»Der Bestatter hat sie übrigens eben abgeholt. Kannst du herausfinden, wessen Hand das ist?«

Tanja nickte. »Eine DNA-Analyse sollte drin sein. Ich setze mich gleich dran, sowie ich wieder im Labor bin.«

»Und der forensische Befund?«

»Ich bin mir ziemlich sicher, dass sie wie die andere Hand mit halbscharfer Gewalt abgetrennt wurde – mit einem Beil oder einem ähnlichen Werkzeug. Genauere Analysen werden schwierig, der Verwesungsgrad ist schon zu weit fortgeschritten. Die Toxikologie können wir wohl vergessen. Falls irgendwelche Fremdstoffe auf der Haut oder im Gewebe waren, sind sie längst fortgespült worden. Mit viel Glück finde ich was in der Erde. Ich bin hier fertig und fahre jetzt zurück ins Institut.« Die beiden Frauen standen auf. »Morgen Vormittag kann ich euch wahrscheinlich erste Ergebnisse präsentieren.«

»Je eher, desto besser«, sagte Sofija, woraufhin Tanja spöttisch salutierte.

»Zu Befehl, Chefin!«

Sie schlüpften durch das Gestrüpp. Auf dem Parkplatz zogen sie die Schutzkleidung aus und verabschiedeten sich voneinander. Sofija hätte Tanja zu gerne noch einmal geküsst. Doch da es hier von Beamten nur so wimmelte, verkniff sie es sich und beließ es bei einem spröden »Tschüss«.

2

Alex und Lisa parkten den Wagen gegenüber dem Max-Planck-Institut und stürzten den übersäuerten Tankstellenkaffee hinunter, ehe sie ausstiegen und die Straße überquerten. Alex war nun seit dreißig Stunden ununterbrochen auf den Beinen, er fühlte sich wie gerädert. Das Koffein verscheuchte lediglich den Nebel in seinem Schädel, die bleierne Schwere in den Gliedern blieb.

»Kriminalpolizei. Lassen Sie uns bitte durch.« Sie mussten mit ihren Ausweisen wedeln, bis die Gaffer auf dem Gehsteig endlich eine Gasse für sie bildeten.

Ein Reporter trat zu ihnen, erkennbar an dem Presseausweis, der an einem Band von seinem Hals baumelte. In den Händen hielt er einen Schreibblock sowie einen Kuli mit der Aufschrift KURPFALZ 24/7 NEWS.

»Ist es korrekt, dass man eine zweite Hand gefunden hat?«

»Kein Kommentar«, schnappte Alex.

»Herr Schwerdt –«

»Wenden Sie sich an die Pressestelle und lassen Sie uns unsere Ar-

beit machen.« Alex hatte Fantasien, dem Schreiberling des Schund-
portals seinen Block ins Gesicht zu schlagen. Es kostete ihn einige
Mühe, mit der gebotenen Professionalität zu reagieren. Er schob sich
an dem Reporter vorbei und wollte gerade das Flatterband anheben,
als er von einem Schaulustigen angesprochen wurde.

»Liegt eine Leiche auf dem Galgenbuckel?« Der Mann, der das
fragte, war mindestens achtzig Jahre alt. Er deutete mit dem Gehstock
auf die Anhöhe hinter dem Institut und sprach kräftigen Heidelberger
Dialekt: *Liggt do e Leich uffm Galgebuggel?*

Alex starrte den Rentner an. Das Wort »Galgenbuckel« brachte
etwas in ihm zum Klingen. Ein alter Flurname, wenn ihn sein Gedächtnis nicht täuschte. Wo hatte er den schon einmal gehört? Im
Geschichtsstudium? Auf die Schnelle konnte er sich nicht erinnern.
Aber wie vor drei Wochen bei der Spurensuche im Park des Instituts
für medizinische Psychologie war ihm plötzlich, als würde eine ferne
Vergangenheit mit klammen Fingern nach ihm greifen.

»Die ganzen Polizisten, die Streifenwagen – hier ist doch was Großes im Gange«, sagte der Rentner. »Hat man endlich den Kermit abgemurkst? Oder ist schon wieder einer Amok gelaufen?«

Als der penetrante Reporter Anstalten machte, dem Rentner bei-
zuspringen und Alex mit weiteren Fragen zu bombardieren, duckte
Alex sich unter dem Absperrband hindurch und folgte Lisa über den
Parkplatz. Galgenbuckel … Er beschloss, sich später damit zu befassen, wenn er sich besser konzentrieren konnte. Er brauchte dringend
ein paar Stunden Schlaf. Im Gehen tippte er eine Notiz ins Handy,
damit er dieses Wort nicht vergaß.

Sie gingen zu Sofija, die eben einen reichlich ramponierten SpuSi-
Overall in den Müllsack stopfte.

»Gut, dass ihr da seid. Es gibt viel zu tun.«

»Was ist denn überhaupt passiert?«, fragte Alex.

Sofija fasste ihnen zusammen, was sie bisher herausgefunden hatten. Alex war nicht wenig überrascht. Er war automatisch davon aus-
gegangen, dass sie Schneiders linke Hand entdeckt hatten. Dass dem
nicht so war, gab dem Fall schlagartig eine ganz neue Richtung.

»Wie ist es bei euch gelaufen?«

Alex gab der Chefin einen knappen Bericht über ihren Vormittag. »Groß weitergebracht hat's uns nicht. Aber zumindest wissen wir jetzt, was Trabold am Römerkreis getrieben hat«, schloss er.

»Die Fotos von Arbogast sind auch nicht zu verachten.« Sofija machte keinen Hehl aus ihrer Genugtuung, dass dem Anwalt ein Verfahren bevorstand. Sie ließ sich sogar zu einem Lob hinreißen: »Gute Arbeit.« Dabei schaute sie nur Alex an.

Entsprechend gereizt sagte Lisa: »Ich bin todmüde. Kann ich für heute Schluss machen?«

»Aber sicher doch«, meinte Sofija zuckersüß. »Das ganze Team rennt sich die Hacken ab, nur das Fräulein Westphal darf selbstredend um Viertel vor eins Feierabend machen, um seinen Schönheitsschlaf nachzuholen.«

»Ich hab die ganze Nacht –«

»Geh zu Lutz und hilf ihm bei der Befragung der Institutsmitarbeiter!«, fiel die Chefin Lisa harsch ins Wort.

Die Zurechtgewiesene rauschte davon und knurrte dabei etwas von »Sauerei« und »Personalrat«. Als Alex sich nicht vom Fleck bewegte, traf ihn Sofijas strenger Blick.

»Komm du mir nicht auch noch mit Überstundenausgleich. Eine Soko ist nun mal kein Ponyhof. Nachtschichten gehören dazu. Hol dir einen Kaffee, und dann ab an die Arbeit!«

»Ich würde liebend gern, aber ich habe eine eindeutige Dienstanweisung: nur noch OA für mich«, erwiderte Alex. »Eigentlich hätte ich schon die Observation nicht machen dürfen.«

»Das habe ich mit Christian geklärt. Du darfst wieder ermitteln.«

Er arbeitete tief ein und aus. »Also hat er sich endlich abgeregt.«

»Na ja, er ist immer noch sauer auf dich. Doch er sieht ein, dass du der schlechteste Aktenführer bist, den die K1 je hatte. Als er heute Morgen in deinem Büro war, um die Protokolle der Lagebesprechungen zu holen, sind ihm fast die Ordner auf den Kopf gefallen, die du auf dem Schrank deponiert hast. Deshalb soll ich dir zwei Sachen ausrichten: Erstens, du darfst wieder wie gehabt für die Soko arbeiten, sofern du uns versprichst, dich nicht mehr in krude Ideen zu verrennen. Noch eine Spinnerei wie diese Sache mit der Gothia, und du bist raus. Klar so weit?«

»Okay. Versprochen. Und zweitens?«

»Räum endlich deine Müllhalde von Büro auf!«

Damit war die Audienz beendet, und er ging zu Lutz. Obwohl die Wirkung des Koffeins allmählich nachließ und die Müdigkeit schlimmer denn je zurückkehrte, fühlte sich der Tag nicht mehr ganz so bleischwer an. Keine OA mehr: Ihm war, als hätte man eine Eisenkugel von seinem Fußknöchel entfernt.

»Was kann ich tun?«

Lutz lächelte ihn an. »Hab gehört, du bist *back in the game*. Gut, gut. Wir brauchen nämlich jeden Mann.« Er zeigte Alex ein Klemmbrett. »Das ist eine Liste der Institutsmitarbeiter. Die haben wir schon vernommen. Die müssen wir noch. Such dir einen Namen aus.«

Wenige Minuten später befragte Alex, bewaffnet mit einem Aufnahmegerät, den Hausmeister des Gebäudekomplexes. »Die Rechtsmedizin vermutet, dass die Hand Ende August, Anfang September vergraben wurde. Ist Ihnen in diesem Zeitraum etwas Verdächtiges aufgefallen …?«

3

Aufgrund der neuen Entwicklungen mussten die Soko-Mitglieder auch an diesem Wochenende arbeiten. Wenigstens war Alex einigermaßen ausgeschlafen, als er am Samstagmorgen in die Direktion kam. Er hatte noch etwas Zeit bis zur Lagebesprechung um neun Uhr. Er wollte mit Lisa reden, doch an ihrem Arbeitsplatz traf er sie nicht an.

»Die hat sich krankgemeldet«, erklärte der Kommissar, der sich mit ihr das Büro teilte. »Das macht sie immer, wenn Quälić sie zu hart rannimmt. Dann taucht sie erst mal für eine Woche ab – wegen *Burn-out*.« Der Beamte hämmerte wuchtig auf den Locher. »Als ob wir hier nicht alle Burn-out hätten.«

Alex holte sich einen Kaffee und schrieb ihr eine Nachricht: »Hast du mit Sofija über den Polizeischutz gesprochen?«

Zu seiner Überraschung schrieb sie sofort zurück: »Keine Chance.«

Er rollte mit den Augen. Immer dieser nervige Telegrammstil, der alles und nichts bedeuten konnte.

»Keine Chance WAS?«

»Trabold kriegt keinen Polizeischutz«, antwortete Lisa.

»Hat Sofija erklärt, warum nicht?«

Doch die Kollegin hatte den Chat bereits verlassen, und das Handy blieb stumm.

Nicht toll, aber kein Weltuntergang, dachte Alex resigniert. Er hielt die Bedrohung für Trabold für nicht sonderlich hoch. Die zweite Hand war schließlich ein starker Hinweis, dass der Täter es nicht exklusiv auf die beiden Sexnazis abgesehen hatte. (*Incels! Es sind Incels,* ermahnte er sich. *Bloß nicht ›Sexnazi‹ angewöhnen. Sonst rutscht dir das im Meeting raus, und du fällst wieder negativ auf.*) Durch den Fund auf dem Galgenbuckel hatte der Fall eine weitaus komplexere Dimension bekommen. Dass es sich um einen simplen Rachefeldzug handelte, wie Trabold – und nicht nur der – mutmaßte, hielt er für immer unwahrscheinlicher. Blieb die Bedrohung durch Arbogast. Die allerdings erheblich gesunken war, seit der Anwalt am gestrigen Abend Besuch von Ermittlern der Dezernate für Sexualdelikte und Staatsschutz bekommen hatte. Wenn Arbogast vernünftig war, würde er von nun an die Füße stillhalten und alles vermeiden, das seine Situation verschlimmern konnte – etwa eine Attacke auf den Verräter, die man sofort ihm zurechnen würde, selbst wenn sie von anonymen Schlägern ausgeführt wurde.

Alex schrieb seinem Schützling eine Nachricht, in der er Trabold über die Entscheidung der Chefetage informierte. Er schloss den kurzen Text mit dem Ratschlag: »Bitte beachten Sie weiterhin die Hinweise zu Ihrer Sicherheit, die ich Ihnen gegeben habe.«

Trabold antwortete nicht. Vermutlich pennte er noch. Alex steckte das Handy weg und ging zur Besprechung.

4

Der Soko-Raum des Dezernats 11 hatte sich im vergangenen Monat erheblich verändert. Aus einem kahlen, beinahe sterilen Zimmer war eine chaotische, mit Material und Informationen vollgestopfte Kriminalzentrale geworden. An den vormals schmucklosen weißen Wänden hingen Stadtpläne und vergrößerte Kartenausschnitte voller Markierungen, Drohnenaufnahmen vom Römerkreis und vom Galgenbuckel, Fotos der wichtigsten Akteure des Falles, dazu Listen mit Namen, Adressen und Telefonnummern aller Zeugen. Stichpunkte zu den Tat- und Täterhypothesen, wilde Brainstorming-Notizen sowie ein detaillierter Zeitstrahl aller Ereignisse füllten die Whiteboards. Auf den zu einer rechteckigen Fläche zusammengeschobenen Tischen lagen Aktenordner voller Sitzungs- und Vernehmungsprotokolle, Schmierzettel, Formulare, schreiend bunte Flyer von Lieferdiensten, Tablets und aufgeklappte Laptops. Der 3-D-Scan von der Kuppe des Galgenbuckels, den die Kriminaltechnik angefertigt hatte, drehte sich langsam auf einem PC-Bildschirm.

Die Masse an Informationen, die beim Hereinkommen die Sinne bestürmten, erschlug einen schier. Die Enge und die stickige Luft taten ihr Übriges, dass der Soko-Raum nicht eben die angenehmste Umgebung darstellte. Doch einen geeigneteren Ort für die ein- oder zweimal täglich stattfindenden Besprechungen gab es in der Direktion nicht.

Als um Punkt neun Uhr der Soko-Kern – erweitert um den Ö und die Oberstaatsanwältin – vollständig anwesend war, fasste Sofija die gestrigen Ermittlungen zusammen.

»Wessen Hand das ist, wissen wir nicht. Aber ich habe von Tanja die Zusage bekommen, dass sie uns das Ergebnis der DNA-Analyse heute Vormittag zukommen lässt. Dann sind wir hoffentlich schlauer. Die Stelle, wo die Hand vergraben war, ist wegen des dichten Gestrüpps eigentlich von keiner Seite aus richtig einsehbar. Die einzigen Personen, die etwas beobachtet haben könnten, sind die Mitarbeiter des Max-Planck-Instituts. Die anderen Gebäude in der Umgebung, etwa ein Stromversorger nördlich des Galgenbuckels, sind zu weit weg. Daher beschränken wir die Zeugenbefragungen auf die Max-Planck-Leute. Bisher war das ergebnislos, niemand kann sich an irgendwelche verdächtigen Aktivitäten erinnern. Nicht überraschend, wenn man bedenkt, dass die Hand bereits vor zehn bis zwölf Wochen vergraben wurde – und mit Sicherheit nicht am helllichten Tag. Aber wir machen weiter. In jedem Fall brauchen wir eine ganz neue Tathypothese. Vorschläge?«

In der darauffolgenden Diskussion äußerte jemand den Verdacht, man habe es mit einem krankhaften Händesammler zu tun, was aber keinen recht überzeugte. Man beschloss, weitere Informationen abzuwarten. Anschließend besprachen Kai, Sofija und Roth-Schweigmann, wie die Pressestelle die neue Fallentwicklung kommunizieren sollte.

»Ich schlage vor, den Fund der zweiten Hand offensiv an die Öffentlichkeit zu tragen«, schlug Kai vor. »In der aktuellen Situation wäre es kontraproduktiv, wenn der Verdacht entstünde, dass wir zentrale Informationen zurückhalten.«

Damit waren die anderen einverstanden.

Alex hörte alldem nur mit halbem Ohr zu. In Gedanken war er bei seiner Theorie: Die Ablageorte der Hände bedeuteten etwas. Dessen war er sich sicherer denn je, seit er den alten Flurnamen »Galgenbuckel« gehört hatte. Darin lag des Rätsels Lösung. Doch bevor er seine Überlegungen aussprach, musste er gründliche Recherchen anstellen. Er hatte Sofija zugesichert, sich nicht noch einmal in wilde Ideen zu verrennen. Er war gewissermaßen auf Bewährung. Um diesen fragilen Status nicht zu gefährden, musste er belastbare Fakten beibringen und auf Spekulationen verzichten.

Ein Verwaltungsangestellter kam herein und überreichte Sofija das Ergebnis der DNA-Analyse, das Tanja Wilhelmi eben gefaxt hatte. Die Soko-Mitglieder schwiegen angespannt, während die Chefin den Ausdruck studierte. Sie runzelte die Stirn.

»Und?«, fragte Lutz.

»Die Analyse ergab einen Treffer in der Datenbank. Die Hand gehört einem Heinz Englert aus Frankfurt am Main. Sagt euch der Name was?«

»Nie gehört«, sprach Jörg aus, was alle dachten.

»Okay, ich geh der Sache nach«, entschied Sofija. »Ihr wertet derweil die Zeugenaussagen und die Spuren vom Galgenbuckel aus. Noch Fragen?«

Alex wandte sich an die Oberstaatsanwältin. »Haben wir einen Durchsuchungsbeschluss für das Safe House in Mannheim bekommen?«

Roth-Schweigmann bejahte. »Allerdings gibt es da ein Problem«, sagte sie mit Blick auf Sofija, die sogleich erklärte:

»Wir brauchen aktuell alle Leute für die Ermittlungen am Galgenbuckel. Wir haben keine Manpower, um den Beschluss zu vollstrecken. Aber das holen wir Ende nächster Woche nach, wenn nicht wieder was dazwischenkommt.«

»Okay«, meinte Alex. Es war nicht zu übersehen, dass Trabold auf ihrer Prioritätenliste weit nach unten gerutscht war. Das musste er wohl oder übel akzeptieren.

»Das nächste Meeting ist um 16 Uhr.« Mit diesem Hinweis beendete die Chefin die Besprechung.

Alex verließ als Erster den Raum. Er brannte darauf, rasch seine Arbeitsaufträge für den Tag abzuhaken, damit er endlich seiner Theorie nachgehen konnte. Am liebsten wäre er dafür zur Universitätsbibliothek geradelt. Aber das würde zu viel Zeit kosten. Wenn ihn sein Bauchgefühl nicht täuschte, würde er die nötigen Informationen auch im Internet finden.

Er holte sich noch einen Kaffee und begann, die gestrigen Zeugenaussagen auf den Rechner zu überspielen und sorgfältig zu sichten.

5

Sofija rief beim Polizeipräsidium Frankfurt an.

»Ich brauche Informationen zum Fall Heinz Englert.«

Nach einigen Nachfragen stellte man sie zum Kriminaldauerdienst durch. Ein Ralf Sauer nahm ab und röhrte eine fröhliche Begrüßung in den Hörer, als würden sie sich seit zwanzig Jahren kennen. Was nicht der Fall war – Sofija sprach gerade zum ersten Mal mit ihm.

»Ein Anruf aus dem schönen Heidelberg!«, dröhnte EKHK Sauer in ausgeprägtem Hessisch: *En Aaruf ausm schöne Heidelbersch!* »Erleben wir auch nicht alle Tage. Nun denn, Frau Kollegin, was kann ich für dich tun?«

Er duzte sie ansatzlos. Überhaupt erinnerte der laute, joviale Frankfurter sie stark an einen gewissen Heidelberger Kriminalrat.

»Wie gesagt, es geht um den Fall Englert, in dem ihr ermittelt habt. Die Angaben im System zur Sachlage sind leider recht mager.«

»Englert … Englert … Sekunde, ich ruf mir mal schnell die Akte auf.«

Leider verging nicht nur eine Sekunde. Minutenlang tippte und klickte Sauer und brummte dabei in den Hörer. Wie sein kurpfälzisches Pendant schien auch er mit dem Digitalen auf Kriegsfuß zu stehen. Sofija musste genervt geseufzt haben, denn plötzlich fing der KDD-Leiter an, sich zu rechtfertigen.

»So schnell schießen die Preußen nicht! Hab's gleich. Kann sich nur um Stunden handeln. Gut Ding et cetera pp. …«

Wahrlich, Kollege Sauer war Christian Stähle in der Hessenedition.

»Da isser, der Englert!«, dröhnte der Frankfurter. »Oha. War ein ganz schön schlimmer Finger. Jetzt erinnere ich mich auch wieder, ging damals wochenlang durch die Presse.«

»›War‹ ein schlimmer Finger?«

»Na ja, er ist hinüber. Abgenippelt, schon am 24. August, sodass sämtliche Verfahren gegen ihn logischerweise eingestellt wurden. Aber wir zäumen den Gaul gerade von hinten auf. Fangen wir am

Anfang an. Fass mal zusammen, was du über Englert weißt, damit ich mir nicht den Mund fusselig reden muss.«

»Nur, dass er mehrerer Sexualdelikte überführt wurde. Und dass es wegen seines Gesundheitszustandes keine Verurteilung gab.«

»Also, Englert, Jahrgang '51, war Leiter einer großen Kindertagesstätte in FFM. Sein Pädagogengehalt hat ihm wohl nicht gereicht. Hat jahrelang heimlich seine Schützlinge fotografiert und massenhaft kinderpornografisches Material im, äh … Wie heißt das noch mal? Das böse Internet … Darknet! Da hat er den Kram vertickt. Als der erste Verdacht gegen ihn aufkam, war er bereits in Rente. Zwar konnten die Kollegen von der Sitte ihn zügig überführen, aber als das Hauptverfahren anfing, hat der Drecksack einen Schlaganfall bekommen. Der Richter musste ihn wegen mangelnder Verhandlungsfähigkeit springen lassen. Wobei ›springen‹ jetzt nicht so ganz passt, er war ja ein Schwerstpflegefall und saß im Rollstuhl. Seine letzten Jahre hat er in einem drittklassigen Pflegeheim vegetiert.«

»Ist etwas über die konkreten Umstände seines Todes bekannt?«

»Leider nur das Datum … Halt, Kommando zurück! Hier ist ein Zeitungsartikel, hat eine pflichtbewusste Kollegin eingescannt. Sekunde … Woran er gestorben ist, steht da nicht, war wohl ein natürlicher Tod. Verscharrt haben sie ihn hier auf dem Hauptfriedhof. Eine Erdbestattung, für die überraschenderweise nicht die öffentliche Hand aufkommen musste, sondern ein entfernter, nicht namentlich genannter Verwandter. Na, der wird sich gefreut haben, als der Gebührenbescheid für seinen sauberen Großonkel kam! Eine eigene Familie, also Frau und Kinder, hatte Englert wohl nicht. Zum Glück!«, fügte Sauer hinzu, und es kam von Herzen.

»Das reicht mir erst mal als Auskunft.«

»Wieso müsst ihr das wissen drüben in Heidelberg, wenn ich fragen darf?« *Wieso müsstn ihr des wisse drübbe in Heidelbersch, wenn ich fraache derf?*

»Englerts abgetrennte rechte Hand ist hier aufgetaucht.«

»Äh, was?«

»Lange Geschichte. Hängt mit dem Schneider-Fall zusammen, der

301

gerade in den Medien ist«, sagte Sofija kurz angebunden. »Ist euch was bekannt, dass Englert *post mortem* oder *ante mortem* die Hand amputiert wurde?«

»Ich hör das zum ersten Mal, und im System steht dazu nix«, antwortete Sauer ratlos.

»Fällt dir irgendeine Erklärung dafür ein?«

»Tut mir leid. Da muss ich passen.«

»Wurde Englerts Grab nach der Bestattung noch mal geöffnet? Von Amts wegen oder illegalerweise?«

»Falls sich jemand am Grab zu schaffen gemacht hat, wurde es nicht zur Anzeige gebracht. Pass auf, ich fahr gleich mit einem Kollegen zum Friedhof und geh der Sache nach. Wir melden uns dann bei euch. Hasta la vista, Baby!« Sauer legte auf.

Sofija lehnte sich zurück, dass der Schreibtischstuhl knarrte. Sie hätte es nicht für möglich gehalten, aber dieser Fall wurde immer eigenartiger.

6

Anderthalb Stunden nach dem Telefonat kam Kai mit seinem punkigen Assistenten herein.

»Hast du ein paar Minuten?«

»Eigentlich nicht«, sagte Sofija, die gerade am Rechner saß. »Wie wichtig ist es?«

»Ruf bei Twitter mal unsere Seite auf.« Der Ö sprach mit einem seltsamen Tonfall. »Aber mach dich besser auf was gefasst.«

Sie tat wie geheißen. Auf den ersten Blick fiel ihr nichts Ungewöhnliches auf.

»Die Kommentare unter unseren letzten Tweets«, erklärte Kai. »Die Trolle pöbeln nicht mehr nur gegen Alex. Jetzt haben sie auch dich im Visier … und Tanja.«

Ihr war, als hätte man ihr den Lauf einer Pistole gegen den Rücken gepresst. »Wieso Tanja?«

»Irgendwer hat euch geoutet.«

Sie rief die Kommentare auf. Ein Nutzer attackierte die Polizei wütend:

»Schlimm genug, dass eine Pfeife wie Schwerdt bei euch arbeiten darf. Aber jetzt auch noch eine Kampflesbe!!! Das wird immer abartiger. Findet ihr eigentlich keine normalen Leute für den Polizeidienst???«

Ein anderer schrieb:

»gut zu wissen dass die #polizeilesbe sofija markovic die soko leitet. das erklärt wenigstens warum die so scheisse arbeitet. eine männerhasserin als chefin! kann ja nur schiefgehen!!!«

»Der Hashtag #Polizeilesbe macht gerade bei Twitter die Runde«, sagte Kai. »Klick ihn besser nicht an.«

Sofija klickte ihn an.

»Habt ihr schon gehört? Die Markovic von der Kripo und diese Pathologentussi sind ein Paar. Wie geil ist das denn? Ich lach mich schlapp! #Polizeilesbe«, lautete der erste Tweet, den sie fand. Mit zusammengebissenen Zähnen scrollte sie nach unten. Ein »PatriotMannfred« twitterte: »Die Heidelberger Justiz gibt ja mal wieder ein schönes Bild ab. Was soll das sein, eine perverse Seifenoper? Das ganze Land lacht über uns. #Polizeilesbe #ArmesDeutschland«

Auch ihr spezieller Freund, der Berufssohn Matthias Breede, mischte eifrig mit. Mit seinem Musiker-Profil »Matze rockt« schrieb er: »Ich hatte mit der Markovic schon mal das ›Vergnügen‹. Man ist ja tolerant, aber wundern tut's mich nicht, dass die eine #Polizeilesbe ist. So wie die aussieht, kriegt die nie einen Kerl ab.«

Und »LonelyBoy88« fügte hinzu: »Markovic und Wilhelmi sollen mal lieber nen Porno drehen. ›Lesbensex in der Autopsie‹. Würd ich mir anschauen LOL #Polizeilesbe«

Sofija schloss den Browser. Ihre Finger krallten sich um die Maus. Sie war derart wütend, dass sie kaum noch Luft bekam. Sie drehte sich zu Kai um. Der wollte etwas sagen, doch er rang zunächst mehrere Sekunden mit Worten.

»Ich hoffe, ich trete dir nicht zu nahe, aber ich muss das fragen: Das mit Tanja und dir – ist das eine böswillige Behauptung, oder …?«

»Es ist die Wahrheit.«

»Danke für deine Offenheit.« Der Ö wirkte verunsichert. »Also für mich stellt das kein Problem dar. Nur, damit du Bescheid weißt. Ich bin der Meinung, jeder Mensch darf seine Neigungen –«

»Wer hat das losgetreten?«, unterbrach sie ihn. »Arbogast?«

»Ich konnte noch nicht rausfinden, wer das Outing … Also wer die Sache aufgebracht hat. Arbogast glaube ich eigentlich nicht. Das ist irgendwie nicht ganz sein Stil. Ich bleib dran und halte dich auf dem Laufenden.«

Nur wenige Menschen außerhalb ihres Freundeskreises wussten von Tanja und ihr. Doch das hieß nicht viel. Irgendwer konnte sie zusammen in der Stadt gesehen und sich seinen Teil gedacht haben. Ein gedankenloser Tweet genügte als Auslöser für diesen Hass, der von den üblichen Trollen mit geifernder Begeisterung aufgegriffen wurde.

Egal, wer dahintersteckt, dachte Sofija, *wenn ich ihn finde, bring ich ihn eigenhändig um.*

Schweigen erfüllte das Büro. Kai verstand die nonverbalen Signale.

»Ich muss dann mal wieder. Soll ich Christian informieren?«

»Mach das. Aber vorerst nur ihn.«

»Okay. Wenn du irgendwas brauchst, lass es mich wissen.«

Kai steuerte den Rollstuhl nach draußen, gefolgt von seinem Assistenten, der murmelnd auf die »homophoben Faschos« schimpfte.

Sofija griff zum Hörer und rief Tanjas Büro im Rechtsmedizinischen Institut an. Niemand nahm ab. Wahrscheinlich war Tanja nach Hause gegangen, nachdem sie die DNA-Analyse von Englerts Hand hergefaxt hatte. Sofija wählte ihre private Festnetznummer. Diesmal ging Tanja ran.

»Was gibt's?«

Im Hintergrund redete jemand in englischer Sprache. Tanja schaute gerade ihre Lieblingsserie.

»Schalt mal bitte kurz den Fernseher aus.« Sofija sah keinen Sinn darin, diese hässliche Sache in schöne Worte zu verpacken. Besser sofort zur Sache kommen, damit ihre Lebensgefährtin gewarnt war.

»Pass auf: Es gibt im Internet eine Hasskampagne gegen uns. Irgendwer hat uns geoutet. Ein Online-Mob fällt gerade über uns her.«

Stille in der Leitung.

»Wer hat uns geoutet?«, fragte Tanja schließlich.

»Wissen wir noch nicht. Kai geht der Sache gerade nach.«

»Ist das bei Facebook?«

»Twitter. Aber tu dir das nicht an. Es ist einfach nur eklig.«

Wieder herrschte Stille. Sofija konnte sich denken, wieso: Tanja hörte nicht auf sie und schaute sich die widerwärtigen Kommentare gerade auf dem Handy an. Tatsächlich atmete Tanja wenige Sekunden später merklich lauter in den Hörer.

»Das ist einfach ...« Ihre Stimme versiegte.

»Hör mir jetzt gut zu, Liebste«, sagte Sofija. »Noch ist das nur im Netz, aber diesen Leuten ist alles zuzutrauen. Du gehst heute nicht aus dem Haus. Schließ die Tür ab und behalte die Straße im Auge. Wenn dir irgendwas komisch vorkommt, rufst du mich sofort an.«

»Kannst du nicht herkommen?«

Sofija schloss für einen Moment die Augen. Die mühsam unterdrückte Angst in Tanjas Stimme zu hören, zerriss ihr schier das Herz.

»Hier ist die Hölle los. Ich kann noch nicht weg. Ich komme so bald wie möglich. Okay?«

»Okay«, sagte Tanja tonlos.

»Ich kümmere mich darum, dass einmal in der Stunde eine Streife vor dem Haus vorbeifährt. Das sollte genügen, irgendwelche Spinner abzuschrecken. Und du legst das Handy weg! Die Trolle verdienen deine Aufmerksamkeit nicht. Du schaffst das – ich liebe dich.«

Sofija legte auf, presste die Hände auf den Mund und versuchte mit aller Kraft, Ordnung in ihre tobenden Gedanken zu bringen.

Um 16 Uhr kam das Team wieder im Soko-Raum zusammen. Zur allgemeinen Überraschung ließ Christian sich herab, an der Besprechung teilzunehmen. Es war das erste Mal in dieser Woche, dass sich der Inspektionsleiter im Dezernat blicken ließ.

Nicht gut, dachte Alex. Christian würdigte ihn keines Blickes und plauderte mit der Oberstaatsanwältin, bis Sofija hereinkam und das Meeting eröffnete. Alex entging nicht, dass sie angespannt wirkte. Unkonzentriert gar, was überhaupt nicht zu ihr passte. Irgendetwas musste hinter den Kulissen vorgefallen sein.

»Die Frankfurter Kollegen sind so freundlich, uns Amtshilfe zu leisten«, berichtete sie. »EKHK Sauer vom Kriminaldauerdienst hat eben angerufen. Er hat so lange Druck gemacht, bis er ein hohes Tier von der Friedhofsverwaltung ans Telefon bekam – nicht einfach an einem Samstag. Sauer hat den Gärtner ausfindig gemacht, der für den Friedhofsabschnitt, wo Englerts Grab liegt, zuständig ist. Der Mann hat zugegeben, am Morgen des 29. August Verwüstungsspuren an Englerts Grab gesehen zu haben. Offenbar hat man es in der Nacht zuvor geschändet. Alles deutet darauf hin, dass es geöffnet wurde. Da der Gärtner wie halb Frankfurt nicht gut auf Englert zu sprechen ist, hatte er keine Lust, sich ein Bein auszureißen. Er hat den Vorfall nicht gemeldet, sondern es dabei belassen, das Grab wieder einigermaßen herzurichten.«

»Wurde die Leiche bereits exhumiert?«, fragte Christian.

»Kollege Sauer veranlasst das gerade, aber das wird bis Montag dauern. Ich denke, wir können einstweilen mit der Hypothese arbeiten, dass jemand das Grab geöffnet hat, um Englert die rechte Hand abzuhacken – warum auch immer. Sauer will hierzu einen Verwandten Englerts befragen, der als einziger Hinterbliebener das Begräbnis bezahlen musste. Er meldet sich, sobald er neue Infos hat.«

»Wie gehen wir jetzt weiter vor?«, erkundigte sich Lutz.

»Wir suchen nach Verbindungen zwischen Schneider und Englert. Irgendeine muss es geben. Ja, Alex?«

Er ließ die Hand sinken. Er musste den Kollegen Erkenntnisse präsentieren, die weit von den vertrauten polizeilichen Denkprozessen wegführten. Das wäre schwierig, selbst wenn er nicht derart vorbelastet wäre. Dass Christian ihn lauernd anstarrte, machte die Aufgabe noch einmal heikler. Er holte tief Luft.

»Wir haben uns bisher zu wenig damit befasst, was die Ablageorte der Hände bedeuten. Bisher war es ja auch nur einer – zwei, wenn man den Park in der Hospitalstraße mitzählt, wo der Täter gestört wurde, bevor er die Hand deponieren konnte. Aber jetzt haben wir einen dritten Ablageort …«

»Komm zum Punkt«, drängte Christian.

»Ich habe Recherchen zu den Orten angestellt und ein Muster gefunden«, fuhr Alex fort. »Der Römerkreis, die Ecke Bergheimer/Hospitalstraße und der Galgenbuckel waren früher Richtstätten. Im alten Heidelberg – wir sprechen vom Spätmittelalter und von der Frühen Neuzeit – wurden dort Verbrecher hingerichtet. Auf dem Römerkreis mit dem Beil. In der Hospitalstraße mit dem Rad. Auf dem Galgenbuckel, wie der Name schon sagt, mittels Hängen.«

Schweigen schloss sich seinen Worten an. Es hing eine gefühlte Ewigkeit im Raum. Schließlich sagte Christian ungehalten:

»Das ist ja historisch alles ganz spannend, aber was hat das mit dem Fall zu tun?«

»Das weiß ich noch nicht. Aber es kann doch kein Zufall sein, dass der Täter die Hände ausgerechnet an alten Richtstätten vergraben hat beziehungsweise vergraben wollte. Hier, ich hab eine Liste gemacht. Im fünfzehnten bis achtzehnten Jahrhundert gab es in Heidelberg zahlreiche Richtstätten. Auf der Kreuzung Rohrbacher/Bergheimer Straße lag früher der Rabenstein. Am alten Stadtwall bei der Haltestelle Seegarten stand auch ein Galgen. Bei der Willy-Hellpach-Schule, wo heute die Bahnunterführung ist, war früher das Hochgericht. Wir sollten diese Stätten gründlich untersuchen. Vielleicht finden wir noch mehr Hände, die uns neue –«

»Für mich klingt das wie eine Neuauflage dieser Rupertisten-Räuberpistole«, fiel Christian ihm ins Wort. »Dabei haben wir dich ausdrücklich aufgefordert, unsere Zeit nicht mehr mit solchen Märchen zu verschwenden. Sack Zement, Alex! Was ist los mit dir? Reiß dich zusammen!«

»Diesmal ist es anders. Das sind solide historische Fakten. Die können wir doch nicht einfach ignorieren …«

»Es reicht. Schluss mit dem Quatsch. Dafür haben wir keine Ressourcen. Letzte Warnung, Alex.«

»Ehrlich gesagt finde ich den Ansatz so abseitig nicht«, kam Lutz ihm zu Hilfe, doch das wollte Christian nicht hören.

»Ihr konzentriert euch auf die Suche nach Verbindungen zwischen Schneider und Englert. Wohlgemerkt: ihr *alle*«, bekräftigte er mit einem Blick in Alex' Richtung. »Und damit basta!«

Schweigend ging das Team auseinander.

8

Nach der Besprechung bat Christian Sofija, mit ihm nach draußen zu kommen. Auf dem Parkplatz, in einer ruhigen Ecke, zündete er sich eine Zigarette an.

»Kai hat mich informiert«, sagte er nach dem ersten Zug. »Eine granatenmäßige Sauerei ist das. Drecksinternet! Manchmal denke ich, wir wären besser dran, würde man's einfach abschalten. Du hast meine volle Unterstützung bei der Sache. Jeder, der dich und Tanja bedroht und beleidigt, kriegt ein Verfahren. Hab der IT schon gesagt, dass das Priorität hat. Und wenn irgendeiner von den Kollegen meint, dir wegen dieser Geschichte einen dummen Spruch drücken zu müssen, sag Bescheid. Den knöpf ich mir persönlich vor.«

Christian mochte ein spezieller Fall sein, ein sturer, reaktionärer Betonkopf. Doch mitunter ließ er ungeahnte menschliche Qualitäten erkennen.

»Wenn irgendwer mit blöden Sprüchen kommt«, sagte Sofija. »werde ich schon allein mit ihm fertig.«

Der Inspektionsleiter nickte. »Bisher wussten ja nur ein paar Leute von Tanja und dir. Jetzt macht das natürlich die Runde. Bloß können die Kollegen nicht beurteilen, ob an den Twitter-Gerüchten was dran ist. Manche werden das für dummes Geschwätz halten. Wie willst du damit umgehen?«

»Das weiß ich noch nicht.«

»Ich würde dir raten, die Flucht nach vorne anzutreten. Leg die Karten auf den Tisch. Sag deinen Leuten, was Sache ist. Damit kannst du die Situation am ehesten in deinem Sinne kontrollieren.«

Sofija dachte über den Ratschlag nach. »Das muss ich zuerst mit Tanja besprechen.«

»Mach das.« Christian trat den Zigarettenstummel aus und ging hinein.

9

Es war bereits nach acht, als Alex endlich nach Hause kam. Müde pflanzte er sich auf die Couch, schaltete den Fernseher ein und ließ sich berieseln. Gerade hatte eine historische Dokumentation über Winston Churchill angefangen. Man sah Schwarz-Weiß-Aufnahmen von Truppenbewegungen im Zweiten Weltkrieg; aus dem Off ertönte Churchills legendäre Rede »We Shall Fight on the Beaches«, mit der er seine Landsleute 1940 auf den Kampf gegen Nazideutschland eingeschworen hatte: »… *wir werden an den Dünen kämpfen, wir werden auf den Feldern und in den Straßen kämpfen, wir werden auf den Hügeln kämpfen, wir werden uns niemals ergeben.*« Alex konnte sich kaum darauf konzentrieren. Vor seinem inneren Auge flimmerten immer noch die Datenbanken vorbei, die er stundenlang durchforstet hatte. Eine irgendwie geartete Verbindung zwischen Schneider und Englert hatte die Soko auf diese Weise nicht gefunden. Auch die diversen Telefonate mit Annika Schneider und Englerts früheren Arbeitskollegen waren fruchtlos gewesen. Alex hielt es inzwischen für wahrscheinlich, dass es zwischen den beiden keine Verbindung gab. Zumindest nicht da, wo Christian sie suchen ließ.

Er versuchte, Ordnung in seinen erschöpften Denkapparat zu bekommen, und dabei war die reißerisch aufgemachte Doku nicht eben hilfreich. Er schaltete sie weg und zappte lustlos durch die Kanäle. Auf dem Ersten lief eine Sondersendung über den Großeinsatz gegen den Drogenring in Stuttgart. Gerade erklärte ein Polizeisprecher im Live-Interview, die Situation sei eskaliert, einige per Haftbefehl gesuchte Kriminelle hätten sich in einer Autowerkstatt verschanzt.

»Die Tatverdächtigen sind bewaffnet und gelten als äußerst gefährlich«, berichtete der Polizeisprecher. »Spezialeinsatzkräfte versuchen zur Stunde, sie zu überwältigen.«

Es folgte ein Video, das eine Drohne kurz zuvor aufgezeichnet hatte. Die verwackelte Aufnahme zeigte schwer gerüstete SEK-Leute, die geduckt über den Hof der Werkstatt vorrückten. Das heruntergekommene Gebäude glich einer Festung im Belagerungszustand. Sämtliche Fenster waren mit Brettern vernagelt. Autowracks und aufgetürmte Fässer bildeten Barrikaden. Zwischen dem rostigen Schrott flammte Mündungsfeuer auf. Die SEK-Leute warfen sich auf den Boden und brachten sich robbend vor den Gewehrschüssen in Sicherheit. Hier brach das Video abrupt ab, und man schaltete zurück ins Studio.

Eine üble Sache. Alex war in Gedanken bei den Kollegen, die das Pech hatten, dieser brandgefährlichen Lage ausgesetzt zu sein. Doch er konnte nichts für sie tun. Er hatte einen eigenen Fall, um den er sich kümmern musste, sobald es ihm gelang, einen Rest Energie zusammenzukratzen. Er schaltete den Fernseher aus, griff stumpf nach dem Handy und schrieb Rikki zurück, der sich wunderte, dass Alex seit Tagen nichts von sich hören ließ, und ihm daher mehrere besorgte Nachrichten geschickt hatte.

»Alles gut bei mir. Nur viel um die Ohren. Lass uns demnächst mal wieder eine Runde Mario Kart zocken.«

Als Alex die Nachricht abgeschickt hatte und die App schloss, sah er, dass Stefanie Berghaus seine Freundschaftsanfrage angenommen und seine Nachricht im Messenger beantwortet hatte.

»Freut mich, dich kennenzulernen, Alexander :-)«

Kurz und bündig. Doch zumindest wirkte ihre Nachricht nicht so, als hätte er sich vor ihr blamiert. Was sollte er ihr zurückschreiben? Er hatte gerade keinen Kopf dafür und verschob es auf später. Er legte das Handy weg und sammelte sich.

Der Richtblock auf dem Römerkreis. Das Rad in der Hospitalstraße. Das Schafott auf dem Galgenbuckel. Rabenstein. Hochgericht. Abgehackte Hände, verscharrt in altem Boden. Er brachte all diese Dinge logisch nicht zusammen, doch seine Intuition sagte ihm, dass es Verbindungen geben musste. Ein Muster, das alles erklärte. Seine Gedanken hierzu waren kaum mehr als diffuse Assoziationen. Gleichwohl musste er sie ernst nehmen. Musste mit ihnen arbeiten, bis sie ein logisches Ganzes ergaben. Selbst wenn er damit seinen Platz in der Soko oder, schlimmer noch, seine Karriere gefährdete, weil er sich Christians Anweisung widersetzte.

Er goss Kaffee auf. Während der starke Koffeintrunk zog, ging er ins Arbeitszimmer und holte die Kiste mit den alten Videospielen unter dem Schreibtisch hervor. Er wühlte eine Weile darin, bis er fand, was er suchte: *Grimoire*. Das Spiel aus dem Jahr 2001 war ein krudes RPG, ein *Role Playing Game*. Er war noch ein Teenager gewesen, als er es gespielt hatte. Da es nicht besonders gut war, hatte er es nie zu Ende gebracht. An den Ablauf konnte er sich nur noch dunkel erinnern, aber ein morbides Detail war ihm im Gedächtnis geblieben. Irgendwo in *Grimoire* ging es um Hinrichtungsstätten und Leichenteile.

Mehr fiel ihm nicht ein. Er musste es wohl oder übel noch einmal spielen. Als er versuchte, es auf dem Laptop zu installieren, zeigte sich wenig überraschend, dass sich das Uralt-Spiel nicht mit dem modernen Betriebssystem vertrug. Erst als er einen Software-Emulator zwischenschaltete, konnte er *Grimoire* starten.

Schnell klickte er sich eine Spielfigur zusammen – einen sogenannten Charakter – und legte los. Verglichen mit neuartigen Spielen war das Gameplay umständlich. Außerdem hatten sich die Programmierer offenbar zum Ziel gesetzt, neue Spieler direkt zu Beginn zu frustrieren. Das Startgebiet war knüppelhart. Ein einziger falscher Mausklick genügte, und es hieß: *Game over*. Während sein Charakter über ein nebelverhangenes Schlachtfeld irrte, wurde der arme Kerl mehrfach von menschenfressenden Dämonen getötet. Alex stärkte sich mit einem Becher Kaffee.

Nach dem dritten Anlauf hatte er endlich genug Übung, dass er mit dem Spiel einigermaßen zurechtkam. Er ließ das Startgebiet hinter sich und tauchte tiefer in die Welt von *Grimoire* ein. Das Setting war sogar noch kruder, als er es in Erinnerung hatte. Die wilde Story, die weitgehend auf innere Logik verzichtete, spielte in der Ära des Dreißigjährigen Krieges, allerdings in einer magischen Variante davon. In *Grimoire* wurden die leidgeprüften Bewohner des verwüsteten Heiligen Römischen Reiches nicht nur von Hungersnöten und marodierenden Söldnerhorden geplagt, sondern auch von Hexen, Zombies und anderen Monstern. Die Pest grassierte, und die Spielfigur, ein namenloser Auserwählter, hatte die Aufgabe, ein Heilmittel zu finden. Die unheimlichsten Gestalten, die der Held auf seiner Queste traf, waren die Pestdoktoren mit ihren knochenbleichen Schnabelmasken. Seltsamerweise leisteten die maskierten Mediziner keinen Beitrag gegen die Seuche, sondern zogen es vor, die Spielfigur zu attackieren. Hierfür warfen sie Säurebomben, die verdächtig nach Urinbechern aussahen. Bald war Alex geübt darin, die dämonischen Doktoren mit seiner Muskete abzuschießen.

Er drückte die Pause-Taste und holte sich noch einen Kaffee. Bis jetzt war nirgendwo von Richtstätten und Leichenteilen die Rede gewesen. Doch wenn er sich richtig erinnerte, befand sich das, was er suchte, irgendwo im letzten Drittel des Games. Sein Charakter hatte also noch ein ordentliches Stück Weg vor sich. Alex setzte das Spiel fort und steuerte seinen Helden durch eine monsterverseuchte Klosterruine.

Sofija parkte ihr Privatauto im Carport und blickte sich beim Aussteigen nach allen Richtungen um. Die Straße war dunkel. Niemand zu sehen. Ein Teil von ihr bedauerte das. Fast hätte sie sich gewünscht, dieser LonelyBoy88 oder ein anderer Troll würde vor ihrem Haus herumlungern und versuchen, sie zu belästigen. Sie hätte ihm gern gezeigt, wozu die Polizeilesbe imstande war.

Sie ging durch den kleinen Vorgarten und sperrte die Haustür auf. In der Diele kam ihr Tanja entgegen. Sofija nahm sie in die Arme.

»Wie geht's dir, Süße?«

»Ganz okay.«

»Irgendwas vorgefallen?«

»Nein, alles gut. Deine Kollegen sind regelmäßig vorbeigefahren. Vorhin haben sie auch geklingelt und sich erkundigt, ob alles in Ordnung ist.«

»Tut mir leid, dass ich jetzt erst komme«, sagte Sofija. »Wir ertrinken in Arbeit. Ich konnte die anderen nicht allein lassen.«

»Mach dir keinen Kopf.« Tanja lächelte. Die Sache setzte ihr zu, doch sie ließ sich davon nicht verrückt machen. Sie war stark.

»Du warst hoffentlich nicht den ganzen Tag auf Twitter und hast dich mit diesem Mist beschäftigt?«, fragte Sofija, während sie ins Wohnzimmer gingen.

»Nein, ich hab ausnahmsweise auf dich gehört und brav das Handy ausgemacht. Hab gelesen.«

Sie setzten sich. Auf dem Couchtisch lagen vier angefangene Bücher, drei Romane und ein wissenschaftlicher Band. Es war Sofija ein Rätsel, wie man mehrere Bücher gleichzeitig lesen konnte, ohne durcheinanderzukommen. Sie selbst konnte sich jeweils nur auf einen einzigen längeren Text konzentrieren und brauchte dafür vergleichsweise lange, während ihre Lebensgefährtin pro Woche mehrere dicke Schinken inhalierte.

Tanja hob ihr halb volles Weinglas. »Du auch?«

»O Gott, ja!«

Während sie ihren Wein tranken, blickten sie durch die gläserne Terrassentür auf den Garten, in dem Lampions in verschiedenen Farben glühten. Der Neckar war so spät am Abend nicht zu sehen. Unterhalb des Hanges dehnte sich eine schwarze Fläche aus.

»Wisst ihr inzwischen, wer uns geoutet hat?«, fragte Tanja.

»Eine Twitter-Nutzerin namens ›Heidelbitch‹, sagt Kai. Die oder der hat heute Morgen getwittert, wie wir heißen – mit Vor- und Nachnamen –, wo wir arbeiten und dass wir zusammen sind. Und hat das dann schön bei Twitter verbreitet.«

»Heidelbitch. Reizender Nickname. Eine Idee, wer das ist?«

»Nein. Aber die IT ist dran.«

»Woher hat die die ganzen Infos über uns?«

»Die sind ja nicht gerade top secret. Wir waren zwar diskret, aber wenn's jemand wirklich drauf anlegt, findet er die raus. Alles, was es dafür braucht, ist destruktive Energie. Wahrscheinlich irgendeine Dumpfbacke, die nicht damit klarkommt, dass zwei lesbische Frauen leitende Positionen haben.«

»Und halb Twitter macht mit.« Tanja schüttelte den Kopf und trank einen Schluck Wein.

Sie hielten einander die Hand und schwiegen eine Weile. Sie beide wussten, warum halb Twitter mitmachte. Queere Menschen waren seit jeher ein Feindbild von Faschisten und anderen Ewiggestrigen. Es brauchte nicht viel, um den Hass anzufachen. Ein einzelner Tweet genügte. Darüber zu reden war müßig.

»Wie gehen wir jetzt damit um?«, murmelte Tanja schließlich.

Das war die entscheidende Frage.

Sofija stellte das Weinglas auf den Tisch und nahm einen tiefen Atemzug.

Hip-Hop dröhnte aus den Boxen. Der Musiker *Fackelmarsch* rappte zu den harten Beats:

Sei kein Teil des Problems
Kein Schlafschaf, kein deutscher Michel – kreuzbrav
Sei ein Feind des Systems
und kämpf für dein Land – im Widerstand!
Widerstand!

Trabold nickte im Takt, während er mit einer Bierdose in der linken Hand und einem Glimmstängel in der rechten vor dem DVD-Regal stand. Wenn er schon Zeit totschlagen musste, konnte er sich wenigstens seine Lieblingsfilme reinziehen. Eine tausendprozentige Verbesserung gegenüber der hirnzersetzenden Langeweile im Safe House, wo er weder eine Konsole noch einen DVD-Player gehabt hatte. Arbogast hielt Horrorfilme und dergleichen für Volksverdummung und duldete sie nicht in der konspirativen Wohnung.

»Leck mich am Arsch, Gregor«, knurrte Trabold und zog an der Kippe. »Leck – mich – fett – am – Arsch!«

Sein Blick glitt über die DVDs. *Hostel* – nein. *Saw* – nein. *Haus der 1000 Leichen* – nein. Seine Wahl fiel schließlich auf den *Frauensammler*. Von dem gab es inzwischen sechs Fortsetzungen – die Trabold alle besaß –, doch Teil 1 der Horrorreihe mochte er immer noch am liebsten. Ein Meisterwerk des Splatter- und Exploitationfilms.

Musik aus, Glotze an. Er drückte die Kippe im Aschenbecher aus, machte es sich auf der Couch bequem und schlürfte sein Bier. *Der Frauensammler* startete mit der Großaufnahme einer verlassenen Irrenanstalt. In den Katakomben unter der heruntergekommenen Klinik hielt der Serienkiller Sodom, ein dem Wahnsinn verfallener Nervenarzt, Dutzende Frauen gefangen, die er nach und nach zerstückelte, um die Leichenteile in sexuellen Posen zu arrangieren. Lukas und er hatten den Film bestimmt zehnmal angeschaut. Trabold verband damit nostalgische Erinnerungen an eine einfachere, glücklichere Zeit. Bevor alles den Bach runtergegangen war.

Er hatte Lukas Anfang 2016 kennengelernt, zu einem Zeitpunkt, als er hochgradig frustriert gewesen war. Sein Jurastudium langweilte und überforderte ihn; er hatte den Scheiß überhaupt nur angefangen, weil er nicht wusste, was er sonst machen sollte. Auch in der Gothia fühlte er sich zusehends fehl am Platz. Er war der Burschenschaft beigetreten, weil er endlich irgendwo dazugehören wollte, weil er gedacht hatte, die Mitgliedschaft in einem verschworenen Männerbund würde ihn stärker und selbstbewusster machen. Das Gegenteil war der Fall. Inmitten der sportlichen und redegewandten Junggothen aus betuchten Familien fühlte er sich minderwertiger denn je. Und gegen seine krankhafte Schüchternheit half das alles auch nicht. Die wenigen Frauen, die sich zu Events des patriotischen Netzwerks um die Gothia verirrten, interessierten sich nur für Muskeln oder für Geld. Trabold hatte aber weder das eine noch das andere. Seine Versuche, im Kraftraum wenigstens seinen Bizeps aufzupolieren, wenn schon nicht sein Bankkonto, scheiterten kläglich. Nach wenigen Wochen gab er frustriert auf. Er war und blieb ein Lauch. Mit Sport konnte er einfach nichts anfangen. Auch das Pauken machte ihm Angst, weshalb er es ständig schwänzte und die Mensur vor sich herschob – zum Ärger seiner Mitbewohner. Er zog sich zurück und verbrachte einen Großteil seiner Zeit vor der Glotze. Oder im Incel-Forum. Wo er Lukas traf.

Sie stellten fest, dass sie politische Überzeugungen teilten. Aber hätte sie lediglich die Abneigung gegen Feminismus, politische Korrektheit und Multikulti verbunden, wäre es vermutlich bei einer losen Bekanntschaft geblieben. Erst durch ihre gemeinsame Liebe zum Horrorgenre waren sie Freunde geworden. Natürlich nicht auf die schwule Art! Eben eine richtige Männerfreundschaft. Beinahe jeden Abend trafen sie sich in Lukas' Wohnung und schauten Splatterfilme. *Braindead*, *Re-Animator*, *Tanz der Teufel*. Dabei tranken sie gepflegt das eine oder andere Herrengedeck, klopften Sprüche und lästerten über die aufgetakelten Stacys, die im Sommer über die Neckarwiese stöckelten.

Lukas war der erste richtige Freund, den er je gehabt hatte. Der bewunderte ihn, den Älteren, den Burschenschaftler und Studenten. Hing ihm an den Lippen und saugte alles auf, was er sagte. Trabold fühlte sich wie ein Rockstar, der von einem Fan angehimmelt wurde. Wer brauchte da noch Frauen? Oder Zukunftspläne, eine Karriere? Die Welt war am Arsch. Der Feminismus hatte sie irreparabel ruiniert. Eiskalte Karrierehexen diktierten, wo es langging. Für Männer wie sie war darin kein Platz mehr. Warum also sollte man sich anstrengen? Trabold vernachlässigte sein Studium, seine burschenschaftlichen Pflichten. Auch an den Aktionen des patriotischen Netzwerks beteiligte er sich kaum noch. Eine Zeit lang war es ja ganz witzig gewesen, zu provozieren, Linke zu ärgern, das tranfunzelige Merkel-Deutschland aus seinem selbstzufriedenen Verdauungsschlaf zu reißen und den Gutmenschen hämisch ins Gesicht zu lachen. Inzwischen kam ihm auch das sinnlos vor. Arbogast und die anderen täuschten sich, wenn sie glaubten, etwas verändern zu können. Naive Idealisten. Der Zug war abgefahren.

Lukas und er hatten schon vor Jahren die Rote Pille geschluckt und den Schleier der Illusionen zerrissen. Nun nahmen sie auch die Schwarze Pille. Jegliche Hoffnung fahren zu lassen, war seltsam befreiend. Keine Hoffnung zu haben, hieß: keine Verantwortung mehr, keine Pflichten, keine Ambitionen. Die beiden Blackpiller lebten das gute Leben, ein Pepe-der-Frosch-Leben: saufen, Filme glotzen, gemütlich die Eier schaukeln. Einen schönen Haufen in die Schüssel pflanzen und das Spülen auf nachher verschieben. *Feels good, man!*

Wären wir nur dabei geblieben, dachte Trabold, während er sich noch eine Zigarette anzündete.

Während sich Lukas ganz der Macht der Schwarzen Pille ergab und sich genüsslich in Verzweiflung suhlte, konnte Trabold nicht vollständig loslassen. Etwas hemmte ihn. Vielleicht ein letzter Rest Hoffnung, den er nicht aufgeben wollte. Zumindest war da der Wunsch, nicht lautlos in der Finsternis zu verschwinden. Er wollte ein letztes großes Ding drehen. Stärke beweisen, Rache üben. Wenigstens mit einem gewaltigen Knall abtreten.

Das perfekte Werkzeug für dieses Vorhaben saß neben ihm: Lukas. Der ihn verehrte, der alles für ihn getan hätte. Wie weit konnte Trabold ihn treiben? Das wollte er um jeden Preis herausfinden. Es wurde zur fixen Idee.

Beim Saufen streute er beiläufige Bemerkungen ein: »Filme schauen ist ja gut und schön, aber ich hab Bock auf echte Action. Draußen auf der Straße, verstehst du? Mal richtig auf die Kacke hauen. Den dummen Schlampen zeigen, wo's langgeht, damit ihnen das herablassende Grinsen vergeht. Ich hatte ja wenigstens schon mal Sex«, log er, »aber du nicht. Das ist eine Schande. Eine verfickte Ungerechtigkeit. Es steht dir zu, mal so richtig einen wegzustecken. Und wenn die Weiber dir dein Naturrecht verwehren, musst du sie eben zwingen. Mit Gewalt, wie's die Männer schon immer getan haben. Kann doch nicht sein, dass der Scheißfeminismus das letzte Wort hat, oder?«

Wie alles andere, was er sagte, saugte Lukas auch das begierig auf. Besonders das. Sein Hass auf Frauen, seine sexuelle Bedürftigkeit waren so gewaltig, dass es nicht schwer war, ihn in die richtige Richtung zu schubsen. »Zeigen wir's den Bitches!«, verkündete er begeistert, »ich weiß auch schon, wie.« Er entwickelte eine enorme Eigeninitiative, die ganz untypisch für ihn war. Er holte seinen Baseballschläger und die alte Pepe-Maske aus dem Schrank, wählte geeignete Orte für die Aktion aus und suchte nach einem passenden Opfer. Bald hatten sie eins gefunden: Michelle Neureuther war zwar keine Gigastacy, aber doch eine 1 A-Stacy mit prallen Titten, heißen Kurven und Wahnsinnshaaren. Trabold kaufte eine gebrauchte Digitalkamera und hielt damit voll drauf, als sie Neureuther im Neuenheimer Feld auflauerten und Lukas ihr gehörig Angst einjagte, indem er die Hose runterließ, unter der Froschmaske grunzte und zischte wie Gollum himself und dabei mit dem Baseballschläger herumfuchtelte. Ein Riesenspaß! Trabold kam aus dem Grinsen nicht heraus. Dass Lukas keinen hochbekam, war ein bisschen schade. Aber Trabold hatte ohnehin nicht erwartet, dass sein Freund es hinkriegen würde, die Schlampe zu vergewaltigen. Dazu waren lediglich die härtesten Kerle fähig. Außerdem war die ganze Aktion eh nur harmloser Fun. *Es reicht jetzt! Wir haben genug Material für einen hammermäßigen Clip!*, wollte er Lukas zurufen, brachte aber kein Wort heraus. Was sich da vor ihm abspielte, erschütterte und berauschte ihn zugleich – ein unbeschreibliches Gefühl, wie er es nie zuvor erlebt hatte. *Noch eine Sekunde,* dachte er, die Kamera konzentriert auf Lukas und Michelle gerichtet. *Nur noch eine Sekunde ...*

Und dann schlug dieser Idiot zu.

Man las das ja ständig in Büchern:»Plötzlich bewegte sich alles wie in Zeitlupe.« Genauso war es. Wie in Zeitlupe drosch Lukas auf Michelle ein. Es ging so langsam, dass Trabold die einzelnen Schläge im Detail sehen konnte – und gleichzeitig so schnell, dass er nicht imstande war, einzuschreiten.

Was machst du denn da, du Irrer?, wollte er schreien. *Es sollte doch bloß ein Witz sein. Bisschen posen, bisschen Angst machen, dann abhauen. Du kannst doch nicht auf sie einschlagen!* Doch wieder blieb er stumm. Und hörte nicht auf zu filmen.

An die Stunden, die Tage, die Wochen danach konnte er sich allenfalls verschwommen erinnern. Sie rannten wie der Teufel, sie verkrochen sich in Lukas' Wohnung, sie luden den Clip im Darknet hoch und ließen sich von der Incel-Community als Helden feiern. Doch auf den Rausch folgte die Ernüchterung. Als die Polizei die Ermittlungen aufnahm, bekamen sie eine Scheißangst. Erst jetzt wurde ihnen klar, was sie getan hatten. Sie stritten viel. Trabold machte Lukas Vorwürfe: »Wir wollten sie nur einschüchtern. Dass du mit dem Baseballschläger auf sie losgegangen bist, war nicht abgesprochen. Was ist in dich gefahren? Deinetwegen sitzen wir jetzt in der Scheiße!«

Lukas wollte das nicht hören. Trabold habe ihn zu dem Angriff angestiftet, behauptete er. Trabold wies das vehement von sich. Der Streit eskalierte. Jedes Mal, wenn sie telefonierten, wenn sie sich trafen, brüllten sie sich nach kurzer Zeit an. Als sie erfuhren, dass Neureuther an den Folgen des Angriffs gestorben war und die Kripo wegen Mordes ermittelte, machten sie einander derart heftige Vorhaltungen, dass sie sich beinahe prügelten.

Trabold hatte genug. Er beendete die Freundschaft und teilte Lukas mit, er wolle ihn nie mehr sehen. Sollte Lukas doch für immer in den Knast wandern oder sich die Pulsadern aufschneiden, ihm war das egal. Er würde nicht zulassen, dass dieser Versager ihn mit ins Verderben riss. Doch das ließ Lukas sich nicht bieten. Er schrieb Trabold hundert Nachrichten am Tag, rief mitten in der Nacht an, lauerte ihm in der Stadt auf und lief ihm nach wie ein Hund. Schimpfte, drohte, bettelte. Trabold schlief kaum noch, er ertrug die Angst, den Stress, das schlechte Gewissen nicht mehr. Sein Drogen- und Alkoholkonsum stieg enorm.

Und auf dem Level steht er seitdem, nicht wahr?, wisperte eine Stimme in seinem Kopf. *Es ist Jahre her, dass du mal wirklich nüchtern warst. Schau dich an – du bist ein Suchtkrüppel, ein Wrack!*

Trabold brachte die Stimme zum Schweigen, indem er das Bier exte, die Zähne zusammenbiss und den Blick starr auf die Mattscheibe richtete. Es gelang ihm nicht, sich auf das Gemetzel zu konzentrieren. Immer neue Erinnerungen stürzten auf ihn ein.

Anfang Februar 2017 hatte die Polizei das Phantombild von Lukas veröffentlicht. Keine Stunde später hatte der bei ihm angerufen, halb verrückt vor Panik.

»Die kriegen mich«, schluchzte er ins Handy. »Du musst mir helfen – bitte!«

»Wo bist du?«

»Bergfriedhof.«

Trabold knickte ein. Radelte zum Friedhof, wo Lukas sich in den Grünanlagen versteckte. Brachte ihn nachts auf seine Stube, den glücklichen Umstand ausnutzend, dass die meisten anderen Gothen auf dem Stiftungsfest waren. Das er schwänzte. Sie hatten das Haus größtenteils für sich und igelten sich in der Stube ein. Trabold wusste bis heute nicht genau, was ihn geritten hatte, Lukas zu sich zu holen. Vielleicht ein letzter Rest Mitleid mit dem gebeutelten Kameraden. Oder die irrationale Hoffnung, den eigenen Kopf retten zu können, wenn er Lukas dem polizeilichen Zugriff entzog.

Sein letzter Fehler. Sein dümmster Fehler.

Wenn er an jene Tage im Februar '17 zurückdachte, erschienen sie ihm wie ein Fiebertraum. Eine schwer verständliche Serie von Ereignissen. Szenen aus einem David-Lynch-Film. Lukas und er hatten sich kein einziges Mal gestritten. Die Spannungen zwischen ihnen wichen … etwas anderem. Sie hatten sich einfach auf die Couch gesetzt, Bier und Schnaps getrunken, Junkfood gefuttert und Filme geschaut – wie früher. Es war ihnen gelungen, die Angst zu betäuben, die vergangenen Monate völlig zu verdrängen und wieder wie Pepe zu sein.

Bis das SEK die Tür eintrat.

Mit schweißnassen Fingern griff Trabold nach der Zigarettenpackung. Gerade lief seine Lieblingsstelle. Eine der Frauen war aus dem Kerker ausgebrochen und kroch durch die Katakomben, weinend, splitterfasernackt. Sodom verfolgte sie hämisch lachend, das Gesicht hinter einer Maske verborgen: ein sadistisches Katz-und-Maus-Spiel. Schließlich trieb er sein Opfer in die Enge, schlug mit einem Bettpfosten auf die junge Frau ein und zertrümmerte ihr den Schädel.

Früher hatten Lukas und er die Stelle gefeiert. Sie hatten sie mitunter fünfmal hintereinander angeschaut und dabei Witze gerissen. Jetzt aber empfand Trabold bei der Szene nichts als Ekel.

Er schaltete den Fernseher aus und holte sich noch ein Bier.

Er saß da, trank und starrte ins Nichts. Jähe Leere erfüllte ihn. Er hatte gedacht, in seiner Heidelberger Wohnung würde es besser werden, doch hier fiel ihm die Decke genauso auf den Kopf wie in dem Mannheimer Loch. Am schlimmsten war, dass Lukas ihm trotz allem fehlte. Trabold hasste den Kerl – und vermisste ihn gleichzeitig. War das nicht geisteskrank?

Er ist tot. Vergiss ihn.

Bei diesem Gedanken fühlte er sich noch mieser. Er sehnte sich danach, die Angst, die Verzweiflung mit Speed zu betäuben, doch er hatte keins mehr. Stattdessen schlürfte er die Bierdose leer und holte sich die nächste.

Er entsperrte sein Handy. Keine neuen Nachrichten. Natürlich hatte er keine, wer hätte ihm auch schreiben sollen? Zum gefühlt hundertsten Mal las er Kommissar Schwerdts Mitteilung. Vor einigen Stunden hatte Schwerdt angerufen, um sich zu vergewissern, dass es ihm gut ging. Es hatte gutgetan, eine menschliche Stimme zu hören, obwohl der Kommissar kurz angebunden gewesen war und ihn mit seinen immergleichen Belehrungen genervt hatte.

Trabold rief ihn an. Es dauerte lange, bis Schwerdt abnahm.

»Guten Abend, Herr Trabold. Was gibt's?«

Er klang müde und abgelenkt. Diese epische Musik im Hintergrund – war das ein Videospiel? *Sieh an, der Herr Kommissar ist ein Gamer. Bestimmt mag er auch Horrorfilme.* Wieder einmal fühlte er sich Alex eigentümlich verbunden. Trabold war der Ansicht, dass der Kommissar und er sicher Freunde geworden wären, wenn sie sich unter anderen Umständen kennengelernt hätten. Er stellte es sich cool vor, mit einem Polizisten befreundet zu sein.

»Hallo, Alex. Wollte mich nur mal kurz melden.«

»Ist alles in Ordnung?«

»Ja, alles gut so weit.«

»Haben Sie Alkohol getrunken?«

»Nur eine Dose Bier«, sagte Trabold, der gerade die vierte in der Hand hielt.

»Belassen Sie es bei der einen. Und denken Sie auch an meine Sicherheitshinweise. Vor allem nicht das Haus verlassen. Rufen Sie mich morgen um acht Uhr wieder an.«

Schwerdt legte auf.

Nach dem kurzen Gespräch fühlte sich Trabold einsamer denn je. Er leerte die Dose, holte sich die fünfte und dachte über seine Situation nach. Dass er keinen Polizeischutz bekam, regte ihn maßlos auf. Ausländer und Asylanten wurden von den Behörden nur so mit Wohltaten verwöhnt. Wäre er ein Syrer oder Afrikaner gewesen, stünden die Cops vermutlich mit drei Streifenwagen vor dem Haus, damit ihm ja keiner ein Haar krümmte. Und was bekam ein Deutscher in Not? *Sicherheitshinweise.*

»Sauerei«, murmelte er. »Eine Riesensauerei ist das …«

Seine Gedanken wanderten zu Zuleika. Das war noch so eine Sache.

Obwohl er mit den Frauen fertig war, bekam er sie nicht aus dem Kopf. Die Schwarze Pille wirkte nicht bei ihm. Er machte sich immer noch Hoffnungen. Im konkreten Fall: dass Zuleika seine Gefühle erwiderte. Was sie aber nicht tat. Sie war genauso kalt und oberflächlich wie all die anderen Schlampen, die ihn zurückgewiesen hatten.

Er zog den Laptop auf seinen Schoß und loggte sich mit seinem Profil »S0d0m« ins Incel-Forum ein.

»Ich brauch mal nen Rat«, schrieb er. »Hab euch doch von der Araberbitch erzählt, die ich rumkriegen will. Bisher an der Muschi-Nuss die Zähne ausgebissen. Aber jetzt probier ichs nochmal. Tipps, wie ich das anstellen kann?«

»Vergiss die Muschi-Nuss«, antwortete LonelyBoy88. »Ein hässlicher Gnom wie du kriegt die nie geknackt. Mach am besten den E. R. und knall die Bitch ab. Haste mehr davon.«

Das war ja mal wieder sehr hilfreich. Doch gerade als Trabold eine gehässige Antwort tippen wollte, kam ein neuer Kommentar herein.

»Also wenn das ne Araberbitch ist brauchst du der nicht mit Verständnis und so Softischeiß zu kommen«, schrieb ein User. »Die kommt aus ner Kultur wo Männer noch Männer sind. Wo die Weiber ihren Platz kennen. Sicher will die einen Kerl der den Ton angibt.«

Ja, dachte Trabold. So und nicht anders würde er es anstellen, wenn er Zuleika das nächste Mal traf. Höflich sein, aber klar sagen, was er von ihr wollte. Und kein Nein akzeptieren. Das würde der kleinen Zuleika gefallen. Er lächelte und trank.

Eine halbe Stunde und zwei weitere Bierdosen später hielt er es nicht mehr in der Wohnung aus. Er wollte Zuleika sehen. Arbeitete sie heute Abend in der Cantina? Gab nur einen Weg, das herauszufinden. Aber bevor er zu ihr ging, musste er sein Selbstbewusstsein mit einer Prise Speed boosten, damit er die nötige Coolness ausstrahlte. Er kratzte sein letztes Bargeld zusammen, fischte den Schlüsselbund aus dem Verpackungsmüll und verließ die Wohnung. Scheiß auf Alex und seine Sicherheitshinweise.

Im Treppenhaus schwankte er, sodass er sich am Handlauf festhalten musste. Er hatte es wohl mit dem Bier etwas übertrieben. Egal.

Die kalte Luft würde ihn nüchtern machen. Als er ins Freie trat, atmete er tief ein und aus. Er wollte zur Ochsenkopfwiese. Wenn er Glück hatte, hielten sich dort heute Abend ein, zwei Dealer auf, mit denen er ins Geschäft kommen konnte.

Er glaubte, im Augenwinkel eine Gestalt zu sehen. Sie stand in der dunklen Grünanlage zwischen den Wohnblocks. Die Paranoia packte ihn mit klammer Hand im Nacken. Er wirbelte herum, aber da war niemand. Eine Minute lang beobachtete er die fragliche Stelle. Die Straße war menschenleer an diesem ungemütlichen Samstagabend. Sicher nur seine überreizten Nerven.

Er wandte sich ab und marschierte los.

Dieser verfickte Stress! Jeden Tag wachte er damit auf und ging damit ins Bett. Er ertrug das nicht länger, er musste endlich etwas unternehmen. Seine Gedanken schlingerten durch den Bierdunst im Hirn. Dieser Spruch vom Berg und vom Propheten – wie ging der noch mal? *Wenn die Polizei nicht zu dir kommt, musst du eben zur Polizei.* Das war's! Jedenfalls so ähnlich. Eine radikale Idee nahm Form an. Morgen würde er Alex anrufen und alles gestehen. Wie er Lukas damals angestiftet hatte. Wie er den Angriff auf Neureuther gefilmt und das Video anonym ins Netz gestellt hatte. Die Digitalkamera und die Originalaufnahme hatte er noch. Er musste sie nur aus dem Versteck holen, um seine Mittäterschaft hieb- und stichfest zu beweisen. Dafür würde er vermutlich für einige Jahre ins Gefängnis wandern. Aber diesen Preis zahlte er gern, wenn es ihn vor dem wahnsinnigen Händesammler rettete.

War das ein cleverer Plan? Oder ein strunzdummer? Trabold runzelte die Stirn. Er hatte Konzentrationsschwierigkeiten und konnte es nicht beurteilen. Ob er die Idee in die Tat umsetzte, konnte er ja davon abhängig machen, wie das Treffen mit Zuleika lief. Wenn sie ihm noch einen Korb gab, war sowieso alles egal.

Er überquerte die Gneisenaustraße und trat auf die Ochsenkopfwiese zwischen der B 37 und den Bahngleisen.

Langsam ging er unter den Bäumen entlang. Zweige und Sträucher raschelten im Wind. Wie es schien, hatte er kein Glück: Auf der stockdunklen Wiese war kein Mensch. Vermutlich hatten die Dealer keine Lust, in der Kälte herumzustehen, und verkauften ihren Stoff lieber auf irgendwelchen Studentenpartys. Trabold beschloss, zurückzugehen und sich in der Altstadt auf Speed-Suche zu machen. Er hörte ein Knacken hinter sich. Die Paranoia meldete sich mit aller Macht zurück. Er fuhr herum und sah eine zuckende Bewegung in der Finsternis. *Hätte ich nur auf Alex gehört,* war sein letzter klarer Gedanke. Ein seltsames Zirpen erklang. Etwas schlug gegen seinen Parka, durchbohrte den Polyester und grub sich nadelspitz in seine Brust. Der Schrei blieb ihm im Hals stecken. Er verlor die Kontrolle über seine Gliedmaßen und zappelte wild mit den Armen. Eine halbe Sekunde später standen seine Nervenbahnen in Flammen. Feuriger Schmerz schoss durch Haut und Muskeln hinauf in den Schädel und löschte sein Bewusstsein aus.

12

Zwei ausgesucht hässliche Sumpfhexen beschossen Alex mit Blitzen und Feuerbällen. Sein Held wich den tödlichen Zaubersprüchen aus, stürmte Haken schlagend auf die vordere Hexe zu und erledigte sie mit einigen Säbelhieben. Sodann ging er hinter einem riesigen moosbewachsenen Baumstumpf in Deckung, wechselte die Waffe und pustete Monster Nummer zwei mit der Muskete weg. Nach dem Kampf gönnte sich Alex eine Verschnaufpause.

Inzwischen spielte er in seinem Büro, wohin er den Laptop mitgenommen hatte. Es war sieben Uhr am Sonntagmorgen. Er war der einzige Mensch in den Räumlichkeiten des Dezernats für Sexualdelikte.

»Weiter geht's«, murmelte er. Er war todmüde und gleichzeitig hypernervös – ein ungesunder Zustand, den nur exzessives Videospielen hervorrufen konnte. Es war Jahre her, dass er sich das letzte Mal so gefühlt hatte. Er entschied, dass er das so bald nicht noch einmal brauchte. Aber er konnte jetzt nicht aufhören. Er war nicht mehr weit von der Stelle entfernt, die er seit Stunden suchte.

Er setzte das Spiel fort und war Sekunden später wieder völlig darin versunken. Konzentriert tötete er abstoßende Monster, erforschte düstere Ruinen, umging heimtückische Fallen …

»Guten Morgen.« Lutz kam herein. »Hab Licht in deinem Fenster gesehen und dachte, ich schau mal, was du treibst. Ist das dieses … wie heißt das noch mal? … *World of Warcraft?*«

»So was Ähnliches«, antwortete Alex kurz angebunden. Er musste sich auf einen harten Kampf konzentrieren.

Lutz starrte ihn von der Seite an. »Jeez, wie du aussiehst! Hast du heute Nacht überhaupt geschlafen?«

»Nicht direkt.« Er wollte einen Schluck Kaffee trinken, doch die Tasse war leer. Er stellte sie zurück auf den Schreibtisch.

»Wieso spielst du am Sonntagmorgen in deinem Büro am Computer?«

Der namenlose Held durchquerte gerade ein von der Seuche entvölkertes Dorf. Sämtliche Pestzombies hatte er niedergemetzelt, es drohte keine Gefahr mehr. Alex ließ ihn auf dem Dorfplatz stehen, ohne die Pausentaste zu drücken, damit sich seine Energieleiste auffüllen konnte.

»Ich ermittle«, antwortete er.

»Mit einem Videospiel?«

»Irgendwo da drin ist ein Hinweis, den wir brauchen. Ich kann dir das jetzt nicht erklären …« Er hatte einige Zombies übersehen. Sie wankten gerade aus einer verfallenen Windmühle und wollten ihm ans Leder. Alex griff rasch zur Maus, ließ seinen Helden den magischen Pallasch +3 zücken und erledigte die Untoten fachgerecht.

Lutz seufzte. »Mann, Mann, Mann, Alex. Das nimmt noch ein böses Ende mit dir …«

»Hey, kannst du mir einen Kaffee holen?«

»Wie viel hast du denn schon intus?«

»Höchstens drei.«

»Okay, drei Tassen, das geht ja noch. Ich hol dir einen.«

Alex behielt für sich, dass es keine drei Tassen gewesen waren, sondern eher drei Liter. Lutz brachte ihm den Kaffee. Alex registrierte am

Rande, dass der Kriminalhauptkommissar ging, aber zwanzig Minuten später wiederkam. Er musste den Kollegen erzählt haben, was Alex trieb, denn nach und nach füllte sich das Büro mit Soko-Mitgliedern, die ihm beim Spielen zuschauten. Anfangs kopfschüttelnd und belustigt, mit der Zeit jedoch fieberten sie mit und feuerten ihn an, wenn er seine Spielfigur mit Säbel und Muskete gegen Ausgeburten der Hölle antreten ließ.

»Wow, Volltreffer!«

»Pass auf, da hinten ist noch einer!«

»Hab's gesehen!«

Der Held schwang den Pallasch, und der aufgedunsene Dämon fiel tot in den Dreck. Die Beamten jubelten.

Die lärmende Begeisterung verstummte jäh, als gegen 7.45 Uhr Sofija hereinkam. Alex streifte sie mit einem Blick. Sie wirkte, gelinde gesagt, nicht enthusiastisch.

»Spielen wir jetzt im Dienst Videospiele?«

»Alex ermittelt«, erklärte ihr Stephan Kunz, der ein *Intimschotten*-T-Shirt trug.

»Wie bitte?« Der punkige Pfleger war für Sofija kein ernst zu nehmender Gesprächspartner. Ohne dessen Antwort abzuwarten, wandte sie sich an Kai: »Was treibt ihr hier?«

»Alex ermittelt wirklich.« Der Ö starrte gebannt auf den Bildschirm. »Und er ist gut in dem Spiel.«

»Hab's gleich«, murmelte Alex. Fühlte sich das nur so an, oder hatte er bereits für alle erkennbar viereckige Augen?

»Nein! Dieser Unfug hört sofort auf.« Sofija zog das Laptopkabel aus der Steckdose.

»Das bringt nichts. Jetzt läuft der Laptop über den Akku, und der ist voll«, informierte Alex sie, ohne den Blick vom Spielgeschehen zu nehmen. »Bitte, Sofija. Nur noch zwei Minuten.«

Widerwillig ließ sie ihn gewähren. Sie stand neben ihm und starrte auf den Bildschirm.

Endlich erreichte er die fragliche Stelle. In einer düsteren Stadt aus Fachwerkhäusern und rußschwarzen Ruinen traf sein Held auf einen gruseligen Henker mit Kapuze, Axt und allem Drum und Dran, der vor seinem mit Kreuzen und Totenschädeln bemalten Kastenwagen stand und Ware feilbot. Alex klickte den Henker an, und ein Dialogmenü öffnete sich.

»Gott zum Gruß, Fremder«, **sagte der Henker.** »Ich sehe, du hast in vielen Schlachten gekämpft. Deine zahlreichen Wunden zeigen mir, dass du Hilfe brauchst. Ich habe die wirksamsten Arzneien und Tinkturen für dich. Gewonnen aus den Leichen von Verbrechern, die ich eigenhändig gerichtet habe. Vergraben unter dem Galgen, bis sie ihre magische Wirkung entfalten. Sag mir, was dich plagt, Namenloser, und ich verkaufe dir das rechte Heilmittel.«

Für jeweils fünfzig Goldtaler konnte man dem Henker zwei mystische Arzneien abkaufen: das Armesünderfett, das Verletzungen heilte, und eine sogenannte Totenhand, eine Medizin gegen verschiedene Gebrechen, die die Spielfigur im Verlauf des Spiels erleiden konnte, beispielsweise Beulenpest, Wahnsinn und Vergiftungen.

»Das ist es!« Alex pausierte das Spiel und drehte sich zu den Kollegen um. Die schauten ihn verständnislos an.

»Versteht ihr denn nicht? Schneiders und Englerts Hände sind Totenhände. Unser Täter hat sie an den alten Richtstätten vergraben, weil er glaubt, so eine Medizin erschaffen zu können. Er hält sich selbst für einen Henker. Wahrscheinlich ist er krank. Todkrank womöglich, und die Ärzte können ihm nicht helfen. Deshalb setzt er all seine Hoffnungen in magische Mittel.«

Stille.

»Alex, du weißt, dass ich viel von dir halte«, brach Jörg das Schweigen. »Aber was du gerade erzählst, ist totaler Stuss. Sorry, dass ich das so deutlich sagen muss.«

»Fäll mal kein vorschnelles Urteil.« Kai hob das Handy. »Hab das gerade gegoogelt. Diese Geschichte mit den Totenhänden, das war bis ins neunzehnte Jahrhundert ein verbreiteter Mythos. Die Leute haben wirklich geglaubt, dass die Körperteile Hingerichteter magische Kräfte bekommen, wenn man sie unter dem Schafott vergräbt und dort eine Weile liegen lässt. Die Mühe mit dem Spiel hättest du dir allerdings sparen können, Alex. Es gibt einen Wikipedia-Artikel zu ›Totenhand‹. Hätte völlig gereicht, den zu lesen, da steht alles drin.«

Alex starrte den Ö an. Hatte er sich ganz umsonst die Nacht um die Ohren geschlagen, weil er wieder einmal um fünf Ecken gedacht hatte? Er blinzelte. »Egal! Hauptsache, dieser Zusammenhang ist endlich klar.«

Plötzlich erinnerte er sich an die *Hand of Glory*, auf die er bei seinen Recherchen in der Universitätsbibliothek gestoßen war: die speziell präparierte Hand eines Gehenkten, der man magische Kräfte zuschrieb. Bereits vor einem Monat war er der Lösung des Falls nahe gewesen. Hätte er nur damals schon die Zusammenhänge erkannt, statt sich in die Gothia-Geschichte zu verrennen …

»Mir ist überhaupt nichts klar«, widersprach ihm Sofija. »Richtstätten, altertümliche Henker, magische Leichenteile …« Sie schüttelte den Kopf. »Selbst wenn wir annehmen, dass an dieser abenteuerlichen Geschichte was dran ist – was ich stark bezweifle! –, was fangen wir damit an?«

»Wir schnappen uns den selbst ernannten Henker, damit er nicht noch mehr Hände sammelt.«

»Wie sollen wir das anstellen? Wir wissen doch überhaupt nicht, wer als Täter infrage kommt.«

»Ich weiß, wer der Täter ist«, sagte Alex.

13

Die entscheidende Idee war ihm spätnachts gekommen.

Zwischen drei und vier Uhr hatte er eine Pause vom Spielen eingelegt und sich mit der zigsten Tasse Kaffee an den Desktop-PC gesetzt, um Verschiedenes zu recherchieren. Er wollte noch einmal versuchen, seine diffusen Assoziationen zum Thema Richtstätten zu konkretisieren. Er öffnete Google, gab die Begriffe »Henker Scharfrichter Heidelberg« ins Suchfeld ein und klickte sich durch die Ergebnisse.

Nach einer Weile fand er heraus, dass um das Jahr 1800 in Heidelberg ein bekannter Henker tätig gewesen war. Als er dessen Namen las, prallte er derart heftig mit dem Rücken gegen die Lehne, dass der Schreibtischstuhl ein Stück rückwärts rollte.

»Das gibt's doch nicht!«

Er googelte den Namen und überflog blinzelnd die Ergebnisse. Der fragliche Henker war in Heidelberg nicht nur seinem blutigen Gewerbe nachgegangen, er hatte auch hier gewohnt. Sogar die exakte Adresse war überliefert. Alex rief Google Maps auf und zentrierte den Stadtplan von Heidelberg auf das Wohnhaus des Scharfrichters.

»Fuck«, wisperte er.

Er starrte den Bildschirm an. Von Details abgesehen, fehlte ihm nur noch ein einzelnes Puzzleteil zur Lösung des Falles.

Er ging ins Wohnzimmer zurück, nahm den Laptop auf den Schoß und spielte weiter.

14

Jetzt, kurz nach acht Uhr, saßen die Beamten im Soko-Raum. Inzwischen war auch Roth-Schweigmann eingetroffen. Die Oberstaatsanwältin bat Alex, noch einmal in geordneter Form seine Hypothese darzulegen.

»Alex, du darfst gleich anfangen«, erklärte Sofija. »Vorher möchte ich etwas sagen.«

Den meisten Teammitgliedern war anzusehen, dass sie inzwischen wussten, was geschehen war. In ihren Gesichtern zeigten sich Empörung und Mitleid. Allein Alex wirkte ahnungslos. Sofija stand da, die Finger abgespreizt, die Kuppen auf der Tischplatte. Obwohl sie sich in den vergangenen Stunden wieder und wieder die passenden Worte zurechtgelegt hatte, fiel es ihr schwer, sie auszusprechen.

»Ich werde die Hasskampagne gegen Tanja und mich nicht kommentieren. Dieser menschliche Abschaum verdient unsere Aufmerksamkeit nicht. Leider sind Details unseres Privatlebens an die Öffentlichkeit gelangt. Damit hier keine verqueren Gerüchte entstehen, haben Tanja und ich entschieden, die Karten auf den Tisch zu legen.«

Oh, wie sie diese Situation verabscheute! Nicht, weil sie sich ihrer Sexualität schämte. Sondern weil sie stets gut damit gefahren war, sich in diesen Räumlichkeiten auf den Dienst zu konzentrieren. Ihr Privatleben hatte hier nichts zu suchen. Und nun zwang ein Online-Mob sie, bewährte Grundsätze aufzugeben. Aber Christian hatte recht: Nur durch die Flucht nach vorne konnte sie verhindern, dass ihr die Situation vollends entglitt.

Aus dem Augenwinkel sah sie, dass Alex das Handy herausgeholt hatte und über den Bildschirm wischte, die Lippen zu einer dünnen Linie zusammengepresst.

»Tanja und ich sind seit drei Jahren ein Paar«, sagte sie. »Seit zwei Jahren leben wir zusammen, in unserem gemeinsamen Haus in Ziegelhausen. Das haben wir bisher nicht an die große Glocke gehängt. Aber jetzt halten wir es für besser, dass ihr Bescheid wisst.«

War einer der Anwesenden nun konsterniert, schockiert gar? Nein, kein einziger. Sie sah nichts als offene, freundliche Gesichter. Lutz lächelte sie an, als wäre er stolz auf sie. Sofija konnte nicht leugnen, dass sie erleichtert war. Das war einfacher gewesen als gedacht.

»Ihr habt unsere volle Unterstützung«, sagte Lutz. »Wenn wir irgendwas für euch tun können, lasst es uns wissen.«

Sie nickte ihm zu.

»Hat Arbogast diese Schweinerei losgetreten?«, fragte Jörg.

»Nein, jemand namens ›Heidelbitch‹. Die IT ermittelt noch. Nun lassen wir die Sache auf sich beruhen«, entschied Sofija. »Wir haben schließlich einen Fall zu lösen, und das ist wichtiger. Alex, du hast das Wort.«

15

Alex hatte in den vergangenen Wochen reichlich Widerwärtiges über seine Person im Internet gelesen. Doch was Sofija und Tanja gerade an Hass und Häme abbekamen, übertraf selbst die schlimmsten Attacken gegen ihn.

»Was will die Wilhelmi denn mit der hässlichen Schlampe von der Kripo? Die gehört mal richtig durchgefickt, damit die kapiert, dass dieser Lesbenscheiß einfach Schwachsinn ist«, war beispielsweise auf der Twitterseite des Polizeipräsidiums zu lesen. Stefanie Berghaus und andere Vernünftige bemühten sich redlich, der Hetze zu widersprechen und Solidarität mit Sofija und Tanja kundzutun. Doch sie standen auf verlorenem Posten und wurden ihrerseits zur Zielscheibe der Anfeindungen.

»Alex?«, sprach Sofija ihn an.

Er legte das Handy weg. *Dass sie so ruhig bleiben kann.* Er an ihrer Stelle wäre vermutlich nicht fähig gewesen, derart boshaften Hass einfach wegzuschieben und sich sachlich der Lagebesprechung zu widmen.

»Okay«, wandte er sich ans Team, »noch mal systematisch meine Hypothese.« Er beschloss, weit auszuholen, damit wirklich alle verstanden, worauf er hinauswollte.

»Da ich inzwischen einen gewissen Ruf habe, sollte ich vorausschicken, dass ich nicht an Totenhände und andere esoterische Heilmittel glaube. Tatsächlich halte ich solches Gedankengut für extrem gefährlich. Aber unser Täter glaubt daran. Wir haben es mit einem Mann zu tun, dessen Weltbild hochgradig magisch-mystisch ist. Er glaubt, er sei ein Scharfrichter und könne seine Krankheit kurieren, indem er einem Verbrecher die Hand abhackt und diese an einer alten Richtstätte vergräbt, wo sie mitsamt der Krankheit verwest.«

»So weit kann ich dir folgen«, sagte Jörg. »Aber ich finde es nach wie vor schwer vorstellbar, dass im Jahr 2022 jemand so einen mittelalterlichen Hokuspokus glaubt.«

Wie immer nach einer langen Session mit einem actionreichen

Videospiel fühlte sich die Realität für Alex unerträglich zäh an. Die Kollegen bewegten sich langsam, sie redeten langsam, sie wirkten mitunter schrecklich begriffsstutzig. Er musste sich zusammenreißen, nicht ungeduldig zu werden.

»Leider ist irrationales, magisches oder schlichtweg krass rückständiges Gedankengut heutzutage verbreiteter denn je«, widersprach er. »Und der Schritt zu unfassbarer Grausamkeit oft nicht weit. Nur zwei Beispiele:

Erstens, dieser Kalifornier, von dem ihr vielleicht in der Zeitung gelesen habt. Müsste Sommer '21 gewesen sein. Er war dem Verschwörungskult ›QAnon‹ verfallen und glaubte, sein zweijähriger Sohn und seine zehn Monate alte Tochter hätten Schlangen-DNA in sich. Er tötete die Kinder mit einer Harpune, um zu verhindern, dass sie zu Monstern heranwachsen und die Welt zerstören. Das ist wirklich passiert – könnt ihr nachher googeln«, sagte Alex, als er den einen oder anderen ungläubigen Blick bemerkte.

»Zweitens, unsere beiden Freunde Schneider und Trabold. Incels wie sie halten Frauen für minderwertige Wesen, die es gewaltsam zu unterdrücken gilt. Damit alle Männer unabhängig ihres Aussehens und ihrer Ausstrahlung auf ihre Kosten kommen, fordern sie eine Art sexuellen Kommunismus, in dem die Regierung Frauen wie eine kostenlose Ressource verteilt.«

Er schaute Jörg an. »Jetzt vergleich unseren Täter mit diesem QAnon-Anhänger und den Incels – findest du immer noch, dass ein selbst ernannter Scharfrichter, der seine Krankheit mit einer Totenhand kurieren will, im Jahr 2022 so abwegig ist?«

Alex wandte sich an die Oberstaatsanwältin. »Was halten Sie von meinem Ansatz?«

Roth-Schweigmann gab sich abwartend; sie wollte sich offenbar noch nicht festlegen. »Zumindest Ihre Ausführungen zu den alten Hinrichtungsplätzen halte ich für fundiert. Ich habe über das frühneuzeitliche Rechtswesen der Kurpfalz promoviert. Das ist lange her, aber ich erinnere mich dunkel an den Rabenstein, und dass es an verschiedenen Stellen in Heidelberg Richtstätten gab.«

»Du hast es sehr spannend gemacht«, sagte Sofija. »Verrätst du uns endlich, wer deiner Meinung nach der Täter ist?«

»Rainer Widmann«, antwortete Alex.

»Der JVA-Wachmann? Wie kommst du ausgerechnet auf den?«

»Erstens, er hat von Schneiders Hinrichtung fantasiert: ›So einer wie du gehört an die Wand gestellt, damit du nie wieder Frauen angreifen kannst!‹ Das hat er im Knast zu ihm gesagt. Passende Wortwahl für einen selbst ernannten Henker, der findet, dass unsere Justiz zu lasch ist, oder? Zweitens, obwohl er Schneider den Tod wünschte, hat er ihn kurz vor der Entlassung vor einem aggressiven Mithäftling beschützt. Möglicherweise einfach in Ausübung seiner Dienstpflicht, das will ich nicht ausschließen. Könnte aber auch sein, dass er da schon wusste, dass er Schneider noch braucht – und verhindern wollte, dass ein anderer ihn umbringt. Drittens«, fuhr Alex fort, »er war länger krankgeschrieben. Im Juli, wenn ich mich richtig erinnere.«

»Wegen einer Mangelerscheinung.«

»So hat er es gegenüber Nowak angedeutet. Aber die konkrete Diagnose kennt die Anstaltsleitung nicht. Möglicherweise ist es in Wahrheit eine sehr viel schlimmere Krankheit.«

»Überzeugt mich alles nicht.«

»Viertens, sein Name. ›Widmann‹ – so hieß ein berühmter Scharfrichter, der um 1800 in Heidelberg und Mannheim tätig war. Franz Wilhelm Widmann. Hat beispielsweise im Mai 1820 den Mörder des Dramatikers August von Kotzebue hingerichtet.«

Kotzebues Mörder, der Theologiestudent Karl Ludwig Sand, der den Schriftsteller für einen Vaterlandsverräter hielt, war ein radikaler Burschenschaftler gewesen. *Immer wieder Burschenschaftler,* dachte Alex. Eine der vielen eigentümlichen Koinzidenzen dieses Falles, die wie ein Muster aussahen. Was sie aber nicht waren.

»Die Namensgleichheit kann ein Zufall sein«, sagte Jörg. »Der Name ›Widmann‹ kommt mir nicht so selten vor.«

»Ist er aber. Im Heidelberger Telefonbuch stehen ganze drei Widmanns. Könnte natürlich trotzdem ein Zufall sein, aber es gibt da noch was: Anfang des Monats habe ich Widmann zufällig in der

Stadt getroffen. Ich kam gerade aus dem Darmstädter Hof, er stand vor der Buchhandlung gegenüber – Hauptstraße Hausnummer acht. Das ist ein altes Haus, im frühen neunzehnten Jahrhundert hat darin der städtische Scharfrichter Franz Wilhelm Widmann gewohnt.«

»Was hat er denn da gemacht?«, fragte Sofija. »Unser Widmann, meine ich.«

»Weiß ich nicht. Jedenfalls kein Buch gekauft. Möglicherweise das Haus betrachtet. In der Hand hielt er eine silberne Halskette. Als wir uns kurz unterhielten, steckte er sie schnell in die Jackentasche. Ich konnte trotzdem einen Blick draufwerfen. Die Kette hat eine Plakette, ungefähr so groß wie eine Zweieuromünze. Darin sind zwei Symbole eingraviert: ein Wagenrad und ein Schwert. Damals dachte ich mir nichts dabei. Ich hielt die Kette für einen alten Glücksbringer oder ein eigenwilliges Schmuckstück. Jetzt – mit dem Wissen, das ich seit heute Nacht habe – ist mir klar, was das Ding *wirklich* bedeutet. Das Rad und das Schwert sind historische Symbole für die alte Blutgerichtsbarkeit, die sich durch Leibstrafen und Hinrichtungen auszeichnete. Die Henker, die sie vollstreckten, zählten in der Frühen Neuzeit zu den sogenannten unehrlichen Berufsgruppen – wie die Totengräber und die Lumpensammler. Sie wurden von den anständigen Leuten gemieden und mussten ein spezielles Abzeichen tragen, damit man sie als Henker erkannte.«

»Eine Halskette mit den Symbolen Rad und Schwert«, sagte Sofija.

»Korrekt.«

»Widmann hält sich also für einen Henker«, rekapitulierte Lutz. »Er besitzt sogar eine Henker-Halskette. Und in seiner Freizeit steht er vor dem Henkershaus rum. So weit, so gut. Was ich nicht verstehe: Wie sind der 2022-Widmann und der 1800-Widmann verbunden? Ist der eine ein Nachfahre des anderen?«

»Das weiß ich noch nicht. Vielleicht stammt unser Widmann tatsächlich vom historischen Widmann ab und handelt gerade nach einer gruseligen Familientradition. Oder er eifert dem historischen Widmann lediglich nach und hat dessen Namen angenommen. All das gilt es, jetzt herauszufinden.«

Im Soko-Raum war es still, als Sofija über die Hypothese nachdachte.

»Eins steht fest«, sagte sie schließlich. »Wenn Christian mitkriegt, womit wir uns gerade befassen, wird er ausrasten.«

»Dann wäre es clever«, meinte Lutz, »es ihm nicht auf die Nase zu binden. Sondern erst mal in dieser Richtung weiterzuermitteln, nicht wahr?«

Sofija blickte Alex an. »Du bist wirklich davon überzeugt, was?«

»Ja.«

»Ich werde das vermutlich bereuen, aber wir gehen der Sache nach«, sagte die Chefin seufzend und griff nach ihrem Handy. »Gebt mir mal die Liste mit den Telefonnummern, ich lade Widmann zur Vernehmung … Wartet mal. Der kann Schneiders Hand nicht auf dem Römerkreis vergraben haben. Widmann hat für die Nacht vom 20. auf den 21. Oktober ein Alibi. Hatte er da nicht Nachtschicht?«

»So steht es zumindest im Dienstplan«, sagte Alex. »Aber ob er in der fraglichen Nacht wirklich die ganze Zeit in der JVA war, haben wir nicht überprüft.«

»Okay, wir greifen das Alibi an. Ich rede mit dem Anstaltsleiter.«

Es dauerte eine Weile, bis man Nowaks private Festnetznummer gefunden hatte. Sofija rief ihn an und entschuldigte sich für die Störung am Sonntag.

»Haben Sie gerade etwas Zeit? … Perfekt … Wir haben einige Fragen zu Rainer Widmann. Ich hab den Lautsprecher an, damit meine Leute mithören können.«

»Kein Problem«, tönte Nowaks freundlich knarzende Stimme aus dem Handy. »Gibt es jetzt doch einen Tatverdacht gegen Widmann? Ich dachte, sein Alibi hätte ihn entlastet.«

»Deshalb rufe ich an. Es besteht ein dringender Tatverdacht gegen ihn. Wir müssen das Alibi überprüfen.«

Nowak schwieg einen Moment. »Das kann ich von hier aus nicht machen. Ich fahre schnell in die JVA und schaue nach, ob der Dienstplan für den 20. und 21. Oktober korrekt ist.«

»Hat Widmann aktuell Dienst?«

»Nein, er hat sich ein paar Tage freigenommen.«

Sofija wechselte einen Blick mit Alex. »Danke für die Auskunft. Bitte rufen Sie mich sofort an, wenn Sie neue Informationen zum Alibi haben.«

Sie legte auf, zog die Telefonliste heran, wählte eine andere Nummer und schaltete den Lautsprecher aus. Doch es kam keine Verbindung zustande.

»Das war Widmanns private Festnetznummer«, erklärte sie. »Da geht niemand ran. Ich versuch's auf dem Handy ...«

»Der hat kein Handy«, sagte Alex.

Sofija dachte einen Moment nach und traf eine Entscheidung. »Wir warten Nowaks Anruf ab, bevor wir weitere Schritte unternehmen. Geht in eure Büros und haltet euch bereit.«

16

Als sich das Meeting auflöste, fiel Alex ein, dass Trabold ihn nicht angerufen hatte. Dabei hätte er das bereits vor über einer Stunde tun sollen. Rasch wählte er dessen Nummer. Trabold war nicht erreichbar. Ein ungutes Gefühl beschlich ihn.

»Scheiße!«

»Was ist los?«, erkundigte sich Sofija, die neben ihm zur Tür ging.

»Trabolds Handy ist nicht am Netz. Das verheißt nichts Gutes. Ich fahr besser mal hin. Tja, hättet ihr mal den Polizeischutz genehmigt!«, sagte Alex gereizter als beabsichtigt. Dass er von den letzten drei Nächten nur zwei geschlafen hatte, saß ihm schwer in den Gliedern und verkürzte seinen Geduldsfaden erheblich.

»Polizeischutz? Von was redest du?«

Er betrachtete ihr verwirrtes Gesicht. Sie wusste es wirklich nicht. Ihm kam ein übler Verdacht. »Trabold fürchtet um sein Leben und hat uns um Polizeischutz gebeten. Lisa wollte das mit dir besprechen. Hat sie das nicht gemacht?«

»Ich hab am Freitag nur einmal kurz mit ihr gesprochen: als ihr zum Max-Planck-Institut gekommen seid. Den Rest des Tages hab ich sie nicht mehr gesehen, und gestern hat sie sich vor Dienstbeginn krankgemeldet.«

»Die dumme Kuh hat mich angelogen! Celina!«

Die Kommissaranwärterin machte kehrt und kam zu ihnen.

»Du fährst mit mir zu Trabold«, sagte Alex. »Wir müssen prüfen, ob's ihm gut geht.«

Sofija hielt ihn auf.

»Nur damit ich das richtig verstehe – nach deiner Risikoeinschätzung hätte Trabold Polizeischutz gebraucht, aber Lisa, deren Aufgabe es gewesen wäre, das mit mir und Christian zu besprechen, hat das absichtlich unterlassen?«

Alex nickte. »Sie hatte wohl keine Lust, für Trabold einen Finger krumm zu machen. Mit ihrer Meinung zu ihm und dem ganzen Fall hat sie ja nie hinterm Berg gehalten.«

»Gut zu wissen«, sagte Sofija grimmig. »Das wird Konsequenzen haben.«

»Wir müssen los.«

»Ich fordere eine Streife für euch an.«

Während Sofija in der Zentrale anrief, eilten Alex und Celina bereits die Treppe hinunter.

17

Fünfzehn Minuten später standen Alex und Celina mit zwei Uniformierten vom Revier Mitte vor Trabolds Wohnung. Alex klingelte Sturm und hämmerte gegen die Tür.

»Herr Trabold! Sind Sie da? Machen Sie bitte die Tür auf!«

Es kam keinerlei Reaktion.

Trabolds Nachbar, Kamal Mahmoudi, der ihnen die Haustür geöffnet hatte, trat aus seiner Wohnung.

»Kann ich helfen?«

»Wissen Sie, ob Herr Trabold sich in seiner Wohnung aufhält?«

Mahmoudi schüttelte den Kopf. »Nicht da.«

»Wo ist er hin?«

»Gestern raus.«

»Er hat die Wohnung verlassen?«

Mahmoudi nickte. »Spät Abend.«

»Ist er zurückgekommen?«

»Nicht wissen.«

Wieso hat dieser Idiot nicht auf mich gehört? Wäre dies ein Videospiel gewesen, hätte er jetzt seinen Spielstand gespeichert. Aber es war keins, es war die triste Realität. Er konnte die Situation nicht noch einmal neu laden, sondern würde mit den Konsequenzen seines Handelns leben müssen. Alex nahm einige Schritte Anlauf und trat gegen Trabolds Wohnungstür. Beim dritten Versuch gab das billige Holz nach und schwang nach innen auf.

Celina starrte ihn entsetzt an.

»Gefahr im Verzug«, erklärte Alex. »Wenn Trabold ein Problem damit hat, kriegt er von mir eine neue Tür und eine handschriftliche Entschuldigung – falls er überhaupt noch lebt.«

Rasch durchsuchten sie die kleine Wohnung. Trabold hielt sich nicht darin auf. Auch sein Handy fanden sie nicht. Der Parka, den er normalerweise in dieser Jahreszeit trug, hing nicht an der Garderobe. Lediglich eine leere DVD-Hülle auf dem Couchtisch gab einen Hinweis, was er zuletzt getrieben hatte. Alex nahm die Hülle in die Hand. *Der Frauensammler.* Misogyner Splatter der übelsten Sorte.

»Das sieht nicht gut aus. Ich ruf Sofija an und geb ihr Bescheid.« Während er sein Handy aus der Jackentasche fummelte, wandte er sich an die beiden Schutzleute. »Könnt ihr bitte eine Personenfahndung rausgeben und Trabolds Handy orten lassen?«

»Machen wir«, sagte die Uniformierte. »Wir halten hier die Stellung und kümmern uns drum, dass die Tür provisorisch verschlossen wird.«

»Danke euch. Sofija, ich bin's«, sagte Alex, als die Chefin abnahm. »Schlechte Neuigkeiten …«

Trabold erwachte blinzelnd. Er fühlte sich elend. Sein Schädel schmerzte, als hätte sich ein Alien darin eingenistet und würde von innen an den Augäpfeln nagen. Hatte er gestern zu viel Bier getrunken? Sechs, sieben Dosen, eine stattliche Menge. Aber nicht genug für diesen Mörderkater. Und erst recht nicht für einen Filmriss. Er erinnerte sich, zur Ochsenkopfwiese gegangen zu sein. Wie er wieder nach Hause gekommen war, wusste er nicht mehr.

Es war nicht völlig dunkel in der Wohnung. Er registrierte ein schwaches Licht. Wahrscheinlich die Badlampe, die er vergessen hatte, auszuschalten. Ein Geräusch, das er nicht zuordnen konnte, zerrte an seinen Nerven. Ließ Mahmoudi wieder seinen orientalischen Musiksender dudeln?

Er streckte die Hand aus, tastete über den Couchtisch. Er suchte sein Handy und die Wasserflasche, fand jedoch weder das eine noch das andere. Und da war auch kein Tisch, sondern nur kalter Betonboden. Auf dem er lag.

Diese Erkenntnis vertrieb die Benommenheit schlagartig. Trabold öffnete vollends die Augen und hob leicht den Kopf, was den Schmerz zwischen den Schläfen aufjaulen ließ. Er war nicht in seiner Wohnung. Er lag in einer Art Keller.

»Was zum Fick …«

O Gott! Er war in den Katakomben des Frauensammlers.

Ruckartig setzte er sich auf. Dabei wurde ihm so übel, dass er sich beinahe übergeben musste. Er atmete tief ein und aus, was alles nur noch schlimmer machte. Der Keller war voller Rauch. Der Zigarettendunst hing schwer wie Nebel in der Luft.

Seine Brust schmerzte, als hätten ihn zig Wespen gestochen.

Irgendwie gelang es ihm, den Brechreiz zu überwinden. Mit tränenden Augen schaute er sich um. Ein niedriger Raum. Rostfleckige, mit Graffiti beschmierte Betonwände. Ein schmaler Durchgang, der in einen weiteren Raum führte. Dort brannte das Licht. Es fiel auf eine angerostete Metalltür, auf gestapelte Umzugskisten daneben.

Natürlich waren das *nicht* die Katakomben des Frauensammlers. Was für ein strunzdummer Gedanke! Trotzdem steckte er tief in der Scheiße.

Endlich gelang es seinem Gehör, das Geräusch zu identifizieren. Keine Musik, nicht mal ansatzweise. Eine männliche Stimme, die seltsam antiquiert klang, als entstamme sie einem alten Schwarz-Weiß-Film, leierte monoton und zugleich zackig:

»Das Gnadengesuch ist abgelehnt. Ihre Hinrichtung steht unmittelbar bevor.«

Und noch einmal:

»Das Gnadengesuch ist abgelehnt. Ihre Hinrichtung steht unmittelbar bevor.«

Immer wieder diese beiden Sätze. In Endlosschleife.

Trabold wollte aufspringen, verlor das Gleichgewicht, fiel auf die Seite. Versuchte es noch einmal, langsamer diesmal. Schwankend gelangte er auf die Füße. Das Blut rauschte ihm in den Ohren. Er konnte kaum atmen, so eng fühlte sich seine Kehle an.

»Gnadengesuch … abgelehnt. Hinrichtung. Hinrichtung. Hinrichtung.«

Was war das für ein kranker Scherz, den sich jemand mit ihm erlaubte?

Da hinten in der Ecke stand jemand. Eine Gestalt, die ihn beobachtete. Sogar mehrere. Zwei, drei, vier reglose Personen. Halb verborgen im Schatten, unbeweglich wie Statuen.

»Wer sind Sie?«, krächzte Trabold. »Was wollen Sie von mir?«

Keine Reaktion. Nur die monotone Litanei, die seine Exekution ankündigte. Langsam, einen Schritt vor den anderen setzend, ging er auf die Gestalten zu. Als sie nur noch ein, zwei Meter von ihm entfernt waren, stellte er fest, dass es sich um Schaufensterpuppen handelte. Nackte Plastikdinger in Menschengröße. Ihre Köpfe waren zerfetzt, wie unter großem Druck geplatzt. Bei einer Figur fehlte er ganz. Trabold erstarrte, als hätte er sich selbst in eine Kunststofffigur verwandelt.

Dann begriff er, woher die Stimme kam: von einem kleinen Campingtisch schräg hinter den Schaufensterpuppen. Darauf stand ein tragbarer Kassettenrekorder, Baujahr späte Achtziger. Batteriebetrieben, ein Kabel war nicht zu sehen.

Mit zwei Schritten war er bei dem Klapptisch, packte das Gerät und schmetterte es auf den Boden. Er trat wuchtig mit der Ferse darauf, mehrmals, Plastikteile splitterten ab. Als die Stimme endlich verstummte, hatte er die Panik besiegt. Die Angst war immer noch da, doch sie lähmte ihn nicht mehr. Er wandte den Schaufensterpuppen den Rücken zu und ging dem Licht entgegen.

»Hilfe! Hört mich jemand?« Er brüllte, so laut er konnte. Aber die Betonmassen ringsum absorbierten das Geschrei.

Er trat durch den Durchgang. Der zweite Raum war so groß wie der erste. Auf einem der zahlreichen Umzugskartons stand eine Campinglampe. Ihr Licht war nicht sonderlich hell. Es beleuchtete die Raumhälfte mit der Tür. Die andere Hälfte, in der Trabold stand, lag weitgehend im Schatten.

Er wollte zur Tür gehen, doch ein Fleck auf dem Boden ließ ihn abrupt innehalten.

Eine unförmige rostrote Lache auf der Grenze zwischen Schatten und Licht.

Getrocknetes Blut.

KAPITEL SIEBEN

NAHSCHUSS

Trabold ist endlich aufgewacht. Der Henker hört ihn stöhnen und murmeln. Nervös schaut er auf seine Armbanduhr. Schon nach zehn Uhr. Trabold war zu lange bewusstlos. Das ist nicht gut. Die Hinrichtung hätte um Punkt fünf Uhr stattfinden sollen, so will es die Tradition. Hat er die K.-o.-Tropfen falsch dosiert? Bei Schneider hatte die gleiche Dosis den gewünschten Effekt, doch das muss nichts heißen. Trabold ist körperlich schwächer als sein Komplize, zermürbt von jahrelangem Drogenkonsum. Außerdem war er stark alkoholisiert, als der Henker ihn auf der Ochsenkopfwiese mit dem Taser niederstreckte.

Unwillkürlich berührt er seine Halskette, reibt mit dem Daumen über die gravierte Plakette, das Abzeichen seines Standes.

Er hätte weniger K.-o.-Tropfen nehmen sollen. Aber jetzt ist es zu spät. Er kann nur hoffen, dass dieser Verstoß gegen die Tradition nicht das gesamte Ritual gefährdet. Davon abgesehen achtete er penibel darauf, alles richtig zu machen. Hat den alten Anzug abgebürstet, gebügelt und angezogen. Die Makarow gereinigt, geladen und mit einem Schalldämpfer versehen. Die Kassette mit der formalen Verkündung des DDR-Staatsanwalts in Endlosschleife abgespielt. Er hofft, dass das genügt. Diesmal *muss* es klappen! Wenn ihm diese Totenhand auch nicht hilft, wird die Herrin ihn vernichten. Nicht sofort, doch mit hoher Wahrscheinlichkeit in den nächsten Jahren. Und es wird ein elender Tod sein. Die Herrin liebt es, ihre Opfer zu quälen.

Er hört Trabold aufstehen. Gleich! Gleich ist es so weit. Er verbirgt sich neben dem Durchgang, indem er sich mit dem Rücken gegen die raue Betonwand presst. Er atmet so leise wie möglich und umklammert die Makarow mit schweißnasser Hand.

343

Die Stasi-Pistole, den Anzug und die Tonaufnahme hat sein Vater ihm hinterlassen. Ruprecht, der ihn mit harter Hand aufzog, der ihn lehrte, was es heißt, ein Henker zu sein. Obwohl er selbst nie eine Hinrichtung vollstreckt hat. Zeitlebens träumte er davon, in die Fußstapfen ihrer Vorfahren zu treten, an die verlorenen Traditionen ihres ehrwürdigen Geschlechts anzuknüpfen. Beinahe wäre sein Traum wahr geworden, doch die Politik kam dazwischen. Die Politik und der Wandel, der selten etwas Gutes hervorbringt. So starb Ruprecht als verbitterter, alkoholkranker Mann, der seinem Sohn kaum etwas hinterließ als das bescheidene Werkzeug des Scharfrichters.

Und seinen Traum. Der ein Traum geblieben wäre, wenn der Henker nicht diese Diagnose bekommen hätte. Er wird ihn nie vergessen, jenen Moment, als der Neurologe zu ihm sagte: »Wir werden noch einige Tests machen, aber ich befürchte, der Befund steht fest.«

Kein Befund. Ein Todesurteil.

Schritte knirschen im hinteren Raum. »Wer sind Sie?«, krächzt Trabold. »Was wollen Sie von mir?« Er spricht zu den Schaufensterpuppen, an denen der Henker mit der Pistole übte. Wenig später ertönt ein Knall, ein lautes Knirschen. Plastik bricht knackend. Der Staatsanwalt verstummt jäh. Das macht nichts. Die Kassette war nur eine Kopie. Die Originalaufnahme, aufgezeichnet von seinem Vater vor vielen Jahren in der JVA Leipzig, liegt in einer der Umzugskisten. Sorgfältig verstaut zwischen den Büchern und den Aktenordnern mit den Notizen und der Ahnenforschung, die er hierhergebracht hat für den Fall, dass die Polizei seine Wohnung durchsucht.

Das Verlangen nach einer Zigarette wird schier übermächtig. Wie immer, wenn er an den Vater denkt, spürt er den Druck der Vergangenheit, die ihn erbarmungslos anschiebt. Wie ein Zug, der auf Gleisen dahinrast, kennt er nur einen Weg: nach vorne. Eine andere Möglichkeit gibt es nicht. Er gehört einem auserwählten Stand an, dessen Mitglieder sich beherzt die Hände schmutzig machen, um das Recht zu vollstrecken – eine heilige Pflicht und Notwendigkeit, für die sich die Herren Richter und Staatsanwälte stets zu fein waren.

»Hilfe! Hört mich jemand?«, brüllt Trabold.

Er tritt in den vorderen Raum. Bleibt stehen. Starrt auf den rost-roten Fleck zu seinen Füßen.

Der Henker ist keine anderthalb Meter hinter ihm. Jetzt! Er muss die Exekution durchführen. Die Methode heißt »unerwarteter Nah-schuss«, er hat sie gründlich geübt. Doch etwas lässt ihn zögern. So war es auch, als Schneider hier stand. Es ist derselbe Gedanke: *Deine Aufgabe ist es allein, den Mörder zu richten. Du aber nimmst das Ge-setz in die eigene Hand und schwingst dich zum Richter auf. Das steht einem Henker nicht zu. Es verstößt gegen die Familientradition. Es ist falsch!*

Er beißt die Zähne zusammen.

Es geht aber nicht anders, sagt er sich. *Die Justiz hat kläglich versagt. Der Mörder muss sterben. Ich will leben!*

Das gibt ihm die Kraft, die Zweifel abzuschütteln. Gerade rechtzei-tig, Trabold setzt sich in Bewegung. Hebt den Kopf, macht einen lan-gen Schritt über den Blutfleck und geht weiter zur Tür. Wenn er fest-stellt, dass die verschlossen ist, wird er sich umdrehen – wie Schnei-der sich umdrehte. Weshalb der Henker den unerwarteten Nahschuss nicht richtig anbringen konnte. Die erste Kugel traf Schneider nur an der Schulter. Erst die zweite traf ihn tödlich. Diesen Fehler darf er nicht wiederholen, diesmal muss alles richtig sein! Er huscht durch den Raum. Mit drei lautlosen Schritten ist er bei Trabold, hebt die Pistole und drückt ab. Der Schalldämpfer unterdrückt den Knall bei-nahe vollständig. Zu hören ist nur ein leises *Plopp.* Trabold ist tot, bevor er auch nur ahnt, wie ihm geschieht. Das Projektil dringt in seinen Nacken ein und tritt an der Kehle aus. Ein Schwall Blut und Gewebe klatscht gegen die Tür. Trabold kippt nach vorne und fällt aufs Gesicht. Zuckt einmal, liegt still.

Endlich muss der Henker die ungeheure Nervosität nicht mehr unterdrücken. Er wandert unruhig im Raum umher, schnauft laut, schwenkt die Arme, um die schmerzhafte Anspannung darin abzu-schütteln. Legt die Makarow auf eine Umzugskiste und rauchte eine Zigarette, noch eine und noch eine, bis er sich endlich ruhiger fühlt. Er betrachtet die Leiche. Eine stumpfe Zufriedenheit strömt aus vergangenen Jahrhunderten herüber und erfüllt ihn vom Scheitel bis zur Sohle. Es ist getan. Der Mörder ist gerichtet, das Recht geheilt. Nie wieder wird Jannik Trabold Menschen demütigen, verletzen, töten.

Eigentlich müsste der Henker jetzt lange duschen, um das Unreine des Vorgangs abzuwaschen. Das gehört zum Ritual wie der Anzug und die Ansprache des Staatsanwalts. Doch die Dusche muss warten. Er ist mit seiner Arbeit noch nicht fertig. Nun fordert der Henker seinen Lohn ein.

Er greift in den Trekkingrucksack und holt das frisch geschärfte Beil heraus.

1

Die Kollegin von der Hundestaffel versprach, sich zu beeilen. Fünfzehn Minuten nach dem Telefonat parkte sie den SUV in der Blücherstraße, ließ den Hund aus der Transportbox und leinte ihn an. Alex erwartete sie vor der Haustür des Wohnblocks.

»Danke, dass du so schnell gekommen bist. Die Zielperson heißt Jannik Trabold, er wohnt hier und hat gestern Abend gegen meinen ausdrücklichen Rat das Haus verlassen«, instruierte er die Hundeführerin. »Der aktuelle Aufenthaltsort ist unbekannt, die Zentrale kann das Handy nicht orten. Möglicherweise wurde er angegriffen. Wir müssen herausfinden, wohin er gegangen ist.«

»Habt ihr ein getragenes Kleidungsstück von ihm?«

»Die Kollegin ist gerade oben und holt eins.«

Der Schweißhund wirkte unruhig und winselte kläglich.

»Sitz!«

»Was hat er denn?«, fragte Alex.

»Ich musste ihn heute Nacht aus dem Schlafzimmer verbannen, weil er mich genervt hat. Das hat er mir nicht verziehen.«

»Normalerweise darf er bei dir im Bett schlafen?«

»Wenn er brav ist. Ein Problem damit?«, fragte die blonde Mittvierzigerin leicht aggressiv.

»Warum sollte ich? Mein Kater schläft auch manchmal bei mir.«

»Aha. Ein Katzenfreund«, sagte die Hundeführerin in einem Ton, als hätte Alex sich gerade als Fan des verfeindeten Fußballvereins geoutet.

»Wie heißt er eigentlich?«, fragte er mit Blick auf den Mantrailer.

»Donald. Aber er hört besser auf ›Don‹.«

Alex betrachtete den Hund, der auf dem Hintern saß und sein Frauchen vorwurfsvoll anschaute. Plötzlich musste er an die Fernsehdoku vom gestrigen Abend denken. Mit seinen schlaffen Wangen und der tiefen Stirnfalte ähnelte Don vage Winston Churchill.

»Wenn er neben dir schläft«, meinte er, »träumst du manchmal davon, an den Dünen, auf den Feldern, in den Straßen und auf den Hügeln zu kämpfen und dich niemals zu ergeben?«

Die Hundeführerin starrte ihn an. »Was ist das für eine saublöde Frage?«

»Sorry.« Alex blinzelte. »Hab die letzte Nacht nicht geschlafen, ich stehe etwas neben mir. Vergiss es.« *Reiß dich zusammen, bevor das hier noch eskaliert,* dachte er.

Sie warteten schweigend. Glücklicherweise kam kurz darauf Celina herunter, in der Hand einen durchsichtigen Müllbeutel.

»Hab alles eingesammelt, was ich auf die Schnelle gefunden habe.«

»Zeig her.« Die Hundeführerin zog ein zerknittertes T-Shirt aus der Plastiktüte und hielt es Don hin. Der Hund schnüffelte daran und nahm die Spur auf.

Die Nase dicht am Boden, lief der Mantrailer zielstrebig auf dem Bürgersteig nach Westen, vorbei an den Wohnblocks. Die drei Polizisten folgten ihm im Laufschritt. Don führte sie über die Gneisenaustraße zur Ochsenkopfwiese, einer Grünfläche zwischen den Bahngleisen und der B 37, auf der sich bei diesem Wetter niemand aufhielt. An einer wild wuchernden Hecke, vor der das spärliche, gelbliche Gras zertrampelt war, fror der Hund ein.

Alex zog Handschuhe an, ging in die Hocke und untersuchte die Stelle vorsichtig. Der matschige Boden war übersät mit verschmierten Fußabdrücken, wie sie bei hektischen Bewegungen auf kleiner

Fläche entstanden. Außerdem war da ein größerer Abdruck, möglicherweise von einem liegenden Körper, der ein kurzes Stück über das Gras gezogen worden war. Kampfspuren, vermutete er. Aber für dergleichen war er kein Experte; die fachgerechte Untersuchung der Stelle überließ er besser der Kriminaltechnik.

Er streckte den Arm aus und griff nach einem kaputten Handy, das fast auseinanderfiel, als er es unter der Hecke hervorholte. Es war mit einem stumpfen Werkzeug gründlich zertrümmert worden. Er richtete sich auf und zeigte es Celina.

»Wie bei Schneider.«

»Ist das Trabolds Handy?«, fragte die Kommissaranwärterin.

»Glaub, ja. Aber ganz sicher bin ich mir nicht.«

Der Spürhund zerrte bellend an der Leine.

»Don will weitersuchen«, sagte sein Frauchen.

»Okay. Mach das. Wir sichern derweil den Tatort. Celina, geh bitte zum Auto und hol Flatterband und Asservatenbeutel.«

Während die beiden Frauen davoneilten, rief Alex Sofija an. Als die Chefin abnahm, hörte er, dass sie in einem fahrenden Auto saß.

»Wir sind gleich da«, sagte sie.

»Kommt zur Ochsenkopfwiese. Wir haben was gefunden und brauchen die SpuSi.«

»Ich ruf Jörg an. Bis gleich.«

Während Alex und Celina den Bereich um die Hecke mit Polizeiband absperrten, kam die Hundeführerin mit dem Mantrailer zurück.

»Don hat die Spur oben auf der Gneisenaustraße verloren«, berichtete sie. »Vermutlich ist die Zielperson in ein Auto gestiegen und über die B 37 weggefahren.«

Alex bezweifelte, dass Trabold freiwillig in das Auto gestiegen war. »Danke dir. Sei so gut und bleib erst mal hier. Gleich kommen die Kollegen von der KT, vielleicht brauchen die dich noch.«

»Na super«, sagte Dons Frauchen. »Dass mir der Katzen-Selzer das Ohr abkaut, hat mir heute Morgen gerade noch gefehlt.«

Alex ließ die Hundeführerin stehen und ging zu dem geschotter-

ten Weg, der von der Gneisenaustraße in die Ochsenkopfwiese ein-
mündete. Dort hielt gerade ein Mercedes, aus dem Sofija und Lutz
stiegen. Er zeigte ihnen das Handy im Asservatenbeutel und berichtete, was sie gefunden hatten.

»Sieht so aus, als hätte unser Mann Trabold entführt«, schloss er.
»Wir müssen ihn finden. Sonst blüht ihm dasselbe wie Schneider.«

Sofija nahm das schweigend auf, doch Alex konnte spüren, dass sie
stinksauer war. Wem ihre Wut galt, war nicht schwer zu erraten.

»Jörg und seine Leute sollten gleich da sein«, sagte die Chefin
schließlich. »Außerdem hat Nowak zurückgerufen. Widmanns Alibi
für die Nacht vom 20. auf den 21. Oktober hat sich in Luft aufgelöst.
Nowak hat die Sache überprüft und herausgefunden, dass Widmann
in der Nacht nicht in der JVA war. Er war zwar zum Nachtdienst
eingeteilt, hat den aber kurzfristig mit einem Kollegen getauscht und
dafür gesorgt, dass das nicht im Dienstplan vermerkt wurde. Er kann
die Hand also auf dem Römerkreis vergraben haben.«

Alex nahm einen tiefen Atemzug. Endlich fielen sämtliche Puzzle-
teile an ihren Platz. »Weiß Roth-Schweigmann Bescheid?«

Lutz nickte. »Sie spricht gerade mit der Ermittlungsrichterin. Sie
hofft, dass sie Durchsuchungsbeschlüsse für Widmanns Wohnung
und sein Auto sowie einen Haftbefehl bekommt.«

Wenig später trafen die Kriminaltechniker ein und übernahmen
den Tatort. Sofija scharte Alex, Lutz und Celina um sich.

»Wir können nicht warten, bis Roth-Schweigmann die Beschlüsse
hat – uns läuft die Zeit davon. Wir fahren schon mal zu Widmanns
Wohnung und treffen dort die anderen. Denkt dran, dass wir ohne
Unterstützung auskommen müssen«, schärfte sie den Beamten ein,
während sie zu den Autos gingen. »Kein SEK. Wir sind auf uns gestellt.«

Sie stiegen ein und fuhren los.

2

Erst als sie die Innenstadt hinter sich ließen und nach Süden fuhren, fiel Alex das eigenartige Wetter auf, das an diesem letzten Sonntag im November herrschte. Der Himmel hatte die Farbe von Trockeneis. Die Sonne war nicht zu sehen. Heidelberg lag unter einer Glocke aus fahlem Licht, das sämtliche Farben eintrübte.

Widmann wohnte im Stadtteil Kirchheim, in einer Straße mit geschlossenen Fassaden aus dem frühen zwanzigsten Jahrhundert. Das schmale Haus duckte sich neben einem weitaus größeren Gebäude mit einem imposanten Rundbogentor. An mehreren Stellen bröckelte der Putz; der waldgrüne Anstrich war fleckig. Die abgeblätterten Fensterläden im ersten und zweiten Stock wirkten brüchig und teilweise morsch. Im Erdgeschoss befand sich ein kleiner Military Shop, dessen Schaufenster mit Messern, Schusswaffen und Tarnkleidung vollgestopft war.

Zeitgleich mit Alex, Sofija, Lutz und Celina trafen weitere Soko-Mitglieder sowie zwei Streifenwagen ein. Auf dem kopfsteingepflasterten Gehsteig warteten bereits der Schlüsseldienst sowie der Durchsuchungszeuge vom Ordnungsamt, der alle spüren ließ, was er davon hielt, am Sonntag eine Extraschicht schieben zu müssen. Der VW Golf, der auf Widmann zugelassen war, parkte nicht vor dem Haus.

»Roth-Schweigmann hat gerade angerufen«, informierte Sofija das Team. »Die Richterin findet die ganze Geschichte verständlicherweise abenteuerlich. Roth-Schweigmann konnte sie gerade so überzeugen, uns die Beschlüsse auszustellen. Das Gericht wird uns also genau auf die Finger schauen. Wir müssen noch sorgfältiger als sonst arbeiten. Bringen wir's hinter uns.«

Alex, die beiden Dezernatsleiter und vier behelmte Uniformierte in Körperschutzkleidung traten in den Eingangsbereich des heruntergekommenen Wohnhauses. An der linken Wand hing ein Werbeplakat, das ein Präzisionsjagdgewehr zeigte. Obwohl der Waffenladen am Sonntag geschlossen war, hielt sich jemand darin auf. Durch die Scheibe sah Alex einen Schemen, der mit einem großen Pappkarton und einem Teppichmesser hantierte. Gerade als ein Schutzmann die Klingel drückte, kam die Gestalt in ihre Richtung. Ein Fünfzigjähriger mit kahlem Schädel trat aus dem Shop. Der Mann war maximal eins siebzig groß, aber ungeheuer kompakt gebaut. Brustmuskeln beulten das armeegrüne Langarmshirt aus. Die kurzen Beine ähnelten Betonpollern.

»Wollen Sie zu mir?«, fragte er misstrauisch.

»Nein, in den zweiten Stock«, erwiderte Sofija. »Gehen Sie bitte zurück in den Laden.«

Der Glatzkopf dachte nicht daran, der Aufforderung nachzukommen. Als der Uniformierte noch einmal bei Widmann klingelte, sagte er:

»Können Sie sich sparen. Der ist nicht da.«

»Woher wissen Sie das?«, fragte Sofija.

»Hab ihn gestern Abend wegfahren sehen. Bisher ist er nicht zurückgekommen. Sonst würde sein Auto hier stehen. Er parkt immer in der Straße.«

»Können Sie uns sagen, wo Herr Widmann hin ist?«

»Ich dachte, er wäre zur Nachtschicht in den Knast. Ist er da nicht?«

Als Sofija nicht antwortete, betrachtete der Glatzkopf das Polizeiaufgebot. »Na ja. Wundert mich nicht, dass der Typ Dreck am Stecken hat.«

»Wie meinen Sie das?«

»Ich wohn seit zehn Jahren hier – hab die Wohnung über dem Laden –, aber ich hab noch keine fünf Sätze mit dem gewechselt. Ein totaler Eigenbrötler. Ein DDR-Freak.«

Sofija war anzusehen, dass ihr demnächst der Geduldsfaden riss.

»Können Sie uns bitte aufmachen?«, würgte sie das Gespräch ab.

Der Glatzkopf fummelte einen Schlüssel aus der Hosentasche und sperrte die Haustür auf. Als die Beamten hineingingen, machte er Anstalten, ihnen zu folgen.

»Sie behindern einen Polizeieinsatz. Bitte gehen Sie in Ihren Laden und bleiben Sie da«, wiederholte Sofija mit Nachdruck ihre Aufforderung, woraufhin sich der Glatzkopf widerwillig trollte.

Das brusthoch gekachelte Treppenhaus war dunkel und muffig. Die mit welligem Linoleum bezogenen Stufen knarrten, als die Beamten zum zweiten Stock hinaufstiegen. Der geschnörkelte Handlauf aus rotbraunem Holz glänzte speckig.

Der Form halber klingelte der Uniformierte auch an der Wohnungstür und rief: »Polizei! Herr Widmann, machen Sie bitte auf.« Nichts regte sich. Die Schutzleute winkten den Mann vom Schlüsseldienst heran, der routiniert das Schloss aufbohrte. Als die Tür offen war, drangen die Polizisten mit gezogenen Pistolen in die Wohnung ein.

»Herr Widmann? Sind Sie da? Wir vollstrecken einen Durchsuchungsbeschluss für Ihren Wohnbereich. Kommen Sie mit erhobenen Händen her.«

Nach wenigen Schritten erstarrten die vier Schutzleute. Alex reckte den Hals, doch die Diele war derart düster, dass er nichts erkennen konnte. Dreißig quälend lange Sekunden vergingen, bis sich der Gruppenführer zur Tür umwandte.

»Schaut euch das mal an«, sagte er mit zitternder Stimme. »Keine Ahnung, was das ist. So was ist mir in sechzehn Dienstjahren nicht untergekommen …«

Die Uniformierten machten ihnen Platz. Alex, Sofija und Lutz traten mit gezogenen Waffen ein. Mehrere Türen gingen von der Diele ab. Nur die zur Küche stand halb offen und ließ trübes Tageslicht herein. An der Garderobe hingen keinerlei Kleidungsstücke, dafür mindestens zehn Wunderbäume, die einen penetranten Geruch verströmten.

Alex hielt den Atem an und richtete den Blick auf das leuchtende Objekt in der Mitte des knarrenden Parkettbodens.

Eine menschliche Hand. Dicht am Gelenk abgetrennt. Die wächserne Haut grau wie Pappe. Auf dem Stumpf stehend. Die dünnen Finger zur Faust geballt, sodass nur der Daumennagel zu sehen war. Er wirkte unnatürlich lang, wie die Kralle eines Raubtiers.

Zwischen Ring- und Mittelfinger steckte ein brennender Kerzenstummel. Die dünne Flamme flackerte im Luftzug. Wulstige Wachsklumpen klebten an dem toten Gewebe.

»Was zum Teufel ist das?«, zischte Sofija.

Alex brauchte einen Moment, bis er die Sprache wiederfand. Er räusperte sich. »Eine *Hand of Glory*.«

»Eine was?«

»Ein Talisman, hergestellt aus der Hand eines Schwerverbrechers. Wahrscheinlich ist das Schneiders andere Hand. Oder Englerts.«

»Warum stellt er das Ding in seiner Wohnung auf?«

»Weil er glaubt, dass das Kerzenlicht magisch ist und Eindringlinge abwehrt. Es steht unseretwegen hier. Er muss damit gerechnet haben, dass wir ihm früher oder später auf die Schliche kommen.«

Lutz starrte das abstoßende Objekt an. »Ist es gefährlich?«

»Nur in Widmanns Wahnwelt. In der Realität ist es nichts als ein Leichenteil, in dem eine Kerze steckt. Ekelhaft, aber harmlos.«

Alex stieß die *Hand of Glory* mit dem Fuß an. Sie kippte um, die Flamme erlosch. Schwacher Formaldehydgeruch stieg ihm in die Nase, als er den Kerzenstummel in Augenschein nahm. Es handelte sich um Bienenwachs, das wesentlich langsamer abbrannte als das billigere Paraffin. Möglicherweise hatte Widmann die Kerze bereits in der vergangenen Nacht angezündet, bevor er die Wohnung verlassen hatte.

»Zumindest haben wir jetzt die Bestätigung, dass definitiv Widmann unser Mann ist. Steck das Ding in einen Asservatenbeutel und lass den Bestatter kommen«, befahl Sofija Alex und wandte sich an die Uniformierten. »Die Wohnung sichern.«

Die Schutzleute schwärmten in Zweiergruppen aus und meldeten, in der Wohnung halte sich niemand auf. Daraufhin kamen auch die anderen Kripobeamten herein.

»Alles absuchen«, instruierte Sofija das Team, während sie rasch SpuSi-Overalls anlegten. »Uns interessieren vor allem Hinweise, wo sich Widmann herumtreibt und wo Trabold abgeblieben ist. Und die Halskette, die Alex gesehen hat. Lutz, du nimmst dir den Keller vor. Der Waffentyp soll dir helfen, wenn du nicht reinkommst.«

Alex machte einen Rundgang durch die Wohnung, um sich einen
Überblick zu verschaffen. Neben der Küche und dem winzigen Badezimmer jeweils mit Ausstattung aus den Achtzigern gab es ein Schlaf-
und ein Wohnzimmer. Durch die wenigen Fenster, die obendrein
recht schmutzig waren, fiel kaum Helligkeit. Das alte Parkett, das
dunkle Holz überall und die grau-beige Tapete verstärkten den Licht-
mangel zusätzlich, sodass die Beamten sämtliche Lampen anschalten
mussten. Die gesamte Einrichtung wirkte einigermaßen gepflegt,
aber völlig aus der Mode gekommen – als hätte der Bewohner sie vor
über dreißig Jahren angeschafft und dann jegliches Interesse daran
verloren.

Alex nahm sich das Wohnzimmer vor, in dem es wie überall in der
Wohnung nach kaltem Zigarettenrauch roch. Bei ihrem Besuch in
der JVA hatte er Widmann als einfach gestrickten Charakter erlebt.
Was er hier vorfand, passte nicht zu diesem Eindruck. Es gab ein de-
ckenhohes Bücherregal mit Hunderten von Bänden. Der Fernseher
war mindestens dreißig Jahre alt. Auf einem Massivholzschreibtisch
standen ein leerer Aschenbecher und ein Uralt-Laptop, den soeben
ein IT-Experte der Soko aufklappte und anschaltete. Auf dem Couchtisch und einem altertümlichen Sideboard befanden sich weitere
Ascher sowie insgesamt drei Schachbretter.

Über dem Sofa hing ein gerahmtes Schwarz-Weiß-Foto. Bei seinen
nächtlichen Recherchen in den Spielpausen war Alex auf ähnliche
Bilder gestoßen; er erkannte das abgebildete Gefängnis auf Anhieb.
Es war die Justizvollzugsanstalt Leipzig, wo bis 1987 die Zentrale
Hinrichtungsstätte der DDR untergebracht gewesen war. Hermann
Lorenz hatte dort gewirkt, der letzte aktive Henker auf deutschem
Boden.

Überhaupt, DDR. Dass der Waffentyp Widmann einen »DDR-
Freak« nannte, fand Alex durchaus angemessen. Über der Wohn-
zimmertür hing das Staatswappen bestehend aus Hammer, Zirkel und
Ährenkranz. Diverse Hängeregale, Vitrinen und Setzkästen enthiel-

ten Dutzende Memorabilia des Arbeiter- und Bauernstaates. NVA-Orden, MfS-Abzeichen, Ansteck.nadeln der FDJ. Patronen für verschiedene Ostblock-Schusswaffen. Schwarz-Weiß-Fotokarten von Gojko Mitić und weiteren DEFA-Filmstars.

Und massenhaft Bücher. Zwischen Schachliteratur und zerlesenen Karl-May-Romanen standen dicke Werke zur Geschichte der DDR, zu ihrer Justiz, ihrer Armee, ihren Fußballvereinen. Es gab Bildbände über wichtige Volkseigene Betriebe wie Leuna und Carl Zeiss Jena. Romane von Christa Wolf, Stefan Heym, Ulrich Plenzdorf.

Er hat uns was vorgespielt, dachte Alex. *Wahrscheinlich spielt er den tumben Schließer schon sein halbes Leben lang. Aber als ich ihn zufällig vor der Buchhandlung traf, erwischte ich ihn auf dem falschen Fuß. Da er nicht zugeben konnte, dass er gerade das Henkershaus betrachtet, musste er so tun, als würde er sich für die Bücher interessieren … und die Maske verrutschte für einen Moment.*

Doch Widmann hatte nicht nur so getan – er mochte Bücher wirklich. Das beeindruckende Regal bewies das. *Etwas stimmt damit nicht.* Alex brauchte einen Moment, bis er den Finger darauflegen konnte. Die Bücher waren sehr ungleich verteilt. Einige Regalsegmente waren vollgestopft, sodass keine Postkarte mehr hineingepasst hätte, andere wiederum halb leer – was auf den ersten Blick nicht auffiel, weil man die verbliebenen Bände so arrangiert hatte, dass sie die jeweiligen Fächer einigermaßen ausfüllten. Warum? Bewahrte Widmann einige Schriften anderswo auf, wollte diesen Umstand aber verschleiern?

Alex zog ein dickes Lexikon der Mythologie aus dem Regal. Eine Seite war mit einem Eselsohr markiert. Er schlug sie auf und überflog die Auflistung verschiedener mythologischer Wesen, die alle mit L begannen. Loka-Purusha. Loki. Lowalinga. Der Eintrag »Loviatar« war mit Bleistift markiert, doch der magere Text gab nicht viel her. Offenbar eine vergessene finnische Göttin.

Er stellte das Lexikon zurück und suchte nach Büchern, die sich mit dem Hinrichtungswesen, alter Henkerfolklore und Zauberei befassten. Er fand nichts dergleichen. Lediglich eine kommentierte

Ausgabe der *Göttlichen Komödie* von Dante Alighieri ging ganz entfernt in diese Richtung – wenn man so weit gehen wollte, die in dem mittelalterlichen Versepos beschriebenen höllischen Visionen mit magischem Denken gleichzusetzen.

Er runzelte die Stirn und versuchte, seine Eindrücke zu einem schlüssigen Gesamtbild zusammenzufügen.

Er versteckt Bücher, um wichtige Hinweise auf sein Tun vor Eindringlingen zu verbergen. So weit, so nachvollziehbar. Dann aber stellt er in der Diele eine Hand of Glory *auf, weil er glaubt, uns damit abwehren zu können – obwohl das de facto ein Schuldeingeständnis ist. Wie passt das zusammen? Wahrscheinlich hat er die* Hand of Glory *erst kürzlich platziert, Wochen oder gar Monate nachdem er die Bücher weggeschafft hatte. Das spricht dafür, dass sich sein irrationales Weltbild mit der Zeit verfestigt hat. Anders ausgedrückt: Er wird von Woche zu Woche verrückter.*

Sein Blick fiel auf ein Regalfach voller Landkarten. Es handelte sich um Wanderkarten und Stadtpläne der Region. Bergstraße-Odenwald, Neckartal, Heidelberg, Kraichgau, Südliche Weinstraße, Mannheim. Er faltete sie der Reihe nach auf und untersuchte sie. Die meisten waren alt, wie fast alles in dieser Wohnung. Auf dem Mannheim-Stadtplan verblasste bereits stellenweise die Farbe. Leider hatte der Tatverdächtige ihnen nicht den Gefallen getan, sein Versteck auf einer der Faltkarten zu vermerken. Alex verzichtete daher darauf, sie zu asservieren.

Versuchsweise zog er einige Bücher aus dem Regal. Dahinter fand er nur Staub. Anschließend nahm er sich die Schachbretter vor. Es waren billige aus dem Spielwarenhandel mit jeweils unterschiedlich angeordneten Figuren. Alex verstand nichts von Schach. Möglicherweise spielte Widmann gegen sich selbst oder stellte zum Zeitvertreib legendäre Partien nach.

Just im Moment kam Lutz zurück.

»Der Keller ist uninteressant«, berichtete der Erste Sachbearbeiter. »Nur ein paar Autoreifen, leere Kartons und altes Werkzeug.«

»Hat irgendwer die Halskette gefunden?«, fragte Sofija.

Die Beamten verneinten.

»Hat er wahrscheinlich mitgenommen«, mutmaßte Alex.

»Ich hab dafür was anderes«, sagte Celina, die das Badezimmer untersucht hatte. Sie trat zu ihnen und zeigte ihnen eine angebrochene Medikamentenpackung. »Riluzol. Das wird in der ALS-Therapie eingesetzt, darüber habe ich neulich einen Bericht gesehen. Na ja, nicht direkt Therapie, es ist ja nicht heilbar. Aber man kann damit wohl die Symptome lindern.«

»ALS?« Sofija runzelte die Stirn. »Hilf mir mal auf die Sprünge …«

»Amyotrophe Lateralsklerose. Eine schlimme Nervenkrankheit. Verursacht Muskelschwund und spastische Lähmung und ist letztlich tödlich. Du kennst doch bestimmt den Physiker Stephen Hawking, der vor ein paar Jahren gestorben ist.«

»Der im Rollstuhl saß und zum Sprechen einen Computer gebraucht hat?«

»Genau der. Der hatte ALS. Allerdings eine langsame Verlaufsform, wenn ich mich richtig erinnere. Und Widmann hat es vielleicht auch«, schloss Celina.

Sofija blickte Alex an. »Eine tödliche Krankheit, die er mit Hokuspokus und Henkergedöns wegzaubern will. Ich hab mir ja schwergetan mit deiner Hypothese, aber ich muss zugeben, dass alles darauf hindeutet, dass du recht hast. Respekt. Darauf wäre ich nie im Leben gekommen.«

»Leider hilft uns das nicht, Widmann und Trabold zu finden«, entgegnete Alex. »Lasst uns weitersuchen.«

Die Dezernatsleiterin wandte sich an den IT-Experten, der auf dem Schreibtisch seinen eigenen Computer aufgebaut hatte. »Wie weit bist du mit dem Laptop?«

»Das Passwort zu knacken, war kein Problem. Aber die Festplatte zu durchsuchen, kann dauern. Das ist wie die berühmte Nadel im Heuhaufen.«

»Widmann hat kein Handy und wirkt generell nicht gerade digitalaffin«, sagte Alex. »Wenn der Laptop etwas von Interesse enthält, ist es wahrscheinlich nicht besonders gut versteckt.«

»Waren wir uns nicht einig, dass wir's mit einem kompetenten Täter zu tun haben?«

»Was das Verwischen der Spuren am Tatort betrifft, ja. Dass er mit dem Computer genauso fit ist, bezweifle ich. Schau dir den Laptop doch an. Von wann ist der, 2008? Auch die Software ist alt.«

»Widmann verwendet immerhin ein Passwort und eine Firewall. Die Grundzüge der IT-Sicherheit kennt er also«, widersprach der Computerexperte.

»Such trotzdem zuerst an den offensichtlichen Stellen. Was ist mit der *browser history*?«

»Hat er gelöscht.«

»Bilderordner? E-Mail-Programm?«

»Leer beziehungsweise nicht vorhanden. Im Dokumentenordner gibt's nur eine Reihe von unpersönlichen Schreiben an Behörden und Versicherungen sowie Excel-Tabellen über seine monatlichen Ausgaben. Auf den ersten Blick nichts Aufregendes – Kosten für Putzmittel und so weiter. Anscheinend hat er den Laptop hauptsächlich als Schreibmaschine und als Spielzeug benutzt. Schau mal hier: ein Ordner voll mit Schachprogrammen.«

»Hat er Links gespeichert?«, versuchte Alex es weiter.

»Einige. Alles trivial.«

Der IT-Mann rief die Favoritenliste auf. Alex und die anderen schauten ihm über die Schulter. Bei den Internetlinks handelte es sich um Belanglosigkeiten oder Artikel aus Online-Magazinen, die sich mit diversen Aspekten der DDR befassten.

»Ich versuche, in sein E-Mail-Konto reinzukommen, und schau mir an, was er mit Suchmaschinen getrieben hat. Vielleicht kann ich seine Suchhistorie rekonstruieren«, erklärte der Computerexperte. »Aber wie gesagt, das kann dauern.«

»Mach das. Ich glaube inzwischen, dass Alex mit seiner Einschätzung richtigliegt: Widmann hat mit Computern nicht viel am Hut«, sagte Sofija. »Nach physischen Hinweisen wie handschriftlichen Notizen zu suchen, erscheint mir aussichtsreicher. Nehmen wir uns noch mal das Regal vor.«

Zu viert zogen sie jedes Buch heraus, blätterten es durch, suchten nach markierten Stellen und anderen Auffälligkeiten. Nichts. Sofija entdeckte die Karten.

»Die hab ich schon überprüft«, sagte Alex.

»Vier Augen sehen mehr als zwei.« Sie faltete sämtliche Karten auseinander und betrachtete sie konzentriert. »Was ist das?«, fragte sie nach einer Weile.

Alex stellte das Buch zurück, das er gerade untersucht hatte, und trat zu ihr. Sie hielt den Mannheim-Plan in den Händen und starrte mit gerunzelter Stirn darauf.

»Diese Flecken da.«

»Verblasste Farbe, würde ich sagen. Der Stadtplan wirkt ziemlich alt.«

»Müsste die Farbe dann nicht großflächiger verblasst sein? Die Flecken sind aber nur an zwei Stellen. Ich würde sagen, da hat er was draufgeschrieben und wegradiert.«

Alex beleuchtete die Karte mit seiner Handy-Taschenlampe. Nun waren die Flecken besser zu erkennen. Einer befand sich im Stadtteil Fahrlach südöstlich des Zentrums; der andere im Norden, im Naherholungsgebiet Käfertaler Wald an der Grenze zu Hessen.

Sofija ging bis auf zwanzig Zentimeter mit den Augen heran. »Ja. Er hat zwei Stellen markiert und den Bleistift wieder wegradiert. Man kann die Kreuze aber noch ganz schwach erkennen.«

»Warte mal …« Alex schaltete die Taschenlampe aus, öffnete auf dem Handy die Karten-App und zentrierte den Ausschnitt auf die Gegend, wo sich auf dem Stadtplan die Flecken befanden. Auf den ersten Blick war da nichts Aufregendes. Er schaute sich an, wo genau die Bleistiftmarkierungen gewesen waren, und zoomte in der App so weit wie möglich hinein. Für die nördliche Stelle fand er auf diese Weise keine weiteren Informationen. Da war offenbar nichts als Wald, durchzogen von Rad- und Wanderwegen. Bei der anderen Stelle erschienen zwei graue Rechtecke an der Fahrlachstraße. Er wechselte zur Satellitenansicht. Die Rechtecke wurden zu einem industriell anmutenden Gebäudeblock umgeben von einer verwildert wirkenden Grünfläche.

»Das müsste das alte Autohaus sein, das seit Jahrzehnten leer steht.«

»Zeig her!«, verlangte Sofija.

Lutz und Celina kamen zu ihnen, sie betrachteten den Handyscreen.

»Was sagt uns das?«, fragte Lutz in die Runde.

»Widmann hat ein Versteck für seine Aktivitäten gesucht«, mutmaßte Alex. »Einen abgelegenen Ort. Eine geheime Hinrichtungsstätte, wo er seine Opfer töten kann. Diese Ruine und die Stelle im Käfertaler Wald kamen in die engere Auswahl, weshalb er sie auf der Karte markiert hat. Als er sich für einen entschieden hat, hat er die Kreuze wegradiert.«

»Zeig mal die andere Stelle«, forderte Lutz ihn auf.

Alex wischte auf dem Handyscreen, bis die Karte das Waldgebiet im Nordosten Mannheims zeigte.

»Wo ist die Stelle, die er angekreuzt hat?«

»Da.«

»Das ist der ›Panzerwald‹«, sagte der Erste Sachbearbeiter. »Ein verlassenes Truppenübungsgebiet der US Army. Mein Dad war bis '93 in den Sullivan Barracks in Mannheim-Käfertal stationiert. Der war da regelmäßig mit seiner Einheit zum Manöver.«

»Kennst du dich da aus?«, fragte Sofija.

»Leider nicht. Ich war da nie. Das war früher ja alles militärisches Sperrgebiet. Aber mein Dad hat mir erzählt, dass es da Schießstände und Bunker gibt. Munitionsdepots und so weiter. Die müssten ungefähr an der Stelle stehen, die Widmann angekreuzt hat. Wenn die Army sie nicht beim Truppenabzug 2011 gesprengt hat.«

»Ein abgelegener Bunker wäre ein ideales Versteck«, bemerkte Alex.

Lutz wirkte nicht überzeugt. »Alles ziemlich spekulativ, oder? Kann zig Gründe haben, warum er die Stellen angekreuzt hat. Vielleicht interessiert der sich nicht nur für die DDR, sondern allgemein für Geschichte und alte Bauten.«

»Einen besseren Anhaltspunkt, wo Widmann und Trabold sein könnten, haben wir aber nicht«, sagte Sofija. Ihre Kiefermuskeln traten hervor, als sie konzentriert nachdachte. »Wir fahren hin«, entschied sie.

»Wohin? Panzerwald oder Autohaus?«

»Sowohl als auch.«

»Hältst du das für eine gute Idee? Wahrscheinlich finden wir dort rein gar nichts und vergeuden wertvolle Zeit.«

»Glaub ich nicht. Wir müssen handeln«, drängte sie zur Eile. »Wenn Widmann Trabold hat, wovon auszugehen ist, schwebt Trabold in Lebensgefahr.«

»Ich finde die Sache dünn. Aber es ist deine Entscheidung«, fügte sich Lutz der Chefin.

Sofija scharte sämtliche Soko-Mitglieder um sich und wies einige Beamte an, mit der Wohnungsdurchsuchung weiterzumachen. »Zieht Jörg von der Ochsenkopfwiese ab, die SpuSi hier hat Vorrang. Funkt uns an, wenn ihr was Hilfreiches findet. Wir anderen bilden zwei Teams. Lutz, du nimmst Celina mit. Welche Stelle willst du?«

»Autohaus. Da war ich Ende der Neunziger ein paarmal, da kenn ich mich wenigstens ein bisschen aus.«

»Okay. Dann fahren Alex und ich zum Panzerwald.« Sofija zerriss den Stadtplan entlang des Neckars. Die südliche Hälfte gab sie Lutz, die nördliche behielt sie. »Damit wir die Zielpunkte ins Navi eingeben können«, erklärte sie. »Auf geht's!«

Sie zogen die Overalls aus und eilten, gefolgt von den Schutzpolizisten, zu den Autos.

4

Er liegt auf dem Betonboden neben der Blutlache. Vage ist ihm bewusst, dass er nur die Hand ausstrecken müsste, um den Hingerichteten zu berühren. Der Henker liegt hier seit Stunden, von wenigen Unterbrechungen abgesehen. Die Kälte setzt ihm zu, trotz der Isomatte, trotz der Campingdecke aus dickem Polyester. Eine Unannehmlichkeit, die er erdulden muss, damit die Totenhand ihre Wirkung tun kann. Wie jeder alte Zauber braucht auch dieser Zeit, um sich zu entfalten.

Er dreht leicht den Kopf, betrachtet die Schrift an der Betonwand. *Loviatar.* In großen gelben Lettern. Die Herrin. Er denkt daran, wie sie ihm im Traum erschien, vor vielen, vielen Wochen. Wie sie ihn an der Stirn berührte, mit ihrer weißen Krallenhand, die nach Siechtum und Verwesung stank. *Heute,* denkt er. Heute wird er sie bezwingen. Ein für alle Mal.

Er schließt die Augen und fokussiert seine mäandernden Gedanken. Ist ihm die Polizei bereits auf den Fersen? Wahrscheinlich. Er sorgt sich deswegen nicht sonderlich. Sein Gewissen ist rein. Für den Fall, dass man in seine Wohnung eindringt, traf er Vorkehrungen. Er fertigte die *Hand of Glory* präzise nach den Vorgaben in dem hervorragenden Grimoire *Petit Albert.* Ihr mächtiges Licht wird seine Häscher vertreiben und ihren Verstand verwirren. Und sobald er geheilt ist, wird er fortgehen. Anderswo ein neues Leben anfangen. In einem Land, wo ein Henker kein Verachteter und Ausgestoßener ist, sondern ein angesehener Mann.

Sein Rücken schmerzt vom langen Liegen, er erträgt die unbequeme Position nicht mehr. Er beschließt, die Behandlung ein weiteres Mal zu unterbrechen, um sich zu bewegen. Vorsichtig nimmt er die Totenhand fort und richtet sich mit zusammengebissenen Zähnen auf. Er öffnet die knarrende Metalltür, bleibt auf der Schwelle stehen und betrachtet den Himmel. Wie spät ist es? Er hat jegliches Zeitgefühl verloren. Das knochenbleiche Licht, das durch die Blätter sickert, hat sich den ganzen Tag über nicht verändert. Es könnte acht Uhr am Morgen sein oder 16 Uhr am Nachmittag.

Er haucht sich in die Hände und ballt sie mehrmals zu Fäusten. Als das Gefühl in die Finger zurückgekehrt ist, packt er den Hingerichteten bei den Füßen und schleift ihn ins Freie. Auf dem Beton entsteht eine breite Blutspur. Er schafft den Toten zur Grube, die er früher am Tag ausgehoben hat, stößt ihn hinein. Lange betrachtet er das Loch mit der Leiche darin und das ältere Grab daneben und denkt: *Gut so.* Mördern steht kein christliches Begräbnis auf geweihtem Boden zu.

Sie gehören auf den Schindanger wie in früheren Zeiten. Wenigstens in ein anonymes Loch im Niemandsland.

Zuschütten wird er die Grube später. Jetzt gilt es, die Behandlung fortzusetzen. Er geht zurück in das Versteck, schließt die Tür hinter sich, legt sich auf den Boden und platziert die Totenhand. Sie hockt auf seiner Stirn wie eine fette, bleiche Spinne.

Der Taser und die Pistole liegen griffbereit neben ihm.

5

Während Celina sich mit hektischen Handgriffen anschnallte, stellte Lutz das magnetische Signallicht aufs Wagendach. Er drehte den Zündschlüssel, wendete in der Straße und beschleunigte mit quietschenden Reifen.

Zwei Kripo-Zivilfahrzeuge und zwei Streifenwagen jagten mit blitzendem Blaulicht und jaulendem Martinshorn durch Kirchheim. Am Kreuz Heidelberg/Schwetzingen fuhren sie auf die Autobahn. Vierzehn Kilometer weiter nordwestlich, am Kreuz Mannheim, trennten sich die Teams. Sofija und Alex fuhren auf der A 6 weiter nach Norden. Lutz hielt sich auf der B 37 Richtung Mannheim-Zentrum. Bei der Mercedes-Benz-Niederlassung bog er ab und steuerte den Wagen durch den Stadtteil Fahrlach, die linke Hand am Lenkrad, die rechte am Schalthebel, den Blick konzentriert auf die Straße gerichtet. Seine Zweifel am Sinn des Einsatzes verschwanden; für ihn zählte allein, so schnell wie möglich den Zielpunkt zu erreichen. Fassaden und gaffende Fußgänger rauschten nur so an ihm vorbei, bis er gefühlt Sekunden später das alte Autohaus erblickte.

Sie parkten die Wagen direkt davor. Als sie gerade aussteigen wollten, meldete sich Sofija per Funk.

»Zwölf-eins-null für zwölf-null-acht, bitte kommen.«

»Hier zwölf-eins-null«, meldete sich Lutz.

»Wie sieht's bei Ihnen aus?« Selbst im größten Stress bestand die Chefin darauf, dass sie Funkdisziplin wahrten und einander siezten. Wie immer bei solchen Dingen ging sie mit gutem Beispiel voran.

»Wir sind beim Autohaus. Widmanns Pkw steht hier nirgendwo. Schauen uns jetzt um.«

»Geben Sie Bescheid, wenn Sie mehr wissen. Und achten Sie auf die Eigensicherung. Zwölf-null-acht Ende.«

Lutz und Celina holten Amokausrüstung aus dem Kofferraum und legten Klasse-3-Schutzwesten an. Er streifte die junge Kollegin mit einem Blick. Würde sie diesem alles andere als alltäglichen Einsatz gewachsen sein?

»Alles okay bei dir?«, erkundigte er sich.

»Alles okay«, bestätigte Celina.

»Du weißt, was zu tun ist?«

Sie nickte. »Hab beim Praxiseinsatz im Streifendienst mehrere Zugriffe mitgemacht. Außerdem üben wir solche Einsätze in der Schule.«

Sie wirkte konzentriert und angespannt, aber auf eine der Situation angemessene Weise – nicht nervös oder gar ängstlich. Er beschloss daher, es auf sich beruhen zu lassen. In den vergangenen Wochen hatte sie sich als kompetentes, verlässliches Soko-Mitglied erwiesen. Celina würde auch diesmal ihre Frau stehen.

Wahrscheinlich ist Widmann ohnehin nicht hier, dachte Lutz, während er die Umgebung begutachtete. Der Stadtteil war ein Industrie- und Gewerbegebiet. An der T-Kreuzung Fahrlach-/Gottlieb-Daimler-Straße, die sie gerade überquert hatten, befanden sich das Eichamt und eine Tankstelle, die auch am Sonntag rege frequentiert wurde. In ihrer unmittelbaren Nähe konnte er einen Back-Shop, eine Autovermietung sowie einen Blumengroßhandel ausmachen. Überall parkten Fahrzeuge. Zwar wohnte in diesem Abschnitt der Fahrlachstraße niemand, doch vermutlich herrschte hier an Werktagen viel Verkehr. Für den Täter wäre es viel zu riskant, seine Entführungsopfer herzubringen.

Gleichwohl war Lutz auf alles gefasst. Wenn diesen bizarren Fall etwas auszeichnete, dann unerwartete Wendungen und böse Überraschungen. Er zog seine P2000 aus dem Holster und prüfte rasch das Magazin. In all seinen Jahren bei der Kriminalpolizei war noch nie der Ernstfall eingetreten, dass er die Pistole im Einsatz abfeuern musste. Er biss die Zähne zusammen. Hoffentlich änderte sich das heute nicht.

Er betrachtete das Autohaus. In den Neunzigern war das Gebäude modern, blitzsauber und einladend gewesen. Doch über zwanzig Jahre Leerstand hatten der einstigen Pilgerstätte für Autoliebhaber schwer zugesetzt. Vor ihm lag eine Ruine. Ein drei Stockwerke hoch aufragender Klotz aus verwittertem Beton und rostigem Stahl. Die Fenster bildeten lange Reihen. Das Glas war fast vollständig verschwunden, nur die weißen Plastikrahmen waren noch übrig. Auf dem Dach wuchs ein kleiner Baum. Drei gurrende Tauben lugten neugierig zu ihnen herunter.

»Schauen wir, ob man irgendwo reinkommt«, sagte Lutz.

Er ging an den Bauzäunen und Pressspanwänden entlang, mit denen man sämtliche Zugänge zum Erdgeschoss verschlossen hatte. Die einzelnen Zaunelemente standen dicht an dicht und waren stabil miteinander verklammert, sodass man nicht zwischen ihnen hindurchschlüpfen konnte. Plakate für Konzerte und andere Veranstaltungen hingen an den rostigen Gittermaschen.

An mehreren Stellen klafften Löcher in den Holzplatten, sodass Lutz Blicke in den einstigen Showroom werfen konnte. Er dachte an die polierten und blitzenden Neuwagen, die hier in seiner Jugend gestanden hatten. Von dem Glanz früherer Zeiten war nichts mehr übrig. Geröllberge und Müll füllten die weitläufige Halle, die sich weiter hinten in düsteren Schatten verlor. Zwischen dem Unrat sprossen Moos, Büsche, gelbliches Unkraut. Betonsäulen stützten die Decke, von der Wasser tropfte. Die ölige Brühe bildete teichgroße Pfützen, in denen sich verschwommene Konturen spiegelten. Die Wände, die Pfeiler, die Verblendungen, alles war voller Graffiti. Auf einem Schutthaufen thronte ein rostiger Metallstuhl mit abgespreizten Beinen, der Lutz an ein fettes Insekt erinnerte.

Ein undefinierbarer Gestank stieg ihm in die Nase. Die Ruine wirkte einsturzgefährdet und asbestverseucht … und bewohnt. Hinten, wo das Zwielicht in Dunkelheit überging, konnte er mehrere Matratzen erkennen.

Er ging weiter an den Bauzäunen entlang – und erblickte ein Plakat, das für einen »bunten Abend der Volksmusik in Mannheim-Neckarau« warb.

»Okay«, sagte er, »jetzt wird's *richtig* creepy.«

Er erreichte die Ecke des Gebäudes. Dahinter gab es auch keinen Zugang ins Innere.

»Wir versuchen auf der anderen Seite unser Glück. Wir werden eine Taschenlampe brauchen. Celina, kannst du bitte eine aus dem Auto … Celina?«

Lutz und die beiden Schutzpolizisten blickten sich nach allen Seiten um. Die Kommissaranwärterin war verschwunden.

6

Alex hatte das Blaulicht bereits vor einer Weile ausgeschaltet. Er steuerte den Wagen mit Schrittgeschwindigkeit. Schneller ging es nicht; die von kahlen Bäumen und wucherndem Gestrüpp gesäumte Piste war schmal, sandig, mit schlammigen Schlaglöchern gespickt. Tatsächlich war der Waldweg Mountainbikern und Fußgängern vorbehalten, von denen sie an diesem ungemütlichen Sonntag aber kaum welche sahen. Autos durften hier eigentlich nicht durch – allenfalls Fahrzeuge der Forstverwaltung.

Neben ihm trommelte Sofija mit den Fingern auf dem Oberschenkel. Das Navi verriet ihm, dass sie sich inzwischen mitten im Käfertaler Wald befanden und sich langsam nordwärts bewegten. Sie hatten die Autobahn am Viernheimer Kreuz verlassen und waren von Mannheim-Käfertal aus über die Wasserwerkstraße in das dicht bewaldete Naherholungsgebiet vorgestoßen. Am Wasserwerk endete die Asphaltpiste. Seitdem fuhren sie über größtenteils unbefestigte Wege, die ein unübersichtliches Raster bildeten. Das schwache Tageslicht durchdrang kaum die Baumkronen. Dunkelgrünes Zwielicht umhüllte sie.

Alex war das erste Mal hier. Er konnte mehr und mehr nachvollziehen, warum der Tatverdächtige diese Gegend bei der Suche nach einem Versteck in die engere Auswahl genommen hatte. Nachts im Herbst konnte man hier machen, was man wollte. Die Chancen, dass jemand etwas mitbekam, standen äußerst gering.

Sie erreichten eine weitere Schranke. Ein Schild wies sie erneut darauf hin, dass motorisierte Fahrzeuge hier nichts zu suchen hatten, ausgenommen der forstwirtschaftliche Verkehr. Im Gegensatz zur Schranke am Wasserwerk war diese geschlossen. Die vier Beamten stiegen aus und stellten fest, dass sich der Schlagbaum nicht einfach öffnen ließ, da er mit Kette und Schloss versehen war.

»Wie weit ist es noch bis zum Zielpunkt?«, fragte Sofija.

»Rund ein Kilometer Luftlinie«, antwortete Alex. »Für uns zwei, zweieinhalb, da keiner der Wege direkt hinführt.«

»Selbst wenn wir es schaffen, am Sonntag jemanden von der Forstverwaltung ans Telefon zu kriegen, dürfte es ewig dauern, bis der hier ist und uns die Schranke aufmachen kann.«

»Telefonieren kannst du vergessen.« Alex hob sein Handy. »Kein Empfang.«

»Wenn der Tatverdächtige wirklich Trabold entführt und zu seinem Schlupfloch gebracht hat, hat er das doch sicher mit dem Auto gemacht«, sagte der Gruppenführer der Schutzpolizisten. »Es muss einen anderen Weg zum Zielpunkt geben.«

»Den zu finden, dauert ewig. Wir gehen zu Fuß weiter«, entschied Sofija.

Rasch zogen die beiden Kripobeamten Schutzkleidung an. Dann setzten sie sich in Bewegung. Es zeigte sich, dass die Chefin mit »zu Fuß gehen« laufen gemeint hatte. Sie legte ein strammes Tempo vor. Alex, der über eine gute Ausdauer verfügte, konnte mit ihr mithalten, trotz der Müdigkeit. Nun zahlte sich das jahrelange Schwimmtraining aus. Ebenso der jüngere Schutzpolizist. Der leicht übergewichtige Gruppenführer jedoch schnaufte bereits nach zweihundert Metern wie eine altertümliche Dampflok.

7

»Celina!«

Keine Antwort. Lutz und die Streifenbeamten eilten an den parkenden Autos vorbei zur anderen Seite der Ruine. Dort erstreckte sich ein abgesperrter, von Sträuchern überwucherter Parkplatz. Die Wurzeln der jungen Bäume, die hier und da sprossen, hatten die Betonplatten gesprengt.

Hektisch hielt Lutz nach seiner Kollegin Ausschau. »Celina!«, rief er noch einmal.

»Ich bin hier!«

Sie fanden eine Lücke zwischen den Bauzäunen, schlitterten eine kurze, matschige Böschung hinab und rannten über den Parkplatz. Unter den Bäumen, die an der Seitenwand des Autohauses standen, hielt sich Celina auf. Allein. Unversehrt.

»Was treibst du denn hier?«

»Ich hab einen Zugang gefunden. Schau, hier geht's rein.«

»Du kannst doch nicht einfach wegschleichen, ohne Bescheid zu sagen. Immer die Kollegen informieren. Und keine Einzelaktionen – schon gar nicht bei so einem Einsatz! Ist dir klar, wie gefährlich das war?«

Celina kniff die Lippen zusammen und errötete leicht. »Sorry«, meinte sie. »Der Eifer ist mit mir durchgegangen. Kommt nicht wieder vor.«

»Das will ich hoffen.«

Lutz steckte die Waffe weg und atmete tief durch. Das war noch einmal gut gegangen. Er hatte schon vor sich gesehen, wie eine dunkle Gestalt Celina in die Ruine zerrte und ihr dabei den Lauf einer Knarre an die Schläfe hielt.

»Frische Spuren hab ich auch gefunden«, sagte die junge Kollegin kleinlaut und deutete auf den Boden.

Tatsächlich, von einer Pfütze zwischen den Bäumen führten Fußabdrücke zunächst über den Betonboden und dann über das feuchte Erdreich zur Seitenwand des Autohauses. Die Glasfassade des Erdgeschosses fehlte hier vollständig. Holzplatten gab es keine, und die Absperrgitter hatte man aufgebogen, sodass man ins Innere gelangen konnte. Man musste lediglich einen siebzig Zentimeter hohen Sockel erklimmen.

Drinnen gingen die Fußspuren weiter, verloren sich jedoch bald zwischen dem Dreck. Von hier aus hatte Lutz einen besseren Blick in den Showroom. Bunt beschmierte Betonpfeiler bildeten eine regelmäßige Reihe, es sah beinahe aus wie die Säulenhalle eines Tempels. Einst ein lichtdurchfluteter Konsumtempel, heute ein düsterer Tempel des Mülls. Autoreifen, Plastikkanister und zersplittertes Braunglas bedeckten den Boden. Rechter Hand klafften dunkle Durchgänge in der Wand.

»Wir gehen rein«, sagte Lutz. »Eine Taschenlampe wäre hilfreich.« Auffordernd blickte er Celina an.

»Hab ich schon geholt.« Sie löste die Lampe von der Koppel und knipste sie an.

Die vier Polizisten stiegen den Sockel hinauf, zogen die Pistolen und betraten die Ruine.

Drinnen war es nicht so dunkel, wie es zunächst den Anschein gehabt hatte. Durch zahllose Öffnungen in den Wänden kroch trübe Helligkeit herein. Trotzdem erwies sich die Taschenlampe als nützlich. Lutz nahm sie an sich und leuchtete in die finsteren Durchgänge. In einem lag etwas, das auf den ersten Blick wie ein Haufen Eisschollen aussah. Die Splitter eines großen Spiegels, die den Lichtstrahl tausendfach reflektierten. Dahinter konnte er Kacheln erkennen. Vermutlich eine Toilette. Die Dunkelheit in den anderen Durchgängen konnte die Taschenlampe kaum durchdringen. Lutz hatte die Fantasie, dass es sich um Eingänge zu einem Labyrinth aus schwarzen Fluren und vermoderten Büros handelte, in dem alles Mögliche lauern mochte. Ihn schauderte.

Die Fußabdrücke führten tiefer in den Showroom, ehe sie verblassten. Während die Polizisten der Spur folgten, leuchtete Lutz, so gut es ging, die dunklen Ecken aus. Nahezu jede Wandfläche war mit Graffiti versehen. Grinsende Totenschädel. Überdimensionale Penisse. Wilde Schriftzüge ohne erkennbaren Sinn. Und natürlich das unvermeidliche ACAB: *All Cops Are Bastards.*

Sein Blick fiel auf ein Graffito in giftgrüner Farbe. Es stellte einen glupschäugigen Frosch dar, und darunter stand in kapitalen Lettern KERMIT RULZ. *Hat nichts zu bedeuten.* Schmierereien, die Schneider und sein Verbrechen verherrlichten, gab es zuhauf in Heidelberg und Mannheim.

Treppen zu den oberen Stockwerken konnte Lutz nirgends entdecken. Sie mussten ihre Suche wohl auf das Erdgeschoss beschränken. War die Ruine unterkellert? Er hoffte nicht. Er hatte wahrlich kein Bedürfnis, in finsteren Katakomben herumzukriechen wie Alex' Pixelkrieger in diesem Videospiel.

»Polizei!«, rief er. »Herr Widmann, sind Sie da?«

Die Worte hallten durch den Showroom. Irgendwo flatterten Tauben auf und verschwanden durch ein Loch in der Decke.

»Gegen Sie liegt ein Haftbefehl vor. Kommen Sie mit erhobenen Händen her, oder wir werden unmittelbaren Zwang anwenden.«

Stille.

Plötzlich fühlte er sich äußerst verwundbar. In dieser Müllhalde gab es Dutzende Verstecke, aus denen ein Schütze ungesehen mit der Waffe auf sie anlegen konnte.

»Lutz!«, zischte Celina hinter ihm.

Er fuhr zu ihr herum.

In einem dunklen Durchgang stand eine Gestalt.

8

Nach rund anderthalb Kilometern blieb der Gruppenführer abrupt stehen. Er beugte sich nach vorne und presste die Hände auf die Oberschenkel. Vom Gesicht tropfte Schweiß auf den Boden.

»Was wird das, wenn's fertig ist?«, bellte Sofija. »Weiter, los!«

»Kann nicht mehr«, keuchte der Polizeihauptkommissar. »Seitenstechen wie Sau.«

»Du musst aber. Es ist noch ein Kilometer.«

»Geht schon mal vor. Ich komm nach.«

Sofijas Augenbrauen ruckten zusammen, dazwischen bildete sich eine scharfe Falte. »Deswegen predige ich von morgens bis abends, wie wichtig der Dienstsport ist. Damit man auch mal was aushält, wenn's drauf ankommt.«

»Ich mach ja Sport«, rechtfertigte sich der Gruppenführer. »Aber ich geh halt auch auf die vierzig zu.«

»Na und? Ich bin zweiundvierzig, und siehst du Schweißperlen auf meiner Stirn?« Tatsächlich sah sie aus, als hätte sie trotz des strammen 1500-Meter-Laufs noch immer einen Puls von unter hundert.

Der PHK bekam einen knallroten Kopf. »Lass mich in Ruhe, Quälić!«

Seine Ausdauer lässt zu wünschen übrig, dachte Alex, *aber Eier hat er.*

»Quälić tritt dir gleich in den Allerwertesten, dass du nach Käfertal zurückrollst!«, schnauzte Sofija den Uniformierten an.

Alex beschloss, einzuschreiten, bevor die Sache eskalierte. »Leute, darf ich dran erinnern, dass wir einen gefährlichen Irren jagen? Könnt ihr bitte nachher streiten? Soll er halt ein paar Minuten verschnaufen und dann nachkommen. Was ist denn dabei? Wir anderen sondieren derweil vor Ort die Lage.«

»Okay.« Die Chefin wandte sich mit frostklirrender Stimme an den Gruppenführer. »Aber sieh zu, dass du nicht zu weit zurückfällst. Wenn es am Zielpunkt brenzlig wird, brauch ich euch alle.«

Der PHK blieb auf dem Waldweg stehen und trank etwas Wasser aus seiner Plastikflasche. Die anderen drei Beamten liefen weiter. Nach einigen Minuten konsultierte Alex den halben Stadtplan, den er in der Hand hielt, seit sie das Auto an der Schranke geparkt hatten. Wenn sein Orientierungssinn ihn nicht im Stich ließ, befanden sie sich gerade auf *diesem* Weg unweit der A 6. Tatsächlich konnte er die Autobahn bereits hören: ein leises Brummen in der Ferne.

»Kann nicht mehr weit sein«, presste er zwischen zwei Atemzügen hervor.

Bereits wenige Sekunden später lichtete sich der Wald. Der Pfad endete im Nichts. Vor ihnen erstreckte sich eine weitläufige Wiese aus gelblichem Gras, durchsetzt von Sträuchern und aufgetürmten moosbewachsenen Betontrümmern. Zu ihrer Linken befand sich eine Anlage aus halb zerfallenen Mauern. Ein alter Schießstand, vermutete Alex. Geradeaus, dreihundert Meter entfernt, wuchs ein wuchtiger grauer Klotz aus dem Gestrüpp. Von hier aus betrachtet, ähnelte das Ungetüm aus Stahlbeton einer Pyramide, der man auf halber Höhe die Spitze gekappt hatte.

Ein Bunker.

Die Beamten blieben stehen. Alex konnte nicht aus seiner Haut. Obwohl er unter der Schutzkleidung stark schwitzte, obwohl ihm das Blut in den Ohren rauschte, stellte der nerdige Teil seines Gehirns augenblicklich Mutmaßungen über den ursprünglichen Zweck des Gebäudes an. Wahrscheinlich ein Munitionsdepot aus den Fünfzigern, das die US-Armee aus Sicherheitsgründen möglichst weit weg von den Wohngebieten Käfertal, Gartenstadt und Schönau angelegt hatte.

Stopp! Konzentrier dich auf den Einsatz.

»Da drüben.«

Sofija deutete auf eine Stelle zehn, fünfzehn Meter vom Bunker entfernt. Dort stand, halb verdeckt durch Sträucher, ein silbergrauer VW Golf. Widmanns Wagen. Im Gegensatz zu den Beamten war er also nicht an einer geschlossenen Schranke gescheitert, sondern kannte einen autotauglichen Weg, der direkt zu seinem Versteck führte.

Sie zogen die Pistolen und näherten sich dem Golf in Schrittgeschwindigkeit. Sie nahmen den kürzesten Weg – der führte quer über die Wiese.

Als sie nur noch zwanzig Meter von dem VW entfernt waren, nahm Alex neben sich eine plötzliche Bewegung wahr. Flüchtig sah er, dass sich unter Sofijas rechtem Bein ein Loch aufgetan hatte. Sie ruderte mit den Armen und kippte seitlich weg.

9

»Kommen Sie mit erhobenen Händen raus!«, rief Lutz und richtete die Pistole auf die Gestalt.

Die hob halbherzig die Arme und wankte ihnen entgegen. Es handelte sich um einen Mann, der Mitte dreißig, aber auch Anfang fünfzig hätte sein können. Er hatte großporige Haut und schulterlanges, verfilztes Haar. Seine Kleidung passte nicht zusammen. Er trug einen fleckigen Parka über dem gestreiften Pulli. Zwei verschiedene Fäustlinge. Einen weißen und einen roten Turnschuh. Die löchrige, schmutzstarrende, viel zu große Jeans hing fünf Zentimeter zu tief, sodass man den Saum einer gepunkteten Schlafanzughose sehen konnte.

Alex hatte ihnen eine detaillierte Beschreibung des Tatverdächtigen gegeben. Dies war definitiv nicht Widmann.

Sie steckten die Pistolen weg.

»Kriminalpolizei Heidelberg. Harris mein Name. Wer sind Sie?«

Der Obdachlose nahm die Arme herunter, machte eine schmatzende Mundbewegung und sagte: »Gandalf.«

»Haben Sie auch einen Nachnamen?«

»Gandalf.«

»Okay, Herr … Gandalf. Ist außer Ihnen noch jemand im Gebäude?«

Der Obdachlose schaute Lutz misstrauisch an. »Ich heiße nicht Gandalf.«

»Aber Sie haben doch gerade gesagt –«

»*Du* bist Gandalf!«

Oh dear, dachte Lutz. Er nahm einen tiefen Atemzug, was er sogleich bereute. Der Obdachlose stank fürchterlich. »Beantworten Sie bitte die Frage: Sind Sie allein in dem Gebäude?«

»Das Refugium ist die letzte Zuflucht vor einem System, das nicht zur Liebe fähig ist. Eine verbrecherische Staats-GmbH, die die Menschen mit Werkverträgen zu Sklavenlöhnen ausbeutet. Und die Maskenpflicht: Sie verstößt klar gegen das Vermummungsverbot!«

Lutz deutete auf den Boden. »Sind das Ihre Fußspuren?«

»Die preußische Militärdiktatur existiert mit ihrer Verfassung von 1850 bis zum heutigen Tag. Wusstest du das? Ein völkerrechtlicher Vertrag kann nämlich nur durch einen anderen völkerrechtlichen Vertrag aufgehoben werden ...«

»Das ist alles sehr ... interessant. Hören Sie: Wir suchen einen Rainer Widmann. Kennen Sie den?«

»... Deshalb ist die BRD illegitim. Denn auf dem Boden eines existenten Staates kann man nicht wirksam einen anderen Staat gründen.«

Lutz gab es auf. Er wandte sich an die Kollegen. »Ich denke, wir überlassen den Herrn seinen philosophischen Überlegungen und suchen pro forma das restliche Gebäude ab. Einverstanden?«

Celina und die Schutzpolizisten nickten.

»Hey«, sagte der Obdachlose. »Habt ihr vielleicht bisschen Kleingeld für mich?«

»Nein«, sagte Lutz.

»Scheißbullen«, sagte der Obdachlose.

10

Alex' Reflexe übernahmen. Blitzschnell machte er eine Vierteldrehung nach rechts, seine Arme schnellten vor. Er packte Sofija an der Schutzweste und zog sie mit einem kräftigen Ruck zu sich. Sie klammerte sich an seinem Oberkörper fest und zischte scharf. Ihre Füße scharrten über die Kante des Lochs. Gras und Erdbrocken fielen in den Schacht. Dann hatte sie wieder festen Stand.

Sie ließ Alex los und keuchte: »Scheibenkleister!«

»Alles okay?«

»Ja. Geht wieder.«

»Hast du dich verletzt?«

Sie schaute an sich herunter und schüttelte den Kopf. »Alles gut.« Dann sagte sie etwas, das bei ihr Seltenheitswert hatte: »Danke dir.«

Es war beeindruckend zu beobachten, wie schnell Sofija den Schrecken abschüttelte. Bereits fünfzehn Sekunden später war sie wieder die Konzentriertheit in Person.

Sie schauten sich das Loch an. Es handelte sich um einen engen Betonschacht. Wie weit er insgesamt in die Erde reichte, ließ sich nicht feststellen, denn ab einer Tiefe von etwa zwei Metern war er mit Müll, Ästen und rostigem Metall gefüllt. Alex konnte ein Schaudern nicht unterdrücken. Wäre Sofija hineingestürzt, hätte sie sich mit Sicherheit verletzt. Hohes Gras auf der einen und vertrocknetes Gestrüpp auf der anderen Seite verdeckten den Schacht, sodass man ihn leicht übersah.

Gleichwohl ärgerte sich Sofija über sich selbst. »Was für ein dummes Missgeschick!«

»Hast du eben wirklich ›Scheibenkleister‹ gesagt?«, fragte Alex.

Sie mied seinen Blick. »Kraftausdrücke gehören sich nicht. Wir Beamte haben eine Vorbildfunktion.«

»Für wen willst du denn hier das Vorbild spielen? Die Betonbrocken?«

Der Schutzpolizist stand grinsend daneben.

»Was ist das überhaupt für ein Loch?«, schnappte Sofija.

»Ein Übungssprengschacht, würde ich sagen. Vermutlich sind hier noch mehr. Wir müssen besser aufpassen.«

Erheblich langsamer als vorher setzten sie ihren Weg über die Wiese fort und behielten dabei nicht nur den Bunker und den geparkten Wagen im Auge, sondern auch den Boden. Tatsächlich stießen sie auf einen weiteren Schacht, um den sie einen Bogen machten. Mit gezogenen Pistolen näherten sie sich dem VW Golf. Das Auto stand auf einem sandigen Weg, der am Waldrand entlang zum Bunker führte und parallel zu dem Pfad verlief, über den sie gekommen waren. Niemand saß darin. Vorsichtig prüfte Alex die Fahrertür. Abgeschlossen.

»Hier sind frische Spuren«, meldete der Streifenbeamte.

Alex und Sofija schauten sich die Entdeckung an. Die Schleifspuren, durchsetzt von Fußabdrücken, begannen am Kofferraum und führten um den Wagen herum, weiter den Weg entlang Richtung Bunker.

»Widmann hat Trabold in den Kofferraum gesperrt, wahrscheinlich betäubt und gefesselt«, mutmaßte Alex. »Hier hat er ihn rausgeholt und zu seinem Versteck geschleift.«

»Sieht ganz so aus«, meinte Sofija.

»Brechen wir den Wagen auf?«

»Machen wir nachher. Lasst uns weitergehen.«

Im Laufschritt folgten sie der Schleifspur und gelangten zu einem Platz vor dem Bunker. Einst hatte ein hoher Zaun mit Stacheldraht das Areal umgeben, doch davon war nicht mehr viel übrig. Die Metallpfosten waren umgeknickt, der Maschendraht heruntergedrückt. Das Tor hatte man herausgerissen und auf die Wiese geworfen. Herbstlaub bedeckte den geschotterten Boden. Dichtes Dornengestrüpp wucherte um das alte Munitionsdepot.

Alex' Herz wummerte derart, dass er es in der Kehle spürte. Sofija ging drei Schritte vor ihm. Aus ihren präzisen und athletischen Bewegungen sprach das harte Training beim Spezialeinsatzkommando, das sie glücklicherweise nicht vergessen hatte. Dass eine für gefährliche Lagen geschulte Beamtin diesen Einsatz leitete und kein unsportlicher Bürohengst, wusste Alex enorm zu schätzen.

Der Bunker hatte keine erkennbaren Fenster. Es schien nur einen Eingang zu geben: eine Panzertür an der Vorderseite. Sie war geschlossen, doch die Kette mit dem Vorhängeschloss, die sie normalerweise absperrte, hing lose vom Türgriff und war nicht mit der Halterung am Rahmen verbunden. Als die Polizisten nur noch vier Meter entfernt waren, konnte Alex erkennen, dass Kette und Vorhängeschloss nahezu fabrikneu wirkten. Die Schleifspur endete an der Tür, vor der zahlreiche Zigarettenstummel lagen.

Blut klebte an der Schwelle.

»Polizei!«, bellte Sofija. »Widmann, gegen Sie liegt ein Haftbefehl vor. Kommen Sie mit erhobenen Händen raus.«

Alex glaubte, aus dem Bunker ein Geräusch zu hören. Ein Scharren. Der Tatverdächtige aber zeigte sich nicht.

»Wir kommen jetzt rein«, rief Sofija. »Leisten Sie keinen Widerstand, oder wir machen von der Schusswaffe Gebrauch.«

Sie nickte Alex zu. Er näherte sich langsam der Tür, während ihm die anderen Feuerschutz gaben. Mit der linken Hand griff er nach dem Knauf. Als er das rostige Metall berührte, knisterte es kurz. Alex fühlte sich, als würde ihn ein Bus rammen. Seine Hand zuckte zurück, er taumelte. Sämtliche Muskeln im Körper schienen sich zu verkrampfen. Er verlor die Kontrolle über seine Gliedmaßen und registrierte noch, dass seine Arme zappelten, ehe er nach hinten kippte.

Jemand schrie auf.

Im nächsten Moment knallten Schüsse.

11

Lutz atmete erst einmal eine Minute lang die kalte, frische Luft ein, nachdem sie das Autohaus verlassen hatten. Eine Wohltat nach dem grässlichen Gestank.

Sie hatten die Ruine zügig durchsucht, so gut es ging. Nur das Erdgeschoss. Einen Keller gab es nicht, und die oberen Stockwerke waren unzugänglich. Vermutlich hatte man die Treppen entfernt, um leichtsinnige Hobby-Forscher daran zu hindern, in einsturzgefährdete Bereiche einzudringen. Gefunden hatten sie nichts, sah man von dem Matratzenlager ab, wo der Obdachlose hauste. Gandalf, oder wie immer er hieß, war die ganze Zeit neben ihnen hergeschlurft und hatte sie mit Vorträgen zur politischen Weltlage beglückt. Nach draußen war er ihnen nicht gefolgt. Er schien das Tageslicht zu scheuen wie ein Vampir.

»Geben wir Sofija Bescheid, dass das Autohaus eine Sackgasse ist«, sagte Lutz auf dem Rückweg zu den Wagen.

Er setzte sich auf den Fahrersitz und griff nach dem Funkgerät.

»Zwölf-null-acht für zwölf-eins-null, bitte kommen.«

Keine Antwort. Er probierte es auf dem Handy, erreichte jedoch weder sie noch Alex. Nicht überraschend, vermutlich war der Empfang da draußen im Wald an der Grenze zur Viernheimer Heide lausig bis nicht vorhanden. Trotzdem machte er sich Sorgen.

»Wir verlegen zu ihr«, entschied er.

Er schloss die Wagentür und startete den Motor. Während er rückwärts vom Parkplatz fuhr, funkte Celina das Führungs- und Lagezentrum an.

»Zwölf-eins-null für null-null-eins, bitte kommen.«

»Hier null-null-eins«, meldete sich knisternd die Zentrale.

»Hat sich EKHK Marković bei Ihnen gemeldet und ihre letzte Position durchgegeben?«

12

Alex schlug mit den Armen um sich, als wollte er einen Wespenschwarm verscheuchen. Er kippte nach hinten um und lag zuckend auf dem Rücken. Sofija schrie seinen Namen. Gleichzeitig flog die Bunkertür knarrend auf, und Mündungsfeuer blitzte im Halbdunkel.

Instinktiv warf sie sich zur Seite. Sie konnte spüren, dass das Projektil dicht an ihr vorbeizischte. Der Schutzpolizist schräg hinter ihr war nicht so schnell. Er wurde getroffen und von der ungeheuren kinetischen Energie zu Boden geschleudert.

Widmann stürmte ins Freie. Mit der Rechten umklammerte er eine Pistole, mit der Linken ein fleischiges Objekt.

Eine abgetrennte menschliche Hand.

»Runter mit der Waffe!«, schrie Sofija.

Er richtete die Pistole auf sie. Sie warf sich zu Boden, und die beiden abgegebenen Schüsse verfehlten sie. Sekundenbruchteile später schoss sie zurück. Doch wegen der kurz zuvor ausgeführten schnellen Bewegung zielte sie schlecht. Die Kugel traf nicht Widmanns Bein, sondern die Metalltür, wo sie Funken sprühend abprallte.

Der Tatverdächtige spurtete über den Platz, wobei er einmal fast auf dem feuchten Herbstlaub ausrutschte, und eilte auf das Strauchwerk neben dem Bunker zu.

Sofija richtete sich in die Hocke auf, presste das rechte Knie auf den Boden und schoss noch einmal. Diesmal erwischte sie Widmann an der Wade. Er zuckte zusammen, stöhnte auf, taumelte, doch er fiel nicht. Hinkend verschwand er im Gebüsch.

Sie federte hoch und verschaffte sich einen Überblick über die Situation. Alex bewegte sich stöhnend, der Schutzpolizist regte sich nicht.

Sie eilte zuerst zu Alex. Er sah scheußlich aus mit seinen totenbleichen, verzerrten Gesichtszügen, doch er war bei Bewusstsein, sein Blick einigermaßen klar.

»Was zum Teufel war das?«

»Stromschlag«, krächzte er und unternahm einen kläglichen Versuch, sich aufzurichten.

»Bleib ruhig liegen. Bin gleich wieder bei dir.«

Sie hastete zu dem Uniformierten, der ausgestreckt auf dem Rücken lag. Sie erwartete, Blut und eine klaffende Schusswunde zu sehen, doch da war nichts. Die Kugel hatte ihn frontal an der Brust getroffen und steckte zu ihrer grenzenlosen Erleichterung in der Schutzweste. Also kein zerfetztes Gewebe, keine zerstörten Organe. Aber möglicherweise eine schwere Prellung und gebrochene Rippen. Plus etwaige Kopf- und Rückenverletzungen durch den Sturz.

Er öffnete blinzelnd die Augen.

»Kannst du mich hören?«

Er wisperte ein Ja.

»Wer bin ich?«

»Quälić.« Der Mann grinste schwach.

»Sei froh, dass du schon am Boden bist. Sonst würde ich dir jetzt die Haxen wegtreten. Okay. Wenn du schon wieder Sprüche klopfen kannst, kann's dir so schlecht nicht gehen.«

Sofija stand auf, biss die Zähne zusammen. Sie musste den Tatverdächtigen verfolgen, aber sie konnte ihre angeschlagenen Kollegen nicht einfach hier liegen lassen.

In diesem Moment kam der Gruppenführer über die Wiese getrabt.

»Pass auf! Da sind Löcher im Boden!«, rief sie ihm zu.

Eine Minute später war der PHK bei ihr.

»Ach du Scheiße! Was ist denn hier passiert?«

»Kümmere dich um die Kollegen«, befahl Sofija. »Und fass bloß die Tür nicht an. Ich such den Tatverdächtigen.«

»Allein?«

»Geht ja nicht anders.«

Sie ließ sich auf keine weiteren Diskussionen ein und setzte sich in Bewegung. Jetzt erst sah sie, dass von der Metalltür eine weitere Schleifspur zu der mannshohen Brombeerhecke an der Bunkerseite führte, durchsetzt von Blut. Sehr viel Blut. Mit der Beinverletzung, die sie Widmann beigebracht hatte, ließ sich das nicht erklären. Sie folgte den Spuren und gelangte zu einem schmalen Trampelpfad, der durch das Gestrüpp zur Rückseite des Betonklotzes verlief.

Mit der P2000 im Anschlag ließ sie ihren Blick über die oberhalb einer flachen Böschung wachsenden Bäume schweifen. Kein Widmann. Sie entdeckte nur ein Erdloch an der Bunkerrückwand, an dem die Schleifspur endete. Sie beschloss, die Grube später in Augenschein zu nehmen. Stattdessen betrachtete sie die frischen und von Blutstropfen gesprenkelten Fußabdrücke, die von der Schleifspur weg die Böschung hinaufführten.

Geduckt schlich sie zu den Bäumen, drang Schritt für Schritt tiefer in den Wald ein.

13

»He! Ich hab doch gesagt, du sollst liegen bleiben«, rief der Gruppenführer.

»Mir geht's schon wieder gut«, log Alex.

Tatsächlich fühlte er sich wie halb verdaut und ausgekotzt. Aber er hatte seine Muskeln wieder unter Kontrolle, er konnte stehen, reden, seine Pistole aufheben.

Er trat zum Gruppenführer, der sich um den anderen Uniformierten kümmerte. Alex sah die Kugel, die in der Schutzweste steckte.

»Wie geht's ihm?«

»Ich werd's überleben«, antwortete der Getroffene.

»Die Schutzweste hat das Schlimmste verhindert«, sagte der Gruppenführer. »Trotzdem müssen wir ihn ins Krankenhaus bringen. Und dich auch. Kannst du kurz bei ihm bleiben? Ich geh zurück zum Auto und funk die Zentrale an.«

»Wo ist Sofija?«

»Da lang.« Der PHK deutete auf das Gestrüpp. »Widmann hinterher.«

»Ich muss ihr helfen.«

»Nix! Du kannst kaum stehen. Du bleibst schön hier … Hey!«, rief der Gruppenführer, als Alex ihm den Rücken zuwandte und zur Hecke ging. »Seid ihr beim Elften alle irre, oder was?«

Alex stakste den Trampelpfad entlang. Dornenranken rissen an seinen Ärmeln. Hinter dem Bunker stieß er auf eine frisch ausgehobene Grube. Er trat nahe heran und blickte hinein.

Für Jannik Trabold kamen sie zu spät.

Er schluckte. Obwohl er bereits mit Trabolds Ermordung gerechnet hatte, erschütterte ihn der Anblick der verstümmelten Leiche. Ihn durchzuckte der Gedanke, dass er den jungen Mann im Stich gelassen hatte. War dieses Schuldgefühl gerechtfertigt oder unsinnig? Er konnte es nicht sagen.

Neben der offenen Grube befand sich eine Fläche aus loser Erde: vermutlich ein weiteres Loch, das wieder zugeschüttet worden war. Wer darin lag, konnte er sich ausrechnen.

Er kniff die Lippen zusammen und machte sich auf die Suche nach Sofija.

14

Zwei Schüsse peitschten durch den Wald.

Die erste Kugel verfehlte Sofija weit. Die zweite schlug dicht neben ihrem Kopf in einen Baum ein und fetzte Holzsplitter aus dem Stamm. Haken schlagend, hinter den Bäumen Deckung suchend, rannte sie in die Richtung, aus der die Schüsse gekommen waren. An einer Senke, in der sich Regenwasser gesammelt hatte, blieb sie abrupt stehen. Jenseits der Pfütze lag ein Haufen Totholz, ineinander verkeilt zwischen zwei Douglasien. Eine Gestalt, nur schemenhaft zu erkennen, bewegte sich hinter den Ästen.

Sofija presste sich mit dem Rücken an einen Baumstamm.

»Geben Sie auf, Widmann!«

Nichts geschah.

Sie spähte an der Kiefer vorbei. Der Schemen war erstarrt.

Sie gab einen Schuss ab. Zwei Meter über Widmann traf das Projektil den Stamm einer Douglasie. Der Schemen bewegte sich zuckend. Sofija sprintete los, rannte an der Senke vorbei und näherte sich dem Totholz von der Seite.

Widmann saß auf dem Boden und hatte die Beine ausgestreckt. Von der Verletzung troff Blut, aber nicht sonderlich viel. Offenbar hatte die Kugel die Wade sauber durchschlagen, ohne wichtige Adern zu beschädigen. Die abgetrennte Hand lag neben ihm. Er fummelte hektisch an seiner Pistole herum. Sie konnte erkennen, dass es sich um ein älteres Modell handelte. Offenbar kämpfte er mit einer Ladehemmung oder einer anderen Fehlfunktion.

»Waffe fallen lassen!«

Obwohl sie die P2000 auf ihn richtete, stand er umständlich auf, Zähne gebleckt. Der Kerl war verletzt, seine Pistole klemmte, wieso gab er nicht auf?

»Weg damit, na los!«

Endlich gehorchte er. Die Waffe fiel ins Herbstlaub. Sofija machte einen Schritt auf Widmann zu, um die Pistole aufzuheben. Plötzlich schnellte er vor und schwang die Faust. Er war fünfzehn Jahre älter als sie, aber er hatte viel Erfahrung mit aggressiven Häftlingen – er konnte schnell und hart zuschlagen. Ihr gelang es gerade so, dem Fausthieb auszuweichen. Den zweiten blockte sie ab. Die Verletzung ließ ihn straucheln. Während er um sein Gleichgewicht rang, packte sie seinen Arm mit der linken Hand und verdrehte ihn. Er stöhnte auf, und sie rammte ihm das Knie in den Bauch. Er krümmte sich. Sie trat ihm die Beine weg, sodass er zu Boden fiel. Blitzschnell brachte sie ihn in Bauchlage. Sekunden später kniete sie auf seinem Rücken und legte ihm Handschließen an.

15

Sofija brauchte seine Hilfe nicht. Als Alex sie fand, war bereits alles vorbei. Der Tatverdächtige lag neben ihr auf dem Boden, gefesselt. Gerade holte sie einen Wundverband aus einer der Taschen ihres Einsatzgürtels, krempelte Widmann das Hosenbein hoch, was ihn zusammenzucken ließ, und versorgte die Schusswunde an seiner Wade. Dabei belehrte sie ihn.

»Wegen des Verdachts der Tötung von Lukas Schneider und weiterer Delikte nehmen wir Sie vorläufig fest. Sie haben das Recht, nicht zur Sache auszusagen und eine Vertrauensperson sowie rechtlichen Beistand zu kontaktieren. Haben Sie das verstanden?«

Widmann schwieg. Seine Augen blickten stumpf drein. Alex glaubte, einen Ausdruck der Verwirrung in seinem Gesicht zu erkennen – als könnte der Tatverdächtige nicht fassen, dass man ihn gefunden und überwältigt hatte.

Ist aus seiner Sicht ja auch unverständlich. Die Hand of Glory *hätte uns abwehren müssen.*

Sofija nickte ihm zu. »Wie geht's dir?«

»Passabel. Hat er irgendwas gesagt?«

»Ja, zum Beispiel ›Argh!‹ und ›Uuuh!‹.«

Alex runzelte die Stirn. Hatte sie gerade einen Scherz gemacht?

»Bringen wir ihn zum Bunker«, entschied sie.

»Was machen wir mit der Hand und der Pistole?«

»Hast du Asservatenbeutel dabei?«

»Nee.«

»Hier liegen lassen können wir sie aber nicht. Sonst schnappt sich noch ein Fuchs die Hand. Wir tragen sie so. Müssen halt versuchen, die Asservate so wenig wie möglich zu verunreinigen. Willst du die Hand oder die Pistole?«

»Wenn du schon fragst: die Pistole.« Alex bückte sich nach der Waffe. Es war keine Walther PP, wie er auf den ersten Blick angenommen hatte. »Ungewöhnliches Modell. Hast du so was schon mal gesehen?«

»Müsste eine Marakow sein, wenn mich nicht alles täuscht. Eine alte Stasi-Pistole.« Mit spitzen Fingern hob Sofija die abgetrennte Hand auf. »Können Sie laufen?«, wandte sie sich an Widmann.

Der reagierte zunächst nicht. Dann wollte er aufstehen, was ihm wegen der Handschließen und der Verletzung jedoch nicht recht gelang. Die beiden Beamten halfen ihm. Widmann konnte aus eigener Kraft stehen, schien dabei jedoch Schmerzen zu haben. Der Reißverschluss seiner Jacke war halb offen. Alex sah, dass er um den Hals eine Kette trug. *Die* Kette. Die silberne Plakette mit den eingravierten Symbolen Rad und Schwert lag auf dem Wollpullover auf.

Mit den freien Händen stützten sie Widmann, während er sich hinkend in Bewegung setzte.

»Die Grube hinter dem Bunker«, sagte Alex, »hast du die gesehen?«

»Ja, aber nicht reingeschaut.«

»Trabold liegt drin. Schusswunde im Nacken, die rechte Hand fehlt.«

Sofija hob die abgetrennte Hand. »Die gehört also Trabold?«

»Anzunehmen.«

Die nächsten fünfzig Meter legten sie schweigend zurück. Als zwischen den Bäumen das graue Bunkerdach in Sicht kam, signalisierte Widmann, dass er eine Verschnaufpause brauchte. Die Beamten ließen von ihm ab. Er lehnte sich gegen einen Kieferstamm und entlastete das verletzte Bein. Dabei beäugte er die Totenhand, die Sofija trug.

»Widmann ist nicht Ihr richtiger Name, oder?«, fragte Alex. »Wie heißen Sie wirklich?«

Der selbst ernannte Henker drehte ihm das graue Gesicht zu. Seine Mundwinkel zuckten. Er verzog Lippen und Wangen zu einer Grimasse … und lachte los. Es klang wie bei ihrer ersten Begegnung im Gefängnis. Keuchend, japsend, durch und durch grotesk, kaum wie ein menschlicher Laut. Alex starrte Widmann an, und es lief ihm eiskalt über den Rücken.

16

Um 17 Uhr versammelten sich ein Dutzend Mitglieder der Sonderkommission sowie Christian Stähle im Soko-Raum. Vor Sofija stand eine volle Kaffeetasse. Sie trank nur selten Kaffee. Doch es war ein langer, anstrengender Tag gewesen.

»Wie die meisten von euch bereits wissen, haben wir den Tatverdächtigen Rainer Widmann festgenommen«, berichtete sie ihrem Team. »Hinter seinem Versteck im Käfertaler Wald, einem alten Munitionsdepot, haben wir eine Leiche gefunden, die Alex als Jannik Trabold identifizieren konnte. Die KT ist seit gut zwei Stunden dort, Lutz leitet vor Ort die Ermittlungen. Eben hat er per Funk durchgegeben, dass sie eine zweite Leiche ausgegraben haben. Dem Toten fehlen beide Hände. Wir gehen davon aus, dass es sich um Lukas Schneider handelt. Aber die rechtsmedizinische Untersuchung steht natürlich noch aus. Da die Leiche nicht angenehm anzuschauen ist, will ich Annika Schneider ersparen, sie identifizieren zu müssen. Wir machen das per DNA-Abgleich.«

»Wie geht's Alex und dem verletzten Streifenbeamten?«, erkundigte sich Christian, der eben erst in die Direktion gekommen war und bislang allenfalls Gerüchte über den Einsatz im Panzerwald gehört hatte.

»Sind noch im Krankenhaus. Es geht ihnen den Umständen entsprechend gut, aber die Ärzte wollen sie sicherheitshalber zur Beobachtung die Nacht dabehalten.«

Der Inspektionsleiter saß da mit gerunzelter Stirn und vor der Brust verschränkten Armen. Doch ein Wutanfall, weil seine Leute – allen voran Alex – eigenmächtig gehandelt hatten, war bisher ausgeblieben. »Wie kam es überhaupt zu dem Stromschlag? Hat der Tatverdächtige euch mit dem Taser angegriffen?«

»Jein. Widmann hat den Taser manipuliert, um die Bunkertür unter Strom zu setzen. Als Alex das Metall berührte, hatte das den gleichen Effekt, als hätte Widmann ihn getasert.«

»Perfide.«

»Als wir Widmann festnahmen«, fuhr Sofija fort, »hatte er eine menschliche Hand bei sich, die er wahrscheinlich Trabold abgeschlagen hat. Was das zu bedeuten hat, ist noch zu klären. Alex sieht darin eine Bestätigung für seine Hypothese, für Widmann sei die Hand eine verzauberte ›Totenhand‹, mit der er sich von einer schweren Krankheit befreien wollte. Dass er krank ist, gilt als wahrscheinlich. In seiner Wohnung haben wir Hinweise gefunden, dass er an Amyotropher Lateralsklerose – kurz ALS – leidet.«

Sie streifte Christian mit einem Blick. Noch immer bahnte sich kein Ausraster an. Mit kritischer, aber aufmerksamer Miene hörte er zu.

»Ich glaube, dass Alex' Theorie Widmanns verquerer Gedankenwelt sehr nahekommt«, sagte sie. »Erhellende Hinweise erhoffen wir uns von den Schriften, die Lutz und die anderen im Bunker gefunden haben. Bisher konnten sie das Material nur flüchtig sichten. Es handelt sich um genealogische Aufzeichnungen, alte Dokumente und Tagebuchnotizen sowie Bücher historischen, volkskundlichen und esoterischen Inhalts. Die meisten befassen sich mit dem mittelalterlichen und frühneuzeitlichen Scharfrichterwesen und den damit verbundenen magischen Vorstellungen. Darunter ist ein altes Buch namens *Petit Albert,* das ein Rezept zur Herstellung einer sogenannten *Hand of Glory* enthält. Alex hat sich bereit erklärt, die Schriften in den nächsten Tagen und Wochen durchzusehen. Außerdem ist an einer der Betonwände ein Schriftzug in gelber Farbe, er lautet ›Loviatar‹. Offenbar eine alte finnische Göttin. Wie die in die ganze Geschichte passt, wissen wir noch nicht. Das ist der derzeitige Stand der Ermittlungen«, schloss Sofija. »Gibt es Fragen?«

Kai meldete sich zu Wort. »Habt ihr die Kühlbox gefunden, die Zeuge Stricker gesehen hat?«

»Wir haben *eine* Kühlbox im Bunker gefunden. Ob der Tatverdächtige sie benutzt hat, um die Hand zum Römerkreis zu transportieren, werden die weiteren Ermittlungen erweisen.«

»Jemand hat vorhin erwähnt, ihr hättet in dem Munitionsdepot außerdem mehrere zerfetzte Schaufensterpuppen sichergestellt«, sagte ein Mannheimer Kommissar. »Was hat es damit auf sich?«

»Alex vermutet, dass Widmann sie für Schießübungen verwendet hat. In der späten DDR gab es eine spezielle Hinrichtungsmethode, den ›unerwarteten Nahschuss‹. Vielleicht hat er den an den Puppen trainiert.«

»Konntet ihr schon klären, ob der Tatverdächtige wirklich Widmann heißt, wie dieser Scharfrichter aus dem neunzehnten Jahrhundert?«, erkundigte sich Kai.

»Bisher verweigert er jegliche Auskunft. Ich kann dir also auch bei dieser Frage nur Vermutungen anbieten. Ich schätze, dass er eigentlich anders heißt. Widmann ist wahrscheinlich ein falscher Name, den er nach dem Ende der DDR angenommen hat, um seinem Idol Franz Wilhelm Widmann zu huldigen oder um eine ersehnte Abstammung vom historischen Widmann zu konstruieren.«

»Lass mich das mal zusammenfassen«, sagte der Ö. »Normalerweise legen sich Kriminelle eine falsche Identität zu, um ihre Straftaten zu verschleiern. Hier war es genau umgekehrt: Gerade *weil* Widmann einen falschen Namen angenommen hat, ist Alex ihm auf die Schliche gekommen. Verstehe ich das richtig?«

»Du hast ja mitgekriegt, dass es noch ein paar andere Hinweise auf Widmanns Täterschaft gab, zum Beispiel die Halskette. Aber im Großen und Ganzen verstehst du das richtig.«

Kai schüttelte den Kopf. »Sachen gibt's.«

17

Sofija und Christian gingen zum Vernehmungszimmer, wo bereits Roth-Schweigmann auf sie wartete. Sie nahmen am Tisch Platz, an dem Widmann in Handschließen saß, beaufsichtigt von einem Schutzmann. Er streckte das verletzte Bein aus. Ein Arzt hatte die Schusswunde fachgerecht versorgt und verbunden. Eine Operation war nicht nötig gewesen. Die Halskette hatten sie ihm abgenommen, sie lag bei den anderen Asservaten.

Obwohl der Tatverdächtige keinen Anwalt wünschte, saß ein junger Pflichtverteidiger neben ihm. Wegen der Schwere der Taten, die er begangen hatte, handelte es sich um einen Fall von »Notwendiger Verteidigung«. Er musste sich im Strafverfahren von einem Anwalt vertreten lassen, ob er wollte oder nicht.

Widmanns graues, grobes Gesicht war vollkommen ausdruckslos. Sofija rief sich ins Gedächtnis, dass dieser Mann erheblich intelligenter war, als er aussah. Allerdings auf eine verdrehte, pathologische Art.

»Folgende Straftaten werden Ihnen zur Last gelegt«, eröffnete die Oberstaatsanwältin die Vernehmung. »Die Entführung und Tötung von Lukas Schneider. Die Entführung und Tötung von Jannik Trabold. Widerstand gegen Vollstreckungsbeamte. Gefährliche Körperverletzung in zwei Fällen. Störung der Totenruhe durch die unerlaubte Öffnung des Grabes von Heinz Englert auf dem Frankfurter Hauptfriedhof. Durch zahlreiche Indizien können wir diese Straftaten Ihrer Person zuordnen. In den fortlaufenden Ermittlungen werden wir mit hoher Wahrscheinlichkeit gerichtsfeste Beweise für Ihre Täterschaft finden. Möchten Sie sich zu den Vorwürfen äußern?«

Widmanns stumpfe Mimik änderte sich nicht. Er saß reglos da und starrte zwischen den Beamten hindurch an die gegenüberliegende Wand. Er tat das, was Tausende Tatverdächtige vor ihm in diesem Zimmer getan hatten.

Er sagte kein Wort.

18

Es war eine der größten Pressekonferenzen, die Kai Isenberg je organisiert hatte. Obwohl die Einladung recht kurzfristig erfolgt war, kamen am Dienstagnachmittag über zweihundert Presseleute nach Heidelberg. Sämtliche regionalen Medien waren vertreten, aber auch viele überregionale Zeitungen, Radiostationen und TV-Sender, sogar einige internationale. Da die Kriminalpolizeidirektion einem derartigen Ansturm nicht gewachsen gewesen wäre, wich man in einen geeigneten Saal der Stadtverwaltung aus.

Neben Kai, der die PK moderierte, saßen Christian Stähle, die Oberstaatsanwältin und die Polizeipräsidentin an den Mikrofonen. Auch Alex, Sofija und die anderen Mitglieder der Soko »Römerkreis« waren anwesend, doch sie hatten an einer Seite des Raumes Platz genommen.

Zu Beginn fasste der Leiter der Kriminalinspektion 1 im Blitzlichtgewitter die wichtigsten Ermittlungsergebnisse zusammen.

»Die Rechtsmedizin hat mit Hochdruck an der Identifizierung des zweiten Toten gearbeitet. Es steht nun zweifelsfrei fest, dass es sich um den kürzlich aus der Haft entlassenen Sexualstraftäter Lukas Schneider handelt. Sowohl Schneider als auch Jannik Trabold wurden durch Schüsse aus einer 9-mm-Pistole vom Typ Makarow getötet. Schneider wurden außerdem mit halbscharfer Gewalt beide Hände abgetrennt, Trabold nur die rechte Hand.

Am Sonntag wurde ein dringend Tatverdächtiger ermittelt«, fuhr Christian fort. »Er wurde bereits gestern Abend dem Haftrichter vorgeführt. Da er schwer krank ist und außerdem beim Zugriff verletzt wurde, überstellen wir ihn gerade zur U-Haft ins Justizvollzugskrankenhaus Hohenasperg.

Der männliche und siebenundfünfzig Jahre alte mutmaßliche Täter steht außerdem im Verdacht, Schneiders rechte Hand am Römerkreis vergraben zu haben. Schneiders linke Hand ist bisher unauffindbar. Die weitere Hand, die hinter dem Max-Planck-Institut gefunden wurde, konnte dem Sexualstraftäter Heinz Englert aus Frankfurt am Main zugeordnet werden, der im vergangenen August eines natürlichen Todes starb. Die Indizien deuten darauf hin, dass der Tatverdächtige Englerts Grab geöffnet und die Leiche verstümmelt hat. Englerts andere Hand fanden wir bei der Vollstreckung eines Durchsuchungsbeschlusses in der Wohnung des Tatverdächtigen. Englert wird zur Stunde von den Frankfurter Behörden exhumiert, damit an der Leiche eine rechtsmedizinische Untersuchung vorgenommen werden kann.«

Daraufhin bombardierten die Presseleute die Beamten mit Fragen zur Identität des Tatverdächtigen, zu dessen Krankheit und zu den Hintergründen der bizarren Tötungsdelikte.

»Warum hat der mutmaßliche Täter Hände gesammelt?«, brachte der Journalist eines großen Politmagazines auf den Punkt, was die Anwesenden am meisten interessierte.

Christian ließ die Frage unbeantwortet und speiste die Presse mit einigen allgemeinen Auskünften ab.

»Haben Sie bitte Verständnis dafür, dass wir uns bedeckt halten müssen, solange die Ermittlungen andauern«, versuchte die Polizeipräsidentin die unzufriedenen Reporter zu besänftigen. »Zu gegebener Zeit werden wir Sie informieren.«

Sodann unternahm Christian ein Manöver, das er zuvor mit Sofija, Kai und Alex abgesprochen hatte. »Zum Schluss möchte ich betonen, dass die zentralen Ermittlungsimpulse von Soko-Mitglied Alexander Schwerdt kamen. Kriminaloberkommissar Schwerdt hat sich weit über das übliche Maß hinaus in diesem Fall engagiert und so entscheidend zur Aufklärung beigetragen. Die Kriminalpolizei und die Stadt Heidelberg sind Herrn Schwerdt daher zu Dank verpflichtet.«

Die folgenden Worte richtete der Leiter der K1 direkt an die Vertreter des Magazins *Kurpfalz 24/7 News,* die in der vordersten Reihe saßen, und seine Stimme wurde merklich schärfer. »Die Attacken eines Online-Mobs gegen Herrn Schwerdt, die teilweise auf unsachliche Berichterstattung zurückzuführen sind, verurteilen wir aufs Schärfste. Die Verantwortlichen mögen in sich gehen und nachdenken, ob sie mit derartigem ›Journalismus‹ der Gesellschaft einen Dienst erweisen. Wir haben in den sozialen Medien zahlreich strafrechtlich relevante Äußerungen gegen einen verdienstvollen Mitarbeiter meiner Inspektion, gegen die Dezernatsleiterin Frau Marković sowie gegen die angesehene Rechtsmedizinerin Dr. Tanja Wilhelmi dokumentiert und diesbezüglich bereits sechzig Verfahren eingeleitet; weitere werden folgen. Kritik an unserer Arbeit ist selbstverständlich legitim, aber sie sollte einigermaßen sachlich erfolgen. Beleidigungen, Bedrohungen und üble Nachrede tolerieren wir nicht. Herr Schwerdt, Frau Marković, wenn Sie nun bitte nach vorne kommen würden.«

Alex und Sofija traten zu Christian, der ihnen mit strahlendem Lächeln kamerawirksam die Hände schüttelte und ihnen noch einmal im Namen der Kriminalinspektion 1 für ihren Einsatz dankte. Alex lächelte artig zurück und freute sich über die versteinerten Mienen der Kurpfalz-News-Schreiberlinge.

19

Drei Tage nach der PK, am späten Freitagnachmittag, ließ Christian die Soko-Mitglieder per E-Mail wissen, dass er ihnen jeweils eine Woche Sonderurlaub bewilligt habe, damit sie sich von der enormen Arbeitsbelastung der letzten Wochen erholen konnten. »Da die dringendsten Ermittlungen in trockenen Tüchern sind«, schrieb er, »dürft ihr den Urlaub ab Montag antreten.«

Das wollten die Beamten mit einem Essen im Ristorante da Lorenzo feiern. Sie brachten die letzte Besprechung des Tages hinter sich und verließen dann lärmend wie aufgedrehte Pauschaltouristen den Soko-Raum.

»Ich muss noch was erledigen«, informierte Alex die Kollegen. »Ich komm in ein, zwei Stunden nach.«

Ein Mannheimer Kommissar, mit dem er in den letzten Wochen kaum zehn Sätze gewechselt hatte, drosch ihm im Vorbeigehen jovial auf die Schulter und versprach, ihm nachher einen auszugeben.

Eben noch Persona non grata, jetzt auf einmal Everybody's Darling – so kann's gehen. Die menschliche Dynamik in der K1 war eine Wissenschaft für sich. Kopfschüttelnd ging Alex nach unten, schwang sich aufs Rad und fuhr nach Hause.

Es war bereits dunkel; die kalte Dezemberluft ließ seine Finger klamm werden. Er trug das Rad in die Wohnung und ging zu Fuß zur Tierarztpraxis. Frodo war inzwischen vollständig genesen, er konnte ihn endlich mitnehmen. Zu Hause stellte er die Transportbox auf die Couch und öffnete die Klappe. Der Kater, der die Box mit Inbrunst hasste, schoss wie der Blitz heraus. Obwohl er mehrere Wochen weg gewesen war, hatte er keine Probleme, sich zu akklimatisieren. Er erkundete erst einmal sein Revier, indem er die Nase in jede Ecke der Wohnung steckte. Sodann vertilgte er eine Monsterportion Nassfutter.

Alex saß derweil auf der Couch und scrollte durch Facebook. Kurpfalz 24/7 hatte bereits am Dienstagabend einen verhältnismäßig sachlichen Artikel über die PK veröffentlicht. Christians scharfe Kritik an der Online-Postille wurde darin zwar mit keinem Wort erwähnt, doch es gab ein kurzes Video, in dem zu sehen war, wie der Chef Alex und Sofija dankte. Die wenigen Kommentare darunter waren ebenfalls einigermaßen vernünftig.

Die Trolle, so schien es, waren größtenteils verstummt. Nur ein paar wenige Unbelehrbare hetzten weiter gegen Alex, Sofija und Tanja, aber die bekamen kräftigen Gegenwind von anderen Nutzern, die sie in Schutz nahmen. Christians Kampfansage an die Hetzer, die zahlreiche andere Medien zitiert hatten, schüchterte sicherlich den einen oder anderen Pöbler ein. Doch das erklärte den Rückzug der Trolle nicht vollständig. Alex vermutete vielmehr, dass die Ermittlungen gegen den Obergothen dafür verantwortlich waren. Arbogast, dem der Staatsschutz, die Sitte und die Anwaltskammer im Nacken saßen, hatte wohl aus strategischen Gründen seine Hassbrigaden zurückgepfiffen. Wahrscheinlich aus Angst, mit dem Shitstorm in Verbindung gebracht zu werden, wenn die Cyberermittler seine digitalen Aktivitäten unter die Lupe nahmen.

Alex schloss die App. Er öffnete den Messenger und las noch einmal die letzte Nachricht von Stefanie Berghaus:

»Freut mich, dich kennenzulernen, Alexander :-)«

»Sorry, dass ich jetzt erst antworte«, **schrieb er zurück.** »War viel los in den letzten Tagen.«

Sie war gerade online und antwortete sofort: »Das dachte ich mir. Hab eure Pressekonferenz angeschaut. Ich glaube, die Trolle bist du erst mal los :-)«

»Danke noch mal für deine Unterstützung.«

»Hab ich gern gemacht.«

Sie chatteten eine Weile. Alex erfuhr, dass Berghaus gewissermaßen aus politischen Gründen in den sozialen Medien für ihn, Sofija und Tanja Partei ergriffen hatte. Und nicht nur sie allein, auch einige ihrer Freunde. Sie gehörte einer lokalen Gegenrede-Initiative an, die sich bewusst an hitzigen Diskussionen im Internet beteiligte, um den Scharfmachern vernünftige Argumente entgegenzusetzen.

»Das ist oft mühsam und nervig«, **schrieb sie.** »Aber es ist wichtig, dass der Hass, den diese Leute verbreiten, nicht unwidersprochen stehen bleibt. Gerade bei Reizthemen wie Asylpolitik oder Kriminalität. Sonst verschlechtert sich das Diskussionsklima immer weiter.«

»Du hattest mit diesen Trollen also schon häufiger zu tun?«

»Das kann man wohl sagen. Einige von denen sind stadtbekannte Faschos, die immer vorne mit dabei sind, wenn es gegen Geflüchtete oder queere Menschen geht :-) Dass sie auf dich losgegangen sind, dürfte eine organisierte Kampagne gewesen sein. Ich kann es natürlich nicht beweisen, aber ich würde sagen, dass Gregor Arbogast von der Gothia dahintersteckt. Der betreibt wahrscheinlich ein größeres Troll-Netzwerk, das er einsetzt, um seine Feinde einzuschüchtern und um Internet-Diskussionen nach rechts außen zu verschieben.«

»Du bist gut informiert :-)«, **schrieb Alex.** »War nett, mit dir zu chatten. Aber ich muss jetzt los, mit den Kollegen feiern. Bis bald!«

»Bis bald!«

Er fuhr den Laptop herunter und starrte auf den dunklen Bildschirm. War Stefanie Berghaus liiert? Das musste sich doch irgendwie subtil herausfinden lassen. Leider hatte er nicht den Hauch einer Idee, wie.

20

Schlussendlich redete Widmann doch.

Als ihm klar wurde, dass ihm aufgrund der Beweislage eine lebenslange Haftstrafe sicher war, brach er sein Schweigen und öffnete sich den Medizinern des Justizkrankenhauses Hohenasperg.

Die Ärzte, die ihn untersuchten, bestätigten die Diagnose ALS, die Widmanns Neurologe erstmals im August gestellt hatte. Die Symptome waren Muskelkrämpfe und -schwäche, phasenweise Schluck- und Sprechstörungen, obsessives Denken und episodische Affektlabilität, die sich vor allem in inadäquaten Ausbrüchen von Heiterkeit äußerte. Die Krankheit verlief recht langsam, insbesondere da der Patient gut auf die Medikation ansprach, sodass Widmann in der Anfangsphase der Krankheit weitgehend handlungsfähig gewesen war. Sein Gesundheitszustand hatte ihn nicht daran gehindert, ein Grab zu schänden sowie zwei Menschen zu entführen und zu töten.

Gleichwohl gaben die Ärzte ihm nur noch zwei, maximal drei Jahre und klärten ihn auf, dass er bald intensivmedizinische und umfassende pflegerische Unterstützung brauchen würde.

»ALS ist nicht therapierbar«, sagte der Oberarzt. »Wir können allenfalls die Degeneration verlangsamen und die Symptome behandeln.«

Widmann glaubte ihm nicht. »Lassen Sie mich die Totenhand vergraben«, erwiderte er, »und die Herrin wird bald von mir ablassen.«

»Wieso nennen Sie die Krankheit ›die Herrin‹?«

Der Patient beantwortete die Frage nicht.

Ein forensischer Psychiater wurde beauftragt, ihn hinsichtlich seiner geistigen und seelischen Verfasstheit zu begutachten. Nach anfänglichem Zögern sprach Widmann auch mit ihm. Wenngleich es dem Spezialisten nicht gelang, dessen wirklichen Namen in Erfahrung zu bringen, gewann er doch einen detaillierten Einblick in seine Vergangenheit und Gedankenwelt.

Rainer Widmann war in Leipzig aufgewachsen. Sein Vater Ruprecht, ein Wachmann in der örtlichen JVA und ein Gehilfe des letzten DDR-Henkers Hermann Lorenz, war alkoholkrank, jähzornig und dominant gewesen. Widmann hatte keine Geschwister, keine Freunde, überhaupt nur wenige soziale Kontakte außerhalb der Familie. Der Vater war seine einzige Bezugsperson, insbesondere nach dem Suizid der Mutter in seiner frühen Kindheit. Er fürchtete Ruprecht und litt unter dessen Gewaltausbrüchen, idealisierte ihn aber auch als starken Mann und sein Vorbild. »Identifikation mit dem Aggressor«, nannte der Gutachter dieses psychologische Phänomen.

1985 endete seine Dienstzeit in der Nationalen Volksarmee. Danach arbeitete Rainer nicht beim Werkschutz eines Volkseigenen Betriebes. Sämtliche Angaben in seiner Personalakte bei der JVA Mannheim zu seinem Werdegang vor 1990 waren falsch. In Wahrheit trat er nach dem Wehrdienst in Ruprechts Fußstapfen und wurde ebenfalls Wärter in der berüchtigten JVA Leipzig.

Nach der Wende gingen Vater und Sohn in den Westen. Ruprechts Alkoholkrankheit hatte sich erheblich verschlimmert. Er wurde zum Pflegefall und starb 1992. Widmann arbeitete zu diesem Zeitpunkt bereits in der JVA Karlsruhe, bis er 1997 zur JVA Heidelberg wechselte.

Im Verlauf der psychiatrischen Begutachtung bestätigten sich Alex' Theorien zum Hintergrund der Tötungsdelikte vollumfänglich. Bereits seit Jahrzehnten war Widmanns Gedankenwelt geprägt von der Henkerfolklore und -mystik des Mittelalters und der Frühen Neuzeit. Er war fest davon überzeugt, dass die Körperteile Hingerichteter magische Kräfte besaßen und deren abgetrennten Hände unter bestimmten Umständen schwere Krankheiten heilen konnten.

»Auch Ihre?«, fragte der Gutachter.

Widmann nickte. »Es ist der einzige Weg, die Herrin zu bezwingen.«

»Wieso bezeichnen Sie Ihre Krankheit als ›die Herrin‹?«

»Sie ist Loviatar«, sagte der Patient.

Der Psychiater musste eine volle Sitzung und zwei Stunden Bibliotheksrecherche aufwenden, um diese rätselhafte Antwort aufzuklären. Loviatar war ein Geschöpf aus der finnischen Mythologie, die

Göttin der Seuchen. Ihre neun Söhne personifizierten verschiedene Krankheiten, etwa Auszehrung, Rachitis und Krebs. Kurz nachdem bei Widmann ALS diagnostiziert worden war, hatte er eine Fernsehdokumentation über Loviatar gesehen. In der darauffolgenden Nacht träumte er, die finnische Göttin hätte ihn heimgesucht und ihm ALS eingepflanzt, um ihn langsam zu Tode zu quälen. Ein anderer hätte diesen Albtraum rasch vergessen. Widmann aber beschäftigte sich, wie es seine Art war, obsessiv damit; das schauerliche Bild der bösartigen Seuchengöttin krallte sich in seinem Verstand fest. Loviatar wurde zur Herrin, die sein Handeln bestimmte. Die ihn zwang, eine Totenhand zu beschaffen.

Im weiteren Gespräch mit dem Psychiater gestand er, die beiden Mörder Lukas Schneider und Jannik Trabold mit dem unerwarteten Nahschuss hingerichtet und ihnen die Hände abgetrennt zu haben. Er sah sich als Vollstrecker des Rechts und zeigte keine Einsicht, das Gesetz gebrochen oder zu irgendeinem Zeitpunkt moralisch falsch gehandelt zu haben.

»Das westdeutsche Strafrecht verhöhnt die Opfer, indem es Mörder wie Schneider schützt«, sagte er. »Ich habe nur getan, was eine Justiz, die den Namen verdient, längst hätte tun sollen.«

Der Psychiater diagnostizierte, Widmann sei nicht im klinischen Sinne psychisch krank. Seine Wahnwelt ähnele eher einer Ideologie als einer Psychose. In seinem Gutachten kam der Facharzt daher zum Ergebnis, die Krankheit Amyotrophe Lateralsklerose sei keine Erklärung für Widmanns Selbstjustiz oder gar die Ursache seiner Verbrechen. Das magische Denken, die zwanghafte Beschäftigung mit »Henkeresoterik« und das Selbstbild, einem auserwählten Stand mit besonderen rechtlichen Privilegien anzugehören, sei schon lange vor der ALS-Diagnose da gewesen. Die Krankheit habe lediglich eine bereits vorhandene Obsession verstärkt.

»Rainer Widmann ist voll schuldfähig«, befand der Psychiater.

21

Nach seinem Urlaub sichtete Alex die Bücher, Tagebuchnotizen und Aufzeichnungen zur Ahnenforschung, die sie im Bunker sichergestellt hatten. Es war eine mühsame Arbeit, für die er fast zwei Wochen brauchte. Mithilfe des psychiatrischen Gutachtens konnte er die Vorgeschichte der Tötungsdelikte teilweise rekonstruieren. Die vielen offenen Fragen konnte ihm jedoch nur einer beantworten: Widmann. Sofija und er fuhren daher am 22. Dezember zum Justizvollzugskrankenhaus Hohenasperg, um noch einmal zu versuchen, den Tatverdächtigen zu vernehmen.

Als Widmann mit seinem Pflichtverteidiger hereinkam, erwiderte er ihre Begrüßung nicht. Er setzte sich an den Tisch und starrte schweigend an die Wand. Er sah nicht gesund aus. Offenbar hatte er nach der Festnahme merklich abgebaut.

»Ich habe Ihre Aufzeichnungen und die Ihres Vaters gelesen. Ich weiß, dass Sie eigentlich Rainer Kaviller heißen«, konfrontierte Alex ihn mit seinen Recherchen. »›Kaviller‹ – ein alter Name, der so viel bedeutet wie Abdecker und Schinder … oder eben Henker. Ein Beruf, den Ihre Vorfahren seit Mitte des neunzehnten Jahrhunderts ausübten.«

Er warf einen Blick auf seine Notizen. »Die arbeiteten als Scharfrichter für verschiedene deutsche Fürsten, im Kaiserreich, in der Weimarer Republik und im Dritten Reich. Nach dem Krieg verschlug es Ihre Familie nach Leipzig. Ihr Großvater musste das Henkergewerbe aufgeben und arbeitete nur noch als Abdecker. Ihr Vater Ruprecht gab schließlich auch die Abdeckerei auf und trat als Gefängniswärter in den Staatsdienst, da sich für ihn die Möglichkeit ergab, Gehilfe von Hermann Lorenz zu werden und so die alte Familientradition neu aufleben zu lassen. Ist das so weit korrekt?«

Nach langem Schweigen sagte Widmann unvermittelt: »Ich spreche nur mit Ihnen.«

Er sprach schneller und akzentuierter als bei der Befragung in der JVA Mannheim.

Alex schaute Sofija an. Sie nickte und verließ das Vernehmungszimmer. Als sie allein waren, wirkte Widmann nicht mehr ganz so abweisend. Er suchte sogar Blickkontakt mit Alex. Vielleicht, weil er sich ernst genommen fühlte.

»Sie müssen die Fragen nicht beantworten«, sagte sein Pflichtverteidiger.

Widmann tat es trotzdem.

»Die Familientradition reicht weiter zurück. Wir sind Scharfrichter seit mindestens 1750. Wir sind eng verwandt mit Franz Wilhelm Widmann, der am 20. Mai 1820 den Kotzebue-Mörder Karl Ludwig Sand hinrichtete.«

»Daher nahmen Sie in den Wirren der Wendezeit den Namen Widmann an und zogen nach Heidelberg, wo der historische Widmann gewohnt hatte – gewissermaßen um Ihrem Vorfahren nah zu sein.«

Rainer Kaviller nickte kaum merklich. »Franz Wilhelm wohnte in der Hauptstraße Hausnummer acht. In dem Haus oder auch nur in der Umgebung war keine erschwingliche Wohnung zu bekommen. Wir mussten mit Kirchheim vorliebnehmen.«

»Was haben Sie eigentlich vor dem Haus gemacht, als wir uns dort Anfang November zufällig begegnet sind?«

»Nachgedacht.«

»Worüber?«

»Was mein Vorfahr an meiner Stelle getan hätte. Mir ging es an diesem Tag nicht gut – ich war verzweifelt. Sie werden das wahrscheinlich für verrückt halten, aber ich hatte gehofft, dass Franz Wilhelm gewissermaßen durch das Haus zu mir spricht. Leider haben Sie mich gestört, und ich zog es vor, zu gehen.«

Harte Beweise für Kavillers Abstammung von Franz Wilhelm Widmann hatte Alex keine gefunden. Entsprechende Dokumente in Kavillers Besitz, die die Verwandtschaft belegten, hielt er für Fälschungen, die der Familie mehr Glanz verleihen sollten. Doch er korrigierte sein Gegenüber nicht. Ruprecht Kaviller und dessen Vorfahren hatten vermutlich eine Art Privatmythologie erschaffen, die die tristen Verhältnisse, in denen sie lebten, erträglicher machen sollte. Ihre Lebenswelt war geprägt gewesen von Armut und sozialer Isolation, bedingt durch die gesellschaftliche Ausgrenzung, die Henker und Abdecker als unehrliche Personen in früheren Zeiten erfahren hatten. Alex hatte in den alten Tagebuchaufzeichnungen insbesondere von Ruprecht Kaviller zahlreiche Hinweise auf eine Verklärung der Vergangenheit gefunden. Ruprecht überhöhte und glorifizierte das Scharfrichterwesen. Besonders die Zeit zwischen 1700 und 1800 wurde von Ruprecht als »Goldenes Zeitalter« seines Standes verklärt. Damals seien Henker angesehene und vermögende Mitglieder der Gesellschaft gewesen – was bestenfalls am Rande der historischen Wahrheit entsprach.

»Die Geburtsurkunde auf den Namen Rainer Widmann, das Arbeitszeugnis des VEB-Werkschutzes und die anderen Dokumente, die Sie '92 bei Ihrer Bewerbung in der JVA Karlsruhe vorlegten – wer hat Ihnen die ausgestellt?«, fragte Alex.

»Ein wohlwollender Stasi-Offizier, der meinem Vater und mir neue Identitäten verschaffte, als die DDR unterging.«

»Erzählen Sie mir von Ihrem Vater.«

Zunächst stockend, dann immer flüssiger kam Kaviller der Aufforderung nach. Offenbar sehnte er sich seit Langem danach, seine Familiengeschichte zu erzählen. Er öffnete sich Alex in einem Ausmaß, wie es nicht einmal bei der psychiatrischen Begutachtung geschehen war.

Obwohl sein Vater nie selbst eine Hinrichtung vorgenommen hatte, sondern in der JVA Leipzig nur Hermann Lorenz' Assistent gewesen sei, habe Ruprecht sich als Henker begriffen. Lorenz war 1980 gesundheitsbedingt in den vorzeitigen Ruhestand gegangen. 1981 kehrte er kurzzeitig in den aktiven Dienst zurück, um den wegen Spionage und versuchter Fahnenflucht verurteilten Stasi-Hauptmann Werner Teske mit der in der DDR gängigen Methode des »unerwarteten Nahschusses« hinzurichten. Ruprecht rechnete damit, nun in Lorenz' Fußstapfen zu treten, der nächste Scharfrichter der DDR zu werden und somit an ehrwürdige Familientraditionen anzuknüpfen. Doch daraus wurde nichts. Teskes Hinrichtung war die letzte, die in der DDR vollstreckt wurde. Es gab keinen Bedarf mehr für einen Henker. 1987 schaffte die DDR die Todesstrafe endgültig ab. Der frustrierte Ruprecht flüchtete sich mehr denn je in den Alkohol.

Was Kaviller nicht sagte, was aber andeutungsweise aus den Aufzeichnungen hervorging, war, dass sein Vater ein verschrobener Einzelgänger gewesen war, der sich von anderen Menschen absonderte. Für Ruprecht waren Hinrichtungen ein heiliger Akt, der nach bestimmten Ritualen ablaufen müsse. Die Körperteile Hingerichteter – etwa das »Armesünderfett«, *Axungia hominis* – hatten in Ruprechts Welt magische Kräfte, die sich der in derlei Praktiken geschulte Henker zunutze machen könne. Dieses krude magische Weltbild hatte er vollständig an seinen Sohn weitergegeben.

»Reden wir über die Gegenwart«, sagte Alex. »Wann haben Sie erstmals entschieden, eine Totenhand zu beschaffen?«

»Ich rate Ihnen nochmals, nicht zur Sache auszusagen«, mischte sich der Pflichtverteidiger ein.

Widmann ignorierte ihn.

»August. Nach der Diagnose. Als mir klar wurde, dass die Ärzte mir nicht helfen können. Dass ich etwas Stärkeres brauche.«

»Doch das erwies sich als schwierig. Die Totenhand muss von einem Hingerichteten kommen. In Deutschland gibt es aber keine Hinrichtungen mehr.«

»Es gibt sie in *keinem* europäischen Land mehr.« Kavillers Tonfall machte deutlich, dass er das für eine Fehlentwicklung hielt. »Ich musste mir anders behelfen.«

Vielleicht, habe er gehofft, genügte es, wenn die Totenhand von einem Straftäter kam, der ein todeswürdiges Verbrechen begangen hatte und dessen Schuld erwiesen war. Vielleicht war der Aspekt der Hinrichtung nachrangig.

Er googlete sich durch überregionale Zeitungen, durch Pressemeldungen von Polizeidienststellen, Staatsanwaltschaften und Gerichten. Schon bald wurde er fündig: In Frankfurt am Main stieß er auf den Fall des pädophilen Kita-Leiters Heinz Englert. Ein veritables Monster in seinen Augen, das nie verurteilt worden war, aber die Todesstrafe mehr als verdient hätte. Passenderweise war Englert gerade gestorben und zwei Tage zuvor auf dem Hauptfriedhof begraben worden.

Kaviller setzte sich ins Auto und fuhr nach Frankfurt. Spätabends drang er in den Friedhof ein, öffnete das frische Grab, brach den Sarg auf und hackte der Leiche beide Hände ab. Rasch beseitigte er seine Spuren und kehrte mit seiner makabren Beute in einer Kühlbox nach Heidelberg zurück. In seiner Wohnung platzierte er Englerts rechte Hand auf seiner Stirn, wo er den Quell der Krankheit vermutete.

»Aber damit war es nicht getan, richtig?«, bemerkte Alex. »Die Totenhand musste vergraben werden.«

Kaviller nickte. »Unter einer Richtstätte. So will es der Brauch.«

Er hatte sich Informationen über die alten Hinrichtungsstätten in Heidelberg beschafft. Derer gab es einige in einer Stadt, die auf über achthundert Jahre Vergangenheit zurückblickte. Die meisten waren jedoch für seine Zwecke ungeeignet. Sie befanden sich – wie etwa der »Rabenstein« an der Kreuzung Rohrbacher/Bergheimer Straße – an Orten, wo auch nachts viel Verkehr herrschte oder wo sämtliche Flächen versiegelt waren, sodass man nichts vergraben konnte. Der »Galgenbuckel« im Neuenheimer Feld hinter dem Max-Planck-Institut für ausländisches öffentliches Recht und Völkerrecht eignete sich hingegen bestens. Nachts vergrub er in der losen Erde Englerts Hand.

»Nun warteten Sie darauf, dass das Leichenteil und mit ihm die Krankheit verweste«, sagte Alex. »Aber Ihr Zustand besserte sich nicht. Etwas musste schiefgegangen sein.«

»Der Kinderschänder war nicht hingerichtet worden. Das war der Fehler«, erklärte Kaviller.

»Trotzdem machten Sie aus Englerts linker Hand eine *Hand of Glory*. Wieso dachten Sie, dass die anders als die Totenhand wirksam sein würde?«

Bezüglich der Herstellung einer *Hand of Glory* sei die Überlieferung nicht eindeutig, antwortete Kaviller. Während einige Schriften sagten, das Leichenteil müsse von einem Hingerichteten kommen, behaupteten andere, die Todesursache des Verbrechers sei unwichtig. »Deshalb hoffte ich, dass die *Hand of Glory* meine Wohnung trotzdem vor Eindringlingen schützen würde. Ein Irrtum«, murmelte Kaviller, ohne Alex anzublicken.

Der Mann, der diese Geschichte erzählte, hatte kaum Ähnlichkeit mit dem tumben Schließer, den sie in der JVA Mannheim befragt hatten. Sein Duktus, seine Körperhaltung, sein Gesichtsausdruck – all das war vollkommen anders. Alex kam es beinahe so vor, als hätte er es mit zwei verschiedenen Individuen zu tun. Aber der forensische Psychiater hatte ihm versichert, dass es sich hier nicht um einen Fall von gespaltener Persönlichkeit handelte. Kaviller hatte lediglich seit frühester Kindheit gelernt, sich zu verstellen und in der Öffentlichkeit gewissermaßen unsichtbar zu werden, sodass ihm diese Tarnidentität zur zweiten Natur geworden war.

»Die erste Totenhand hatte also nicht funktioniert«, nahm Alex den zentralen Faden der Vernehmung wieder auf. »Eine zweite musste her. Und diesmal wollten Sie keine Kompromisse machen. Sie beschlossen, einen Schwerverbrecher hinzurichten. Zu Ihrem Glück gab es einen passenden Kandidaten in der JVA Mannheim, der außerdem vorzeitig entlassen werden sollte und bald für Sie verfügbar sein würde.«

»Dass einer wie Schneider nach nicht einmal sechs Jahren freikam, ist blanker Hohn«, sagte Kaviller. »Es war meine Pflicht, dafür zu sorgen, dass er kriegt, was er verdient.«

Ach, hör doch auf, dachte Alex. *In Wahrheit ging es dir nur um Schneiders Hand, nicht um irgendeine Gerechtigkeit.*

»Erzählen Sie mir alles«, forderte er den selbst ernannten Henker auf. »Von Anfang an.«

22

Im Panzerwald richtete Kaviller einen abgelegenen Bunker so her, dass er der Zentralen Hinrichtungsstätte der JVA Leipzig ähnelte.

Ende September wurde Schneider schließlich entlassen. Kaviller hatte dessen Akte studiert; er wusste, wo sein Opfer wohnen und arbeiten würde. Er beobachtete den Mörder und machte sich mit dessen Tagesablauf vertraut. Dann schlug er zu. Er lauerte Schneider nachts im Weinberg zwischen Rohrbach-Süd und Emmertsgrund auf, streckte ihn mit dem Taser nieder und betäubte ihn mit K.-o.-Tropfen. Dabei trug er Handschuhe und einen Einweg-Overall, um auf dem Feldweg keine DNA zu hinterlassen. Nachdem er Schneiders Handy zertrümmert hatte, fesselte und knebelte er ihn, verfrachtete ihn in sein in der Nähe geparktes Auto und brachte ihn zum Bunker. Wo er ihn am frühen Morgen hinrichtete. Er hackte Schneider die Hand ab, verstaute das Leichenteil in der Kühlbox, verscharrte den Toten zusammen mit dem Overall hinter dem Bunker und fuhr nach Hause.

Er brachte seine Schicht in der JVA hinter sich und unterzog sich am Abend dem bizarren Zauberritual. Nachts wollte er die mit Lösungsmittel gereinigte Totenhand an der Ecke Bergheimer Straße/Hospitalstraße deponieren.

»Wieso nicht noch mal hinter dem Max-Planck-Institut?«, fragte Alex.

»Durch meinen Fehler war der Ort verbrannt. Ich brauchte einen neuen.«

Er brachte das Leichenteil zum Park des Instituts für medizinische Psychologie, die einzige Stelle nahe dem alten Galgen, wo man etwas vergraben konnte. Allerdings wurde er dort von Niklas Weicherding gestört. Kaviller ergriff die Flucht und brachte die Hand schließlich zum Römerkreis, im Mittelalter ebenfalls Standort eines Schafotts. Da auf dem Römerkreis auch nachts reger Autoverkehr herrschte, handelte es sich um eine Notlösung. Wenigstens war dort gerade eine Baustelle, was seinen Plänen zupasskam: Zum einen gab es bereits eine offene Grube; zum anderen schützten ihn die Bauzäune vor neugierigen Blicken.

»Nicht vor *allen* Blicken«, sagte Alex. »Ein Anwohner hat Sie flüchtig mit Ihrer Kühlbox gesehen. Frage: Wussten Sie, dass die Grube am nächsten Morgen zugeschüttet und die Baustelle abgebaut werden würde?«

»Ja«, antwortete Kaviller. Dieser Umstand sei ein Glücksfall gewesen, besser gesagt: ein Wink des Schicksals. Überhaupt redete er oft vom »Schicksal«, von »Zeichen«, die ihm den Weg wiesen. Für ihn gab es keine Zufälle. Die ganze Welt war durchsetzt von geheimen Mustern, die der Kundige deuten konnte.

Leider blieb ihm das Schicksal nicht lange gewogen. Die Baugrube wurde noch einmal geöffnet, die Hand gefunden, das Ritual unterbrochen, bevor es die Krankheit von ihm nehmen konnte. Er brauchte eine dritte Totenhand.

»Ich fuhr zurück zur Hinrichtungsstätte, grub den Mörder aus und nahm ihm auch die linke Hand ab.«

»Wo haben Sie die vergraben?«, fragte Alex.

»Am alten Hochgericht.«

»Die Bahnunterführung an der Willy-Hellpach-Schule?«

Kaviller nickte.

»Wo genau?«

»Im Gleisbett unterhalb der kleinen Grünanlage.«

Alex machte sich eine Notiz. »Aber auch die dritte Totenhand funktionierte nicht. Sie verweste wochenlang in der Erde, ohne dass sich Ihr Zustand besserte. Wie erklären Sie sich das?«

»Ist das nicht offensichtlich, Herr Kommissar?«, gab Kaviller mit dünnem Lächeln die Frage an ihn zurück.

»Weil Zauberei nicht existiert?«

»Nein! Schneider hatte seine Strafe bereits verbüßt. Das machte ihn ungeeignet.«

»Eine lächerlich milde Strafe in Ihren Augen.«

»Trotzdem eine Strafe, die ein ordentliches Gericht verhängt hat. Ich hätte ihn gar nicht hinrichten dürfen.«

Alex fand es bemerkenswert, wie Kaviller seiner überdurchschnittlichen Intelligenz zum Trotz die Dinge so zurechtbiegen konnte, wie er es gerade brauchte. Er schuf sich nicht nur seine eigene Realität, er schuf sie von Augenblick zu Augenblick neu. »Die vierte Totenhand konnte Ihnen also kein anderer als Jannik Trabold liefern. Ein Verbrecher, der nie verurteilt worden war. Dessen Hinrichtung ein schweres Unrecht aus der Welt schaffen würde.«

»Er musste sterben. Ich würde leben«, sagte Kaviller nur.

»Wo hätten Sie seine Hand vergraben, wenn alles nach Plan verlaufen wäre?«

»Unter dem Gerichtsstuhl Handschuhsheim.«

»Da ist heute der Friedhof, richtig?«

Statt die Frage zu beantworten, sagte Kaviller: »Lassen Sie mich die Hand da vergraben.«

»Sie wissen, dass das nicht geht. Noch eine Sache: Der Gothia-Manschettenknopf, den wir gefunden haben – was hat es damit auf sich?«

»Ein Ablenkungsmanöver, um Sie zu verwirren.«

Kaviller beugte sich nach vorne, legte die Arme auf den Tisch und streckte ihm die Hände entgegen: eine flehende Geste. »Herr Schwerdt, bitte setzen Sie sich dafür ein, dass ich die vierte Totenhand an einer Richtstätte begraben darf, um das Ritual abzuschließen. Oder begraben Sie sie für mich.«

»Selbst wenn ich das wollte, könnte ich es nicht. Die Hand wurde bereits zusammen mit Trabolds Leichnam nach der Obduktion auf dem Friedhof bestattet.«

»Bitte.« Kavillers Stimme bebte.

»Die Totenhand wäre ohnehin genauso wirkungslos wie die anderen drei. Es gibt keine Zauberei. Finden Sie sich damit ab.«

Der selbst ernannte Henker sank mit dem Rücken gegen die Stuhllehne. »Sie verurteilen mich zum Tode!«

Alex ließ das unkommentiert.

Kaviller fing am ganzen Körper an zu zittern. Er schnitt eine Grimasse und lachte jählings los. Das kehlige Geräusch ging ansatzlos in einen Weinkrampf über. Bei dem Anblick stellten sich Alex' Nackenhaare auf.

Die Tür flog auf, und zwei Pfleger stürmten herein.

»Es ist 15.35 Uhr. Ich beende die Vernehmung von Rainer Kaviller alias Widmann.« Alex drückte die Stopptaste des Aufnahmegeräts.

EPILOG

1

Während die beiden Kripobeamten das Gefängniskrankenhaus verließen, dachte Alex über die Vernehmung nach. Der Tatverdächtige hielt bis zuletzt an seiner bizarren Weltsicht fest. Das fand er schwer nachvollziehbar, aber mit diesem Verhalten stand Kaviller wahrlich nicht allein. Was war ihm in den letzten Monaten nicht alles an wahnwitzigen Weltbildern begegnet: die Incels Schneider und Trabold mit ihrem gewalttätigen Hass auf Frauen; die Faschisten um Arbogast mit ihrem völkischen Hass auf alles Fremde; die Twitter-Trolle mit ihrem ewiggestrigen Hass auf queere Menschen. So gesehen war Kaviller alias Widmann nur ein Spinner unter vielen.

Dass Menschen gedanklich und emotional derart falsch abbogen, hatte nach Alex' Beobachtung viele Ursachen. Doch im Zentrum stand häufig ein Verschwörungsnarrativ: der Glaube, dass im Verborgenen feindselige Kräfte und rätselhafte Mächte die Welt lenkten. Dass es Regeln und Gesetzmäßigkeiten gab, die nur die Eingeweihten kannten – jene, die in der einen oder anderen Form die Rote Pille geschluckt und zur vermeintlichen Wahrheit gefunden hatten. Dahinter steckte das Bedürfnis, Ordnung in das Chaos der menschlichen Existenz zu bringen. Die Idee, böse Mächte seien verantwortlich, war für viele Menschen leichter zu ertragen als der Gedanke, zufälligen und vor allem unbeeinflussbaren Geschehnissen in der Gestalt von Krankheiten, Verbrechen, Zurückweisungen, Schicksalsschlägen oder schnödem Pech ausgeliefert zu sein. Daher die Neigung des menschlichen Verstandes, unbewusst Verbindungen und logische Erklärungen zu suchen, wo es keine gab.

Kaviller war dafür ein eindrucksvolles Beispiel. Doch auch Alex war vor diesem intellektuellen Kurzschluss nicht gefeit – und hier wurde es unangenehm. Er dachte an die alte Gothia-Insignie, an

Claudia Fritschs Kunstdruck *Studium der Hände,* an das Wappen bei Enzo. Im verzweifelten Versuch, Zusammenhänge zu finden, um die festgefahrenen Ermittlungen zu retten, hatte er plötzlich überall Hände gesehen, wo nur der Zufall am Werk gewesen war. Genau wie Kaviller hatte er sich im Labyrinth der eigenen Gedanken verlaufen.

Nur dass er rechtzeitig den Ausgang gefunden hatte. Kaviller nicht.

Aber jetzt war dieses Wahnspiel beendet. Während sie auf den Parkplatz traten, war Alex, als würde er aus einem Fiebertraum aufwachen – einem Albtraum, der vor über sechs Jahren begonnen und in den letzten Monaten sein grausames Finale erreicht hatte. Sie konnten die Ermittlungsakte schließen. Die Staatsanwaltschaft würde voraussichtlich bald das Hauptverfahren eröffnen und Kaviller vor Gericht bringen.

Für Alex hieß das: Er würde nach Weihnachten zur Sitte zurückkehren. Zu Grapschern und Exhibitionisten. Zu Helmut, dem Lakritzschneckendieb.

»Soll ich fahren?« Am Dienstwagen warf Sofija ihm einen besorgten Blick zu.

»Es geht schon. Gib mir noch fünf Minuten.« Alex nahm auf dem Fahrersitz Platz und holte eine angebrochene Tüte Lakritzschnecken hervor. »Auch eine?«

»Danke, ich verzichte«, sagte sie leicht angeekelt.

»Was habt ihr bloß alle gegen Lakritzschnecken?« Er rollte eine ab und aß sie vom Ende her, wie sich das gehörte.

Sie schwiegen dreißig Sekunden lang.

Sofija griff in ihre Umhängetasche und hielt ihm ein dickes, zerlesenes Taschenbuch hin. Es war Band I der Romanreihe, auf der die Fernsehserie *Game of Thrones* basierte. Nachdem Alex und Celina und schließlich sogar Jörg in der Kaffeepause immer wieder über *Game of Thrones* gefachsimpelt hatten, hatte die Chefin schlussendlich entschieden, wenigstens den Büchern eine Chance zu geben, wenn sie schon nicht die Serie schauen wollte.

»Hast du's durch?«, fragte Alex.

»Sonst würde ich es dir kaum zurückgeben, oder?«

»Und?«

»Na ja«, meinte Sofija.

»Du hast einen 700-Seiten-Roman in vier Tagen gelesen, obwohl du nach eigenem Bekunden langsam liest. So ›na ja‹ kann er wohl nicht gewesen sein.«

Sie sagte dazu nichts. Kopfschüttelnd warf Alex den Roman auf den Rücksitz. Sie griff noch einmal in ihre Tasche.

»Ich hab auch ein Buch für dich. Keine Leihgabe – ein Geschenk.«

Alex nahm es entgegen. Es handelte sich um *Magic Cleaning: Wie richtiges Aufräumen Ihr Leben verändert* von Marie Kondo. »Danke«, meinte er tonlos. »Das ist sehr … aufmerksam von dir.«

»War Christians Idee.«

»Christian liest Marie Kondo?« Selbst wenn er seine gesamte Fantasie mobilisierte, konnte Alex sich schwerlich vorstellen, dass Kriminalrat Stähle derlei Ratgeberliteratur las. Genauso gut hätte Sofija ihm erzählen können, dass der kettenrauchende Inspektionsleiter seinen Fair-Trade-Kaffee mit Mandelmilch trank oder in seiner Freizeit Workshops für den plastikfreien Haushalt belegte.

»Quatsch. Das Buch hat Tanja ausgesucht. Aber Christian sagt, wir müssen dich motivieren, dein Büro aufzuräumen, und dafür sei jedes Mittel recht. Ich soll dir von ihm ausrichten, Zitat: ›Wenn das Buch nicht funzt, traktiere ich seinen schmalen Arsch mit dem Ochsenziemer!‹«

Das klang schon eher nach Christian.

»Gut. Okay. Ich werd's lesen.« Alex warf auch dieses Buch auf den Rücksitz.

»Ich hatte gestern übrigens ein längeres Gespräch mit dem Chef«, sagte Sofija. »Es ging um Lisa. Sie wird nicht ins Dezernat 11 zurückkehren.«

»Oha. Die Polizeischutzsache war also der berühmte letzte Tropfen?«

»Der Vorfall allein hätte für disziplinarische Maßnahmen ausgereicht. Aber die Kollegen von der Cyberkriminalität haben rausgefunden, dass sie erheblich mehr auf dem Kerbholz hat. Lisa ist ›Heidelbitch‹.«

»Ach du Scheiße!« Alex brauchte einige Sekunden, um das zu verdauen. »Gab's deswegen ein Gespräch mit ihr? Hat sie erklärt, was sie geritten hat, dich und Tanja dem Mob zum Fraß vorzuwerfen?«

»Sie streitet alles ab. Aber die Beweislage ist eindeutig. Der fragliche Tweet lässt sich der IP-Adresse ihres privaten Rechners zuordnen. Ihre Bemühungen, ihre digitalen Spuren zu verwischen, waren dilettantisch«, fügte Sofija mit merklicher Befriedigung hinzu. »Warum sie das gemacht hat, dürfte klar sein. Zu dem Zeitpunkt war die Stimmung in den sozialen Medien hochgradig polizeifeindlich. Für sie war es ein Leichtes, Öl ins Feuer zu gießen, um mir eins auszuwischen.«

»Was passiert jetzt mit ihr?«

»Ich weiß nicht, ob dich das was angeht.«

»Komm schon! ›Wer gackert, muss auch ein Ei legen‹, wie Christian sagen würde.«

»Okay. Aber das bleibt unter uns«, sagte Sofija zögernd. »Lisas Aktivitäten im Netz sind nicht strafrechtlich relevant – für einen Rauswurf reicht es also nicht. Aber sie bekommt das volle disziplinarische Programm: Abmahnung. Eintrag in die Personalakte. Mehrjährige Beförderungssperre. Und natürlich Strafversetzung.«

»Wohin?«

»LKA. Dort wird sie die Kleiderkammer betreuen.«

Er pfiff durch die Zähne. Das war eine heftige Demütigung, die jemand wie Lisa nicht so leicht wegstecken würde. Vermutlich würde sie alsbald freiwillig kündigen.

»Worauf ich *eigentlich* hinauswill«, sagte die Chefin: »Im Elften wird eine Planstelle frei. Willst du die haben?«

»Oh. Äh, das kommt etwas plötzlich.«

»Ich hätte dich gern im Team. Aber du musst dich zügig entscheiden. Sonst krieg ich von oben jemanden auf die Stelle gesetzt.«

»Ich komme sehr gern zu dir ins Team, Sofija.«

»Das freut mich zu hören, Alex.«

Es fing an zu schneien. Dünne Schneeflocken rieselten auf die Windschutzscheibe, die allerersten überhaupt.

»›Winter is coming‹«, zitierte Sofija.

Grinsend startete Alex den Wagen.

2

Abends saß Alex mit dem Laptop auf dem Schoß auf der Couch. Mit der freien Hand kraulte er Frodo, der seinen Verdauungsschlaf hielt. Er chattete mit Stefanie Berghaus. In den letzten Wochen hatten sie fast jeden Abend gechattet.

Inzwischen wusste er einiges über Steffi. Sie war Anfang dreißig. Sie interessierte sich wie er für Fantasyliteratur und Wissenschaft. Sie ging gern schwimmen und spielte auch mal ein Videospiel.

Bei Facebook hatte er ein älteres Foto von ihr gefunden. Sie war hübsch.

Doch ob sie verpartnert war, wusste er immer noch nicht.

Gibt nur einen Weg, das rauszufinden, dachte er und nahm einen tiefen Atemzug.

»Hast du Lust, wenn der Weihnachtswahnsinn rum ist, mit mir einen Kaffee trinken zu gehen?«, schrieb er.

Es dauerte eine Minute, bis sie antwortete. Es war eine sehr lange Minute.

»Ich gehe gern mit dir einen Kaffee trinken :-)«

PERSONENVERZEICHNIS

Kriminalpolizei Heidelberg

Christian Stähle, Kriminalrat, Leiter der Kriminalinspektion 1

Sofija Marković, Erste Kriminalhauptkommissarin, Leiterin des Dezernats für Kapitaldelikte

Luzian »Lutz« Harris, Kriminalhauptkommissar, Erster Sachbearbeiter im Dezernat für Kapitaldelikte

Alexander Schwerdt, Kriminaloberkommissar

Lisa Westphal, Kriminalkommissarin

Jörg Selzer, Kriminalhauptkommissar, Leiter der Kriminaltechnik

Kai Isenberg, Kriminalhauptkommissar, Polizeisprecher

Celina Hennig, Kommissaranwärterin

Helmut Pfaff, Kriminalhauptkommissar bei der Sitte

Andere in der Justiz Tätige

Dr. Ulla Roth-Schweigmann, Oberstaatsanwältin

Dr. Tanja Wilhelmi, Rechtsmedizinerin, Lebensgefährtin von Sofija Marković

Sebastian Berg, forensischer Psychiater

Thomas Podgurski, Bewährungshelfer

Hans-Peter Nowak, Regierungsdirektor, Leiter der JVA Mannheim

Rainer Widmann, Justizvollzugsbeamter in der JVA Mannheim

Dr. Gregor Arbogast, Anwalt, Vorsitzender des Altherrenverbandes der Burschenschaft Gothia zu Heidelberg

Katja Rebholz, Anwältin

Lukas Schneider, Sexualstraftäter

Annika Schneider, seine Mutter

Jannik Trabold, Ex-Burschenschaftler, Schneiders mutmaßlicher Komplize

Michelle Neureuther, Mordopfer

Claudia Neureuther, geb. Fritsch, ihre Mutter

Frederik »Rikki« Mand, Altenpfleger, Alexander Schwerdts bester Freund

Wolfgang Stricker, Rentner und Hobby-Mykologe

Niklas Weicherding, Student der Psychologie, Hilfskraft im Institut für medizinische Psychologie

Ewald Schätzlein, Internet-Troll

Kamal Mahmoudi, Jannik Trabolds Nachbar

Matthias Breede, Hobby-Detektiv

Stephan Kunz, Kai Isenbergs Assistent

Stefanie Berghaus, Online-Aktivistin

Heinz Englert, verstorbener Sexualstraftäter

Vitali Boos, Gefangener in der JVA Mannheim

Frodo, Alexander Schwerdts Kater

Don, Polizeihund

LonelyBoy88, Nutzer im Incel-Forum

TRIGGERWARNUNGEN

- diskriminierende, gewaltvolle und sexualisierte Sprache
- misogyne Sprache
- queerfeindliche Sprache
- rassistische Sprache
- ableistische Sprache
- Erwähnung und explizite Darstellung von körperlicher, seelischer und sexualisierter Gewalt
- explizite Darstellung von Substanzmissbrauch

BEMERKUNG DES AUTORS

Die Charaktere und Ereignisse in diesem Roman sind fiktiv, beruhen aber teilweise auf real existierenden Gruppierungen und Subkulturen. Die erwähnte Incel-Szene etwa gibt es wirklich. Die Burschenschaft Gothia zu Heidelberg dagegen ist meine Erfindung. Jede Ähnlichkeit mit real existierenden Personen ist rein zufällig und nicht beabsichtigt.

DANKSAGUNG

Ich bedanke mich herzlich bei:

… der Pressestelle der Staatsanwaltschaft Heidelberg und der Bewährungshilfe Speyer für die Unterstützung bei der Recherche;

… Ulrik Seitz von der Bewährungs- und Gerichtshilfe Baden-Württemberg, Marek Balikowski vom Institut für Rechtsmedizin und Verkehrsmedizin Heidelberg sowie Hans Guggenheim von der Justizvollzugsanstalt Mannheim für die freundliche Beantwortung meiner Fragen;

… Thomas Neuendorf und Matthias Bürgel, die mich kompetent und geduldig zur Polizeiarbeit berieten;

… meinen Lektorinnen Natalja Schmidt und Hannah Brosch, die das Romanmanuskript entscheidend verbesserten;

… meinem Agenten Bastian Schlück, der auch beim 13. gemeinsamen Buch nicht müde wurde, mich umfassend zu unterstützen;

… dem Team der Agentur Thomas Schlück GmbH und den Mitarbeiter*innen des Knaur Verlages für die engagierte Arbeit;

… all den netten, klugen und hilfsbereiten Menschen, die auf vielfältige Weise zum Gelingen dieses Romans beitrugen, als da wären: Annette Schlüchtermann, Matthias Grandis, Dr. Juliane Stadler, Markus Opper, Uschi Timm-Winkmann, Uwe Ittensohn, Dr. Caroline Hevert, Niclas Ullrich, Daniela Stoye, Joachim Frieß, Falko Löffler und Dieter Lode;

… meiner Partnerin Susanne – für alles.

Kilian Eisfeld
Juli 2022